Knaur.

Knaur.

Im Knaur Taschenbuch Verlag sind bereits folgende Bücher des Autors erschienen:

Der Schattenmagier
Der Rabenritter
Wyrm
Die Rückkehr der Zauberer
Das Druidentor
Das Avalon-Projekt
Flut
Feuer

Über den Autor:

Wolfgang Hohlbein, 1953 in Weimar geboren, ist einer der erfolgreichsten deutschsprachigen Autoren überhaupt, gleichermaßen beliebt bei jugendlichen und erwachsenen Lesern. Wolfgang Hohlbein lebt mit seiner Frau, seinen fünf Kindern und einem Enkelkind, umgeben von einer Schar Katzen, Hunde und anderer Haustiere, in der Nähe von Neuss.

Wolfgang Hohlbein

STURM

Roman

Knaur Taschenbuch Verlag

Besuchen Sie uns im Internet:
www.knaur.de

Vollständige Taschenbuchausgabe Oktober 2008
Knaur Taschenbuch.

Ein Unternehmen der Droemerschen Verlagsanstalt
Th. Knaur Nachf. GmbH & Co. KG, München

Umschlaggestaltung: ZERO Werbeagentur, München
Umschlagabbildung: FinePic, München
Satz: Adobe InDesign im Verlag
Druck und Bindung: Nørhaven Paperback A/S
Printed in Denmark
ISBN 978-3-426-63953-5

2 4 5 3 1

STURM

Prolog

Akuyi. Da war sie. Auf dem gegenüberliegenden Hügel, für einen Lidschlag erhellt durch den Blitz, der irgendwo hinter ihr einschlug. Kaum mehr als ein Schemen, unendlich zierlich und zerbrechlich wirkend und vollkommen schutzlos den Gewalten ausgeliefert, die sie umtobten und an ihr zerrten, als wollten sie sie mit sich herabreißen und zerschmettern. Ihr Gesicht war ihm zugewandt, so als habe sie seine Nähe genauso gespürt wie er kurz zuvor die ihre und als sähe nun auch sie ihn in diesem kurzen Moment, in dem der Blitz die Dunkelheit zerriss und die Nacht in gleißendes Licht tauchte.

Dirk starrte in die Richtung, in der er sie zu sehen geglaubt hatte, unfähig, sich zu rühren, zu atmen oder einen klaren Gedanken zu fassen. Die Dunkelheit lag wie ein erstickendes Tuch über ihm, und der Regen peitschte in sein Gesicht. Wenn er seine Augen traf, tat es weh, sodass er ununterbrochen blinzeln musste und Tränen seinen Blick verschleierten.

Akuyi lebte! Aber sie war in Lebensgefahr, wenn nicht schon vorher, dann spätestens jetzt. Nichts und niemand konnte bei diesem Unwetter hier draußen bestehen, nichts den Wassermassen trotzen, die sich unaufhörlich auf die Erde ergossen. Er musste zu ihr, sofort, er musste sie irgendwohin bringen, wo es trocken und warm war, vielleicht in eine der Höhlen, die seit dem Anbeginn der Zeit unterhalb der Berge Tieren und Menschen Schutz vor Unwettern und Kälte boten.

Dirk hetzte los, so ungestüm, dass seine Füße auf den ersten Metern kaum den Boden zu berühren schienen, bis er die Stelle erreichte, an der das Plateau in den steil abfallenden Hang überging, den er zuvor mühsam hinaufgeklettert war. Er glitt aus, fing sich wieder, schlitterte ein Stück weiter, machte zwei, drei Sätze hinein in die Dunkelheit, versuchte sich irgendwo festzuhalten, einen Zweig, einen Ast, einen Überhang zu erwischen, irgendetwas, das seine unkontrollierte Bewegung aufhalten konnte. Zweige peitschen ihm ins Gesicht, als er ein Stück weiterschlitterte, über Morast, glatte Steine und regennasses Holz. Er prallte gegen einen schmalen, durch die Hitze der letzten Wochen ausgedörrten Baum, umschlang ihn mit beiden Armen wie eine Geliebte, drehte sich halb um seine eigene Achse und rutschte weiter. Mit wild rudernden Armen tauchte er unter einem dicken Ast hinweg und unter Geäst, das durch sein Haar fuhr und auf seiner Wange einen blutigen Striemen hinterließ.

Er merkte es nicht einmal. Sein Herz hämmerte wie wild. Das Schicksal konnte nicht so grausam sein. Seit Wochen war er auf der Suche nach Akuyi, hatte alle Hebel in Bewegung gesetzt, um einen Hinweis auf ihren Aufenthaltsort zu finden. Nur um sie hier, inmitten eines fürchterlichen Unwetters, in diesem düsteren Land der Tausend Hügel wie ein Gespenst aus der Dunkelheit auftauchen zu sehen – und sie dann wieder zu verlieren?

Das durfte nicht sein.

Er erreichte die Talsohle. Sein rechter Fuß versank bis weit über den Knöchel im Schlamm, und er musste ihn mit Gewalt herausreißen. Der kaltnasse Matsch drang in seinen Schuh, ein ekelhaftes Gefühl, das tausendmal schlimmer war als die triefend nasse Kleidung, die an seinem Körper klebte. Er legte den Kopf in den Nacken und starrte nach oben, in die Richtung, in der er kurz zuvor Akuyi gesehen hatte. Den dunklen Schatten des Hügels, der sich über ihm erhob, als wolle er ihn erdrücken, erahnte er mehr, als dass er ihn wirklich sah.

Aber darauf kam es auch nicht an. Wenn er wissen wollte, wo

Akuyi abgeblieben war, dann musste er nach dort oben. Und das so schnell wie möglich.

Er versuchte loszusprinten, leichtfüßig, um die Talsohle so schnell wie möglich hinter sich zu lassen. Aber er hatte die Rechnung ohne den trügerischen Untergrund gemacht, dem er sich leichtsinnigerweise anvertraut hatte. Sein erster, hastiger Schritt endete fast in einer Katastrophe. Es war keine Pfütze, sondern ein regelrechtes Sumpfloch, in das sein Fuß geriet, und es hätte wohl nur noch etwas mehr Schwung bedurft, um ihn das Gleichgewicht verlieren und kopfüber in die Schlammkuhle stürzen zu lassen, die hier geradezu bösartig auf ihn gelauert hatte. Mit einem verzweifelten Aufschrei warf er sich zurück. Seine Füße fanden festen Untergrund, und er schlitterte ein Stück weiter, bevor er schmerzhaft von einem Felsvorsprung gestoppt wurde und zitternd und keuchend innehielt.

Er kniff die Augen zusammen und senkte den Blick. Auf dem Boden wurde an einigen Stellen das spärliche Licht reflektiert, vermutlich von jenen Steinen, wie sie auch den Hügel bedeckten, Schuppen eines riesigen Drachen gleich, überraschend gleichmäßig geformt und allesamt von der Größe von zwei bis drei Handspannen. Sie waren seine einzige Chance, den Morast zu überwinden und auf die andere Seite zu kommen.

Und dass er dorthin kommen musste, und das so schnell wie möglich, stand für ihn außer Frage. Seine Hände zitterten nicht nur wegen der nassen Kälte und des peitschenden Regens, sondern viel mehr noch wegen der Angst, Akuyi nicht mehr wiederzufinden, wenn er erst dort oben war. Immer wieder hatte er sich ausgemalt, wie er sie in den Armen hielt und sie sich an ihn schmiegte wie ein kleines Kind, das sie nicht mehr war, obwohl sie noch immer seinen Schutz brauchte.

Er legte abermals den Kopf in den Nacken und sah nach oben, in die Richtung, in der er seine Tochter vermutete.

Er konnte auf dem Hügel keine Bewegung mehr ausmachen, aber es drängte ihn trotzdem weiter. So gut es ging, visierte er die nächste Stelle an, die er für einen Stein hielt, machte einen großen Schritt und setzte den Fuß darauf. Der Untergrund fühlte sich überraschend tragfähig an. Doch schon bei der nächsten reflektierenden Stelle wurde er eines Besseren belehrt – das, was er für soliden Untergrund gehalten hatte, tauchte unter ihm in den Morast ein, und er konnte sich nur mit einem hastigen Schritt auf die nächste halbwegs sicher erscheinende Stelle davor retten, in dem sumpfigen Boden einzusacken und vom feuchten Schoß der Mutter Erde aufgesogen zu werden.

Er kam nicht weiter.

Der nächste Blitz zuckte mit vernichtender Wucht herab, schlug krachend und die Erde zum Erbeben bringend in den Hügel ein, auf dem Akuyi eben noch gestanden hatte – schlimmer noch, genau in die Stelle, an der er sie gesehen hatte und zischte als bösartiges, tausendfach zerfasertes Energiegewitter den Hügel hinab, setzte feuchtes Gebüsch in Brand, als sei es pulvertrocken, brachte Pfützen und Wassermulden zum Kochen …

Dirk hatte nicht einmal die Zeit, einen Schrei auszustoßen. Er sah den zerfaserten Blitz auf sich zusausen, und er sah in seinem Licht kleine, schwarze Gestalten mit weißen Masken, sah sie aus ihren Verstecken hervorbrechen, hörte sie triumphierend aufheulen, sah sie Speere in den Händen wiegen, sah Keulen, Steinmesser, Blasrohre und Wurfgeschosse, vernahm ihren wild kreischenden Kriegsgesang …

Teil 1

Wer Wind sät, wird Sturm ernten.

Hosea 8, 7

Ein großer Sturm kam über den Berg,
der die Felsen zerriss;
aber der Herr war nicht im Sturm.

1. Könige 19, 1 – 15

1

Dirk stieß einen Schrei aus und fuhr hoch. Ein Blitzgewitter fuhr über die Wand, über die afrikanischen Masken, die dort hingen, seit Kinah bei ihm eingezogen war, und hauchte ihnen scheinbar Leben ein – ein Verziehen von Augenbrauen, ein Vorstülpen wulstiger Lippen, ein vorwurfsvolles Stirnrunzeln. Dirk hatte die Masken von Anfang an nicht gemocht und es gehasst, dass sie ihm bei allem zusahen, was er mit Kinah im Bett trieb. Es kam ihm vor, als hätte sie ihre Ahnen aus ihrer afrikanischen Heimat mitgebracht, damit sie an den intimsten Details ihres Lebens teilnahmen und es überwachten – als müssten sie sich davon überzeugen, dass der weiße Mann gut genug für die Tochter des mächtigen Schamanen war. Vor allem aber mochte Dirk es nicht, dass die Masken ihn beobachteten, wenn er am Abend in den Schlaf hinüberdämmerte oder sich am Morgen, von Kinah sanft oder leidenschaftlich geweckt, hin und her rekelte oder seinen rituellen Kampf mit den zwei Weckern ausfocht, die im Wechsel klingelten, ohne ihn wirklich aus dem Schlaf reißen zu können.

Jetzt, da ihn auch die Maske mit den breiten Augenschlitzen wieder anfunkelte, erinnerte er sich daran, wie er sie eines Morgens abgenommen hatte, nicht nur probeweise, sondern mit der ernsthaften Absicht, sie in irgendeinem Winkel ihres Hauses verschwinden zu lassen. Just in diesem Moment war Kinah aus dem Badezimmer gekommen, und er hatte sich ertappt gefühlt wie ein kleines Kind, das seiner Mutter zum ersten Mal Süßigkeiten klaute. Und Kinah hatte ihn auch genau so behandelt. Er hatte sie noch nie schreien gehört, bis zu jenem Morgen, dann aber dafür umso lauter. Seinen früheren Freundinnen war er selten eine Antwort schuldig geblieben, aber Kinah gegenüber hatte er kaum ein Wort herausgebracht, so betroffen hatte ihn ihre Fassungslosigkeit gemacht. Schließlich hatte sie sich neben ihn auf das Bett gesetzt, ihn umarmt – auch das eher wie eine Mutter und nicht wie eine Geliebte – und ihm uralte Geschichten erzählt von Ritualen und Ahnenkult und natürlich von den Masken. »Sie wachen über deinen Schlaf«, hatte sie schließlich behauptet. »Solange sie da sind, kann dir nichts Böses zustoßen. Deswegen darfst du sie nie abhängen. Hörst du? Niemals und unter keinen Umständen!«

Aus dem Mund einer anderen Frau hätte es wie ein Spruch geklungen, mit dem man kleine Kinder beruhigt. Doch Kinahs wunderschöne Augen hatten dabei geblitzt, temperamentvoll und voller Nachdruck und Ernsthaftigkeit, und Dirk hatte sich ihrem Zauber nicht entziehen können – wieder einmal nicht. Sie hatten sich geliebt danach, und es war …

Schluss! Dirk verscheuchte die Erinnerung an Kinah und war mit einem Satz aus dem Bett – oder zumindest wollte er mit einem Satz aus dem Bett, aber sein Kreislauf machte ihm einen Strich durch die Rechnung und zwang ihn, in gebückter Haltung auf der Kante seines Bettes hocken zu bleiben und zu versuchen, das Flirren vor seinen Augen wegzublinzeln und seinen Atem zu beruhigen, der auf einmal unangenehme Ähnlichkeit mit einer bergan fahrenden Dampflokomotive hatte. Er bewegte probehalber die Beine und irgendetwas fiel klirrend um. Dann war ein gluckerndes Geräusch zu hören – Whiskey oder Wodka? Er konnte sich beim besten Willen nicht daran erinnern, was er gestern bis an die Grenze zur Bewusstlosigkeit in sich hineingeschüttet hatte. Er wollte sich vorbeugen und die Flasche aufrichten.

Er kam nicht einmal ein paar Zentimeter weit. Sein Kopf, der sich bisher nur dumpf und taub angefühlt hatte, schien plötzlich zu explodieren. Er keuchte und erstarrte mit vorgestreckter Hand zu vollkommener Bewegungslosigkeit. Scheißsauferei! Er hatte zeit seines Lebens einen großen Bogen um jedes übertriebene Besäufnis gemacht, vor allem um das, was als *Kampftrinken* darauf hinauslief, sich auf einen Schlag Zehntausende von Gehirnzellen aus dem Kopf zu blasen. Denn mit siebzehn hatte er einmal einen Filmriss gehabt, und alles, woran er sich noch hatte erinnern können, war ein matschiger Graben gewesen, in dem er neben seiner gedrosselten 125er gelegen hatte, deren Hinterrad sich wild drehte, während aus der gerissenen Tankleitung Benzin über den heißen Motor lief. Seine Aprilia hatte *kein* Feuer gefangen und war auch nicht hochgegangen, aber es hatte wohl nicht viel daran gefehlt.

Jedenfalls war ihm das ein Denkzettel gewesen, den er sein Leben lang nicht vergessen hatte.

Bis Kinah ihn verlassen hatte.

Und danach auch noch ihre gemeinsame Tochter Akuyi verschwunden war.

Ganz langsam und vorsichtig richtete er sich auf und legte den Kopf in den Nacken, darum bemüht, nur nicht in Richtung der Masken zu blicken. Aspirin, das brauchte er jetzt, zwei, drei oder besser gleich vier Tabletten. Wahrscheinlich halfen sie nicht die Bohne, aber dann hatte er wenigstens das Gefühl, etwas gegen seinen dicken Kopf getan zu haben. Denn egal, wie mies es ihm ging und wie gerne er sich in seinem Selbstmitleid badete: Er hatte etwas zu tun. Das Gleiche wie jeden Tag seit sechs Wochen. Sich hinter seinen PC klemmen, als gebe es in den Weiten des Internets eine Spur, die ihn zu Akuyi führen konnte, zu seinem Lieblingsbullen fahren, der ihn über den Rand seiner schmalen Brille hinweg mitfühlend angucken würde, bevor er in seine Wurststulle biss und schmatzend sagte: »Leider nein, noch keine Spur. Aber ich kann nur immer wieder betonen, dass Sie die Hoffnung nicht aufgeben dürfen. Irgendwann werden wir Ihre Tochter finden. Da bin ich mir sicher.«

Dirk war sich da gar nicht sicher. Mister Superbulle hatte durchblicken lassen, dass es in Deutschland je nach Schätzung drei- bis siebentausend Jugendliche gab, die ausgerissen waren und auf der Straße lebten – und nur ganz wenige Fälle pro Jahr, in denen Jugendliche einem Gewaltverbrechen zum Opfer fielen.

Damit hatte er Dirk wohl Hoffnung machen wollen, aber natürlich nur das Gegenteil erreicht. Die meisten der *wenigen bedauernswerten Opfer,* die einem Gewaltverbrechen zum Opfer gefallen waren, waren Mädchen, und die wenigsten von ihnen waren hässlich. Und Akuyi war bildhübsch, was ihr auch schon früher das eine oder andere Mal neben den üblichen dämlichen Anmachersprüchen großen Ärger eingebracht hatte.

Außerdem kannte Dirk seine Tochter. Sie hatte es genauso schwer wie er selbst verkraftet, dass ihre Mutter ohne ein Wort der Erklärung ihre kleine Familie verlassen hatte, und nie die Tendenz gezeigt, einen ähnlich gearteten Unsinn zu machen.

Ganz im Gegenteil; sie hatte sich wie eine Ertrinkende an einen Ast an den Rest Normalität geklammert, den Dirk ihr zu bieten versucht hatte.

Oder, um es anders auszudrücken: Sie beide hatten sich wie zwei Ertrinkende aneinandergeklammert.

Nicht, dass das gesund für eine Sechzehnjährige gewesen wäre; ganz im Gegenteil. Akuyi war zwar weiterhin recht gut in der Schule gewesen, aber sie hatte sich von allem abgewandt, was Jugendliche in ihrem Alter normalerweise beschäftigte. Mode, Disco, Jungs, Abhängen – all das interessierte sie nicht mehr, wie sie Dirk gestanden hatte. Dafür hatte sie sich intensiv mit ihren schwarzafrikanischen Wurzeln auseinandergesetzt, was Dirk vom ersten Moment an mit mehr Unruhe erfüllt hatte, als wenn sie sich auf irgendwelchen Kifferpartys herumgetrieben hätte. Afrika war ihm fremd geblieben, so viel ihm Kinah auch zu vermitteln versucht hatte, ja, es war ihm sogar zunehmend fremder geworden, je mehr Einzelheiten er über die alten Kulturen erfahren hatte, die Kinah – und damit teilweise auch Akuyi – geprägt hatten.

Aber all das spielte keine Rolle, jetzt, da Akuyi spurlos verschwunden war. Nun war nur noch wichtig, dass er sie nicht im Stich ließ und jede noch so ungewisse Spur verfolgte.

Dirk stieß sich ab, kam torkelnd hoch und machte zwei, drei unsichere Schritte. Sein rechter Fuß streifte eine Flasche, die ebenfalls klirrend umfiel, ohne dass diesmal etwas auslief, und sein linker Fuß schlurfte durch die kalte Lache aus der ersten Flasche, die er gestern nicht mehr geschafft hatte. Heute würde er keinen Schluck trinken, das schwor er sich. Morgen auch nicht. Den ganzen Rest der Woche nicht.

Der Traum, der ihn erschrocken hatte hochfahren lassen, war noch immer in ihm, und er trieb ihn voran. Er hatte von Kinah viel über Traumdeutung gelernt – nicht über die westliche Art, die ihn sowieso nicht interessierte, sondern über einen ganz anderen Ansatz, der viel umfassender war und Träume lediglich als eine *andere Form von Realität* definierte, und das mit einer Selbstverständlichkeit, die Dirk nie wirklich hatte nachempfinden können.

Bis heute Morgen …

Es war ihm klar, dass der Traum ihn irgendwohin nach Afrika geführt hatte, in eine Gegend, die er aus Kinahs Erzählungen und von ihren Bildern kannte. *Das Land der Tausend Hügel …* Er konnte sich beim besten Willen nicht mehr daran erinnern, was es damit auf sich hatte. Vielleicht lag es nur an seinem Kater, der jeden Gedanken zur Qual werden ließ, vielleicht hatte er sich auch zu viele Gehirnzellen weggesoffen, um noch eine detailgetreue Erinnerung heraufbeschwören zu können. Doch darauf kam es nicht an. Der Traum war ein Lebenszeichen von Akuyi, das ihm auf eine für ihn kaum verständliche Weise übermittelt worden war. Ein verzweifelter Hilferuf, der zeigte, wie schlecht es ihr ging und dass sie von Gewalten zerschmettert zu werden drohte, denen sie nichts entgegensetzen konnte und gegen die auch er kaum ankam. Der Traum hatte mit ihren afrikanischen Wurzeln zu tun, mit dem, was sie nicht verleugnen konnte, wollte sie ein ganzer Mensch sein, aber damit auch mit dem, was Dirk schon immer mehr Angst gemacht hatte, als er sich eingestehen wollte.

Er musste zu ihr.

Der Gedanke war so lächerlich, dass er beinahe laut aufgelacht hätte. Natürlich musste er zu ihr. Das wusste er schon die ganze Zeit. Doch jetzt *fühlte* er es auch, nicht nur als Vater, sondern mit jenem Teil seiner Seele, den Kinah immer zu erwecken versucht hatte. »Alle Menschen stammen aus Afrika«, hatte sie immer wieder gesagt, »und in unserer aller Seelen sind all die alten Bilder und Sehnsüchte gespeichert, die uns seit Menschengedenken vorangetrieben haben. Du musst sie nur finden in dir, und dann musst du bereit sein, sie anzunehmen.«

Dirk erreichte den Schreibtisch, auf dem sein Notebook dank der zur Zeit schnellsten verfügbaren DSL-Verbindung ständig mit dem Internet verbunden war und sein ganz eigenes Leben führte. Gestern hatte er sich, bereits leicht alkoholumnebelt, mit einem der widerlichsten Themen beschäftigt, auf die er bei seiner verzweifelten Suche nach seiner Tochter gestoßen war: mit Kinder- und Menschenhandel. Mario, sein ältester und bester Freund, hatte ihn auf diese Spur gebracht, er hatte irgendwelche abstrusen Theorien entwickelt, was dazu geführt hatte, dass sie sich in den Tagen nach Akuyis Verschwinden so kräftig in die Haare geraten waren, dass Dirk Mario schließlich achtkantig rausgeschmissen hatte (was er mittlerweile ebenso sehr bedauerte wie die Tatsache, dass er den Kontakt zu jedem anderen Menschen abgewürgt hatte, der ihm seine Hilfe angeboten hatte).

So verworren Marios Theorie auch in Dirks Ohren geklungen hatte – sie hatte ihn gezwungen, in eine Richtung zu denken, die er zunächst nicht hatte sehen wollen. Es war erschreckend, wie viele Einträge es zum Thema Kinder- und Menschenhandel gab – alleine in Google waren es mehrere hunderttausend gewesen –, und noch viel erschreckender, worauf man in Newsgroups und scheinbar geschlossenen Bereichen stoßen konnte, wenn man nur ein wenig hartnäckig war.

Es drehte ihm jedes Mal den Magen um, wenn er sich damit beschäftigte – mit der Möglichkeit, dass Akuyi einem Menschenhändlerring zum Opfer gefallen sein könnte. Aber das war es nicht, was ihn erschrocken stehen bleiben ließ, als sein Blick auf den großen Flachbildschirm an der Wand fiel. Es war wie das Eintauchen in seinen Traum, es war, als gäbe es keine Grenze mehr zwischen der Realität und dem, was er im Schlaf zusammenfantasiert hatte. Der Monitor zeigte keine Datenbankabfrage, keinen Text, keine Computergrafik, er war plötzlich zum Fenster in eine andere Welt geworden.

In eine Welt, in der ein Unwetter tobte. Dunkle Wolken hingen am Himmel, wurden von einem heftigen Wind auseinandergerissen, formierten sich wieder, verwirbelten erneut – ein düsterer, gefährlicher Anblick, der jeden, der ihm in freier Natur begegnet wäre, in aller Hast einen Unterschlupf hätte suchen lassen. Ein Blitz fuhr durch die unruhige Wolkendecke, zerriss die Dunkelheit, leuchtete die Szene für einen Moment gnadenlos aus.

Es hätte für Dirk keine Überraschung sein dürfen, was der Blitz enthüllte. Er hätte darauf vorbereitet sein, es mit einem Achselzucken abtun müssen.

Das Gegenteil war der Fall.

Seine Beine gaben plötzlich nach, und er musste einen hastigen Schritt nach vorne machen, um sich an der Lehne seines Schreibtischstuhls festzuhalten. Die zwei Hügel waren nun wieder vom Regengrau verdeckt, aber es schien, als leuchteten sie noch für eine Weile nach, nachdem der Blitz seine Energie verschwendet hatte. Als gelänge es ihnen nicht, sich vollständig seinem Blick zu entziehen. Es waren die Hügel aus seinem Traum, eine Gegend, die er vor dieser schrecklichen Nacht noch nie gesehen hatte, weder im Wach- noch im Schlafzustand, zumindest, soweit er sich erinnern konnte.

Ein kalter Schauer überlief ihn. Er dachte an all die merkwürdigen Geschichten, die Kinah ihm über ihre Heimat erzählt hatte. Über die Heimat aller Menschen, wie sie immer wieder betont hatte. Über den Kontinent, auf dem jene beiden Hügel einander gegenüberlagen wie zwei verfeindete Brüder, die sich belauerten und nur auf die Gelegenheit zum Zuschlagen warteten.

Dirk trat noch einen Schritt vor und ließ sich in den Stuhl fallen, der daraufhin ein Stück zurückrollte und ein paar achtlos auf den Boden geworfene Rechnungen zerknüllte.

Nein, Kinah hatte ihm nicht von diesen Hügeln erzählt, niemals, und doch wusste er mit unerschütterlicher Gewissheit, dass sie in Afrika lagen. Er rollte den Stuhl so weit es ging an den kleinen Schreibtisch, den er sich hier im Schlafzimmer gegönnt hatte, ursprünglich nur, um vor dem Schlafengehen noch ein bisschen zu programmieren oder sich mit einem Ego-Shooter zu entspannen. Ganz vorsichtig streckte er die Hand aus. Die Szenerie vor ihm wirkte derart plastisch, als sähe er sie nicht auf einem Monitor, sondern wäre auf geheimnisvolle Weise in der Lage, durch den flachen Schirm hindurch auf den Ausschnitt einer realen, weit entfernten, von einem heftigen Unwetter gebeutelten Landschaft zu blicken. Er glaubte sogar, die kalte Luft zu spüren, die der Sturm über das Land blies, und das Prasseln des Regens zu hören, obwohl er die Lautsprecher wie gewöhnlich gar nicht eingeschaltet hatte.

Er fuhr sich mit der Zunge über die Lippen. Sie waren rissig, und sein Mund fühlte sich trocken an. Er hatte viel zu tief in die Flasche geguckt. Dieser verfluchte Alkohol. Er war dabei, sich um den Verstand zu saufen, das war alles. Das, was er da vor sich sah, war eine raffinierte 3-D-Animation oder ein Film, dem man nachträglich im Computer Tiefenwirkung verpasst hatte. Wahrscheinlich lief er in einer Endlosschleife schon seit gestern Abend, mit dem immer wieder zuckenden Blitz und der ewig gleichen, durcheinanderwirbelnden Wolkendecke. Und natürlich hatte Dirk in seinem Suff auf dieses künstlich aufbereitete Unwetter gestarrt, eine Flasche in der rechten Hand, die linke um die Armlehne gekrallt, wie er es in letzter Zeit so häufig tat.

Das Filmchen hatte sich in sein Unterbewusstsein eingebrannt, und er hatte es in den Schlaf mitgenommen, so einfach war das. Der ganze Traum war nichts weiter als eine Erinnerung an das, was er vor dem Wegdämmern als Letztes gesehen hatte, durchzogen von seiner Angst um Akuyi.

Ein kalter Hauch streifte sein Gesicht, und er drehte den Kopf ein Stück und schlang zitternd die Arme um den Oberkörper. Es war kalt, so fürchterlich kalt, und das, obwohl er schwachsinnigerweise die Heizung auf Kinahs Lieblingstemperatur eingestellt hatte und es eher schweißtreibende Wärme hätte sein sollen, die ihn plagte. Doch die Kälte drang durch seine schon seit vielen Tagen nicht mehr gewechselte Kleidung und ließ ihn beben. Aber das war es nicht, was seinen Atem beschleunigte. Etwas kratzte am Rande seines Bewusstseins wie dürre, harte Finger, die Einlass begehrten und von ihm verlangten, dass er nicht länger weg-, sondern vielmehr genau hinsah. Egal, was Akuyi passiert war: Sie war ihm von dem genommen worden, was Kinah aus ihrer Heimat mitgebracht hatte, von all dem faulen Zauber, der erst Kinahs Herz und dann dasjenige ihrer gemeinsamen Tochter vergiftet hatte. Akuyi hatte sich in eine Gefahr begeben, die etwas mit ihrer Herkunft zu tun hatte und mit all den Büchern und dem Krempel, die sie in den letzten Wochen in ihrem Zimmer aufgehäuft hatte.

Das war es.

Er schob den Stuhl wieder ein Stück zurück. Er war während der vergangenen Wochen nicht nur einmal unruhig aufgesprungen und in Akuyis Zimmer gegangen, um alles zu durchstöbern, was sie ihm so chaotisch hinterlassen hatte. Er hatte versucht, Ordnung in ihre Sachen zu bringen, sie nach logischen Kriterien zu sortieren: Bücher und Schreibutensilien; CDs und DVDs; ausrangierte, in irgendwelche Ecken geworfene Kuscheltiere und natürlich die afrikanischen Bilder, Artefakte und Kitschgegenstände, von denen sie erschreckend viele in ihrem Zimmer hatte. Das, was er gesucht hatte – ein Tagebuch, eine Ton- oder Bildaufzeichnung, eine flüchtig hingekritzelte Notiz in einem Buch oder auf einem Fetzen Papier –, etwas, das Aufschluss darüber gab, wohin sie verschwunden war (freiwillig, wie ihm eine böse innere Stimme zuflüstern wollte, und nicht verschleppt von irgendwelchen bösen Jungs), hatte er nicht gefunden.

Sein Fehler war es gewesen, Akuyis chaotische Ordnung zu zerstören. Denn diesem Chaos hatte eine Logik innegewohnt, die er zwar gespürt, aber nicht zu deuten gewusst hatte. Er musste den Originalzustand wiederherstellen, so gut es ihm möglich war, und sich dann noch einmal an die Suche machen. Zum Glück war er schlau genug gewesen, Akuyis Zimmer aus jeder nur denkbaren Perspektive zu fotografieren, bevor er sich daran zu schaffen gemacht hatte.

Dirk griff nach der Funkmaus, um die Fotos auf seinem Notebook aufzurufen. Aber das hätte bedeutet, dass er das magische Bild der zwei sturmumtosten Hügel hätte ausblenden müssen. Das Bild, das ihn mit Akuyi verband, selbst wenn ein Teil seines Verstandes ihm sagte, dass er sich mit solchen Gedanken langsam, aber sicher von dem verabschiedete, was man Normalität nannte.

Ein ganze Zeit lang verharrte er bewegungslos in seinem Stuhl. Zusammenhanglose Bilder von afrikanischen Symbolen wirbelten durch seinen Kopf, und sie alle hatten etwas mit seinem Traum zu tun und mit Akuyi, die – dessen war er sich plötzlich sicher – heute Nacht verzweifelt nach ihm gerufen hatte.

Sie war in Gefahr, in akuter Lebensgefahr. Und wenn es einen Menschen auf der Welt gab, der ihr helfen konnte, dann er.

Dirk stand mit einem Ruck auf, schob den Stuhl zurück und trat hinaus auf den Flur. Während er zu der Treppe ging, die zu Akuyis Zimmer führte, spürte er, wie eine eisige Kälte seine Beine umwehte. Das war unmöglich. Alle Fenster waren geschlossen und die Heizung auf vierundzwanzig Grad eingestellt. Einen kalten Luftzug konnte es hier einfach nicht geben.

Doch es wurde sogar noch kälter, als Dirk den im Parkett steckenden Holzspeer passierte, der vor zwei Wochen, nachdem er versehentlich die Tür zu Kinahs Zimmer zugeknallt hatte, wie von Geisterhand geschleudert auf ihn niedergegangen war und ihn knapp verfehlt hatte. Damals hatte er geglaubt, einen Schatten weghuschen zu sehen, der verdächtig nach Kinah ausgesehen hatte … Er biss sich auf die Unterlippe, wie jedes Mal, wenn sich seine Gedanken in eine Richtung verirrten, die ihn nicht weiter-, sondern höchstens in die Klapsmühle bringen würde. Dann schlug er fröstelnd den Kragen seines Hemdes hoch und eilte die Treppe hinauf. Der Speer war einfach schlecht befestigt gewesen und hatte sich durch die Erschütterung beim Türenzuschlagen gelöst. Und der Schatten, den er zu sehen geglaubt hatte, war nichts weiter als ein Produkt seiner überbordenden Fantasie, und damit basta.

Auf der Galerie, die wie die Holzveranda eines afrikanischen Herrenhauses gefertigt war, begrüßten ihn die beiden Skulpturen, die Kinah in ihrer letzten Schaffensphase gefertigt hatte. Die eine war aus afrikanischem Schwarzholz geschnitzt, die andere aus dem hellen, fast weißen Holz einer Ebenaceengattung aus dem Herzen Afrikas. Mit ein wenig Fantasie waren sie als Mann und Frau zu erkennen, die sich mit leicht angewinkelten Armen halb gegenüberstanden, halb voneinander abwendeten. Dirk wäre nie auf die Idee gekommen, sie von hier zu entfernen und zu den halbfertigen Skulpturen und Plastiken im Schuppen hinter der Garage zu stellen, empfand jedoch jedes Mal, wenn er sie sah und an ihnen vorbeigehen musste, ein gewisses Unbehagen.

Mit schnellen Schritten hastete er an den fast mannshohen Skulpturen vorüber. Er hatte beinahe das Gefühl, als würden sie ihn mit Blicken durchbohren. Als er Akuyis Zimmer erreichte, musste er sich schwer atmend am Türrahmen abstützen. Sein Kreislauf fuhr Achterbahn, und die Kopfschmerzen, die er fast vergessen hatte, meldeten sich mit einem harten Pochen im Rhythmus seines Herzschlags zurück. Er versuchte seinen miserablen Zustand zu ignorieren, aber es gelang ihm nicht. Akuyis normalerweise helles, lichtdurchflutetes Zimmer war unnatürlich dunkel, fast wie die Höhle, in der er im Traum mit ihr hatte Schutz suchen wollen, um den Sturmgewalten zu entkommen. Und jetzt hörte er ganz deutlich den Regen, der mit solcher Wucht niederprasselte, dass er trotz der Dreifachverglasung des Fensters wie ein Trommelfeuer aus mehreren Maschinenpistolen klang. Das also war das Geräusch, das er fälschlicherweise mit dem Bild der zwei Hügel in Verbindung gebracht hatte.

Ein weiteres Puzzleteil, das ihm bewies, wie leicht er sich in etwas hineinsteigerte. Dort draußen tobte ein Unwetter, ein Sturm, der den Regen gegen die Südseite des Hauses peitschte. Dirk hatte nicht auf die Uhr geschaut, aber er schätzte, das es später Vormittag war. Umso erstaunlicher, dass kaum Helligkeit ins Zimmer drang. Das Licht reichte gerade aus, um ihn die sauberen Stapel erkennen zu lassen, zu denen er Akuyis Sachen geordnet hatte. Er konnte sich lebhaft vorstellen, was sie dazu sagen würde, käme sie jetzt unerwartet nach Hause und würde über seine Schulter einen Blick in ihr Zimmer werfen.

Trotzdem. Irgendwo hier steckte vielleicht ein Hinweis auf den jetzigen Aufenthaltsort seiner Tochter. Etwas, das auch mit dem leicht süßlichen Geruch zusammenhing, den er zu riechen vermeinte und der jedes Mal, wenn er das Zimmer betrat, stärker geworden zu sein schien.

Gerade als er auf den Lichtschalter drücken wollte, klingelte sein Telefon. Er griff nach der Gürteltasche, holte es hervor und warf einen Blick auf das Display, in der Hoffnung, es sei Mario, der bereit war, einen Schlussstrich unter ihren lächerlichen Streit zu ziehen. Aber er wurde enttäuscht. Eine ihm unbekannte Handynummer wurde angezeigt. »Ja?«, meldete er sich.

»Biermann«, sagte eine sonore Männerstimme. »Harry Biermann. Ich habe gehört … Sie suchen Ihre Tochter.«

Dirk stieß zischend die Luft aus. »Ja. Haben Sie … Wissen Sie …?«

»Ich weiß nicht, wo sie ist«, antwortete Biermann rasch. »Zumindest noch nicht.«

Dirk schloss die Augen und umklammerte das Handy so fest, als wolle er es zerquetschen.

»Was soll das heißen?«, fragte er scharf.

»Sie kennen mich«, sagte Biermann anstelle einer direkten Antwort. »Es ist schon eine ganze Weile her, und wir hatten nur indirekt Kontakt. Ich habe damals für Kurt gearbeitet. Kurt Knusen.«

»Ja, ich erinnere mich.« Dirk riss die Augen wieder auf und starrte in Akuyis so fremd wirkendes Zimmer. Es war nicht richtig, dass er hier alles durchgewühlt und dann nach Kategorien sortiert hatte, das wurde ihm mit schmerzhafter Deutlichkeit klar. Es war beinahe so, als hätte er damit ihrer Seele Gewalt angetan.

»Kurt Knusen ist ein Idiot«, fuhr er fort. »Ich habe ihn gut bezahlt, aber er hat mir nur heiße Luft geliefert.«

»Ja«, sagte Biermann. »Kurt *ist* ein Idiot. Deswegen habe ich mich auch von ihm getrennt. Ich habe jetzt ein eigenes Büro.«

»Glückwunsch.« Dirk betrat das Zimmer. Der Regen prasselte mit ungestümer Gewalt gegen die Terrassentür und das große

Fenster, und das Wasser lief in breiten Schlieren über die Scheiben nach unten. Der Anblick erinnerte Dirk unangenehm an die Bugfenster eines Schiffes, das sich verzweifelt durch ein Unwetter kämpft. »Wenn Sie für einen Idioten gearbeitet haben, Biermann – was sagt mir das dann? Dass Sie auch einer sind?«

Biermann schluckte die Beleidigung ohne Gegenwehr. »Ich war damals für den ganzen Schriftkram zuständig. Sie wissen schon: Einarbeiten in das Profil Ihrer Frau …«

»Exfrau.«

»Von mir auch aus Exfrau. Kontaktaufnahme mit Behörden, Verwandten und alten Freunden. Der ganze Krempel, der notwendig ist, wenn man gewillt ist, jeder noch so kleinen Spur nachzugehen.« Dirk glaubte geradezu zu hören, wie sich Biermann straffte. »Und das verschafft mir jetzt einen gehörigen Vorsprung gegenüber jedem anderen, der sich mit dem Fall beschäftigt.«

»Die Polizei …«

»Die Polizei nimmt Sie doch gar nicht ernst«, unterbrach ihn Biermann ruhig. »Die geben die Daten zum Abgleich in einen Computer ein, legen eine Akte an, führen vielleicht noch ein paar Telefonate – und das war's dann.«

Dirk drehte sich zur Wand um. Auch hier hingen afrikanische Masken. Eine von ihnen, mit grotesk vergrößerten Augen, wulstigen Lippen und einem gespaltenem Schädel, schien seinen Blick spöttisch zu erwidern. Diese Maske war einfach hässlich und ekelhaft, und er fragte sich, was ein junges Mädchen dazu bewog, sie sich direkt gegenüber ihrem Bett aufzuhängen.

»Ich finde, das ist kein schlechtes Stichwort«, sagte er schließlich.

»Welches?«

»Das war's dann«, antwortete Dirk schroff. »Damit haben Sie nämlich vollkommen recht. Ich brauche niemanden, der im Privatleben meiner Tochter herumschnüffelt.«

Weil ich das schon ganz alleine tue, wisperte eine böse Stimme in seinem Kopf.

»Weil Sie glauben, dass ihr Verschwinden nichts mit ihr selbst zu tun hat?«, fragte Biermann. »Diese These ist natürlich vollkommen berechtigt. Aber es wäre etwas leichtsinnig, alle anderen Thesen von vornherein auszugrenzen, oder?«

»Das habe ich nicht vor, du Blödmann!«, hätte Dirk am liebsten geschrien. Aber natürlich tat er das nicht. Biermann hatte recht. Er glaubte selbst kaum noch, dass seine Tochter das Opfer einer zufälligen, aber schrecklich endgültigen Begegnung mit einem Gewalttäter geworden war.

»Es könnte doch sein«, sagte Biermann vorsichtig, »dass zwischen dem Verschwinden Ihrer Tochter und dem Ihrer Frau ein Zusammenhang besteht, oder?«

Dirk zog Akuyis Schreibtischstuhl heran und ließ sich mit wackligen Knien darauf nieder. Natürlich konnte das sein. Es war genau das, was er insgeheim befürchtete.

»Und wenn das so wäre«, fuhr Biermann ungerührt fort, »dann habe ich vielleicht etwas für Sie. Allerdings etwas, das uns unter einen gewissen Zeitdruck setzt.«

»Was?«, fragte Dirk leise.

»Eine neue Spur, die zu Ihrer Frau … Ihrer *Ex*frau führen könnte. Und damit auch zu Ihrer Tochter.«

2

Als Dirk das Haus verließ, blies ihm ein derart heftiger Wind entgegen, dass er die Augen zu schmalen Schlitzen zusammenkneifen und das Gesicht drehen musste, bevor er in gebückter Haltung den Weg zur Auffahrt hinuntereilte, auf der das Taxi bereits wartete. Er hatte zwei Wagen in der Garage stehen – seinen Mitsubishi Pajero und den Golf, den Kinah gefahren hatte –, aber er kam nicht einmal auf den Gedanken, einen von ihnen zu benutzen. Der Restalkohol, den er im Blut hatte, hätte schon als Grund ausgereicht, um das Auto stehen zu lassen, viel schlimmer war aber, dass er zurzeit keinen Führerschein besaß. Kurz nachdem Akuyi verschwunden war, war er in eine Polizeikontrolle geraten, und das nicht gerade nüchtern. Das hatte ihn vorerst das kleine rosa Ding gekostet, das sich EU-Führerschein nannte. Einen blöderen Zeitpunkt konnte er sich gar nicht vorstellen. Schließlich musste er flexibel sein, wenn sich eine Spur auftat, der er sofort nachgehen musste.

»Nun, rein mit dir, Mann«, schimpfte der Taxifahrer, nachdem er die Beifahrertür aufgerissen hatte und zögernd stehen geblieben war. »Gleich fängt es wieder an zu schiffen, und dann möchte ich nicht meine Sitze versaut haben.«

Dirk verstand überhaupt nicht, was der Fahrer von ihm wollte. Er verstand noch nicht einmal, was er hier sah und *roch*. Der Taxifahrer war fast so schwarz wie Kinah, hatte ein schmales, verlebtes Gesicht, das von Rastalocken umrahmt war, und eine selbstgedrehte Zigarette im Mundwinkel hängen, die mehr als nur ein bisschen verdächtig aussah – und auch genauso stank.

»Ich steige zu niemandem ins Auto, der gerade einen Joint raucht«, sagte Dirk.

»Einen Joint? Ey Mann, mach doch keinen Aufstand!« Der Schwarze verzog die Mundwinkel zu einem zahnlückigen Grinsen, doch seine Augen blieben kalt und musterten Dirk mit einem abschätzenden Ausdruck, der ihm gar nicht gefiel. »Ich rauch hier keinen Joint, echt nicht. Das ist Seegras, eine spezielle Mischung, absolut clean. Brauch ich, um die Birne freizuschuppern.«

»Ob Joint oder nicht«, sagte Dirk, »erstens wüsste ich nicht, seit wann wir uns duzen. Zweitens stinkt Ihre Kiste zum Himmel. Ganz abgesehen davon«, er deutete auf das rissige Armaturenbrett und den abgewetzten, ausgebleichten Bezug des Beifahrersitzes, »sieht Ihr Taxi aus, als hätten Sie es gerade vom Schrottplatz geholt.«

Der Farbige nickte. »Gut erkannt. Die Mühle sollte tatsächlich verschrottet werden. Aber davor habe ich sie bewahrt.«

Dirk seufzte. »Schon gut. Dann bestell ich mir eben ein anderes Taxi.«

»Nur nicht übertreiben.« Der Taxifahrer fischte sich die Selbstgedrehte aus dem Mundwinkel, sah sie bedauernd an und drückte sie dann im überquellenden Aschenbecher aus. »Steigen Sie lieber ein, bevor Sie nass werden.«

Ehe Dirk antworten konnte, traf ihn ein Windstoß im Rücken, der ihn fast aus dem Gleichgewicht brachte, und mit der Bö kam der Regen zurück. Kein Niesel- oder normaler Sommerregen, sondern ein Platzregen, der hart auf seinem Jackett aufschlug und es durchweichte, noch bevor er in das Taxi gestiegen war. Hastig nahm er auf dem maroden Sitz Platz, der dies mit einem durchdringenden Quietschen quittierte, und zog die Tür hinter sich zu.

»Ich sage nur eins …« Der Taxifahrer startete den Motor, der mit einem merkwürdigen Grummeln zum Leben erwachte, das selbst das Geräusch des Regens noch übertönte. »Weltuntergang.«

»Was?«

Der Taxifahrer deutete durch die Scheibe, an der das Wasser herabrann, als wären sie gerade in die Isar eingetaucht. »Der reinste Weltuntergang. Und das ist erst der Anfang, wie die Wetterfrösche behaupten.«

»Schön.« Dirk fuhr sich mit der Hand über die raue, wie zerklüftete Stelle an seinem Handgelenk – eine böse Erinnerung an eine noch viel bösere Begegnung mit einer Ratte in seiner Kindheit. »Aber ehrlich gesagt interessiert mich der Wetterbericht herzlich wenig. Können wir jetzt endlich losfahren?«

»Ich bin John.« Der Taxifahrer legte den ersten Gang ein und fuhr vorsichtig los, was durchaus verständlich war, denn die Sichtverhältnisse waren trotz des auf Hochtouren laufenden Scheibenwischers mehr als miserabel. »Und nur, damit das klar ist: Das hier ist kein normales Taxi …«

»Wäre mir gar nicht aufgefallen«, brummte Dirk.

»Birdie schickt mich«, sagte John ungerührt. »Und er sagt, es wäre brandeilig. Nur aus diesem Grund habe ich mich bei diesem beschissenen Wetter auf den Weg gemacht.«

»Schön«, sagte Dirk noch einmal. »Und wer zum Teufel ist Birdie?«

»In seinem Pass steht Harry Biermann«, antwortete John. »Aber unter dem Namen kennt ihn nur das Finanzamt und seine Schwiegermutter. Alle anderen nennen ihn Birdie.«

Dirk seufzte. Das fing ja gut an. Als Biermann gesagt hatte, er würde ihm ein Taxi schicken, dessen Fahrer genau wüsste, wohin er ihn zu bringen hatte, hatte er mit einem *normalen* Taxi und einem *normalen* Taxifahrer gerechnet, nicht mit einer solchen Katastrophe. Hätte ihn Biermann mit der Meldung über die angebliche Spur nicht heißgemacht, er wäre keine Sekunde länger in dieser verräucherten Rostlaube geblieben. Aber das war Nebensache, wenn es um die beiden Frauen ging, denen sein Herz gehörte.

» … Unwetterwarnung auch in Niedersachen«, donnerte plötzlich eine Stimme. John regelte hastig die Lautstärke des Radios herunter. »Der Deutsche Wetterdienst in Offenbach hat …«

»Können Sie das bitte abstellen?«, fragte Dirk genervt und versuchte, das Pochen zu ignorieren, mit dem sein Kopf auf die dröhnende Stimme des Sprechers reagiert hatte. »Ich habe doch wohl klar genug gemacht, dass ich mich nicht für den Wetterbericht interessiere.«

»Das ist doch kein Wetterbericht«, antwortete John kopfschüttelnd, während er gleichzeitig gehorsam das Radio ausschaltete. »Das ist die Sondersendung zur Unwetterkatastrophe. Ich muss doch wissen, wann wir in ein Amphibienfahrzeug umsteigen müssen.«

»Sehr witzig.« Dirk wandte den Kopf und blickte aus dem Seitenfenster. Vielmehr: Er wollte aus dem Seitenfenster blicken. Aber da war nicht viel zu sehen. Nicht mehr als Wasser, das wie eine kleine Sturzflut herabrann. »Hauptsache, die Medien finden immer wieder ein Thema, das sie für eine Weile hochspielen können. Wissen Sie nur, was seltsam ist?«

John schüttelte den Kopf.

»Auch verschwundene Kinder und Jugendliche sind ein Lieblingsthema der Medien«, sagte Dirk bitter. »Die walzen jeden Fall platt, quetschen Nachbarn und Angehörige aus und würden noch ein Meerschweinchen interviewen, wenn das reden könnte. Aber wenn es darum geht, ganz nüchtern mit einem Foto die Suche nach einer Jugendlichen zu unterstützen, mauern die.«

»Ja«, sagte John. »Das sind nun mal die Gesetze der Sensationspresse. Verkaufen Sie denen doch einfach Ihre Story.«

»Verkaufen?« Dirk starrte ihn entgeistert an. »Sind Sie von allen guten Geistern verlassen?«

»Wenn Sie Aufmerksamkeit haben wollen«, sagte John, schaltete in den ersten Gang und beugte sich vor, als könne er so besser sehen, »müssen Sie den Medien auch einen Köder hinwerfen. Und das bedeutet, sich ihren Kameras und Reportern zu stellen und den Typen das Gefühl zu geben, sie hätten Sie im Sack. Und das geht nun mal am besten, wenn man denen eine Story verkauft.«

»Sie haben wohl nicht mehr alle Tassen im Schrank!« Dirk zerrte wütend an seinem Sicherheitsgurt, der sofort einrastete, ohne sich auch nur einen Zentimeter bewegt zu haben. »Ich verkaufe doch nicht meine Tochter!«

»Das tun Sie doch gar nicht. Aber wenn Sie wollen, dass man über Ihre Tochter berichtet …« John ließ den Rest den Satzes ungesagt und tat so, als müsse er sich ganz drauf konzentrieren, an der nächsten Kreuzung abzubiegen.

Dirk setzte dazu an, zum zweiten Mal mit ungestümer Wucht an dem speckigen Sicherheitsgurt zu zerren, ließ es dann aber sein. Stattdessen zog er ihn langsam, fast bedächtig nach vorne, drehte den Verschluss um hundertachtzig Grad und ließ ihn dann einschnappen.

»Was befähigt Sie eigentlich, so kluge Ratschläge zu geben?«, fragte er dann.

»Verdammter Mist«, fluchte John. »Ich kann noch nicht einmal die Ampel erkennen.«

»Vielleicht liegt das daran, dass man vor dreißig Jahren noch keine vernünftigen Scheibenwischer gebaut hat.«

»Mein Mercedes hat keine dreißig Jahre auf dem Buckel, sondern siebenundzwanzig«, sagte John. »Und daran liegt es ganz eindeutig nicht, sondern an diesem gottverdammten Wolkenbruch.« Er deutete nach oben. Als Dirk schwieg, fügte er hinzu: »Ich war früher mal im Musikbusiness. Hab ein paar coole Nummern produziert. Und so ganz nebenbei habe ich dabei gelernt, wie das Medienbusiness funktioniert.«

»Na klar«, sagte Dirk schroff. »Platten-PR und das Verschwinden meiner Tochter – das hängt natürlich alles zusammen. Also –

drehen Sie einfach um, setzen Sie mich zu Hause ab und vergessen wir das Ganze, ja?«

»Könnte ich machen«, sagte John. »Aber dann würden Sie vielleicht die heißeste Spur verlieren, die Sie haben. Und das wollen Sie doch nicht, oder?«

Dirk zuckte mit den Schultern. Darauf gab es nichts zu sagen. Mal ganz abgesehen davon, dass das dumpfe Pochen in seinem Kopf jeden klaren Gedanken erschwerte und der kalte Zigarettenqualm ihm den Atem nahm, war er einfach nicht in der Position, irgendeinem Hinweis *nicht* nachzugehen. Am besten fügte er sich so lange, bis er diesem Birdie gegenüberstand und ihm klarmachen konnte, dass er sich nicht ausnehmen ließ wie eine Weihnachtsgans, nur weil ihn die Sorge um seine Tochter bereits halb um den Verstand gebracht hatte.

Die Fahrt schien eine Ewigkeit zu dauern. Soweit Dirk erkannte, waren sie so ziemlich die Einzigen, die meinten, bei diesem Wetter unbedingt unterwegs sein zu müssen, abgesehen von den Einsatzfahrzeugen von Polizei, Rettungsdienst und Feuerwehr, von denen er zwar keines zu Gesicht bekam, deren unterschiedliches Sirenengeheul aber nicht abriss, seitdem sie die Stadtgrenze passiert hatten. Der Wind zerrte an dem Taxi wie ein Fünfjähriger an einem Spielzeugauto, und John hatte alle Hände voll zu tun, es in der Spur zu halten und zu vermeiden, dass er in ein parkendes Auto fuhr.

Dirk musste wohl eingenickt sein, denn er schreckte plötzlich hoch, weil John hart auf die Bremse trat und den alten Mercedes dann langsam in einen schmuddeligen Hinterhof lenkte. Der Regen hatte so abrupt wieder aufgehört, wie er begonnen hatte, aber alles, was auf dem Hof hatte Wasser aufnehmen können, hatte das auch getan. Auf den Mülltonnen stand das Wasser, als wäre es mit Sekundenkleber dort festgeklebt worden, und die rissige Asphaltdecke glich einem kleinen, schmutzigen Tümpel, auf dem Ölflecken in allen Regenbogenfarben schimmerten.

»Da wären wir«, sagte John. Er griff in seine Jackentasche und holte ein silbern schimmerndes Zigarettenetui heraus, dem er etwas entnahm, das wie ein hastig gedrehter Joint aussah, schlecht verklebt und bröckelig. Seegras. Wirklich sehr, sehr witzig. Ein blödere Ausrede hätte sich dieser schwarze Rastahippie auch nicht einfallen lassen können.

John knallte die Autotür zu und hüpfte mit einem Riesensatz zu der verwitterten Hintertür des nächststehenden Gebäudes hinüber, riss sie auf und stürmte hinein, ohne sich auch nur einmal nach Dirk umzusehen. Offensichtlich hatte Dirk ihn nachhaltig verärgert. Aber das konnte ihm egal sein.

Dirk löste den Sicherheitsgurt und wollte die Beifahrertür öffnen, besann sich aber im letzten Moment eines Besseren. Es reichte schon, dass sein Jackett durchweicht war und sein Hemd nass am Rücken klebte. Da war es nicht auch noch nötig, dass sich seine Schuhe voll Wasser saugten, nur weil er auf der falschen Seite ausstieg. Er kletterte über die Konsole, das aber wohl etwas zu hastig, denn er stieß mit dem Kopf gegen die Sonnenblende, die daraufhin ein Stück herunterklappte und ihm vollends den Weg versperrte.

Als er hochblickte, sah er in die Mündung einer Pistole.

Sie war direkt auf seinen Kopf gerichtet, und für einen verrückten Moment glaubte er, John sei zurückgekehrt, um sich für seine vorlauten Bemerkungen zu rächen. Aber natürlich war das Blödsinn. Es war eine kleine Pistole (Dirk kannte sich mit Waffen nicht aus, aber er vermutete, dass derartige Pistolen gebaut wurden, um neben Make-up-Utensilien in den Handtaschen zierlicher Frauen oder in den Wadenholstern harter Kerle verstaut zu werden), und sie war mit Klebeband am Sonnenschutz befestigt. Kein sehr originelles Versteck, aber für einen Taxifahrer sicherlich weitaus besser geeignet, um im Notfall schnell eine Pistole ziehen zu können, als wenn sie im Handschuhfach gelegen hätte.

Dirk hätte später nicht sagen können, warum er das tat, aber er reagierte zielstrebig. Mit einem entschlossenen Griff packte er die Pistole und zerrte an ihr, bis er sie in der Hand hielt. Nachdem er sich mit einem raschen Blick davon überzeugt hatte, dass niemand auf dem Hof war, ließ er sie in seiner Jackentasche verschwinden, klappte den Sonnenschutz wieder hoch und stieg aus.

John hatte nicht aus Zufall genau an dieser Stelle gehalten: Direkt vor der Fahrertür lag eine Bohle, die weit genug aus dem Wasser ragte, um ihm einen trockenen Übergang ins Haus zu gewährleisten. Dirk stieg auf sie, sprang auf den Treppenabsatz und stieß die Tür auf.

Ein Gestank schlug ihm entgegen, der ihn in einer anderen Situation wahrscheinlich zur Umkehr genötigt hätte. Es war auch hier kalter Zigarettenrauch, hinzu kam jedoch der Modergeruch schimmliger, pilzbefallener Wände und eine Mischung aus Alkohol und Schlimmerem, wie sie einem sonst höchstens von den öffentlichen Toiletten abgelegener Provinzbahnhöfe entgegenschlug, die noch nicht in der Hand von McClean waren. Dirks ungutes Gefühl verstärkte sich, als er nach dem Lichtschalter tastete und stattdessen nur ein Loch in der Wand fand.

Vorsichtig ging er ein Stück weiter. Seine rechte Hand vergrub sich in der Jackentasche und umklammerte den Griff der Pistole. Im Ernstfall würde sie ihm herzlich wenig nutzen, er wusste ja noch nicht einmal, ob das kleine Ding einen Sicherungshebel hatte, den er umlegen musste, bevor er einen Schuss abgeben konnte. Trotzdem verlieh ihm die Waffe ein Gefühl von Sicherheit, während er sich weiter durch das Halbdunkel tastete.

»Das wird er noch bereuen!«, hörte er eine tiefe, rauchige Stimme irgendwo vor sich schimpfen, dann wurde eine Tür aufgestoßen, und ein gelbliches Lichtrechteck zeichnete sich auf dem Boden ab, wurde aber sofort wieder verdeckt, als eine massige Gestalt in den Gang hinaustrat. »Sich dem Ratschluss der Ahnen zu widersetzen ist gefährlicher, als Affenpisse zu saufen«, brummte die Gestalt, schmiss schwungvoll die Tür zu und stapfte schwergewichtig in Dirks Richtung.

Dirk wusste nicht, wie er sich verhalten sollte. Es war offensichtlich eine Frau, die da auf ihn zuhielt (zumindest hoffte er das, es hätte ihn allerdings nicht gewundert, wenn er hier der dicksten, widerlichsten Transe begegnet wäre, die die Stadt zu bieten hatte), und sie war mächtig in Fahrt, wie die energischen Schritte und das böse, halblaute Gemurmel bewiesen, das nicht für einen Sekundenbruchteil verstummte. Hätte es die Möglichkeit gegeben, hätte sich Dirk blitzschnell in eine Ecke verdrückt, oder besser noch in einen Nebenraum, sodass ihn dieses Schlachtross überhaupt nicht zu Gesicht bekam. Die einzige Chance, einer Begegnung zu entgehen, hätte darin bestanden, auf dem Absatz kehrtzumachen und den gleichen Weg zurückzustürzen, aber das wäre ihm wie ein Verrat an Akuyi vorgekommen.

»Vorsicht«, sagte er stattdessen. »Das Licht scheint hier nicht zu funktionieren.«

Die massige Gestalt vor ihm blieb abrupt stehen, und Dirk schlug ein süßlicher und zugleich beißender Geruch entgegen, der fast noch ekelhafter war als die ohnehin schon unerträgliche Duftmischung in diesem Gebäude.

»Sprichst du von Licht?«, röhrte die Stimme. »Oder gar von Erleuchtung? Dann bist du hier vollkommen falsch. In dieser Stadt wohnen nur Menschen, die gar nicht mehr wissen, was das ist. Sie stecken die Köpfe in Bildschirme, knallen sich die Birne mit Gewalt- und Pornodarstellungen zu und denken, dadurch würden sie am Leben teilhaben. In Wirklichkeit verlieren sie es.«

Dirk erstarrte. Wo war er bloß hingeraten?

»Der Flur ist viel zu eng«, fuhr die Massige mit ihrer rauchigen Stimme fort, »erinnert mich verteufelt an eine schmale Schlucht in meiner Heimat. Die wurde immer enger und enger – und dann stand mir da plötzlich dieser Elefantenbulle gegenüber, halb eingeklemmt, mit einem abgebrochenen Stoßzahn und einem Funkeln in den Augen, das ich nie vergessen werde … Ja« – sie stieß einen tiefen Seufzer aus – »im Land der Tausend Hügel erlebt man schon die verrücktesten Sachen.«

»Land der Tausend Hügel?« Dirk blinzelte fassungslos. Es war ebenfalls dunkel gewesen, als er im Land der Tausend Hügel gewesen war, ein fürchterliches Unwetter hatte geherrscht, und nicht weit entfernt von ihm hatte Akuyi gestanden. Aber es war ein Traum gewesen, sein ganz persönlicher Traum, von dem er niemandem erzählt hatte. Wie kam diese Dicke dazu, einen Begriff zu benutzen, den er selbst nur aus dem vielleicht wichtigsten Traum seines Lebens kannte?

»Im Land der Tausend Hügel entspringt der Nil … und die Leidenschaft«, antwortete die Dicke mitten in seine sich überschlagenden Gedanken hinein. »Du weißt doch, dass dort die leidenschaftlichsten Menschen herkommen?«

»Nein, das weiß ich nicht, und es ist mir auch egal.« Dirk schrie fast. »Aber ich will wissen, was es mit diesem Tausendhügelland auf sich hat.«

»Nicht Tausendhügelland – Land der Tausend Hügel«, korrigierte ihn die Dicke. »Das ist eine Gegend mitten im Herzen von Afrika, Schätzchen. Irgendein verrückter Franzose hat sie vor einer Ewigkeit so genannt. Aber ich wüsste nicht, warum dich das interessieren sollte, Schätzchen.«

Interessieren *sollte?* Diese Formulierung war ja wohl völlig daneben. Irgendetwas in Dirk hatte *klick* gemacht, als er die Bezeichnung *Land der Tausend Hügel* gehört hatte. Tief in ihm war etwas, das darauf ansprang wie ein Pitbull auf eine Katze, die ihm direkt vor die Schnauze lief. Hügel, es waren immer wieder Hügel gewesen. Seine beiden Frauen, wie er Kinah und Akuyi scherzhaft nannte, hatten eine Leidenschaft für eine zwar hügelige, aber nicht bergige Landschaft. Einmal hatten sie alle einen Ausflug in die Eifel gemacht, und Akuyi hatte irgendetwas gefunden, das wie ein vor Ewigkeiten behauener Faustkeil ausgesehen hatte. Sie war nicht mehr zu halten gewesen, in einen schmalen Spalt hinabgesprungen und davongerannt. Er und Kinah waren ihr gefolgt, hatten nach ihr gerufen, aber sie war verschwunden, mindestens eine halbe Stunde lang … Ziemlich lang für eine Achtjährige, lang genug, dass er bereits voller Panik sein Handy gezückt hatte, um Hilfe zu rufen.

Als Akuyi dann wieder aufgetaucht war, vor Dreck starrend und mit eingerissener Kleidung, aber einem glücklichen Lächeln im Gesicht, hatte er an sich halten müssen, um sie nicht anzuschreien. Kinah war viel ruhiger gewesen, wenn auch nur äußerlich. Sie hatte sich zu Akuyi hinuntergebeugt, um die zwei, drei behauenen Steine zu begutachten, die ihre Tochter irgendwo aufgetrieben hatte – und den *Knochen,* der ebenfalls Bearbeitungsspuren frühzeitlicher Menschen aufgewiesen hatte. Dann hatte sie Akuyi auf die Stirn geküsst, als hätte sie ihr Kind schon seit einer Ewigkeit nicht mehr gesehen und mit dem Schlimmsten gerechnet.

Trotzdem hatte sie geduldig zugehört, während ihr Akuyi aufgeregt von der Höhle erzählt hatte, deren Zugang so schmal war, dass sie sich nur mit Mühe hatte durchzwängen können. An das folgende Wortgefecht konnte sich Dirk nicht mehr genau erinnern. Sehr wohl aber daran, was Kinah gesagt hatte, als sie auf dem Rückweg zum Auto gewesen waren: »Es gibt Dinge unter den Hügeln, die nicht gut sind. Dinge, die man nicht wecken sollte.«

Akuyi hatte ganz unbekümmert zu ihr hochgeblickt. »Aber warum denn? Es sind doch nur alte Dinge, von den Vorfahren der Menschen in diesem Land. Warum sollte etwas schlecht sein, was die Ahnen hinterlassen haben?«

»Hey, schläfst du hier mitten am Tag ein, oder was?«, herrschte die Dicke Dirk an.

»Was?« Dirk hatte Mühe, die Erinnerung abzuschütteln. Akuyi war ihm gerade so gegenwärtig gewesen, dass er das Gefühl gehabt hatte, nur die Hand nach ihr ausstrecken zu müssen, um sie in die Arme schließen zu können – auch wenn es eine sehr viel jüngere Akuyi gewesen war.

»Also, was ist jetzt?«, setzte die Dicke nach, als Dirk noch immer keine Anstalten machte, zur Seite zu treten.

»Ja …« Dirk fand nur schwer in die Wirklichkeit zurück. Es tat unendlich weh, Akuyis Kindergesicht vor seinem geistigen Auge zu sehen. Und zugleich spürte er ganz deutlich, dass das damalige Ereignis etwas mit seinem Traum zu tun hatte. Hügel, Höhlen, Ahnen, Worte und Bilder torkelten durch seinen Kopf. Er hatte sich den bearbeiteten Knochen, den Akuyi mitgebracht hatte, später noch einmal genauer ansehen wollen, aber da war er angeblich verschwunden gewesen. Dieser Knochen hatte eine Bedeutung, war ein Hinweis, der zu all dem passte, was sich in Dirks Unterbewusstsein zu dem Traum mit den zwei Hügeln verdichtet hatte. Er brauchte nur danach zu greifen, und …

»Ich hab auch noch was anderes zu tun!«, schimpfte die Dicke. »Aus dem Weg, Mann!«

Wieder machte es *klick,* aber diesmal fiel die Tür zu seiner Erinnerung zu, und das Gefühl, gleich auf die Lösung zu stoßen, zerstob wie ein Blätterhaufen im Herbststurm.

»Verdammt!« Diesmal schrie Dirk nicht nur *fast.* »Warum lassen Sie mich nicht einfach vorbei? Ginge doch auch, oder?«

Die Dicke seufzte. »Wo kommen wir denn hin, wenn jeder Rest von Freundlichkeit und Anstand im Gebrüll untergeht …« Dann holte sie tief Luft und brüllte: »Und jetzt verpiss dich, du miese Albinoratte!«

Dirk umklammerte den Griff der Pistole in seiner Jackentasche. Eben noch hatte er eine innere Verbindung zu Akuyi gespürt, die ihn auf der Suche nach ihr einen entscheidenden Schritt weitergebracht hätte. Doch jetzt brodelte nur noch Wut in ihm. Was bildete sich dieser lebende Fleischklops ein?

»Was stehst du hier immer noch stumm wie ein Fisch herum?«, fragte die Dicke ungehalten. »Hast du dich verlaufen und findest nicht mehr in deinen Rattenkäfig zurück?«

Das kalte Metall des Pistolengriffs schien mit seiner Hand, mit seiner Erregung zu verschmelzen. »Ich will zu Birdie«, stieß Dirk gepresst hervor. »Und zwar ohne vorher ein Formular in siebenfacher Ausfertigung ausfüllen zu müssen.«

»Birdie«, donnerte die Gestalt, »ist erstens kein Name, sondern ein Schimpfwort für einen erwachsenen Mann, und zweitens kein Umgang für jemanden wie dich. Was willst du denn ausgerechnet von diesem miesen kleinen Betrüger?«

»Nichts«, sagte Dirk.

»Und wegen nichts kommst du her? Mach dich nicht lächerlich. Komm.« Die Dicke drehte sich schwer atmend um. »Lubaya bringt dich zu Birdie. Ich habe sowieso noch ein paar Takte mit ihm zu reden.«

»Lubaya?« Der afrikanische Name war natürlich nicht wirklich eine Überraschung. Wenn Lubaya nicht schwarz wie die Nacht gewesen wäre, hätte Dirk zumindest da, wo er ihr Gesicht vermutete, einen hellen Schimmer sehen müssen. Ganz abgesehen von ihrem Gerede über dieses Land der Tausend Hügel, aus dem sie angeblich stammte – obwohl Dirk angesichts ihrer drastischen Ausdrucksweise eher glaubte, dass sie im Hinterhof einer vergammelten Autowerkstatt in irgendeinem kleinen deutschen Nest aufgewachsen war.

»Lubaya heißt in meiner Heimat *junge Löwin«,* donnerte die Dicke. »Und der Name passt, dass kann ich dir versichern. Wenn es sein muss, kämpfe ich wie eine Löwin!«

Das glaubte Dirk ihr unbesehen. Aber was hatte eine afrikanische Frau hier in dem Flur zu suchen, der zu dem dubiosen Privatdetektiv Harry Biermann führte? War das nur eine Laune des Schicksals? Dirk glaubte nicht daran. Kinah hatte ihm immer wieder klarzumachen versucht, dass es so etwas wie Zufälle nur für oberflächliche Menschen gab, die den Sinn ihres Schicksals nicht verstanden. Wahrscheinlich hatte sie damit recht.

»Nun komm schon!« Lubaya stampfte wie ein ausgewachsenes Flusspferd voran. Dirk zögerte. Er konnte ihr folgen, aber er konnte auch kehrtmachen, ein Taxi rufen – ein *richtiges* Taxi – und nach Hause fahren.

Und dann? Sich vor den Computer hocken, nach Hinweisen suchen, die er in den letzten sechs Wochen übersehen hatte, oder tatsächlich noch einmal Akuyis Zimmer durchwühlen, wie er das vorgehabt hatte, bevor dieser Birdie angerufen hatte?

Nein, das wäre lächerlich.

Er musste die Sache hier durchziehen. Und wenn ihm jemand blöd kam: Er hatte ja immer noch die Pistole.

Mit ein paar raschen Schritten war er bei Lubaya. Sie hatte mittlerweile wieder die Tür erreicht, die sie gerade erst zugepfeffert hatte. Nun riss sie sie erneut auf und brüllte: »Ein käsebleicher Computergläubiger, du Sprössling eines Pavians!«

Es folgte eine Antwort, die Dirk nicht verstand, dann drehte Lubaya sich um. »Bist du der Typ, den John Rasul gerade durch die Sintflut kutschiert hat?«

Dirk nickte. Im Licht, das aus dem Türspalt drang, konnte er Lubayas Gesicht zum ersten Mal deutlich sehen. Sie war tatsächlich schwarz wie die Nacht und hatte eine gewisse Ähnlichkeit mit Whoopi Goldberg, nur dass ihr Gesicht mindestens doppelt so breit war und ihre Augen noch energischer funkelten. Aber das Erstaunlichste war, dass dieses fette Gesicht erstaunlich jugendlich wirkte. Dirk hatte geglaubt, es mit einer Mittvierzigerin zu tun zu haben, aber er musste seine Schätzung um mindestens zwanzig Jahre nach unten korrigieren.

Lubaya streckte ihre mit glitzernden, aber sicherlich vollkommen wertlosen Ringen geschmückte Hand aus. »Na, dann mal her mit der Kohle.«

Dirk starrte sie verständnislos an.

»Birdie schuldet mir noch einen Zuschuss für meine Reisekasse«, sagte sie.

»Aha«, sagte Dirk. »Und was hat das bitte sehr mit mir zu tun?«

»Eine ganze Menge«, sagte die Dicke. »Denn wenn du mit Birdie reden willst, musst du zumindest die Kohle für ein Erstgespräch hinblättern. Zweihundert – nein, sagen wir mal besser dreihundert Euro.«

Dirk wollte sich wortlos an Lubaya vorbeidrücken, aber sie versperrte ihm mit dem gewaltigen Schritt eines Sumo-Ringers den Weg. »So geht das nicht. Erst meine Reisespesen, sonst kannst du das Gespräch mit Birdie vergessen.«

Fast wäre Dirk zurückgewichen. Diese Frau machte ihm Angst. Nicht nur ihr beachtlicher Leibesumfang hatte etwas Einschüchterndes, sondern auch und vor allem ihre Ausstrahlung, die Energie, die sie verströmte und die wahrscheinlich auch weitaus energischeren Männern als ihm den Schneid abgekauft hätte. Dazu kam der beunruhigende Verdacht, Biermann könnte ihn in eine Falle gelockt haben, damit er eine beträchtliche Geldsumme abdrückte, obwohl Birdie gar nicht vorhatte, ernsthaft nach Akuyi zu suchen.

Aber deswegen jetzt einen Rückzieher machen? Unmöglich. Solange auch nur die geringste Chance bestand, dass Biermann ihm tatsächlich helfen konnte, würde er nicht kneifen.

»Also gut«, sagte er , »dann klären wir die Sache gleich.«

Er wollte seine Worte mit einer harmlosen Geste unterstreichen; das redete er sich wenigstens ein. Stattdessen zog er die Pistole. Einen Herzschlag lang starrte er unschlüssig auf sie hinab – und richtete sie dann auf das schwarze Fleischgebirge. Ein Schatten lief über Lubayas Gesicht, aber sie blieb wie ein Fels in der Brandung stehen, offensichtlich nicht gewillt, sich so leicht verunsichern zu lassen.

»Was soll das?«, keifte sie. »Willst du Ärger machen?«

Dirk nickte fahrig. »Wenn es sein muss«, sagte er und fragte sich insgeheim, was er da eigentlich tat. »Also geben Sie endlich den Weg frei, bevor ich ungemütlich werde.«

Lubayas Augen verengten sich zu zwei leuchtenden Schlitzen. Dirk bemerkte, dass sie auf seine Hand starrte. Und die zitterte wie bei einem Alkoholiker, der dringend etwas zu trinken brauchte.

»Hey, Birdie!«, jammerte die Dicke. »Der Typ hat eine verdammte Pistole in der Hand und steht vor mir, als ob er mich jeden Moment niederschießen will. Du musst mir helfen!«

Wenn sie eine Antwort erwartet hatte, dann hatte sie sich getäuscht. Kein Laut drang aus dem Zimmer ... bis auf ein leises Geräusch, das möglicherweise durch das Zurückschieben eines Stuhls entstand, vielleicht aber auch durch das Aufziehen einer Schublade, in der eine Waffe lag.

»Ich habe einen mordsmäßigen Kater und Wahnsinnskopfschmerzen«, sagte Dirk bewusst laut, damit auch Biermann ihn hören konnte. »Deshalb bin ich heute verdammt schlecht aufgelegt. Wir wollen doch alle nicht, dass ein Unglück geschieht, oder?«

Lubaya sah ihm in die Augen. Was sie darin las, schien sie nicht gerade zu beruhigen. »Also gut«, zischte sie. »Von mir aus. Was habe ich denn schon mit den Geschäften von Birdie zu tun!«

Damit drehte sie sich um, raffte das zusammen, was mehr Gewand als Kleid war, und trampelte davon wie ein junger Elefantenbulle, der unversehens in ein Löwenrudel geraten war.

Dirk blickte ihr hinterher, den Finger nach wie vor auf dem Abzug. Das Blut rauschte in seinen Ohren, und sein Körper war so vollgepumpt mit Adrenalin, dass er kurz davor gewesen war, eine Dummheit zu begehen. Nicht auszudenken, was geschehen wäre, hätte er auf das wandelnde Urgestein ... da hätte er genauso gut gleich auf Akuyi schießen können.

Er musste sich beherrschen, was auch immer hier geschah, um seiner Tochter willen, die ihn brauchte und die verloren war, wenn er wegen einer Kurzschlussreaktion in den Knast wanderte. Wütend trat er einen Schritt vor, auf die Tür zu, und hielt dann gleich wieder inne. *Sich beherrschen* bedeutete nicht, dass er durch die Tür stürmte wie die schlechte Kopie eines SEK-Beamten und sich entweder selbst eine Kugel einfing oder vor lauter Angst wild um sich schoss.

»Biermann?«, rief er, wobei er besorgt registrierte, dass seine Stimme vor Zorn zitterte und so gar nicht dem entsprach, was er sich gerade vorgenommen hatte. »Harry Biermann?«

»Ich bin hier«, antwortete eine sonore Stimme. »Kommen Sie ruhig rein. Und nehmen Sie Lubaya ihren kleinen Auftritt nicht übel. Sie neigt mitunter zu Überreaktionen.«

Überreaktionen ... Dirk hätte beinahe laut aufgelacht. Was wusste dieser Kerl schon von Überreaktionen?

»Haben Sie eine Waffe, Biermann?«, fragte er. »Genauer gesagt: Halten Sie zufällig gerade eine Waffe in der Hand und zielen Sie damit auf die Tür?«

Zuerst antwortete Biermann nicht, dann stieß er einen leisen Seufzer aus. »Was soll das, Gallwynd? Wollen Sie aus einem kleinen Missverständnis ein Drama machen?«

»Habe ich nicht vor«, sagte Dirk mühsam beherrscht. »Aber ich bin es auch nicht gewohnt, von einem bekifften Taxifahrer in einer Schrottkiste kutschiert zu werden, um dann hier von einem dicken Weibsbild angemacht zu werden und ...« *Ja, und was?* Eigentlich war ja gar nicht mehr passiert.

»John hat Sie am Hintereingang abgesetzt, weil er mit dem Wagen nicht direkt an den Vordereingang rankam«, sagte Biermann. »Und dass es da hinten übel aussieht, weiß ich selbst. Der Hausbesitzer kann sich einfach nicht zum Renovieren durchringen. Sie wissen ja, wie das ist.«

»Nein, das weiß ich nicht«, antwortete Dirk schroff. »Ich weiß nur, dass es hier wie auf einem Bahnhofsklo der übelsten Sorte stinkt und dass diese Lubaya … He, was machen Sie da drinnen? Wollen Sie etwa zu mir rauskommen?«

Die Schritte, die er gehört hatte, als er sich gerade in Rage hatte reden wollen, verstummten – sehr nahe an der Tür. Wahrscheinlich brauchte er nur den Oberkörper ein Stück nach vorne zu beugen, um Biermann zu sehen.

Oder die Waffe, die dieser in den Händen hielt.

»Bleiben Sie, wo Sie sind!«, rief Dirk. »Ich habe immer noch die Pistole.«

»Dann stecken Sie sie weg«, sagte Biermann beschwörend. »Ich kann ja verstehen, dass Ihnen die ganze Situation nicht geheuer ist. Aber keine Sorge, wenn wir alle die Nerven behalten, wird überhaupt nichts passieren.«

Außer, dass der eine dem anderen eine Kugel in den Bauch jagt, dachte Dirk.

»Die Spur, die zu Ihrer Frau führt«, fuhr Biermann fort, »dürfte im Augenblick tatsächlich der beste Anhaltspunkt sein, um auch Ihre Tochter zu finden. Aber um in der Sache weiterzumachen, brauche ich natürlich zunächst Ihr Einverständnis.«

Einverständnis. Um Kinah und Akuyi zu suchen? Wovon redete der Kerl? Natürlich hatte er Dirks Einverständnis.

Aber nicht sein Vertrauen.

»Hören Sie, Biermann«, sagte Dirk, »wenn Sie mich nur hierher haben bringen lassen, um mir irgendeine abstruse Geschichte zu erzählen, vergessen wir das Ganze.«

»Es geht nicht um eine abstruse Geschichte«, sagte Biermann

rasch. »Ich habe wirklich eine heiße Spur. In erster Linie betrifft sie Kinah. Die Frau, von der Sie vor drei Jahren behauptet haben, sie sei die Liebe Ihres Lebens.« Er legte eine kleine Pause ein. »Und wie sieht das heute aus? Stehen Sie immer noch zu Ihrer Frau? Es könnte nämlich sein, dass sie Ihre Hilfe bitter nötig hat.«

3

Dirk umklammerte das Wasserglas so fest wie zuvor die Pistole. Der Druck in seinem Kopf hatte einem heftigen Schwindelgefühl Platz gemacht, verbunden mit dem Eindruck, sich irgendwo an der Grenze zwischen Traum und Wirklichkeit zu befinden, so wie er es kannte, wenn er früher sechsunddreißig Stunden oder mehr durchprogrammiert hatte und selbst die Tageszeiten zu etwas vollkommen Diffusem und nicht Fassbarem verschwommen waren. Er hatte Biermann bislang höchstens zwei oder drei Mal gesehen, und diese Begegnungen hatten keinen bleibenden Eindruck bei ihm hinterlassen. Wenn er ihn hier, in diesem Raum, in diesem heruntergekommenen Gebäude kennengelernt hätte, wäre das mit Sicherheit anders gewesen.

Das Büro sah überhaupt nicht so aus, wie er erwartet hatte, es war keine Abbruchbude mit feuchten Wänden und einem Inventar, das von einer Müllhalde stammte, sondern ganz im Gegenteil so sorgfältig ausgestattet, dass es schon fast grotesk wirkte. Dicke Teppiche lagen auf dem Boden, an den Wänden hingen Gemälde, mit deren Motiven Dirk wenig anfangen konnte, deren Farbgebung aber erstaunlich gut zum Rest des Raumes passte, auf dem überdimensionalen Flachbildschirm zu seiner Linken lief eine Nachrichtensendung, und der ungefähr zweihundert Jahre alte Schreibtisch, hinter dem Biermann saß, hätte jedem Manager mit einem Faible für antikes Mobiliar Ehre gemacht, so prachtvoll gearbeitet und gut erhalten war er.

»Leider sind wir etwas in Zeitdruck«, sagte Biermann. »Die Spur ist zwar superheiß, kann aber genauso schnell auch wieder kalt werden. Deswegen mein vielleicht etwas überstürzter Anruf vorhin.«

»Kein Problem«, wehrte Dirk ab. Er riss seinen Blick von dem Bildschirm los, auf dem gerade zu sehen war, wie Feuerwehrleute einen Baum zersägten, der auf ein Auto gefallen war und den Fahrgastraum auf bizarre Weise zusammengedrückt hatte. »Aber jetzt raus mit der Sprache: Was wissen Sie über meine Frau?«

Biermann beugte sich vor.

Der kräftig gebaute Mann hatte eine Narbe an der rechten Wange, die vor drei Jahren noch nicht da gewesen war – genauso wenig wie die goldene Uhr und das amüsierte Funkeln in seinen Augen. Seinen Hals zierte jedoch kein 18-Karat-Goldkettchen, und er trug weder eine getönte Brille noch einen viel zu auffälligen Anzug wie ein Zuhälter, sondern etwas, das man dezente Businesskleidung hätte nennen können: eine dunkle Stoffhose, ein helles Hemd und ein schwarzes Sakko, alles in tadellosem Zustand und perfekt sitzend. Das Einzige, was den Eindruck störte, dass sich da jemand mit Geschmack zu kleiden verstand, war eine schreckliche Krawatte mit roten Tupfen.

»In mancher Beziehung weiß ich sogar mehr über Ihre Frau als Sie selbst«, sagte er mit einer Stimme, die durch langjährigen Zigaretten- und Alkoholkonsum rau und kratzig geworden war.

»Das kann ich mir nun beim besten Willen nicht vorstellen«, sagte Dirk gedehnt, ohne aber verhindern zu können, dass sein Blick dabei flackerte.

»Ich werde es Ihnen beweisen.« Biermann betätigte eine Taste an seinem Telefon und sagte: »John.«

Kurz darauf ging eine Tür auf, die so geschickt in die Wand eingelassen war, dass Dirk sie bislang noch gar nicht bemerkt hatte, und Rastalocke trat ein. Die obligatorische Zigarette klebte in seinem Mundwinkel, und in seiner Hand hielt er einige CDs, die er wie eine Trophäe hin und her schwenkte.

»Es hat schon Vorteile, wenn man Kontakte in der Musikbranche hat«, sagte er, steuerte auf den Schreibtisch zu und ließ sich im zweiten Besuchersessel nieder. Er schlug die Beine übereinander und legte die CDs auf dem Schreibtisch ab. »Vor allem, wenn man selbst ein paar heiße Scheiben produziert hat. Ich hab mal eine der führenden deutschen Reggae-Bands gefeatured.«

»Was soll das?«, fragte Dirk. »Wollen Sie mich als Co-Produzenten gewinnen?«

John grinste breit, nahm die Zigarette aus dem Mundwinkel und betrachtete sie, als sähe er sie zum ersten Mal. *Das ist inszeniert,* dachte Dirk, *genauso wie alles andere auch.*

Aber der Gedanke nutzte ihm nichts. Er konnte die Puzzlesteine einfach nicht zusammenfügen. Das versiffte Taxi, der schmuddelige Hintereingang und dieses Büro, in dem ein kleiner Privatermittler wie der Chef eines großen Sicherheitsunternehmens residierte – all das passte nicht zusammen.

»Die Idee ist nicht schlecht«, sagte John. »Denn damit kämen Sie Kinah sehr nahe …«

»Nennen Sie sie nicht Kinah!«, schnappte Dirk.

»Sorry.« Rastalocke grinste unerschütterlich weiter, aber in seine Augen trat plötzlich ein gefährlicher Glanz. Der Mann war Demütigungen gewöhnt, das begriff Dirk bei diesem Anblick, aber er war niemand, der sich einfach wegduckte und geduldig alles ertrug. Dirk hätte sich nicht gewundert, wenn John wegen Körperverletzung vorbestraft gewesen wäre.

»Also, was ist jetzt mit meiner Frau?«, fuhr Dirk in bewusst ruhigem Tonfall fort.

»Sie ist tief in der Kultur ihrer Heimat verwurzelt, wussten Sie das?«, fragte John. Dirk tat die Bemerkung mit einer ungeduldigen Kopfbewegung ab. »Auch wenn sich das nicht unbedingt nur auf einen Teil Afrikas beschränkt oder auf ihr Heimatland.«

»Sie hat keine Heimat«, sagte Dirk. »Ihr Dorf wurde zerstört, als sie noch ein Kind war. Entfernte Verwandte flohen mit ihr quer durch den Kontinent nach Ägypten.«

John nickte. »Ja. Das merkt man ihrer Musik an. Sie ist von sehr vielen verschiedenen Einflüssen geprägt.«

Dirk setzte sich kerzengerade auf und knallte das Glas so hart auf den Tisch, dass eine kleine Wasserfontäne hochspritzte. »Ihrer Musik?«

»Ja, natürlich. Haben Sie denn nicht gewusst, dass sie eine Künstlerin ist?«

»Doch, natürlich.« Dirk dachte an die Bilder, die Kinah mit kräftigen Farben auf Leinwand gebannt hatte. Verwirrende, mitunter blutrünstige Motive, die die ganze Qual widerspiegelten, die sie in jungen Jahren erduldet hatte. Und natürlich an die Plastiken, die sie aus den unterschiedlichsten Materialien modelliert oder zusammengeschweißt hatte und die jetzt im Schuppen hinter der Garage standen.

»Sie hat also auch Musik gemacht?«, fragte er.

John nickte. »Die macht sie immer noch. Und sogar mit ziemlichem Erfolg.«

Dirk sprang auf und griff nach den CDs, die Rastalocke auf der schwarzen, polierten Mahagonioberfläche abgelegt hatte. Die erste hieß *African mystique*. Als er das Cover sah, zerstob seine Hoffnung wie ein Schneehaufen, in den ein heftiger Windstoß fuhr. Es zeigte kein Bild von Kinah oder der Band, sondern nur eine Buschlandschaft im Abendrot. Er drehte die CD um. *Producteur: Unique Dance* stand da, kein Hinweis auf eine Gruppe oder auf Kinah. Mit fliegenden Fingern riss er die Zellophanhülle auf und klappte den Deckel auf. Die CD selbst zeigte nur das Coverbild, und auf der Rückseite des Booklets war nicht mehr als das Inhaltsverzeichnis vor dem Hintergrund eines wolkenumrahmten Berges zu sehen.

»Was soll das?«, herrschte Dirk Rastalocke an. »Das ist doch nur irgendeine Billig-CD, wahrscheinlich irgendwelches esoterisches Gedudel, das eine französische Supermarktkette neben Wurst und Haarshampoo verkauft.«

»Nein«, warf Biermann ruhig ein. »Auf dieser CD ist Kinah zu hören. Und Sie werden ihre Stimme zweifellos erkennen.« Er machte eine kleine Pause, lange genug, um Dirk Gelegenheit zu geben, sich wieder zu setzen. »Aber Sie haben vollkommen recht, was die Produktion angeht. Würde nicht Ihre Frau diesen Songs Leben einhauchen, dann wären sie zweifellos Massenware, der kaum jemand Beachtung schenken würde. Doch so ist diese CD dabei, sich von einem Geheimtipp zu einem richtigen Verkaufsschlager zu mausern. Und das bereitet Kinah Probleme, denn jetzt droht ihr eine Popularität, die sie nicht gebrauchen kann.«

Dirk schwieg. Er griff nach den anderen beiden CDs. Sie waren nach gleicher Machart produziert und von der gleichen Firma, mit ähnlich nichtssagenden Landschaftsmotiven auf dem Cover. Wenn Kinah tatsächlich an diesen Produktionen beteiligt war, dann hatte sie einen ganz anderen Weg eingeschlagen, als er vermutet hatte.

»Im Prinzip müssen wir bloß das Tonstudio finden, in dem Ihre Frau diese Aufnahmen gemacht hat.« Biermann strich gedankenverloren über seine Narbe. »Dann müssten wir auch auf Ihre Frau stoßen.«

»Sie haben es also noch nicht gefunden?«, fragte Dirk scharf. »Das kann doch nicht so schwer sein. Der Vertrieb dieser CDs muss doch wissen, wo sie produziert worden sind.«

»Ganz so einfach ist das nicht mehr«, mischte sich Rastalocke ein. »Heute reicht für solides Mittelmaß ein bisschen Equipment, ein PC mit professioneller Musik-Software und ein einigermaßen schalldichter Raum. Es hat schon Hits gegeben, die in einem Wohnwagen produziert wurden.«

»Schön für den Wohnwagen«, sagte Dirk. »Aber was ist mit dem Büro, das den Produktionsauftrag vergeben hat. Darüber muss man doch weiterkommen!«

»Vielleicht.« Biermann ließ seine Hand sinken. »Und darum werden wir uns auch kümmern. Sobald Sie uns den Auftrag dazu erteilten.«

Dirk biss sich auf die Unterlippe. Er hatte für einen Moment vergessen, wo er war. Die Polizei hatte vielleicht nicht viel unternommen, aber das zumindest, ohne vorher um Honorare zu feilschen. Hier galten jedoch andere Regeln, das durfte er nicht vergessen, sonst würde er Unsummen für irgendwelche Scheininformationen zahlen.

»Die Sache mit meiner Frau habe ich eigentlich ganz gut verkraftet«, behauptete er, obwohl das eine glatte Lüge war. Aber womöglich verschaffte sie ihm im Augenblick einen strategischen Vorteil. »Soll sie machen, was sie will. Aber was ist mit meiner Tochter? Warum vermuten Sie, dass Sie über Kinah an sie herankommen?«

»Das liegt doch auf der Hand, oder?«

»Sie glauben, meine Frau hat Akuyi nachgeholt, nachdem sie sich ein neues Nest gebaut hatte?« Dirk schüttelte den Kopf. »Das ergibt doch keinen Sinn. Warum sollte sie das tun? Wenn sie die Scheidung eingereicht hätte, hätte sie gute Chancen gehabt, das Sorgerecht für Akuyi zu bekommen. Und damit wäre auch unser gemeinsames Haus an sie gefallen. Es gab eigentlich keinen Grund für sie, einfach wegzulaufen, oder?«

»Tatsache ist, dass Kinah ihr ganzes Leben lang weggelaufen ist«, beharrte Biermann. »Sind Sie noch nie auf den Gedanken gekommen, dass ihre Flucht quer durch Afrika auch noch andere Gründe gehabt haben könnte als nur Bürgerkriegsunruhen und Hungerkatastrophen?«

»*Nur* Bürgerkriegsunruhen und Hungerkatastrophen?«, entgegnete Dirk. »Wissen Sie überhaupt, wovon Sie da reden? Afrika befindet sich im Ausnahmezustand. Haben Sie noch nie von den spanischen Exklaven auf marokkanischem Gebiet gehört und vom

Zaun von Melilla, der Schwarzafrikaner von Europa fernhalten soll? Können Sie sich auch nur ansatzweise vorstellen, wie verzweifelt Menschen sein müssen, die alles tun, um aus ihrer Heimat wegzukommen, und bereit sind, dafür jedes Risiko einzugehen?«

»Natürlich weiß ich, was da passiert ist – dass Menschen bei dem Versuch, diesen Zaun zu überwinden, gestorben sind«, antwortete Biermann. »Aber das ist nicht mein Thema.«

»Sondern?«

»Mein Thema ist Ihre Frau«, sagte Biermann rasch. »Und der Grund für Ihre überstürzte Flucht.«

»Flucht?«

»Flucht«, bestätigte Biermann. »Kinah hatte es so eilig, nach dieser schrecklichen Sturmnacht vor drei Jahren aus Deutschland wegzukommen, dass sie sich noch nicht einmal von ihrer Tochter verabschiedet hat. Ganz zu schweigen davon, dass es nicht ihre Art ist, klammheimlich Konten leer zu räumen und ihren Mann ohne ein Wort der Erklärung zu verlassen.«

»Woher wollen Sie wissen, was ihre Art ist?«, murmelte Dirk.

Eine Art, die ihn oft genug zur Verzweiflung getrieben hatte. Aber es hatte auch andere Momente gegeben, Momente voller Liebe und Zauber. Wie an jenem Tag, an dem sie das Pfahlbaudorf von Arbon-Bleiche am Bodensee besucht hatten. Kinah war von allem fasziniert, was mit alten Kulturen zu tun hatte. Wie ein frisch verliebtes Paar waren sie Hand in Hand durch Schlamm und Matsch zum Ufer hinuntergeschlendert, wo Dirk beinahe einen seiner Schuhe verloren hatte, während Kinah mit ihren hohen Stiefeln eindeutig im Vorteil gewesen war. Sie hatte ihm nicht nur berichtet, dass das Dorf dreitausenddreihundertsiebzig Jahre vor Christus einem verheerenden Brand zum Opfer gefallen war, sondern auch, dass im nördlichen Teil des Dorfes Rindfleischliebhaber gewohnt hatten, während sich die Bewohner im südlichen Teil an Schweinekeulen ergötzt hatten. »Die Schweinefans kamen den Funden nach zu urteilen aus Ungarn oder der Slowakei, die Rinderfans waren alte Bodenseeansässige. Und obwohl sich die beiden Kulturen kaum miteinander vermischten, bauten sie ihr Dorf doch gemeinsam aus und lebten friedlich zusammen – bis das Dorf einer Naturkatastrophe zum Opfer fiel, einem heftigen Sturm, der den Brand auslöste …«

Die nächsten Worte, die aus ihr hervorsprudeln wollten, küsste Dirk einfach weg, und dann verzogen sie sich hinter eine alte Hütte, und während die Sonne in einem atemberaubenden Rot über dem See versank, erkundeten sie ihre Körper so ausgiebig wie schon lange nicht mehr …

»Wir sollten zu einer Vereinbarung kommen«, riss ihn die Stimme des stämmigen Mannes mit der entstellenden Narbe aus seinen Gedanken, »und zwar so rasch wie möglich. Wie gesagt: Die Zeit drängt.«

»Warum glauben Sie das?«, fragte Dirk heiser. Er versuchte, die Erinnerung an Kinah wegzublinzeln, aber es wollte ihm nicht gelingen. Er sah ihr Gesicht vor sich, die Grübchen, die sich bildeten, wenn sie aus vollem Herzen lachte, die hochgezogenen Augenbrauen, die eine ihrer typischen frechen Bemerkungen ankündigten. »Sie wissen doch angeblich gar nicht, wo sich Kinah aufhält«, fuhr er fort, wobei er nicht verhindern konnte, dass seine Stimme brüchig klang. »Oder meine Tochter.«

»Das stimmt«, gab Biermann zu. »Aber leider bin ich bei meinen Recherchen auf eine andere Person gestoßen.«

»Auf eine andere Person?«, wiederholte Dirk. »Verdammt noch mal, jetzt machen Sie es doch nicht so spannend!«

»Hier.« Biermann zog eine Fotografie aus der Innentasche seines Sakkos und legte sie auf den Schreibtisch. Sie zeigte einen arabisch aussehenden Mann mittleren Alters mit harten Gesichtszügen, der einen schwarzen Maßanzug und eine dunkle Krawatte trug. Seine Augen wurden von einer spiegelnden Sonnenbrille verdeckt, einer Ray-Ban, wenn Dirk das richtig erkannte. »Dieser Mann besitzt die französische Staatsbürgerschaft und spricht mindestens fünf Sprachen fließend, darunter auch Deutsch.«

»Ja und?«, schnappte Dirk. »In welcher Beziehung steht er zu meiner Tochter?«

»In keiner, hoffe ich.« Biermann lehnte sich zurück und holte aus der anderen Innentasche seines Sakkos ein Zigarettenetui, das dem von Rastalocke bis ins Detail glich. *Wenn er sich jetzt auch einen Joint anzündet und behauptet, es wäre Seegras, bringe ich ihn um*, dachte Dirk.

Biermann entnahm dem Etui einen Zigarillo und zündete ihn umständlich an. Dirk hätte sich am liebsten über den Schreibtisch gebeugt, den Privatschnüffler an seiner hässlichen, rot gesprenkelten Krawatte gepackt und zu sich herangezogen. Aber er beherrschte sich. Er kannte Männer wie Biermann zur Genüge. Sie versuchten, einen vermeintlichen Vorteil weidlich auszukosten, um ihr Gegenüber weichzuklopfen. Aber Dirk hatte längst gelernt, dass es nichts brachte, auf ihr Spiel einzugehen.

»Also …« Biermann stieß gemächlich eine Rauchwolke aus. »Dieser Mann ist hinter Ihrer Frau her. Ich habe festgestellt, dass er vor drei Jahren hier in München war. Kurt – Kurt Knusen, das Großmaul, das geglaubt hat, es könne mich jahrelang ungestraft rumschubsen – ist damals auf ihn gestoßen, hat die Spur aber nicht weiterverfolgt. Vielleicht war Kurt der Meinung, dieser Typ wäre vollkommen unwichtig. Vielleicht war die Sache aber auch eine Nummer zu groß für ihn.«

Dirk tippte mit dem Zeigefinger auf das Foto. »Hat dieser Mann auch einen Namen?«

»So viele Namen, wie Sie wollen«, sagte Biermann. »Aber von mir aus können Sie ihn *Ventura* nennen. Unter diesem Namen hat Kurt ihn in den Akten geführt.«

Ventura … bei diesem Namen klingelte irgendetwas bei Dirk. Aber er konnte nicht sagen, ob er tatsächlich schon einmal von ihm gehört hatte. Mit Sicherheit wusste er nur, dass er diesen gut gekleideten Araber mit dem brutalen Gesicht noch nie bewusst gesehen hatte.

»Prägen Sie sich dieses Gesicht gut ein.« Biermann ließ den Zigarillo sinken. »Und wenn Sie den Typ sehen, dann laufen Sie weg, so schnell Sie können.«

Dirk nahm das Foto in die Hand. »Bisher haben Sie nur Andeutungen gemacht. Wann werden Sie endlich konkret?«

»Sobald wir eine finanzielle Vereinbarung getroffen haben«, antwortete Biermann prompt. »Nicht, dass Sie mich missverstehen: Als Erstes erwarte ich eine Honorierung für den Aufwand, den ich bereits betrieben habe, um mich erneut in den Fall einzuarbeiten. Zweitens zahlen Sie meinen Tagessatz. Und drittens verlange ich ein vernünftiges Erfolgshonorar.«

»Nicht zu vergessen die Taxirechnung, die Sie noch nicht bezahlt haben«, warf Rastalocke ein.

Dirk warf ihm einen Blick zu. Der angebliche Seegrasraucher schenkte ihm ein gelbes, zahnlückiges Grinsen, und diesmal funkelte in seinen Augen nicht Ärger, sondern etwas ganz anderes, das Dirk noch weniger gefiel.

»Erfolgshonorar?«, fragte er und wandte sich wieder an Biermann. »Wie stellen Sie sich das vor?«

»Ganz einfach«, sagte Biermann ungerührt. »Ihr Haus ist schuldenfrei. Wenn ich Ihre Frau wiederfinde, dürften fünfzigtausend Euro also kein Problem sein. Und noch einmal das Gleiche obendrauf, wenn ich Ihnen Ihre Tochter zurückbringe.«

»Und zwar tot oder lebendig«, fügte Rastalocke hinzu.

Dirk starrte auf das Foto des Arabers. Seine Hand zitterte so stark, dass er die Konturen des Gesichts kaum noch erkennen konnte.

Tot oder lebendig ... Er sollte die Pistole ziehen und Rastalocke mit seiner eigenen Waffe niederschießen.

»John hat es nicht so gemeint«, sagte Biermann schnell.

»Doch, das hat er.« Dirk sah auf und Rastalocke direkt in die Augen. »Und wenn du noch einmal eine solche Bemerkung machst, knall ich dich ab, du Ratte, ist das klar?«

In Johns Augen flackerte es, und er spannte sichtbar seine Muskeln an. *Wie ging noch mal der alte Otto-Sketch?,* dachte Dirk. *Kleinhirn an Faust: ausfahren?* Und was sollte er tun, wenn der Idiot es tatsächlich auf eine Prügelei ankommen ließ? Ihn wirklich erschießen?

»Kein Grund zur Aufregung«, sagte Biermann beschwichtigend. »Wir sind wohl alle ein bisschen angespannt. Vielleicht wäre es besser, du würdest dich bei Herrn Gallwynd für deine unangebrachte Bemerkung entschuldigen, John.«

Rastalocke starrte den Mann mit der Narbe an, als hätte dieser den Verstand verloren. Dann sprang er auf und durchquerte den Raum mit großen Schritten. Er riss die Tür auf, war mit einem Satz hindurch und knallte sie danach mit solcher Wucht zu, dass die Wände zitterten.

Biermann seufzte. »Sieht nicht gerade so aus, als hätten Sie einen Freund fürs Leben gefunden. Aber lassen Sie sich durch Johns Auftritt nicht täuschen. Im Ernstfall können Sie sich hundertprozentig auf ihn verlassen.«

Na klar, dachte Dirk. *Genauso, wie sich Abel auf Kain verlassen konnte.*

4

In Dirks bisherigem Leben hatte es immer wieder Gelegenheiten gegeben, bei denen er in ein Flugzeug hatte steigen müssen; aber wenn es irgendwie möglich gewesen war, hatte er das Fliegen vermieden. Es war keineswegs so, dass er sich während eines Fluges krampfhaft in seinem Sessel festkrallen oder ständig durch irgendwelche Nebensächlichkeiten die Aufmerksamkeit der Stewardess auf sich ziehen musste, um seine Nervosität zu bekämpfen. Nein, ihm genügte es, wenn er die Nase in ein Buch stecken und so tun konnte, als würde er lesen, während er in Gedanken all das durchging, was den normalen Flugpassagier nur dann interessiert aufsehen lässt, wenn es von einer besonders attraktiven Stewardess präsentiert wird: die Sicherheitsmaßnahmen und Notfallprozeduren.

Zumindest versuchte Dirk, sich darauf zu konzentrieren. Auf die Lage sämtlicher Notausgänge, wobei er selbst wie gewöhnlich einen Platz am Bugnotausgang bezogen hatte. Auf das richtige Anlegen der Sauerstoffmaske. Auf die Rettungsweste, die es ihm angeblich ermöglichte, nach einem Absturz so lange im Meer zu überleben, bis er von einer Rettungsmannschaft herausgefischt wurde …

Es vermittelte ihm ein trügerisches Gefühl von Sicherheit, sich mit solchen Gedanken zu beschäftigen. Eine, zwei, manchmal auch drei Sekunden lang. Dann blitzte vor seinem geistigen Auge die Sequenz aus einem Film auf, in dem Schiffbrüchige tagelang auf dem Atlantik trieben, bis sie vor Durst und Erschöpfung halb wahnsinnig wurden und Salzwasser tranken, oder eine Eigenproduktion seiner Fantasie, in der er von meterhohen Wellen überrollt wurde, bis sich die Kälte in seinen Körper fraß und er es nicht mehr schaffte, den Kopf immer und immer wieder hochzureißen, bis er den Mund zu einem stummen Schrei öffnete, das Wasser hineinströmte und er schlucken musste …

»Voulez-vous boire quelque chose? Möchten Sie etwas trinken?«

Es dauerte eine Weile, bis Dirk begriff, dass die Stewardess diese Frage schon mehrmals gestellt hatte. Er nickte hastig. »Wasser«, krächzte er, als sei er tatsächlich gerade erst nach tagelangem Treiben auf stürmischer See an Bord eines Fischerbootes gezogen worden.

Die marokkanische Stewardess rang sich etwas ab, was man gerade noch als professionelles Lächeln durchgehen lassen konnte, und kam seinem Wunsch mit Bewegungen nach, die etwas zu eckig und hastig waren, als dass sie ihren Unmut hätten verbergen können.

»Bitte schön«, sagte sie schließlich, was eher wie »Bitter-schön« klang, und reichte ihm einen durchsichtigen Plastikbecher.

Dirk legte sein Buch beiseite und ergriff ihn mit zittrigen Fingern. Vielleicht war das ja das Letzte, was er für lange Zeit zu trinken bekam.

»Sind wir schon über dem Mittelmeer?«, fragte er, gerade als sich die Stewardess umdrehte.

Sie antwortete nicht. Wahrscheinlich hatte sie begriffen, was in ihm vorging, und beschlossen, ihn einfach zu ignorieren, damit er sie nicht in eine Diskussion über Flugsicherheit verwickelte. Dirk konnte sie durchaus verstehen – mit dem kleinen Rest seines Verstandes, der noch zu logischem Denken fähig war. Der größere Teil war nicht mehr weit von der Panik entfernt. Wenn doch Kinah bei ihm gewesen wäre! Dann hätte er mit ihr Händchen gehalten – etwas, das er mit seinem jetzigen Sitznachbarn noch nicht einmal dann getan hätte, wenn die Maschine ins Meer gestürzt wäre.

»Das Mittelmeer ist kaum mehr als ein Binnensee.« Biermann setzte die Plastiktasse mit dem Kaffee ab und verzog das Gesicht, als hätte er etwas unglaublich Widerliches getrunken. »Kein Grund, sich deswegen in die Hosen zu machen.«

Dirk schloss einen Herzschlag lang die Augen. Als er sie wieder öffnete, hatte er die Rückenlehne des vor ihm sitzenden Passagiers immer noch viel zu nah vor der Nase. Das war zwar eindeutig besser als Biermanns Gesicht, aber ungefähr eine Trillion Mal schlechter als Kinahs Gesicht. »Ich mache mir nicht in die Hosen. Ich möchte einfach nur wissen, wann wir ankommen.«

»Um sechzehn Uhr Ortszeit«, antwortete Biermann prompt. »Gerade mal dreieinhalb Stunden Flugzeit, und schon sind wir in Casablanca. Und es wäre noch schneller gegangen, wenn Sie wie John und Janette von München nach Frankfurt geflogen und dort in die 10-Uhr-Maschine gestiegen wären, statt umständlich mit dem Wagen nach Frankfurt zu fahren und ein paar Stunden später aufzubrechen.«

Dirk nahm einen tiefen Schluck aus seinem Wasserbecher. »Das war nicht umständlich, sondern sicherer.«

»Autofahren soll sicherer sein als Fliegen?« Biermann starrte Dirk entgeistert an. »Wo haben Sie denn diese Weisheit aufgeschnappt?«

»Das ist keine Weisheit, das ist ein einfaches Rechenexempel«, antwortete Dirk gereizt. »Bezogen auf die gleiche Kilometerleistung ist Busfahren zum Beispiel vierundzwanzig Mal sicherer als Fliegen.«

»Wer sagt das?«

»Die Statistiken«, erwiderte Dirk. »Und jetzt kommen Sie mir nicht damit, dass Sie keiner Statistik glauben, die Sie nicht selbst gefälscht haben. Ich habe diese Information ein paar Mal gegengecheckt, und es gibt gar keinen Zweifel, dass Fliegen bei weitem nicht so sicher ist, wie immer behauptet wird.«

»Nun ja, jeder Mensch braucht ein Hobby«, sagte Biermann säuerlich. Er zupfte seine wieder einmal ohne jeglichen Geschmack ausgesuchte Krawatte zurecht. Sie war schreiend grün, mit roten Diagonalstreifen verziert und ein Ausbund an Scheußlichkeit. »Ehrlich gesagt wäre es mir lieber, Sie würden Briefmarken sammeln, statt sich mit Verkehrsstatistiken herumzuschlagen.«

»Das Sicherste wäre gewesen, mit dem Wagen nach Gibraltar zu fahren und dort per Fähre überzusetzen«, sagte Dirk halsstarrig.

»Bestimmt.« Biermann nahm die Kaffeetasse wieder auf und wog sie in der Hand, als wäre er drauf und dran, Dirk ihren Inhalt ins Gesicht zu schütten. »Dann hätten wir aus den dreieinhalb Stunden zweieinhalb Tage gemacht. Haben Sie so viel Zeit?«

»Die Frage ist nicht, ob ich Zeit habe«, antwortete Dirk, »sondern ob die Spur etwas taugt, die uns ausgerechnet nach Casablanca führt.«

»Haben Sie etwas gegen Casablanca?«

Dirk schüttelte den Kopf. »Nein, natürlich nicht. Es ist nur so … Casablanca ist für mich immer noch die Stadt mit Rick's Bar.«

»Sie waren schon mal in Casablanca?«

Dirk warf Biermann einen schrägen Blick zu. »Kennen Sie etwa nicht den Film *Casablanca* mit Humphrey Bogart und Ingrid Bergman?«

»Doch, natürlich.« Biermann stellte die Tasse mit der hin und her schwappenden schwarzen Brühe, die nicht wirklich nach Kaffee roch und wahrscheinlich auch nicht so schmeckte, mit einem leisen Seufzer auf das Klapptischen und schob sie von sich. »Ich erinnere mich allerdings nur an die Flughafenszene. Bogart lässt seine große Liebe mit einem anderen davonfliegen und schießt sogar jemanden nieder.«

»Genau«, sagte Dirk finster. »Und auf diesem Flugplatz landen wir jetzt, um meine große Liebe zu suchen. Ich finde das nicht gerade beruhigend.«

Es war nicht der kleine, im Nebel liegende Flughafen aus dem Film, den sie anflogen, aber sie saßen ja auch nicht in einer Ju 52 oder was immer man mitten im Zweiten Weltkrieg an Passagiermaschinen flog, sondern in einer Boeing 737. Die lockere Wolkenschicht unter ihnen riss auf und bot Dirk einen besseren Blick in die Tiefe, als ihm lieb war. Er sah einen blauweiß umtosten Strand und eine braungrüne Küstenlandschaft, auf der moderne Gebäude verstreut waren, die in jeder europäischen Großstadt hätten stehen können und so gar nicht seiner ziemlich romantischen Vorstellung von einer nordafrikanischen Landschaft entsprachen. Es waren eigentlich nur flüchtige Eindrücke, die Dirk aufschnappte, denn natürlich hatte er den Platz am Mittelgang gewählt, um eben nicht aus dem ovalen Fenster sehen zu müssen. Aber wie es der Zufall wollte, war der Sitz neben Biermann leer geblieben, und statt nun einfach an die Kabinendecke zu starren oder weiter so zu tun, als wäre er am Inhalt seines Buches interessiert, verrenkte er sich fast den Hals, um an Biermann vorbei aus dem Fenster zu blicken.

Er musste daran denken, dass mehr als die Hälfte aller Abstürze während der Landung passierten. Im Grunde war eine Landung ja auch nichts anderes als ein kontrollierter Absturz.

Dirk betrachtete die Landschaft unter sich nicht mit der Neugier eines Touristen, der sich auf seinen Urlaub freut, sondern mit dem panischen Gefühl, dass der Pilot viel zu schnell runterging. Und dann sauste auch schon die Landebahn auf sie zu, oder besser und richtiger gesagt: *Sie* sausten auf die Landebahn zu. Dirk klammerte sich so fest an die Armlehnen seines Sessels, als wolle er sie zerquetschen. Er hatte Angst, ohne Zweifel, und sein Herz hämmerte wie verrückt. Wenn sich die Nase der Maschine in die Piste bohrte und Metall barst und die Sitze aus ihrer Verankerung gerissen wurden und Flammen hochzüngelten und sich erstickender Rauch ausbreitete, dann würde es zu spät sein. Dann würde er Akuyi nicht mehr helfen können, weil er bei einen Flugzeugabsturz umgekommen war.

Sie hätten doch mit dem Auto fahren sollen.

Aber zu spät. Sie waren schon fast unten. Dirks Muskeln verkrampften sich dermaßen, dass er sich nicht mehr hätte rühren können, selbst wenn er es gewollt hätte. Der Moment kurz vor dem Aufsetzen war der Schlimmste. Dirk war noch nie etwas passiert, nicht bei den drei Mal, die er aus beruflichen Gründen nach New York hatte fliegen müssen, und auch nicht das eine Mal, als er mit Kinah den schwarzen Kontinent hatte erkunden wollen, aber nicht über ein ägyptisches Hotel mit besonders breiten Betten hinausgekommen war. Es würde auch diesmal nichts passieren …

Er brauchte gar nicht aufzusehen, um zu wissen, dass etwas geschah. Es kündigte sich ein, zwei Sekunden vorher an, als der Wind lautstark an dem ausgefahrenen Fahrwerk zerrte – ein Geräusch, das Dirk ebenso unangenehm war wie das der ausfahrenden Landeklappen. Kurz darauf verspürte er ein kaum merkliches Schütteln und Beben, wie in einer Diskothek, wenn ein harter Beat die Bassboxen quält.

»Was zum Teufel …«, begann Biermann.

Weiter kam er nicht.

Das Flugzeug wurde wie von der unsichtbaren Faust eines Riesen getroffen, angehoben und nach rechts geschleudert. Das Gepäckfach über Dirk sprang auf, und eine Tasche knallte auf den Kabinenboden, gefolgt von anderen Gepäckstücken, Zeitschriften und Handtaschen, die sich selbstständig machten und wild durcheinanderpurzelten. Erst da schrie jemand auf, hell und kehlig, und als hätten die übrigen Passagiere nur auf dieses Signal gewartet, brüllten und schrien sie plötzlich alle und beugten sich in ihren Sitzen weit nach vorne, in Erwartung des Absturzes, der jeden Moment erfolgen konnte. Das Kabinenlicht flackerte, ein weiteres Anzeichen dafür, dass etwas ganz und gar nicht stimmte, und dann heulten die Motoren auf, weil der Pilot vollen Schub auf die Triebwerke gab, um wieder durchzustarten.

Ein zweiter Schlag traf die Maschine, diesmal von oben – Thors Hammer, der Dirk und all die anderen zerschmettern wollte, bevor sie einen Fuß auf afrikanischen Boden setzten.

Die Maschine sackte durch.

Die Triebwerke verstummten. Zumindest kam es Dirk so vor, denn das Gebrüll all der Menschen um ihn herum erstickte jeden anderen Laut. Dirk selbst schrie nicht. Er klammerte sich weiter an seinen Sitz, unfähig, sich zu rühren oder auch nur einen klaren Gedanken zu fassen. *Das ist es also,* dröhnte es immer und immer wieder in seinem Kopf. *Das ist es also.*

Er hatte gewusst, dass einer seiner Flüge irgendwann einmal in einer Katastrophe enden würde. Es spielte keine Rolle, wo und wann, oder vielmehr: Es hätte keine Rolle gespielt, wenn er nicht seine Tochter hätte suchen und retten müssen. Er hatte eine Aufgabe zu erfüllen, er durfte hier nicht sterben.

Leider nutzte ihm dieser Gedanke überhaupt nichts. Er konnte rein gar nichts tun. Ein kleiner Rollenkoffer (Wer hatte den nur als Handgepäck durchgehen lassen?) fiel aus dem Gepäckfach schräg über ihm, traf die Schulter eines fetten Mannes, der wie eine Qualle in seinem Sitz hockte, und prallte dann auf den Boden, wo er aufplatzte und überall Wäschestücke, CDs und Bücher verteilte. Die Qualle wandte den Kopf in Dirks Richtung, und für zwei, drei hektische Atemzüge trafen sich ihre Blicke. Die Augen des Dicken waren weit aufgerissen und drückten so viel Panik und Schmerz aus, dass Dirk bis ins Mark erschrak, so verrückt das in dieser Situation auch erscheinen mochte. Vielleicht deshalb, weil die Innenwelt seiner Angst und die Gewissheit, dass es irgendwann bei einem Flug zu einer Katastrophe kommen musste, nun auf eine äußere Entsprechung trafen. Vielleicht, weil er beim Anblick dieses schwitzenden, zutiefst verängstigten Menschen begriff, dass es nicht länger bloß ein Albtraum, eine Ausgeburt seiner übersteigerten Fantasie war, die ihn gefangen hielt, sondern fürchterliche Realität.

Der Dicke wandte sich wieder ab, und das Flugzeug wurde von einem dritten Schlag getroffen. Er kam von unten und war ungleich härter als die beiden Schläge zuvor. Die Boeing hüpfte ein Stück hoch, krachte wieder um die gleiche Distanz nach unten und wurde erneut getroffen. Dann heulten die Triebwerke auf; es klang wie der verzweifelte Kampfschrei einer urzeitlichen Bestie, die sich aus einer heimtückischen Falle zu befreien versucht und doch weiß, dass sie zum Tode verurteilt ist.

Dirk wurde nach vorne geschleudert, und jetzt, endlich, riss er die Arme vors Gesicht.

Irgendetwas jagte an den Fenstern vorbei, gigantische Schatten, in denen Dirk schließlich lang gestreckte Gebäude und ferne Flugzeuge erkannte. Die Boeing vibrierte und schüttelte sich, aber sie verlor an Geschwindigkeit, anfangs kaum merklich, aber dann derart rasch, dass Dirks Verstand die Wahrheit zwar begriff, sein Gefühl diese Erkenntnis jedoch nicht annähernd verarbeiten konnte.

Sie waren gelandet. Der dritte Schlag war nichts anderes als das viel zu harte Aufsetzen auf der Landebahn gewesen.

Die Kabinenbeleuchtung flackerte erneut, und als Dirk in Biermanns Richtung blickte, kam es ihm vor, als sähe er einen Dämon im Flammenlicht des Höllenfeuers. Biermanns Gesicht wirkte verzerrt, und etwas Rotes lief über seine Stirn – Blut, wie Dirk erst begriff, als Biermann ein Papiertaschentuch hervorholte und sich damit die Stirn abtupfte.

»Mann«, sagte er heiser. »Ich habe schon sanftere Landungen erlebt.«

Irgendjemand klatschte, dann ein zweiter und ein dritter, und als Dirk den Kopf zum Gang drehte, sah er, wie Passagiere ihre Sicherheitsgurte lösten, aufsprangen und klatschten wie nach einer gelungenen Theaterpremiere. Ein vollkommen absurder Anblick, der Dirk mit einer fürchterlichen Wut erfüllte. Hatten die einen Knall? Der Pilot hatte sie fast umgebracht, und diese Idioten hatten nichts anderes zu tun, als ihm dafür auch noch zu applaudieren?

Der Lautsprecher über ihnen knackte, dann ertönte die fahrige Stimme des Flugkapitäns. Zuerst glaubte Dirk, einzelne Wörter zu verstehen, bis er erkannte, dass der Mann weder Englisch noch Deutsch sprach, sondern Französisch. Natürlich. Sie hatten ja keinen Lufthansaflug bekommen, sondern sich auf die Royal Air Maroc einlassen müssen, irgendeine windige Fluggesellschaft, die gefälschte Billigersatzteile einbaute, falls sie ihre Maschinen überhaupt wartete und reparierte, wie die internationalen Richtlinien es vorschrieben.

»Der Mann muss Nerven aus Stahl haben«, sagte Biermann anerkennend, nachdem der Kapitän seine kurze Ansprache beendet hatte.

»Was?«, fuhr Dirk ihn an. Er war noch immer vollkommen außer sich. »Wollen Sie ihm etwa auch noch dafür gratulieren, dass er uns fast umgebracht hätte? Dann kann ich nur sagen: Tun Sie sich keinen Zwang an! Springen Sie auf und spendieren Sie ihm Standing Ovations! Und vergessen Sie nicht, ihn in Ihrem Testament zu bedenken. Davon wird er ja schon sehr bald profitieren können, vor allem, wenn Sie nach diesem Erlebnis immer noch nicht kuriert sind und vom Flugzeug auf den Bus umsteigen!«

Biermann starrte ihn an, als wäre er total durchgeknallt (wovon er auch nicht mehr weit entfernt war, wie Dirk mit dem noch funktionierenden Rest seines Verstandes durchaus begriff) und sah dann auf das blutrote Taschentuch in seiner Hand. »Er hat irgendetwas von unerwarteten Luftturbulenzen gemurmelt.« Biermann zögerte, bevor er weitersprach, aber dann gab er sich sichtlich einen Ruck. »Hätte der Kapitän nach der ersten Luftturbulenz den Steigflug nicht gleich wieder abgebrochen und wäre runtergegangen – ich weiß nicht, was dann passiert wäre.«

»Ich wusste es ja«, sagte Dirk verächtlich. »Auch Sie werden Mitglied im Fanklub dieses bescheuerten Flugkapitäns, der uns im Namen seiner Schrott-Airline fast umgebracht hätte.«

»Die Royal Air Maroc ist keine Schrott-Airline …«

»Ach nein? Und warum taucht sie in der Statistik dann nicht unter den zwanzig sichersten Airlines auf, wie zum Beispiel die Lufthansa und die Air Canada?«

Biermann starrte ihn mürrisch an. »Sie haben einen Knall, wissen Sie das?«

»Ja, ich habe einen Knall, weil ich mich hier an Bord nicht zugesoffen habe, sondern meinen Tod nüchtern erleben wollte«, schimpfte Dirk. »Und das, obwohl ich genau wusste, was alles passieren kann. Zum Beispiel so etwas wie im November zweitausendvier: Da ist genau so eine Maschine wie die hier bei der Landung in Barcelona verunglückt.«

»He, was soll das?«, protestierte Biermann. »Wir sind nicht abgestürzt, das war nur ein kleiner Zwischenfall, mehr nicht. Uns ist doch gar nichts passiert!«

»Gar nichts passiert?«, rief Dirk außer sich. »Gar nichts passiert? Der Dicke da, der sich gerade aus seinem Sitz hochzustemmen versucht – der wurde von einem *Rollenkoffer* getroffen!«

»Besser ein Rollenkoffer als eine Flugabwehrrakete, wie das bei Passagierflugzeugen auch schon mal passiert sein soll.« Biermann zerrte an seinem Krawattenknoten, als würde er keine Luft mehr kriegen. »Mann, kommen Sie doch verdammt noch mal wieder runter!«

»So wie unser Flieger, ja? In alle Einzelteile zerlegt, oder was?« Dirk deutete auf Biermanns Stirn. »Ganz abgesehen davon: Was ist mit Ihrer Wunde?«

Biermann lachte heiser auf. »Ein Kratzer, mehr nicht, ich habe schon Schlimmeres erlebt. Ich mache mir eher Sorgen darum, wie wir hier rauskommen, bevor der Presserummel losgeht.«

»Was interessiert mich in solch einer Situation die *Presse!*«

»Gut«, murmelte Biermann. »Wir sind schließlich nicht hier, um unsere Gesichter in irgendeine Fernsehkamera zu halten. Oder möchten Sie im marokkanischen Fernsehen bekannt geben, dass Sie nach Kinah suchen?«

Die Frage ernüchterte Dirk mehr, als wenn ihm Biermann einen nassen Waschlappen ins Gesicht geklatscht hätte.

»Das wäre wohl kaum die richtige Strategie«, sagte er säuerlich.

»Nein, mit Sicherheit nicht.« Biermann ließ endlich den Krawattenknoten los, bevor er sich noch selbst strangulierte. »Nach meinen Informationen hält sich nicht nur Kinah zurzeit in Marokko auf, sondern auch Ventura.«

»Der Mann, der hinter Kinah her ist.« Dirk hatte wieder das Bild des schwarz gekleideten Arabers vor Augen, wie so oft in den vergangenen zwei Tagen, in denen er nach einer nicht unbeträchtlichen Anzahlung sehnsüchtig und ungeduldig darauf gewartet hatte, dass sich Biermann meldete und ihm eine Spur präsentierte, der nachzugehen sich wirklich lohnte. »Sie haben mir immer noch nicht verraten, was er mit Kinah zu schaffen hat.«

»Das stimmt. Aber wie ich Ihnen schon mehrmals sagte: Ich weiß es selbst nicht.«

Biermann sah zu der Stewardess hinüber, die den Dicken gerade zu überreden versuchte, wieder Platz zu nehmen. Es war die Frau, die Dirks Flugangst ignoriert hatte. Sämtlicher Hochmut war aus ihrem Gesicht verschwunden, sie blinzelte nervös und war so weiß um die Nase, dass es fast unnatürlich aussah. Dirk gönnte ihr den Schreck von Herzen. Vielleicht war ihr das eine Lehre. Vielleicht stieg sie ja nach dieser halben Bruchlandung selbst vom Flugzeug auf den Bus um.

»Und um ehrlich zu sein«, fügte Biermann nach einer Weile hinzu, »bin ich auch gar nicht scharf darauf, herauszufinden, was Ventura von Ihrer Frau will. Dieser Mann ist hochgefährlich. Hoffentlich können wir die Sache erledigen, ohne ihm über den Weg zu laufen.«

Das Umsteigen vom Flugzeug auf den Bus erfolgte schneller, als sich Dirk hätte träumen lassen. Die Boeing war nicht so sehr beschädigt, dass sie sie über die Notrutschen verlassen mussten, wie Dirk befürchtet hatte, aber offensichtlich traute man es der Crew auch nicht mehr zu, sie direkt an den Terminal zu fahren. Nachdem endlich das Anschnall-Zeichen über den Sitzen erloschen war und die Stewardessen die Passagiere mitsamt ihrem mühsam wieder eingesammelten Handgepäck hinausgelotst hatten, erwartete sie nach einem kurzen Fußmarsch durch sommerliche Hitze ein erstaunlich moderner, voll klimatisierter Gelenkbus, der sie an der hektisch durcheinanderwuselnden Flughafenfeuerwehr vorbei zum Terminal fuhr.

Dirk stellte mit einem erleichterten Blick in die Runde fest, dass es offensichtlich keine Schwerverletzten gegeben hatte. Eine ältere Frau trug einen notdürftigen Verband um den Kopf, ein Junge von vielleicht fünfzehn Jahren hielt sich den Rücken und kroch wie ein Achtzigjähriger in den Bus, und der Dicke stützte sich auf Dirks Lieblingsstewardess, die unter seinem Gewicht auf die Größe von Mutter Theresa schrumpfte. Außer Biermann, dessen Wunde die Flugbegleiterin mit einem Pflaster versorgt hatte, sah Dirk sonst niemanden mehr, der irgendwie zu Schaden gekommen war.

Die Ankunft am Terminal verlief völlig chaotisch. Flughafenbedienstete und Schaulustige erwarteten sie voller Neugierde, und als der Bus hielt und sich seine Mitteltür öffnete, stürmten sie heran wie die Fans einer Teenieband, die es auf eine Runde Körperkontakt mit ihren Stars abgesehen hatten. Die Sanitäter, die Dirk unter ihnen entdeckte, blieben sichtlich genervt mitten in der Menge stecken, und die ersten Aussteigenden hatten Mühe, den Bus zu verlassen und marokkanischen Boden zu betreten, ohne dabei einem der Schaulustigen im wahrsten Sinne des Wortes auf die Füße zu treten.

»Das ist unsere Chance«, flüsterte Biermann Dirk zu, während sie, ihr Handgepäck dicht an den Körper gepresst, auf die offene Bustür zugeschoben wurden. »Wir hauen ab.«

Abhauen, bevor sie die Einreisekontrolle hinter sich gebracht hatten? Dieser Gedanke erschien Dirk abenteuerlich, schließlich hatte er nicht vor, illegal nach Marokko einzureisen. Aber es blieb ihm nichts anderes übrig, als darauf zu vertrauen, dass Biermann wusste, was er tat; denn er wollte sich nicht allein durch die neugierigen Menschen kämpfen, die sich den Passagieren Arabisch, Französisch und Englisch plappernd in den Weg stellten, um aus ihrem Mund erste Einzelheiten über die Beinahe-Katastrophe zu erfahren.

Der stämmige Biermann, der mit seinem Stirnpflaster, den Blutresten im Gesicht und der Narbe auf der rechten Wange aussah wie jemand, bei dessen Anblick ängstliche Naturen hastig auf die andere Straßenseite wechseln, ging nicht gerade zimperlich vor. Als er und Dirk daran waren, den Bus zu verlassen, ließ er seinen Blick kurz über die Menschenmenge schweifen und hielt dann dicht an die Außenwand des Busses gedrängt auf die Führerkabine zu – und damit ausgerechnet auf zwei in lange Kapuzengewänder gekleidete Araber, die so bullig wirkten, als würden sie im Nebenberuf in der marokkanischen Variante einer Wrestling-Show auftreten. *Auch das noch,* dachte Dirk. Er hatte keine Lust, direkt nach der Ankunft auf dem Flughafen von Casablanca in eine Schlägerei verwickelt zu werden.

Aber es kam anders. Als Biermann die Araber erreichte und seine Tasche wie einen Schutzschild vor sich hielt, rückten die beiden Männer zu Dirks Überraschung weit genug auseinander, um Biermann passieren zu lassen, und schoben dabei gleich ein paar andere, weitaus schmächtigere, europäisch gekleidete Marokkaner beiseite, die mit einer Schimpfkanonade reagierten, die Dirk nicht einmal ansatzweise verstand. Er beeilte sich, Biermann zu folgen, und hielt dabei seinen Rucksack fest umklammert. Nach vier oder fünf Schritten hatte er ihn eingeholt, allerdings liefen ihm bereits die ersten Schweißtropfen über die Stirn, und die ungewohnte, gleißende Helligkeit ließ ihn blinzeln wie einen schneeblinden Flachlandtiroler.

»Und jetzt? Wie kommen wir durch die Passkontrolle?«

Biermann warf Dirk einen überraschten Blick zu. »Auf ganz normalem Weg natürlich.«

»Und was sollte das Ganze dann?«

Biermann bog nach rechts ab, um einem Sanitäter auszuweichen, der hilfsbereit auf ihn zukam, und beschleunigte abermals seine Schritte. »Wir sind sicherlich die Einzigen, die nur mit Handgepäck geflogen sind. Deswegen können wir auch sofort raus. Die anderen werden noch eine ganze Weile warten müssen, bis in all dem Durcheinander ihr Gepäck ausgeladen wird und sie es am Band in Empfang nehmen können.«

»Aha.« Dirk musste beinahe rennen, um den Anschluss an Biermann nicht zu verlieren. »War das etwa der Grund, warum Sie darauf bestanden haben, nur mit Handgepäck zu reisen?«

»So ungefähr.« Biermann drückte die Tür auf, die ins Innere des Ankunftterminals führte. »Ich bin immer gern auf alle Eventualitäten vorbereitet. Und mit kleinem Gepäck ist man einfach flexibler. Und jetzt geben Sie mir Ihren Pass. Wir wollen doch niemanden unnötig auf uns aufmerksam machen, oder?«

Da konnte ihm Dirk nur beipflichten. Wie in Trance nahm er wahr, dass sie die vollkommen menschenleere Halle durchquerten, auf den nächsten Einreiseschalter zuhielten und dass Biermann die Formalitäten für sie beide erledigte. Nachdem der Beamte auf den Einreisedokumenten ihre Flugnummer gesehen hatte, warf er ihnen einen verblüfften Blick zu und wünschte ihnen hastig in gebrochenem Deutsch einen angenehmen Aufenthalt, ohne auch nur einen Blick in ihre Pässe geworfen oder eine einzige neugierige Frage gestellt zu haben.

»Na also, geht doch«, sagte Biermann in der Ankunftshalle. »Und jetzt ab zu John und Janette. Die warten bestimmt schon im Restaurant auf uns.«

Dirk hatte noch immer keine rechte Vorstellung davon, wer Janette war und warum Biermann sie mitgenommen hatte. Bei John war das anders. Er hatte sich gleich nach seiner Ankunft um einen fahrbaren Untersatz kümmern sollen, und Dirk konnte nur hoffen, dass Biermann damit nicht ein Uraltwrack von Taxi gemeint hatte, in das man erst dann guten Gewissens einsteigen konnte, wenn ein Schädlingsbekämpfer den Fahrgastraum von allem befreit hatte, was dort unaufgefordert herumkrabbelte.

Biermann stellte Dirks Geduld auf die Probe, indem er ihn auf einem verschlungenen Weg quer durch die Ankunftshalle, wieder nach draußen und dann in den Abflugbereich führte, um schließlich die Treppe zum Flughafenrestaurant hinaufzueilen, die Tür mit einem lauten Seufzer aufzustoßen, sich in dem lichtdurchfluteten und erstaunlich behaglich eingerichteten Raum umzusehen und zu murmeln: »Und wo sind sie jetzt?«

Die Frage war berechtigt. Das Restaurant war nicht gerade gut besucht. Dirk entdeckte neben mehreren europäisch gekleideten Arabern drei Männer und eine Frau, die in knöchellange Gewänder mit Kapuzen gehüllt waren; zwei von ihnen trugen zusätzlich eine Kopfbedeckung, die Dirk an eine jüdische Kippa erinnerte. Doch von Rastalocke und einer ihn begleitenden Europäerin fehlte jede Spur.

»Und nun?«, fragte er.

»Trinken wir erst mal einen Kaffee.« Biermann drückte das Stirnpflaster fest, das sich gelöst hatte. »Der im Flugzeug war ja ungenießbar.«

Er steuerte einen Tisch an, von dem aus er den Eingang im Auge behalten konnte. Zu Dirks Erleichterung nahm niemand von ihnen Notiz. Aber gewiss rechnete auch niemand damit, dass hier Passagiere aus der beinahe verunglückten Maschine auftauchten – und schon gar nicht so kurz nach der Landung.

Nachdem Biermann Caffè Latte für sie beide bestellt hatte – wobei Dirk die Fäuste ballte und sich auf die Unterlippe biss, um sein verfluchtes Verlangen nach etwas Härterem zu unterdrücken, nach einem kleinen Beruhigungsschluck, den er sich nach der Flugzeuggeschichte ja eigentlich redlich verdient hatte –, holte er eine Straßenkarte aus seiner Reisetasche.

»Lassen Sie uns zum eigentlichen Zweck unserer Reise kommen«, sagte Biermann, schob den Tischschmuck – eine heftig flackernde Kerze – beiseite und breitete die Karte aus. »Ich habe die Gegend um Casablanca markiert. Und genau …« – sein Zeigefinger wanderte über die Landkarte – »hier ist der Flughafen, auf dem wir uns jetzt befinden.«

Dirk starrte auf die Stelle, auf die Biermann zeigte, und dann auf den Namen der Stadt, die ein Stück darüber lag. *Casablanca.* Dort stand es. Aber etwas stimmte nicht, irgendetwas stimmte überhaupt nicht mit seiner Vorstellung überein.

Als er begriff, was es war, erstarrte er. »Casablanca liegt ja gar nicht am Mittelmeer!«

Biermann warf ihm einen irritierten Blick zu, wobei ihm seine blutverkrusteten Augenbrauen etwas Dämonisches verliehen. »Natürlich nicht. Warum sollte es auch? Die meisten großen marokkanischen Städte liegen am Atlantik.«

»Dann sind wir über den Atlantik geflogen!«

Biermann seufzte. »Natürlich. Und was spielt das für eine Rolle?«

Dirk schüttelte empört den Kopf. »Haben Sie einen Knall? Wenn uns diese Turbulenzen nicht erst bei der Landung, sondern über dem Meer erwischt hätten …«

»Haben sie aber nicht«, unterbrach ihn Biermann ungeduldig. »Außerdem haben Sie mir doch selbst erzählt, dass die meisten Abstürze bei der Landung passieren. Und das wohl vor allem bei schlechtem Wetter.«

»Schlechtes Wetter?« Dirk lachte humorlos auf und deutete auf das große Panoramafenster. »Strahlend blauer Himmel! Da draußen ist nicht die geringste Spur von einem Unwetter zu sehen. Was also ist hier wirklich passiert?«

Der stämmige Mann atmete geräuschvoll aus und griff nach seinem Caffè Latte. Die Kellnerin hatte ihn in der Zwischenzeit gebracht und sich nach einem kurzen, besorgten Blick in Biermanns Gesicht wieder in den Schutz der lang gestreckten, dunklen Edelholztheke zurückgezogen. »Ich kann verstehen, dass unsere Bruchlandung Sie durcheinandergebracht hat. Aber glauben Sie mir: Für afrikanische Verhältnisse war das nichts Ungewöhnliches. Leider.«

»Heißt das, dass der Flughafen in einer Gegend gebaut wurde, in der es andauernd zu Luftturbulenzen kommt?«, fragte Dirk scharf.

Biermann nippte vorsichtig an dem heißen Caffè Latte. »Mohamed V ist –«

»Mohamed wer?«

»Mohamed V – der Flughafen«, erklärte Biermann. »Er gilt als einer der sichersten Flughäfen in der Region. Schließlich wurde er absichtlich dreißig Kilometer weit im Landesinneren gebaut, weit weg von den Luftturbulenzen an der Küste.«

»Das habe ich gemerkt«, sagte Dirk bitter. Dann hob er den Kopf und sah Biermann durchdringend an, wobei er bewusst die verkrusteten Augenbrauen sowie das breite Pflaster ignorierte, das sich quer über dessen Stirn zog, als wolle es die Spur eines Schwertstreichs verbergen. »Woher kommt es eigentlich, dass Sie sich hier so gut auskennen?«

»Ich war schon oft in Afrika. Daher weiß ich auch, dass viele Flugrouten auf diesem Kontinent in der Hand russischer Piloten sind, die ihre schrottreifen Kisten mit viel Improvisationstalent in der Luft halten – solange es gut geht. Aber häufig geht es nicht gut.« Biermann knallte den Caffè Latte mit lautem Scheppern auf den Tisch. »All diese Unfälle und Abstürze tauchen wahrscheinlich noch nicht einmal in den Statistiken über Flugzeugunfälle auf, die Sie so leidenschaftlich studieren. Aber sie gehören nun einmal zum schwarzen Kontinent, genau wie die vielen bewaffneten Konflikte, für die sich in Europa kaum jemand interessiert.«

»Solange Sie nicht vorhaben, mich an Bord einer solchen Maschine zu lotsen, soll es mir recht sein.« Dirk begann ungeduldig die juckende Narbe an seinem rechten Handgelenk zu massieren, die kleine Erinnerung an einen Rattenbiss, die zu ihm gehörte, seitdem er denken konnte. »Also, bevor wir noch mehr Zeit mit sinnlosem Geschwafel verschwenden: Wie kommen wir jetzt weiter? Wo steckt Ihr vorzüglicher Chauffeur? Wollten wir uns nicht hier mit ihm treffen?«

»Allerdings. Aber warten Sie ...« Biermann stellte seine Reisetasche auf den Tisch, zog den Reißverschluss auf und begann, in ihr herumzukramen. »Irgendwo muss doch mein Handy sein.«

»Vielleicht können Sie mir in der Zwischenzeit eine Frage beantworten«, sagte Dirk scharf. »Wo steckt Akuyi? Und wie finde ich Kinah?«

»Keine Ahnung, wo Ihre Tochter steckt.« Biermanns lädierter Kopf tauchte fast vollständig in die Tasche ein. Dann hatte er endlich gefunden, was er suchte, und zog das Handy hervor. »Zumindest jetzt noch nicht. Aber mit etwas Glück werden wir noch heute Ihrer Frau gegenüberstehen ...« Er schaltete das Handy ein und drückte ein paar Tasten. »Doch dazu brauchen wir einen Wagen. Und den müsste John mittlerweile schon längst gemietet haben.«

»Wo finden wir Kinah?« Dirk umklammerte sein eigenes Handgelenk, als müsse er sich daran festhalten. »Ich will endlich wissen, wo sie ist, verdammt noch mal!«

»Ja, gleich.« Biermann warf einen misstrauischen Blick auf das Handy und schüttelte dann den Kopf. »Also, entweder funktioniert hier das Mobilfunknetz nicht richtig, oder John hat sein Handy nicht eingeschaltet.«

»Kinah interessiert mich im Augenblick weitaus mehr als dieser grasrauchende Autofreak!«

Biermann sah kurz auf und nickte dann. »Natürlich. Warten Sie ...« Er stellte die Tasche wieder unter den Tisch, legte das Handy beiseite und deutete mit dem Zeigefinger auf die Karte. »Hier ist Casablanca. Und hier ungefähr ...« – er fuhr die Küstenregion entlang, bis er an einem Punkt kurz unterhalb von Casablanca angekommen war – »dürfte Ihre Frau ein zweites Zuhause gefunden haben.«

Ein zweites Zuhause ... Das saß. Dirk kratzte derart fest über das Andenken an die Ratte, dass es wehtat.

»Es kann natürlich sein, dass Ihre Frau im Augenblick nicht da ist. Aber dann werden wir Menschen treffen, die sie kennen und uns weiterhelfen können.«

»Wie zum Beispiel diesen Ventura!«

»Das will ich nicht hoffen.« Biermann beugte sich ein Stück vor, eine Bewegung, die den Zipfel seiner Krawatte wie einen rotgrünen Blitz über die Karte fegen ließ. »Aber ich kann Sie wenigstens in einer Hinsicht beruhigen: Im Zusammenhang mit Al Afra bin ich nicht auf den Namen Ventura gestoßen.«

»Al Afra?«

»So heißt das Fischerdorf, in dem Kinah nach meinen Informationen während der Musikproduktion gewohnt hat.« Biermann zog seine Krawatte beiseite, bevor sie unangenehme Bekanntschaft mit der Kerze machen konnte. »Das bedeutet aber nicht, dass sich dort auch das Studio befindet. Es könnte durchaus auch in Casablanca oder im Hinterland sein.«

Dirk überging den Einwand mit einer Handbewegung. »Das ist doch alles nebensächlich. Mich interessiert im Augenblick nur, dass sie womöglich hier ist ... oder wenige Kilometer entfernt. Und wann wir endlich losfahren können! Zur Not auch ohne John.«

»Das würde ich ungern«, sagte Biermann. »John ist der beste Fahrer, den ich kenne. Und das kann gerade auf den teilweise sehr schlecht ausgebauten Straßen und Pisten hier von entscheidendem Vorteil sein.«

»Wir wollen doch kein Rennen fahren!«

»Das wohl kaum.« Biermann begann die Karte umständlich zusammenzufalten. »Aber es kann zu Situationen kommen, in denen wir auf einen erstklassigen Fahrer angewiesen sind. Zumal dieses Al Afra ein ziemlich heißes Pflaster ist. In letzter Zeit hat es sich dem Tourismus geöffnet ...«

»Das interessiert mich nicht.«

»... und mit den Touristen sind auch ein paar Männer mit nicht ganz astreiner Vergangenheit dort aufgetaucht.«

»Wovon reden Sie?«, fragte Dirk ungeduldig. Jetzt, da er auf der Karte gesehen hatte, wo Kinah laut Biermann zumindest zeitweilig gewohnt hatte, hielt ihn nichts mehr. »Hat sich etwa die marokkanische Mafia in dem Dorf einquartiert?«

»Nun ja ... etwas in der Art.« Biermann beugte sich vor und

ließ die Karte in seiner Tasche verschwinden. »Ich bin mir da nicht ganz sicher. Marokko ist ein prowestliches Königreich, in dem die Gegensätze regieren. Hier wird in großem Stil Hanf angebaut und Haschisch exportiert.« Er zündete sich umständlich eine Zigarette an. »Und trotzdem will die EU eine Freihandelszone mit Marokko gründen.«

»Das Stichwort hieß Mafia«, sagte Dirk. »Das Zeug, das John raucht, interessiert mich in diesem Zusammenhang einen Scheißdreck.«

»Um dieses *Zeug* geht es auch nicht«, beharrte Biermann. »Sondern um organisierte Kriminalität und ihre Ausläufer, die mittlerweile auch Al Afra erreicht haben.«

»Von mir aus können die dort treiben, was sie wollen«, sagte Dirk heftig. »Ich will jetzt los. Und wenn wir dieses Nest erreicht haben, sehen wir weiter.«

Biermann starrte an Dirk vorbei in Richtung Tür und grinste plötzlich breit. »Das trifft sich gut. Dort kommen unsere beiden verlorengegangenen Schäfchen.«

Dirk drehte sich auf seinem Stuhl um. Zuerst sah er nur Rastalocke, der mit ausladenden Schritten und gerunzelter Stirn auf sie zusteuerte. Doch diesem eilte eine große schlanke Frau mit langen blonden Haaren und temperamentvoll blitzenden Augen nach, und zwar so schnell, dass sie ihn eingeholt hatte, als er den Tisch erreichte.

»Von wegen Schäfchen«, knurrte John, nickte Dirk kurz zu und zog sich einen Stuhl heran. »Was macht ihr eigentlich schon hier?« Seine ausholende Handbewegung ließ die Kerze wild aufflackern und brachte sie fast zum Erlöschen. »Soweit ich mitbekommen habe, stecken die Passagiere eures bilderbuchreifen Flugs noch an der Gepäckausgabe fest.«

»Du kennst mich ja ...« Biermann deutete auf den Platz neben sich. »Hier ist noch ein Platz frei, Janette.«

Die Angesprochene sah auf Biermann hinab und stemmte die Hände in die Hüften. »Hast du mal wieder der Versuchung nicht widerstehen können, das Schicksal herauszufordern, Birdie? Und wie siehst du überhaupt aus? Bist du etwa in eine Schlägerei geraten?«

»Nein, nein«, wehrte Biermann ab. »Diesmal bin ich komplett unschuldig. Es war Dirk Gallwynd – das ist übrigens der Typ, der mir mit sauertöpfischem Gesicht gegenübersitzt, und das ist Janette Klein –, der die Götter mit seinem dummen Statistikgeschwafel herausgefordert und damit beinahe eine Katastrophe ausgelöst hat.«

Janette runzelte die Stirn, und Dirk gleich mit, wenn auch wahrscheinlich aus einem völlig anderen Grund. Er verstand Biermanns plötzliche Wandlung nicht. Eben noch wäre er als finsterer, in die Jahre gekommener Bodyguard durchgegangen oder als rechte Hand eines Gangsterbosses, doch jetzt strahlte er auf einmal eine Jugendlichkeit und Unbekümmertheit aus, die Dirk mehr als befremdlich fand.

»Statistikgeschwafel, aha«, sagte Janette, während sie sich neben Biermann setzte. »Um welche Art von Statistik handelt es sich denn dabei, Dirk? Ich darf Sie doch Dirk nennen, oder?«

Dirk nickte automatisch. Janette war eine Frau, die er am liebsten gleich geduzt hätte, während Biermann zu der Sorte Mensch gehörte, für die ein ›Sie‹ gar nicht distanziert genug war. »Wenn ich Sie dafür Janette nennen darf?«

Janette nickte, und Biermanns unbekümmertes Grinsen erstarb, als hätte jemand einen Schalter umgelegt. Er sah Dirk einen Lidschlag lang beinahe hasserfüllt an, dann hatte er sich wieder in der Gewalt, griff nach seinem Handy und starrte auf das Display.

Anscheinend war Biermann eifersüchtig. Das konnte ja heiter werden. Blieb bloß zu hoffen, dass sie nicht stundenlang in einem Wagen durch die Gegend kutschieren mussten und Biermann ihm mit grundloser Eifersucht das Leben schwer machte, während sich Rastalocke einen Joint nach dem anderen reinzog.

Was ihn zum eigentlichen Grund ihres Treffens im Flughafenrestaurant zurückbrachte.

»Sie haben einen Wagen gemietet?«, fragte er John.

»Oh ja, Mann, und was für eine Kiste!« Rastalocke grinste so breit, dass man ihm eine Banane quer in den Mund hätte schieben können. »Ich habe weder Kosten noch Mühen gescheut, um das geilste Teil zu organisieren, das sich hier am Flughafen auftreiben ließ.«

»Lassen Sie mich raten«, sagte Dirk. »Der Wagen ist mindestens dreißig Jahre alt, wird nur noch von Klebeband zusammengehalten und hat schon vor drei Jahren den Auspuff verloren.«

»Ganz im Gegenteil.« Rastalocke strahlte ihn weiter unbekümmert an, griff zu der Kerze und drückte sie beiläufig mit Daumen und Zeigefinger aus. »Ich würde sagen: Lassen Sie sich einfach überraschen.«

»Etwas anderes bleibt mir wohl kaum übrig.« Dirk starrte erst auf die erloschene Kerze und dann auf Rastalockes rußschwarzen Daumen. Dann schob er den Stuhl zurück und stand auf. »Also los. Sehen wir zu, dass wir Al Afra noch vor Sonnenuntergang erreichen.«

5

So schnell kamen sie doch nicht weg, denn sie mussten noch einmal zur Autovermietung, wo ein Betrag von Dirks Kreditkarte abgebucht wurde, der ihn schwindeln machte. Er hatte immer noch keine Ahnung, was für einen Wagen John gemietet hatte, aber nach dem Tagespreis zu urteilen hätte es ein Ferrari sein können.

»Da ist das Wunderding«, sagte Rastalocke, als sie auf den stickig warmen Hof des Vermieters hinaustraten. Er hielt auf ein wahres Ungetüm von Geländewagen zu, groß wie ein Hummer H2, mit gewaltigen Stoßfängern und getönten Scheiben, eine Angeberkarre sondergleichen, neben der Dirks Pajero wie ein bescheidener Zweitwagen ausgesehen hätte. John klickte auf den elektronischen Öffner, und der Wagen schaltete automatisch die Scheinwerfer ein und begann zu blinken wie die Leuchtreklame an einem Bordell.

Dirk blieb abrupt stehen. »Was um Gottes willen *ist* das?«

»Ein Roamer«, antwortete John stolz. »Eine Spezialanfertigung auf Basis eines Japsen-Geländeschlittens. Mit dieser Ausstattung gibt es weltweit nur ein paar hundert Stück.«

»Ein paar hundert zu viel«, murmelte Dirk, aber John achtete gar nicht auf ihn. Er eilte zu dem Wagen und riss die Fahrertür auf. »Beheizbare Ledersitze, zwei Klimaanlagen, elektrisch verstellbare Pedale, sämtlicher Schnickschnack einschließlich einer in die Ladefläche integrierten Campingausrüstung, dann noch eine Hochleistungsbremsanlage mit 380 Millimeter großen, gelochten und innenbelüfteten Scheiben und 8-Kolben-Festsätteln an der Vorderachse und …«

»Stopp!«, rief Janette, noch bevor Dirk zu Wort kam, und ließ das Taschentuch sinken, in das sie gerade gespuckt hatte, um damit so heftig an Biermanns Augenbrauen herumzureiben, als wolle sie sie komplett wegrubbeln. »Was soll der Unsinn? Kann der Wagen auch geradeaus fahren oder nur bremsen?«

»Gute Bremsen«, sagte John von oben herab, »sind hier überlebenswichtig. Genauso wie die richtige Power unter der Motorhaube –«

»Als es hieß, dass ich für die Mietwagenkosten aufkommen soll, war aber nicht von einem solchen Ungetüm die Rede«, unterbrach ihn Dirk. »Wenn wir die Kiste morgen wieder zurückgeben können, dann okay. Aber länger als zwei Tage kann ich sie mir nicht leisten.«

»Können schon, oder?« Rastalocke blinzelte ihm vertraulich zu. »Aber Sie wollen wohl nicht. Dabei werden Sie noch sehen, welche Vorteile uns der Wagen bringt.«

»Vor allem dabei, unauffällig in ein kleines marokkanisches Fischerdorf zu fahren.«

»Auch dabei.« John warf einen Beifall heischenden Blick zu Biermann, der ein Stück zurückgeblieben war und mittlerweile selbst seine Augenbrauen bearbeitete – ein Anblick, der fast etwas Obszönes hatte. »Wir spielen einfach autovernarrte Touristen. Eine bessere Tarnung kann ich mir nicht vorstellen.«

»Na, ich weiß nicht«, sagte Janette. »Ein Mittelklassewagen würde uns in dieser Hinsicht deutlich bessere Dienste leisten. Vielleicht sollten wir den Wagen einfach umtauschen.«

»Nichts da!«, sagte Dirk. »Uns läuft die Zeit davon. Wenn wir nicht im Stockdunkeln ankommen wollen, müssen wir jetzt sofort los. Und morgen bringen wir dieses Ungetüm zurück und tauschen es gegen etwas Unauffälligeres ein.«

»Aye, aye, Sir«, sagte John, trat auf das wuchtige Trittbrett und stieg mit dem gleichen Schwung ein, mit dem im Wilden Westen ein Sheriff auf sein Pferd gesprungen sein mochte, wenn es einen Bankräuber zu verfolgen galt.

»Ein dolles Ding«, murmelte er, nachdem er hinter dem Lenkrad Platz genommen hatte. »So, wo startet man die Kiste noch gleich?«

»Was ist mit der Einweisung?«, fragte Janette.

»Brauch ich nicht. Kenne mich ja schließlich mit Autos aus. Und jetzt auf zur Autobahn – damit die Kiste mal zeigen kann, was in ihr steckt!«

Dirk seufzte. Das fing ja gut an. Er konnte nur hoffen, dass es nach dem ziemlich missglückten Auftakt nicht in der gleichen Art weiterging. Immerhin hatte John den Wagen bereits gestartet, als er neben ihm auf dem Beifahrersitz Platz nahm. Der Motor brüllte auf wie ein Elch in der Brunft, und über das Lustgefühl, das Rastalocke seinem verklärten Gesichtsausdruck nach zu urteilen dabei empfand, wollte Dirk lieber nicht spekulieren.

»Hat der Kleine endlich ein schönes Spielzeug gefunden?«, fragte Janette vom Rücksitz, auf dem auch Biermann sich niedergelassen hatte.

»Hmmm«, seufzte John zufrieden, legte den ersten Gang ein und fuhr mit viel zu viel Gas vom Hof. Aus den Augenwinkeln sah Dirk, wie jemand aus dem Büro der Autovermietung herausgeschossen kam und hinter ihnen herlief. Wahrscheinlich war das der Mann, der sie hatte einweisen wollen. Aber er kam zu spät. Rastalocke würde es auch ohne fremde Hilfe schaffen, den schweren Wagen in seine Einzelteile zu zerlegen, dessen war sich Dirk ganz sicher.

Sie bogen auf das ein, was John als Autobahn bezeichnet hatte, was sich aber als Landstraße entpuppte, die sich wie ein graues Band durch eine endlose Steppe schlängelte. Daneben war eine Art Trampelpfad, auf dem Dirk in der Ferne einen vollkommen überladenen Eselskarren ausmachte. Er wurde gerade von einem uralten Kleinlaster überholt, dessen unter einer gelben Plane verzurrte Ladung höher aufragte als der Flughafentower.

»Ey Mann, hier darf man ja nur hundertzwanzig fahren!«, schimpfte Rastalocke, als sie ein Hinweisschild für die *Routes Nationales* mit allerlei Ge- und Verboten passierten.

»Gott sei Dank«, murmelte Janette.

»Dabei ist hier doch kaum Verkehr!«, jammerte John.

»Ja, sieht man mal von den Eseln ab, die hier am Wegesrand unterwegs sind.« Janette beugte sich so weit vor, dass ihr Kopf plötzlich zwischen John und Dirk auftauchte. »Oder die mit großen Geländewagen die Gegend unsicher machen.«

Rastalocke warf ihr einen ärgerlichen Blick zu. »Verzieh dich bloß wieder nach hinten!«

Dann tauchte er unter und widmete sich in leicht gebückter Haltung der verwirrenden Vielfalt von Anzeigen, Hebeln und Schaltern, deren Funktion zu erraten offensichtlich seinen Spieltrieb herausforderte.

»Was tust du da eigentlich?«, fragte Janette alarmiert.

»Ich fahre.«

»Ohne auf die Straße zu sehen?«

»Bei dem Schneckentempo reicht es, wenn ich jede halbe Stunde mal hochgucke.«

»Sehr witzig.« Janette beugte sich noch ein Stück weiter vor, und eine Strähne ihres Haars strich über Dirks Wange. »Nur zur Info: Du bist gerade an einem Hinweisschild vorbeigefahren.«

»Stand was drauf?«, fragte Rastalocke uninteressiert.

»Ja, oben in Arabisch und unten lesbar. Es war eigentlich nur ein Ortsname. Settat oder so ähnlich. Ist das richtig?«

»Nee.« John nahm die rechte Hand vom Lenker, ließ den Zeigefinger über eine Gruppe von Schaltern schweifen und drückte dann eine Taste. »Irgendein Typ hat mir erzählt, Settat sei so eine Art Golfhochburg.«

»Das ist natürlich wirklich wichtig zu wissen«, sagte Janette. »Wo ich doch schon immer mal in Marokko Golf spielen wollte.«

»Dann passt es ja«, antwortete Rastalocke fröhlich und sah nun endlich wieder hoch. »Settat liegt im Landesinneren. Ist die falsche Richtung, wenn wir ans Meer wollen.«

Dirk rutschte ein Stück nach rechts, um sich nicht in Janettes Haarpracht zu verfangen. »Und warum fahren wir dann in diese falsche Richtung?«, fragte er gereizt.

»Weil wir zuerst der Ausschilderung nach Settat folgen müssen, bis wir an eine Abzweigung kommen. Sie können ja schon mal die Augen aufhalten. Irgendwo muss Al Jadida ausgeschildert sein.«

»Hoffentlich nicht nur in Arabisch.«

Rastalocke zuckte mit den Achseln. »Wie auch immer. Sie brauchen mir bloß zu sagen, wann wir abbiegen müssen. Das kriegen Sie doch hin, oder?«

Dirk hätte ihm gerne eine passende Antwort gegeben, aber auf einmal wurde ihm die Sache – oder besser gesagt: sein Sitz – zu heiß. Er hatte allmählich das Gefühl, auf einer glühenden Herdplatte zu hocken. »Sagen Sie mal, John«, begann er, »haben Sie vielleicht meine Sitzheizung eingeschaltet und auf einmal gut Durchbraten gestellt?«

»Ups«, sagte John und betätigte hastig den Schalter, den er zuvor gedrückt hatte. »Ich dachte, das sei die Klimaanlage. Da muss ich mich wohl vertan haben.«

»Scheint mir auch so«, sagte Dirk und erinnerte sich an die Kerze, die Rastalocke ausgedrückt hatte, anstatt sie auszublasen. Klarer Fall von spätpubertärem Verhalten. Am besten ließ man diesen Typ links liegen.

Dirk starrte aus zusammengekniffenen Augen hinaus in die gleißende Helligkeit. Viel zu sehen gab es nicht, außer einer weiten Steppenlandschaft und ein paar Gebäuden, die so trostlos aussahen, wie Dirk sich fühlte. Er war das alles so leid. Und er war schrecklich müde. Nach ein paar Sekunden fielen ihm die Augen zu und …

… und er saß an einem Feuer, dessen Flammen so hell aufzüngelten, dass er die Augen zusammenkneifen musste, um nicht geblendet zu werden. Ihm gegenüber hockte ein alter Mann, dessen Hautfarbe schwärzer war als die Nacht, die sich um sie herum ausbreitete. Dirk konnte sein Gesicht, das von langem, weißem Haar umrahmt wurde, nicht erkennen, aber er spürte, dass ihn sein Gegenüber anstarrte. Es war kein angenehmes Gefühl.

»Es hat lange gedauert, bis du den Weg zu uns gefunden hast.« Die Stimme des Alten knarrte wie die Äste eines uralten Baumes im Sturm. »Aber es ist gut, dass du nun da bist.«

Dirk antwortete nicht. Er hätte es auch gar nicht gekonnt. Er war immer noch furchtbar müde, schließlich hatte er in den letzten zwei Nächten kaum geschlafen. Seitdem er Akuyi auf dem Hügel hatte stehen sehen, verloren, verängstigt und auf seine Hilfe angewiesen, hatte sich seine sowieso schon vorhandene Unruhe zu einer Rastlosigkeit gesteigert, die ihn an erholsamen Schlaf gar nicht erst hatte denken lassen. Immer wieder blitzten Bilder von Akuyi vor seinem inneren Auge auf. Damals, als sie die Steinzeitsiedlung und das uralte Sonnenobservatorium in Goseck besucht hatten – ganz in der Nähe war die sagenumwobene Himmelsscheibe von Nebra gefunden worden … Akuyi war so aufgeregt gewesen, hatte geplappert wie ein Wasserfall und war herumgehüpft. »Ich spüre es!«, hatte sie immer wieder gerufen. »Ich spüre es! Es gibt eine Verbindung zwischen allen Völkern der Erde, zwischen all unseren Vorfahren! Und ich werde es beweisen! Ich finde den Weg zu den Ahnen!«

Ihre glänzenden Augen, ihr fröhliches Kindergesicht, ihre übersprudelnde Begeisterung – er hatte sich ihr in diesem Moment gleichzeitig sehr nah und unendlich fern gefühlt. Nah, weil ein

Teil ihrer kindlichen Erregung auch auf ihn überschwappte, fern, weil sie von Ahnen sprach, deren Wiege in Afrika stand und mit denen er nichts, aber auch gar nichts zu tun hatte.

Aber vielleicht war das ein Irrtum gewesen.

»Du bist doch da, oder nicht?«, fragte der Alte.

Dirk riss sich fast gewaltsam von seinen Erinnerungen los und nickte widerwillig. Ja, er war da. Er sah das hell lodernde Licht des Feuers und den Schatten des ihm gegenübersitzenden Mannes. Sonst war nichts zu sehen – aber dafür jede Menge zu hören. Es waren geheimnisvolle Geräusche – ein Rascheln, Zischeln und Sirren –, die das Prasseln des Feuers fast übertönten; typisch für die Klangvielfalt der afrikanischen Steppe, wie er sie aus Akuyis Erzählungen kannte – von den detailreichen Schilderungen ihrer *Traumreisen,* wie sie sie immer genannt hatte. Akuyi war oft sehr traurig gewesen, dass sie noch nie den schwarzen Kontinent besucht hatte (etwas, das Kinah ihr merkwürdigerweise vehementer verweigert hatte als Dirk), aber sie war immer wieder mit »ihrem Inneren« in das Land ihrer Ahnen gereist, wie sie behauptet hatte. Und von diesen Traumreisen hatte sie Dirk derart plastisch und begeistert erzählt, dass er genau wusste, wo er sich jetzt befand – und dass dieser Geruch von der ausgedörrten Vegetation herrührte, die während der Trockenperiode um ihr Überleben kämpfte.

Ein Windstoß fuhr in das Feuer und ließ es so hoch auflodern, dass er schützend die Hände vors Gesicht halten musste.

»Es gibt viele Geschichten, die ein Narr wie ich einem Mann erzählen kann, der willens ist, sich auf die alten Wahrheiten einzulassen«, sagte der Greis.

Dirk streckte die rechte Hand vor. Er spürte die Hitze des Feuers, aber sie war nicht unangenehm, ganz im Gegenteil. Er hatte das Gefühl, als bräuchte er jedes bisschen Wärme, dessen er habhaft werden konnte.

»Was für alte Wahrheiten?«, fragte er schließlich.

»Die Wahrheiten, die seit Anbeginn der Zeiten von Generation zu Generation überliefert werden«, antwortete der Alte. »Wahrheiten, die vom Vater auf den Sohn übergehen – oder auf jeden anderen Mann, der ihrer würdig ist.«

Dirk griff nach einem Aststück, das vor ihm auf dem Boden lag, und wog es in der Hand, unschlüssig, ob er es in das Feuer werfen oder damit darin herumstochern sollte. »Ich vermute, es geht dabei um Dinge, wie ich sie von Kinah, meiner Frau, erfahren habe.«

Der Alte schwieg für eine ganze Weile. Schließlich sagte er: »Kinah, ja. Ein ungewöhnlicher Name für eine ungewöhnliche Frau.«

»Wieso?«

Wieder hielt der alte Mann inne, bevor er weitersprach. »Kinah bedeutet in der Sprache ihres Volkes ›Die Eigensinnige‹.«

»Ja«, sagte Dirk heftig. »Das passt allerdings. Eigensinnig war sie schon immer.«

»Und stark genug, um die Last der Tradition auch in der Fremde zu tragen«, sagte der Alte leise.

»Woher weißt du das?«, fragte Dirk überrascht.

»Weil du aus der Fremde kommst. Aus einer Welt, in der Menschen wie wir nur überleben können, wenn sie bereit sind, neue Wege zu gehen.« Der Alte stockte für einen Moment. »Zu den neuen Wegen gehört auch, dass eine Frau ihrem Mann den Weg zur Spiritualität weist – eine Art der Weitergabe alten Wissens, wie sie sonst nur zwischen männlichen Verwandten üblich ist.«

Dirk schloss die Augen. Das Licht des Feuers flackerte rot durch seine Lider hindurch. Er bemerkte es kaum. Er sah Akuyi vor seinem inneren Auge, und er wusste, dass er hier richtig war. Was immer der alte Mann ihm erzählen wollte, es würde ihm Akuyi ein Stück näher bringen.

»Es gibt ein Geheimnis, das eigentlich keines ist«, sagte der

Alte. »Alle Menschen wissen davon. Und doch auch wieder nicht.«

Dirk schlug die Augen auf. »Und das wäre?«

Der Alte erhob sich. Seine Knochen knarzten, ein ekelhaftes Geräusch, das Dirk durch Mark und Bein ging. Ein frischer Windstoß fuhr in das Feuer und ließ Funken aufstieben, die den Alten wie ein Schwarm bösartiger Insekten umschwirrten und sich in ihm festbissen. Aber das war nicht das Einzige, was Dirk erschauern ließ. Es waren die Bewegungen des alten Mannes. Sie hatten nichts Menschliches mehr an sich. Etwas in ihm wand sich und erbebte, es war, als dränge etwas aus ihm heraus.

»Am Anfang, vor Millionen von Jahren, war es der Baum, der Leben spendete.« Der Alte war jetzt bereits fast so groß wie Dirk, aber er schien immer größer zu werden. Er bewegte sich nicht wie ein Mensch, der sich streckte – es war eher ein Wachstumsvorgang, der gleichermaßen in die Höhe wie in die Breite stattzufinden schien, etwas, das vollkommen unmöglich war und doch mit einer Selbstverständlichkeit geschah, die Dirk sprachlos machte.

»Alle ursprünglichen Völker Afrikas kennen den Mythos vom Lebensbaum. Unzählige Legenden ranken sich um ihn, doch im Kern sind sie alle gleich.« Die Stimme des Alten hatte sich verändert. Sie klang jetzt kraftvoll und gewaltig wie Wasser, das einen steilen Fall hinabstürzt und alles mit sich reißt, was sich ihm entgegenstellt. »Spätere Völker machten den Garten Eden daraus, die Adina oder das Paradies. Aber gemeint ist immer dasselbe.«

Dirk war wie erstarrt. Er hätte vom Feuer abrücken können, dessen Ausläufer jetzt auch in seine Richtung herüberzüngelten, oder er hätte aufspringen und weglaufen können – aber er tat nichts dergleichen.

»Der Baum spendete Leben. Alle Bäume spenden Leben. Die Vorfahren der Menschen lebten gut in dieser Umgebung – bis sich das Klima änderte.«

Die Stimme des Alten veränderte sich mit seinen Worten, wurde trockener, brüchiger.

»Es kam der Zeitpunkt, an dem die Götter – Gott – eingriffen. Alle Menschen kennen dieses Geheimnis. Sie wissen, dass ihre Ahnen aus dem Paradies vertrieben wurden, aus einem ursprünglich fruchtbaren Gebiet, das durch den Wind austrocknete und in der langen Zeit der großen Stürme immer karger und unwirtlich wurde. Sie wissen, dass sie am Anbeginn der Zeit nur zugreifen mussten, um ihren Hunger zu stillen, und … und dass das später nicht mehr genügte, um das Überleben der Sippe zu gewährleisten. Sie mussten in einer immer feindlicher werdenden Welt überleben, in der Savanne, in der Steppe, in der neue Gefahren und gefährliche Raubtiere lauerten. Doch dafür benötigten sie Fertigkeiten, mit denen sie sich über ihre Nahrungskonkurrenten erheben konnten.«

Der Alte war nicht länger Mensch. Er schien nicht bloß zwei, sondern mehr Arme zu haben, sechs oder acht oder zehn, die sich ausbreiteten und nach den Funken griffen, die sie umschwirrten.

»Der Lebensbaum war nicht tot. Aber er entließ seine Kinder in eine neue Freiheit. Und nun, ohne den Schutz der Bäume, blieb den Ahnen nichts anderes übrig, als schneller zu laufen als zuvor und sich mit Lauten zu verständigen, wenn sie erfolgreich jagen und sich vor ihren Feinden verbergen wollten. Und es entstanden die ersten Menschenrassen, die aufrecht gingen und aus den Urlauten, dem unverständlichen Geheul etwas bildeten, das mächtiger ist als alles andere auf unserer Welt: die Sprache.«

Ein merkwürdiges Zittern durchfuhr das, was eben noch wie ein alter Mann ausgesehen hatte. Und dann stand er still, in all seiner Knorrigkeit. Nichts Menschliches war mehr an ihm. Er war zum Lebensbaum geworden. Seine Stimme wurde rau und träge, als bereite es ihm zunehmend Mühe, aus Silben Wörter und aus Wörtern Sätze zu formen.

»Die Sprache und die Musik. Das ist das zweite … Geheimnis, das jeder kennt und doch wieder nicht: dass der Mensch … ohne Sprache nichts ist, aber auch nichts ohne Musik. Vielleicht ist die Musik sogar noch wichtiger. Denn durch die Sprache kommuniziert der Mensch nur … nur mit sich selbst, durch die Musik aber auch … auch mit seinem Ursprung, mit dem, was der Lebensbaum symbolisiert …«

Die Worte, gegen Ende kaum noch verständlich, versiegten schließlich ganz. Dafür öffnete sich eine zuvor fest verschlossene Tür in Dirks Erinnerung, und gleichzeitig erfasste er einen Zipfel der allgemeingültigen Wahrheit, die in der Rede des Alten mitgeschwungen hatte. Und nicht nur das: Er wusste plötzlich, wo er Akuyi finden würde und warum sie dort war, und er begriff, warum Kinah den Weg über die Musik gewählt hatte, warum der Alte ausgerechnet jetzt zu ihm gekommen war und warum die Zeit drängte, warum er sich beeilen musste, wollte er die Katastrophe aufhalten, die ihm und so vielen anderen Menschen drohte …

»Irgendwann solltest du mal aus dem Kreisverkehr rausfahren«, rief plötzlich jemand in sein Ohr.

Alles, was Dirk eben noch gewusst zu haben glaubte, entglitt ihm. Der Alte sank innerhalb eines Lidschlags in sich zusammen, und das Feuer stob noch einmal auf, um sich dann mit erschreckender Geschwindigkeit zu verzehren und zu erlöschen.

»Aber ich habe keine Ahnung, wo wir lang müssen«, schimpfte Rastalocke. »Und neben mir schnarcht einer, dass es die Sau graust.«

»Rechts geht's nach Casablanca, Schatzimausi«, sagte Janette. »Wir müssen in Fahrtrichtung links. Links ist da, wo der Daumen rechts ist. Und nun mach schon, bevor ich seekrank werde!«

Rastalocke bog mit quietschenden Reifen ab. Dirk rutschte nach links, hatte plötzlich einen Haarschopf im Gesicht und knallte dann auch schon mit dem Kopf gegen Janette.

»Oh Mann, können Sie nicht aufpassen?«, schimpfte diese und ließ sich nach hinten auf ihren Sitz fallen.

»Halt die Klappe«, murmelte Dirk.

»Was?«

»Ich sagte: Halt ...« Er verstummte. Die Erinnerung daran, was er eben geträumt hatte, verblasste so schnell, dass er Mühe hatte, sich überhaupt noch Details ins Gedächtnis zu rufen. Dabei spürte er, dass es ungeheuer wichtig war, den Traum nicht entschwinden zu lassen – wie es so oft geschah, wenn man am Morgen aufwachte und kaum mehr wusste, was einem gerade noch den Angstschweiß auf die Stirn getrieben und den Puls zum Rasen gebracht hatte.

»Ein bisschen nett, ja?«, maulte Janette.

»Ja«, murmelte Dirk. »Ein bisschen nett wäre nicht schlecht.«

»Was soll das nun wieder heißen?«, fragte Janette beleidigt.

Sprache und Musik, darum war es gegangen, da war sich Dirk ganz sicher. Um den Ursprung der Menschheit. Um das, was Menschen ausmachte und dazu befähigte, mit dem zu kommunizieren, was der Lebensbaum symbolisierte.

Auch um Kinahs Musik?

Der Gedanke war logisch und zugleich abwegig, oder schlicht gesagt: Dirk hatte nicht die geringste Ahnung. Und das war nicht das Einzige, was ihn beunruhigte. Mit jeder Sekunde, die verstrich, verflog auch ein Teil seiner Überzeugung, dass der Traum ihm eine wichtige Botschaft offenbart hatte. Und dass er ihn vor einer Katastrophe gewarnt hatte, die nicht nur Dirk selbst betraf. Aber vielleicht war er ja einfach nur dabei, durchzudrehen. Nach allem, was passiert war, wäre das kein Wunder.

»Bin ich Ihnen irgendwie auf den Schlips getreten oder was?«, bohrte Janette nach.

Dirk blinzelte und versuchte verzweifelt, in die Wirklichkeit zurückzufinden.

»Geht doch gar nicht«, sagte er schließlich. »Der Einzige, der von uns Schlips trägt, ist Ihr Birdie ...«

»Und zwar ein richtiges Prachtexemplar«, mischte sich Rastlocke ein.

»Das will ich wohl meinen!«, brummte Biermann. »Oder hat irgendjemand etwas an meiner Krawatte auszusetzen?«

»Nööö«, blökte Janette, und Rastalocke fügte hinzu: »I wo.«

»Sorry, aber können wir uns mal auf die Richtung konzentrieren, in der wir unterwegs sind?« Dirk begann sich die Schläfen zu massieren. »Übrigens: Gilt nicht auch in Marokko Gurtpflicht?«

»Da hat er recht«, sagte Biermann. »Außerdem erreichen wir gleich die Küstenstraße. Also schnall dich besser an.«

»Wenn ihr alle gegen mich seid ...«, sagte Janette schmollend. »Dabei habt ihr es nur mir zu verdanken, dass wir in die richtige Richtung fahren. Schließlich hat Dirk bloß ganze Baumstämme zersägt, statt aufzupassen, und John würde immer noch Brummkreisel im Kreisverkehr spielen, wenn ich ihm nicht gezeigt hätte, wo es langgeht.«

»Ja, das hast du gut gemacht«, sagte Biermann. »Aber jetzt wäre es vielleicht mal an der Zeit für eine Schweigeminute, nicht wahr, mein Schatz?«

»Ich hab schon verstanden«, sagte Janette gekränkt. »Auf mir lastet die ganze Verantwortung, aber nein, ich darf ja nichts mehr sagen.«

Biermann tat das einzig Richtige: Er schwieg, statt den Ball noch einmal anzunehmen.

»Die Sonne geht gleich unter«, sagte Dirk mit einem Blick in die Richtung, in der sich der Himmel rot zu färben begann. »Wann sind wir endlich da?«

»Gleich«, murmelte Rastalocke. Er schaltete einen Gang runter, um einen überladenen Bus zu überholen, und gab Vollgas.

»Dort!« Jetzt war es Biermann, der sich ein Stück vorbeugte, aber nur so weit, wie es der Sicherheitsgurt zuließ. »Da müssen wir rechts ab!«

John trat in die Bremse, und zwar dermaßen heftig, dass Dirk nach vorne geschleudert wurde und mit dem Kopf auf dem Armaturenbrett aufgeschlagen wäre, wenn ihn der Sicherheitsgurt nicht gehalten hätte.

»Spinnst du?«, kreischte Janette.

»Wenn der Boss mir erst so spät Befehle erteilt!«, murmelte Rastalocke und steuerte den Roamer in eine scharfe Kurve.

Dirk sah aus den Augenwinkeln ein Schild mit der Aufschrift *Al Afra,* das er vorher gar nicht bemerkt hatte. Biermann hatte es wohl auch erst im letzten Moment entdeckt.

Die Straße führte direkt auf das Meer zu. Dirk beschlich ein doppelt merkwürdiges Gefühl. Der Nachhall des Traumes war immer noch in ihm – des Traumes, der ihn an Kinahs und Akuyis Herkunft gemahnt und mehr Fragen aufgeworfen als Antworten gegeben hatte –, wobei der bittere Nachgeschmack geblieben war, dass er geradewegs auf eine Katastrophe zusteuerte. Und dann war da noch die Tatsache, dass sie auf Kinahs zweites *Zuhause* zufuhren. Diese beiläufige Bemerkung Biermanns hatte ihn tiefer erschüttert, als er wahrhaben wollte. Es kam ihm beinahe so vor, als hätte man ihm Kinah zum zweiten Mal weggenommen. Dass die Jahre mit ihr die glücklichsten seines Lebens gewesen waren, hatte er mit voller Wucht erst im Nachhinein begriffen, nachdem sich die Wut über ihren Verrat gelegt und der Schmerz über ihren Verlust eingesetzt hatte. Kinah und er hatten oft heftig und lautstark miteinander gestritten, und wahrscheinlich war man in der Nachbarschaft der Meinung, dass es so hatte kommen müssen. Aber das stimmte nicht – zumindest nicht, was ihn anging. Einige von Kinahs Wesenszügen waren ihm immer unbegreiflich geblieben, aber zwischen ihnen hatte auch eine tiefe, fast mystische Verbindung bestanden, die alles andere mehr als aufwog.

Kinah war die Liebe seines Lebens, so einfach war das, und die Aussicht auf ein baldiges Wiedersehen machte ihn so nervös, als sei er ein liebeskranker Teenager vor seinem ersten Date.

Es dauerte noch eine ganze Weile, bis sie das Meer erreicht hatten und auf die Küstenstraße einbogen, an der abermals Al Afra ausgeschildert war. Sie war nicht besser oder schlechter ausgebaut als tausende anderer Küstenstraßen auch, eng und kurvenreich und manchmal so dicht am Abgrund vorbeiführend, dass Dirk schweißnasse Hände bekommen hätte, wäre er nicht ohnehin schon völlig aufgeregt gewesen. John hatte die Sonnenblende heruntergeklappt und blinzelte wie sie alle gegen die in erhabenem, rotem Glanz untergehende Abendsonne an, die es darauf angelegt zu haben schien, ihnen die Tränen in die Augen zu treiben, sodass sie ihre Umgebung wie durch einen Schleier wahrnahmen. Immerhin bewies Rastalocke jetzt so viel Verstand, seine Fahrweise den Sichtverhältnissen anzupassen und den Wagen beinahe gemächlich rollen zu lassen, statt ihn mit hohem Tempo durch die Kurven zu jagen.

»Wie weit ist es noch?«, fragte Janette schließlich.

»Hinter einer der nächsten Hügelkuppen müsste das Ortsschild von Al Afra auftauchen«, antwortete Biermann. »Wenn auch vielleicht nur in Arabisch. Ich hoffe, ich …«

Er kam nicht dazu, seinen Satz zu beenden.

6

Ein dumpfes Grummeln erscholl, ein tiefes Dröhnen, und durch das eben noch ruhig wogende Meer ging eine ganz andere Art von Bewegung, ein gewaltiges Peitschen, das die Wellen zerriss und aufwühlte und in einen Hexenkessel ungeheuren Ausmaßes verwandelte. Es geschah so schnell, dass Dirk nur ein ersticktes Keuchen und Janette einen spitzen Schrei ausstoßen konnten. Eine riesige Faust schien durch das Wasser zu pflügen und es vor sich her zur Küste zu schieben, damit es alles zerschmetterte, was ihm in den Weg kam, und plötzlich wurde der Roamer von einer Bö getroffen wie wenige Stunden zuvor das Flugzeug. Er ruckelte und schwankte, und Rastalocke schien Mühe zu haben, das Steuer festzuhalten und den Wagen zu zwingen, auf der Straße zu bleiben.

Die Wellen brachen unter ihnen gegen die Klippen. Weiße Gischt wurde aufgewirbelt und fegte über den Roamer wie ein sturmgepeitschter Nieselregen.

Dirk hielt den Atem an; dann hatten sie schon die nächste Kurve erreicht und John gab Vollgas. Der schwere Wagen machte einen regelrechten Satz nach vorne. Wieder hatte John Mühe, ihn auf der Straße zu halten, wenn auch aus ganz anderem Grund als zuvor: Sie waren einfach zu schnell, um die nächste Kurve zu nehmen. Sie würden über den schmalen, kiesbedeckten Standstreifen donnern und ins Meer stürzen …

Rastalocke trat auf die Bremse. Dirk wurde nach vorne geschleudert, doch der Sicherheitsgurt straffte sich und hielt ihn. Der rechte Vorderreifen, den Dirk vom Beifahrersitz aus zumindest indirekt sehen konnte, spritzte Steine und Schotter auf, und dann war er über dem Abgrund, lief frei ...

Dirk und Janette stießen gleichzeitig einen spitzen Schrei aus.

Der Motor heulte wieder auf, als John erneut Gas gab. Er kurbelte wild am Lenkrad. Das Hinterteil des Off-Roaders drückte weiter nach vorne, drohte auszubrechen, ins Nichts hinauszuschieben. Doch dann ging plötzlich ein harter Ruck durch den Wagen, und er hatte wieder Grip und schoss in die andere Richtung, polternd und rumpelnd und fast widerwillig, als habe er sich bereits damit abgefunden, in die Tiefe zu stürzen und auf den Klippen zu zerbersten. Rastalocke spielte virtuos mit Gas, Bremse und Lenkrad, und dann waren sie wieder auf der Straße ... und sahen sich einem hoffnungslos überladenen Kleinlaster gegenüber, der gerade viel zu schnell aus der nächsten Kurve heranschoss.

Es war zu spät für ein weiteres Bremsmanöver. John steuerte den Geländewagen dermaßen nah an den Abgrund, dass Dirk sich bereits zum zweiten Mal innerhalb weniger Sekunden hinunterstürzen sah. Die beiden Fahrzeuge sausten millimeternah aneinander vorbei, und Dirk glaubte, ein metallisch knirschendes Geräusch zu hören, doch dann waren sie vorüber, und Rastalocke lenkte den Wagen zurück auf die Straßenmitte, ließ ihn ausrollen und brachte ihn schließlich zum Stehen.

»Wow«, sagte er. »Die Kiste ist wirklich klasse! Mit irgendeinem Toyota oder Suzuki würden wir schon längst zerschmettert unten im Meer liegen.« Er drehte sich zu Janette um. »Vielleicht verstehst du jetzt endlich, warum ich auf einer Hochleistungsbremsanlage mit 380 Millimeter großen, gelochten Scheiben bestanden habe ...«

»Nicht zu vergessen die 8-Kolben-Festsättel an der Vorderachse«, murmelte Dirk.

Janette holte aus und versetzte Johns Kopfstütze einen kräftigen Hieb, wahrscheinlich als Ersatz für die Ohrfeige, mit der sie Rastalockes Frisur gerne ein bisschen durcheinandergebracht hätte. »Du verdammter Idiot! Du hättest uns fast umgebracht!« Sie funkelte Dirk an. »Und Sie sind auch nicht viel besser!«

»Ich habe doch gar nichts gemacht«, entgegnete Dirk. »Und außerdem: Vom Beifahrersitz aus sah es nicht so aus, als ob John uns in Gefahr gebracht hätte. Ganz im Gegenteil. Hätte er nicht so schnell reagiert, dann hätte es uns erwischt.«

»Ist ja klar, dass Sie ihn verteidigen«, schimpfte Janette. »Wenn es darauf ankommt, halten Männer immer zusammen.«

Dirk hörte, wie die Tür hinter ihm aufgestoßen wurde, und als er sich umdrehte, sah er, dass Biermann ausgestiegen war und die aufgewühlte Stelle an der Meeresoberfläche betrachtete, die immer noch mit weißer Gischt bedeckt war.

»Das gefällt mir nicht«, sagte er. »Da draußen ist irgendetwas, das nicht dort sein sollte.«

»Was meinen Sie damit?«, fragte Dirk besorgt.

Er starrte an Biermann vorbei auf das unruhige Meer, über dem es auf kaum wahrnehmbare, dafür aber umso beängstigendere Weise flirrte, als sammle sich dort eine dunkle, unheimliche Kraft. Das Wasser zischte und brodelte wie ein Hexenkessel. Dirk konnte sich nicht entsinnen, schon jemals etwas Derartiges gesehen zu haben, weder in der Natur noch im Fernsehen. Und doch fühlte er sich auf seltsame Art an etwas erinnert, das er zunächst nicht in Worte fassen konnte.

Ein unangenehmes Kribbeln lief über seinen Rücken, und er spürte, wie sich seine Nackenhaare aufrichteten.

Es war der Traum, in dem er Akuyi auf dem sturmumtosten Hügel gesehen hatte. Die Szenen ähnelten einander nicht, dafür aber die Stimmung, die sie vermittelten, die bedrohliche Gewissheit, dass etwas Fürchterliches passieren würde, wenn er nicht endlich handelte.

Dirk schluckte, aber er brachte kein Wort über die Lippen. Er starrte auf die Stelle über dem Meer, ohne sich zu rühren und ohne aussprechen zu können, was doch mit aller Macht aus ihm hinausdrängte.

Dass Biermann sofort wieder einsteigen und sie fahren sollten, als sei der Teufel hinter ihnen her.

»Wir alle wissen ja, dass die Zahl der Tornados und Wirbelstürme zunimmt«, sagte Biermann, ohne sich umzudrehen. »Direkt nach dem großen Tsunami ging es zweitausendfünf so richtig los. Da hat es nicht nur New Orleans zerlegt, sondern auch Marokko und die Kanarischen Inseln wurden von einem Hurrikan getroffen. Danach folgten Sturzfluten und Erdrutsche. Strom- und Telefonleitungen wurden zerstört. Und ein Jahr später sind in Hamburg erstmalig in Deutschland Kranführer mit ihren Riesenkränen umgekippt und getötet worden, weil sie von einem Wirbelsturm überrascht wurden. Das Wetter spielt seitdem immer wieder verrückt, und das auch in Landstrichen, die bisher von solchen Katastrophen verschont geblieben sind.«

»Ja, Mann, und vor zwei Tagen war in München die Hölle los, und es hat wieder ein paar Typen erwischt, die sich nicht rechtzeitig in ihre Häuser verkrochen haben«, sagte John. »Aber was hat das mit uns zu tun?«

Nun drehte sich Biermann doch um. »Du verstehst das nicht, oder? Dabei ist es doch ganz offensichtlich, dass sich etwas zusammenbraut. Erst die Turbulenzen, die unsere Maschine beinahe zum Absturz gebracht hätten, jetzt diese Bö und die merkwürdigen Wellen … Das gefällt mir einfach nicht.«

Bevor irgendjemand etwas erwidern konnte, stieg er hastig ein und knallte die Tür zu. »Fahr weiter, John. Aber sei vorsichtig. Irgendetwas ist im Anmarsch, und ich möchte nicht mehr hier sein, wenn es die Küste trifft.«

Rastalocke startete den Motor. »Nur zur Information: Wir sind unterwegs zu einem Fischerdorf. Dort sind wir bestimmt nicht sicherer als hier auf der Straße. Vielleicht sollten wir lieber ins Landesinnere fahren.«

Diese Bemerkung riss Dirk endlich aus seiner Erstarrung. »Wir können uns später gern ein Hotel weiter im Landesinneren suchen«, sagte er hastig. »Aber jetzt fahren wir erst einmal nach Al Afra. Wir müssen Kinah finden, bevor das … das *Unwetter* richtig losgeht.«

John fuhr schweigend los. Die Straße wurde schon sehr bald ein Stück breiter, dafür aber auch merklich schlechter. Dirk versuchte, sich auf das mit Schlaglöchern übersäte, im rötlichen Licht der untergehenden Sonne schimmernde Teilstück zu konzentrieren, das vor ihnen lag und über das der Roamer wie ein Traktor rumpelte. Aber es wollte ihm nicht gelingen. Wieder und wieder sah er zum Meer hinüber. Er verrenkte sich fast den Hals, um die Stelle im Auge zu behalten, über der noch immer flirrende Unruhe herrschte. Es hätte ihn nicht einmal gewundert, wenn sie sich weiter in ihre Richtung ausgedehnt oder sie gar *verfolgt* hätte.

Aber das geschah natürlich nicht, und bald ließen sie den Ort, der ihnen fast zum Verhängnis geworden war, hinter sich.

Einige Kurven später wurde die Straße abermals breiter und fiel ab, und dann bot sich ihnen ein überwältigender Anblick. Die knapp über dem Meer stehende Sonne tauchte die Wasseroberfläche in ein beinahe überirdisches, gelbrotes Licht, der Himmel war wie entflammt, und das Dorf, das sich an der Bucht entlangzog, wie verzaubert. Al Afra präsentierte sich ihnen von seiner besten Seite. Scheinbar ineinander verwachsene Häuser in allen möglichen Pastelltönen standen dem Meer wie eine mittelalterliche Trutzburg gegenüber, schneeweiße Bungalows wurden von den letzten Sonnenstrahlen in ein stimmungsvolles Licht getaucht, und eine etwas höher gelegene Siedlung aus modernen Bauten mit Ziegeldächern und ein großer Hotelkomplex im Zentrum wirkten wie aus dem Hochglanzprospekt eines Reiseveranstalters.

»Wow«, stieß Janette hervor.

John brachte den Wagen kurz vor der Ortsgrenze zum Stehen. »Nicht schlecht hier. So habe ich mir Urlaub immer vorgestellt!«

»Wir sind nicht zum Vergnügen hier«, mahnte ihn Dirk.

Rastalocke zuckte mit den Achseln. »Natürlich nicht. Und wo möchten der Herr jetzt hin?«

»Fahr einfach ein Stück weiter, dahin, wo die anderen Wagen parken«, warf Biermann ein.

John kuppelte wortlos wieder ein und ließ den Roamer hinunter nach Al Afra rollen, das mit Dirks Vorstellungen von einem marokkanischen Fischerdorf herzlich wenig zu tun hatte. Er begann langsam zu begreifen, was Biermann damit gemeint hatte, dass hier erst die Touristen und dann die marokkanische Mafia Einzug gehalten hatten. Wo Fischerhütten Ferienbungalows und Hotels wichen, blühte auch bald die Kriminalität.

Eine Reihe von Autos stand hinter der rosa gestrichenen Kaimauer. Bis auf zwei uralte Peugeots und einen rostigen Kleinlaster waren es allesamt neuere Klein- oder Mittelklassewagen, die zum größten Teil wahrscheinlich noch vor kurzem auf dem Hof eines Autovermieters gestanden hatten.

John bugsierte den Roamer mit viel Geschick zwischen eine Palme und einen Opel Corsa, stellte den Motor aus und sprang hinaus. Einen Sekundenbruchteil später hatte er eine Zigarette im Mundwinkel hängen und zündete sie sich an.

Dirk griff nach dem Türhebel. »Haben Sie eine Adresse oder irgend so was?«

»Etwas in der Art.« Biermann klang ungewöhnlich nervös. »Aber steigen Sie um Gottes willen nicht aus. Und drehen Sie sich nicht um.«

»Was ist los?«, fragte Dirk alarmiert.

»Wir werden beobachtet.«

»Ich hab doch gleich gesagt, dass wir den Wagen umtauschen

sollen!«, schimpfte Janette. »Mit dieser Angeberkarre fallen wir viel zu sehr auf.«

»Ich glaube nicht, dass es am Wagen liegt.« Biermann räusperte sich unbehaglich. »Ich kann mich ja täuschen, aber der Mann, der auf der anderen Straßenseite im Café sitzt und den Sonnenuntergang betrachtet, hat eine verteufelte Ähnlichkeit mit Ventura.«

Dirk wollte sich instinktiv umdrehen, aber Biermann legte ihm die Hand auf die Schulter. »Wenn er hinter Ihrer Frau her ist, wird er auch Sie kennen, zumindest von einem Foto. Und wenn er Sie sieht, wird er sich fragen, was Sie hier machen. Und das kann nicht gut für uns sein.«

Dirk stieß zischend die Luft aus. »Wir können doch nicht einfach sitzen bleiben und nichts tun!«

»Das werden wir auch nicht«, versprach Biermann. »John!«

Rastalocke, der sich in der Zwischenzeit auf die Motorhaube gesetzt hatte, um in Ruhe seine Zigarette zu rauchen, nickte kaum merklich.

»Hast du mitbekommen, was ich gesagt habe?«

Erneutes Nicken.

»Hast du deine Minikamera dabei?«

Rastalocke schnippte Asche von seiner Zigarette, streckte sich umständlich und schlenderte dann davon.

»Was soll das?«, fragte Dirk.

»John wird jetzt unauffällig ein Foto von dem Kerl schießen«, erklärte Biermann. »Dann können wir uns davon überzeugen, ob es sich tatsächlich um Ventura handelt – oder um einen anderen Ray-Ban-Fan, der nichts Besseres zu tun hat, als sich in einem schwarzen Anzug den Sonnenuntergang anzuschauen.«

Dirk lehnte sich hinüber zur Fahrerseite und starrte in den Rückspiegel. John hatte die Straße überquert und schritt gerade die Stufen zum Café hoch. Zuerst sah Dirk den Mann nicht, von dem Biermann gesprochen hatte, sondern nur jede Menge Touristen, die meist paarweise an Tischen saßen, auf denen Getränke oder Eisbecher standen.

John blieb stehen und blickte sich um, als suche er einen freien Tisch für sich und seine drei Begleiter, die im Auto warteten.

Da bemerkte Dirk den Mann, den Biermann meinte. Er trug tatsächlich einen schwarzen Anzug und eine spiegelnde Sonnenbrille.

Und er schien genau in seine Richtung zu sehen.

Dirk konnte nicht verhindern, dass er zusammenzuckte. Er rutschte wieder auf den Beifahrersitz, drückte auf den elektrischen Fensteröffner und gab vor, auf das Meer hinauszublicken.

Gedanken jagten durch seinen Kopf. Hatte der Mann ihn tatsächlich angesehen, hatte er ihn erkannt? Kam er vielleicht gerade auf sie zu?

Die Fahrertür wurde aufgerissen und Dirk schrak zusammen. Es war natürlich John. Er hielt irgendetwas in der Hand.

»Jetzt wollen wir doch mal sehen, ob der Wagen wirklich sein Geld wert ist«, sagte er und drückte einen Schalter unterhalb einer für Dirk unverständlichen Anzeige. Das, was Dirk für ein Autorradio gehalten hatte, klappte nach unten weg und machte einem Neun-Zoll-Display Platz. »Letztlich hängt immer alles von der Kompatilibi…«

»Von der Kompatibilität ab«, half ihm Dirk aus. Seine Neugier war geweckt.

»Ich hatte doch irgendwo einen Adapter …«, murmelte John.

»Von Ihrer Minikamera auf USB?«, fragte Dirk.

»Ja. Aber wo …«

»Hier«, sagte Biermann von hinten und reichte John etwas, das dieser schnell an die winzige Kamera anschloss. Dann starrte er ein wenig hilflos auf die Multimediakonsole. »Wo ist denn hier der Anschluss?«

»Geben Sie her.« Dirk nahm ihm die Kamera ab, beugte sich hinunter, fuhr mit der Fingerkuppe über die Anschlüsse und nickte zufrieden. »Das Ding hat sogar zwei USB-Ports.« Mit diesen Worten stöpselte er den Stecker ein. »Und jetzt brauchen wir die Konsole nur noch einzuschalten …« Sein Blick glitt über die Bedienungsleiste, dann nickte er abermals und drückte eine Befehlsfolge.

Das erste Foto, das auf dem kleinen Bildschirm zu sehen war, hatte rein gar nichts mit dem Mann zu tun, den John hatte fotografieren sollen. Es zeigte Janette. Ihre Augen funkelten vergnügt und sie streckte dem Betrachter die Zunge heraus.

»Äh, das war am Flughafen – nur ein Test, ob das Ding auch funktioniert«, murmelte Rastalocke.

»Nachdem du die Kamera in den Reisepass hast eintragen lassen oder davor?«, fragte Biermann scharf.

»Ich habe gar nichts eintragen lassen.« John strich sich gedankenverloren durch seine verfilzte Matte. »Schließlich müssen die Typen nicht alles wissen.«

»Dann sollten wir uns nicht mit der Kamera erwischen lassen«, sagte Biermann. »Die verstehen hier nämlich in dieser Hinsicht keinen Spaß …«

Nach drei weiteren Janette-Fotos stieß Dirk auf ein Bild mit einem gänzlich anderen Motiv – dem Profil eines Mannes, der alles andere als gedankenverloren vor sich hin träumte, wie man es von einem Touristen angesichts des beeindruckenden Sonnenuntergangs hätte erwarten können. Der gut gekleidete Araber wirkte hellwach. Und Dirk wusste, wohin er in jenem Moment gesehen hatte: zu ihrem Wagen. Oder, um genau zu sein: zu dem Rückspiegel, in den Dirk zum gleichen Zeitpunkt geblickt hatte.

Konnte es sein, dass er ihn auf diese Distanz in dem kleinen Spiegel erkannt hatte?

Dirk zögerte, dann klickte er weiter. Auf dem nächsten Bild drehte sich der Araber um, das folgende zeigte den marmorierten Boden der Café-Terrasse.

»Als er auf mich aufmerksam wurde, bin ich gleich abgehauen«, sagte Rastalocke.

»Nein, bist du nicht«, sagte Biermann.

Rastalocke legte seine Stirn in Falten, was ihn wie einen Cockerspaniel aussehen ließ, der einen mit treuen Hundeaugen anblickt, bevor er zuschnappt. »Wie meinst du das?«

»Er hat dich sofort bemerkt.« Biermanns Stimme klang eindeutig mehr als nur ein bisschen besorgt. »Dich und uns alle. Wir sollten machen, dass wir hier wegkommen.«

»Falls er wirklich dieser Ventura ist«, sagte John zweifelnd.

»Er ist es«, schnappte Biermann. »Ich bin schließlich der Einzige von uns, der ihm schon mal persönlich begegnet ist. Und ich sage euch: Das werde ich meinen Lebtag nicht vergessen!«

»Vielleicht solltet ihr euer Palaver woanders fortsetzen«, schaltete sich Janette ein. »Er kommt nämlich zu uns rüber.«

Biermann zuckte zusammen. »Das fängt ja gut an.«

John startete den Motor, während Biermann auf seinem Sitz tiefer rutschte und sich eine Straßenkarte vors Gesicht hielt. Dirk registrierte in diesem Moment nur ganz am Rande seines Bewusstseins, was er bereits während der Fahrt und vor allem bei der Aktion mit der Minikamera empfunden hatte: Diese beiden so unterschiedlichen Männer waren ein perfekt eingespieltes Team.

»Hier«, sagte Biermann und reichte Dirk eine Zeitung nach vorne. »Die Abendzeitung von gestern. Tun Sie so, als würden Sie sie lesen, und heben Sie unter keinen Umständen den Kopf.«

Dirk schlug gehorsam die Zeitung auf. *Ihre Burgerleidenschaft brachte ihnen den Tod* las er da, eine vollkommen sinnlose Überschrift, unter der das Foto von einer zerstörten Burger-King-Filiale und drei Porträts von Jugendlichen prangten, bei denen man die Augen mit schwarzen Balken unkenntlich gemacht hatte.

Wo war Ventura?

John setzte den Wagen zügig rückwärts aus der Parklücke, aber nicht zu schnell, damit es nicht wie eine Flucht aussah – obwohl das wahrscheinlich keinen Unterschied mehr machte. Wenn Ventura bereits misstrauisch geworden war, würde ihn kein Fahrmanöver der Welt davon abbringen, das zu überprüfen, was er überprüfen wollte.

Was wollte dieser Kerl von ihnen?

John fuhr nicht zurück, sondern folgte dem Verlauf der offenbar erst vor wenigen Jahren neu angelegten Straße.

Unter den sieben Todesopfern, die die Sturmkatastrophe vom Wochenende forderte, waren auch Kai, Anne und Jan. Die drei Jugendlichen waren Stammgäste im Burger King in der Stadtmitte. Sie hatten …

Sieben Todesopfer. Dirk runzelte die Stirn. Er dachte daran, wie John ihn abgeholt und durch ein heftiges Unwetter zu dem stämmigen Mann mit der scheußlichen, rot getupften Krawatte gefahren hatte. Es kam ihm irgendwie absurd vor, dass sieben Menschen gestorben sein sollten, während er im Hausflur mit Lubaya gestritten hatte und anschließend zum ersten Mal seit drei Jahren mit Biermann zusammengetroffen war. Und es bewies ihm, dass er kaum noch etwas von dem mitbekam, was in seiner unmittelbaren Umgebung geschah. Er war mit Sicherheit der einzige Münchner, der nach Marokko hatte fliegen müssen, um dort aus einem Zeitungsartikel von den Opfern der Sturmkatastrophe zu erfahren, die seine Heimatstadt getroffen hatte.

»Wir haben gleich das Ende des Dorfs erreicht«, sagte John. »Und wohin dann?«

»Was ist mit Ventura?«, fragte Biermann.

»Er ist am Parkplatz vorbeigegangen, runter zum Ufer.«

Biermann ließ die Karte sinken und tippte Dirk auf die Schulter. »Sie können Ihre Lesestunde beenden.«

»Nichts lieber als das.« Dirk senkte raschelnd die Zeitung. »Und was ist jetzt mit Kinah?«

»Wir müssen noch ein Stückchen weiter … Fahr mal langsamer … Ja, dort, wo es wieder felsig wird.« Biermann beugte sich vor und deutete nach rechts. »Die kleine Gasse, die dort ans Wasser führt.«

Rastalocke lenkte den Wagen gehorsam in die angegebene Richtung. Es war ein von zerklüfteten Felsen gesäumter Kiesweg, kaum breit genug für den schweren Geländewagen, doch John erwies sich einmal mehr als sehr umsichtiger und geschickter Fahrer.

Am Meeresufer lagen braune Boote mit gelb und blau gestrichenen Paddeln. Direkt hinter den Booten, am Fuße einer steil aufragenden Klippe, standen ein paar Bungalows, eingerahmt von Büschen, Palmen und Olivenbäumen. Erst als sie näher kamen, erkannte Dirk, dass das offensichtlich nicht der beste Vorort von Al Afra war. Die üppig wuchernde Vegetation verdeckte zwar größtenteils die Spuren, die die Witterung an den Häusern hinterlassen hatte, aber hier und da sah er trotzdem abgeblätterte Farbe, eingerissene, gesplitterte Holzpaneele und verrottete Fensterrahmen. Dieser kleinen Siedlung hätte ein frischer Anstrich in den landesüblichen Pastellfarben und das eine oder andere neue Fenster oder Holzelement eindeutig gutgetan.

»Halt hier irgendwo«, befahl Biermann.

»Damit keiner mehr durchkommt?«

»Da vorne ist eine Lücke.«

»Eher eine Einfahrt«, brummte Rastalocke. »Und so, wie die aussieht, ist sie für einen Fiat Punto gemacht, nicht für einen Roamer. Ihr solltet besser aussteigen, bevor ich da reinfahre.«

Dirk folgte der Aufforderung, kaum dass der Geländewagen zum Stillstand gekommen war. Er sah nicht zu, wie John parkte. Alles in ihm war in Aufruhr. Kinah war hier, dessen war er ganz sicher. Er spürte ihre Nähe einfach, genauso, wie er sie auch immer zu Hause gespürt hatte – in ihrem *ersten* Zuhause. Es war jene

Art von sechstem Sinn, von der ihm Kinah wieder und wieder erzählt hatte, etwas, das durch die Einflüsse der Zivilisation verschüttet und doch allen Menschen gemeinsam war; und dieser sechste Sinn trieb ihn jetzt voran, ließ ihn über einen Kiesweg gehen, vorbei an einem Rosenstrauch und prachtvollen Pflanzen, die er noch nie in seinem Leben gesehen hatte.

Seine Nerven waren zum Zerreißen gespannt. Der Kies knirschte laut unter seinen Füßen, und selbst das Vogelgezwitscher und das Geräusch der Brandung erschienen ihm plötzlich unangenehm schrill und misstönend. Kinah. Er hätte gerne mehr gespürt als das unbestimmte Gefühl, dass sie ganz in der Nähe war, er hätte gerne *gewusst,* wo genau sie sich befand.

Dirk warf einen unruhigen Blick auf das Fenster, an dem er gerade vorbeikam. Es reflektierte die letzten Sonnenstrahlen, sodass er nicht mehr als die groben Umrisse eines Tisches, einiger Stühle und einer Kommode erkennen konnte. Das nächste Fenster gewährte ihm Einsicht in ein Schlafzimmer. Er sah ein Bett, das mit seiner Blümchendecke zugleich spießig und anheimelnd wirkte, einen großen Rattanstuhl und einen alten, offenbar liebevoll restaurierten Kleiderschrank, neben dem eine Gitarre an der Wand lehnte.

Gitarre, Musik, Kinah … Das Instrument war nicht mehr als ein kleines Indiz dafür, dass sie tatsächlich hier gewesen sein könnte, aber es elektrisierte ihn geradezu.

Er erreichte die zu dem Bungalow gehörende Terrasse. Ein paar billige, wohl ehemals weiße, inzwischen aber schmutzig graue Plastikstühle gruppierten sich um einen Liegestuhl, in dem jemand mit einem Sonnenhut über dem Gesicht dermaßen laut schnarchte, dass er sogar die Brandung übertönte.

Natürlich war es nicht Kinah. Um das zu erkennen, bedurfte es nicht einmal eines zweiten Blicks. Die Gestalt trug ein schmuddeliges Holzfällerhemd und eine Cordhose, hatte ungepflegtes, strähniges blondes Haar, das noch länger war als Johns, war weiß und ein Mann.

Dirk starrte ihn einen Herzschlag lang unentschlossen an und wandte sich dann zum Strand, der links von der Klippe und ein ganzes Stück weiter rechts von einem Bootsschuppen begrenzt wurde. Er war menschenleer und voller Unrat. Verbeulte Getränkedosen, leere Weinflaschen, zerknüllte Papiertüten und die Überreste von Mahlzeiten, die eher an McDonald's denken ließen als an einheimische Kost, türmten sich wie auf einer riesigen Müllhalde, dazwischen aber auch Gräten und verwesende Fischköpfe und etwas, das wie ein benutztes Kondom aussah. Wahrscheinlich hätte sich Dirk angeekelt weggedreht, wenn ihn nicht etwas für diesen unappetitlichen Anblick entschädigt hätte.

Das Meer schien in Flammen zu stehen. Auf der Oberfläche vermischten sich satte Gelb- und Rottöne, und die Gischt wirkte wie Funken, die aus den Wellen schlugen, um kurz darauf wieder ins Meer zu stürzen. Am Himmel setzten sich die leuchtenden Farben fort, nur dass die Rottöne hier nach oben zu entschwinden schienen.

Es war ein Sonnenuntergang, wie ihn Dirk noch nie zuvor gesehen hatte. Doch das war nicht alles – dort draußen geschah etwas. Vor seinen Augen passierte etwas mit dem Ozean, der siebentausend Kilometer weiter westlich die Küste von New Orleans umspülte. Dirk nahm eine schattenhafte Bewegung wahr, die sein Unterbewusstsein als Vorbote einer Katastrophe registrierte. Da draußen braute sich etwas zusammen, das den ganzen Küstenstrich verwüsten konnte.

Er verscheuchte den absurden Gedanken und ging zurück zu dem Bungalow mit der Terrasse.

Der Mann im Liegestuhl schnarchte nicht mehr, im Gegenteil – er richtete sich mit einer raschen Bewegung auf, wobei seine Haare erst über den Boden fegten und ihm dann in Form einiger verfilzter Strähnen ins Gesicht fielen. Schließlich stand er leicht schwankend da wie jemand, der den Abend mit Rotwein oder Härterem eingeläutet hatte.

»Que … que fais-tu ici?«

Dirk verstand im ersten Moment nicht, was der Mann von ihm wollte, bis er begriff, dass er Französisch mit einem schweren Akzent sprach. Es klang fast wie ein *deutscher* Akzent.

Es war zumindest einen Versuch wert. »Ich suche jemanden«, erwiderte er.

Der Langhaarige nickte. »Tun wir das nicht alle?«

Dirk seufzte. Er hatte keinen Bedarf an pseudointellektuellen Diskussionen. »Wohnen Sie allein hier?«, fragte er.

Der Langhaarige zuckte mit den Schultern. »Wohnen wir nicht irgendwie alle allein?«

Dirk kniff die Augen zu schmalen Schlitzen zusammen. »Hören Sie …«

»Nein, hören *Sie* mal«, unterbrach ihn sein Gegenüber. »Das ist meine Terrasse. Also machen Sie sich vom Acker!«

Darauf sagte Dirk erst einmal gar nichts. Das Letzte, was er jetzt gebrauchen konnte, war ein Streit.

»Ich suche wirklich jemanden«, versuchte er es erneut. »Und ich will Sie keineswegs belästigen.«

»Warum tun Sie es dann?«, fragte der Langhaarige scharf.

»Tun wir das denn nicht alle?«

»Was?«

»Einander belästigen …«

Der Langhaarige machte eine ärgerliche Handbewegung. »Verarschen kann ich mich allein. Also hauen Sie endlich ab!«

Als Dirk nicht reagierte, trat der Langhaarige drohend einen Schritt auf ihn zu. Doch plötzlich hielt er inne, was wohl weniger an Dirk als vielmehr an John und Janette lag, die gerade um die Ecke bogen, dicht gefolgt von Biermann.

»Hey, was wird das denn?« Der Langhaarige wandte sich mit den unsicheren Bewegungen eines Betrunkenen zu den Neuankömmlingen. »Wenn ihr hier Party machen wollt, seid ihr verkehrt. Das ist ein ruhiger und friedlicher Ort. Also verpisst euch!«

Rastalocke runzelte die Stirn. Es sah nicht besonders vertrauenerweckend aus. »Hast du was zu rauchen, Kumpel?«, fragte er.

Der Langhaarige starrte ihn verblüfft an. »Rauchen? Was soll ich denn zu rauchen haben?«

»Na ja, ein bisschen schwarzen Afghanen vielleicht.« Rastalocke bleckte die Zähne zu einem Grinsen, das sein nikotingelbes Lückengebiss besonders gut zur Geltung brachte. »Oder raucht ihr hier schwarzen Marokkaner?«

Der Langhaarige schüttelte den Kopf. »Nee, und auch keinen braunen, sondern grünen Marokkaner. Nicht zu verwechseln mit grünem Tee.« Er kicherte dämlich.

Dirk blickte irritiert von einem zum anderen. Er konnte nicht behaupten, dass er verstand, was gerade vor sich ging.

»Aber ganz abgesehen davon ...« Der Langhaarige wurde wieder ernst und musterte Rastalocke misstrauisch. »Ich kenn' dich doch gar nicht!«

»Das stimmt«, mischte sich Biermann ein. Er griff in die Tasche seines Jacketts und holte etwas hervor, was eigentlich nur ein Ausweis sein konnte. »Und wir interessieren uns nicht für kleine Fische wie Sie, sondern für die Hintermänner. Deswegen haben Sie doch sicher nichts dagegen, wenn wir einen kurzen Blick in Ihren Bungalow werfen.«

»Einen Blick in meinen Bungalow?«, ächzte der Langhaarige. »Meinen Sie, ich lass Sie rein, nur weil Sie mit diesem bescheuerten Ausweis rumwedeln? Mit dem können Sie sich den Hintern abwischen. Oder glauben Sie tatsächlich, Sie hätten in Marokko irgendwelche Befugnisse?«

»Warum sonst ist dieser Ausweis wohl auf Englisch ausgestellt?«, fragte Biermann sanft.

Der Langhaarige blinzelte nervös.

»Könnte doch sein, dass ich internationale Befugnisse habe, oder?«, fuhr Biermann leise fort.

»Wofür? Um hier den wilden Mann zu spielen?«

»Den wilden Mann«, entgegnete Biermann, »spiele ich bestimmt nicht.« Er nickte Rastalocke kurz zu. »Ruf sie an.«

Rastalocke zog eine Augenbraue hoch. »*Die* Nummer?«

»Ja, *die* Nummer.« Biermann richtete seine Aufmerksamkeit wieder auf den Langhaarigen. »Wissen Sie, ich habe tatsächlich nicht *alle* Befugnisse, die ich brauche. Aber ich habe die Möglichkeit, sie mir zu beschaffen.«

»Ich verstehe nicht.« Der Langhaarige blinzelte, während sich Rastalocke ein paar Meter weit entfernte und sein Handy zückte.

»Keine Sorge, das werden Sie schon«, erwiderte Biermann. »Spätestens dann, wenn die marokkanischen Kollegen auftauchen. Und ich kann Ihnen versichern: Die sind nicht so zimperlich wie deutsche Bullen.«

Der Langhaarige wurde blass. »Hören Sie … Können wir nicht …«

»Wir werfen einen Blick in das Haus.« Biermann hob die Hand an seine Stirn, packte das Pflaster und riss es mit einem Ruck ab. »Und nach der klitzekleinen Besichtigung sind wir sofort wieder weg. Aber wenn Ihnen das lieber ist, warten wir gern auf unsere marokkanischen Kollegen …«

Der Langhaarige starrte auf den breiten, frisch verschorften Schnitt auf Biermanns Stirn und schluckte.

»Also, was ist?« Biermann knüllte das Pflaster zusammen und warf es dem Langhaarigen vor die Füße. »Wir haben nicht den ganzen Abend Zeit!«

Der Langhaarige schluckte noch einmal und zuckte mit den

Achseln. »Na gut, dann bitte sehr!« Er funkelte Biermann mit einer Mischung aus Wut und Unsicherheit an, drehte sich dann abrupt um und stampfte auf das blutrote Meer zu. »Aber bringt mir nichts durcheinander!«, rief er über seine Schulter hinweg, bevor er sich am Strand auf einen umgedrehten Bierkasten hockte.

»Na denn, meine Dame, meine Herren.« Biermann machte eine einladende Handbewegung. »Gehen Sie ruhig zuerst«, sagte er zu Dirk.

Das ließ sich Dirk nicht zweimal sagen. Mit ein paar Schritten war er am Hintereingang, schob den billigen Kunststoffvorhang zur Seite … und stolperte rückwärts, als etwas fauchend auf ihn zusprang …

Eine riesige, pechschwarze Katze kam knapp neben ihm auf dem Boden auf, stieß ein zweites Fauchen aus und jagte dann im Zickzackkurs davon.

»Jetzt fehlen nur noch Selbstschussanlagen«, sagte Rastalocke hinter ihm. »Soll ich vorgehen?«

Dirk schüttelte den Kopf und betrat den Bungalow. Der kleine Flur vor ihm wurde von der versinkenden Sonne in ein geisterhaftes, blutrotes Licht getaucht, und ein schmaler Finger aus Licht lief neben ihm über die Wand und auf etwas zu, das Dirk mit größerem Entsetzen erfüllte, als wenn ihn nach der Katze ein Tiger attackiert hätte.

Es war eine Maske. Nicht irgendeine Maske, auch nicht irgendeine afrikanische Maske, die der rote Lichtfinger jetzt flackernd erreichte, sondern ein ganz seltenes Stück, eine schwarzweiße Maske, die aus dem Herzen Afrikas stammte, aus einem Ort, den Kinah mystisch genannt hatte.

Rastalocke prallte gegen ihn.

»Warum gehen Sie nicht weiter?«

»Weil …« Dirk verstummte und streckte die Hand nach der Maske aus. Die linke Seite war weiß, die rechte schwarz – Yin und

Yang, oder wie immer das afrikanische Pendant dazu hieß. »… ich meine … diese Maske!«

»Schwarzafrika, ohne Zweifel«, sagte Biermann, der plötzlich neben ihm stand. »Das hat nichts mit der marokkanischen Kultur zu tun.« Er sah Dirk aus den Augenwinkeln an. »Ihre Frau interessiert sich doch sehr für ihre ursprüngliche Kultur. Sammelt sie solche Masken?«

Dirk nickte. Der Lichtfinger glitt über die schwarze Seite der Maske, zitterte dann über die andere, helle Seite und ließ sie wie von innen heraus rot aufleuchten.

»Ja, sie sammelt Masken. Aber das ist noch nicht alles.« Er holte tief Luft. »Genau die gleiche Maske hängt auch in unserem Haus in München.«

7

Ein markerschütternder Schrei ließ Dirk herumfahren. Es war Janette. Sie hatte eine Tür geöffnet und den Kopf in den Raum dahinter gesteckt – besser gesagt in den Treppenverschlag, der sich vor ihr auftat, wie Dirk erkannte, nachdem er zu ihr geeilt war. »Was ist los?«, fragte er.

»Ich …« Janette deutete nach unten. »Dort war jemand. Und da … ist … überall Blut …«

Es war nicht der Widerschein der untergehenden Sonne, der die ersten Stufen rot färbte, es waren Blutspritzer, und ein Stück weiter unten schimmerte eine frische Blutlache. Kinah. Sie war in Gefahr. Jemand hatte ihr etwas angetan.

Dirk stieß Janette beiseite und hastete die enge Holzstiege hinab. Als sie scharf nach rechts bog, hüllte ihn auf einmal eine watteartige Dunkelheit ein – und ein Gestank, vor dem er bei jeder anderen Gelegenheit geflüchtet wäre. Irgendwo tropfte etwas.

Kinah, die von einem Perversen gefesselt worden war und aus zahlreichen Messerschnitten blutete, sodass sich zu ihren Füßen eine riesige Lache gebildet hatte, und die ganze Zeit über das schreckliche Geräusch des tropfenden Blutes … Eine fürchterliche Vision blitzte in seinem Gehirn auf, die Vorstellung, dass er nur wenige Minuten zu spät gekommen war, dass der Zwischenfall auf der Küstenstraße seine Ankunft um genau die Zeitspanne verzögert hatte, die ausgereicht hätte, um sie zu retten.

»Ein Keller? In einem marokkanischen Bungalow am Meer?«, hörte er Biermann oben im Flur sagen. »Was soll das denn?«

Dirk streckte die Hand vor und tastete sich vorsichtig weiter.

Der Gestank wurde immer schlimmer, die Luft roch modrig, süßlich und auf schwer zu beschreibende Art erstickend, als verkleistere sie seine Atemwege. Dirk versuchte, so flach wie möglich zu atmen, aber es half nichts. Am Ende der Treppe trat er mit dem Fuß gegen irgendetwas, das scheppernd davonrollte.

»Seien Sie vorsichtig, Gallwynd!«, rief Biermann. »Auf der Kellertreppe scheint tatsächlich Blut zu sein.«

»Ja.« Nun stieß Dirks Kopf gegen etwas, das von der Decke hing und auf die Berührung mit einem raschelnden Laut reagierte, als sei es lebendig und erschrocken zurückgezuckt. Hätte nicht die Angst um Kinah ihn angetrieben, Dirk wäre wohl endgültig umgekehrt und nach oben gehetzt, um die Tür hinter sich zuzuwerfen und den Gestank und die Vorstellung auszusperren, dass ihn etwas Schreckliches erwartete.

Nun aber hielt er nur wenige Sekunden inne und wappnete sich dafür, dass sich das Geräusch wiederholen würde. Aber nichts dergleichen geschah.

»Was ist los?«, hörte er Biermanns besorgte Stimme. »Brauchen Sie Hilfe?«

Wegen einer Fledermaus, die mich in der Dunkelheit beinahe geküsst hätte?, dachte Dirk mit leichter Hysterie.

Wenn es denn eine Fledermaus war, flüsterte eine böse Stimme in seinem Kopf. Seine diesbezüglichen Erfahrungen beschränkten sich auf Horrorfilme und eine Geschichte von Edgar Allan Poe, die er vor vielen Jahren gelesen hatte – und demnach zu urteilen zuckten Fledermäuse nicht raschelnd zusammen, wenn sie aufgestört wurden, sondern flatterten davon. Außerdem konnte er sich kaum vorstellen, dass die marokkanische Atlantikküste der bevorzugte Lebensraum dieser nachtaktiven Flugungeheuer war …

»Warten Sie!«, rief Biermann. »Ich habe John zum Auto geschickt, damit er eine Taschenlampe holt. Ich komme gleich zu Ihnen runter.«

Dirk sagte nichts. Stattdessen setzte er behutsam einen Fuß vor den anderen und hielt die Hände ausgestreckt, um nicht wieder in ein Hindernis zu laufen. Es war das Tropfen, das ihn weitergehen ließ, der Drang, die Ursache dieses Geräusches zu finden.

Der Boden war abschüssig. Dirk bewegte sich langsam und kämpfte gegen den Brechreiz, den der bestialische Gestank in ihm auslöste. Er wusste nicht, wie lange ihm das noch gelingen würde. Statt dass er sich an die widerliche Ausdünstung dieses Kellerlochs gewöhnte, steigerte sich sein Ekel mit jedem Atemzug, bis sich bittere Galle unter seiner Zunge sammelte und er seine ganze Willenskraft aufwenden musste, um sich nicht zu krümmen und alles hinauszuwürgen, was er in den letzten Stunden zu sich genommen hatte.

Plötzlich trat er auf etwas Weiches, Schwammiges, auf etwas, das nicht hier sein sollte, nicht hier sein *durfte*.

Er stolperte zurück und knallte erneut mit dem Kopf gegen etwas, nahm dies aber überhaupt nicht zur Kenntnis. Sein Herz raste, seine Fantasie lief Amok.

Ein Arm oder Bein von Kinah, bis zur Unkenntlichkeit verwest … Ein Massenmörder trieb am Rande eines marokkanischen Fischerdorfs sein Unwesen, schlachtete harmlose Touristen ab und ließ sie in diesem Keller verrotten …

»Wo bleibt die Taschenlampe?«, schrie er.

»Haben Sie etwas gefunden?«, rief Biermann zurück.

»Verdammt.« Dirk spürte, wie langsam, aber unaufhaltsam Flüssigkeit durch das Leder seiner Schuhe drang. Er stand mitten in einer Blutlache, dessen war er sicher. Sein Herz raste nicht mehr, sondern setzte ohne Vorwarnung für ein paar Takte aus. Ihm wurde schwindlig, und wenn ihn nicht der schreckliche Gedanke, in einer gewaltigen Blutlache zu landen, aufgerüttelt hätte, wäre er wohl gestürzt. Dann begann sein Herz wieder zu schlagen, mächtig und schmerzhaft und langsamer als zuvor.

»Ich bin gleich bei Ihnen!«, schrie jemand. Schritte polterten über die schmale Stiege.

Es war nicht Biermanns Stimme gewesen, und Dirk war zu verwirrt, um zu begreifen, wer da zu ihm herunterkam. Dann erfüllte flackerndes Licht den Keller, und als er sich umdrehte, erkannte er eine schmale Gestalt mit langen blonden Haaren, die mit einem Feuerzeug in der Hand am Treppenabsatz verharrte und in seine Richtung blickte. Für einen verrückten Moment glaubte er, der Langhaarige hätte seinen Platz am Strand aufgegeben und sei zurückgekommen, um sein düsteres Geheimnis zu wahren. Doch dann hob die Gestalt das Feuerzeug etwas höher, und er sah den Menschen, den er hier unten am allerwenigsten erwartet hätte.

Janette.

Sie blinzelte und hielt sich die Hand vor die Nase, eine nicht sehr effektive Maßnahme gegen den Gestank. »Was ist denn das für ein Scheiß?«, stöhnte sie.

Dirk wollte auf den Boden sehen, doch da flackerte das Feuerzeug noch einmal kurz auf und erlosch. Sofort schlug die Dunkelheit wie eine ölige Woge über ihm zusammen.

»Mist!«, fluchte Janette. »Aber wie konnte ich auch glauben, dass dieses Schrottding länger als ein paar Sekunden funktionieren würde? Es gehört schließlich John.«

»Die Taschenlampe ...«, begann Dirk.

»Sucht unser Reggae-Freak wahrscheinlich gerade verzweifelt in der Luxuskarre, für die er ja unbedingt Ihr Geld rausschmeißen musste«, unterbrach ihn Janette. »Würde mich wundern, wenn so ein praktisches kleines Ding zur Ausrüstung gehört.«

»Wir brauchen aber unbedingt Licht!«

»Na klar, sollen Sie auch kriegen«, sagte Janette. »Aber ich komme erst mal zu Ihnen. Das Feuerzeug muss sich eh etwas abkühlen, sonst kriege ich noch Brandblasen an den Fingern.«

Den Geräuschen nach setzte sie sich gleich in Bewegung.

»Vorsicht«, rief Dirk. »Hier liegt alles Mögliche am Boden …« Da klirrte es auch schon, als Janette gegen etwas stieß. »Und an der Decke hängt …«

»Autsch«, keuchte sie. »Schon gemerkt. Warten Sie …« Dirk hörte, wie sie das Feuerzeug drei oder vier Mal schnappen ließ, dann, als er schon glaubte, es hätte endgültig den Geist aufgegeben, flammte es auf. Alles, was er im ersten Moment sah, waren zwei große Augen in einem leichenblassen Gesicht, dann senkte Janette das Feuerzeug und schwenkte es einmal in die Runde.

»Das darf nicht wahr sein«, murmelte sie entsetzt.

Dirk starrte sie durchdringend an, als könne er sich damit den Anblick dessen ersparen, was hinter ihm war und sie dermaßen aus der Fassung brachte. Erst als Janette einen weiteren Schritt auf ihn zumachte, erwachte er aus seiner Erstarrung.

»Das ist …«, flüsterte Janette tonlos. »Oh Gott, mir wird schlecht. Ich glaube, ich muss kotzen.« So sah sie auch aus. Ihre Gesichtsfarbe wirkte grünlich und ihre Mundwinkel zuckten.

Dirk blickte zu Boden. Das Licht des Feuerzeugs war unruhig und schwach, aber es reichte, um Reflexe auf die Oberfläche der Flüssigkeit zu zaubern, in der er stand. Sie war dunkel und dickflüssig, und irgendetwas schwamm in ihr.

Dirk gab sich einen Ruck und drehte sich um in die Richtung, in der das lag, auf das er getreten war.

Die Flamme wurde heller, als wollte sie ihn ganz deutlich erkennen lassen, was da vielleicht schon seit Jahren von der stinkenden Brühe umspült wurde – und dann erlosch sie unvermittelt. Dirk hatte nur flüchtig einen massigen Schatten gesehen, der aus durchweichtem Unrat ragte, nicht mehr, doch das genügte, um ihn aufstöhnen zu lassen. Es war ein menschlicher Schatten, da hatte er keinen Zweifel, und auch in einem anderen Punkt schien sich sein furchtbarer Verdacht zu erhärten: Das waren nicht die Umrisse eines gerade Gestorbenen, sondern die verfallenen Formen einer schon seit Ewigkeiten in Verwesung befindlichen Leiche; begleitet von einem Gestank, der vielleicht typisch für den aktuellen Verwesungsgrad war, womöglich aber auch nur mit all dem Mist zu tun hatte, der hier sonst noch herumschwamm.

»Das Feuerzeug, schnell«, stammelte er. »Mach es an, schnell!«

Ein mehrfaches metallisches Klicken verriet ihm, dass Janette genau das versuchte. Aber ohne Erfolg.

»Was ist da unten los?«, donnerte Biermanns Stimme. »Soll ich kommen?«

»Wenn du eine Taschenlampe hast, ja!«, rief Janette zurück. »Und bring Gasmasken mit!«

»Okay«, sagte Biermann. »Bin schon unterwegs.«

Tatsächlich waren Schritte auf der Treppe zu hören. Es klang, als wäre ein ganzes Einsatzkommando unterwegs. Sehen konnte Dirk allerdings nichts, zunächst, weil es zu dunkel war, dann, weil er jäh vom Licht eines starken Scheinwerfers geblendet wurde.

»Was ist das denn?«, ertönte Johns Stimme, während Dirk versuchte, die Tränen wegzublinzeln, die ihm in die Augen schossen. »So eine Schweinerei habe ich ja noch nie gesehen!«

Die zwei Schemen, die Dirk auf sich zukommen sah, waren zweifellos Rastalocke und Biermann. Hinter dem grellen Licht des Scheinwerfers verborgen wirkten sie so unscharf wie Aliens in einem Hollywoodfilm. Dirk wandte sich mit zusammengekniffenen Augen wieder der Stelle zu, wo er die *Leiche* entdeckt hatte, und kratzte so heftig an der Rattennarbe an seinem rechten Handgelenk, dass es wehtat.

»Was für ein Gestank!«, schimpfte Rastalocke. »Und was für ein Dreck! Entsorgen die hier etwa ihre Essensabfälle?«

Dirk ließ von der Narbe ab und starrte dorthin, wo er in etwas Weiches getreten war. Das, was da lag, hatte tatsächlich menschliche Umrisse, und was er für einen Arm gehalten hatte, konnte durchaus ein Arm sein und war in roten oder blauen Stoff gehüllt, so genau konnte Dirk das nicht erkennen.

»Was ist das?«, fragte Biermann und trat neben Dirk. »Sieht ja fast aus wie ...« Er ging die Hocke.

Vor Dirks Augen flirrte es immer noch.

Biermann streckte die Hand aus, besann sich jedoch im letzten Moment und zog ein Papiertaschentuch hervor. Auf diese Weise halbwegs geschützt, berührte er das verwesende Etwas.

»Wenn es das ist, was ich glaube«, murmelte er, »sollten wir vielleicht jemanden anrufen.«

»Marokkanische Bullen?«, fragte John. »Die uns zur Sicherheit erst mal drei Tage lang einsperren und ein bisschen durch die Mangel drehen?«

Biermann zögerte. »Ich müsste das hier« – er räusperte sich unbehaglich – »umdrehen, um es mir genauer anzusehen.«

Die Übelkeit in Dirk explodierte. Er beugte sich vor, aber er übergab sich nicht. Seine Kehle war wie zugeschnürt, und in seinem Kopf pochte es derart laut, als hätte er am Tag zuvor mal wieder über die Stränge geschlagen. In dieser Situation hätte ihn nichts so sehr erleichtert, wie alles herauszuwürgen, das wusste er aus bitterer Erfahrung. Aber es ging nicht, vielleicht, weil eine Frau mit ihnen hier unten war, vielleicht, weil all dies viel zu entsetzlich war, als dass man sich gehen lassen konnte.

Biermann richtete sich auf. »Könntest du mir mal helfen, John?«

»Ich?«, fragte John entsetzt. »Ich muss doch den Roamer-Scheinwerfer bedienen ...«

»Das kann ich auch machen«, fiel ihm Janette ins Wort.

»Nee, nee, das ist meine Aufgabe«, erwiderte John hastig. »Du weißt doch: Frauen und Technik ...«

»Nein, das weiß ich nicht«, sagte Janette scharf.

Bunte Kreise tanzten vor Dirks Augen. Der Gestank in diesem

Keller war nicht nur unerträglich, sondern vielleicht auch giftig. Sein Drang, kehrtzumachen, wurde übermächtig. Aber stärker noch war sein Verlangen danach, herauszufinden, ob Kinah in dem Bungalow gewohnt hatte und in diesem Keller gewesen war … oder sich immer noch darin befand.

Er nahm aus den Augenwinkeln eine Bewegung wahr. Janette ging auf Rastalocke zu. »Gib mir den verdammten Scheinwerfer!«, fauchte sie.

Dirk glaubte, Rastalockes empörtes Gesicht zu sehen, obwohl es hinter dem Schweinwerfer zu einem diffusen Schatten verschwamm.

Der helle Strahl tanzte, als würden Janette und Rastalocke um die Lichtquelle ringen, fuhr über Biermann, der unschlüssig dastand, das Papiertaschentuch – sein lächerlicher Ersatz für die Einweghandschuhe eines Ermittlers – in der Hand, und glitt zitternd über die Wand … oder vielmehr über das, was eigentlich eine Wand hätte sein *sollen*.

»Das gibt es doch nicht!«, entfuhr es Rastalocke. »Das ist ja gar kein richtiger Keller, sondern eine Grotte!«

Dirk fuhr herum. Seine Übelkeit war schlagartig vergessen. Rastalocke hielt den Scheinwerfer alles andere als ruhig, sodass das Licht an den Rändern auszufransen schien und huschende Bewegung vortäuschte, wo hoffentlich keine war.

Der vermeintliche Keller war der Eingang in eine fremde Welt, die sich mit dem Wort *Grotte* nur unzureichend beschreiben ließ. Dirk sah zerklüftete, vom Meerwasser zerfressene Felswände mit bizarren Formen, ölig grün glänzendes Wasser, das wie ein Spiegel dalag und das Licht zu schlucken schien, sobald es auf die Oberfläche traf, Trümmergestein, das aussah, als hätte ein Riese hier unten einen Wutanfall bekommen und versucht, die Grotte zu zerschlagen wie ein eifersüchtiger Mann die Wohnungseinrichtung seiner vormals Angebeteten, und Wasser, das von der Decke tropfte und das Geräusch verursachte, das Dirk beinahe um den Verstand gebracht hatte.

»Jetzt weiß ich auch, warum der Bungalow einen Keller hat«, sagte Biermann. »Der ist nichts weiter als der Zugang zu dieser Grotte.«

»Ja, und die sollten wir uns mal näher ansehen«, antwortete Rastalocke. Er ging ein paar Schritte vor, und das Scheinwerferlicht glitt in die Ferne, wurde glitzernd reflektiert von der unterirdischen Landschaft aus Felsformationen und Gesteinsbrocken.

»Und was ist mit …«, begann Janette, verstummte dann aber plötzlich.

Einen Sekundenbruchteil später verstand Dirk, warum. Über ihnen quietschte etwas – die Kellertür, die langsam geöffnet wurde.

Rastalocke machte noch einen Schritt vorwärts, vielleicht, weil er das Geräusch nicht gehört hatte. Doch als jemand die Treppe herunterstampfte, fuhr er herum, und mit ihm der Scheinwerferstrahl, der Biermann, Dirk und Janette aus der Dunkelheit riss, über die *Wand* strich, die nicht gemauert, sondern roh aus dem blaugrau schimmernden Felsen geschlagen war, wie Dirk erst jetzt erkannte, und sich schließlich auf den Treppenabsatz richtete, wo er nur die unteren Stufen bis zum Knick ausleuchten konnte.

»Raus hier!«, schrie eine Männerstimme, die laut und rau in der Grotte widerhallte, als wäre auch von dort aus jemand zu ihnen unterwegs. »Haut sofort ab!«

Der Scheinwerferstrahl zitterte leicht, glitt zu Boden und dann wieder zur Treppe.

Auf der untersten Stufe stand der Langhaarige. Er hielt ein Gewehr in der Hand und blinzelte im Licht wie ein tobsüchtiger Verbrecher, der von einem Sondereinsatzkommando in die Enge getrieben worden war. Seine Augen funkelten vor Wut. Als er das Gewehr hob, glitt eine Lichtreflexion über den Lauf.

»Verschwindet, oder ich knalle euch alle über den Haufen«, drohte er.

»Hören Sie …«, begann Biermann.

»Nein, *Sie* hören! Tun Sie, was ich Ihnen sage, sonst ist als Erstes diese Wasserstoffblondine dran.«

»Meine Haare sind nicht gefärbt!«, protestierte Janette.

»Umso schlimmer.« Der Langhaarige legte das Gewehr an wie ein Jäger, der es auf einen stattlichen Hirsch abgesehen hat. »Also, was ist jetzt?«

Der will tatsächlich auf uns schießen, dachte Dirk ganz nüchtern und ohne jegliche Angst.

Da schwenkte der Langhaarige die Waffe auch schon herum, zielte kurz und drückte ab. Die Kugel schlug mit einem ohrenbetäubenden Knall knapp über Janette gegen die Wand und jaulte als Querschläger davon.

»Na, was ist jetzt?«, schrie der Langhaarige. »Wollt ihr wohl machen, dass ihr hier rauskommt?«

Zwei, drei hämmernde Herzschläge lang herrschte absolute Stille. Dirk war nicht sicher, ob der Langhaarige Janette einfach verfehlt oder absichtlich zu hoch gezielt hatte. Aber das war auch egal. Er hatte gezeigt, dass er es ernst meinte. Und er war der Mann mit dem Finger am Abzug.

»Nicht, bevor Sie mir verraten haben, was das hier ist«, sagte Biermann.

Dirk fuhr herum und starrte in Biermanns Richtung. Hatte er den Verstand verloren?

Biermann deutete auf das stinkende Bündel zu seinen Füßen. »Ich hoffe, Sie haben eine vernünftige Erklärung dafür.«

»Ich muss Ihnen gar nichts erklären!« Der Langhaarige lief rot an, was ihm im grellen Licht des Scheinwerfers ein seltsam unnatürliches Aussehen verlieh. »Aber Sie mir dafür umso mehr. Ich habe mit der Autovermietung telefoniert, deren Adresse auf der

Heckscheibe eures Monstertrucks steht. Und danach mit einem alten Freund in München. Und was soll ich sagen? Euer Rastahippie hat ein Vorstrafenregister, das länger ist als meine Knarre.«

»Ich bin wirklich beeindruckt«, sagte Biermann kalt. »Vor allem von der Geschwindigkeit, mit der Sie scheinbar alles über meinen Kollegen herausbekommen haben.«

»Ich bin eben schnell«, fauchte der Langhaarige und trat mit dem Gewehr im Anschlag zwei Schritte vor. »Und jetzt geht einer von euch nach dem anderen die Treppe hoch. Keine Tricks. Wer mir zu nahe kommt oder eine Waffe zieht, dem verpasse ich eine Ladung in den Bauch.«

»Na klar. Jedem Einzelnen, oder?« Biermann schüttelte den Kopf. »Machen Sie sich doch nicht lächerlich! Sie haben eine Schrotflinte mit zwei Schuss, und einen haben Sie schon verfeuert …«

Der Langhaarige zog eine Patrone aus der Hosentasche, knickte den Lauf der Waffe um und legte das Geschoss ein.

»Schön, jetzt haben Sie wieder zwei Schuss. Das bedeutet …«

»Eine Schrotladung auf kurze Distanz in den Bauch.« Der Langhaarige richtete das Gewehr auf Biermann. »Das gibt eine ziemliche Schweinerei, oder was meinen Sie?«

Biermann seufzte, und Dirk dachte: *Wenn der jetzt wieder irgendwelchen Scheiß labert …*

»Na gut«, sagte Biermann schließlich. »Wenn wir alle die Nerven behalten, wird nichts passieren.«

»Wenn Sie das tun, was ich will, wird nichts passieren«, stellte der Langhaarige richtig.

»Wahrscheinlich auch das. Gehen wir also.«

Der Langhaarige nickte knapp, als hätte er nichts anderes erwartet. »Die Frau als Erste. Und wie gesagt – keine Tricks! Zwei von euch erwische ich in jedem Fall.«

»Wenn Sie glauben, dass ich –«, begann Janette.

»Ja«, schnitt ihr der Langhaarige das Wort ab, »das glaube ich. Ich habe den Finger am Abzug, das sollte keiner von euch vergessen.«

Janette straffte die Schultern und ging los. Als sie an dem Langhaarigen vorüberkam, wich der bis an die blaugrau schimmernde Grottenwand zurück. Dennoch hätte Janette versuchen können, ihm die Waffe aus der Hand zu schlagen, und Rastalocke war nahe genug dran, um nachzusetzen …

Aber damit hätten sie einen Kampf auf Leben und Tod begonnen, und dazu bestand keine Veranlassung. Zumindest noch nicht. Es sei denn – und das war wirklich ein ziemlich beunruhigender Gedanke –, der Langhaarige hatte nicht vor, sie mit dem Wissen über die geheime Grotte unter dem Bungalow laufen zu lassen.

Janette stapfte die Treppe hinauf. Ihre Schritte verklangen oben im Flur.

»Und jetzt Sie«, befahl der Langhaarige und zielte auf Dirk.

»Ich?«, fragte Dirk. Dann hörte er sich zu seinem eigenen Entsetzen sagen: »Aber erst will ich von Ihnen wissen, was das Blut auf der Treppe zu bedeuten hat.«

»Kümmern Sie sich gefälligst um Ihren eigenen Dreck«, sagte der Langhaarige grob.

»Ich will doch nur …«

Biermann versetzte Dirk einen Stoß in die Seite. »Gehen Sie schon«, flüsterte er. »Ich will ebenfalls wissen, was hier los ist. Aber wir dürfen nicht vergessen, warum wir hier sind, oder?«

Nein, das durften sie nicht, und genau aus diesem Grund hatte er die Frage nach der Blutspur auf den Stufen ja auch gestellt. Was, wenn sie von Kinah stammte, die man tot oder bewusstlos in den Keller geschleift hatte? Dirk konnte und wollte sich nicht vorstellen, dass sie es war, auf der er hier unten beinahe herumgetrampelt wäre. Alles andere jedoch schien ihm durchaus im Bereich des Möglichen. Janette hatte eine Gestalt die Kellertreppe hinunterhetzen sehen – garantiert ein Komplize des Langhaarigen. Aber was hatten die beiden mit Kinah zu schaffen oder ihr gar *angetan*?

Seine Gedanken stockten wie das komplizierte Räderwerk einer altertümlichen Uhr, in das ein Fremdkörper geraten war.

»Legen Sie Wert auf einen Bauchschuss?«, fragte der Langhaarige.

Dirk starrte ihn verständnislos an.

»Das ist der falsche Zeitpunkt für eine Meditationsrunde«, zischte der Langhaarige wie eine gereizte Klapperschlange. »Machen Sie, dass Sie nach oben kommen!«

Dirk riss sich zusammen. Es würde Kinah absolut nichts helfen, wenn er jetzt eine Dummheit beging. »Also gut. Andere Länder, andere Sitten.«

Mit energischen Schritten durchquerte er die Ekel erregende Brühe und passierte Rastalocke, der immer noch den Scheinwerfer hielt, als sei er beim Dreh einer Gruselszene für das Licht verantwortlich. Dirks Augen hatten sich mittlerweile an die Helligkeit gewöhnt, und er erkannte, wie viel Müll und Unrat zu seinen Füßen dümpelte – Müll, der im wahrsten Sinne des Wortes zum Himmel stank. Trotzdem war er nicht im Mindesten davon überzeugt, dass der Abfall der einzige Grund für den Gestank hier unten war.

»Ich wünsche noch einen schönen Tag«, sagte er, als er an dem Langhaarigen vorbeiging.

Der Mann mit dem Gewehr verzog verächtlich die Lippen. Aber Dirk bemerkte, dass eines seiner Augenlider nervös zuckte und Schweißperlen auf seiner Stirn standen, die vorhin auf der Terrasse noch nicht da gewesen waren.

Mit ein paar raschen Schritten erreichte Dirk die oberen Stufen.

Die Blutflecken waren weg. Auf einer Stufe schimmerte noch

eine verdächtige Schliere, und ein Forensiker hätte bei seiner Untersuchung sicherlich jede Menge Blutspuren gefunden. Aber offenbar hatte sich jemand die Mühe gemacht, das Blut so gründlich wegzuwischen, wie es ihm in kurzer Zeit möglich gewesen war.

Ein zweiter Komplize des Langhaarigen?

Dirk kam nicht dazu, den Gedanken weiterzuspinnen.

Im Flur erwartete ihn Janette. Sie stand direkt neben der schwarz-weißen afrikanischen Maske und verdeckte sie halb mit ihrer langen, blonden Mähne – ein unwirklicher Anblick, an dem irgendetwas nicht stimmte.

Vielleicht, weil Janette nicht Kinah war.

Bevor er begriff, wie ihm geschah, packte sie ihn am Arm und zog ihn ein Stück in Richtung Ausgang. »Was hat das alles zu bedeuten?«, flüsterte sie. »Ich wusste, dass deine Frau in Gefahr ist, aber das hier …« Sie verstummte, als gäbe es keine Worte, um zu beschreiben, was sie gerade erlebt hatten.

Dirk nickte. Er verstand genau, was sie meinte. Aber nicht nur das nahm er in diesem Augenblick mit aller Deutlichkeit wahr, sondern auch die Nähe einer warmen, lebendigen, temperamentvollen Frau, die ihn bei allen Unterschieden zu Kinah daran erinnerte, dass es stets Frauen mit einem Schuss Exzentrik gewesen waren, die ihn interessiert hatten.

Janette roch gut, und nicht nur das war nach dem Gestank im Keller eine Wohltat. Da war noch mehr. Dirk hätte sie am liebsten in die Arme genommen und geküsst. Vielleicht, um die schreckliche Angst um Kinah zu überwinden oder den Ekel, den er in der Unterwelt des Langhaarigen empfunden hatte. Vielleicht aber auch, weil es schon eine Ewigkeit her war, dass er eine Frau im Arm gehalten hatte …

»Ähm …« Janette löste sich aus seinem Griff, und erst da begriff er, dass er sie bereits umfasst hatte.

»Schnell«, sagte Biermann von der Treppe her. Er stürmte auf sie zu, packte Janette an der Hand und riss sie mit sich. »Jeder ein Zimmer! Bevor dieser Verrückte raufkommt und uns ein Loch in den Pelz brennt.«

Es dauerte eine Sekunde, bis Dirk verstand. Biermann hatte recht, sie mussten die Gelegenheit nutzen, um sich so gut es ging einen Überblick über den Bungalow zu verschaffen. Vielleicht war Kinah ja tatsächlich noch hier oder hatte zumindest irgendeine Spur hinterlassen.

Er rannte hinter Biermann und Janette her, wobei seine durchweichten Schuhe unangenehm quatschende Geräusche von sich gaben. Janette stürzte durch die nächste Tür, hinter der sich anscheinend die Küche befand, denn Dirk erhaschte einen Blick auf einen Stapel schmutzigen Geschirrs. Biermann bog nach links ab, zu dem Schlafraum mit der an der Wand lehnenden Gitarre.

Für Dirk blieb das Wohnzimmer. Es war nicht besonders groß. Als Erstes fiel ihm die relative Ordnung auf, die in dem Raum herrschte, als Zweites die typische Ferienhauseinrichtung mit dunklen Holzmöbeln und als Drittes das Keyboard in der Ecke, neben dem Bongos und ein kleiner Gitarrenverstärker mit eingebautem Effektmischer standen. Es gab keinen Computer oder sonst irgendetwas, das auf ein Tonstudio hingedeutet hätte, sondern nur Anzeichen dafür, dass hier intensiv Musik gemacht wurde.

Er blickte sich suchend um. Ein Zeitschriftenstapel auf dem Boden, ein paar leere Cola- und Bierflaschen – wie in einem ganz normalen Haushalt, in dem Kreativität über den Putzfimmel triumphierte. Die Masken, die er eigentlich erwartet hatte, fehlten genauso wie andere afrikanische Reliquien oder Hinweise darauf, dass sich Kinah hier häuslich niedergelassen hatte.

Vor dem Tisch in der kleinen Essecke blieb er unschlüssig stehen. Irgendetwas dort erregte seine Aufmerksamkeit, ohne dass er hätte sagen können, was es war. Dann entdeckte er es – hinter einer Obstschale mit einer schwarzen, vergammelten Banane, ein paar eingetrockneten Weintrauben und einem Apfel, der so frisch und knackig aussah, dass nicht bloß Schneewittchen nicht hätte widerstehen können.

Neben einem zerlesenen, großformatigen Buch mit zwei afrikanischen Holzfiguren auf dem Cover und dem Titel *Ibeji: The Cult of Yoruba Twins,* das Dirk vage bekannt vorkam, lag ein Stoß Blätter. Auf dem ersten Blatt standen ein paar hastig hingekritzelte Noten und darunter einige Zeilen einer beinahe unleserlichen Handschrift. Dirk griff gedankenverloren nach dem Apfel und biss hinein. Er schmeckte süß und lieblich, genauso, wie Obst schmecken musste – wenn er es denn ausnahmsweise einmal aß. Er biss ein zweites Stück ab. Die Blutspur auf der Treppe, das, was sie unten im Keller vorgefunden hatten, ja sogar der Langhaarige mit seiner Schrotflinte – all das war vergessen. Erst nach dem dritten Bissen, und kauend, als hätte er seit einer Ewigkeit nichts mehr zu essen bekommen, griff Dirk mit zitternden Fingern nach dem Schwung Papier.

Die Blätter raschelten unnatürlich laut in seinen Ohren. Er kannte Kinahs Handschrift. Vielleicht sogar besser als Akuyis, obwohl er seit Jahren ihre Hausaufgaben kontrollierte. Kinah beherrschte mehr Sprachen, als sich Dirk überhaupt zu lernen vorstellen konnte, und verfasste auch in unterschiedlichen Sprachen Notizen. Das alles wusste er. Aber bislang hatte er nicht einmal geahnt, dass er tatsächlich einen Beweis dafür finden würde, dass sich Kinah in diesem Haus aufgehalten hatte.

Nun hielt er ihn in der Hand.

Die Sätze auf dem ersten Blatt stammten eindeutig von Kinah.

8

So, jetzt reicht es mir!«, schimpfte Janette. Sie trat auf die Bremse und lenkte den schweren Wagen in einen kleinen, von dichtem Buschwerk halb zugewachsenen Weg, den Dirk vollkommen übersehen hatte – was auch kein Wunder war, denn er versuchte mit fliegenden Fingern, den in letzter Sekunde aus dem Bungalow geretteten Papierstapel nach einem konkreten Hinweis zu durchforsten, was sich angesichts der unruhigen Fahrt über die kurvenreiche marokkanische Landstraße und der gedimmten Innenbeleuchtung bislang als ziemlich hoffnungsloses Unterfangen erwiesen hatte. Als er nun den Kopf hob, sah er gerade noch, wie Kies und Dreck unter den Vorderreifen aufspritzten, dann kam der Roamer zum Stehen.

Hinter ihm wühlte sich Rastalocke unter einem Wust von Campingzubehör hervor, den er auf der Suche nach einer Waffe aus den Seitenfächern und den Stauräumen unter der Ladefläche herausgerissen hatte. »He, was soll das?«, fluchte er. »Willst du uns alle umbringen?«

»Nein, ganz sicher nicht.« Janettes Stimme klang wie das Fauchen einer Katze. »Aber ich halte es für kompletten Schwachsinn, jetzt einfach so durch die Nacht zu fahren.«

»Wir fahren ja nicht einfach so durch die Nacht«, widersprach Biermann und faltete die Straßenkarte zusammen. »Ich will einfach nur einen Platz finden, wo wir uns ungestört ausruhen können.«

»Ach ja?« Janette klopfte ungeduldig auf das Lenkrad und starrte den neben ihr sitzenden Biermann wütend an. »Schon mal was von einem Café gehört?«

»Ja«, brummte der stämmige Mann. »Und auch schon mal Ventura in einem Café gesehen.«

»Mach dich nicht lächerlich!«, zischte Janette. »Mr. Schniegelmann kann schließlich nicht überall sein, und er hat auch keine fünftausend Zwillingsbrüder, die landauf, landab in jeder Hotelbar und jedem Café sitzen. Also schau in die blöde Karte und sag mir, wo wir es uns für ein paar Stunden gemütlich machen können.«

Biermann seufzte. »Ich habe dir doch erklärt, warum wir uns hier nirgends sehen lassen sollten.«

»Du hast *versucht*, es mir zu erklären«, widersprach Janette finster. »Aber das ist doch Blödsinn!«

»Birdie hat recht«, mischte sich John ein. »Wir sollten uns so bedeckt halten wie möglich.«

Er kletterte über die Rückenlehne, ließ sich neben Dirk auf den Ledersitz fallen und fummelte mit etwas herum, das Dirk ein erstauntes Keuchen entlockte.

»In Deutschland braucht man für so etwas einen Waffenschein, und hier liegt sie einfach bei der Campingausrüstung.«

»Eine Pistole?«, ächzte Dirk. »Gehört die in Marokko etwa zur Grundausstattung eines Geländewagens?«

»Das ist eine ganz spezielle Pistole«, antwortete John. »Und zwar eine Signalpistole.«

»Ich verstehe nicht.«

Rastalocke zuckte mit den Schultern. »Eigentlich ist so ein Ding für Segler gedacht, die in Seenot geraten. Aber wenn man irgendwo in der Wüste liegen bleibt, kann es natürlich auch sehr nützlich sein. Und deswegen wird es wohl mit in die Roamer-Ausrüstung gepackt.«

»Ich weiß nicht …« Dirk ließ den Blätterstapel sinken. »Mit so etwas kann man sich doch nicht auf ein Feuergefecht einlassen!«

»Das haben wir ja auch nicht vor«, sagte Biermann. »Aber Signalpistole gegen Schrotflinte ist gar nicht mal so schlecht. Natürlich nur, um ein Gleichgewicht der Kräfte herzustellen, nicht, um sich gegenseitig Löcher in den Pelz zu brennen.«

»Was man mit dem Ding aber durchaus könnte«, warf Rastalocke ein. »Und wenn der Typ noch einmal auf Janette schießt –«

»Wirst du den Teufel tun und zurückschießen, wenn er wieder absichtlich danebenzielt.« Biermann fuhr in seinem Sitz herum und starrte John eindringlich an. »Hast du verstanden?«

»Natürlich. Ich meine ja nur …«

»Keine Bruce-Willis-Nummer, ja?«, sagte Biermann scharf. »Ganz abgesehen davon wird der Typ keine Gelegenheit mehr bekommen, auf Janette zu schießen. Bei solchen Aktionen bleibt sie ab sofort im Auto.«

»Einen Teufel werd ich!«, protestierte Janette. »Wenn ihr drei euren Spaß habt, will ich auch dabei sein.«

»Keine Chance.« Biermann wandte sich zu ihr. »Ich habe auf der Karte einen kleinen Seitenweg entdeckt, oberhalb der Felsdurchfahrt, die zu den Bungalows führt. Dort wartest du auf uns. Und falls etwas Unvorhergesehenes passiert, piepse ich dich kurz per Handy an. Dann kannst du uns raushauen.«

»Ausgerechnet Janette soll uns raushauen?« Rastalocke wiegte abschätzig den Kopf. »Na, ich weiß nicht …«

»Bleib *du* doch im Auto, Süßer«, sagte Janette bissig. »Und ich begleite die Herren zur Schatzsuche in die Grotte.«

»Von wegen!«, schimpfte Rastalocke. »Warum habe ich dich wohl überhaupt ans Steuer gelassen, he?«

»Damit sich Janette schon mal mit dem Wagen vertraut machen kann«, antwortete Biermann an ihrer Stelle. »Und jetzt Schluss mit der Diskussion. Wir warten bis Mitternacht, dann fahren wir wieder zurück.«

»Bis dahin habe ich das hier hoffentlich durchgelesen«, sagte Dirk und hielt den Papierstapel hoch. »Ich könnte allerdings ein bisschen Hilfe gebrauchen, bis jetzt habe ich nämlich noch kein einziges deutsches Wort entdeckt.«

»Aber Sie sind sicher, dass es die Handschrift Ihrer Frau ist?«

»Ja, ich bin sicher«, antwortete Dirk heftig. »Auch wenn ich nur die französischen Songtexte einigermaßen kapiere …«

»Sie können Französisch?«, fragte Janette überrascht.

»Keine Spur.« Dirk lächelte. »Ich habe bloß mal ›Sur le pont d'Avignon‹ und ein paar andere Lieder auswendig gelernt. Aber das reicht, um französische Songtexte zu erkennen, wenn ich welche sehe.«

»Es könnten auch Gedichte sein«, wandte Janette ein.

»Von mir aus auch Gedichte«, antwortete Dirk. »Abgesehen davon gibt es ein paar Skizzen und Texte in einer Sprache, die mir nicht einmal ansatzweise bekannt vorkommt. Aber das hier …« – er zog ein Blatt heraus – »könnte ein Volltreffer sein. Es sieht aus wie eine Zeichnung von der Grotte. Und im Hintergrund scheint eine Art Bühne zu sein.«

Rastalocke reckte den Hals und betrachtete die Zeichnung. »Mein Gott, was für ein Gekritzel! Soll das hier etwa Ihre Bühne sein?« Er fuhr mit dem Finger über die betreffende Stelle.

»Ja«, erwiderte Dirk. »Eine Bühne, auf der ein Schlagzeug steht … Und hier, sehen Sie diesen länglichen Kasten? Das kann doch nur ein Keyboard sein. Und daneben ein paar Verstärker.« Dirks Hand zitterte leicht. »Das ist bestimmt das Tonstudio, nach dem wir gesucht haben.«

»Und daneben dümpelt eine Leiche im Wasser?« Janette schüttelte sich. »Prost Mahlzeit. Ihre Frau scheint eine eigentümliche Vorstellung von Gemütlichkeit zu haben.«

»Wenn es denn wirklich eine Leiche war«, brummte Biermann. »Ich habe ja gesagt, wir hätten sie umdrehen müssen.«

»Natürlich«, schnaubte Janette. »Ich könnte mir wirklich nichts Schöneres vorstellen.«

»Das alles ist doch jetzt unwichtig«, sagte Dirk aufgeregt. »Wir haben nicht nur Songtexte von Kinah gefunden, sondern auch dieses geheimnisvolle Tonstudio. Wir müssen sofort zurück und sie suchen!«

»Wir werden zurückfahren«, sagte Biermann. »Aber nicht sofort.«

»Und warum nicht, verdammt noch mal?«

»Weil uns ein gewisser Jemand mit einer Schrotladung empfangen wird, wenn wir jetzt in der Nähe seines Bungalows auftauchen«, erwiderte Biermann.

»Und in ein paar Stunden nicht?«

»In ein paar Stunden hoffentlich nicht.« Rastalocke klappte den Lauf der Signalpistole nach unten und legte eine lange Patrone mit einem erschreckend großen Kaliber ein. »Und wenn doch, dann haben wir ja immer noch dieses hübsche kleine Baby hier.«

»Mach bloß keinen Unsinn, John«, sagte Biermann scharf. »Und was Sie angeht, Gallwynd: Jetzt ist der Typ, der auf uns geschossen hat, noch mit Adrenalin vollgepumpt. Er hat bestimmt alle Fensterläden vorgelegt und den Haustürschlüssel so oft umgedreht, wie es geht. Und nun hockt er mit dem Gewehr im Anschlag da und wartet nur darauf, dass wir wiederkommen, damit er uns eine Ladung Blei verpassen kann.«

»Und das wird er die ganze Nacht lang tun«, sagte Dirk finster.

»Schon möglich, dass er das *vorhat*. Aber wissen Sie, wie ich den Kerl einschätze?«

Dirk schüttelte trotzig den Kopf.

»Irgendwann steht er auf, holt sich eine Flasche mit billigem Fusel und fängt an zu trinken. Und wenn er genug getrunken hat, fallen ihm die Augen zu. Und dann ist unsere Zeit gekommen.«

Ja, das konnte Dirk nachvollziehen. Schließlich hatte es bei ihm nach Akuyis Verschwinden genügend Abende gegeben, an denen er anfangs nervös und wie aufgeputscht im Internet nach einer

Spur gesucht hatte, nur um dann immer mehr und mehr zu trinken, bis er schließlich vor dem PC eingenickt und ein paar Stunden später in einer unmöglichen Haltung und mit Rückenschmerzen wieder aufgewacht war.

»Wir werden es viel leichter haben, wenn wir erst in ein paar Stunden zurückfahren, glauben Sie mir«, fuhr Biermann mit einem Blick auf seine goldene Armbanduhr fort. »Wir brauchen einen gewissen zeitlichen Abstand zu unserem ersten Besuch.«

»Zu unserer ersten Flucht«, warf Janette ein. »Nur mit dem Unterschied, dass ich diesmal den Fluchtwagen fahren soll.«

Dirk hörte ihre Stimme wie aus weiter Ferne, denn er hatte seine Aufmerksamkeit wieder auf den Papierstapel gerichtet. Auf dem Blatt, das er jetzt hervorzog, waren zwei hastig hingekritzelte Brüste zu sehen – oder zwei Hügel. Und darunter stand in Kinahs Handschrift: *Weiche nicht der Wahrheit aus. Finde deinen Ursprung.*

In den Bungalows brannte kein Licht. Die ganze Siedlung lag da wie ausgestorben, und nur das Plätschern der Wellen und das Zirpen von Grillen war zu hören, und manchmal ein Geräusch, als würde ein kleines, nachtaktives Tier vorbeihuschen, das Dirk aber nicht zu Gesicht bekam. Zuerst war er versucht gewesen, eine Zeltstange oder irgendetwas anderes als improvisierten Schlagstock mitzunehmen, aber dann hatte er doch darauf verzichtet, schließlich wollte er nicht in den Krieg ziehen. Es reichte schon, dass Rastalocke mit der Signalpistole, Kletterhaken und einem Campingmesser bewaffnet war und sich Biermann neben einem Seil und allem möglichen Kleinkram den Scheinwerfer geschnappt hatte, der als Schlaginstrument gewiss auch nicht zu verachten war.

Rastalocke hatte offensichtlich zu viele schlechte Filme gesehen. Er schlich in gebückter Haltung und mit kleinen, abgehackten Bewegungen den Weg hinab, an dessen oberem Ende Janette fluchtbereit im Roamer auf sie wartete, und sein Blick huschte unentwegt hin und her, als rechne er allen Ernstes damit, in einen Hinterhalt von Scharfschützen zu geraten. Darüber hinaus war er geradezu krampfhaft bemüht, jeden Schatten auszunutzen, den eine Grundstücksmauer, ein Baum oder Strauch warf.

Nicht, dass dies nötig gewesen wäre. Ein frischer und erstaunlich kalter Wind trieb Wolken vor sich her, die dem zunehmenden Mond und den Sternen keine Chance ließen, den Weg vor ihnen zu erhellen. Und das war noch nicht alles: Vom Meer stieg Nebel auf, der schon sehr bald nach ihren Beinen griff und sie mit feuchter Kälte umwaberte. Dirk hatte schon zu frieren begonnen, kaum dass sie den Wagen verlassen hatten, doch inzwischen war es so schlimm, dass er sich zusammenreißen musste, um nicht mit den Zähnen zu klappern.

Er ging weiter und betrachtete die dunklen Umrisse der Ruderboote, die wie gestrandete Seeungeheuer neben dem Weg im Gras lagen, und die fast bedrohlich wirkende Silhouette der hinter den Bungalows aufragenden Klippe. Er hatte keine Ahnung, wie oft Kinah hier entlanggekommen war. Aber allein die Tatsache, dass sie diesen düsteren Küstenabschnitt ihrem *ersten Zuhause* vorgezogen hatte, ließ ihn vor Wut und Hilflosigkeit erbeben. Wie hatte sie ihn – und vor allem ihre gemeinsame Tochter – für *das hier* aufgeben können?

Er beschleunigte seine Schritte, denn Rastalocke war nur noch ein undeutlicher Schemen vor ihm. Als Dirk zu ihm aufschloss, sah er, dass er die Hand auf die Hosentasche gelegt hatte, die von der Signalpistole ausgebeult wurde. Biermann hatte John eingeschärft, dass er die Waffe nur im äußersten Notfall ziehen durfte. Dirk konnte lediglich hoffen, dass sich Rastalocke die Leuchtmunition nicht aus lauter Nervosität in den eigenen Fuß schießen würde.

»Und jetzt?«, flüsterte John, nachdem sich auch Biermann zu ihnen gesellt hatte. »Stürmen wir die Bude?«

»Stürmen?«, fragte Biermann irritiert. »Du meinst damit doch wohl nicht das, was ich befürchte, oder?«

»Nee, ich meine das, was *ich* befürchte.« Rastalocke deutete auf die dunkle Klippe. »Oder glaubt ihr wirklich, dass wir in die Grotte gelangen, ohne uns vorher mit unserem Freund, dem Türsteher, auseinandersetzen zu müssen?«

»Wenn wir es schaffen, an seinem Bungalow vorbeizukommen, ohne uns gegenseitig auf die Füße zu treten und laut ›Aua‹ zu schreien, dürfte das eigentlich kein Problem sein«, gab Biermann zurück. »Ich mache mir eher Gedanken um den anderen Zugang zur Grotte, den Sie entdeckt haben, Gallwynd.«

Dirk begriff erst nach zwei, drei Sekunden, dass Biermann damit die Skizze meinte. »Der Eingang ist doch auf der Zeichnung deutlich zu sehen.«

»Deutlich?« John zog eine unförmige, offensichtlich selbstgedrehte Zigarette hervor und stieß einen leisen Seufzer aus. »Wie einfach könnte das Leben sein …« Er seufzte noch einmal. »Wer weiß, ob dieses Gekritzel wirklich die Grotte darstellen soll.«

»Keine Sorge«, sagte Dirk. »Da bin ich mir sicher. Und Kinah hat uns auch gleich den Eingang eingezeichnet.«

»Kinah? Ihre Frau? Oder sollte ich besser sagen *Ex*frau?« Rastalocke starrte die übergroße Zigarette so eindringlich an, als wollte er sie dazu bringen, sich selbst zu entzünden. »Warum sollte sie das tun? Weil sie insgeheim hofft, Sie würden den Zettel finden und kommen, um sie aus den Klauen des Ungeheuers zu befreien, das dort unten haust?«

»John«, sagte Biermann gefährlich leise. »Lass es sein, ja?«

Rastalocke löste seinen Blick von der Zigarette. »Was soll ich denn seinlassen?«

»Streit vom Zaun zu brechen und danach Trost bei einem kleinen Joint zu suchen.« Biermann nahm ihm die Selbstgedrehte mit einer raschen Bewegung ab und zerbröselte sie zwischen den Fingern. »Und jetzt los. Bringen wir es hinter uns.«

Rastalocke blickte ihn fassungslos an. »Weißt du eigentlich, wie schwer es war, am Flughafen so eine aufzutreiben?«

»Nein«, antwortete Biermann barsch. »Aber ich kenne dich. Erst guckst du sie nur an, dann zündest du sie an – und verschwindest nach ein paar Zügen in irgendein Paralleluniversum.«

»Du hast doch einen Knall.« Rastalocke schnaubte verächtlich. »Wenn du meinst, den Boss rauskehren zu müssen, bist du schiefgewickelt. Und damit du es weißt: Bislang habe ich darauf verzichtet, im Auto zu rauchen. Aber jetzt werde ich euch so einnebeln, dass ein verqualmtes Zugbistro dagegen das reinste Lungensanatorium ist.«

Biermann tat das, was er am besten konnte: gar nichts. Einen Moment lang schien Rastalocke darauf zu warten, das sein *Boss* explodierte, doch dann wandte er sich mit einem ärgerlichen Kopfschütteln ab und marschierte so zielstrebig los, als wüsste er genau, wo der Grotteneingang lag.

Biermann stieß einen Seufzer aus und folgte ihm, sodass auch Dirk nichts anderes übrig blieb, als sich anzuschließen. Vor einigen Stunden hatte er nicht darauf geachtet, wie viele Häuser sich entlang dieses erbärmlich schmutzigen Strandes aufreihten. Aber das war auch nicht nötig gewesen. Er erinnerte sich daran, dass er aus dem Roamer ausgestiegen und mit fast traumwandlerischer Sicherheit den Weg zu jener Bungalow-Terrasse genommen hatte ... Als hätte er gespürt, dass Kinah diesen Weg schon zigmal vor ihm gegangen war. So etwas wunderte ihn schon lange nicht mehr. Früher hatte er nicht an den sechsten Sinn geglaubt, doch Kinah hatte ihn eines Besseren gelehrt und ihm beigebracht, dass ein Mensch nichts mit der Logik und den maschinellen Gesetzen eines Computers zu tun hatte. Es *gab* so etwas wie den sechsten

Sinn, und vor allem gab es eine tiefe Verbindung zwischen ihm und Kinah. Sie hätte vor drei Jahren abreißen können, als Kinah in aller Eile ihre Koffer gepackt hatte und mit unbekanntem Ziel in ein Flugzeug gestiegen war, aber offenbar hatte sie sich nur gedehnt, denn das, was zwischen ihnen war, ließ sich nicht einfach durch eine räumliche Trennung auslöschen. Wie auch immer: Er war ganz in ihrer Nähe.

Der Gedanke elektrisierte ihn. Sein Gefühl war kein Radargerät, doch es würde ihn auf der Suche nach Kinah leiten, dessen war er sicher, jetzt, da er ihre Ausstrahlung, ihre Präsenz ebenso deutlich spürte wie in jenem verzauberten Moment ihres Kennenlernens vor einer halben Ewigkeit.

Nur noch wenige Schritte, dann hatten sie die Bungalows erreicht. Im ersten war es so stockdunkel wie im zweiten und dritten … aber der vierte und letzte musste es sein. Als die Auffahrt in Sicht kam, in die Rastalocke den Roamer Stunden zuvor mit viel Geschick hineingezwängt hatte, blieb Dirk stehen und versuchte, der Dunkelheit so viele Informationen wie möglich zu entreißen. Das Erste, was ihm auffiel, war der Nebel, der aus dem Garten – nein, vielmehr aus dem Haus – hervorzuquellen schien. Und das Zweite war die graue Wand, die dahinter hing und selbst das bisschen Licht verschluckte, das durch die Wolkendecke drang. Es war nicht bloß unheimlich, sondern beängstigend, zumal Dirk in diesem Moment noch etwas anderes bemerkte: das Fehlen jeglichen Brandungsgeräusches und auch jeden anderen Lautes, abgesehen von dem penetranten Zirpen der Grillen.

Es war, als hätte sich das Meer von diesem Küstenabschnitt zurückgezogen und mit ihm alles Leben.

Wie war das noch mal bei Tsunamis? Dirk versuchte, sich zu erinnern, aber es wollte ihm einfach nicht gelingen, einen klaren Gedanken zu fassen. Verwirrende Bilder stiegen in ihm auf, Bilder von der Katastrophe, die vor Jahren die Malediven, Sumatra, Indien und viele andere Länder vollkommen unerwartet getroffen und hunderttausende Menschen das Leben gekostet hatte, Bilder von fürchterlicher Eindringlichkeit. Die Bilder jener Touristen, die ihre kleinen Digicams auf das heranrasende Unheil gerichtet hatten, nicht wissend, was die Menschen erwartete, die sie filmten, und was kurz darauf auch sie selbst erwartete, als die Welle auf sie zuraste und sie sich die Seele aus dem Leib rannten, um den Wassermassen zu entkommen. Herrgott, es konnte doch nicht sein, dass so etwas gerade hier geschah! Es hieß, dass das Meer unmittelbar vor einem Tsunami zurückwich, als wolle es die Leichtsinnigen dazu verlocken, sich die Sache aus der Nähe zu betrachten …

»Nun kommen Sie schon!«, drängelte Biermann. »Wir haben noch etwas vor. Und die Nacht ist kürzer, als uns lieb sein kann.«

»Ja.« Dirk räusperte sich. »Kinah … Wir müssen sie finden … Bevor hier etwas geschieht.«

Ein Zug, Dirk erinnerte sich ganz genau, ein indischer Zug, der die Küste entlanggefahren war, hoffnungslos überfüllt mit tausend oder mehr Passagieren, Menschen, die wegen eines bevorstehenden Feiertags auf dem Weg nach Hause oder zu Verwandten waren. Obwohl die dem Tsunami am nächsten gelegenen Länder bereits verwüstet waren, hatte der Zug seine Reise fortgesetzt. Niemand verständigte den Zugführer, niemand hielt den Zug mit einem Stoppsignal an, also schwenkte er auf die Küstenstrecke ein wie immer. Und dann hatte die Welle den Zug erwischt, hatte ihn wie die Hand einer wütenden Gottheit, die nicht länger zusehen wollte, was die Menschen dem Antlitz der Erde antaten, aus den Gleisen gehoben und zerschmettert. Und jetzt wollte dieselbe Gottheit auch diesen Küstenstrich zerschmettern – und damit zufällig auch ihn, Biermann und John … und Kinah, falls sie sich tatsächlich noch in der Nähe aufhielt.

Was für ein Wahnsinn! Um ein Haar hätte Dirk laut aufgelacht.

Die Entscheidung lag bei ihm: Er konnte Biermann und John, die völlig ahnungslos waren und ein Stück vor ihm gerade im Dunkel der Nacht verschwanden, warnen, konnte ihnen zuschreien, dass sie hier wegmussten, sofort, wenn ihnen ihr Leben lieb war. Dann würden sie gemeinsam zurück zum Roamer hetzen, sich in den Wagen werfen und in der Hoffnung losdonnern, dass ihnen genug Zeit blieb, um eine höher gelegene Region zu erreichen. Oder er konnte alles auf eine Karte setzen und hoffen, dass er sich täuschte oder dass sie zumindest mehr Zeit hatten, als er glaubte, und dass es ihm gelingen würde, Kinah zu finden und zu retten, bevor das Verhängnis seinen Lauf nahm …

Es hätte eine Entscheidung sein können – wenn er die beiden anderen Männer in das eingeweiht hätte, was er beobachtet hatte. Aber er dachte gar nicht daran. Wenn Biermann und John etwas zustieß, dann war das Berufsrisiko. Wenn Kinah etwas zustieße, wäre das eine Katastrophe.

Das gab den Ausschlag. Dirk eilte los, um die beiden einzuholen, mit Schritten, die laut und hart vom Boden widerhallten, als wollten sie seine Entschlossenheit trotzig dem Meer entgegenwerfen. Die Natur rächte sich auf ihre eigene Weise. Kaum hatte er den Bungalow passiert, schlug ihm ein eiskalter Wind entgegen. Er zog und zerrte nicht an seiner Kleidung, sondern traf mit purer Kälte auf seine Stirn, seine Nase und seine Hände. Es war beinahe so, als sei Dirk aus einer Blockhütte in Kanada getreten, anstatt den Windschatten eines afrikanischen Bungalows zu verlassen. Doch all dies war unwichtig, nichts zählte mehr – nicht die Menschen, mit denen er hierhergekommen war, nicht die kreatürliche Angst, die er im Moment des Begreifens empfunden hatte, nicht die Erkenntnis, dass die Fernsehberichte über Tsunami-Katastrophen hier und jetzt zu seiner eigenen, tödlichen Wirklichkeit werden konnten. Er wusste nur eines: Er vermisste Kinah viel stärker, als ihm bisher bewusst gewesen war. Sie war sein Leben. Sie und

Akuyi, das Kind ihrer Liebe. Dauerhaft von ihnen getrennt zu sein wäre unerträglich. Er musste alles, aber auch wirklich *alles* tun, um zu verhindern, dass die Tür zuschlug, die sich gerade erst einen Spalt weit geöffnet hatte.

»Alles in Ordnung?«, fragte Biermann, den er inzwischen eingeholt hatte.

Alles in ORDNUNG? Dirk hätte am liebsten hysterisch gelacht. Gab es überhaupt irgendetwas, was in Ordnung war? Vor ein paar Stunden hatten sie im Keller des Hauses, in dem Kinah höchstwahrscheinlich gewohnt hatte, eine stark verweste Leiche entdeckt, waren dann von einem Kerl vertrieben worden, der sie beinahe mit einer Schrotflinte zusammengeschossen hätte – und jetzt schlichen sie mitten in der Nacht hier herum, während sich das Meer zurückzog, als wolle es Kraft sammeln für den entscheidenden Schlag, für die Wassermassen auftürmende, rasende Springflut, die den gesamten Küstenabschnitt zermalmen würde, und mit ihm hunderte, vielleicht tausende von Menschen. Al Afra und andere Küstenorte würden einem Tsunami nichts entgegenzusetzen haben, und Dirk verspürte sogar einen gewissen Groll gegenüber den hier lebenden Menschen, weil sie es versäumt hatten, sich und ihre Küste ausreichend zu schützen.

Da fiel ihm plötzlich auf, dass neben ihm nur ein Schatten ging, ein Schatten, an dem alles dunkel war bis auf das Gesicht, das das schwache Mondlicht reflektierte, und die grüne Krawatte, die ihn an die Aufkleber erinnerte, die Akuyi vor Jahren in ihrem Kinderzimmer angebracht hatte und die auch dann noch grün leuchteten, wenn man das Licht ausschaltete …

Rastalocke war verschwunden.

Dirk packte Biermann am Arm. »Warum laufen wir hier alleine rum? Wo ist John?«

Biermann starrte ihn mit einem bleichen Fragezeichengesicht an, das wie eine Schwarz-Weiß-Karikatur wirkte. »Was ist los mit

Ihnen? Haben Sie den Typ mit der Schrotflinte gesehen, oder was ist passiert?«

»Nichts ist passiert!« Dirk schrie es beinahe. »Ich will nur eine Antwort auf meine Frage!«

Biermann sah sich hastig um. »Beruhigen Sie sich, Gallwynd. Wir sind hier, weil wir eine Spur verfolgen, mehr nicht …«

»Und die Leiche im Keller?«

»Falls es überhaupt eine Leiche war und nicht bloß ein Sack verfaulter Kartoffeln, auf dem schmutzige Kleidung lag, ist das ein Fall für die marokkanische Polizei.«

»Das war kein Sack verfaulter Kartoffeln, das wissen Sie ganz genau!« Dirk holte tief Luft. Er durfte nicht durchdrehen. »Wir müssen uns beeilen. Es könnte sein … dass hier gleich etwas Schreckliches geschieht.«

»Wovon reden Sie?« Biermann schüttelte Dirks Hand mit einer ärgerlichen Bewegung ab. »Haben Sie doch irgendetwas beobachtet?«

»Etwas, das schlimmer ist als all das, was wir heute schon erlebt haben?« Dirk schüttelte den Kopf. »Nein.«

»Trotzdem«, sagte Biermann. »Ich habe ein ungutes Gefühl. Vielleicht sollten wir die Aktion abbrechen und im Tageslicht wiederkommen.«

»Im Tageslicht? Sind Sie verrückt geworden?« Dirk wollte erneut seinen Arm packen, aber diesmal wich Biermann geschickt aus. »Wir müssen Kinah finden, und dann fahren wir sofort nach Casablanca zurück und verlassen dieses Land mit der nächsten Maschine!«

Biermann griff nach seiner giftgrünen Krawatte, die im eisigen Wind flatterte. Doch er legte sie nicht ab, wie Dirk erwartet hatte, sondern holte eine Krawattennadel aus seiner Jackentasche und steckte sie fest. »Nichts anderes hatte ich vor. Aber Sie können die ganze Sache auch ruhig mir und John überlassen. Vielleicht wäre es das Beste, wenn Sie wieder zum Wagen gingen und mit Janette dort warteten …«

»Worauf soll ich denn warten?«, unterbrach ihn Dirk ärgerlich. »Darauf, dass Kinah schreiend an mir vorbeiläuft, weil sie sich von zwei fremden Männern verfolgt fühlt?« Er schüttelte den Kopf. »So ein Blödsinn! Wenn Kinah hier irgendwo ist, muss sie zuerst mich zu Gesicht bekommen …«

Er wollte noch mehr sagen, Biermann zur Eile antreiben, aber ein Geräusch schreckte ihn auf. Es war ein dunkles Grollen. Der Tsunami?

Dirk erstarrte. Das Geräusch hielt wahrscheinlich nicht einmal eine Sekunde lang an, und doch kam es ihm wie eine Ewigkeit vor, eine Ewigkeit, in der ihm der Schreck in die Glieder fuhr und ihm den Atem raubte. Er empfand ähnlich und doch wieder ganz anders als während der missglückten Landung; es war die gleiche nackte Todesangst, aber etwas viel tiefer Gehendes kam hinzu, etwas, von dem er noch nicht einmal geahnt hatte, dass es in ihm existierte, und das mächtiger war als all die übergestülpte Vernunft und das pseudowissenschaftliche Gebrabbel der menschlichen Zivilisation. Das Flugzeug war nichts weiter als ein technisches Spielzeug gewesen, dem er sich anvertraut hatte, etwas, das so wenig zur Natur gehörte wie ein Big Mac mit Pommes und Mayo. Hier ging es um den Instinkt. Den Instinkt, der Tiere dazu trieb, kurz vor einer Katastrophe das Weite zu suchen, wie es sicherlich auch die frühen Menschen getan hatten. Es ging um etwas, von dem Kinah immer wieder gesprochen hatte und das möglicherweise noch grundlegender war als der so genannte sechste Sinn. Etwas, das nichts mit dem zu tun hatte, weswegen er hergekommen war.

Irgendetwas geschah hier.

Irgendetwas geschah mit *ihm.*

Weiche nicht der Wahrheit aus.

Seine Tochter war in Lebensgefahr. *Sie ist in Gefahr, weil ich einen schrecklichen Fehler gemacht habe.* Der Satz war plötzlich in ihm. Er wusste nicht, was er bedeutete. Er wusste nur, dass er so schnell wie möglich von hier wegmusste. Nur, wohin?

»Dieser verdammte Idiot«, sagte Biermann.

Idiot? Dirk starrte ihn verwirrt an. Sein Verstand, der eben noch in sich zusammengefallen war, um seinen Instinkten Platz zu machen, schaltete sich schrittweise wieder ein, wie eine Maschine, die vorübergehend vom Stromnetz abgeklemmt worden war und nun stockend und Funken sprühend wieder zum Leben erwachte.

»Er hätte auf uns warten sollen«, fuhr Biermann fort.

Warten?

Das Grollen hatte aufgehört, dafür ertönten nun andere Geräusche. Schräg über ihnen polterte etwas, Steine kullerten eine Böschung hinunter, dann hörte Dirk einen unterdrückten Fluch.

»Wir beeilen uns besser«, brummte Biermann. »Sonst stellt John noch irgendeinen Blödsinn an.«

»Aber ...«

»Er ist losgeklettert«, unterbrach ihn Biermann ungeduldig. »Er will dahin, wo sich der Skizze nach der Eingang zur Grotte befindet.«

9

Dirk konnte sich nicht daran erinnern, je zuvor dermaßen schnell einen Berghang hochgeklettert zu sein. Trotzdem war Biermann schneller als er. Als Dirk ihn erreichte, kniete er bereits auf dem Boden und beugte sich vornüber wie ein buddhistischer Tempelmönch im Gebet, und dass er dabei irgendetwas Unverständliches murmelte, machte die Illusion beinahe perfekt.

Was sie jedoch schon im nächsten Augenblick zerstörte, war das gebrüllte Wort am Ende eines Satzes, der irgendwo unter Biermann hervorschallte.

»… Arschloch!«

»Ja, Gallwynd ist hier«, antwortete Biermann, was Dirk dazu brachte, sich zu fragen, wen von ihnen beiden Rastalocke denn nun mit dem Schimpfwort gemeint hatte. Etwa doch nicht Biermann, wie er zuerst vermutet hatte, sondern ihn selbst?

Er blieb neben Biermann stehen und fragte ungehalten: »Was hat der Idiot gemacht?«

»Seinen Job.«

»Aha. Und was soll das heißen?«

»Das soll heißen, dass John hier hochgekraxelt ist, weil er glaubte, die Felsformation von der Skizze erkannt zu haben«, entgegnete Biermann ärgerlich. »Während Sie mich mit irgendwelchem halbgaren Gerede aufgehalten haben.«

Dirk öffnete den Mund, um zu protestieren, schloss ihn dann jedoch wieder. Biermann hatte ja recht. Er benahm sich wie ein Autofahrer, der immer abwechselnd auf das Brems- und Gaspedal trat und sich wunderte, dass er nicht vom Fleck kam.

Biermann blickte zu ihm hoch. »Helfen Sie mir endlich!«

Dirk ging in die Hocke und spähte in das Loch hinab, das sich vor ihm auftat: ein tiefer, schwarzer Schlund mit gezackten Rändern und spitzen Vorsprüngen. Doch nicht der Anblick ließ ihn erschrocken den Kopf zurückziehen, sondern der ekelhaft modrige Gestank, der ihm entgegenschlug.

Biermann wischte sich mit dem Handrücken über den Mund, eine Geste, die seinen Ekel deutlicher ausdrückte, als Worte es vermocht hätten. »Zumindest ist hier kein Nebel«, sagte er.

»Sehr tröstlich«, hallte es dumpf aus dem Schlund heraus. »Trotzdem wäre es nett, wenn die Herren endlich in die Gänge kämen und mich aus diesem verfluchten Loch rausholen würden. So langsam ersticke ich nämlich. Hier stinkt es gotterbärmlich.«

»Ist mir auch schon aufgefallen«, sagte Biermann hastig. »Ich habe ja das Seil mitgenommen. Damit lasse ich Gallwynd zu dir hinab.«

»Gallwynd?« Das Entsetzen in Johns Stimme entsprach genau dem, was Dirk bei diesem Vorschlag empfand. »Warum ausgerechnet Gallwynd?«

»Weil es besser ist, wenn ich die Nachhut bilde«, erklärte Biermann. »Nur für den Fall, dass hier ein nervöser Zeitgenosse mit einer Schrotflinte auftaucht.«

»Ich glaube eher, du hast etwas gegen Modergestank ...« Ein polterndes Geräusch ertönte, gefolgt von einem kurzen Aufschrei.

»Ist was passiert?«, rief Biermann.

»Nein, wie kommst du bloß darauf?«, keuchte Rastalocke. »Ich bin nur ein kleines Stück tiefer gerutscht, und wenn ich mich nicht im letzten Moment hätte festhalten können ... Und hier ... verdammte Ratten ...« Seine letzten Worte gingen in einem erneuten Keuchen unter. »Beeilt euch! Am besten zieht ihr mich sofort hoch!«

Dirk wurde schwarz vor Augen. Ratten?!? Es gab nichts Schlimmeres. »Was für Ratten?«, stieß er hervor.

»Ich glaube ...« In der Tiefe raschelte es. »Ich glaube, ich habe tatsächlich den Eingang zur Grotte entdeckt.«

»Was für *Ratten?«*

»Die, die immer da sind, wo es dunkel, stinkig und dreckig ist«, sagte Rastalocke kaum hörbar. Doch in der nächsten Sekunde rief er donnernd nach oben: »Also, was ist nun? Ich habe keine Lust, ewig hier rumzuhängen.«

»Wir ziehen dich gleich hoch.« Biermann hielt das Seil in der Hand und sah sich nach etwas um, an dem er es festbinden konnte.

»Nee, hochziehen bringt's jetzt auch nicht mehr«, erscholl Johns Stimme. »Über mir ist eine Art Grat, der fühlt sich ziemlich scharfkantig an. Aber da ... ich sehe was. Da dringt Licht aus der Grotte!«

Das interessierte Dirk nicht im Geringsten. Die Stelle an seinem Handgelenk hatte wieder angefangen zu jucken, und zwar derart heftig, dass er sich am liebsten die Haut weggekratzt hätte.

»Du hast dir wahrscheinlich nur irgendwo den Kopf angestoßen und siehst jetzt Sternchen.« Biermann war mittlerweile zu einem Baum geklettert, der kaum drei Meter entfernt über ihnen in den Himmel ragte, und begann, das eine Ende des Seils darum zu schlingen. »Woher soll denn Licht in die Grotte dringen? Vielleicht von draußen?«

»Nee. Aber vielleicht vom Keller des Bungalows«, antwortete Rastalocke. »Aber das werde ich gleich haben. Wo ist denn mein Feuerzeug ...« Ein metallisches Geräusch erklang, dann flackerte in dem Loch tatsächlich etwas auf. »... Huch ... Das ist ja wohl die größte Ekelratte, die ich je gesehen habe!«

Dirk spürte eine Woge heftiger Übelkeit in sich aufsteigen. *Ekelratte?* Er wich ein paar Schritte zurück. Es gab nichts Schlimmeres als Ratten! Sie waren alle eklig, egal, ob klein wie eine

Maus oder groß wie ein Dackel und egal, ob es eine graubraune Wanderratte mit nacktem Schwanz oder eine schwarze Hausratte mit tückischen großen Augen war.

»Na warte, du Biest!«, keuchte Rastalocke. »Ich mache dir ein bisschen Feuer unterm Arsch ... Na, wie gefällt dir das, du kleines Miststück?«

»Was treibst du da eigentlich?« Biermann prüfte das Seil und hielt sich an ihm fest, während er zurück zu Dirk kletterte. »Gibt's da unten ein Rattenproblem?«

»Nee, gleich nicht mehr ...« Johns Stimme klang eindeutig angespannt und eine Spur zu schrill, um seinen Worten Glaubhaftigkeit zu verleihen. »Das ist, als würde man von seinem eigenen Klo verschluckt und in der Kanalisation unliebsame Überraschungen erleben ... Oh mein Gott. Nun mach schon! Schick endlich Gallwynd zu mir runter!«

Das Abseilen zu dem Gang, den John angeblich entdeckt hatte, war die Hölle. Nun rächte es sich, dass Dirk seit drei Jahren nicht nur jedwede sportliche oder sonstwie anstrengende Betätigung mied, sondern seinem Körper auch viel zu oft durchwachte Nächte und Selbstmitleids- und Alkoholexzesse zumutete. Seine Armmuskeln verstanden zwar durchaus den Befehl, ihre letzten Reserven zu aktivieren, aber sie schafften es kaum, ihn auszuführen, genauso wenig wie seine Lungen ihn inmitten der beißenden Gestankwolke, in die er eintauchte, mit dem nötigen Sauerstoff versorgen konnten.

Zu den Schmerzen in seinen Armen und der Angst, er könne das Seil nicht mehr halten und würde abstürzen, kam die furchtbare Ungewissheit, was ihn dort unten erwarten mochte – und der Gedanke an die Ratten. Seine Nackenhaare stellten sich auf und sein Atem ging schnell und hektisch. Ratten! Er war gewiss kein Freund von Schlangen und anderem kriechenden Gewürm, und das Gefühl, von den Beinen einer Spinne gekitzelt zu werden, jagte ihm noch bei der Erinnerung einen kalten Schauer über den Rücken. Aber Ratten?

Er musste fünf Jahre alt gewesen sein, als er zum ersten Mal auf eine Ratte gestoßen war – an dem kleinen Bach hinter dem Haus, das sie damals bewohnt hatten. Er hatte auf dem Bauch gelegen und das Papierschiffchen zu Wasser gelassen, das er vorher voller Begeisterung gebastelt hatte. Der kleine Spielzeugsoldat aus Plastik, den er in das Schiffchen gesetzt hatte, war sein Mann für schwierige und gefährliche Erkundungen. Er hielt einen Phaser in der Hand, ein klobiges Ding, das ein bisschen wie eine Maschinenpistole aus einem der Filme wirkte, die Dirk nicht sehen durfte, das aber viel, viel gefährlicher war, jedenfalls für die Feinde, die seinem obersten Befehlshaber – also Dirk – an den Kragen wollten.

Das Schiffchen tanzte auf den Wellen, und als es von einer Woge getroffen wurde und Wasser über die Bordwand schwappte, fürchtete er einen Augenblick lang, es würde untergehen. Doch der Kapitän brüllte die richtigen Befehle, und die Mannschaft tat das Richtige (was auch immer das war, Details dieser Art waren Dirk noch nie wichtig gewesen). Alles, was zählte, war, dass sein bester Mann, sein Erkundungssoldat, stramm und aufrecht stehen blieb, bereit, mit seinem Phaser alles auszulöschen, was einen Angriff wagen sollte.

Dirk hatte bis zu jenem Tag noch nie eine Ratte gesehen, ja nicht einmal gewusst, dass es solche Tiere überhaupt gab. Sein kleines Herz begann wie verrückt zu hämmern, als er sah, was die Welle ausgelöst hatte und sich nun zu ihm und dem Schiffchen umdrehte und ihn mit derart tückischen Augen musterte, wie es nur die schlimmste Ausgeburt der Hölle tun konnte. Sie waren auf gleicher Höhe, seine und die Augen der braunen, riesigen Ratte, und beide erstarrten für einen Moment. Dann begannen die ekelhaften Barthaare der Ratte zu zittern wie Antennen in einem Herbststurm – das Vorzeichen eines Angriffs.

»Attacke!«, wollte Dirk brüllen, wie schon so oft in seinen wilden Spielen, aber er brachte keinen Ton heraus, nicht einmal ein heiseres Krächzen. Irgendetwas in seiner kleinen, zerbrechlichen Kinderseele begriff, dass es diesmal nicht genügte, sich noch bessere, noch tödlichere Waffen auszudenken, um mit einer Bedrohung fertig zu werden.

Diesmal war es *echt.*

Die Ratte grinste. Vielleicht war es kein Grinsen, vielleicht öffnete sie nur ihr fürchterliches Maul, um im nächsten Moment zuzuschnappen und das Papierschiffchen mitsamt seinem tapferen Soldaten zu verschlingen. Aber das spielte keine Rolle, für Dirk war es ein Grinsen, ein bösartiges, widerliches Grinsen, bei dem sich in sein Gehirn ein für alle Mal die Gewissheit einbrannte: Ratten grinsen vor einem Angriff.

Das Wasser schlug höhere Wellen, das Schiffchen tanzte, und der Soldat versuchte, sich umzudrehen, mit seinem Hypersuperultraphaser auf das braune, nasse Ungetüm zu zielen, das auf ihn zuhielt, und dann kippte er um.

Er kippte nicht in das Schiffchen, er kippte über die Bordwand, in die tobende, schäumende See. Es ging alles so schnell. Dirk lag noch immer auf dem Bauch, stocksteif, wie gelähmt von dem Betäubungsstrahl aus einem feindlichen Raumschiff, und musste zusehen, wie sein tapferer und eigentlich unbesiegbarer Soldat in den Fluten versank und die Ratte mit schlängelnden, zuckenden Bewegungen auf ihn zuschwamm …

»Was hängen Sie da rum wie vergessener Weihnachtsbaumschmuck?«, donnerte Johns Stimme unter ihm. »Kommen Sie endlich her, verdammt noch mal!«

Dirk hätte vor Schreck beinahe das Seil losgelassen. Er sah immer noch die glänzenden Rattenaugen, fühlte noch immer die nackte Panik, die ihn den Angriff des braunen Biests angsterstarrt hatte beobachten lassen, sah die schäumende Welle, die sein Schiffchen umgeworfen hatte, und …

»Ich muss hier raus«, murmelte er, dann lauter: »Ich muss hier RAUS!«

»Was ist los?«, fragte Rastalocke alarmiert.

»Die Ratte!«

»Die ist längst weg.« Rastalockes Stimme überschlug sich fast vor Ärger. »Ratten haben mehr Angst vor Menschen als umgekehrt, also machen Sie sich nicht ins Hemd und kommen Sie endlich!«

Etwas Dümmeres hätte er nicht sagen können. Die Ratte hatte eindeutig *keine* Angst vor Dirk gehabt. Vielleicht hatte sie die Furcht des kleinen Jungen gespürt, der da vor ihr im Dreck lag, vielleicht hatte sie sich auch nur das Papierschiffchen schnappen wollen, weil sie es für etwas Essbares hielt. Wie auch immer: Sie war auf ihn zugekommen. Sie hatte ihn angegriffen. Sie hatte ihn gebissen.

Er war aufgesprungen, kaum dass sich die spitzen Rattenzähne in sein Handgelenk gebohrt hatten. An dieser Stelle flackerte seine Erinnerung und setzte aus, wie bei einer Bildstörung im Fernsehen. Er wusste nur noch, dass er geschrien und geschrien und geschrien hatte und auf dem kleinen Trampelpfad zum Haus gelaufen war, unsicher und torkelnd, sodass ihm Zweige durchs Gesicht peitschten und er um ein Haar gestolpert und gestürzt wäre. Die Ratte hing immer noch an seinem Handgelenk – zumindest kam ihm das so vor –, und es tat schrecklich weh, und obwohl er damals noch keine Ahnung von den schlimmen Krankheiten gehabt hatte, die eine Ratte übertragen konnte, war er sicher gewesen, dass er sterben würde.

Dirk wurde schlecht. Die Übelkeit, die bereits in ihm gewesen war, als er sich über das dunkle Loch gebeugt hatte, und die sich gesteigert hatte, je weiter er sich in den Gestank hineinwagte, drohte zu explodieren und sich über Rastalocke zu ergießen.

»Was ist denn?« Unter Dirk flammte etwas auf, eines der Feuerzeuge, die Rastalocke stets mit sich herumschleppte, um schnell einen Joint anzünden zu können, wenn er sich unbeobachtet fühlte. Das Licht kam Dirk unerträglich grell vor und war kaum geeignet, ihn mehr erkennen zu lassen als scharfkantiges, feuchtes Gestein, das unendlich tief in die Dunkelheit hinunterreichte, als habe sich hier vor einer Ewigkeit ein gigantischer Wurm durch den Felsen nach oben gegraben.

Immerhin sah er keine Ratte. Aber das hatte nichts zu sagen. Überall im Gestein konnten Löcher und Aushöhlungen sein, in denen eine ganze Rattenbrut hauste.

»Hier herüber«, schnappte Rastalocke. »Nun komm schon, Mann!«

Johns erneutes Umschalten auf Kumpel-Duz-Modus, wie er es bereits an jenem Tag versucht hatte, als Dirk in sein versifftes Taxi gestiegen war, ärgerte diesen maßlos. Er hatte keine Lust, sich von einem Junkie duzen zu lassen. Und schon gar nicht, wenn dieser Junkie ihn aufforderte, zu einem Rattennest hinabzuklettern.

Der langsam unerträglich werdende Krampf in seinem rechten Arm vertrieb ihm jedoch sehr schnell die Lust, weiter darüber nachzudenken. Er strengte sich an, um in der Dunkelheit mehr zu erkennen als bedrohlich schroffes Gestein, das ihn umgab und immer wieder auf ihn zuzukommen schien, obwohl er bemüht war, sich in der Mitte des Schachts zu halten. Aber das wollte ihm nicht gelingen. Johns Stimme – war sie von rechts oder von links gekommen? Er konnte sie einfach nicht lokalisieren. Doch viel wichtiger war in diesem Moment, dass er sich endlich entscheiden musste, ob er wieder fluchtartig nach oben klettern oder das Risiko eingehen wollte, bei der Suche nach Kinah in eine Meute borstiger, widerlicher Viecher hineinzustolpern, die nur darauf warteten, das Werk zu vollenden, das ihr Artgenosse vor einer halben Ewigkeit mit einem Biss ins Handgelenk begonnen hatte.

»Ey, hier, Mann!«, brüllte John aus voller Kehle.

So viel zu dem Versuch, sich leise und unbemerkt anzuschleichen.

Dirk glaubte, ein Stück unter sich eine Hand zu sehen, die ihm zuwinkte, doch schon im nächsten Augenblick war er sich dessen nicht mehr sicher.

»Birdie!«, schrie Rastalocke kaum weniger laut als zuvor und mit einer Ungeduld in der Stimme, die Dirk gar nicht gefiel. »Du hast doch die Lampe! Leuchte mal runter! Gallwynd traut sich sonst nicht zu mir!«

Es passierte gar nichts – abgesehen davon, dass das Seil zu schwingen begann, zuerst kaum merklich, dann immer heftiger.

»Birdie! Pennst du? Nun leuchte schon, Mann!«

»Geht nicht«, rief Biermann. »Ich hänge auch am Seil.«

Das war übertrieben, denn zwei oder drei Sekunden verstrichen – in denen Dirk verzweifelt und vergebens nach Rastalocke Ausschau hielt –, bevor ein kräftiger Ruck durch das Seil ging und davon kündete, dass Biermann die Abseilnummer durch den nächsthöheren Schwierigkeitsgrad würzte. Das Seil schwang derart wild hin und her, als würde ein minderbegabter Fakir versuchen, den indischen Seiltrick damit vorzuführen.

»Biermann!«, rief Dirk. »Lassen Sie den Quatsch!«

»Das ist kein Quatsch!«, rief Biermann zurück. »Janette hat mich gerade auf dem Handy angerufen.«

»Na toll.« Dirk starrte nach unten. Seine Arme und Hände schmerzten nicht mehr. Zumindest hatte das, was er in ihnen fühlte, nichts mehr mit normalem Schmerz zu tun. Sie schienen von innen her in Flammen zu stehen. Er wusste, dass er sich nur noch für zehn oder fünfzehn Sekunden würde halten können. »John! Wo stecken Sie?«

»Hier!«

Plötzlich erkannte Dirk ganz deutlich eine Bewegung. Nicht einmal weit weg von ihm und doch in fast unerreichbarer Ferne. Denn wenn er Rastalocke und den rettenden Gang erreichen wollte, musste er wohl oder übel seine verkrampften Hände lösen, sich ein Stück nach unten hangeln und dann irgendwie dort hinüberschwingen, wo John war – was durch Biermanns Manöver vollkommen unmöglich zu werden drohte.

»Janette hat jemanden gesehen«, fuhr Biermann ungerührt fort.

Schön für sie, dachte Dirk. Er löste die rechte Hand vom Seil und packte so schnell es ging und mit aller Kraft ein Stück tiefer wieder zu. Der Schmerz in seinen verkrampften Muskeln trieb ihm die Tränen in die Augen, sodass er seine Umgebung noch undeutlicher wahrnahm als zuvor.

»Aber ich glaube nicht, dass er sie auch gesehen hat.«

Noch schöner für sie.

»Hier.« Dirk spürte, wie etwas sein rechtes Bein berührte. Es war Rastalocke, der ihn nun ohne viel Federlesens zu sich heranzog. Und das keinen Augenblick zu früh, denn Biermann versetzte das Seil mit seiner ungestümen Kletteraktion in dermaßen heftige Bewegung, als wolle er dafür sorgen, dass Dirk abstürzte.

»Der Roamer hat getönte Scheiben.« Biermanns Stimme klang nah. »Und bei Dunkelheit ist es doppelt schwer, im Innenraum jemanden zu erkennen.«

»Halten Sie die Klappe!«, schrie Dirk. »Und bewegen Sie sich nicht! Ich muss jetzt rüberklettern!«

»Ja, aber …« Biermann verstummte. Er schien endlich einzusehen, dass sich niemand für sein Telefonat mit Janette interessierte – zumindest nicht jetzt, da Dirks Leben an einem seidenen Faden hing.

»Los!«, rief John, umklammerte Dirks Beine wie ein Schraubstock und zerrte an ihnen. »Du musst loslassen! Sonst kann ich dich nicht reinziehen.«

Damit mochte er recht haben, aber Dirk *konnte* nicht loslassen. Durch das Gewicht seines Oberkörpers würde er rückwärts nach unten fallen und John mit sich reißen, dessen war er ganz sicher …

»LASS LOS!«

John brüllte es so laut, dass Dirk seinem Befehl unwillkürlich gehorchte. Und er fiel tatsächlich hintenüber und nach unten. Seine Schulter schrammte über Felsen, dann spürte er einen Ruck, weil jemand seinen Arm umklammerte und mit aller Macht an ihm riss, und in derselben Sekunde wurde aus der Abwärts- eine Seitwärtsbewegung, und er knallte mit der anderen Schulter gegen spitzes Gestein.

John und er schrien gleichzeitig auf, dann purzelte er über Rastalocke und landete halb auf ihm, halb auf glitschigem Felsenuntergrund.

Dirk hätte später nicht sagen können, wie lange er so liegen geblieben war, beinahe bewusstlos und mit einem Gefühl, als sei er stundenlang von mindestens einem halben Dutzend Schlägertypen bearbeitet worden.

»Du bist solch ein Idiot, weißt du das?«, sagte John nach einer Weile, schob ihn von sich hinunter, rappelte sich auf und lehnte sich an die Felswand.

»Nein …« Dirk rang nach Atem. »Das weiß ich nicht.«

Dann musste er lachen, aus welchem Grund auch immer, und die Wände des Gangs warfen sein Gelächter so verzerrt zurück, dass es fast höhnisch klang. Rastalocke lachte nicht. Er drückte sich an ihm vorbei und rief in die Dunkelheit: »Birdie? Alles klar?«

»Klar ist alles klar«, antwortete Biermann. »Ich mache mir nur Sorgen um Janette.«

»Komm erst mal rüber«, sagte John. »Und dann erzählst du mir, was mit Janette los ist.«

Dirk versuchte, sich hochzustemmen, um Biermann zu Hilfe zu kommen, aber er konnte seine Arme nicht bewegen. Nicht nur, dass sie unerträglich schmerzten, sie waren auch derart kraftlos, als hätten sie monatelang in Gips gelegen und jedwede Muskelkraft verloren.

10

Auch zehn Minuten später hingen Dirks Arme noch an ihm hinab wie die eines Gorillas, nur dass sie dabei so schwach wie die eines uralten Mannes waren und sich seine Schultern anfühlten, als hätte ein Schmied auf sie eingedroschen. Nachdem sich die drei Männer in teilweise gebückter Haltung durch den modrig-feuchten Gang gequält hatten, waren sie schließlich auf die – oder zumindest *eine* – Grotte gestoßen.

Biermanns Scheinwerfer schnitt einen Kegel in die zerklüftete Felslandschaft, die das Licht in gebrochenen Farben reflektierte. Es war nicht einfach blaugrauer Fels, es waren funkelnde Formationen und teilweise bizarre Ausformungen – ein beeindruckender Anblick, vor dem Dirk unter anderen Umständen sicher ehrfurchtsvoll verharrt hätte.

Doch jetzt war er lediglich angespannt und fluchtbereit. Er hatte keinen Blick für das Naturschauspiel, sondern nur für die dunklen Ecken und Winkel, in denen ein Rattennest stecken konnte. Bislang hatten sie noch keinen Verwandten des Exemplars zu Gesicht bekommen, mit dem Rastalocke zu Anfang Bekanntschaft gemacht hatte, aber das hieß nicht, dass hinter dem nächsten Vorsprung, der nächsten Biegung oder dem nächsten Geröllhaufen nicht mehrere von diesen Biestern herumwuselten oder sich in dem brackigen, grünlich schillernden Wasser verbargen, durch das sie gerade wateten. Die Vorstellung drohte den letzten Rest von klarem Verstand, der ihm geblieben war, hinwegzufegen. Jeder Schritt, den er in die Schmutzbrühe setzen musste, kostete ihn Überwindung. Ratten und Wasser waren für ihn eine schreckliche

Kombination, seitdem jenes fette braune Ekelvieh seinen Spielzeugsoldaten versenkt und ihn danach attackiert hatte.

Das unruhige Scheinwerferlicht erhellte für einen Moment einen gar nicht glitzernden Bereich zu seiner Rechten. Er schien etwas höher gelegen zu sein als der übrige Boden, und das riss Dirk aus seiner düsteren Beklemmung. Er machte einen großen Schritt und setzte seinen Fuß auf diese trockene Stelle, die relativ rattensicher aussah und es hoffentlich auch war. Der strenge und zugleich leicht süßliche Geruch, der ihm dort in die Nase stieg, erinnerte ihn an etwas … an irgendetwas, das er nicht in Worte fassen konnte. Und dann wusste er plötzlich, woher er ihn kannte: aus Akuyis Zimmer. Auf einmal sah er sich wieder im Türrahmen lehnen und in ihr Zimmer starren, kurz nachdem er geträumt hatte, dass sie im Unwetter auf einem ihm gegenüberliegenden Hügel gestanden hatte. Damals hatte er genau den gleichen Geruch in der Nase gehabt wie jetzt.

Das konnte kein Zufall sein. Das *musste* etwas zu bedeuten haben. Der Gedanke beschleunigte seinen Herzschlag und trieb ihm den Schweiß auf die Stirn.

»Ich verstehe das nicht«, sagte John und blieb neben ihm stehen. Seine Worte hallten von den Wänden wider, und es kam Dirk beinahe so vor, als mische sich etwas anderes, Fremdes in den Klang seiner Stimme, etwas, das durch ihre bloße Anwesenheit geweckt worden war.

»Was?«, flüsterte Dirk. Er stützte sich an der Wand ab, um noch einen Schritt höher klettern zu können. Der Felsen fühlte sich unerwartet warm an, wie Moos, das Sonnenlicht gespeichert hatte, und auch nicht so hart und schroff, wie rissiges Gestein sein sollte, sondern nachgiebig, fast weich. Was war hier los? Erst der Geruch und nun diese merkwürdige Grottenwand!

»Ich verstehe es einfach nicht«, wiederholte Rastalocke.

Dirk nahm hastig die Hand von dem viel zu warmen und viel zu weichen *Felsen* und balancierte sich aus, so gut es ging. »Was verstehen Sie nicht?«

»Das alles hier.« John hatte ebenfalls die Stimme gesenkt, als spüre auch er, dass ihre Gegenwart etwas unendlich Altes und Gefährliches herausforderte. Er deutete in die Grotte hinein. »Woanders wäre so etwas eine Touristenattraktion. Und Al Afra ist doch ein Touristennest, oder?« Dirk sah Biermann entgegen, der mit dem Scheinwerfer in der einen Hand und dem Mobiltelefon in der anderen herangeschlurft kam wie ein uralter Mann. Dann fiel sein Blick auf die vor ihnen liegende Pfütze, die nun vom Scheinwerferlicht aus der Dunkelheit gerissen wurde. Ihre Oberfläche kräuselte sich, als streiche ein sanfter Wind darüber, obwohl nicht das geringste Lüftchen wehte. »Und warum karren die dann nicht ganze Busladungen von Touristen hierher?«

Ja, dachte Dirk, *die Frage ist berechtigt.* Aber die Antwort lag für ihn auf der Hand.

Weil es hier *unheimlich* ist.

Das war eine Begründung, die keinen Reiseveranstalter abgeschreckt hätte, wenn es um die Vermarktungschancen einer Sehenswürdigkeit gegangen wäre. Aber sie hielt die wenigen Einheimischen, die von dieser Grotte wissen mochten, wahrscheinlich davon ab, sie gegenüber jemandem wie einem TUI- oder BENTOUR-Vertreter zu erwähnen. »Es gibt mystische Orte«, hatte Kinah ihm immer wieder erzählt. »Und auch, wenn du es nicht glauben willst: Alle Menschen, die nicht völlig den Zugang zu sich selbst verloren haben, spüren die geheimnisvolle Macht, die von ihnen ausgeht. Und die meisten dieser Menschen machen einen Bogen um solche Orte.«

Ja, Kinah, da hast du wohl recht gehabt, dachte er.

»Und jetzt?«, fragte John und tupfte sich mit einem Papiertaschentuch das Blut von der Wange, an der er sich bei seinem wie durch ein Wunder glimpflich ausgegangenen Sturz mit Dirk eine recht üble Schnittverletzung zugezogen hatte. »Was machen wir jetzt?«

»Wir suchen einen Ausgang.« Biermann stellte den Scheinwerfer vorsichtig ab und ließ das durch die Tonnen von Gestein über ihnen nutzlos gewordene Handy sinken, mit dem er wider besseres Wissen einige Male versucht hatte, Janette zu erreichen. »Und wenn wir dabei eine Spur von Ihrer Frau finden, Gallwynd, dann umso besser. Aber eigentlich will ich nur noch raus.«

»Und zu Janette«, sagte Dirk. Seine Stimme hallte laut und böse von den Grottenwänden wider.

»Ja, natürlich zu Janette«, bestätigte Biermann irritiert.

»Natürlich«, schnappte Dirk. »Aber wäre es dann nicht einfacher gewesen, Sie wären gleich bei Janette in München geblieben?«

»Wie meinen Sie das?«, fragte Biermann scharf.

Wie er das meinte? Dirk hätte beinahe laut aufgelacht. Zum ersten Mal seit drei Jahren hatte er die Chance, Kinah tatsächlich wiederzufinden. Das konnte er sich doch nicht kaputt machen lassen, bloß weil Biermann Angst um seine kleine Freundin hatte!

»Was genau hat Janette denn gesagt?«, fragte Rastalocke, bevor Dirk die Dummheit begehen konnte, Biermann sehr drastisch zu erklären, wofür er ihn bezahlte und wofür nicht.

»Nur, dass jemand herumgeschlichen ist«, brummte Biermann. »Jemand, der Ventura verdammt ähnlich sah.«

»War es denn nun Ventura oder nicht?«, bohrte Dirk nach.

Biermann zuckte mit den Schultern. »Woher soll ich das wissen?«

»Aber wir sollten es herausfinden.« Rastalocke kramte in seinen Taschen und zog ein Feuerzeug und eine seiner ganz speziellen Zigaretten hervor.

»Ja, wir sollten es herausfinden.« Biermann war mit zwei Schritten bei Rastalocke und packte ihn am Handgelenk, um ihm die Zigarette zu entwinden. »Aber nicht so.«

»Nicht so *was?«* Rastalocke entzog sich mit einer schnellen Seitwärtsbewegung Biermanns Griff und wich einen Schritt zurück. »Lass mich in Ruhe, ja? Ich brauche was zu rauchen. Meine Nerven flattern mir sonst auf und davon.«

Biermann betrachtete ihn mürrisch. »Ja, vielleicht hast du recht. Zieh dir nur in Ruhe einen Joint rein. Ich sehe mich mit Gallwynd inzwischen nach dem Ausgang um.«

Rastalocke steckte sich die Zigarette in den Mundwinkel und ließ das Feuerzeug aufflammen. »Mach mich nicht von der Seite an«, nuschelte er. »Du weißt doch wohl am besten, dass ich mich immer im Griff habe.«

»Na klar … immer …«

Den Rest des Satzes bekam Dirk nicht mehr mit. In dem schattenreichen Licht vor ihnen war plötzlich Bewegung, wo keine Bewegung sein sollte, ein Huschen und Hasten, beinahe lautlos und kaum mit dem Auge wahrnehmbar. *Die Ratten,* dachte Dirk vollkommen nüchtern und furchtlos, als seien seine Emotionen wie auf Knopfdruck ausgeschaltet. Die Ratten kommen, und sie werden über uns herfallen, diese kleinen gierigen Raubtiere, sie werden ihre Klauen in unser Fleisch schlagen und ihre spitzen Zähne bis in unsere Knochen bohren; sie werden Haut, Blutgefäße, Muskelstränge und Sehnen herausfetzen, sie werden uns bei lebendigem Leib auffressen, und so viele wir auch zertreten und zermalmen können, es werden mehr und mehr kommen, eine endlose Flut widerlicher brauner Leiber, unter deren Ansturm wir schließlich wanken und zu Boden gehen; und das Letzte, was wir wahrnehmen, werden fürchterliche, unerträgliche Schmerzen sein, Qualen an allen Stellen des Körpers, auch im Gesicht, wo scharfe Rattenzähne Wangenfleisch und Lippen zerreißen …

Und dann werde ich Kinah wiedersehen. Und Akuyi …

»Nein!« Dirk gab einen gurgelnden Laut von sich, ging in die Knie, kam wieder hoch. Nein! Es durfte nicht sein, dass er Kinah und Akuyi dann wiedersah, denn das würde bedeuten, dass sie tot waren. Er musste etwas tun, musste sie aus der tödlichen Gefahr retten, in der sie sich gerade befanden …

Geräusche – ein Schaben, Trappeln, Zischeln –, drangen aus allen Richtungen, aber vor allem von vorne, und dann sah Dirk, wie sich Bewegungen verdichteten, wie Schemen zu Körpern wurden, zu großen, für Ratten viel zu großen Körpern. Er blinzelte und versuchte, mehr zu erkennen als wirbelnde, nicht fassbare Schatten. Es half tatsächlich, mit jedem Lidzucken, mit dem er seine Augen schloss und wieder öffnete, nahm das, was da heranwogte, konkretere Formen an. Und dann sah er sie, dunkle, sehr dunkle Gestalten mit grellweißen Gesichtern, Wesen mit zwei Armen und zwei Beinen, Menschen und doch wieder keine, die Dinge in ihren Händen hielten, die das Licht, das auf sie fiel, teilweise zu verschlucken schienen und teilweise fast grell reflektierten, glatt polierte Steinklingen, klobige Keulen und scharfkantige Wurfgeschosse.

Etwas in Dirk begriff, dass er dabei war, den Verstand zu verlieren. Er war in eine Grotte eingedrungen, nicht von einem Hügel hinuntergeeilt, weil er Akuyi auf dem anderen, gegenüberliegenden Hügel gesehen und ihre Not begriffen hatte. Trotzdem befand er sich jetzt in der Senke unter den beiden Hügeln, und trotzdem sah er eine Horde dunkelhäutiger, menschenähnlicher Gestalten, die mit archaischen Waffen in den Händen auf ihn zuhetzte, als müsste sie nur noch ihn erledigen, bevor sie sich endgültig Akuyi zuwenden und sie töten könnte.

»Nein!«, brüllte Dirk noch einmal.

Er stieß sich von der Felswand ab und stolperte nach vorne. Die Horde kreischte auf, in schauerlichem Triumph und mit Lauten, die nichts Menschliches hatten, und stürmte auf ihn zu. Dirk starrte in schauerliche weiße Fratzen, Schreckensgesichter mit spitzen Wangenknochen und weit aufgerissenen Augen.

Er kam nicht weit. Eine heftige Bö traf ihn und warf ihn zurück, noch bevor er den trockenen Bodenbereich verlassen hatte. Er verlor das Gleichgewicht, griff nach der Wand, die eben noch warm und weich neben ihm gewesen war, sich jetzt aber rau, rissig, kalt und nass anfühlte, fand in letzter Sekunde Halt und krallte sich in das Gestein, so gut es ging.

Es ging nicht sehr gut. Der Bö folgte eine weitere, ein Windstoß, der sein Hemd, seine Jacke und seine Haare flattern ließ und drohte, ihn von den Beinen zu fegen. Er versuchte keuchend, sich an dem Felsen festzuhalten und die Füße in den Boden zu stemmen. Doch das Ziehen und Zerren wurde übermächtig. Er stand schräg und hatte beide Hände in die Felswand gekrallt, aber er bot den Böen immer noch viel zu viel Angriffsfläche. Es war, als würden unsichtbare Fäuste auf ihn eintrommeln, um ihn wegzuschlagen und in den Dreck zu stoßen. Mit einer verzweifelten Anstrengung presste er sein Gesicht und seinen Oberkörper an den Stein.

Keinen Augenblick zu früh. Das, was jetzt heranraste, war keine Bö mehr, es war der wütend ausgestoßene Atem eines archaischen Gottes, der seinem Zorn mit ungestümer, tödlicher Wucht freien Lauf ließ. Dirk wurde wie von einem gigantischen Vorschlaghammer getroffen, zusammengestaucht und dann nach oben gedrückt. Er schrammte über den rauen Felsen. Seine Hände und Finger versuchten, Halt zu finden, wo immer es ging, schürften auf, krallten sich ein, wurden wieder losgerissen, sein Kopf schlug mehrfach an Vorsprüngen an. Um ihn herum tobten Urgewalten, schleuderten ihn mit der Wucht eines Tornados gegen die Felsen, nur um dann nachzulassen, ihm den Halt zu rauben, sodass er ein kleines oder ein größeres Stück abrutschte, bis sie ihn erneut festhämmerten, ihm die Luft aus den Lungen saugten und ihn immer und immer wieder nach oben rissen, weg von den anderen, weg von der Normalität, weg von allem, was sein Leben bislang ausgemacht hatte.

Es schien ewig zu dauern. Sein Verstand nahm die Umgebung nur noch als vereinzelte Wirklichkeitsfetzen wahr, schrecklich und voller Qual und Schmerz.

Ein neuer gewaltiger Schlag traf ihn, schleuderte ihn von der Wand weg und ließ ihn über grauen Felsen stürzen. Er prallte mit dem Kopf gegen etwas, einen Grat oder einen Vorsprung, irgendetwas, das plötzlich im Weg war. Diesmal setzte sein Verstand nicht nur für einen Augenblick aus, sondern erlosch vollständig und wich tiefer Schwärze.

Als Dirk wieder zu sich kam, hörte er ganz in der Nähe ein Keuchen und Prasseln, als würden sich kleine Steinchen aus dem Felsen lösen und hinunterpurzeln, während jemand zu ihm heraufkletterte. In seinem Kopf war nichts als dumpfe Benommenheit und ein stechender Schmerz, ähnlich und doch ganz anders als bei der einen oder anderen Gelegenheit, wenn er am Vorabend zu tief ins Glas geschaut hatte. Er erinnerte sich nur noch vage an das, was gerade passiert war, an die wilden Gestalten, die ihn hatten angreifen wollen, an die dunklen Körper und weißen Gesichter, an den Sturm, der plötzlich in der Grotte getobt hatte. Er versuchte sich aufzurichten. Es ging so gut oder schlecht wie an einem der vielen Vormittage, an denen er sich mit dickem Kopf und einem schlechten Geschmack im Mund aus dem Bett wälzte, weil der Postbote geklingelt hatte und sofort wieder verschwinden würde, wenn er sich nicht beeilte.

Die Geräusche klangen in ihrer gleichzeitigen Fremdheit und Vertrautheit bedrohlich. Er versuchte, den Kopf zu drehen. Der führte die Bewegung auch aus, doch seine Augen schienen nicht in der Lage zu sein, ihm zu folgen. Einen Moment lang sah er nur Schlieren, farbige Sprenkel und vage Umrisse, die alles Mögliche sein konnten – kleine, dunkelhäutige Krieger mit dem ältesten Kriegsgerät der Welt, mit Steinwaffen und Holzknüppeln, die auf geringe Distanz ihre todbringende Wirkung kaum weniger zuverlässig entfalten würden als moderne Nahkampfwaffen, oder auch Ratten, die überallhin gelangten, sei es in steil nach oben verlaufenden Abflussrohren oder auf fast senkrechten Felswänden.

Er kniff die Augen zusammen und riss sie wieder auf, etwas, das in der Vergangenheit schon mehrfach geholfen hatte, wenn er sich verzweifelt bemüht hatte, seiner Umgebung Form und Farbe abzugewinnen. Doch diesmal war es nicht irgendein billiger Fusel, der ihm das Gehirn vernebelte, diesmal waren es die Folgen eines schweren Sturzes, die ihm das Bewusstsein geraubt und irgendetwas in seinem Kopf durcheinandergebracht hatten. Die Schlieren waren inzwischen zwar fast verschwunden, dafür drehten sich jedoch bunte, in allen Farben schillernde Kreise vor seinen Augen, die so schnell wirbelten, dass ihm übel wurde.

Mühsam stemmte er sich hoch. Er wollte weg von den Geräuschen, die immer näher kamen, weg von der Gefahr, die sich um ihn herum zusammenzog wie eine Gewitterwolke. Mit vorgestreckten Händen torkelte er los, hinein in die Dunkelheit, die ihn umfing wie ein guter alter Freund. Er taumelte zwei, drei Schritte weit, da zerriss ein Blitz das Dunkel und blendete ihn so sehr, dass er stöhnend in die Knie ging. Vielleicht rettete ihm das das Leben.

Der Knall folgte dem Blitz so spät, als handele es sich um ein in mindestens zwei Kilometer Entfernung tobendes Gewitter, aber er war derart ohrenbetäubend, dass Dirk unwillkürlich die Hände auf seine Ohren presste und keuchend die Luft ausstieß. Der Donner hallte unerträglich laut und krachend von den Wänden der Grotte wider. Dirk begriff nicht, was hier geschah. Es konnte kein Gewitter in einer Grotte geben, es sei denn, sie war an der Stelle, an der er sich jetzt befand, nach oben hin aufgerissen und schutzlos Wind und Wetter ausgesetzt. Aber solche Erklärungen spielten im Augenblick keine Rolle. Er musste von hier weg.

Gerade als er sich wieder aufrappeln wollte, hörte er ein metallisches, hartes Klicken, dessen Echo beinahe bedrohlicher klang als das des Donnerschlags. Dirk zog unwillkürlich den Kopf ein.

Da knallte es auch schon ein zweites Mal. Diesmal war kein Blitz vorangegangen, es gab nichts weiter als einen erneuten, ohrenbetäubenden Knall und dann ein pfeifend-peitschendes Geräusch, das durch die Grotte jagte, bevor es nach einem harten Aufschlag verstummte …

Dirk erkannte, dass es nicht der Donnerschlag eines Gewitters gewesen war, den er gehört hatte, sondern dass auf ihn *geschossen* wurde und dass das, was er hatte davonheulen hören, ein Querschläger gewesen war. Kleine, dunkelhäutige Krieger mit nackten Oberkörpern, die mit etwas anderem als einer Steinschleuder auf ihn schossen? Das war lächerlich. Die schemenhaften Gestalten, die er zuvor gesehen hatte, würden ihn wohl kaum mit halbautomatischen Schusswaffen durch die Grotte jagen, und selbst die Vorstellung, dass sie einen altmodischen Vorderlader stopfen und damit auf ihn schießen könnten, war vollkommen abstrus.

Was nichts daran änderte, dass irgendjemand bereits zwei Schüsse auf ihn abgegeben hatte, ohne dass er wusste, wer oder warum.

Er presste sich auf den Boden und robbte los. Seit seiner Begegnung mit der Ratte hatte er sich nie wieder freiwillig auf den Bauch gelegt und schon gar nicht professionelles Robben gelernt, wie es Soldaten für den Fall beigebracht wurde, dass sie in feindliches Feuer gerieten. Entsprechend ungelenk waren seine Bewegungen – viel zu hektisch, um effizient zu sein, und nicht besonders geeignet, die letzten Kraftreserven in seinem zerschlagenen Körper zu mobilisieren, damit er schnell genug vorankam.

Wieder blitzte es auf, doch diesmal nicht nur ein Mal, sondern gleich vier oder fünf Mal hintereinander, und dann erfüllte plötzlich gleißende Helligkeit die Stelle vor ihm, ein Scheinwerfer, dessen Lichtstrahl sich im brackigen Wasser spiegelte, in das er, ohne es zu ahnen, beinahe hineingerobbt wäre. Seine Augen funktionierten immer noch nicht richtig, aber sie ließen ihn etwas sehen, auf das zu stoßen er die ganze Zeit erwartet und befürchtet hatte: den allerschlimmsten Albtraum seiner Kindheit, den Grund, warum er nie auf die Idee gekommen wäre, sich in freier Natur hinzulegen, weder auf eine Isomatte noch auf eine Luftmatratze, einfach *überhaupt nicht.*

Aber jetzt, ausgerechnet in einer Höhle in Marokko, in der ein Verrückter auf ihn schoss, lag er auf dem Bauch, und das dermaßen nah an einem schmutzigen Tümpel, dass es nur einer Bewegung bedurft hätte, um mit dem Gesicht in das stinkende Wasser einzutauchen. Und ausgerechnet hier starrten ihn zwei tückische schwarze Augen an, vibrierten Barthaare, reckte die größte Ratte, die er je zu Gesicht bekommen hatte, den Kopf und schnüffelte, roch seine Angst, triumphierte, spürte, dass sie das perfekte Opfer gefunden hatte …

Dirk stieß einen erstickten Schrei aus. Er wollte aufspringen, wollte weglaufen vor diesem Monstrum, wollte so schnell wie möglich fort, wollte, *musste* fliehen.

Aber er tat nichts dergleichen. Er blieb einfach liegen, wie gelähmt von seiner Panik. Damals, bei seiner ersten Begegnung mit einer Ratte, hatte er den Fehler gemacht, aufzuspringen und davonzulaufen, zumindest hatte er sich das nachher in unzähligen durchschwitzten Nächten vorgeworfen. Er hätte nur liegen bleiben müssen, dann wäre die Ratte verschwunden. Die Erinnerung zuckte in einem immer schnelleren Rhythmus durch seinen Kopf, hart und erbarmungslos. Seine Mutter, ihr Gesicht, ihre Sorge, aber auch ihre Anklage, als sie sich über sein Bett gebeugt und jenen verhängnisvollen Satz gesagt hatte:

»Irgendwie musst du die Ratte geärgert haben.«

Geärgert? Er und die Ratte *geärgert?* Das war das Schlimmste für ihn gewesen – dass ihm seine Mutter danach auch noch Vorwürfe gemacht hatte, anstatt ihn einfach in den Arm zu nehmen und den uralten Zauberspruch aller Mütter zu sagen, das Einzige, was Heilung und wirklichen Trost brachte: *Es wird alles wieder gut.*

Nein, das hatte sie nicht gesagt, sondern: »Du hättest die Ratte nicht ärgern dürfen. Warum bist du nicht einfach liegen geblieben?«

»Beim nächsten Mal bleibe ich ganz bestimmt liegen – und wenn tonnenweise Ratten kommen und mich auffressen wollen!«, hatte er geschrien, sich umgedreht und mit einer Mischung aus Empörung und Schmerz in sein Kopfkissen geheult, wie es nur Fünfjährige vermochten.

Fünfjährige, die neben ihrem Lieblingssoldaten auch das Vertrauen in die himmlische Gerechtigkeit verloren hatten, den Glauben, dass irgendetwas sie beschützen würde, wenn es wirklich gefährlich wurde. *Ich hätte nur liegen bleiben müssen*, hatte er erst trotzig, dann beinahe ergeben gedacht, viele Jahre lang, bis sich diese Botschaft ganz tief in sein Gehirn eingegraben hatte. Niemals wollte er den alten, fatalen Fehler wiederholen, der ihm die hässliche, entzündete Wunde eingebracht hatte, die unzähligen Arzt- und Klinikbesuche, das besorgte Gesicht seiner Mutter und die Angst, dass ihm der Arm vom Körper faulen könnte. Dabei war eine ganz andere Vorstellung für ihn noch viel grässlicher gewesen: die, dass sich der Albtraum eines Tages wiederholen würde, dass er eines Tages wieder einer durch und durch bösartigen Ratte begegnen würde.

Nie wieder, hatte er sich als Heranwachsender geschworen, würde er bei einer solchen Begegnung der Unterlegene sein. Er hatte sich trotz seiner Abscheu gründlich über die Ratte, seinen Todfeind, informiert. Er wusste von den dreihundert Millionen Ratten, die Deutschlands Untergrund bevölkerten, von den schlimmen Krankheiten, die sie verbreiteten – und das nicht nur über direkte Bisse –, und von den Verwüstungen, die sie anrichteten, wenn sie über die Kanalisation oder andere, leichtfertig vom Menschen offen gelassene Schlupflöcher in Häuser und Wohnungen eindrangen. Aber er kannte auch den Weltrekord eines Terriers, der im Jahr achtzehnhunderteinundsechzig innerhalb von einer Minute fünfundzwanzig Ratten totgebissen hatte.

Ratten waren besiegbar, nicht nur von einem Terrier, sondern auch von einem Erwachsenen.

Aber nicht von einem Erwachsenen, der vor einer Ratte im Dreck lag, der erschöpft und zerschlagen war und voller Angst, die nächste Kugel eines unbekannten Schützen könnte ihn erwischen, und der sich so klein und schwach fühlte wie ein Kind – ein Kind, das den Glauben an die Unbesiegbarkeit von Spielzeugsoldaten verloren hatte.

Die Ratte musterte ihn und grinste.

Natürlich grinste sie nicht wirklich. Ratten mochten ausgesprochen intelligent und in vielen Dingen dem Menschen ähnlich sein – nicht nur bei dem, was sie zu sich nahmen, sondern auch in der Art, wie sie sich zu Gruppen zusammenschlossen und gemeinschaftlich große Aufgaben angingen. Aber es gab keine lachenden oder grinsenden Ratten.

Abgesehen von dem Exemplar, das ihm gegenüberhockte.

Die Ratte grinste noch breiter, stieß sich ab und kam auf ihn zu. Ihre Bewegungen waren nicht wie für ihre Art typisch lang gestreckt und flink, sondern eine Mischung aus Schwimmen und Trippeln.

»Verdammte Scheiße!«, schrie jemand hinter ihm.

Rastalocke.

Wieder knallte es, aber diesmal anders, zugleich härter und kürzer als zuvor. Die Ratte zuckte zusammen, bäumte sich auf, machte eine lächerliche Seitwärtsbewegung. Dirk wollte erleichtert ausatmen – jemand hatte die Gefahr erkannt, in der er sich befand, und das grässliche Vieh erschossen. Doch dann erkannte er seinen Irrtum. Die Ratte hatte sich lediglich erschreckt. Nun starrte sie ihn wieder an. Das, was er eben noch für ein Grinsen gehalten hatte, war aus ihrem Gesicht verschwunden. Dafür war dort jetzt etwas anderes. Etwas durch und durch Böses.

Die Ratte lief wieder los, schneller diesmal, getrieben von einem Hass, der wie ein tödliches Versprechen in ihren Augen brannte. In Dirk verkrampfte sich alles. *Liegen bleiben,* dachte er, *ich muss nur liegen bleiben.*

Die Ratte schien das für eine gute Idee zu halten. Sie wurde nicht langsamer, sie änderte ihre Richtung nicht, sie machte keinerlei Anstalten, das zu tun, wovon seine Mutter damals geredet hatte: abzuhauen, nur, weil sie nicht geärgert wurde.

Sie wollte selbst ärgern. Sie wollte töten, vernichten. Dirk sah es in ihren Augen, von denen er sich nicht lösen konnte.

Aber er war kein Fünfjähriger mehr. Er war erwachsen. Er war kein wehrloses Opfer, sondern jemand, der wusste, dass ein kleiner Terrier in einer Minute mehr als zwei Dutzend Ratten totbeißen konnte.

Was nicht hieß, dass er diese Ratte *totbeißen* wollte. Aber tot*schlagen* wäre keine schlechte Idee.

Er sprang genauso auf, wie er es bereits als kleiner Junge getan hatte: indem er sich mit den Händen kraftvoll abstieß, in den Knien einfederte und hochschnellte. Die Ratte war nur noch wenige Meter von ihm entfernt.

Während sie auf ihn zujagte, spritzte Wasser auf und hüllte sie in einen feinen Nebel. Es war ein fast unwirklicher Anblick. Sie war blitzschnell, und so, wie sie jetzt zum Sprung ansetzte, als wüsste sie ganz genau, wie man einen Menschen angreifen muss, hatte sie auch eine gute Chance, ihre Zähne in Dirks Arm zu schlagen.

Plötzlich schien die Zeit stillzustehen. Dirk nahm seine Umgebung mit fast übernatürlicher Klarheit wahr. Die Ratte stieß sich ab …

»Papa!«

Es war Akuyis Stimme, ganz eindeutig Akuyis Stimme. Dirk, der sich eben noch geschworen hatte, die Ratte auf gar keinen Fall aus den Augen zu lassen und gebührend zu empfangen, riss den Kopf hoch und starrte in die Richtung, aus der er Akuyis Stimme zu hören geglaubt hatte.

»Papa!«

Die Ratte grub ihre Zähne in Dirks rechten Handrücken. Er spürte einen scharfen Schmerz, der seinen Arm hochjagte, und dann das Gewicht der Ratte, die nicht gleich wieder losließ, sondern sich wie ein tollwütiger Hund in seine Hand verbiss. Aber all das drang gar nicht zu seinem Bewusstsein vor.

»Papa!«

Der dritte Aufschrei riss ihn aus seiner Erstarrung. Er stürmte los. Seine Füße tauchten derart wuchtig in den Tümpel ein, dass das Wasser hochgewirbelt wurde und in sein Gesicht spritzte. Er achtete nicht darauf. Von dort hinten rechts hatte er Akuyis Stimme gehört …

Akuyi! Wie kam sie hierher?

Die Ratte hing nach wie vor an seiner Hand, wurde durchgeschüttelt, reagierte darauf, indem sie noch fester zubiss, durch die Haut- und Muskelschicht und in den Knochen. Der Schmerz war so fürchterlich, dass Dirk bei anderer Gelegenheit wahrscheinlich das Bewusstsein verloren hätte. Doch jetzt konnte er ihn nicht daran hindern, weiterzulaufen – zu seiner Tochter.

Der Scheinwerfer, der vorhin ein paar Mal aufgeflackert war, bevor er ihn und die Ratte angestrahlt hatte, leuchtete diesen Bereich der Grotte kaum noch aus. Aber das Licht genügte, um Dirk erkennen zu lassen, dass neben einer zerklüfteten, weit in den

Raum hineinreichenden Felsformation eine Gestalt stand, zierlich und vielleicht einen halben Kopf kleiner als er.

Dirk stieß einen Schrei aus, sprang über einen Gesteinsbrocken, den er beinahe übersehen hätte, und schrammte an einem scharfen Grat vorbei. Die Ratte ließ immer noch nicht von ihm ab, ganz im Gegenteil, ihr Kiefer schloss sich so fest um seine Hand wie der eines Kampfhundes.

Der Untergrund wurde abschüssig und mündete in eine diesmal nicht mit Wasser gefüllte Vertiefung, was Dirk jedoch nicht bemerkte, weil er nur Augen für die schlanke Gestalt mit den schwarzen Haaren hatte, den dunklen Engel, der sich in diese Grotte verirrt haben musste. Dirk hatte nicht damit gerechnet, Akuyi hier zu finden, er hatte es nicht einmal gehofft; ganz im Gegenteil, er hatte es für ausgeschlossen gehalten.

Aber sie war da. Nur noch wenige Meter. Ihr Gesicht lag im Schatten, aber sie hatte die Hand erhoben, als wollte sie ihm zuwinken, eine für Akuyi typische, scheue, verletzliche Geste, die noch weniger in diese Grotte passte als ihre Anwesenheit. Dirk wollte nichts weiter als zu ihr, so schnell wie möglich …

Und genau das wurde ihm zum Verhängnis. Er begann zu rutschen, schlitterte über feuchten Fels und über Geröll, streckte die Hände aus, um sich irgendwo festzuhalten, aber da war nichts, und rutschte weiter. Er ruderte wild mit den Armen, aber das machte es nur noch schlimmer. Unaufhaltsam raste er hinab in die Kuhle – und spürte dann, wie der Boden unter ihm plötzlich nachgab …

Es krachte und knirschte um ihn herum, dann brach er ein. Unwillkürlich warf er die Arme hoch, und mit ihnen die Ratte, deren nackter Schwanz in sein Gesicht peitschte. Es war kein Sturz in freiem Fall, Steine und aller möglicher Dreck umgaben ihn und wurden mit ihm in die Tiefe gerissen, und dann schlug er auf, so hart, dass es ihm die Beine zusammenstauchte und er um ein Haar endgültig das Gleichgewicht verloren hätte und gestürzt wäre.

Er schrie auf, lauter und verzweifelter als je zuvor in seinem Leben. Akuyi war zum Greifen nah gewesen! Und jetzt stand er hier, drei oder vier Meter unter ihr, in einem modrigen Loch, das nur schwach von einem merkwürdig fluoreszierenden Schein erleuchtet wurde – und von dem spärlichen Licht, das durch die neu geschaffene Öffnung zu ihm drang. Sein Blick schweifte langsam über seine Umgebung. Um ihn herum befanden sich keine Felsen und Grate, an denen er hätte emporklettern können, und auch sonst nichts, was ihm ermöglicht hätte, aus dem Gefängnis zu entkommen, in das er durch seine eigene Unachtsamkeit geraten war.

Und die Ratte hing immer noch an seiner Hand. Dieses verfluchte, teuflische Biest!

Dirk torkelte los. Seine Augen hatten sich noch nicht auf das diffuse Licht eingestellt, seine Beine waren kaum in der Lage, sein Gewicht zu tragen, aber er sah etwas, das sein Herz wild pochen ließ. Einen Stalagmiten, der aus dem Boden wuchs wie ein zu dick geratener Speer, den jemand vor unendlich langer Zeit hier in den Untergrund gerammt hatte. Er kam überhaupt nicht auf die Idee, sich zu fragen, was ein Stalagmit hier zu suchen hatte, etwas, das in Kalksteinhöhlen beheimatet war, nicht in Grotten, die von Meerwasser umspült wurden. Er hatte eine ganz andere Idee.

Er holte mit dem rechten Arm aus und schlug die Ratte mit voller Kraft gegen den Stalagmiten. Das Vieh zappelte wie wild und löste seine widerlich scharfen Zähne ein Stück weit aus seinem Fleisch. Aber es reagierte nicht schnell genug, hatte sein Gebiss zu tief in seiner Hand vergraben, und da holte er schon erneut aus, noch weiter als beim ersten Mal, mit seiner ganzen Abscheu vor Ratten, mit all seiner Wut darüber, dass dieses Mistvieh ihn abgelenkt und auf diese Weise verhindert hatte, dass er zu Akuyi gelangte.

Die Ratte quiekte und zog ihre Zähne aus seiner Hand, aber es war zu spät. Nur einen Sekundenbruchteil später schleuderte Dirk sie gegen den Stalagmiten.

Als der Kopf der Ratte zerschmetterte, spritzten Blut, Augen und Gehirnmasse hervor und besudelten Dirk. Er registrierte es kaum. Wimmernd brach er zusammen, direkt neben dem zerschlagenen Körper der Ratte, die in ihrem eigenen Blut lag und sich in den letzten Zuckungen wand.

Akuyi. Sie war so nah gewesen. Aber er hatte es versaut!

11

Dirk knallte seinen Cappuccino so wuchtig auf den Tisch, dass es klirrte, und starrte sein Gegenüber finster an. »Also«, sagte er. »Wenn du irgendeine Idee hast, wie wir Akuyi finden können, dann raus damit. Aber ein bisschen plötzlich!«

Mario Sabrino fuhr sich nervös durch die gegelten Haare. »Ich habe nicht gesagt, dass ich eine Idee habe, wie wir sie finden können …«

»Schwall hier nicht rum. Wenn du etwas weißt, dann spuck's aus!«

Mario biss sich auf die Unterlippe, eine Geste, die so typisch für den Deutschitaliener war wie seine Vorliebe für schnelle Autos und gertenschlanke blonde Frauen – was ihn allerdings nicht daran gehindert hatte, ein schwarzhaariges Pummelchen zu heiraten, das mit einem alten Fiat Punto durch die Gegend kurvte.

»Deine Tochter«, sagte er langsam, »ist ziemlich … dunkelhäutig.«

»Schwarz.« Dirk begann, über die Narbe an seinem rechten Handgelenk zu kratzen. »Schwarz ist das richtige Wort.«

»Ja.« Mario lächelte knapp, ein Lächeln, das ungefähr so echt wirkte wie die Haarfarbe der Blondine, mit der er vor ein paar Tagen Arm in Arm über den Stachus geschlendert war, ohne zu ahnen, dass sein ältester Freund gerade mit der Rolltreppe vom S-Bahnhof hochfuhr und ihn sah. »Du bist in den letzten Tagen fast immer unterwegs gewesen, um eine Spur zu finden. Und ich … ich hab mich währenddessen im Internet schlaugemacht.«

»Vertauschte Rollen, meinst du?«

»Ja, könnte man so sagen.«

»Verdammt!« Dirk beugte sich vor. Er hätte Mario am liebsten gepackt und durchgeschüttelt. »Jetzt sag mir endlich, was du weißt!«

»Eigentlich gar nichts.« Mario wehrte mit einer erschrockenen Handbewegung ab, als er das Funkeln in Dirks Augen bemerkte und richtig deutete. »Es ist nur so … Es gibt da einen Mädchenhändlerring.« Er stieß einen tiefen Seufzer aus. »Etwas wirklich Fieses.« Dirk ballte die Fäuste. »Einen Mädchenhändlerring, der schwarze Mädchen nach Afrika bringt«, fuhr Mario hastig fort. »Verrückt, nicht? Man sollte meinen, dass sie dort genug von der Sorte haben. Aber diesen Schlepperbanden geht es um europäisch erzogene, gebildete Mädchen, die sie über Nordafrika auf den schwarzen Kontinent schmuggeln.«

Dirk starrte seinen Freund für ein paar Sekunden schweigend an und lehnte sich dann schwer atmend zurück. »Du spinnst.«

»Ich spinne überhaupt nicht.« Mario blickte hinaus auf die Straße. »Es gibt Beweise für eine solche Connection.«

»Dann gib mir den Link.« Dirk griff in seine Tasche, holte seinen Tablet-PC hervor und beendete mit einem Tastendruck den Stand-by-Modus, in dem dieser die vergangenen zwei Stunden geschlummert hatte. »Los! Sag mir, wo ich diesen Hinweis auf Akuyi finde, den du angeblich ausgegraben hast!«

»Ja, natürlich.« Mario kramte in seinen Taschen. »Ich hatte es mir doch irgendwo notiert … ja hier, genau …« Er reichte Dirk einen grünen Zettel, auf dem eine Web-Adresse vermerkt war.

Dirk tippte die Adresse mit fliegenden Fingern ein und drückte die Return-Taste. Die Seite baute sich nur ruckelnd auf, und langsamer als bei seinem Computer zu Hause, aber immerhin. Der Mobilzugriff auf das Internet ermöglichte es ihm, Marios Hinweis sofort nachzugehen.

»Nicht viel zu erkennen«, sagte er, als das Bild vollständig war.

»Eine dunkle Höhle. Menschen, die am Boden kauern. Und daneben irgendetwas in Russisch.«

»In Russisch?« Mario streckte die Hand aus und wollte den Tablet-PC zu sich ziehen.

Dirk wehrte ihn mit einer Geste ab. Irgendetwas an dieser Höhle kam ihm … komisch vor. Vielleicht war es das grünlich schimmernde Licht, vielleicht waren es die jungen Mädchen und Frauen, die dort hockten …

Dirk blinzelte. Die Erinnerung daran, dass er Mario mit wenigen Sätzen in die Wüste geschickt hatte, war so schmerzlich, dass er sie die ganze Zeit über tief in sich vergraben hatte. Er blieb stehen, atmete keuchend ein und aus und hielt sich an einem Felsen fest. Bisher hatte er keinen Weg aus dieser fürchterlichen Grotte gefunden. Das alles hätte nicht passieren dürfen. Er war Akuyi so nahe gewesen – aber er hatte es vermasselt.

Er stieß sich ab und stolperte weiter, wobei er sich mit der linken Hand den schmerzenden, dumpf pochenden rechten Arm hielt. Das undeutliche Foto, auf das Mario gestoßen war – Mario, der von sich selbst behauptete, er könne einen Computer nicht von einem Toaster unterscheiden, und der dann doch alles darangesetzt hatte, in den Weiten des Internets eine Spur von Akuyi zu finden, nur um von ihm abgewatscht zu werden –, das Foto war vielleicht genau hier aufgenommen worden. In dieser Höhle mit den hoch aufragenden Wänden und dem überwiegend trockenen Boden, auf dem Tang, Muscheln und allerlei Unrat lagen. Ein grünes, merkwürdig stofflich wirkendes Licht ließ seine Umgebung wie im Nebel verschwimmen.

Die Erkenntnis, dass Mario ihm die richtige Spur auf einem Silbertablett präsentiert hatte und er zu blöd gewesen war, um zuzugreifen, machte ihn fast wahnsinnig. Die Geschichte von den europäischen, dunkelhäutigen Schönheiten, die entführt wurden, um an irgendwelche perversen Superreichen in Afrika verschachert zu werden, war ihm seinerzeit viel zu grotesk vorgekommen, als ein Hirngespinst unter vielen, keine wirkliche Spur, sondern nur ein Fake, der ihn von der eigentlichen Suche nach Akuyi abgelenkt hatte.

Dabei war Akuyi vielleicht die ganze Zeit über hier gewesen. Welch eine unerträgliche Vorstellung. Er hatte versagt, hatte alles falsch gemacht, was man nur falsch machen konnte, hatte den einzigen Anhaltspunkt, der ihn auf die Spur seiner Tochter hätte bringen können, links liegen gelassen, um sich dem Alkohol zu ergeben und Hinweise zu verfolgen, die ihn immer nur in Sackgassen geführt hatten. Dümmer hätte er es gar nicht anfangen können. Der Schmerz, den er bei diesem Gedanken empfand, war viel schlimmer als das Brennen in seiner Hand und die Vorstellung, dass die Ratte ihn durch ihren Biss mit etwas infiziert hatte, wodurch erst sein Arm abfaulen und er dann elendig verrecken würde.

Dirk stöhnte. Das altbekannte Verlangen nach Alkohol stieg in ihm auf, diese fürchterliche Gier nach Schnaps, Whiskey, Wodka, irgendetwas, das geeignet war, seine Sinne so weit wie möglich zu betäuben. Er hasste sich dafür, hasste sich für diese Schwäche, die ihn selbst hier und jetzt nicht aus ihren Klauen ließ. Sein Leben lang hatte er recht erfolgreich einen Bogen um alles gemacht, was zu einer Sucht ausarten konnte. Und dann, ausgerechnet in der Zeit, in der es darauf ankam, einen klaren Kopf zu behalten, hatte er mit dem Saufen angefangen. Vielleicht war seine Sauferei ja auch schuld daran, dass Akuyi überhaupt verschwunden war. Vielleicht hatte er sie damit aus dem Haus getrieben, in die Arme ihrer Entführer.

Voller Scham erinnerte er sich daran, wie er einmal auf der Suche nach irgendetwas Trinkbarem von der Küche ins Wohnzimmer gestolpert war. »Akuyi!«, hatte er gebrüllt. »Wo bist du, verdammt noch mal?! Wo hast du meine Flaschen versteckt?«

Abschaum, das war er gewesen, nichts als Abschaum. Er hatte seine Tochter beschimpft, weil sie all seinen Schnaps und Wein in den Abfluss geschüttet hatte, sodass es aus der Spüle stank wie aus einem Müllschlucker. Sie hatte die leeren Flaschen sogar in einem Altglascontainer entsorgt. Er war nahe daran gewesen, sie zu packen und zu schütteln, vielleicht auch Schlimmeres. Akuyi hatte ihm mit schreckgeweiteten Augen gegenübergestanden, fassungslos angesichts seiner Unbeherrschtheit, und als er sie in die Ecke zwischen Schrank und Couch gedrängt und hysterisch angeschrien hatte, hatte sie vor Angst gezittert.

Schon damals hatte er Akuyi verloren, nicht erst zwei Jahre später. Er hatte es zwar vermieden, in ihrer Gegenwart jemals wieder einen Tropfen zu trinken, war dem Götzen Alkohol aber längst rettungslos verfallen gewesen. Und Akuyi hatte das gespürt. Sie hatte gewusst, dass er sich nur ihretwillen zurückhielt, und das hatte zwischen ihnen beiden etwas verändert, hatte ihre sowieso schon angespannte Vater-Tochter-Beziehung langsam und schleichend vergiftet.

Doch das war unwichtig, zumindest im Moment. Dirk musste einen Weg nach oben finden, zurück zu der Stelle, an der er Akuyis dünne, fast abgemagert wirkende Gestalt zum letzten Mal gesehen hatte. In dieser verdammten Höhle mit ihrem grünlichen Licht und den schroffen Felswänden war allerdings weder Eingang noch Ausgang zu erkennen und auch nichts, woran man hätte hochklettern können. Er hätte viel darum gegeben, in diesem Moment Mario anrufen und ihn um Details anbetteln zu können, um Informationen über das, was er damals nicht hatte wahrhaben wollen. Damals hatten sie das Straßencafé verlassen und ihr Gespräch in seinem Wohnzimmer fortgesetzt, aber es hatte mit einem heftigen Streit geendet, einem Streit, der, wenn Dirk ehrlich war, von ihm provoziert und auf die Spitze getrieben worden war. Statt sich die Seiten anzusehen, die mit dem Foto der Grotte verknüpft waren, statt Mario zu glauben, dass es auch englischsprachige Texte gab, nicht nur russische und arabische, hatte er ihn nur beschimpft und fertiggemacht.

»Aber was soll man schon von einem Typ halten, der seine Frau ständig mit irgendwelchen Modepüppchen betrügt«, hatte er schließlich gefaucht. »Zu tiefen Gefühlen bist du doch gar nicht fähig. Und was ein Vater empfindet, dessen Tochter verschwunden ist, weißt du erst recht nicht.«

Mario war blass geworden und fast fluchtartig aus dem Haus gestürmt.

Es war nicht richtig gewesen, seinen Freund derart zu beleidigen, schließlich hatte er alles getan, um ihm zu helfen.

Aber ein noch viel schlimmerer Fehler war es gewesen, den Inhalt der Website nicht aufmerksam zu studieren. Wenn er damals nur besser aufgepasst hätte! Dann würde er jetzt vielleicht wissen, wie man hier rauskam …

An diesem Punkt verhedderten sich seine Gedanken. Und nicht nur das, auch sein Körper machte nicht mehr mit, gehorchte nicht dem Befehl, auf der Suche nach einem Weg aus der Höhle vorwärts zu taumeln. Seine Schritte wurden immer schwerer, und er begann so unkontrolliert zu torkeln wie ein Betrunkener, der sich nicht auf den Beinen halten kann. Sein Arm brannte wie Feuer, und in seinem Inneren tobte ein Sturm der Gefühle. Er konnte die Szene mit Mario einfach nicht vergessen, er sah seinen Freund vor sich, der wütend und enttäuscht davonstürzte, und dann auf einmal Kinah, die ihm zuzischte: »Du musst deiner Tochter gestatten, sich mit ihren Wurzeln zu beschäftigen!«, und er sah, wie die Wände der Grotte vor ihm zurückwichen und wieder auf ihn zukamen, in einem Rhythmus, der dem seines eigenen, hektischen Atems entsprach.

Dirk blieb stehen und presste die Hände gegen seinen Kopf. Es half nichts. Sein Herz hämmerte wie eine Maschine, die über den roten Bereich hinausdrehte und im nächsten Augenblick explodieren würde.

»Du musst deine Tochter …«

»Du musst sie finden …«

»Du musst ihr Freiheit geben …«

»Du musst sie ihren eigenen Weg finden lassen …«

In seinem Kopf dröhnte ein Gewirr von Stimmen, und in seiner Seele loderte das Verlangen, seine verfluchte Schwäche abzuschütteln und das zu tun, was getan werden musste: seine Tochter zu retten. Ja, wahrscheinlich war es ein Fehler gewesen, Akuyi eine Zeit lang nicht auf ihrem spirituellen Weg zu begleiten, ja ihn stattdessen sogar zu torpedieren, und es war mit Sicherheit ein Fehler gewesen, sich zu oft zwischen Kinah und Akuyi zu stellen (auch wenn er das damals gar nicht so gesehen, sondern geglaubt hatte, dass er zwischen zwei Kulturen vermittelte, obwohl er in Wirklichkeit die afrikanische verneint hatte), und es war letztlich auch falsch gewesen, sich mit Mario zu überwerfen, statt seine Hilfe dankbar anzunehmen.

Er konnte es nicht ändern.

Stöhnend sank er zu Boden.

Dirk wusste nicht, wie lange er reglos und verzweifelt dagelegen hatte, vielleicht Stunden, vielleicht auch nur wenige Minuten. Als er den Kopf hob, sah er ein paar Meter vor sich Kinah stehen.

Sie war nicht mehr als ein dunkler Schemen vor dunklem Hintergrund, durchwoben von dem grünlichen Licht, das alles hier unten einhüllte und zu durchdringen schien. Dirk reckte den Kopf höher und sah sie schweigend an.

Sie war ein Stück größer, als er sie in Erinnerung hatte, und weitaus schlanker, fast so dürr wie eines der Models, die er trotz ihrer oft ansprechenden Gesichtszüge nicht als vollwertige Frauen wahrnahm. Irgendetwas stimmte nicht mit ihr. Sie schien gar nicht auf dem Boden zu stehen, sondern einige Zentimeter über ihm zu schweben. Und das war bei weitem noch nicht alles.

Das Schlimmste war ihr Gesicht. Die linke Gesichtshälfte war so makellos schön wie immer, wie von einem begnadeten Künstler aus Ebenholz geschnitzt. Die andere Hälfte jedoch war eine einzige klaffende Wunde. Das Fleisch wirkte zerfurcht und zerfressen, als wäre es mit Säure übergossen worden. Diese Wunde würde nie wieder heilen.

Dirk blickte sie ruhig und gefasst an. Sein Gefühlsaufruhr war verstummt. Es war nicht das erste Mal, dass er Kinah vor sich zu sehen glaubte, seitdem ihm auch Akuyi genommen worden war. Bei jenem ersten Mal war er aus Kinahs Zimmer gekommen und hatte aus Versehen die Tür dermaßen kräftig zugeknallt, dass sich der an der Wand darüber angebrachte Holzspeer selbstständig machte. Im allerletzten Moment hatte sich Dirk mit einem Sprung zur Seite in Sicherheit gebracht. Die Speerspitze durchstieß das Blatt Papier, das er in den Händen hielt – genau an der Stelle, an der Kinah in ihrer kaum lesbaren Schrift *Vor seiner Herkunft kann niemand fliehen* vermerkt hatte –, und fuhr vor ihm ins Parkett.

Bei seinem hastigen Ausweichmanöver stolperte er, schlug lang hin und prallte mit dem Kopf gegen den Türrahmen.

Er verlor nicht das Bewusstsein, war aber sehr benommen. Und als er aufblickte, sah er eine Gestalt davonhuschen: schlank, hoch gewachsen, schwarze kurze Haare. Kinah.

Seitdem hatte er sie noch zwei Mal gesehen. Jedes Mal war er vorher gestürzt oder hatte sich irgendwo gestoßen, und jedes Mal hatte es mit einer afrikanischen Reliquie zu tun: Einmal war es ein Totem gewesen, das ihm vor die Füße gefallen war, das andere Mal war er gegen die Skulptur in der Eingangshalle gelaufen, die Kinah aus Holz und Metall gefertigt und *Der Gründungsvater* genannt hatte. Immer war es ein Huschen und Hasten gewesen, mit dem Kinah das Haus verlassen hatte …

… nun war ein Huschen und Hasten um Kinah herum.

Dirk wollte die linke Hand heben, um sich die Augen zu reiben, aber es gelang ihm nicht. Er war wie gelähmt.

Schattenhafte Bewegungen zogen sich um Kinah zusammen wie Nebel an einem Herbsttag um einen einsamen Spaziergänger, der sich mit den Augen nicht einfangen ließ. Ein Wallen und Fließen, das etwas Stoffliches hatte, so als sei Kinah nicht alleine, sondern umringt von spukhaften Geschöpfen.

»Was …?«, krächzte er. Mehr kam nicht über seine Lippen.

Kinah starrte ihn schweigend an. Dann drehte sie ganz langsam den Kopf und hob den linken Arm. Das Wallen um sie herum machte die Bewegung mit. Es war ein Anblick, der etwas in Dirk zerbrechen ließ. Kinah, seine geliebte Kinah – was war nur mit ihr geschehen?

Kinah hatte inzwischen den Arm ganz gehoben und deutete hinter sich.

Dirk sah jetzt nur noch die zerstörte Hälfte ihres Gesichts, an der nichts Menschliches mehr war. Sie war wie aufgerissen, grünschwarz schimmernd, mit scharfkantigen Einschnitten. Dort, wo ein Auge hätte sein sollen, war nur eine leere, weiß-rötlich schimmernde Höhle. Er erstarrte. Es war schrecklich, Kinah so sehen zu müssen, es war mehr, als er ertragen konnte.

Die Welt um ihn herum fing an zu flackern, als würde sich sein Gehirn schrittweise abschalten, als verringere es nach und nach seine Fähigkeit zur Wahrnehmung. Er verlor nicht das Bewusstsein, er verlor den Kontakt zu seiner Umgebung.

Und zu Kinah.

Sie begann zurückzuweichen – oder sich aufzulösen, Dirk wusste es nicht. Es war ein fürchterlicher Prozess, der innerhalb einer Zeitspanne ablief, die sich nicht in Minuten oder Sekunden messen ließ, die nicht den Gesetzen jener Welt gehorchte, in der alles stets irgendwie erklärbar war.

Die Schemen um Kinah herum stoben durcheinander, als würde ein heftiger Windstoß in sie fahren. Ein Teil von Dirks Seele erkannte die Ähnlichkeit mit dem Feuer, an dem er mit dem Alten gesessen hatte und das ebenfalls vom Wind zerrissen worden war. Sein Verstand hingegen begriff gar nichts.

Das Letzte, was er von Kinah sah, war die fließende Bewegung ihres Arms, der in eine bestimmte Richtung deutete.

Die Richtung, in die er zu gehen hatte.

Er stolperte los.

12

Warum bist du gekommen?«

Die Frage erreichte Dirks Bewusstsein mit einiger Verspätung. Er hätte sie auch nicht beantworten können. Er wusste ja nicht einmal, wo er war.

Um ihn herum war es dunkel. Nur vor ihm glommen ein paar Holzscheite, leuchteten mit letzter Kraft. Und erst, als sich Dirk bewusst wurde, dass er an einem erlöschenden Feuer saß, fiel ihm auf, wie kalt es war. Eine beißende Kälte, die in ihn eindrang und ihn innerlich erstarren ließ.

»Du hättest nicht kommen sollen.«

Dirk starrte in die verglimmende Glut. Er hätte den Kopf heben und in die Richtung des Mannes blicken können, der ihn angesprochen hatte. Aber er tat es nicht.

Es wäre sinnlos gewesen. Dort war nichts als Finsternis. Eine derart erstickende Finsternis, dass er sich fragte, wie überhaupt etwas in ihr existieren konnte.

»Kinah.«

Bei der Erwähnung ihres Namens zog sich sein Inneres schmerzhaft zusammen. Eben noch hatte er sie gesehen. Aber es war nicht seine Kinah gewesen, nicht die warmherzige, wunderschöne Frau, in die er sich auf den ersten Blick verliebt hatte. Sondern ein Monster.

Was nichts daran änderte, dass er *seine* Kinah liebte und vermisste.

Nun hob er doch den Blick.

Wider Erwarten sah er etwas. Kein Gesicht und keinen Körper

– nicht einmal andeutungsweise –, sondern Augen. Auch sie waren eher zu erahnen als wirklich zu erkennen, aber das änderte nichts daran, dass er den Mann nicht länger verleugnen konnte, der auf der anderen Seite der erbärmlichen Restglut am Boden hockte.

»Wo bin ich hier?«

Der Mann zuckte mit den Schultern. Dirk konnte es natürlich nicht sehen, aber er *spürte* es.

»Am Anfang und am Ende.«

Dirk verzog das Gesicht zu einer Grimasse. Hatte er wirklich geglaubt, dass er auf seine Frage eine vernünftige Antwort bekommen würde?

»Vor vier Millionen Jahren begann hier der Lebenszyklus des ersten Menschengeschlechts. Diese Menschen waren noch nicht wie du und ich. Sie fingen gerade erst an, aus Lauten Worte zu bilden und einfache Werkzeuge herzustellen. Aber sie gingen aufrecht wie wir, und sie waren in der Lage, Fragen zu stellen. Zum Beispiel die Frage, wo sie waren und wie sie dorthin gekommen waren.«

Dirk biss sich auf die Unterlippe. Er schmeckte salziges Blut, aber es half nicht. Der Schmerz in seiner Seele ließ nicht nach und auch nicht die Verwirrung seiner Gedanken.

»Sind das nicht auch die Fragen, die dich bewegen?«, sagte der Mann unbarmherzig.

»Ja. Aber nicht nur.«

»Vier Millionen Jahre. Weißt du eigentlich, wie unermesslich lang dieser Zeitraum ist?«

»Nein«, erwiderte Dirk heftig. »Und es ist mir auch egal. Ich suche Kinah – und meine Tochter. Kannst du mir dabei helfen?«

»Vier Millionen Jahre – das ist nichts für die Geschichte der Erde oder gar des Alls. Aber für uns Menschen ist es eine Ewigkeit. Es sind fast zweihunderttausend Generationen, die geboren wurden, ihre Zeitspanne gelebt haben und qualvoll oder friedlich gestorben sind.«

»Wo ist meine Frau? Wo ist meine Tochter?«

»Auch deine Frau und deine Tochter gehören zu diesen Generationen. Zu zwei dieser zweihunderttausend Generationen. Kannst du dir vorstellen, dass sie dennoch das Erbe der ersten Menschen in sich tragen?«

Nein, das konnte Dirk nicht, und es wäre auch vollkommen unmöglich gewesen. Zweihunderttausend Generationen von den ersten Frühmenschen bis hin zu Kinah und Akuyi – das war keine Ahnenkette, das war eine unfassbare Ewigkeit. Wie hätten Verstand und Seele die Bedeutung dieser scheinbar unendlichen Abstammungslinie erfassen können?

Dirk schüttelte den Kopf.

Viel wichtiger als jede Vergangenheit waren ihm die zwei Menschen, die zu seiner eigenen Familie gehörten. »Wo sind die beiden? Weißt du das? Kannst du mir helfen?«

»Helfen kannst du dir nur selbst«, antwortete der Mann. »Und das tust du schon. Trotzdem zurück zu meiner Frage: Warum bist du gekommen?«

Dirk wollte die Hand heben, um nach einem Ast zu greifen und das Feuer neu zu entfachen. Aber es ging nicht. Er konnte seine Hand nicht bewegen. In ihr war ein fürchterlicher Schmerz, der den Gedanken daran, die Finger um etwas zu schließen und es festzuhalten, vollkommen absurd erscheinen ließ.

»Ich brauche Hilfe«, sagte er schließlich.

Der Mann nickte. Auch das sah Dirk nicht, sondern spürte es nur.

»Ja. Du brauchst Hilfe, so wie jeder Mensch. Das ist auch der Grund, warum wir überhaupt unsere Sprache entwickelt haben. Um uns gegenseitig zu helfen.«

»Und zu streiten«, sagte Dirk bitter.

»Mit Worten zu streiten, statt uns gleich die Schädel einzuschlagen … ja«, antwortete der Mann. »Auch wenn das nicht immer reicht. Worte können verkomplizieren, irreführen, beschönigen, Gründe für Gewalt und Vernichtung liefern. Aber sie können auch beschwichtigen, Visionen aufzeigen, zu neuen Horizonten führen. Jeder einzelne Mensch muss wählen, wie er die Sprache benutzt: um Gewalt zu beschönigen oder um einen friedlichen Weg aufzuzeigen.«

»Das alles interessiert mich nicht!«, rief Dirk. »Ich will meine Frau und meine Tochter!«

»Du Narr!« Auch der Mann erhob jetzt die Stimme. »Glaubst du wirklich, du wirst zu ihnen finden, wenn du die Augen vor den großen Wahrheiten verschließt? Hast du denn immer noch nicht begriffen, dass du deine Frau und deine Tochter nicht wiedersehen wirst, wenn du dich nicht dem stellst, was auf dich und alle Menschen zukommt?«

»Und was ist das?«, fragte Dirk.

»Die Vernichtung eurer Zivilisation, der Zusammenbruch von allem, was eure Welt zusammenhält«, sagte der Mann. »Und der Tod von Kinah, Akuyi und ihrem Volk.«

Teil 2

Und als sie eine Wolke auf ihre Täler zukommen sahen,
sagten sie: »Das ist eine Wolke, die uns Regen bringen wird!«
»Nein! Es ist das, was ihr euch herbeigewünscht habt:
ein Wind, der eine schmerzliche Strafe mitführt.«

Sure Al-Ahqaf 46:24

1

Dirk hielt keuchend inne. Das Feuer, das sich vom Rattenbiss ausgehend in seinen Adern ausbreitete, hatte sich mittlerweile brennend und ätzend weitergegraben und ihm die Gewalt über seinen Arm geraubt, der nutzlos hinabbaumelte, als würde er gar nicht mehr zu ihm gehören. Es hätte nicht schlimmer sein können, hätte man ihm Säure injiziert, die heiß und beißend seine Adern und Blutgefäße zerfraß, um dann auf Gewebe, Muskeln und Sehnen überzugreifen und sie in ihre Bestandteile aufzulösen. Er hatte keine Ahnung, ob es ein Virus war oder etwas, auf das sein Körper allergisch reagierte, aber was auch immer über die Bisswunde in seinen Körper eingedrungen war, würde ihn umbringen, wenn er nicht schnellstens in die Hände fähiger Ärzte kam.

Und vielleicht sogar dann.

Nicht, dass ihn dieser Gedanke wirklich schreckte. Den Schrecken hatte er schon hinter sich. Kinahs Anblick – unglaublich anziehend und abstoßend zugleich, eine grausige Verschmelzung von Leben und Tod, von unversehrter Anmut auf der einen und fürchterlicher Entstellung auf der anderen Seite – hatte sich tief in seine Seele eingebrannt. Er stand mit seiner Grausamkeit in nichts der qualvollen Begegnung mit Akuyi nach, die plötzlich zum Greifen nah vor ihm erschienen war und sein Herz vor Freude und Hoffnung hatte rasen lassen, bevor er sie wieder verloren hatte.

Das war grausam. Grausam, unfassbar und vollkommen sinnlos. Aber es änderte nichts an seiner Entschlossenheit. Die Angst um Akuyi und Kinah trieb ihn unbarmherziger voran, als ein Drilloffizier seinen unfähigsten Rekruten vorangetrieben hätte. Die

Sehnsucht nach Kinah, nach der Berührung ihrer zarten Haut, nach einer leidenschaftlichen Umarmung, die bei ihrem Anblick trotz allem in ihm erwacht war und ihm nun die Luft abschnürte, machte es nur noch schlimmer. Was blieb, war das Gefühl, zu spät zu kommen, egal, was er tat, zu versagen, was auch immer ihm einfallen würde, und dennoch immer weiter und weiter laufen zu müssen, weil er nichts unversucht lassen durfte.

Die bitterböse Warnung des alten Mannes … Er hatte Akuyi und Kinah den Tod prophezeit. Und der Welt den Untergang. Aber wo war da der Unterschied? Wenn Kinah und Akuyi starben, dann war für Dirk sowieso alles zu Ende. Was machte es da schon, wenn die ganze Welt zerstört wurde? Aus den Fugen geraten war sie ja ohnehin schon.

Nein. Kinah. Akuyi. Nur diese beiden zählten für ihn, nur der Gedanke an sie hielt ihn aufrecht, bewahrte ihn davor, an Ort und Stelle zusammenzusacken und auf das Ende zu warten, das kommen würde und kommen musste, wenn er sich seiner Erschöpfung ergab und den Folgen des Rattenbisses, der mehr getan hatte, als nur seine Hand zu verletzen.

Dirk war ohne zu zögern in die Richtung gelaufen, in die Kinah gedeutet hatte. Es war sein einziger Hinweis, das Einzige, was er tun konnte. Ohne viel von seiner Umgebung mitzubekommen, war er vorwärts gestolpert, durch Gänge, die fast völlig finster gewesen waren und ihn mit Vorsprüngen und plötzlichen Abzweigungen genarrt hatten. Mehrmals war er in Felsvorsprünge hineingelaufen, und zu allem Übel hatte er sich irgendwo beinahe den Schädel eingeschlagen. Ein bisschen Helligkeit hatte es nur in den zwei oder drei kleineren Höhlen gegeben, in die er zwischendurch geraten war, aber auch dort war das Licht derart spärlich durch winzige Löcher und Risse in der Decke gedrungen, dass er kaum das zum Teil knöchel-, zum Teil kniehohe Wasser hatte sehen können, durch das er sich einen Weg hatte bahnen müssen …

Und nun war er in eine riesige, zugige Grotte gelangt, einen natürlichen Dom, der keinen Anfang und kein Ende zu haben schien und seine Wahrnehmung endgültig auf den Kopf stellte.

Von Kinah keine Spur, geschweige denn von Akuyi. Die zerklüfteten Wände schienen vor ihm zurückzuweichen, wenn er sie näher betrachten wollte, die Decke war derart hoch und fern, dass er sie nicht mit dem Blick einfangen konnte, und seine suchenden Augen fanden nichts, das wie ein Ausgang aussah. Er versuchte, die Richtung des Luftzugs zu bestimmen, der seine Haare zerzauste und um seine Beine strich wie eine neugierige Katze. Aber es gab keine Richtung. Der Wind kam von überall und nirgends, pirschte sich über vorwitzige Felsnasen und zerklüftete Wände an, fiel wieder in sich zusammen, verwirbelte ohne erkennbaren Grund. Dabei brachte er Kälte mit, eine Kälte, die sich in Dirks Herz fraß und den fürchterlichen Verdacht nährte, dass er Kinahs Auftauchen genauso missverstanden hatte wie ihre Geste, der er gefolgt war. Möglicherweise hatte er sich in eine Sackgasse locken lassen. Bei der Vorstellung krampfte sich alles in ihm zusammen.

Er brauchte eine Pause, nur einen winzigen Moment, um sich zu sammeln, bevor er die Grotte nach einem verborgenen Ausgang absuchte. Irgendwoher musste der Wind schließlich kommen. Und wo Wind war, würde er auch eine Spur von Kinah finden … Dieser Gedanke war plötzlich in ihm, ohne dass er hätte sagen können, warum.

Er wäre auch gar nicht in der Lage gewesen, darüber nachzusinnen. Nach ein paar unsicheren Schritten stand er vor einer steil aufragenden Felswand, die irgendwo über ihm in der Dunkelheit verschwand. Gegen sie gestützt langsam zu Boden zu rutschen und die Augen zu schließen wäre eine Wohltat. Aber er ahnte, dass er dann nicht mehr aufstehen würde. Besser, er ließ es nicht darauf ankommen.

Mit einem erstickten Keuchen lehnte sich Dirk gegen den rauen, unbehauenen Felsen. Er konnte nicht mehr. Sein Atem ging rasselnd, seine Beine waren schwer und verkrampft und seine Augenlider flatterten. Er hatte geahnt, dass er den Zusammenbruch nicht mehr lange würde hinauszögern können. Aber er durfte nicht auf die verlockende Stimme hören, die ihm riet, sich seiner Erschöpfung zu ergeben und abzuwarten, ob sich nicht alles von selbst regelte. Nichts würde sich regeln, dessen war er sicher. Er musste etwas unternehmen, seine Familie finden und retten, die beiden einzigen Menschen, die ihm je wirklich etwas bedeutet hatten.

Doch dafür benötigte er Hinweise. Hinweise, die er vielleicht bislang übersehen hatte und die mit längst vergangenen Ereignissen verknüpft waren, mit Versatzstücken seiner Vergangenheit, die er bisher einfach nicht richtig gedeutet hatte.

Wie hingezaubert sah er Akuyi vor sich und erinnerte sich an eine Szene, die er am liebsten aus seinem Gedächtnis gestrichen hätte.

Akuyi saß ihm am Frühstückstisch gegenüber. Ihre Augen waren verweint, die Hand, mit der sie das Glas hielt, zitterte so stark, das sie etwas von dem Orangensaft verschüttete, den er für sie frisch gepresst hatte. Dirk erinnerte sich mit schmerzhafter Deutlichkeit an jedes einzelne Detail jenes Morgens. Er hatte die halbe Nacht durchgesoffen, zum ersten Mal seit dem Abend vor vielen Jahren, an dem er mit seiner Aprilia im Graben gelandet war. Grenzenlose Verzweiflung hatte ihn erfüllt. Er war davon überzeugt gewesen, dass man ihm alles genommen hatte, was das Leben lebenswert machte – ohne zu ahnen, dass es noch viel, viel schlimmer kommen würde.

Er hatte nicht begreifen können, dass Kinah ihn und Akuyi tatsächlich verlassen hatte. Dass sie ihr Konto geplündert hatte und mit ihrem Reisepass, anderen wichtigen Dokumenten und zwei vollgepackten Koffern davongeflogen war. Dass sie keinen Unfall gehabt hatte und irgendwo in einem Krankenhaus lag – oder in einem Straßengraben, wo sie elendig verblutete, wie ihm eine böse Stimme eingeredet hatte …

Für ihn war die Welt zusammengebrochen.

Und jetzt wusste er nicht, wie er seiner Tochter die Wahrheit beibringen sollte.

»Was ist …« Akuyi sah von den Cornflakes auf, die sie minutenlang zu weicher Pappmasse verrührt hatte, ohne einen einzigen Bissen zu sich zu nehmen. »Was ist mit Mama?«

Dirk zuckte zusammen. Mitten in der Nacht, als er sich immer wieder die gleiche Frage gestellt und jedes Mal mit einem Schluck Hochprozentigem nachgespült hatte, hatte er keine Antwort darauf gefunden. Was war mit der Frau, mit der er sein Leben hatte verbringen wollen?

Irgendwann hatte er begriffen, was er da tat. In Selbstmitleid zerfließen. Sich ins Koma saufen, Schluck für Schluck, verzweifelter Gedanke um verzweifelten Gedanken. Und das, obwohl am nächsten Morgen um zwanzig vor sieben Akuyis Wecker klingeln und sie aus ihrem unruhigen Schlaf reißen würde. Er konnte sich nur zu gut vorstellen, wie es für sie sein würde, ihren Vater volltrunken im Fernsehsessel vorzufinden, eingehüllt in eine Wolke aus Alkoholdunst, umgeben von einer Batterie Flaschen wie von einem Schutzwall gegen die Gefühle, die er nicht zulassen konnte. Sie würde glauben, dass sie nach ihrer Mutter auch noch ihren Vater verloren hatte.

Er musste sich zusammenreißen, und er hatte es getan. Schwankend war er aufgestanden. Die roten Leuchtziffern der Uhr, die Kinah so sehr gehasst hatte, weil sie ihr viel zu technisch war, hatten 03:23 gezeigt. Daran konnte er sich noch genau erinnern. Aber nicht mehr, wie er in die Küche gekommen war, um sich einen extrastarken Kaffee aufzusetzen.

Er hatte den Rest der Nacht keine Sekunde lang geschlafen – aber auch keinen Tropfen Alkohol mehr getrunken, sondern nur eine Tasse Kaffee nach der anderen, bis ihm dermaßen übel geworden war, dass er mindestens eine Stunde vor der Kloschüssel gehockt und alles herausgewürgt hatte, was er vorher so bedenkenlos in sich hineingeschüttet hatte.

Als Akuyis Wecker klingelte, hatte er seine Sinne wieder halbwegs beieinander. Sein Alkoholpegel war allerdings noch auf einem Level, bei dem er normalerweise herumgetorkelt wäre und seine Umgebung kaum bewusst wahrgenommen hätte. Aber das war heute Morgen anders. Er biss die Zähne so fest zusammen, dass es wehtat, aber der Schmerz war nichts im Vergleich dazu, was er bei dem Gedanken an Kinahs Verschwinden empfand.

»Was ist mit *Mama?«,* schrie Akuyi und klatschte den Löffel so ungestüm in die Schale, dass Milch und Cornflakes hochspritzten. »Wo ist sie?«

Dirk räusperte sich umständlich. »Kleines …«

»Ich bin nicht dein Kleines!«

»Ja.« Dirk fühlte sich vollkommen hilflos. Er wusste nicht, ob er einfach aufstehen, zu Akuyi gehen und sie in die Arme nehmen sollte. Seine Mutter hatte das in einer emotional angespannten Situation nie getan, genauso wenig, wie sie ihn nach dem Rattenbiss mit den Worten »Es wird alles wieder gut« getröstet hatte. Aber vielleicht gab es ja Situationen, in denen jedes Wort des Trostes falsch war und den Menschen, den man beschützen wollte, nur noch tiefer verletzte.

»Was *ja?«* Akuyi starrte ihn auf eine Weise an, wie nur Kinder es vermochten. Mit einer Verzweiflung, die den ganzen Schmerz ihrer Kinderseele offenbarte, doch zugleich voller Energie, voller Verlangen, endlich erlöst zu werden – und voller Wut, in der das Versprechen lag, dass sie »nie, nie, nie wieder« mit ihm reden würde, wenn er ihr nicht die richtige Antwort gab, dass sie dann aufspringen, in ihr Zimmer laufen und die Tür mit einem ohrenbetäubenden Knall hinter sich zuschlagen würde.

»Ich weiß nicht, wo Mama ist«, stieß Dirk hervor. Seine Kehle war trocken, sein Verlangen nach einem Schluck Alkohol übermächtig. »Aber ich weiß, wo sie nicht ist: in einem Krankenhaus oder etwas Ähnlichem.«

Akuyi wusste wahrscheinlich sehr genau, was er mit *etwas Ähnlichem* meinte, obwohl er es in den vergangenen zwei Tagen tunlichst vermieden hatte, seine schlimmsten Befürchtungen zu äußern. Akuyi war mit ihren dreizehn Jahren nicht mehr wirklich Kind, aber auch noch kein richtiger Teenager, sie machte gerade ihre ersten, zaghaften Schritte in der Welt der Erwachsenen.

Jedenfalls hatte sie das, bis Kinah verschwunden war – sie beide verlassen hatte, wie sich Dirk voller Bitterkeit korrigierte. Und wie es jetzt aussah, würde Akuyi viel schneller und früher erwachsen werden, als er sich das für sie erträumt hatte.

»Habt ihr euch gestritten?«

Akuyi stellte diese Frage nicht zum ersten Mal. Natürlich hatten Kinah und er sich gestritten. Es verging keine Woche, in der es nicht zu einer temperamentvollen Auseinandersetzung zwischen ihnen kam. Das mochte nicht gut und nicht richtig sein, wenn man gemeinsam ein Kind großzuziehen hatte, aber es war ein Bestandteil ihrer Beziehung gewesen, genau wie die Zärtlichkeit und die wilden Augenblicke, in der ihrer beider sexuelle Energie auf eine Weise explodiert war, wie er es noch nie zuvor erlebt hatte.

»Bevor sie … verschwunden ist, in der Sturmnacht, in der du zu uns ins Bett gekommen bist, weil dich das Tosen und Heulen so erschreckt hat – da war doch alles in Ordnung«, murmelte er kraftlos.

»Nein.« Akuyi schüttelte den Kopf. »Es war nicht in Ordnung. Du bist wie wild im Haus herumgerannt …«

»Ich musste die Fenster kontrollieren und alles fest verriegeln«, unterbrach sie Dirk. »Aber danach bin ich gleich wieder ins Bett gekommen!«

»Und wo war Mama da gerade?«

Dirk runzelte die Stirn. »Sie war bei dir und hat dich getröstet.«

Akuyis Augen schossen Blitze auf ihn ab. »Und dann ist sie aufgesprungen und hat dich gefragt, ob du auch in der Garage warst und nachgesehen hast, ob die Tür richtig eingerastet ist, die du schon seit Ewigkeiten reparieren wolltest.«

»Die hatte ich doch bereits kontrolliert.« Dirk hatte keine Ahnung, worauf Akuyi hinauswollte. Noch weniger verstand er, warum sich sein Gewissen meldete und an ihm zu nagen begann. »Und das habe ich ihr auch gesagt!«

»Aber Mama ist trotzdem losgestürmt. Sie hatte panische Angst um ihre Skulpturen.«

So, wie Akuyi das Wort aussprach, klang es eher wie *Skulpschturen*. Aber nicht das war es, was Dirk ärgerte, sondern ihr vorwurfsvoller Tonfall.

»Ja, die hatte sie immer«, antwortete er grimmig. Er brauchte Akuyi gar nicht in die Augen zu sehen, um zu wissen, wie sehr diese Bemerkung sie traf.

»Die Skulpschturen waren Mama sehr, sehr wichtig«, sagte Akuyi schrill. »Aber davon wolltest du ja nichts wissen. Du hast ihr deswegen immer nur Vorwürfe gemacht.«

»Das stimmt doch gar nicht!«, protestierte Dirk. »Wir haben nach einem Kompromiss gesucht.«

»Du hast sie ihr wegnehmen wollen«, beharrte Akuyi. »Und Mama hat immer wieder gesagt, dass sie sie nicht hergeben wird. Und jetzt ist Mama weg.«

Dirk war fassungslos. »Und warum hat sie ihre geliebten *Skulpschturen* dann nicht mitgenommen?«

Diesen verbalen Giftpfeil hätte er auf Kinah abschießen dürfen, nicht aber auf Akuyi. Er bemerkte, dass ihr Blick für einen Sekundenbruchteil flackerte. Doch dann warf sie den Kopf in den Nacken, wie sie es sich von ihrer Mutter abgeschaut hatte, und sah ihn derart herablassend an, dass sich Dirk beherrschen musste, um seine leichtfertige Äußerung nicht durch einen noch viel dümmeren Spruch zu toppen.

»Du hast deswegen mit ihr gestritten!«, fauchte sie. »Immer wieder. Und damit hast du sie weggetrieben.«

Das saß. Dirk hätte entgegnen können, dass das nicht stimmte, er hätte sich verteidigen können (und vielleicht auch müssen). Aber er brachte kein Wort heraus. Die Art, wie Akuyi ihm gegenüberhockte, so aggressiv und gleichzeitig so verletzlich, ganz anders als Kinah und ihr doch so unglaublich ähnlich, machte ihn sprachlos. Sollte er jetzt aufstehen, um den Tisch herumgehen und sie in die Arme nehmen? War dies der richtige Zeitpunkt? Gab es dafür überhaupt einen richtigen oder falschen Zeitpunkt?

»Bevor sie gegangen ist, hast du deswegen mir ihr gestritten«, setzte Akuyi nach. »Mit ganz bösen Worten.«

Dirk war bestürzt. Das stimmte nun überhaupt nicht.

»In der Nacht, als der Sturm kam …«

»In der Nacht, als du den Sturm gerufen hast!«, unterbrach ihn Akuyi.

»Was?«

Akuyi starrte ihn schweigend und vorwurfsvoll an.

»Was hast du gesagt?«, hakte Dirk nach. Aus irgendeinem Grund beschleunigte sich sein Herzschlag.

»Dass du mit ihr geschimpft hast«, erwiderte Akuyi.

»Ich meine die Sache mit dem Sturm.«

»Dann eben, dass du während des Sturms mit ihr geschimpft hast!« Akuyis Stimme wurde wieder schrill. »Diese ganzen Vorwürfe in deinem Kopf!«

»Wir haben aber nicht an diesem Abend gestritten«, sagte Dirk mühsam beherrscht. »Du hast recht, dass wir uns wegen der Skulpturen häufig in den Haaren hatten. Aber nicht an diesem Abend!«

»Warum hast du sie damit nicht einfach in Ruhe gelassen?«, fragte Akuyi bitter. »Warum musstest du immer wieder von den Skulpschturen anfangen?«

Weil ich Angst vor ihnen hatte, wäre die aufrichtige Antwort gewesen. Dirk konnte nicht beurteilen, ob Kinah eine große Künstlerin war oder nicht. Aber sie besaß die Begabung, einen Teil ihrer Seele in die Dinge zu legen, die sie schuf. Das war so bei ihrer Malerei wie auch bei allem, was sie an Gegenständlichem geschaffen hatte. In Kinah war so viel mehr als in all den anderen Menschen, die Dirk kannte – mehr Liebe und Verständnis, aber auch mehr Verzweiflung und Auflehnung.

Und das, was der düstere Teil in ihr schuf, war für ihn kaum zu ertragen. Manche ihrer *Skulpschturen* drückten so viel Angst und Trostlosigkeit aus, so viel Entsetzen und Abscheu, dass er es einfach nicht aushielt, sie in seiner Nähe zu haben.

»Ja, vielleicht hast du recht«, murmelte er. »Vielleicht hätte ich sie tatsächlich in Ruhe lassen sollen.«

»Ist Mama wirklich deswegen gegangen?« Akuyi hob die Hand wie eine Anklägerin und zeigte mit dem Finger auf ihn. »Hast du sie mit deinem blöden Geschimpfe fortgejagt?«

Dirk zuckte mit den Schultern und schüttelte den Kopf. »Nein.« Als sich Akuyis Gesicht verfinsterte, fügte er hastig hinzu: »Das kann überhaupt nicht sein. Ich weiß nichts davon, und ich hätte es wissen müssen. Deine Mama und ich … wir haben sehr offen über alles geredet …«

»Das war nicht zu überhören«, sagte Akuyi böse. »Nur, dass es meist kein Reden war, sondern Streiten!«

»Die Streite waren nicht wichtig. Jedenfalls meistens nicht.« Dirk erkannte, dass er dabei war, sich zu verhaspeln. »Deine

Mama muss einen anderen, einen ganz wichtigen Grund gehabt haben, zu gehen …«

»Was soll das denn heißen?«

Dirk erstarrte innerlich. Er hatte gewusst, dass dieser Moment kommen würde, dass er ihm nicht ausweichen konnte. Aber wie viel Wahrheit vertrug eine Dreizehnjährige?

Und wie viel Beschönigung?

»Was soll das heißen?«, rief Akuyi scharf.

»Das … das weiß ich auch nicht genau.« Dirk suchte verzweifelt nach der richtigen Formulierung. »Deine Mama muss … sehr verzweifelt gewesen sein. Und sehr in Eile. Sie hat ihren Reisepass mitgenommen.«

»Du hast in ihren Sachen rumgewühlt?«, fragte Akuyi entgeistert. »Du weißt doch, wie sehr Mama das hasst! Was, wenn sie gerade in dem Moment wiedergekommen wäre?«

Dirk betrachtete seine rechte Hand. Sie zitterte. »Ich glaube nicht, dass sie so schnell wiederkommen wird. Sie hat nicht nur ihren Pass mitgenommen, sondern auch ihre Kleider und Kosmetik. Das ist die gute Nachricht …«

»Die gute Nachricht?« Akuyi tippte sich an die Stirn. »Spinnst du? Was soll denn daran gut sein, dass Mama mit Pass und Klamotten abgehauen ist?«

»Das beweist zumindest, dass deine Mutter weder entführt wurde noch irgendeinen Unfall hatte. Sie ist freiwillig gegangen.«

»Und das nennst du gut?«, schrie Akuyi. »Das ist gut – dass Mama uns verlassen hat?«

»Nein, natürlich nicht, überhaupt nicht.« Dirk fuhr sich mit einer verzweifelten Geste durch die Haare. »Aber es bedeutet doch, dass sie lebt … dass es ihr gut geht!«

»Ohne uns geht es ihr gut?« Akuyi schüttelte wütend den Kopf. »Was für ein Quatsch! Warum tut sie so was? Was hast du getan, dass sie uns verlassen hat?«

Dirk sah, wie seiner Tochter Tränen in die Augen traten und wie sie dagegen ankämpfte. »Diese Frage habe ich mir auch immer wieder gestellt, das kannst du mir glauben«, murmelte er. »Aber ich habe keine Antwort darauf gefunden.«

Akuyi starrte ihn an. Schweigend. Aber was Dirk in ihrem Blick las, war fürchterlich. Es war ein Verdacht, der noch keine Worte gefunden hatte. Aber wenn er es tat … Für einen Moment sah sie aus wie ein Fisch auf dem Trockenen, der verzweifelt nach Luft schnappt. Dirk rechnete mit dem Schlimmsten. Angesichts der ungeheuren Vorwürfe, die jetzt kommen würden – kommen mussten –, krampfte sich sein Magen zusammen.

Doch als Akuyi schließlich zu sprechen begann, klang ihre Stimme beinahe gefasst. Und sie sagte etwas völlig anderes, als er erwartet hatte.

»Als Mama aus der Garage wiederkam, in der Sturmnacht, nach der sie verschwunden ist – da war sie irgendwie … verändert.«

Dirk starrte seine Tochter fragend an. Er begriff nicht im Geringsten, worauf sie hinauswollte. »Ich habe nichts bemerkt.«

Akuyi nickte. »Du hast nichts gemerkt, weil ich zwischen euch in der Besucherritze lag. Normalerweise, wenn sich Mama neben mich legt …« Akuyi unterdrückte ein Schluchzen, bevor sie fortfuhr. »… dann streichelt sie mich. Oder legt den Arm um mich. Oder kitzelt mich. Irgendetwas.« Sie verstummte.

Dirk fehlte die Kraft, nachzufragen, denn er fürchtete die Antwort.

»Aber in der Nacht lag sie da wie eine große Puppe, Papa. Wie eine Puppe, die zittert!«

Dirk starrte sie entsetzt an. »Du meinst …«

»In der Garage ist irgendetwas Schreckliches passiert.« Eine Träne rann aus Akuyis rechtem Auge und zeichnete eine feuchte Spur auf ihre Wange. »Sie muss dort etwas gesehen haben … Oder jemandem begegnet sein …«

Dirk brauchte ein paar Sekunden, um sich zu sammeln. »Warum hast du mir nichts davon gesagt?«, flüsterte er schließlich.

»Weil …« Eine zweite Träne folgte der ersten. »… Weil ich nicht wusste, warum Mama so war. Ich habe sie noch nie so erlebt.«

»Aber die letzten beiden Tage …« Dirk schwieg. Wollte er seiner Tochter etwa jetzt Vorwürfe machen? War er verrückt?

Akuyi wischte sich mit dem Handrücken über die Wange. »Hast du eine Ahnung …?«

Sie ließ den Rest ihres Satzes ungesagt, aber Dirk begriff. »Nein. Ich habe keine Ahnung, was dort geschehen ist. Als ich in der Garage war, hat der Sturm das kleine Seitenfenster aufgedrückt, und ich hatte Mühe, es wieder zu schließen. Es war fürchterlich laut, das Dach hat geklappert, als würde es jeden Moment wegfliegen. Aber ich habe niemanden gesehen.«

»Überhaupt niemanden?«

»Niemanden … außer den Skulpturen.« Er wusste nicht, warum er das sagte. Nicht nur, dass es keine Rolle spielte – es war völlig überflüssig.

Aber Akuyi ergriff auch diesmal nicht die Gelegenheit, eine spitze Bemerkung zu machen. Sie kramte aus ihrer Hosentasche ein Papiertaschentuch hervor und schneuzte sich umständlich. Dirk sah ihr dabei zu, sah sie jedoch gleichzeitig auch wieder nicht. Eine Begegnung in der Garage? Gewiss, die Tür ließ sich nicht richtig schließen. Aber er hatte ein massives Kantholz unter die Klinke gedrückt. Vollkommen unmöglich, dass jemand sie aufdrücken konnte.

Trotzdem … er würde noch heute zur Polizei gehen und auf der Vermisstenanzeige bestehen, die man zuerst nicht hatte annehmen wollen. Und bei der Gelegenheit würde er den Beamten von Akuyis Verdacht berichten. Vielleicht wussten sie irgendetwas von einem Einbrecher oder einem Perversen, der ihre Siedlung unsicher machte.

»Du hast«, sagte Akuyi und schneuzte sich erneut, »du hast gesagt, es sei eine gute Nachricht, dass Mama ihren Pass und ihre Kleidung mitgenommen hat. Was ist dann die schlechte Nachricht?«

Dirk zögerte. »Das ist nicht so wichtig.«

Akuyi hielt mitten in der Bewegung inne. »Du willst es mir nicht erzählen«, stellte sie fest. »Du denkst wohl, ich wäre noch ein Baby!«

»Nein«, protestierte Dirk. »Überhaupt nicht. Ich denke nur … wir haben noch viel Zeit, über alles zu sprechen.«

»Ich will es aber jetzt wissen!«, fauchte Akuyi. »Ich will alles wissen, was mit Mama zu tun hat.«

Dirk schloss einen Herzschlag lang die Augen. In seinem Kopf drehte sich alles.

Als er die Augen wieder öffnete, sah ihn Akuyi immer noch mit jenem halb vorwurfsvollen, halb erwartungsvollen Blick an, dem er nichts entgegenzusetzen hatte. Vielleicht, weil Akuyi tatsächlich das Recht hatte, alles zu erfahren, was mit dem Verschwinden ihrer Mutter zusammenhing.

»Also gut«, sagte er. »Ich war gestern Abend noch im Internet …«

»Hast du da eine Spur von ihr gefunden?«, unterbrach ihn Akuyi. Ihre tränenfeuchten Augen weiteten sich.

»Nein, leider …« Dirk rang immer noch mit sich. Vielleicht sollte er es doch besser nicht sagen. Aber was dann? War Verschweigen nicht fast so schlimm wie Lügen?

»Deine Mama hat Geld gebraucht für die Reise«, sagte er schließlich. »Und als ich auf das Konto geguckt habe … per Online-Banking, du weißt ja, das kann man zu jeder Tages- und Nachtzeit machen … da habe ich … sie hat …«

Akuyi bohrte nach. »Sie hat was?«

»Hätten wir nicht fest angelegte Ersparnisse, dann wären wir jetzt pleite«, murmelte Dirk. »Auf unserem normalen Konto ist kein einziger Cent mehr.«

Jetzt war es heraus.

Akuyi starrte ihn vollkommen fassungslos an. Dann schüttelte sie den Kopf. »Das ist nicht dein Ernst.« Ihre Stimme klang plötzlich ganz kalt. »Du willst doch nicht im Ernst behaupten, dass Mama uns beklaut hat!«

Und dann hatte sie die Schale mit den Cornflakes von sich geschoben, war aufgesprungen, in ihr Zimmer gelaufen – und hatte die Tür so heftig zugeworfen, dass es wie ein Donnerschlag klang.

Genau diese Reaktion hatte Dirk befürchtet.

Als er jetzt wieder den Kopf hob, lief etwas über seine Wangen. Tränen. Der Schmerz, die Erschöpfung, die Erinnerung ... Er hatte immer befürchtet, dass ihm am Ende nur die Erinnerungen bleiben würden. Aber er hatte nicht geglaubt, dass das Ende schon so bald kommen würde.

Der endgültige Zusammenbruch war nicht mehr fern. Vielleicht sollte er sich einfach zu Boden sinken lassen, statt sich, an die raue Felsenwand gelehnt, weiter mühsam aufrecht zu halten. Vielleicht sollte er einfach die Augen schließen und sich dem Schmerz ergeben, der ihn erfüllte. Es war wie das Ende einer großen Wanderung, die ihn durch unwegsames Gelände und schließlich in die Irre geführt hatte; wie ein Marsch durch die Wüste, der ihn ausgetrocknet und ihm die letzten Kraftreserven geraubt hatte, bis schließlich jeder Schritt zur Qual wurde – und der Gedanke an den Tod zur Erlösung.

Aber so einfach durfte er es sich nicht machen. Es ging nicht um ihn. Es ging um das Mädchen, das ihm zwei Tage nach Kinahs Verschwinden gegenübergesessen hatte und mit der schwierigen Situation besser fertig geworden war als mancher Erwachsene. Und es ging um Kinah selbst.

Wie eine Antwort auf seine Gedanken fuhr auf einmal ein frischer Wind durch die Grotte, kräftiger und zielgerichteter als die Luftwirbel, die ihn bisher genarrt hatten. Dirk schauderte. Der Wind brachte eine Kälte mit sich, die ihm das letzte bisschen Lebenswärme aus dem Körper zu treiben drohte. Aber er elektrisierte ihn auch.

Wo Luft derart schnell durchzog, dort musste es mehrere Zugänge geben, mindestens aber zwei. Das bedeutete, dass er hier keineswegs in einer Sackgasse feststeckte, wie er zuerst vermutet hatte. Konnte es sein, dass ihm das Schicksal noch einmal eine Chance bescherte?

Der Gedanke ließ ihn schwindeln – oder war es nur seine Erschöpfung? Er löste sich aus seiner Erstarrung und ging vorsichtig einen Schritt vorwärts. Dann fuhr er sich mit der Zunge über die rissigen, aufgesprungenen Lippen und atmete tief durch. Vor seinen Augen tanzten rote, flackernde Kreise mit verschwommenen Rändern, ein deutliches Anzeichen dafür, dass sein Kreislauf jeden Moment versagen konnte. Er musste sich langsam bewegen. Nur nichts überstürzen.

Sein hämmernder Herzschlag sprach allerdings eine ganz andere Sprache. Es konnte kein Zufall sein, dass ihn sein Unterbewusstsein in die Zeit direkt nach Kinahs Verschwinden zurückgeführt hatte. Die Erinnerung stand nicht nur für das, was ihn antrieb, sondern barg auch eine geheime Botschaft. Während des Gesprächs mit Akuyi war damals irgendetwas mit ihm passiert. Er hatte begriffen, welch eine fantastische Tochter er hatte und dass später einmal eine fantastische Frau aus ihr werden würde. Und er hatte das Gefühl nicht abschütteln können, dass in ihrem Gespräch ein Hinweis versteckt gewesen war. Ein Hinweis, der ihn auf die richtige Spur bringen würde – auf Kinahs Spur und auf den Grund, warum sie verschwunden war.

Dirks Gedanken verwirrten sich immer mehr, je angestrengter

er versuchte, den Schmerz in seinem Arm und das Pochen in seinem Kopf zu ignorieren. Ganz zu schweigen davon, dass er den größten Teil seiner Konzentration darauf verwenden musste, einen Fuß anzuheben und einigermaßen sicher aufzusetzen, bevor er den anderen nachzog.

Ein Schritt nach dem anderen, zehn, zwanzig, dreißig Schritte, die ihn vorwärts brachten und doch kaum vom Fleck. Die Grotte war einfach riesig. Völlig unmöglich, all ihre Winkel abzusuchen, zumindest bei seinem Zustand.

Dass er das gar nicht musste, begriff er erst, als er ein Geräusch hörte – und erschrocken zusammenfuhr. Langsam wie ein alter Mann drehte er sich um, in die Richtung, aus der ihn jetzt ein Windstoß traf, als hätte jemand achtlos eine Tür nach draußen offen stehen lassen.

Es war keine Tür, und er blickte auch nicht ins Freie. Aber es schien der Ausgang aus der Grotte zu sein, den er so verzweifelt gesucht hatte. Und nicht nur das – aus dem düsteren Gang, der sich vor ihm auftat und den er zuvor nicht bemerkt hatte, da er mit dem Grau der ihn umgebenden Felsen verschwamm, waren laute, stampfende Schritte zu hören. Jemand kam eilig auf ihn zu.

Ein Angreifer – oder jemand, der auf der Flucht war.

2

Das Pfeifen des Windes schien sich zu steigern, war plötzlich nicht mehr das Wimmern einzelner Böen, die sich an den Kanten und Vorsprüngen des düsteren Ganges brachen, in dem sie seit einigen Minuten unterwegs waren, sondern das Heulen eines gewaltigen, eisigen Gottes, in dessen Reich sie eingedrungen waren.

Das Schlimmste war die Kälte, die ihnen der Wind ins Gesicht blies, als würde eine Turbine die eisige Luft eines gigantischen Tiefkühlraums in den Gang treiben. Sie ließ jede Bewegung zur Qual werden, jeden Schritt zu einer Kraftprobe, die zu gewinnen er sich nicht mehr lange würde einbilden können.

»Nur noch ein kleines Stück, dann sind wir aus dem Gang raus«, sagte die massige Frau, die mitten in der Grotte auf ihn zugestampft war, als sei dies das Normalste auf der Welt, und ihn nun mit der gleichen Selbstverständlichkeit hinter sich herschleifte wie eine rücksichtslose Mutter ihr verängstigtes Kind.

Dirk hatte sie mit Fragen bombardiert, die sie durch einen vollkommen sinnfreien Redeschwall erstickt hatte, bis er schließlich aufgegeben und sich in sein Schicksal gefügt hatte. Mit schräg nach vorne geneigtem Oberkörper stolperte er voran, bemüht, dem Zerren des Windes ebenso wenig Angriffsfläche zu bieten wie dem schwankenden Vorwärtsdrängen der Schwarzafrikanerin, die sich einen Spaß daraus zu machen schien, ihm seine Hilflosigkeit vor Augen zu führen. Nicht, dass das nötig gewesen wäre. Er war zutiefst erschöpft, wehrlos und unfähig, seine linke Hand aus ihrem viel zu festen Griff zu lösen. Die Luft, die er mühsam ausstieß, um danach immer wieder aufs Neue mit einem fast verzweifelten Atemzug seine Lungen zu füllen, kondensierte zu grauem Dunst und wurde davongewirbelt. Er hatte keinen Zweifel daran, dass auch er fortgerissen werden würde, falls das dunkelhäutige Ungetüm seine Hand losließ.

»Was soll das?«, keuchte er, als sie erneut ihren Schritt beschleunigte und ihm damit ein Tempo aufzwang, das er kaum durchhalten konnte. »Was haben Sie mit mir vor, Lubaya?«

»Sieh an, er erinnert sich an meinen Namen!« Die massige Schwarzafrikanerin gab einen Laut von sich, der wie ein höhnisches Lachen klang. Aber Dirk war sich dessen nicht sicher. Er war sich bei überhaupt nichts sicher, was diese Frau in dem weiten, wallenden Gewand anging.

»Was haben Sie mit mir vor?«, wiederholte er.

»Ich mit dir?« Lubaya zog ihn mit einer kraftvollen Bewegung zu sich heran, als er ins Stolpern geriet. »Bei unserer letzten Begegnung hast du mir mit einer Knarre vor der Nase herumgefuchtelt, du Spinner. Da frage ich dich: Was hattest du vor? Wolltest du mich erledigen?«

»So ein Quatsch!«, protestierte Dirk. Zu seinem Entsetzen klang seine Stimme so hilflos wie die eines Schülers, der von einer allseits gefürchteten Lehrerin zusammengefaltet wird und von vornherein weiß, dass Widerstand zwecklos ist. »Ich habe nur … etwas überreagiert.«

»*Überreagiert* ist gut«, schimpfte Lubaya und stampfte mit Sumo-Ringer-Schritten weiter, stampf, stampf, stampf, scheinbar unberührt von dem kalten Fauchen, das ihnen entgegenschlug.

Wie, zum Teufel, konnte das alles überhaupt sein?, fragte sich Dirk. Zum letzten Mal war er dieser fetten Frau in dem muffigen Gang vor Biermanns Büro begegnet, mindestens zweitausend Kilometer von hier entfernt. Wäre er ihr zufällig irgendwo in München über den Weg gelaufen, okay. Aber hier, in einer schwer zugänglichen Grotte am Ortsausgang eines marokkanischen Fischerdorfes? Das war grotesk.

»Wenn du immer gleich eine Knarre ziehst, wenn dir eine Laus über die Leber läuft, bist du eine tickende Zeitbombe, mein Junge.«

Mein Junge. Sehr witzig. Er war eindeutig älter als sie. Aber das schien im Augenblick überhaupt keine Rolle zu spielen.

»Also, noch mal von vorn.« Der wandelnde Fleischklops drehte den Kopf und starrte ihn an. Aus der Grotte hinter ihnen drang genug Licht, dass Dirk Lubayas breites Gesicht erkennen konnte und die grimmige Entschlossenheit und Empörung dieser *jungen Löwin,* wie ihr Name angeblich übersetzt lautete.

Es war ein Anblick zum Davonlaufen, und das hätte er auch gerne getan, wenn er es vermocht hätte. Er bedauerte es beinahe, dass er vor Biermanns Büro nicht abgedrückt hatte – zwei, drei Kugeln aus der Mini-Pistole wären sicherlich kaum tief genug eingedrungen, um sie ernsthaft zu verletzen, sondern irgendwo in dem natürlichen Panzer stecken geblieben, den sie sich angefressen hatte. Aber dann hätte sie sich jetzt irgendwo auskurieren müssen, statt ihn hier wie einen Lausejungen mit sich zu zerren.

»Warum wolltest du mich niederschießen?«, donnerte Lubaya.

»Wollte ich doch gar nicht!«, jammerte Dirk. »Ich wollte bloß zu Biermann. Damit er mir hilft.«

»Ja, Birdie, die Oberflasche.« Lubaya richtete ihren Blick wieder nach vorn und hastete weiter. »Der schwirrt doch garantiert auch irgendwo hier herum! Genau wie sein nichtsnutziges rechtes Händchen. Ich frage mich nur, wie ihr es geschafft habt, hierher zu kommen. Aber das wirst du mir ja bestimmt gerne erklären, nicht wahr?«

Dirk hatte nicht vor, Lubaya irgendetwas zu erklären. Ganz im Gegenteil, ihm brannten ein paar Fragen auf der Seele, auf die er unbedingt eine Antwort haben wollte.

»Wohin …«, begann er.

»Halt die Klappe«, sagte Lubaya. »Wir sind schon da.«

Sie blieb so abrupt stehen, dass Dirk fast gegen sie getaumelt wäre. Das hätte ihm noch gefehlt. Er hatte keine Lust, der jungen Löwin näher zu kommen als unbedingt nötig.

Zu seiner Überraschung ließ Lubaya ihn los und trat einen Schritt zur Seite. Dann war sie plötzlich verschwunden. »Komm schon«, schallte ihre Stimme hohl aus einer Öffnung in der Felswand hervor; von ihr selbst war nichts mehr zu sehen, noch nicht einmal ein Schatten.

Dirk ruderte wild mit beiden Armen – zumindest versuchte er es, doch nur der linke Arm gehorchte ihm, während der rechte zuckte wie der gebrochene Flügel einer Ente, die einen verzweifelten Flugversuch unternahm. Dirk stolperte einen Schritt zurück, bevor er halbwegs sicheren Stand fand, die linke Schulter in den Wind gedreht.

»Was ist?«, rief Lubaya aus dem nicht einmal kleinen Durchgang in der schwarzen, pockennarbigen Wand, den er bisher einfach übersehen hatte – genauso wie den schwachen Lichtschein, der von dort zu ihm drang.

Dirk zögerte. Es war verlockend, dem mörderisch kalten Wind zu entfliehen, und außerdem hätte er auch nicht gewusst, wohin er sich sonst wenden sollte. Aber etwas in ihm warnte ihn davor, dem verführerischen Lichtschein zu folgen und sich darauf zu verlassen, dass ihn die Schwarzafrikanerin in ihr Herz geschlossen hatte und nichts weiter wollte, als ihm uneigennützig Hilfe angedeihen zu lassen.

»Na los!«, drängte Lubaya. »Hier drinnen ist es warm und gemütlich.«

Dirk seufzte schicksalsergeben, streckte die linke Hand vor und tastete über den Rand der Öffnung. Er fühlte sich rau und rissig an, aber er war nicht aus Stein, sondern aus Metall, daran konnte kein Zweifel bestehen. Irgendjemand hatte sich die Mühe gemacht, Eisen in den Felsen zu treiben und zu befestigen, wahrscheinlich schon vor Jahrzehnten. Vielleicht hatte dieser Jemand sogar zuvor das Loch in die Wand gesprengt oder es zumindest erweitert, sodass eine Frau mit der Figur eines einjährigen Elefanten hindurchpasste.

Der Wind heulte auf wie ein Rudel hungriger Wölfe, das sich zum Angriff versammelt hatte. Dirk stemmte sich gegen das Zerren des Sturms und starrte aus zusammengekniffenen Augen in den Gang hinein, der sich nach wenigen Metern in diffusem Grau verlor. Da war nichts, zumindest konnte er nichts erkennen, keine greifbarere Gefahr als den sich ständig steigernden Wind.

Aber gerade das war es ja, was ihn beunruhigte. Diese Luftturbulenzen waren nicht normal, waren keine Laune der Natur, die dafür sorgte, dass er selbst hier in den steinernen Eingeweiden der Erde keinen Schutz vor den Gewalten fand, die ihm in den letzten Tagen derart zugesetzt hatten. Kinah hatte ihm viel über die alten Naturgötter erzählt, teilweise sehr naive Geschichten, aber auch manch Erstaunliches, dem er nur mit halbem Ohr zugehört hatte, weil er damals zu sehr in seiner eigenen Welt gefangen gewesen war. Aber er erinnerte sich mit schmerzhafter Deutlichkeit an ihre Warnung vor den Katastrophen, die die alten Götter der Menschheit sandten, wenn sich diese in ihrer Verblendung anmaßte, die Natur zu zerstören, statt im Einklang mit ihr zu leben.

Kinah hatte gesagt, dass die Natur wie ein Sturm unter den Menschen wüten würde, die sie in ihrer Selbstüberschätzung immer und immer wieder herausgefordert hatten. Vielleicht hatte sie das ja nicht nur im übertragenden Sinne gemeint. Vielleicht war es ihr bitterer Ernst gewesen.

Er kam nicht dazu, den Gedanken weiterzuverfolgen. Noch bevor ihn der Windstoß traf, spürte er die Gefahr. Es war sein Instinkt, der in ihm aufschrie, der älteste, verborgenste Teil seiner

Seele, der all die Jahre wie ein betäubtes Tier in ihm geschlummert hatte, ein Teil, der von Dingen wusste, die sein Verstand nicht einmal im Ansatz hätte erfassen können. Dirk reagierte, ohne nachzudenken. Seine Hand klammerte sich an das Metall, über das seine Finger gerade noch unschlüssig gestrichen waren. Gleichzeitig versuchte er, sich wegzuducken, sich klein zu machen wie ein Tier, das sich einem überlegenen Angreifer gegenübersieht.

Keinen Sekundenbruchteil zu früh.

Bislang hatte er geglaubt, eine Turbine würde ihm kalte Luft entgegenschleudern, doch nun wurde ihm klar, dass es allerhöchstens ein Turbinchen in der Anlaufphase gewesen war. Jetzt wurde der große Bruder hinzugeschaltet – zumindest kam es ihm so vor. Die erste Bö erwischte ihn wie einen Kampfpiloten, dessen Kanzel plötzlich weggerissen wurde. Es war kein Wind, sondern die eisige Faust eines Riesen. Mit fast übermenschlicher Kraft klammerte sich Dirk an dem Eisenträger fest, der hier irgendwann einmal eingesetzt worden war. Die Atemluft wurde ihm von den Lippen gerissen, sein Schrei war nur ein ersticktes Keuchen. Schlimmer noch war das schmerzhafte Zerren an seinen Haaren, an seiner Gesichtshaut, an seinem ganzen Körper, das seine Kleider so hart knattern ließ wie eine umtoste Flagge, die man nach einer Unwetterwarnung nicht rechtzeitig eingeholt hatte.

Er knickte in den Knien ein, teils aus Schwäche, teils in instinktivem Aufbäumen gegen die Gewalten, denen er nicht mehr lange würde trotzen können. Seine Finger knackten, als sie überdehnt wurden – er hörte es nicht, er fühlte es, und dann erfüllte ihn die panische Gewissheit, dass er gleich den Halt verlieren würde. Mit purer Verzweiflung stemmte er sich dem Tosen entgegen, das ihn wie ein unachtsam liegen gelassenes Spielzeug davonzuwirbeln drohte. Gleichzeitig versuchte er, sich vorwärts zu ziehen, heran an den Eisenträger und damit an die Abzweigung, in der Lubaya gerade noch rechtzeitig verschwunden war, als hätte sie vom Schicksal eine ganz persönliche Warnung erhalten. Er gewann ein paar kümmerliche Zentimeter, die er gleich darauf wieder einbüßte, als ihn weitere harte, eisige Schläge trafen. Er wusste, dass er verloren war, wenn er jetzt nachgab, und verdoppelte seine Anstrengungen.

Es war vergebens. Jedes winzige Stückchen Boden, das er den Urgewalten abtrotzte, wurde er wieder zurückgetrieben. Es war, als folgte der Sturm einem bösartigen Spieltrieb, als wollte er sich erst ein wenig mit ihm amüsieren, bevor er ihm den Todesstoß versetzte. Dirk versuchte, den Mund zu öffnen und nach Lubaya zu rufen, die sich irgendetwas einfallen lassen musste, um ihn hier rauszuholen. Aber es war unmöglich, gegen das Heulen anzuschreien, und außerdem nicht ratsam, die Lippen mehr als einen kleinen Spalt weit zu öffnen, wenn er nicht wollte, dass ihm die Wangen aufgebläht wurden.

Es war auch nicht nötig. Eine Stimme rief etwas, und das Geräusch hastiger Schritte drang an sein Ohr, herangetragen von den Böen, die ihn jetzt wie mit Dutzenden unsichtbarer Fäuste bearbeiteten und beutelten. Dirk verstand nicht, was man ihm zugerufen hatte, aber er würde sein Bestes tun, um durchzuhalten, und er würde sich weiter nach vorne ziehen, wenn er es irgendwie konnte.

Er konnte es nicht, denn dazu fehlte ihm seine zweite Hand. Er versuchte sich zusammenzureißen, und tatsächlich brachte er den rechten Arm ein Stück weit nach oben – aber zu mehr war er einfach nicht in der Lage.

Die Turbine wurde einen Gang höher geschaltet.

Der gewaltige Windstoß, der Dirk jetzt traf, riss ihn nach oben, sodass seine Finger erneut und diesmal so schmerzhaft überdehnt wurden, dass er um ein Haar den Halt verloren hätte. Er fühlte sich wie eine Maus im Windkanal, wie ein Spielball von Gewalten, denen er nicht im Geringsten gewachsen war.

Da war plötzlich ein Schatten vor ihm, stand vorgebeugt im Gang, halb verborgen von dem Eisenträger. Eine Hand packte seinen Unterarm, umklammerte ihn, zerrte an ihm. »Jetzt!«, schrie eine Männerstimme.

Jetzt was?

Dirk sah nur lange, wirre Haare, kein Gesicht. Dennoch wusste er, wer ihn da zu retten versuchte.

Ausgerechnet der Langhaarige, diese Kiffernase, die ihn bei ihrer letzten Begegnung mit einer Schrotflinte aus dem Haus gejagt hatte.

Aber man konnte sich seine Retter nicht aussuchen. Dirk spannte in einer letzten, verzweifelten Anstrengung die Muskeln an. Der Sturm riss und zerrte an ihm, schlug ihm ins Gesicht, drückte seine Wangen nach hinten …

Jetzt!

Dirk zog sich mit aller Kraft, aber ohne jeden spürbaren Effekt in Richtung Öffnung. Sein selbst ernannter Retter stieß einen grollenden Laut aus und beugte sich weiter vor. Seine Haare umwirbelten ihn wie dünne, in Panik geratene Schlangen, in deren Nest eine Feuersbrunst gefahren war.

Irgendetwas traf Dirks Nase und schrammte über seine Wange, gefolgt von einem Ellbogenstoß, der ihn die Hälfte seiner Zähne gekostet hätte, wäre er nur ein bisschen höher gezielt gewesen.

Dieser Idiot! Dirk brachte jetzt doch die rechte Hand hoch. Seine Finger glitten über kaltes Metall und umklammerten es. Mit beiden Händen riss er sich vorwärts und schaffte es, den rechten Fuß ein Stück vor sich aufzusetzen. Gleichzeitig spürte er, wie sich Finger um seine Schulter krampften und seine Bewegung mit spürbarer Kraft unterstützten.

Was immer der Langhaarige war – schwach war er nicht.

Und trotzdem genügte es nicht. Eine Bö traf Dirk und den vorgebeugten Oberkörper des Langhaarigen. Wie ein Liebespaar, das es etwas zu stürmisch trieb, wankten sie hin und her. Dirk spürte, dass seine Finger den Halt zu verlieren drohten …

… und dann schloss sich etwas einer Schraubzwinge gleich um seine Handgelenke.

Eine massige, dunkle Gestalt füllte die Öffnung. Dirk wurde mit solcher Gewalt nach vorne gezerrt, dass er den Eindruck hatte, seine Arme würden aus den Schultergelenken gerissen. Er verdoppelte seine Anstrengungen und bemerkte, dass auch der Langhaarige wieder Halt fand und ihn mit sich zog.

Doch der Sturm wollte ihn nicht gehen lassen. Die Turbine wurde auf Volllast geschaltet, auf ungesunde Umdrehungszahlen, die von metallischem Kreischen untermalt wurden und früher oder später zu einem Kurzschluss führen mussten. Dirk musste harte Treffer einstecken, und heulende Böen versuchten, ihn von den Füßen und in den Gang zurück zu reißen. Lubayas schwarzer Schatten verschwand vor ihm, als sie sich nach hinten fallen ließ, und er hob ab und wurde über sie geschleudert. Mit der schlechten Kopie einer Judorolle fegte er über sie hinweg. Seine Füße streiften den Metallsturz, mit dem die Öffnung nach oben hin gesichert war, und dann schlug er halb auf Lubaya, halb auf dem Felsboden auf.

3

Sie sind ein verdammter Idiot!« Der Langhaarige hatte sich eine altmodische Nickelbrille aufgesetzt, über deren Rand hinweg er Dirk eingehend musterte. Er hockte auf einem schiefen, notdürftig zusammengeflickten Stuhl, eingerahmt von wuchtigen, im Laufe der Zeit fleckig und unansehnlich gewordenen Holzregalen, in denen beeindruckend dicke Bücher und zerlesene Kladden standen, die so aussahen, als wären sie kurz nach Erfindung des Buchdrucks durch das verwinkelte Labyrinth geschleppt worden, durch das Lubaya sie mit fast traumwandlerischer Sicherheit geführt hatte. Auf dem wackeligen, wurmstichigen Tisch vor ihm stapelten sich mit überquellenden Aschenbechern beschwerte Computerausdrucke und ein paar alte, abgewetzte Folianten, neben denen ein vollkommen deplatziert wirkendes, ultraflaches Notebook lag. Das Sturmlicht, das über dem Tisch an der Decke hing, ermöglichte Dirk einen uneingeschränkten Blick auf die Verwandlung, die mit dem Langhaarigen vor sich gegangen war.

Und diese Verwandlung war erstaunlich. Dirk hatte geglaubt, dass der Typ in dem ausgeblichenen Holzfällerhemd nichts Besseres zu tun hatte, als sich mit Alkohol und Marihuana die Birne zuzuknallen und auf der Suche nach der nächsten Party, dem nächsten Kick durchs Leben zu taumeln, ohne zu merken, dass es gerade dadurch an ihm vorbeirauschte. Schon Dirks Meinung über Rastalocke war nicht die allerbeste, aber der Mann mit den ungepflegten langen Haaren war ihm noch wesentlich einfacher strukturiert vorgekommen. Er hatte ihn für einen tumben Narren gehalten, dem in einer Extremsituation nichts anderes einfiel, als sich angetrunken auf leeren Bierkästen zu fläzen oder mit einer Schrotflinte herumzufuchteln.

Die Lesebrille auf der Nase des Langhaarigen zerstörte dieses Bild, genauso der mit Schriftstücken überladene Tisch. Aber das war es nicht allein. Es war der Gesichtsausdruck. Bislang war er einfältig und grob gewesen – zumindest in Dirks Augen –, doch jetzt wirkte er völlig anders. Die gerunzelte Stirn, der wache Blick, die Nachdenklichkeit … All dies machte aus dem Langhaarigen plötzlich einen Mann, dem Dirk durchaus eine Professur an einer großen deutschen Universität zugetraut hätte und nicht länger einen Stammplatz unter der nächstbesten Brücke.

»Was haben Sie sich eigentlich dabei gedacht, hier in Rambomanier aufzutauchen?«, fuhr der Verwandelte fort und steckte den Kamm weg, mit dem er vergeblich versucht hatte, seine durch den Sturm zerzauste Mähne zu bändigen. »Haben Sie nicht eine Sekunde lang daran gedacht, dass Sie damit Ihre Frau in Gefahr bringen könnten?«

»Meine Frau?« Dirk wollte sich an der Wand aufrichten, gegen die er mit dem Oberkörper lehnte, aber es gelang ihm nicht. Er war viel zu erschöpft, um seine Muskeln und Sehnen dazu zu bringen, ihm zu gehorchen, nun, da er ihnen eine Ruhepause gegönnt hatte. Lubaya, die direkt neben ihm eine stinkende Tinktur anrührte, mit der sie seine Wunde versorgen wollte, streckte schon die Hand aus – vielleicht, um ihm zu helfen, vielleicht aber auch, um ihn am Aufstehen zu hindern – und ließ sie dann zögernd wieder sinken, weil Dirk keine Anstalten machte, seinen Versuch ernsthaft fortzusetzen.

Dirk bekam Lubayas Geste nur am Rande mit. Sein Blick haftete an dem Mann, der knapp zwei Meter von ihm entfernt auf dem Stuhl saß und ihn so taxierend beobachtete wie ein Insektenforscher seinen neuesten, in einem Glasgefängnis umherkrabbelnden Fund.

»Was ist mit meiner Frau?«, fuhr ihn Dirk an. »Was wissen Sie über Kinah? Wissen Sie, wie es ihr geht? Was ist mit ihrer Verletzung? Und wo ist meine Tochter?« Er feuerte eine Frage nach der anderen ab, ohne seinem Gegenüber die geringste Chance zu geben, ihm zu antworten. »Wo ist Akuyi?«

»Von Akuyi habe ich keine Ahnung.« Als Dirk aufbegehren wollte, wehrte der Mann, der ihn anstarrte wie ein Forschungsobjekt, mit einer raschen Handbewegung ab. »Ich weiß natürlich, wer sie ist. Kinah hat sehr viel von ihr erzählt. Und davon, wie schwer es ihr gefallen ist, Sie beide zurückzulassen …«

Er verstummte. Offensichtlich hatte er das Funkeln in Dirks Augen gesehen und erkannt, dass er ein gefährliches Thema angeschnitten hatte.

»Akuyi ist hier unten«, sagte Dirk. »Und Kinah ist … verletzt. Mit ihrem Gesicht stimmt irgendetwas nicht.« Er sagte es im Tonfall einer Feststellung, aber in Wirklichkeit war es eine Frage. Eine verzweifelte Frage, mit der er zugleich verschwieg, dass er nicht nur Kinah und Akuyi zu sehen geglaubt hatte, sondern auch einen alten Mann, einen Schamanen, der ihm von Dingen erzählt hatte, die zu begreifen er nicht in der Lage gewesen war, sodass er seitdem an seinem Verstand zweifelte.

Der Langhaarige wirkte ehrlich überrascht. »Von einer Verletzung Ihrer Frau weiß ich nichts. Und ich mache mir im Augenblick auch keine großen Sorgen um sie. Sie hat gewusst, was auf uns zukommt, und wird sich rechtzeitig in Sicherheit gebracht haben.«

»Sie ist nicht verletzt?«, fragte Dirk nach und dachte mit hämmerndem Herzen daran, wie Kinah vor ihm gestanden hatte, Engel und Teufel zugleich, so wunderschön, dass er sich nach ihr verzehrt hätte, hätte er lediglich ihre unverletzte Gesichtshälfte vor Augen gehabt, und so abstoßend, dass er vor ihr zurückgeschreckt wäre, hätte er nur die schwärende Wunde auf ihrer anderen Hälfte gesehen.

Sein Gegenüber schüttelte den Kopf.

»Mit ihrem Gesicht ist nichts geschehen?«

»Das will ich doch nicht hoffen.« Der Langhaarige lächelte schwach, wurde aber sofort wieder ernst, als er Dirks Blick bemerkte. »Nein, ich kann Sie beruhigen. Als ich Kinah das letzte Mal sah, war sie bei bester Gesundheit.«

»Und wann war das?«, fragte Dirk gepresst.

»Gestern«, antwortete sein Gegenüber rasch. »Ein paar Stunden, bevor Sie kamen. Sie hat einige Freunde verabschiedet, die nicht wie wir hier bleiben wollten, um zu sehen, wie sich der Sturm entwickelt. Sie wollte später zurückkommen. Mehr kann ich Ihnen nicht dazu sagen, weil ich nämlich beschäftigt war – nicht zuletzt damit, Sie rauszuschmeißen.«

Gestern! Hatte er Kinah tatsächlich nur verpasst, weil er seine Flugangst nicht hatte überwinden können und mit dem Wagen von München nach Frankfurt gefahren war, statt die Strecke wie Rastalocke und Janette im Flugzeug zurückzulegen? Wenn er wenigstens darauf gedrängt hätte, einen Tag früher zu fliegen …

»Was waren das für *Freunde,* von denen sich Kinah verabschiedet hat?« Dirk musste plötzlich daran denken, was Mario ihm erzählt hatte, und an das Bild, das er im Internet gesehen hatte. Gestalten, die in einer dunklen Höhle am Boden kauerten. »Vielleicht Frauen, die in Not geraten sind?«

Der Mann, dessen Hemd und struppige Haare so gar nicht zu seinem Gesichtsausdruck passten, machte eine ungeduldige Handbewegung. »Auch Frauen waren darunter, ja, aber ob sie in Not geraten sind, weiß ich nicht. Sie alle sind Menschen, die die Zeichen der Zeit erkannt haben und wissen, dass Europa ihnen nicht die Verheißung bringen wird, die sie oder ihre Eltern sich erträumt haben. Sie kehren in ihr Heimatland zurück, und sie tun das nicht ohne Vorbereitung, sondern beschreiten den alten, traditionellen Weg der Reinigung, wie vor ihnen schon Generationen von Menschen, die aus der Fremde in ihre Dörfer zurückkehrten.«

»Sie meinen Schwarzafrikaner …«

»… die zu ihren Wurzeln zurückwollen, wie letztlich auch Ihre Frau.«

»Was soll das heißen?« Dirks Stimme rasselte wie die eines Lungenkranken, der einen Wutanfall bekommt. »Ist das hier eine Zurück-zur-Natur-Sekte? Geht es darum, mit bunt bemalten Gesichtern zu den Klängen von Buschtrommeln um ein Feuer herumzuhopsen? Ist es das, wozu Sie meine Frau animieren?«

»Ich animiere Ihre Frau zu gar nichts«, erwiderte sein Gegenüber säuerlich. »Sie weiß sehr gut selbst, was sie will.«

Dieses Gefühl hatte Dirk allerdings auch schon immer gehabt. Das hinderte ihn aber nicht daran, zu sagen: »Hier stimmt doch irgendetwas nicht! Eine Bibliothek mitten in einer Grotte. Menschen, die hier Unterschlupf finden, um sich zu *reinigen*, bevor sie in ihre Heimat zurückkehren. Wie passt das alles zusammen?«

Der Langhaarige atmete tief durch. »Ich kann mir vorstellen, dass Sie viele Fragen haben. Aber uns läuft die Zeit davon. Da draußen« – er deutete nach oben – »ist die Hölle los …«

»Für mich ist schon lange die Hölle los«, unterbrach ihn Dirk wütend. »Wenn Sie mir nicht sagen können oder wollen, wo Kinah ist, dann verraten Sie mir wenigstens, wo Akuyi steckt!« Er wandte sich an Lubaya.

Die massige Frau legte den Kopf schief und starrte zu ihm herab. Sie hatte mittlerweile auf einem Hocker Platz genommen, der fast vollständig unter ihrem weiten Gewand verschwand, sodass es aussah, als schwebe sie in Sitzposition neben ihm. Als sie in dieser Höhle angekommen waren, hatte sie ihn so, wie er war – halbtot und vor Schmerzen zitternd –, gepackt und an die Wand gelehnt, mit einer raschen Bewegung seinen Ärmel aufgekrempelt, seine Wunde begutachtet und in besorgtem Tonfall etwas in ihrer Heimatsprache gemurmelt. Dann hatte sie Bücher aus den Regalen gezogen, sorgfältig aufgeschichtet und schließlich seinen Arm darauf gebettet. Nicht, dass es ihr damit gelungen war, seine Schmerzen zu lindern. Auch wenn Dirk seinen Arm nicht bewegte, hatte er das Gefühl, als krabbelten tausende von Ameisen darin herum, die ihn bissen und ihre Säure verspritzten.

Aber das war nichts gegen seine innere Unruhe. Er wollte endlich wissen, was der ganze Wahnsinn zu bedeuten hatte, in den er hier hineingestolpert war.

»Ich wüsste auch gerne, wo Akuyi steckt.« Lubayas breites, fülliges Gesicht blieb ausdruckslos, aber in ihren Augen meinte Dirk so etwas wie Trauer zu erkennen.

Er erschrak.

»Ich weiß nichts über den Aufenthaltsort der beiden Menschen, die du liebst«, fuhr Lubaya mit besänftigender Stimme fort. »Aber ich weiß einige andere Dinge. Zum Beispiel, dass du Riesenprobleme bekommst, weißer Mann, wenn du nicht endlich still hältst. Oder wie soll ich deine Wunde versorgen, wenn du so unruhig bist?«

In ihrem Blick flammte eine Entschlossenheit auf, der Dirk nicht viel entgegenzusetzen hatte.

»Das passt doch alles nicht zusammen«, sagte er. »Vor ein paar Tagen sind wir uns zufällig vor Biermanns Büro in München über den Weg gelaufen. Und jetzt stellt sich heraus, dass du dich in diesem unterirdischen Irrgarten so gut auskennst, als wärst du hier aufgewachsen!«

Lubaya grinste spöttisch. »Aufgewachsen ist vielleicht etwas übertrieben. Aber es stimmt schon, ich habe hier unten viel Zeit verbracht.«

Sie verlagerte ihr Gewicht, beugte sich vor und klopfte ihm beiläufig auf den Arm. Es war eine leichte Berührung, die er bei anderer Gelegenheit kaum wahrgenommen hätte, die jetzt jedoch eine durchschlagende Wirkung hatte. Der in seinen ganzen Arm ausstrahlende Wundschmerz, der zuvor an der Grenze seines Bewusstseins gelauert hatte, explodierte zu etwas Unerträglichem, das ihm den Atem raubte und seine Gedanken durcheinanderwirbelte.

»Wie ist das möglich?«, japste er. »Wenn du … «

»Schon gut, ich verstehe.« Lubaya nickte, aber der Spott war noch nicht aus ihren Augen gewichen. »Du willst wissen, wie ich sowohl hier als auch im kalten Deutschland zu Hause sein kann.«

»Bist du das denn tatsächlich?«, quetschte Dirk mühsam hervor.

Lubaya nickte heftig. »Natürlich bin ich das.«

»Das …« Dirk versuchte, sich auf seinen Gedankengang zu konzentrieren und das wilde Pochen in seinem Arm zu ignorieren. »Das kann doch alles kein Zufall sein!«

»Oh Mann.« Lubaya fuhr sich mit gespielter Verzweiflung durch die Haare. »Hat Kinah dir denn nicht beigebracht, dass es so etwas wie Zufall nicht gibt?«

»Sie hat sich bemüht.«

»Ja, das kann ich mir vorstellen.« Lubaya zuckte mit den Schultern. »Aber bei jemandem, der mit solchen Riesenscheuklappen herumläuft wie du, konnte das ja nicht funktionieren.«

Dirk atmete tief durch, und das half – der Schmerz ließ ein wenig nach. »Würdest du mir jetzt vielleicht …«

»Ja, ich werde dir erzählen, was du wissen musst.« Lubaya hob die Hand, als wollte sie ihm erneut den Arm tätscheln, doch als sie die Panik in seinen Augen sah, ließ sie sie wieder in ihren Schoß fallen. »Kinah und ich kennen uns schon sehr, sehr lange. Viel länger, als du dir vorstellen kannst.«

»Was …«

»… das heißen soll?« Lubaya schien es darauf anzulegen, ihn nicht ausreden zu lassen. »Das heißt, dass wir durch unsere Ahnenketten miteinander verbunden sind.«

Dirk fuhr sich mit der Zunge über die aufgeplatzten Lippen. Ja, natürlich – Ahnenketten. Mythologischer Blödsinn, Rituale bei Vollmond, Skulpturen, mit denen seine Garage zugemüllt wurde, geheimnisvolle afrikanische Masken, die über ihn wachen sollten und die er deswegen auf keinen Fall abhängen durfte – all das passte hervorragend zu *Ahnenketten*.

»Abgesehen davon stammen wir aus demselben Dorf.«

»Was?« Dirk verschluckte sich fast. »Ich dachte, Kinah hat den Kontakt zu ihrer Heimat verloren!«

»Wie kann man den Kontakt zu seiner Heimat, zu seinem Ursprung verlieren?« Lubaya stieß einen tiefen Seufzer aus. »Na ja, wenn ich dich so anschaue, dann weiß ich, was du meinst. Aber glaube mir: Man muss hier« – sie tippte sich an den Kopf – »nichts von seinem Ursprung wissen, weil man ihn hier« – sie tippte sich an ihre wogende Brust – »in sich trägt.«

Dirk öffnete den Mund, um das so deutlich zu kommentieren, wie er derlei Aussagen schon früher kommentiert hatte, aber Lubaya kam ihm zuvor. »Außerdem hat sich in den letzten Jahren eine enge Freundschaft zwischen Kinah und mir entwickelt.«

Dirk öffnete abermals den Mund, doch jetzt schnappte er nach Luft wie ein Fisch. »Du bist eine Freundin von Kinah?«

Das kam ihm unglaubwürdiger vor als alles andere. Kinah war temperamentvoll, aber … kultiviert. Lubaya war, wenn man es positiv ausdrücken wollte, der gnadenlos direkte Typ. Die beiden passten so wenig zusammen wie eine Rose und eine Sumpfdotterblume.

»Wir kennen uns schon sehr lange«, wiederholte Lubaya. »Kinah war auch mit meiner Mutter befreundet, bevor sie … starb.«

Ihr kurzes Zögern vor dem letzten Wort entging Dirk keineswegs, und auch nicht die Trauer, die plötzlich in ihren Gesichtszügen zu lesen war. Aber ihm fehlte die Geduld, um darauf einzugehen.

»Und das war in München?«

»In der Nähe«, antwortete Lubaya. »In einem kleinen Ort, an dem sich viele Gleichgesinnte versammelt hatten. Menschen, die auch in der Fremde den Kontakt zu ihrer Heimat und ihren Ahnen pflegten.«

Auch damit wollte sich Dirk nicht näher befassen. »Und in den letzten drei Jahren …«, begann er stattdessen.

»… haben Kinah und ich uns häufig hier getroffen«, beendete Lubaya seinen Satz. »Ich habe sie über die Entwicklung in Deutschland auf dem Laufenden gehalten.«

»Und ihr berichtet, wie ihre kleine Familie in München langsam vor die Hunde geht«, stellte Dirk bitter fest.

Lubaya funkelte ihn ärgerlich an. »So ein Blödsinn. Allerdings habe ich ihr berichtet, dass ihre Tochter …«

»… *unsere* Tochter …«

»… verschwunden ist. Und dann habe ich mich gleich an Birdie rangeklemmt.«

Dirk brauchte einen Augenblick, um das zu verdauen. »Bedeutet das etwa, dass *du* Biermann auf die marokkanische Fährte gesetzt hast?«

»Nicht direkt«, brummte Lubaya. »Ich bin doch nicht dämlich. Nein, Kinah und ich wollten einfach nur wissen, wo Akuyi steckt.«

»In Situationen wie diesen ist es eigentlich sogar unter zerstrittenen Ex-Ehepartnern üblich, an einem Strang zu ziehen«, murrte Dirk. »Kinah hätte doch wenigstens zum Telefonhörer greifen und mich anrufen können.«

»Und damit alles gefährden?«, wandte Lubaya ein.

»Alles gefährden?« Dirk wäre am liebsten in spöttisches Gelächter ausgebrochen, wenn er die Kraft dazu gehabt hätte. »Was kann denn noch gefährdet werden, wenn das Schlimmste schon passiert und die eigene Tochter spurlos verschwunden ist?«

»Du kapierst die Zusammenhänge einfach nicht«, sagte Lubaya. »Aber abgesehen davon« – sie rutschte vom Hocker, bückte sich und klaubte etwas vom Boden auf – »wird es Zeit, dass ich mich um deine Wunde kümmere. Mit der ist nicht zu spaßen.« Sie hielt den Tiegel mit der stinkenden Flüssigkeit hoch, die sie zusammengerührt hatte, während Dirk erst gierig einen Becher abgestandenes, aber trotzdem köstlich erfrischendes Wasser getrunken und danach einfach nur erschöpft an der Wand gelehnt hatte.

Dirk drehte angewidert den Kopf weg und versuchte, nicht darüber nachzudenken, was Lubaya mit ihm vorhatte – und starrte in das neugierige Gesicht des Langhaarigen, der ihren kleinen Schlagabtausch aufmerksam verfolgt hatte. »Was ist mit Ihnen?«, fragte er ihn ungeduldig. »Haben Sie Akuyi nicht doch irgendwo hier gesehen? Ein sechzehnjähriges Mädchen, das seiner Mutter wie aus dem Gesicht geschnitten ist?«

Kinahs angeblicher Freund kniff die Augen zusammen. Dann schüttelte er wortlos den Kopf.

»Vielleicht wollten Kinah und Lubaya Akuyi zu sich holen«, fuhr Dirk heiser fort. »Könnte doch sein, oder?«

»So ein Quatsch«, knurrte der Mann abweisend. »Wie sollte sie denn hierher gekommen sein?«

»Nachdem man sie entführt hat, meinen Sie?«, fragte Dirk bitter.

»Es steht doch gar nicht fest, ob es eine Entführung war«, wandte sein Gegenüber ein. »Und davon, dass Akuyi hier sein soll, weiß ich nichts.«

»Aber sie *ist* hier. Ich habe sie gesehen ...« Dirk verstummte. Genau das war der entscheidende Punkt. *Er hatte Akuyi hier unten gesehen.*

Das konnte er sich unmöglich nur eingebildet haben, genauso wenig wie die Begegnung mit Kinah, für die er bisher noch nicht die geringste Erklärung gefunden hatte.

Oder doch? Was, wenn er nach dem Rattenbiss halluziniert hatte, ausgelöst durch ein Gift, das ihn jetzt durchpulste und umbringen würde, wenn ihm Lubaya nicht half?

Schließlich waren es nicht nur die beiden Frauen gewesen, die er zu sehen geglaubt hatte, sondern auch ein alter Mann, der ihren Tod und den Untergang der Welt prophezeit hatte; und dieses Erlebnis hatte ihn in ein weites Land voller raschelnder, zischender und sirrender Laute geführt, das er aus einem Traum kannte und das sicherlich auch nur im Traum existierte …

Alles sprach dafür, dass das, was er zu erleben geglaubt hatte, nichts weiter als ein Trugbild gewesen war, beeinflusst von der aufgeputschten Sehnsucht seines Unterbewussteins.

Aber hatte er Akuyi nicht gesehen, *bevor* die Ratte ihn angefallen hatte?

Das Schlimme war: Er wusste es nicht mehr.

Für einen Moment klammerte sich Dirk mit aller Kraft an den Gedanken, dass er sich nicht getäuscht haben konnte, dass es tatsächliche Begegnungen gewesen waren und nicht nur Wunschvorstellungen, dann gewann in ihm das Entsetzen die Oberhand – das Entsetzen darüber, dass Kinah tatsächlich verletzt und entstellt sein könnte …

Und er sah die Ratte wieder vor sich. Sie grinste.

Ratten grinsten nicht.

Er musste sich zusammenreißen.

»Was ist mit Ihnen?«, fragte der Langhaarige. »Sie sind ja leichenblass geworden. Sie werden doch nicht das Bewusstsein verlieren?«

»Nein.« Dirk räusperte sich. »Ich bin … ich muss nur …« Er räusperte sich erneut. »Erzählen Sie mir von Ihrer Beziehung zu Kinah. Wie stehen Sie zu ihr? Haben Sie …«

»Habe ich … was?«

»Sie wissen ganz genau, was ich meine«, murmelte Dirk.

Lubaya begann, die Flüssigkeit im Tiegel so laut umzurühren, dass Dirk die Worte des anderen kaum verstand.

»Ich kann es mir denken.« Der Langhaarige zündete sich umständlich eine Zigarette an, wobei er kein Feuerzeug benutzte, sondern Streichhölzer. Dirks Schwäche verflog, je länger er dem scheinbar nicht enden wollenden Gefummel zusah. Wut stieg in ihm auf. Er hasste Rituale dieser Art, und noch mehr hasste er es, wenn jemand damit Zeit schinden wollte.

Seine Nervosität, seine Betroffenheit, sein aufkeimender Zorn schienen sein Gegenüber nicht zu stören. Das erste Streichholz erlosch, kaum dass es Feuer gefangen hatte, und auch das zweite wurde sofort von der Zugluft ausgeblasen. Erst die Flamme des dritten loderte lange genug, um die Zigarette entzünden zu können – und fast wünschte sich Dirk, sie würde den ganzen Kerl erfassen und in eine brennende Fackel verwandeln.

»Ich habe mich Ihnen noch gar nicht vorgestellt: Mein Name ist Olowski. Jan Olowski. Ich bin Meteorologe.« Er stieß mit offensichtlichem Wohlbehagen eine Rauchwolke aus.

»Dann brauchen Sie sich zurzeit über mangelnde Beschäftigung sicherlich keine Gedanken zu machen«, sagte Dirk ärgerlich. »Aber ganz abgesehen davon wüsste ich nicht, was das mit meiner Frau zu tun haben könnte.«

»Ganz einfach.« Olowski blies genüsslich eine weitere Rauchwolke in die Luft und lehnte sich zurück. »Wir sind auf gewisse Weise Kollegen.« Als er Dirks erstaunten Blick bemerkte, fügte er hinzu: »Ihre Frau und ich, meine ich.«

»Kollegen?« Dirk warf einen besorgten Blick zur Seite, da Lubaya einen Pinsel zur Hand nahm, der wie der Urvater aller Rasierpinsel aussah und wahrscheinlich nicht nur deswegen stank, weil sie ihn in ihr Hexengebräu eingetunkt hatte. »Das verstehe ich nicht«, sagte er und wandte sich wieder Olowski zu. »Kinah ist doch keine Meteorologin.«

»Und doch versteht sie mehr von den Hintergründen des Klimawandels als die meisten Fachleute«, behauptete Olowski. »Und nicht nur das. Sie versucht – übrigens genauso wie ich –, etwas dagegen zu unternehmen, statt tatenlos zuzusehen, wie alles im Chaos versinkt.«

»Ich kann mir nicht vorstellen, was man dagegen unternehmen könnte.«

»Ja – das bekomme ich oft zu hören.« Olowski klopfte ärgerlich auf das Notebook, das vor ihm auf dem Tisch lag. »Klimamodelle erfordern eine größere Rechenleistung, als uns heute auch nur annäherungsweise zur Verfügung steht. Können Sie sich das vorstellen? Computer berechnen heutzutage praktisch alles, und das in erstaunlicher Geschwindigkeit. Aber wenn es darum geht, Klimavorhersagen zu treffen, dann sind sie nicht hilfreicher als ein Abakus, auf dem man durch das Hin- und Herschieben von ein paar bunten Kügelchen die Flugbahn einer feindlichen Rakete zu berechnen versucht, bevor sie einen erwischt.«

»Das halte ich für ein Gerücht«, widersprach Dirk. Er spürte Olowskis Erregung und konnte nicht verhindern, dass etwas davon auch auf ihn übersprang. »Es gibt doch sehr präzise Aussagen, zum Beispiel über die globale Erwärmung …«

»Und bis in die achtziger Jahre hinein gab es sehr präzise Aussagen über eine angeblich bevorstehende Eiszeit.« Olowski fuhr sich mit einer heftigen Bewegung durch die Haare. »Und die Medien haben damals das Thema einer drohenden Eiszeit mit der gleichen Begeisterung aufgegriffen wie jetzt das der globalen Erwärmung.«

»Damals waren die Computer auch noch nicht so leistungsfähig wie heute«, warf Dirk ein.

»Auch damals gab es bereits das Max-Planck-Institut für Meteorologie in Hamburg, das PIK oder das Forschungszentrum Karlsruhe.« Olowski schnippte achtlos Asche von seiner Zigarette.

»Ganz zu schweigen von den internationalen Einrichtungen, wie denen der University of Washington. Nein, das Fatale ist, dass Wissenschaftler sogenannte Erkenntnisse herausposaunen, die alles andere als gesichert sind. Und dass die Medien ihnen bedenkenlos alles nachplappern. Oder haben Sie irgendwelche Anzeichen für eine Eiszeit bemerkt?«

»Nein. Aber für die Erderwärmung.«

»Ja, allerdings in erster Linie doch für eine generelle Klimaveränderung, oder nicht?«

Dirk nickte. »Natürlich. All diese Katastrophen ...«

»Eben. All diese Katastrophen – von denen uns jetzt und hier eine bevorsteht, verdammte Scheiße.« Olowski betrachtete die Spitze seiner Zigarette. Seine Hand zitterte leicht. »Satellitendaten belegen, dass sich die Tropen in den vergangenen dreißig Jahren um über zweihundert Kilometer vergrößert haben. Dieser Prozess hatte also schon längst eingesetzt, als die Experten noch die Gefahr einer Eiszeit sahen.«

»Lassen Sie mich doch endlich mit der Eiszeit in Ruhe!«

»Einverstanden.« Olowski nahm einen tiefen Zug. »Wenn *Sie* damit einverstanden sind, dass wir uns mit den wahren Ursachen für das beschäftigen, was gerade geschieht.«

Dirk nickte matt. Es war sinnlos, Olowski zu widersprechen. Der Mann hatte eine Mission. Und Menschen mit einer Mission aufhalten zu wollen war pure Energieverschwendung.

Olowski legte die Zigarette ab und griff nach einem zerknitterten Blatt Papier. »Für die Forscher ist es Spekulation, dass die Klimaverschiebung auf die vom Menschen verursachte globale Erwärmung zurückzuführen sein könnte.« Er blickte auf. »Erstaunlich, nicht? Dieses Ergebnis beruht auf umfangreichen Untersuchungen, an denen amerikanische und deutsche Institute beteiligt waren, darunter das Potsdam-Institut für Klimaforschung, an dem ich lange Zeit gearbeitet habe.«

»Wie schön für Sie.«

Olowski schüttelte den Kopf. »Überhaupt nicht schön. Denn im Grunde genommen steht hier: Trotz umfangreichster Forschungen, der Auswertung von Satellitendaten und der aufwendigsten Computersimulationen, zu denen wir heute in der Lage sind, wissen wir nichts.«

»Sie wissen immerhin, was passiert.«

»Ja, ganz toll.« Olowski knüllte den Zettel zusammen und warf ihn mit einer wütenden Bewegung in Richtung der Öffnung, durch die sie die Grotte betreten hatten. »Diese Information hat genauso viel Wert wie die Diagnose eines Arztes, der den Patienten ansieht und sagt: Ich sehe, dass Sie ernsthaft krank sind. Aber leider weiß ich nicht, woran das liegt. Und helfen kann ich Ihnen sowieso nicht.«

»Wieso helfen? Wettersimulation ...«

»Hat nichts mit Hilfe zu tun, da haben Sie recht.« Olowski nickte grimmig. »Zwischen Diagnose und Behandlung besteht ein großer Unterschied. Aber haben Sie schon vergessen, dass Wissenschaftler vor Jahren damit prahlten, wir könnten das Wetter bald nach unseren Wünschen beeinflussen?«

»Nein. Aber davon redet doch heute niemand mehr.«

»Und das aus gutem Grund«, sagte Olowski. »Im Kleinen war das schon immer möglich. Die Schamanen wussten bereits vor Jahrtausenden, wie man Wolken zum Abregnen bringen kann – und das ohne Flugzeuge, mit denen Silber- oder Bleiionen in die entsprechende Luftschicht transportiert werden. Und sie wussten noch viel mehr, nämlich, dass man sich die Natur nicht untertan machen kann, sondern mit ihr leben muss.«

Bevor Dirk den Sinn seiner Worte richtig erfasste, setzte Lubaya den Pinsel an seinem Bizeps an und begann, langsam nach unten zu streichen.

Eine feurige Lohe jagte durch Dirks Arm. Olowski betrachtete

Lubaya stirnrunzelnd – warum, das begriff Dirk erst, als sie sagte: »Es kann jetzt ein bisschen wehtun.«

Ein bisschen wehtun war die Untertreibung des Jahres. Zunächst hatte Lubayas Pinsel nur über unverletzte Haut gestrichen, doch nun erreichten die Dachshaarborsten die Wundränder.

Es hätte nicht schlimmer sein können, wenn sie Salzsäure in die Wunde geträufelt hätte. Dirk wollte aufschreien, aber kein Laut drang über seine Lippen. Der Schmerz war viel zu heftig. Schließlich entrang sich seiner Kehle ein ersticktes Röcheln.

»Dauert nicht lange«, murmelte Lubaya und verstrich ungerührt weiter ihre teuflische Tinktur. »Wenn ich das nicht mache, wirst du sterben, weißer Mann.«

Dirk war sicher, dass er auch sterben würde, *wenn* sie weitermachte. Sie tauchte den Pinsel in die Flüssigkeit, deren Zusammensetzung wahrscheinlich mehr Ähnlichkeit mit einem chemischen Kampfstoff als mit einer heilenden Arznei hatte, stieß einen tiefen Seufzer aus – und drückte die Borsten mit aller Kraft in die Wunde.

Zumindest kam es Dirk so vor. Wahrscheinlich setzte sie den Pinsel nur ganz sanft auf und strich vorsichtig die Stelle des Rattenbisses ein, doch für Dirk fühlte es sich an, als würde sie ihm mit einer auf höchste Stufe gestellten Schleifhexe Haut und Muskelgewebe wegreißen und den Knochen freilegen. Seine Hand war schon zuvor ein schmerzender, nutzloser, verquollener Fleischklumpen gewesen, aber jetzt erreichte die Qual eine Intensität, die ihn an den Rand des Wahnsinns trieb.

»Ich halte nicht viel von Narkose«, sagte Olowski. »Aber manchmal ...«

Er brauchte den Satz nicht zu beenden. Dirk gab leise, wimmernde Laute von sich, die er als geradezu lächerlich empfunden hätte, hätte er sie bei anderer Gelegenheit gehört.

»Kollegen ...«, flüsterte er und versuchte, aus seinem Bewusstsein zu verdrängen, was Lubaya mit ihm anstellte. »Sie haben behauptet, Sie und Kinah seien Kollegen. Heißt das … heißt das, Sie haben … Sie haben zusammen irgendwelche Forschungen betrieben, um Unwetter vorhersagen zu können?«

»Mit Unwettervorhersagen haben wir nur am Rande zu tun«, antwortete Olowski. »Eher mit der Verhinderung von Unwettern. Oder, um es anders auszudrücken: Wir wollen verhindern, dass es zu einem Klimakollaps kommt, der durch eine gigantische Sturmkatastrophe ausgelöst werden könnte. Wobei, und das war der entscheidende Hinweis Ihrer Frau, Kinahs Heimat der Ort sein könnte, an dem die Katastrophe ihren Ausgang nimmt.« Olowski lehnte sich zurück. »Kinah hat sich sehr eingehend mit den Mythen und mündlichen Überlieferungen der Region beschäftigt, in der ihre Ahnen lebten. Das, was sie mir erzählt hat, ist erstaunlich deckungsgleich mit dem wenigen Material, das ich aus alten Dokumenten habe zusammentragen können. Aber was das Wichtigste ist: Es passt auch zu meinen Forschungsergebnissen. Demnach gibt es einen Knotenpunkt in Afrika, an dem Wetterkatastrophen schon immer ihren Anfang genommen haben. Wir müssen diesen Knotenpunkt finden«, sagte er mit beschwörender Stimme und beugte sich wieder vor, »und zwar so schnell wie möglich. Denn die große Katastrophe dürfte unmittelbar bevorstehen. Und wir müssen sie unbedingt schon im Keim ersticken!«

»Na wunderbar.« Dirks Stimme klang selbst in seinen eigenen Ohren schrill und misstönend, und er spürte, wie sich sein Geist als Reaktion auf die unerträglichen Schmerzen, die ihm Lubaya mit ihrer Pinselorgie bereitete, zu verwirren begann und ihm Tränen in die Augen schossen. »Dann sagen Sie mir doch … mit welchem Hokuspokus Sie das schaffen wollen …« Er verstummte, als Lubaya den Pinsel hochnahm.

»Mann, Mann, Mann«, murmelte sie. »Das sieht gar nicht gut aus. Ich wünschte, Shimeru wäre hier. Was hat dich nur gebissen?«

»Eine Ratte«, presste Dirk hervor.

»Ja natürlich«, sagte Lubaya. »Aber das meinte ich nicht. Du hast Angst vor Ratten, nicht wahr?«

Angst? Hatte Lubaya wirklich *Angst* gesagt? Er hatte keine Angst vor Ratten, er geriet in Panik, wenn er auch nur an sie dachte, ganz zu schweigen davon, wenn er mit einer Ratte konfrontiert wurde.

Lubaya schlug sich mit der flachen Hand gegen die Stirn. Sie sah sehr ärgerlich aus. »Ich bin ja so dumm«, schimpfte sie. »Du bist nicht nur von einer Ratte gebissen worden, sondern auch von deiner eigenen Angst.«

»Was meinst du damit?«, fragte Olowski.

Lubaya wandte sich dem Meteorologen zu. »Wenn er Angst vor Ratten hat, dann ist das hier auch kein normaler Rattenbiss, sondern etwas viel Schlimmeres. Dann ist alles Gift, alles Böse, was in ihn eingedrungen ist, unendlich verstärkt worden. Dann ist jetzt etwas in ihm, das ihn an diesem Rattenbiss sterben lassen will. Und das müssen wir zuerst bekämpfen. Wir müssen das Übel bei der Wurzel packen ...«

Sie verfiel in undeutliches Gemurmel. Aber vielleicht war Dirk auch einfach nicht mehr in der Lage, ihren Worten zu folgen. Im Grunde machte das keinen Unterschied, er hatte sowieso verstanden, was Lubaya gesagt hatte. Ja, es stimmte – irgendetwas in ihm erwartete, dass er an einem Rattenbiss sterben würde. Schon immer hatte er gewusst, dass es eines Tages so enden würde. Irgendwann würde ihn eine Ratte holen. In schlaflosen Nächten hatte er sich Szenen wie diese ausgemalt oder auch andere, in denen ihn eine Rattenschar gejagt hatte. Mit hämmerndem Herzen davonlaufen, sich gehetzt umblicken, die widerlichen Kreaturen sehen, ihre Gier, ihre Verschlagenheit, ihren unbedingten Willen, ihn zur Strecke zu bringen – irgendwann hatte er nicht mehr gekonnt.

Am Ende war es immer nur eine Ratte gewesen, die ihn angesprungen und sich in ihm festgebissen hatte. Die Ratte, die auch den Spielzeugsoldaten umgebracht, ihn von seinem Papierschiffchen gestoßen hatte …

»Gallwynd?« Das war Olowskis Stimme. Dirk blinzelte mehrmals, konnte jedoch nichts erkennen als einen dunklen, von langen Haaren umrahmten Schatten, der sich über ihn beugte. Anscheinend hatte sich Olowski von seinem Platz erhoben und stand jetzt vor ihm. Aber wo war Lubaya?

»Sie müssen bei Bewusstsein bleiben, hören Sie?«, sagte Olowski laut. »Wenn Sie zulassen, dass Sie ohnmächtig werden, sterben Sie.«

Sterben. Ja. Wenn es sein musste. Er hatte versagt, er hatte seine Frau nicht halten, seine Tochter nicht beschützen können. Und dieser klägliche Versuch, die beiden wiederzufinden …

»Wenn du jetzt aufgibst, weißer Mann, dann war alles umsonst«, donnerte Lubayas Stimme im Hintergrund. »Willst du es tatsächlich so enden lassen? Willst du deine Frau verraten?«

Die Frage war absurd, aber sie erreichte den Teil in ihm, der sich nach wie vor erbittert dagegen wehrte, in die verlockende Schwärze abzutauchen und alles hinter sich zu lassen.

»Wir werden Kinah suchen.« Olowski griff nach dem Notebook und klappte es auf. »Sobald Sie wieder einigermaßen bei Kräften sind. Und sobald Sie begriffen haben, warum sie gar nicht anders konnte, als Sie zu verlassen.«

»Gar nicht anders konnte? Haben Sie einen Knall?« Als Olowski nicht sofort antwortete, fügte Dirk hinzu: »Sie hatten natürlich nichts dagegen, dass Kinah zu Ihnen gezogen ist. Sie ist eine attraktive Frau, nicht wahr?«

Olowski musterte ihn über den Rand seiner Brille hinweg. »Kinah ist nicht zu mir gezogen. Sie ist hierher an diesen außergewöhnlichen Ort gezogen, um die Mission zu erfüllen, die sie zu erfüllen hat.«

»Und deswegen musste sie bei Nacht und Nebel abhauen?«, fragte Dirk scharf.

»Nein. Aber wenn man seine Familie vor einer Gefahr beschützen will, bleibt einem manchmal nichts anderes übrig, als alle Brücken hinter sich abzubrechen.«

»Das klingt wie die billige Ausrede eines Mannes, der einem anderen die Frau ausgespannt hat«, polterte Dirk. »Also klappen Sie Ihre blöde Kiste zu und sagen Sie mir, warum Kinah mich verlassen hat!«

»Genau das habe ich ja vor«, erwiderte Olowski säuerlich. »Doch dazu muss ich etwas ausholen.«

»Ich hole auch gleich aus«, stieß Dirk aggressiv hervor. »Also raus mit der Sprache, verdammt noch mal!«

Olowski seufzte und schüttelte den Kopf. »Ihre Frau hat mir schon gesagt, dass Sie sich manchmal nicht ganz im Griff haben. Aber glauben Sie mir: In unserer Lage hilft Polterei auch nicht weiter.«

»Ich poltere doch nicht.« Dirk Stimme war jetzt kaum mehr als ein ersticktes Flüstern. »Ich habe nur etwas gegen Menschen, die sich zwischen mich und meine Frau stellen. In dem Fall kann ich ziemlich ungemütlich werden.«

»Diese Art gepflegter Konversation haben wahrscheinlich schon die Neandertaler geführt.« Olowski starrte ärgerlich auf den Bildschirm und drückte eine Taste. Das Lüfterrauschen, das eben noch kaum zu hören gewesen war, schwoll plötzlich zur Lautstärke einer auf Hochtouren laufenden Klimaanlage an. »Aber jetzt will ich erst einmal sehen …« Der Rest seines Satzes ging in dem Klappern und Klirren unter, das plötzlich aus einem Winkel der Grotte schallte, den Dirk nicht einsehen konnte. Dann rief Lubaya etwas in einer Sprache, die genauso wenig deutsch war wie die ganze Heilungsprozedur, die sie ihm angedeihen ließ. Die Verwandlung einer Frau afrikanischer *Herkunft* in eine *afrikanische*

Frau schien in vollem Gange zu sein. Was auch immer sie dort trieb: Es hatte sicherlich nichts mit den Hilfs- und Heilmitteln zu tun, die man in deutschen Arztpraxen auf Krankenschein bekam.

»Neandertaler haben aber nicht mit Schrotflinten herumgefuchtelt«, sagte Dirk mühsam beherrscht. »Und auf Frauen geschossen haben sie auch nicht.«

»Ich habe auf niemanden geschossen.« Olowski seufzte und betätigte eine Taste, was der Rechner mit einem heftigen, beinahe protestierend klingenden Piepton quittierte. »Also gut. Sie wollen Antworten. Sie wollen wissen, warum ich diese Schmierenkomödie aufgeführt habe, als Sie und Ihre ... Kollegen gestern hier aufgetaucht sind.«

»Ich wüsste übrigens gerne, wo diese Kollegen jetzt stecken«, warf Dirk ein. »Es gab eine Menge – Aufregung. Schüsse. Ich habe keine Ahnung, was mit ihnen passiert ist.«

»Birdie ist nicht der Typ, der sich einfach abknallen lässt«, brummte Lubaya aus der Ecke, in die sie sich zurückgezogen hatte, um ihr Hexenwerk zu vollenden. »Außerdem haben er und John Rasul Glück gehabt, dass sie mit dir in die Höhle gekommen sind. Oben tobt zurzeit ein Sturm, wie du ihn dir nicht einmal in deinen schlimmsten Albträumen vorstellen kannst.«

»Moment mal ...« Dirk hatte gesehen, wie sich das Meer zurückgezogen hatte, und geahnt, was das bedeutete. Er hatte durchaus begriffen, dass es draußen stürmte, aber vielleicht maß er dem Sturm nicht die Bedeutung bei, die er in Wirklichkeit hatte. »Soll das etwa heißen ...«

»Das soll heißen, dass es diesmal die marokkanische Küste mit voller Wucht getroffen hat«, antwortete Olowski bitter. »Ich habe vor einiger Zeit mit dem zuständigen Ministerium Kontakt aufgenommen. Anfangs wollte man mich gar nicht erst vorlassen. Irgendwann saß ich dann in einem schmierigen kleinen Büro und erinnerte einen völlig desinteressierten Fettwanst daran, was geschah, als Marokko zweitausendvier zum ersten Mal von einem Tsunami getroffen wurde. Und ich warnte ihn, dass es diesmal viel schlimmer werden könnte. Aber er hörte mir nicht einmal richtig zu. Warum sollte er auch, es ging ja bloß um das Leben tausender seiner Landsleute.«

Um das Leben der Menschen, die Dirk gestern auf den Straßen von Al Afra gesehen hatte. Die ihnen im Auto entgegengekommen waren. Die an diesem Küstenabschnitt lebten.

»Wir haben Biermanns Freundin im Wagen zurückgelassen«, sagte er tonlos. »Sie wollte oben an der Straße auf uns warten.«

»Hoffentlich hat sie das einzig Richtige getan und ist weggefahren, als das Unwetter kam«, sagte Olowski. »Und zwar so schnell, als sei der Teufel hinter ihr her.«

Seine Stimme klang erschreckend ungerührt. Er redete, als würde er jemandem den Tipp geben, bei schlechtem Wetter einen Regenschirm aufzuspannen.

»Hören Sie, Gallwynd«, fuhr Olowski fort, als könnte er Dirks Gedanken lesen. »Dort draußen findet gerade eine Katastrophe statt. Da hat sich niemand bei einem Kindergeburtstag den Knöchel verstaucht, da hat es hunderte, wenn nicht gar tausende Menschen erwischt. Wir haben versucht, die Behörden und die Bevölkerung zu warnen, aber wir haben versagt.« Seine Ungerührtheit war plötzlich einer tiefen Verbitterung gewichen. »Diese Grotte ist ein sehr alter Ort, ein heiliger Ort, ein Schutzort. Es war ein verdammt hartes Stück Arbeit, Sie aus dem Gang zu holen, durch den Lubaya Sie geführt hat, und hierher zu bringen. Dabei hätte es mich auch fast erwischt.«

»Ich verleihe Ihnen bei nächster Gelegenheit einen Orden«, sagte Dirk trotzig.

»Was?« Olowski wirkte für einen Moment irritiert. »Sie haben wohl immer noch nicht begriffen, worum es geht, nicht wahr?«

»Dann sagen Sie es mir«, forderte ihn Dirk auf.

»Gerne. Der Sturm hat für kurze Zeit einen Teil der Höhlen erobert, aber er kann nicht bis in die innersten Grotten vorstoßen. Wir hätten Menschen hierher bringen und retten können. Aber sie wollten nicht, verstehen Sie? Sie haben uns ausgelacht.« Olowskis Stimme erstarb fast. »Und jetzt sind etliche von ihnen tot. Nur deshalb, weil sie es gewohnt sind, auf Politiker zu hören, deren oberster Grundsatz lautet: Nur keine Panik. Lieber gehen sie das Risiko ein, dass Menschen sterben und ganze Landstriche entvölkert werden.«

Dirk starrte ihn ungläubig an. Dann fiel ihm die zweite Tsunami-Katastrophe ein, die die Küste von Indonesien verwüstet und die Menschen unvorbereitet getroffen hatte – und das, obwohl nicht nur der Tsunami an sich vorhergesagt worden war, sondern gleich drei Institute die heranrasende Flutwelle gemeldet hatten. Aber selbst das hatte die Behörden nicht dazu gebracht, Alarm zu schlagen. »Das ist ja der Gipfel des Zynismus«, brachte er mühsam hervor.

»Das können Sie laut sagen«, stimmte Olowski zu. »Aber Zynismus und Lügen gehören nun mal zum Politikerhandwerk. Das sollten eigentlich alle Menschen wissen.«

»Sie meinen, dass Politiker grundsätzlich lügen?«

»Nicht grundsätzlich«, widersprach Olowski. »Aber immer dann, wenn es ihren Zielen dient.«

»Und ihr Ziel ist es, Menschen umzubringen?«, begehrte Dirk auf. »Machen Sie sich doch nicht lächerlich!«

Olowski runzelte die Stirn. »Ihr Ziel ist der Machterhalt, oft gepaart mit finanzieller Gier. Deswegen wird von offizieller Seite beschwichtigt und die Wahrheit zurechtgebogen und das Ganze dann auch noch vor laufender Kamera als Krisenmanagement verkauft.«

»Und weil das so ist, laufen Sie mit einer Flinte herum und schießen auf eine harmlose Frau, die Ihnen nichts getan hat?«

Dirk erinnerte sich nur zu deutlich daran, wie Olowski wutentbrannt die Kellertreppe heruntergestürmt war und eine Kugel abgefeuert hatte, die über Janette an die Felswand geprallt und als Querschläger davongezischt war.

»Nein, natürlich nicht.« Olowski blickte finster. »Ich wusste nicht, mit wem ich es zu tun hatte.«

»Auch ein Grund, auf Menschen zu schießen. Und moralisch betrachtet bestimmt viel besser als das, was Politiker tun, nicht wahr?«

»Reden Sie keinen Blödsinn.« Olowski deutete auf das Notebook. »Ich hatte eine E-Mail bekommen, kurz bevor Sie vier bei mir auftauchten. In der stand, dass man uns entdeckt hatte und jemanden schicken würde, mit dem nicht gut Kirschen essen ist. Was, meinen Sie, habe ich also gedacht, als Sie plötzlich vor mir standen?«

»Dass wir von der Heilsarmee sind?« Dirk musste sich räuspern, um die Trockenheit in seinem Hals zu bezwingen. »Ich verstehe das nicht. Sie hätten die Polizei rufen können.«

»Ich sagte doch schon, dass mein Verhältnis zu den marokkanischen Behörden nicht das beste ist.« Olowski winkte ab. »Aber das spielt jetzt keine Rolle. Es gibt wichtige Gründe dafür, dass Leute wie Ihre Frau und ich zu diesem lächerlichen Versteckspiel gezwungen sind. Ich würde jetzt gewiss lieber an einem Tisch mit hochrangigen Wissenschaftlern und Politikern sitzen, um richtiges Krisenmanagement zu betreiben.«

Die Geräusche, die davon kündeten, dass Lubaya irgendetwas rührte und zusammenmischte, verstummten. Dann donnerte ihre Stimme: »Du hast die Schamanen vergessen, die in einem solchen Fall mit am Tisch sitzen müssen. Die Männer und Frauen, die über altes Wissen verfügen und deshalb unentbehrlich sind, wenn es um die wahren Zusammenhänge geht.«

Olowski zuckte zusammen. Obwohl er und Lubaya offenbar

Verbündete waren, schien ihm das Wort *Schamane* überhaupt nicht zu gefallen. »Lass sie uns Menschen nennen«, begann er, »die einen besonderen Bezug zu ihrer Vergangenheit und ihren Ahnen haben, und damit auch zu dem, was die Grundlage menschlichen Lebens ist ...«

»Gequirlte Scheiße«, unterbrach ihn Lubaya verärgert. Dirk hörte, wie sie etwas auf den Boden knallte, und dann stampfte sie auch schon heran, ein Koloss aus purer Energie, mit funkelnden Augen und einem entschlossenen Gesichtsausdruck. »Mit den Ahnen hast du verdammt recht. Mit der ganzen Ahnenkette von den Anfängen bis jetzt.«

Sie blieb neben Olowski stehen, stemmte die Hände in die Hüften und sah auf ihn hinab wie auf einen Schuljungen. Er erwiderte ihren Blick ruhig, aber mit deutlichem Unbehagen. »Ein Schamane bleibt ein Schamane, egal, wie du ihn nennen willst, und egal, ob Mann oder Frau. Und das uralte Wissen bleibt uraltes Wissen, auch wenn sogenannte Wissen-Schaftler es zu zerreden versuchen, um ihre eigene Machtposition zu stärken. Ist das klar?«

»Das ist klar.« Olowski lächelte flüchtig. »Das ist sogar mehr als klar. Wir müssen das Wissen der Schamanen berücksichtigen und integrieren, wenn wir die nächsten Jahrzehnte überleben wollen. Und genau das versuche ich – mit Kinahs Hilfe.«

»Integrieren ist auch so ein Unwort ...« Lubaya warf Dirk einen finsteren Blick zu. »Aber was rede ich hier. Ich muss ein Mittel gegen die Angst dieses Mannes finden, die sich immer tiefer in ihn frisst und ihn töten will.«

Damit drehte sie sich um, nicht schwerfällig, wie es ihrem Leibesumfang entsprochen hätte, sondern geschmeidig und elegant, gemäß der Bedeutung ihres Namens: wie eine junge Löwin. Dirk sah ihr irritiert nach. Er wurde einfach nicht schlau aus dieser Frau.

Olowski hatte sich wieder dem Notebook zugewandt und ließ

seine Finger über die Tastatur huschen. »Ich würde Ihnen ja etwas anbieten, aber außer Zigaretten habe ich leider nichts.«

»Ich rauche nicht«, erwiderte Dirk knapp. »Was soll überhaupt der ganze Zauber? Was treiben Sie da am Computer?«

Olowski blickte auf. »Ich habe versucht, eine Verbindung nach draußen zu bekommen.«

»Durch all die Gesteinsschichten hindurch?« Dirk hob ungläubig die Augenbrauen. »Wie soll das möglich sein?«

»Das ist möglich, weil wir oben Antennen und Kameras haben«, erklärte Olowski. »Genauso wie an einigen Stellen hier unten …«

»Moment«, unterbrach ihn Lubaya aufgeregt. Sie kehrte mit eiligen Schritten zurück und schwenkte den Tiegel in der Hand wie eine Trophäe. »Jetzt habe ich es! Der Blitz soll in mich fahren, wenn ich nicht genau das gefunden habe, was alles Schlechte und Verderbte aus dir heraustreiben wird.«

Olowski wandte den Kopf in ihre Richtung, blinzelte geistesabwesend und starrte dann wieder auf den Monitor – und das mit einem dermaßen alarmierten Gesichtsausdruck, dass er sofort Dirks Aufmerksamkeit auf sich zog.

»Was ist?«

»Sämtliche Verbindungen nach draußen sind gekappt«, murmelte Olowski. »Aber ein paar Innenverbindungen stehen noch.«

Lubaya ließ sich ächzend auf dem Hocker nieder. Dirk nahm es nur am Rande wahr. Ihn interessierte viel mehr, was Olowski gerade auf dem Bildschirm sehen mochte. »Ist irgendetwas zu erkennen?«, fragte er.

»Steine und dunkle Gänge«, antwortete Olowski. »Aber keine Menschen.«

Dirk zuckte zusammen, als Lubaya ihre Hand auf seine Schulter legte. »Wenn mich nicht alles täuscht, wird dir das hier helfen«, sagte sie. »Aber wie heißt es so schön? Zu Risiken und Nebenwirkungen fragen Sie Ihren Arzt oder Apotheker.«

Dirk wurde mehr als nur ein bisschen mulmig. »Was ist das?«, fragte er, während Lubaya den überdimensionalen Pinsel in den Tiegel tauchte.

Lubaya legte den Kopf schief. »Glaub's mir – das willst du gar nicht wissen.«

Dirk wollte protestieren, doch da schrie Olowski auf: »Das gibt es doch nicht! Das ist ja Kinah!«

4

Als sie das Ende des Ganges erreichten, schlug ihnen keine Sturmbö entgegen, ja, sie spürten noch nicht einmal einen Windstoß oder auch nur einen Luftzug. Olowski trat als Erster in die vor ihnen liegende Grotte. Dirk sah ihm besorgt hinterher. Er hatte keine Ahnung, wo sie sich befanden und ob sie überhaupt in die richtige Richtung gegangen waren, nachdem Olowski Kinah mittels einer der Innenkameras entdeckt hatte. Nach ein paar Schritten blieb Olowski vor einem großen Trümmerstück stehen, einem zersprungenen Felsenfragment. Er legte den Kopf in den Nacken und starrte nach oben.

Dirk folgte seinem Blick mit den Augen.

Die Grotte war nach oben nicht vollständig geschlossen, ganz im Gegenteil. Sie wirkte wie aufgerissen. Riesige, ausgefranste Löcher in der Decke passten zu den Gesteinsbrocken, die überall herumlagen und den Eindruck vermittelten, hier hätte ein Artillerieangriff stattgefunden. Das Licht, das durch die Lücken und Spalten fiel, warf gezackte, helle Flecken auf den Boden und beleuchtete ein Meer von Splittern, aus dem scharfkantige Felsstücke unterschiedlichster Größe ragten. Dirk fühlte sich, als würde er in das Kuppeldach einer Kathedrale hinaufstarren, das von Bombensplittern getroffen worden war und in sich zusammenzustürzen drohte: winzig und verletzlich, hilflos dem ausgeliefert, was ihn im wahrsten Sinne des Wortes unter sich begraben konnte.

»Meine Güte!«, murmelte Lubaya. »Hier sieht es aus wie nach der Schlacht der alten Götter um die Vorherrschaft über die Welt …«

Olowski blickte immer noch nach oben. »So kann man es auch sehen. Es hätte jedenfalls nicht viel gefehlt, und die ganze Decke wäre heruntergekommen.«

»Das kann auch jetzt noch passieren«, warf Lubaya ein. »Es gibt da eine alte Geschichte aus meiner Heimat. Eine Geschichte aus der Zeit, als die Götter gegeneinander kämpften und Buku beschloss, das Weltendach auf seine Feinde herabstürzen zu lassen. Er rief einen fürchterlichen Sturm herbei, der bis in die entlegensten Winkel der Kuppel fuhr, die sich über die Welt spannte – ohne zu bedenken, dass er damit nicht nur seinen Feinden, sondern auch seinen Verbündeten schaden würde.«

»Ja, es kann böse enden, wenn man Geister ruft, die man nicht unter Kontrolle hat.« Olowski riss sich fast gewaltsam vom Anblick des ramponierten steinernen Daches los. »Nur dass es diesmal nicht die Götter sind, die in ihrem Zorn die Menschen gefährden. Es sind die Menschen selbst.«

»Und ich fürchte, sie sind im Begriff, es zu weit zu treiben«, sagte Lubaya.

»Wer auch immer es zu weit treibt – ich möchte nicht hier sein, wenn das Ganze einstürzt.« Olowski wandte sich an Dirk. »Kommen Sie endlich.«

»In die Grotte?«, fragte Dirk. »Ist das nicht zu gefährlich?«

Olowski seufzte. »Das ganze Leben ist gefährlich. Und noch gefährlicher ist es, sich im Zentrum eines Sturms zu befinden.«

»Was für ein Zentrum?« Dirk machte einen vorsichtigen Schritt nach vorne. Sein rechter Arm pendelte nutzlos an seiner Seite, doch die Schmerzen waren erstaunlicherweise weitgehend abgeklungen – wenn man von gelegentlichen kurzen Schüben absah, bei denen er sich fühlte, als würde man ihm einen elektrischen Schlag verpassen und gleichzeitig eine brennende Zigarette auf seiner nackten Haut ausdrücken.

Olowski war inzwischen in die Hocke gegangen. Er hob einen

Splitter auf und hielt ihn ins Licht. »Der war gerade noch da oben«, sagte er, ohne auf Dirks Frage einzugehen. »Und wenn wir Pech haben, kommen seine Brüder und Schwestern gleich hinterher.«

»Dann sollten wir machen, dass wir schnell hier durchkommen«, sagte Lubaya und lief los.

Ihre Bewegungen waren eine Mischung aus purer Kraft und einer katzengleichen Eleganz, die Dirk einer Frau mit ihrer Statur kaum zugetraut hätte. Ohne langsamer zu werden, wich sie einem gewaltigen Felsbrocken aus und hielt auf den etwas tiefer liegenden Ausgang der Grotte zu.

Dirk und Olowski beeilten sich, ihr zu folgen. Sie hatte vollkommen recht, es brachte nichts, wenn sie hier herumstanden und darauf warteten, dass ihnen ein paar hundert Tonnen Gestein auf den Kopf fielen. Nichtsdestotrotz fragte sich Dirk, ob es wirklich eine gute Idee war, diese Grotte zu durchqueren, denn er benötigte all seine Konzentration, um nicht ständig gegen Felsbrocken zu stoßen oder über einen der vielen tückischen Splitter zu stolpern, die sich ihm wie Nadeln entgegenreckten.

Es wurde zu einem Hindernislauf unter erschwerten Bedingungen. Die Lichtverhältnisse waren äußerst schwierig: Hell erleuchtete, aber eng begrenzte Stellen und Halbdunkel lösten einander in ständigem Wechsel ab, und einige der größeren Steintrümmer warfen schwarze Schatten, die das Licht vollkommen aufsaugten. Dirk folgte der Spur, die Lubayas Füße in dem Staub und Dreck hinterließen, der sich wie eine feine Puderschicht auf jede freie Stelle gelegt hatte und zudem auch noch in der Luft hing und ihm das Atmen erschwerte.

Obwohl der Hindernislauf seine ganze Aufmerksamkeit forderte, sah Dirk unentwegt Kinahs Gesicht vor sich, so, wie es Olowski in seinem Notebook mit einem Schnappschuss eingefroren hatte – ein gehetzt wirkendes Gesicht, das trotz der pixeligen Darstellung einen Eindruck davon vermittelte, in welch aussichtsloser Lage sie sich befinden musste. Sie hatte in seine Richtung gestarrt, als wüsste sie, dass er sie beobachtete. Ihr Blick war voller Verzweiflung, ein stummer Hilferuf, der ihn getroffen hatte wie ein Faustschlag in die Magengrube. Er war Lubayas Hand ausgewichen, gerade als diese den altertümlichen Rasierpinsel noch einmal in den Tiegel mit der stinkenden Tinktur getaucht hatte, um ihm das angedeihen zu lassen, was sie *Heilung* nannte und was doch erst einmal fürchterliche Schmerzwellen durch seinen Körper jagte. Dann hatte er sich hochgerappelt und an die Felswand gelehnt, keuchend vor Schmerz und dem Verlangen, Kinah in die Arme zu schließen, ihr beizustehen gegen das, was sie in Schrecken versetzte. Als Olowski ihm angeboten hatte, ihn zu stützen, hatte er zunächst abwehren wollen.

Aber dann hatte er die Hilfe angenommen. Seine Frau war wichtiger als sein Stolz.

Zu seinem Unmut hatte Olowski sein Angebot jedoch nicht gleich in die Tat umgesetzt, sondern gemeinsam mit Lubaya hastig ein paar Sachen zusammengesucht und in zwei Umhängetaschen verstaut. Dirk wäre allein losgegangen, wenn er es vermocht hätte; viel zu groß waren seine Ungeduld und seine Sehnsucht nach der Frau, die er schon seit drei Jahren so schmerzlich vermisste. Nachdem Olowski auch sein Notebook in die Tasche gequetscht hatte, waren sie endlich aufgebrochen. Dirk hatte sich auf den hageren Meteorologen gestützt, und seine ersten Schritte waren noch sehr mühsam und wackelig gewesen, dann aber war er erstaunlich schnell sicherer geworden, bis er schließlich gar nicht mehr Olowskis Hilfe benötigt hatte, um Lubaya durch das Labyrinth aus schmalen Gängen und Grotten zu folgen, durch das sie sie führte.

Doch während der Schmerz in seinem Arm immer weiter abklang, nahm der in seiner Seele zu.

Es hätte Kinahs Gesichtsausdruck gar nicht bedurft, um ihn voranzutreiben. Es genügte allein das Wissen, dass sie irgendwo hier war und vielleicht dringend Hilfe brauchte. Biermann, Janette, Rastalocke – die drei Menschen, ohne deren tatkräftige Unterstützung er nie hierher gelangt wäre, waren ihm vollkommen gleichgültig angesichts dessen, was er in seiner ganzen Aufgewühltheit für Kinah empfand.

Er bemühte sich nach Kräften, mit Lubaya mitzuhalten. Trotzdem bekam er nur wie durch einen Schleier mit, dass die massige Frau kurz innehielt, nach oben sah und dann umso schneller weiterlief und dass sie eine andere Richtung einschlug als zuvor. Olowski, der eben noch hinter ihm gewesen war, tauchte plötzlich neben ihm auf.

»Laufen Sie!«, rief er. »Gleich kommt der ganze Mist runter!«

Dirk konnte nicht beurteilen, ob das stimmte oder nicht, aber er hörte ein ganz und gar nicht vertrauenerweckendes Krachen und Knirschen über sich. Das Bild von Kinah zerstob und machte etwas anderem Platz, der schrecklichen Vorstellung von herabstürzendem Gestein, das sie alle miteinander zerschmettern und in blutige Fleischklumpen verwandeln würde.

»Die Ruhe täuscht«, rief Olowski, packte ihn am Arm und zog ihn mit sich. »Es ist möglich, dass der Sturm noch einmal zurückkommt. Und das kann gerade jetzt der Fall sein.«

Irgendetwas polterte über ihnen, und dann brach auch schon ein Felsstück aus der Decke der Grotte und schlug mit lautem Getöse irgendwo hinter ihnen auf.

Dirk machte einen Satz nach vorne, und der Meteorologe sprintete im selben Moment in einem Tempo los, als wäre er im Nebenjob Kurzstreckenläufer. Dirk versuchte mitzuhalten, doch schon nach den ersten Metern schlitterte er über eine Ansammlung von Staub, Dreck und Steinsplittern, die ihn aus dem Takt brachte, sodass er sich halb um die eigene Achse drehte und nicht nur das

Gleichgewicht zu verlieren drohte, sondern sich auch unabsichtlich aus Olowskis Griff wand. Der Meteorologe musste ihn wohl oder übel loslassen und stieß einen deftigen Fluch aus.

Dirk ruderte wild mit den Armen, gewann die Balance im letzten Moment wieder … und starrte nach oben.

Das, was er sah, war derart bizarr, erschreckend und zugleich beeindruckend, dass er beinahe den erneut aufgeflammten Schmerz in seiner rechten Hand vergaß.

Der Sturm war nicht zurückgekehrt, um sein Vernichtungswerk zu vollenden, denn das hatte er gar nicht nötig. Es sah aus, als würde das strahlend helle Licht der Morgensonne den Felsen auflösen, als würde es sich von den Rändern der entstandenen Risse und Löcher aus weiterfressen und das Gestein in seiner Substanz angreifen. In Wirklichkeit war es aber wohl eher so, dass erst die Sonnenstrahlen das volle Ausmaß und den beharrlichen Fortschritt der Zerstörung enthüllten. Um jeden Spalt flirrten Staub und Abrieb und verdichteten sich zu einer Wolke, aus der beständig große und kleine Gesteinssplitter herabregneten – zunächst nur an einigen Stellen, aber Dirk fürchtete, dass dies bald überall der Fall sein würde.

Olowski zerrte wieder an seinem Arm. »Wir müssen weg!«, schrie er. »Nun kommen Sie schon!«

Dirk schüttelte den Kopf wie ein eigensinniges Kind, das den wohlmeinenden Rat eines Erwachsenen ignoriert und stoisch einer Geröllawine entgegensieht, als wolle es das Schicksal mit aller Gewalt herausfordern.

»Sehen Sie doch!« Er deutete mit seiner verletzten Hand nach oben. »Da ist nicht die Spur eines Windstoßes zu sehen. Es ist vollkommen ruhig!«

»Bis auf die Tatsache, dass gleich die ganze Grotte in sich zusammenstürzen wird.« Olowskis Stimme überschlug sich fast. »Nun machen Sie schon!«

Plötzlich registrierte Dirk über sich eine Bewegung, die anders war als das Rieseln und Splittern bisher. Ein Riss bildete sich im Zentrum des natürlichen Gewölbes, wurde rasch fingerbreit und bekam gezackte Ausläufer, die wie winzige Blitze durch das zusammengepresste Gestein zuckten.

Olowski versetzte ihm einen Stoß. »Weg hier!«, rief er.

Diesmal reagierte Dirk, ohne auch nur eine Sekunde zu zögern. Er wirbelte herum. Seine Beine schienen sich wie von selbst in Bewegung zu setzen. Das, was er da oben gesehen hatte, sprach seine eigene Sprache, genauso wie das dumpfe Ächzen und Stöhnen, das durch den Felsen ging und schon allzu bald von helleren, knirschenden Lauten zu einer Sinfonie des Schreckens ergänzt wurde. Gesteinsbrocken brachen aus der Decke und prallten mit Schlägen so hart wie Gewehrkugeln auf den Boden, zuerst nur vereinzelt, dann in immer rascherer Folge, wie in einem bizarren Rhythmus. Etwas traf Dirk an der Schulter, ein Splitter schrammte über seine Wange.

Es passierte genau das, was Olowski angekündigt hatte, und zwar mit aberwitziger Geschwindigkeit. Dirk lief längst nicht mehr, er spurtete, trat dabei immer wieder auf Splitterhaufen und drohte wegzurutschen wie auf einer Eisfläche und musste zwei oder drei Mal einem größeren Felsstück ausweichen, das ihm im Weg lag. Die Umgebung flirrte vor seinen Augen und mit ihr Olowski, der bereits ein paar Meter Vorsprung gewonnen hatte und auf eine dunkle Öffnung zuhielt, in der ein breiter Schatten stand und ihnen zuwinkte.

Es war wie ein Lauf durch feindliches Geschützfeuer. Dirk sprang über einen Stein hinweg, den er in dem grauen Zwielicht, das in diesem Teil der Grotte vorherrschte, gerade noch erkannte, wich erneut einem Felsbrocken aus und hörte, wie hinter ihm etwas krachte. Längst schon hatte er die Orientierung verloren. Olowski war auf einer anderen Route unterwegs, sprang wie ein

Hürdenläufer über mehrere größere Trümmerstücke und duckte sich weg, als direkt neben ihm ein faustgroßer Brocken auf dem Boden aufschlug und in tausend Stücke zerplatzte.

Wieder einmal war es Lubaya, die Dirk die Richtung wies. Ungeachtet der Gefahr, der sie sich dabei aussetzte, rannte sie ihm mit ausladenden Schritten entgegen.

Dirk bemerkte dies erst, als er den Kopf wandte und in ihre Richtung sah. Lubaya schrie irgendetwas, das er nicht verstand, und dann knackte es in dem Gestein über ihnen dermaßen laut und bedrohlich, dass allein das schon Grund genug für Dirk gewesen wäre, sein Tempo zu verdoppeln. Er spürte keine Schmerzen mehr in seiner Hand, er hatte keine Angst mehr um Kinah ... er hatte nackte Todesangst.

Das Bombardement von Gesteinsbrocken steigerte sich nicht, es ließ nach, und als Dirk das bewusst wurde, wäre er fast langsamer geworden. Dann fiel ihm ein, was Olowski gesagt hatte. *Die Ruhe täuscht.* Wenn das auf ihre jetzige Situation zutraf, konnte er sich auf einiges gefasst machen.

Lubaya blieb vielleicht sechs oder sieben Schritte von ihm entfernt stehen und sah nach oben. Ihr Gesicht, das kein Gefühl zu verbergen vermochte, wurde zu einer Grimasse der Angst.

»Bei allen Göttern!« Sie schrie den Satz so laut, als sei er eine Kampfansage an die Mächte, die in der Grotte wüteten.

Und es schien, als würden die Mächte diese Kampfansage annehmen.

Plötzlich dröhnte es über ihnen derart ohrenbetäubend, wie Dirk es noch nie in seinem Leben vernommen hatte. Instinktiv machte er einen Satz nach vorne – gerade noch rechtzeitig, denn über ihm löste sich ein Teil der Grottendecke, rutschte ein Stück, blieb hängen – weiß der Teufel, woran – und brach dann endgültig ab.

Dirk hatte inzwischen Lubaya erreicht. Die Schwarzafrikanerin stand wie angewurzelt da, aber ihr Gesichtsausdruck hatte sich verändert. War er eben noch von Angst beherrscht gewesen, so war es jetzt eine Mischung aus Unglauben und Entsetzen, so als wäre es sinnlos, dem entfliehen zu wollen, was sowieso alles und jeden treffen musste.

Der Teil der Decke, dessen Abrutschen Dirk mit seinem schnellen Blick nach oben bemerkt hatte, schlug auf. Es war wie eine Explosion, wie der Einschlag eines Meteoriten, der einen Krater in den Boden pflügte und dann in tausend Stücke zerplatzte. Dirk wurde im Rücken von einem vorbeizischenden Stein getroffen, knickte in den Knien ein und wäre in sich zusammengesackt, wenn nicht Lubaya in diesem Moment aus ihrer Erstarrung erwacht wäre. Sie packte ihn an den Armen und zog ihn mühelos wieder hoch.

Dirk blieb keine Zeit, Erleichterung zu empfinden, denn nun folgte Brocken auf Brocken, zischend sausten Felsstücke herab und prallten knallend auf den Boden, und darüber hinaus schien die ganze Grotte in Bewegung zu geraten, als beschleunige ein Erdbeben ihren Zusammenbruch.

Lubaya hatte wieder zu laufen begonnen und rannte, wie Dirk es ihr niemals zugetraut hätte – mit nach vorne gesenktem Kopf und auch annährend so schnell wie ein angreifender Stier. Obwohl Dirk alles aus seinem geschundenen Körper herausholte, war er kaum in der Lage, ihr zu folgen. Ein faustgroßer Felsbrocken zerbarst direkt neben ihm, und Dirks Gesicht wurde von winzigen Splittern getroffen. Er schlug einen Haken.

Alles bisher Geschehene war jedoch nur der Auftakt der Katastrophe gewesen. Waren bislang lediglich Teile der Grottendecke heruntergekommen, ging es nun um das ganze Gewölbe.

Ein dunkles, wehklagendes Geräusch ertönte – in einer Lautstärke, bei der selbst eine Heavy-Metal-Band mit hämmerndem Schlagzeug, harter Basslinie und kreischenden Gitarren untergegangen wäre. Aber dabei blieb es nicht.

Lubaya hatte inzwischen den wie aus der Felswand herausgestanzten Ausgang erreicht. Sie war schnell, doch nicht schnell genug: Gerade, als sie die Grotte verlassen wollte, raste ein Felsbrocken auf sie zu. Dirk öffnete den Mund, um ihr eine Warnung zuzuschreien, erkannte jedoch in derselben Sekunde, dass sie zu spät kommen würde.

Aber wie ein Raubtier schien Lubaya die Gefahr zu spüren; vielleicht hatte sie kurz zuvor noch einmal einen Blick nach oben geworfen und den sich lösenden Brocken bemerkt.

In jedem Fall reagierte sie unglaublich schnell. Statt die begonnene Bewegung fortzusetzen, sprang sie ansatzlos zur Seite. Ungeachtet ihrer Leibesfülle verfügte sie über ein erstaunliches Reaktionsvermögen und eine Körperbeherrschung, für die sie manch schlanker Mensch zweifellos beneidet hätte. Der Gesteinsbrocken – eben noch direkt über ihrem Kopf – streifte jetzt nur ihre Schulter.

Es war ein Schlag, der manch anderen Menschen in die Knie gezwungen hätte. Nicht so Lubaya. Sie taumelte nicht einmal, knickte nur ganz kurz ein, federte zurück und warf sich dann endgültig in den rettenden Ausgang.

Dirk war inzwischen kurz hinter ihr, konnte nicht mehr abbremsen, stolperte gegen sie und mit ihr in den Gang hinein.

Keiner von beiden kam dazu, Atem zu schöpfen, denn die endgültige Vernichtung der Grotte hatte begonnen. Der Boden unter ihren Füßen bebte, und Dirk musste sich an Lubaya klammern, um nicht das Gleichgewicht zu verlieren. Noch in der Bewegung versuchte er sich umzudrehen.

Olowski. Er musste noch irgendwo dort drinnen sein …

Mit Schlägen so hart, als würde Thor selbst seinen Hammer schwingen, um das Gestein zu zertrümmern, wurde das erschüttert, was seit unvorstellbar langer Zeit eine vom Meerwasser ausgewaschene Grotte war. Das Sonnenlicht brach sich mittlerweile fast ungehindert Bahn, verfing sich in den aufgewirbelten Staubschwaden und beleuchtete auch jene Stellen, an denen zuvor absolute Finsternis geherrscht hatte. Überall lagen kleinere und größere Felsbrocken, umgeben von Schutt und Geröll.

Immer noch hielten Teile der Grottendecke den Urgewalten stand, die an ihnen zerrten. Gezackte Ausläufer ragten scheinbar ins Nichts, während andere Bruchstücke mit gnadenloser Wut zu Boden gehämmert wurden.

Lubaya packte Dirk am Arm und zerrte ihn entschlossen mit sich. Er wollte sich wehren, war aber zu geschwächt. Sein Blick huschte fieberhaft über das schreckliche Chaos in der Grotte, deren Boden sich in eine zerklüftete, zerfurchte Mondlandschaft mit schroffen Erhebungen verwandelt hatte.

Nirgends eine Spur von Olowski. Dirk hatte damit gerechnet, dass irgendwo ein Arm oder ein Bein aus den Trümmern ragen würde, aber seine Augen konnten nichts entdecken. Olowski war und blieb verschwunden.

Da ertönte erneut das dumpf dröhnende Geräusch, das Dirk bereits zuvor durch Mark und Bein gegangen war. Es war nicht schwer zu erraten, dass diesmal eine wahre Orgie der Zerstörung folgen würde.

Ohne auch nur für einen Sekundenbruchteil zu zögern, schüttelte Dirk Lubayas Hand ab, drehte sich um und stürmte los.

Dirk hätte später nicht mehr sagen können, wie lange sie gelaufen waren. Als die Grotte endgültig in sich zusammenbrach, hatten kurze, harte Stöße den Gang erschüttert und waren von ohrenbetäubendem Getöse und einer erstickenden Staubwolke gefolgt worden, die Dirk daran hinderte, noch einmal nach Olowski Ausschau zu halten. Tiefe Schuldgefühle begannen an ihm zu nagen. Ohne Olowski wäre er niemals hierher gelangt. Der hagere Meteorologe hatte sein Leben riskiert, um ihn mit Lubayas Hilfe aus dem vom Sturm durchtosten Gang zu ziehen – und das, obwohl er allen Grund gehabt hätte, ihn seinem Schicksal zu überlassen. Und Dirk dankte es ihm damit, dass er ihn jetzt im Stich ließ.

Dieser unangenehme Gedanke begleitete Dirk, während er hinter Lubaya durch die fast vollständige Dunkelheit hetzte, die sich wie ein schwarzes Tuch über sie legte.

Schließlich erreichten sie eine Abzweigung, hinter der sich etwas auftat, das Dirk merkwürdig bekannt vorkam. Es handelte sich um den im Dämmerlicht liegenden Ausläufer einer Grotte, die offenbar nicht nur aus natürlichen Felsformationen bestand, sondern zum Teil von Menschenhand geschaffen worden war. Dirk entdeckte eine grob verputzte Mauer, die dermaßen alt wirkte, als wäre sie aus Lehmziegeln erbaut worden, wie man sie im Alten Ägypten aus Nilschlamm gefertigt hatte. Die Mauer wurde zu einer Seite hin zunehmend rissig und wies Löcher auf, als hätte man sie mit einer Spitzhacke bearbeitet, bis sie schließlich als Trümmerhaufen endete. Hunderte, wenn nicht tausende von Ziegeln lagen im Wasser, das die Unterseite der Mauer umspülte.

Das, was Dirk an diesem Anblick bekannt vorkam, war nicht die halb zerstörte Mauer, die hinter einem Schleier aus von der Decke herabfallenden feinen Wassertröpfchen lag, sondern etwas, das er am Abend zuvor auf einer Skizze aus einer ganz anderen Perspektive gesehen hatte: eine Art Bühne, die sich nun als natürlicher Felsabsatz herausstellte.

Die Mauer reichte bis an diesen Absatz heran und spannte sich in einem Bogen darüber, um danach irgendwo im grauen Halbdunkel zu verschwimmen.

Dirk blieb abrupt stehen und starrte auf die Bühne. Das Krachen und Beben hinter ihm war verstummt. Außer seinem eigenen, rasselnden Atem war nur zu hören, wie Wassertropfen in den kleinen See platschten, der sich auf dem Grottenboden gebildet hatte, und wie Lubaya mit schweren Schritten über die Stufen einer vor ewigen Zeiten in den Felsen gehauenen Treppe nach unten stampfte.

Dirk bekam eine Gänsehaut, was jedoch nicht an der frischen Luft lag, die durch die Grotte strömte und die seit langem der erste Windhauch war, der nichts mit herabstürzendem Gestein zu tun hatte. Dirk war nicht sicher, ob dies wirklich die Höhle war, die an den Keller von Olowskis Bungalow grenzte, aber er *wusste*, dass dort auf dem Felsabsatz nicht Musikinstrumente und das dazugehörige Equipment standen, wie er auf der Zeichnung zu erkennen geglaubt hatte, sondern etwas vollkommen anderes.

Was genau, vermochte er allerdings nicht zu sagen. Es wirkte wie das Bühnenbild eines modernen Theaterstücks, bei dem alltägliche und skurrile Requisiten miteinander kombiniert worden waren, deren Gesamtsinn zu begreifen ein abgeschlossenes Studium an einer progressiven Kunstakademie vorausgesetzt hätte. Ein hohes Holzgestell hatte etwas von einem Galgen, eine Skulptur sah aus wie ein Leihstück aus dem Ägyptischen Museum in Berlin, einige gedrungene Gegenstände hätten alles sein können – angefangen von einer Couchgarnitur aus den fünfziger Jahren über eine zusammengeschmolzene Büroeinrichtung bis hin zu einem Kunstwerk, dessen Bedeutung Dirk wohl auch dann nicht verstanden hätte, wenn der Künstler höchstpersönlich sie ihm in gedrechselten Sätzen zu erklären versucht hätte.

Ganz davon abgesehen, dass der feine Nieselregen, der auf mysteriöse Weise durch die steinerne Decke drang, seine Sicht auf die Bühnendekoration einschränkte.

Als sich Dirk entschied, der Sache auf den Grund zu gehen, hatte Lubaya bereits die letzte Treppenstufe erreicht. Sie streckte vorsichtig einen Fuß aus und tauchte ihn ins Wasser, bis er vollkommen verschwand und offenbar auf festen Boden stieß. Langsam ließ sie den anderen Fuß folgen und ging weiter – wie es schien, auch hier über Stufen, sodass sie schnell immer tiefer sank.

Ihr Gewand blähte sich und wurde vom Wasser nach oben gedrückt, bis es sie umhüllte wie ein Fallschirm, der über ein badendes Flusspferd gefallen war.

Plötzlich spürte Dirk auf eine Art, die er sich nicht im Geringsten erklären konnte, die er aber von früher kannte, von Erlebnissen, die er *romantisch* genannt hätte, die Anwesenheit von Kinah. Sie war hier irgendwo. Er musste sie finden.

Lubaya ging ohne zu zögern weiter, und Dirk fürchtete schon, das Wasser würde im nächsten Moment über ihr zusammenschlagen und nichts von ihr übrig lassen als ihr Gewand, das wie eine riesige, bunte Seerose an der Oberfläche trieb.

Doch dann hatte sie offensichtlich das Ende der Treppe erreicht, und der Boden unter ihr stieg an, denn bei den nächsten Schritten senkte sich ihr Gewand, und sie tauchte bis zum Bauch wieder auf. Sie drehte sich um und winkte ihm zu. »Ein bisschen kalt, aber sonst ganz angenehm. Und nun komm schon!«

Ihre Miene verriet, dass es nicht nur ein *bisschen* kalt war, denn ihr Lächeln wirkte im wahrsten Sinne des Wortes wie eingefroren.

»Bist du überhaupt sicher, dass wir auf dem richtigen Weg sind?«, fragte Dirk.

Lubaya nickte bedächtig. »Ja, Massa. Richtiger Weg. Massa mir einfach folgen, dann wird alles wieder gut.«

Dirk verzog das Gesicht. Das fehlte ihm noch, dass Lubaya ausgerechnet jetzt ihren schrägen Sinn für Humor wiederentdeckte.

»Und Kinah …«

»Hat vielleicht im Bungalowkeller Schutz gesucht, der hier auf der anderen Seite liegt – oder auch nicht.« Lubaya schüttelte sich. So viel zu ihrer Behauptung, das Wasser sei angenehm. »Aber wenn wir nicht nachschauen, werden wir es nie erfahren, stimmt's?«

»Wenn ich das richtig gesehen habe, hat die Kamera hinter Kinah aber keine Wand, sondern nackten Felsen gezeigt«, wandte Dirk ein.

»Ja und? Das ist doch schon eine ganze Weile her, oder?«

Das war zweifelsohne richtig. Trotzdem zögerte Dirk – bis er ein Geräusch hörte.

Besser gesagt: einen Schrei.

Einen Schrei, der aus der Richtung der Felsenbühne kam.

Es war der Schrei einer Frau.

Einer ganz bestimmten Frau.

5

Unter normalen Umständen wäre Dirk niemals auf die Idee gekommen, durch einen eiskalten Grottensee zu kraulen, auf dessen Grund wahrscheinlich alles Mögliche lag, an dem man sich die Beine aufschlagen oder den Bauch aufschlitzen konnte. Aber die Umstände waren nicht normal. Er hatte Kinah schreien gehört, und ihr entsetzter Schrei fegte selbst nach drei Jahren und trotz allem, was geschehen war, von einer Sekunde auf die andere sämtliche Bedenken beiseite und ließ ihn losstürzen.

Es hätte nicht viel gefehlt, und er hätte Anlauf genommen und wäre mit einem Kopfsprung ins Wasser gehechtet.

Kinahs Schrei war ein erschütterter Ausruf gefolgt, dann hatte sich Schweigen über die Grotte gesenkt, und diese Stille war für Dirk erst recht unerträglich.

Er war versucht gewesen, ihr mit sich überschlagender Stimme zu antworten, »Kinah – bist du es?« zu brüllen und dann: »Warte, ich komme und helfe dir!« Aber er hatte es nicht getan. Es hätte einfach zu profan und dämlich geklungen.

Außerdem hätte er damit unnötig Zeit verschwendet.

Als er an der völlig verblüfften Lubaya vorbeikraulte, immer wieder mit dem Kopf in das seltsam ölige Wasser tauchend und mehrmals mit den Füßen oder Knien schmerzhaft am Boden anstoßend, kam ihm ein Gedanke, der ihn seine verrückte Schwimmaktion beinahe abbrechen ließ.

Was, wenn er sich den Schrei nur eingebildet hatte? Oder wenn jemand anders geschrien und er Kinahs Stimme nur deshalb gehört hatte, weil er sie hören *wollte?*

Der Gedanke wäre es sicherlich wert gewesen, bei einem Glas Whiskey von der einen Seite zu anderen gewendet zu werden. In der augenblicklichen Situation interessierte sich Dirk jedoch nur dafür, wie schnell er den Felsabsatz erreichen konnte, auf dem der ganze Krempel stand.

Schließlich passierte genau das, was er befürchtet hatte. Er war ein passabler Schwimmer, aber alles andere als ein erfahrener Krauler. Dennoch schoss er mit einer Geschwindigkeit durch das Wasser, die er nur einem Schlauchboot mit Außenborder zugetraut hätte.

Und so, wie die Schraube eines Außenbordmotors irgendwann gegen Felsen geschlagen wäre, schlugen schließlich auch Dirks Knie auf. Seine Schwimmbewegungen gerieten durcheinander. Mit einem Röcheln ging er vom Kraulen zum Brustschwimmen über.

Aber es war schon zu spät. Er lief auf Grund. Einen bizarren Moment lang bewegten sich seine Arme trotzig weiter, obwohl er keinen Zentimeter mehr vorankam. Erst dann stemmte er sich hoch, mühsam und unter Schmerzen.

Der Felsabsatz war nur noch ein paar Schritte entfernt. Er ragte mindestens einen Meter aus dem Wasser – eine natürliche oder von Menschenhand geschaffene Plattform, auf der einige Objekte standen, die Dirk merkwürdig vertraut vorkamen. Es waren Statuen darunter, wie er sie bei sich zu Hause in die Garage verbannt hatte, mit ausgebreiteten Armen und Gesichtern, die aussahen, als hätte sich eine afrikanische Maske in das Gesicht eines Mannes oder einer Frau gebrannt und wäre mit ihm zu etwas vollkommen Neuem verschmolzen. Dirk hatte den Anblick dieser Schreckensfratzen, wie er sie insgeheim nannte, noch nie ertragen, und nun betrachtete er sie mehr denn je als stumme Wächter, deren starre Körper jederzeit zum Leben erwachen konnten, um sich auf ihn zu stürzen.

Niemand außer Kinah gestaltete diese Art von Skulpturen. Sie hatte sie manchmal halb scherzhaft, halb im Ernst als ihre Kinder bezeichnet und war sehr stolz auf sie gewesen.

Dirk unterdrückte einen Schrei und taumelte vorwärts. Neben Kinahs Skulpturen gab es auch andere Gegenstände, die an sie erinnerten: afrikanisches Schnitzwerk und Bottiche wie die, in denen sie das Material angerührt hatte, aus dem sie ihre *Kinder* formte. Doch er entdeckte auch ihm völlig fremde Dinge: verwachsen wirkende Skulpturen, halb Mensch, halb Baumstumpf, die die Hände gen Himmel streckten, und kleinere Objekte, die wie gegossen aussahen und für Dirk in ihrer Fremdartigkeit gar keinen Sinn ergaben.

Er blieb direkt vor dem Absatz stehen und stieß keuchend die Luft aus. Seine Knie schmerzten, seine rechte Hand pochte im selben Rhythmus wie sein sich fast überschlagendes Herz, und sein Schädel schien in einen Schraubstock gespannt zu sein, der kontinuierlich fester gezogen wurde.

»Kinah!«, schrie er aus Leibeskräften.

Nichts. Doch dann glaubte er, ein Rascheln zu hören, vielleicht auch Schritte.

»Kinah?!?«

Es war eher eine bange Frage als ein Ausruf. Dirk wusste, was er hier gefunden hatte: eine Art geheime Künstlerwerkstatt im Herzen eines Felsenlabyrinths. Kinahs geheime Werkstatt. Möglich, dass auch andere Menschen diese Grotte betreten hatten, Menschen wie sie, die eine Art von Kunst schufen, die aus der Tiefe der Seele entsprang, dort, wo sich die größten Ängste und Phobien verbargen. Vielleicht hatte Kinah aber auch all das hier allein erschaffen.

Dirk hatte nicht die Kraft, sich an dem Felsen hochzuziehen. Der kurze Schwimmspurt war fast zu viel für ihn gewesen. Es war ein Wunder, dass sein rechter Arm überhaupt mitgemacht hatte, und dieses Wunder verdankte er mit Sicherheit Lubaya. Doch jetzt hing der Arm wieder schmerzend und nutzlos an ihm herab.

»Dirk.«

Das war Kinahs Stimme. Ein kalter Schauer überlief ihn. Sein Blick irrte suchend zwischen den Kunstwerken umher. Aber da war niemand.

»Dirk!«

Diesmal klang es näher. Wasser platschte.

Dirk drehte sich um.

Da stand sie.

Kinah.

Nur vier oder fünf Schritte von ihm entfernt. Ihr Gesicht war schmal geworden, die nassen Haare hingen ihr wirr in die Stirn, ihre Augen waren weit aufgerissen und auf ihrer rechten Wange prangte ein frischer Kratzer.

Sie sah vollkommen anders aus als noch vor wenigen Stunden, als er sie zu sehen geglaubt hatte, und doch wieder nicht. Der wichtigste Unterschied lag in ihren Augen. Es brannte ein Feuer darin, und ein Verlangen, und Liebe.

Ihr Gesicht verzog sich und glich für den Bruchteil einer Sekunde einer ihrer Schreckensmasken, doch dann war da nur noch Freude, eine unglaubliche Freude.

Dirks Herz krampfte sich zusammen, teils aus Glück, teils aus Angst.

Was, wenn sie nur ein Trugbild war?

Aber Kinah verhielt sich ganz und gar nicht wie ein Trugbild. Sie lief auf ihn zu. Ihre Füße platschten durch das Wasser. Ihre Arme streckten sich ihm entgegen.

»Kinah«, murmelte er.

Sie war so ungestüm wie in alten Zeiten und warf ihn beinahe um. Er taumelte einen halben Schritt rückwärts, bevor er sich fing. Sie umklammerte ihn. Er hielt sie in den Armen, er roch ihre feuchten Haare, er spürte ihren Herzschlag und das Zittern, das ihren ganzen Körper erfasst hatte.

»Oh Dirk«, murmelte sie. »Warum bist du nicht früher gekommen?«

Wenn Leid und Freude derart schnell aufeinanderfolgen, dass sie kaum voneinander zu unterscheiden sind, setzt der Verstand aus, und was übrig bleibt, sind Verwirrung, Sehnsucht und das Bedürfnis, Dinge zu verstehen, die vielleicht gar nicht zu verstehen sind. Genauso erging es Dirk, und er war sich dessen bewusst, weil er es schon einmal erlebt hatte, wenn auch nicht auf derart drastische Weise. Kinah klammerte sich an ihn wie ein schutzbedürftiges kleines Kind, und es war das reine, pure Glück, sie so halten und trösten zu können.

Aber dieses Glück währte lediglich ein paar Atemzüge.

Dann löste sich Kinah von ihm und schob ihn mit sanfter Gewalt von sich. »Es ist so schrecklich.«

»Ja«, murmelte Dirk, ohne das erleichterte Lächeln ablegen zu können, das aus der Tiefe seiner Seele aufstieg. »Aber jetzt haben wir uns wieder.«

»Ja. Vielleicht haben wir uns wieder. Wir werden sehen.« Sie atmete tief aus. Mit fast schmerzhafter Deutlichkeit sah Dirk in diesem Moment die dunklen Ringe unter ihren Augen, ihre Wangenknochen, die viel spitzer hervorstachen, als sie eigentlich sollten, und den Kratzer auf ihrer Wange, der wirkte, als hätte sie jemand mit einem Reißnagel verletzt. Ihre Schönheit wurde durch all dies nicht im Geringsten beeinträchtigt, sondern eher noch verstärkt, und rührte ihn an wie bei ihrer ersten Begegnung. »Es ist einfach furchtbar.«

»Ja, ich weiß.« Er streckte die Hand aus, um Kinah zu berühren, ließ sie aber sinken, als er sah, wie sich ihr Blick veränderte. »Der Sturm …«

Kinah starrte ihn an, als begriffe sie nicht, wovon er redete. »Ja, das auch«, murmelte sie dann. »Natürlich. Der Sturm. Der Tsunami.«

Plötzlich huschten ihre Augen zur Seite und weiteten sich. Lubaya stapfte durch das Wasser auf sie zu – sie war Dirk gefolgt, ohne dass er es gemerkt hatte.

»Lubaya!« Kinah strahlte. »Wie schön, dich zu sehen!«

»Ganz meinerseits«, brummte Lubaya, während sie näher kam. Sie hob den Saum ihres bunten Kleides hoch und wrang ihn aus. »Das war vielleicht eine Hetzerei, dich zu finden, Herzchen! Aber ich hatte mir schon gedacht, dass du dich hier in Sicherheit bringen würdest. Woher kommt eigentlich auf einmal das ganze Wasser?« Sie sah missbilligend an sich hinab.

»Es dringt durch die Decke«, antwortete Kinah besorgt. »Und ich fürchte, das ist kein gutes Zeichen.«

Lubaya seufzte. »Da wirst du wohl recht haben. Aber genug gequasselt! Jetzt komm erst mal an Mutters Busen.«

Mit diesen Worten ließ sie den Saum ihres Gewandes fallen – was Dirk durchaus begrüßte – und drückte Kinah an sich – was er nicht gerne sah. Er spürte einen Stich von Eifersucht, als Lubaya Kinah so innig umarmte wie eine Mutter ihre Tochter, obwohl sie doch etliche Jahre jünger war als Kinah.

Kinah erwiderte die Umarmung, löste sich dann aber sehr schnell von Lubaya. »Etwas Fürchterliches ist geschehen.« Sie warf Dirk einen kurzen Blick zu, wobei ein Lächeln ihre Lippen umspielte, das jedoch gleich wieder erstarb. »Und damit meine ich nicht die Katastrophe, die über die Menschen gekommen ist, die sich nicht rechtzeitig vor dem Tsunami in Sicherheit bringen konnten. Ich meine etwas, das sich hier vor unseren Augen abgespielt hat, vielleicht die ganze Zeit über, ohne dass wir es gemerkt haben.«

Lubaya rückte die fleckige braune Ledertasche zurecht, die sie aus der Bibliothek in Herzen des Labyrinths mitgenommen hatte. »Du sprichst in Rätseln. Ich verstehe kein Wort.«

»Ich verstehe es ja auch nicht. Aber ich habe das Gefühl, dass wir hier nicht alleine sind.« Kinah blinzelte. »Vorhin habe ich gespürt, dass jemand direkt hinter mir steht. Und dann berührte etwas meinen Arm. Ich blöde Kuh war so fertig mit den Nerven, dass ich geschrien habe wie ein hysterischer Teenager. Aber als ich mich umdrehte, war da nichts. Überhaupt nichts?«

Lubaya stieß einen tiefen, mütterlich klingenden Seufzer aus. »Ehrlich gesagt kapiere ich gar nichts.«

»Wahrscheinlich hört sich das alles auch etwas wirr an.« Kinah strich sich die feuchten Haare aus der Stirn. »Dann ist es wohl am besten, wenn ich jetzt einfach die Klappe halte und euch zeige, worüber ich gestolpert bin.«

Damit drehte sie sich um und watete um den Felsen herum, der ihr als Künstlerwerkstatt gedient hatte. Dirk blickte ihr nach. Es war verrückt, aber erst in diesem Moment begriff er mit einer Klarheit, die alles andere vollkommen unwichtig machte, wie sehr er sie in den drei Jahren vermisst hatte.

Kinah war und blieb die Liebe seines Lebens, und daran würde sich nie etwas ändern.

Er beeilte sich, ihr zu folgen, genauso wie Lubaya, deren Miene eine bittere Entschlossenheit verriet, die nichts Gutes verhieß. Dirk konnte immer noch nicht nachvollziehen, was die beiden so ungleichen Frauen miteinander verband. Aber darauf kam es auch nicht an. Hauptsache, er hatte Kinah wieder.

Obwohl er sich bemühte, war Lubaya schneller als er. Er hatte sich beim Schwimmen vollkommen verausgabt.

Als er um die Ecke bog, stieg Kinah gerade mit katzengleicher Eleganz über die Stufen eines hölzernen Tritts aus dem Wasser. Ihr kleiner, fester Po zeichnete sich deutlich unter ihrem nassen, braunen Kleid ab. Dirk beobachtete, wie sie sich anmutig an einer

Skulptur vorbeischlängelte, die das genaue Gegenteil von ihr war – hässlich und abstoßend –, und dann auf die Ziegelmauer zusteuerte, die den Felsabsatz begrenzte wie der Schutzwall einer Burg.

Dirk hätte alles dafür gegeben, jetzt an ihrer Seite zu sein. Stattdessen musste er mit ansehen, wie Lubaya das schmale Treppchen betrat, das unter ihrem Gewicht ächzte, und die Stufen auf eine Art hinaufdonnerte, die nach Kinahs Anblick etwas ungemein Ernüchterndes hatte. Dirk ließ ein paar Sekunden verstreichen, bevor er ihr folgte, denn er hatte absolut keine Lust, Lubayas gewaltiges Hinterteil direkt vor der Nase zu haben.

»Hierher!«, erscholl Kinahs Stimme, als er den Fuß auf die erste Stufe setzte. »Kommt schnell!«

Dirk quälte sich aus dem Wasser wie ein alter Mann. Die oberste Stufe flirrte vor seinen Augen, und er streckte haltsuchend die Hände aus …

… die nicht Kinah ergriff, sondern Lubaya, denn Kinah war natürlich schon längst aus seinem Sichtfeld verschwunden.

»Nicht so schnell mit den jungen Pferden«, sagte Lubaya besorgt und zog ihn zu sich heran. »Meine Salbe zwingt zwar das Gift aus deinem Körper und deiner Seele, aber deswegen bist noch lange nicht wieder fit. Du musst dich schonen.«

Dieser Ratschlag war ungefähr so sinnvoll, wie einem Piloten im Landeanflug zu sagen, er sehe käsig aus und solle sich für ein Viertelstündchen aufs Ohr legen.

Dirk machte sich von Lubaya frei und eilte in die Richtung, in die Kinah verschwunden war, konnte sie in dem Durcheinander aus Kunstobjekten und Arbeitsmaterialien jedoch nicht entdecken.

»Vorsicht!«, rief Lubaya.

Zu spät – er knallte mit dem Kopf gegen die Skulptur, der Kinah so leichtfüßig ausgewichen war. Eine schauderhafte Fratze starrte ihn an, ein übergroßer Mund schien nach ihm zu schnappen, und die Arme, die eben noch vollkommen starr gewirkt hatten, schnellten vor. Die ganze Skulptur beugte sich ein Stück weit zu ihm, als wollte sie ihn packen und würgen …

Dann trat Lubaya neben ihn. Mit der einen Hand schob sie Dirk beiseite, mit der anderen hielt sie das zappelnde Kunstobjekt fest.

»Ich habe Vorsicht gesagt!«, donnerte sie.

»Ich konnte doch nicht ahnen, dass dieses Ding gleich über mich herfällt«, erwiderte Dirk.

»Das ist kein Ding, das ist Kunst«, verbesserte ihn Lubaya. »Auch wenn ich nicht verstehe, warum Kinah in letzter Zeit mit flexiblem Material arbeitet, statt schöne, runde, feste Statuen zu schaffen – davon würde ich nämlich mehr halten.«

»Ja, das denke ich mir.«

»Was soll das denn heißen?« Lubaya stemmte die Hände in die Hüften und funkelte ihn an. »Stehst du etwa auf Klappergestelle?«

»Nein.« Dirk sah sich suchend um. »Ich stehe auf Kinah. Und wenn es dir nichts ausmacht, möchte ich jetzt gerne zu ihr.«

Das war offensichtlich die richtige Antwort, denn Lubayas Lippen verzogen sich zu einem breiten Lächeln. »Klar doch. Gehen wir.«

Dirk warf einen misstrauischen Blick auf das, was Akuyi *Skulpschtur* genannt hätte. Die Gestalt wackelte bedrohlich. Er sollte machen, dass er hier wegkam.

Seine euphorische Stimmung hatte durch die Skulptur und die damit verbundene Erinnerung an Akuyi einen deutlichen Dämpfer erhalten, und während er Lubaya folgte, die in ihrer gewohnt selbstsicheren Art vor ihm herstapfte, begriff er, warum Kinah bei der Gestaltung ihrer mannshohen Kunstwerke von starrem auf flexibles Material umgestiegen war. Ihr Leben hatte einen Knacks bekommen, nachdem sie ihre kleine Familie verlassen hatte. Nichts war für sie mehr fest und sicher, alles in Aufruhr und Bewegung. Umso mehr fragte er sich, warum sie diesen Schritt getan hatte.

Gerade, als er anfangen wollte, sich Sorgen zu machen, entdeckte er Kinahs langes schwarzes Haar hinter einer sitzenden Skulptur, die scheinbar in stummer Verzweiflung die Hände gen Himmel reckte – oder vielmehr zur Decke der Grotte, von der auf unerklärliche Weise ein feiner Nieselregen fiel wie an einem Herbsttag in Deutschland.

Kinah fuhr hoch und drehte sich zu ihnen um. Dirk war nicht sicher, ob die glänzende Feuchtigkeit in ihrem Gesicht nur von den Wassertropfen stammte, die hier alles und jeden benetzten. In ihren wunderschönen dunklen Augen war eine Traurigkeit, die etwas anderes vermuten ließ.

Es schmerzte ihn, sie so zu sehen.

»Was ist los?«, fragte er.

Kinah deutete auf die Ziegelmauer, die an dieser Stelle eingestürzt war. Hinter dem entstandenen Loch tat sich ein dunkler Hohlraum auf. Dirks Blick wanderte über frische Bruchspuren, halb herausgerissene Ziegel, die jederzeit nachrutschen konnten, und einen wüsten Haufen von Dreck und Gestein zu Kinahs Füßen.

»Das muss während des Bebens passiert sein.«

»Beben?« Dirk dachte an die Grotte, die sie durchquert hatten und die hinter ihnen zusammengebrochen war, und an den Gang, durch den sie geflohen waren und der tatsächlich gebebt hatte.

»Was stehst du hier rum und guckst blöd!«, herrschte ihn Kinah an, doch dann fügte sie rasch hinzu: »Entschuldige. Die Nerven. Ich wollte nicht …«

Dirk winkte ab. »Schon gut. Die letzten Tage waren für uns alle ziemlich anstrengend. Aber ich habe immer noch nicht verstanden, was du mir zeigen wolltest.«

Kinah nickte und fuhr sich durch die Haare. Es war eine beiläufige Geste, aber eine der Gesten, die Dirk an ihr liebte und die er unglaublich erotisch fand. Am liebsten hätte er sie an sich gezogen und …

»Also, Schätzchen«, holte ihn Lubayas Stimme abrupt in die Wirklichkeit zurück. »Um was geht es nun? Willst du es uns nicht endlich verraten?«

Kinah nickte erneut. »Ich habe immer gedacht, die Mauer wäre direkt vor dem Felsen errichtet worden. Aber ich scheine mich getäuscht zu haben.«

Dirk warf Lubaya einen giftigen Blick zu. Kinah war seine Frau, und er hatte sie drei lange Jahre nicht gesehen. Hatte er da keinen Anspruch auf ein bisschen Intimsphäre?

Lubaya grinste breit. »Damit musst du noch ein bisschen warten.«

»Womit muss ich warten?«, fragte Dirk irritiert. Konnte diese Hexe etwa seine Gedanken lesen?

»Mit dem, was ich in deinen Augen lese«, antwortete Lubaya ungerührt. »Und wozu du wahrscheinlich jedes Recht der Welt hättest – wenn die Umstände anders wären.«

»Wovon redet ihr beide eigentlich?«, fragte Kinah ungeduldig.

»Von nichts, Schätzchen«, brummte Lubaya. »Zeig uns lieber, was du entdeckt hast.«

Kinah wandte sich zu der Mauer und trat einen Schritt vor. »Das hier ist keine Begrenzungs-, sondern eine Trennmauer.«

Dirk verstand nicht ganz, worin der Unterschied lag. Aber bevor er dazu kam, eine entsprechende Frage zu stellen, fuhr Kinah fort: »Dahinter gibt es einen Gang. Und Räume. Es scheint, als hätte sich dort jemand vor langer Zeit häuslich niedergelassen.«

»Die verlorene Station!«, rief Lubaya. »Ja, ich glaube, ich verstehe, was du meinst. In den alten Geschichten ist die Rede von zwei Wegen, über die unser Volk in die Welt hinauszog – und wieder zurück in die Heimat gelangte. Beide Wege führen durch Länder, die seit Menschengedenken eine Brücke zwischen dem Orient, Afrika und Europa schlagen, das eine Land im Westen, das andere im Osten.«

»Marokko und Ägypten«, vermutete Dirk.

»Ja.« Lubaya klopfte auf die Tasche, die sie sich über die Schulter gehängt hatte. »Ich habe ein Buch aus der Bibliothek dabei, in dem einiges darüber steht. Allerdings nicht, warum die Menschheit ihren Blick nur auf Ägypten richtet und Marokko ganz vergessen hat.«

»Na schön«, sagte Dirk. »Aber was hat das alles mit dieser Station zu tun?«

»Ja, das würde ich auch gerne wissen«, fügte Kinah mit hörbarer Ungeduld in der Stimme hinzu.

»Ganz einfach«, sagte Lubaya. »Vor Urzeiten setzten unsere Ahnen ihren Fuß in diese Höhlen. Vielleicht suchten sie wie wir Schutz vor einem Unwetter. Vielleicht gab es die Grotten, wie wir sie jetzt kennen, damals auch noch gar nicht, und es sah hier völlig anders aus. Der Küstenverlauf muss früher auf jeden Fall ein anderer gewesen sein.« Sie holte tief Luft. »Wenn ich mich nicht irre, war die Entfernung zwischen Afrika und Europa vor sehr, sehr langer Zeit genau an diesem Ort am geringsten. Oder zumindest konnte man mit primitiven Einbäumen und Flößen von hier aus leicht nach Spanien übersetzen, weil die Strömung günstig war …«

»Lubaya«, unterbrach Kinah sie streng. »Komm endlich auf den Punkt!«

»Der Punkt ist«, sagte Lubaya stolz, »dass nach vielen, vielen Generationen hier ein geheimer Versammlungsort für all jene entstand, die von einer Welt zur anderen reisen wollten. Das muss zu der Zeit gewesen sein, als in Ägypten Cheops über das Alte Reich herrschte …«

»Dann besteht diese Mauer aus Schlammziegeln?«, fragte Dirk.

Lubaya zuckte mit den Schultern. »Woher soll ich das wissen? Wahrscheinlich ist sie eher neueren Datums, weil die Höhlen immer wieder umgebaut wurden. So steht es zumindest in dem Buch.« Sie klopfte auf die Umhängetasche.

»Dann weißt du also, was sich hinter der Mauer verbirgt?«, fragte Kinah scharf.

»Nein. Ich weiß bloß, dass es hier etwas gibt, das unsere Ahnen den *Ort des Weltenwechselns* nannten.« Lubaya straffte den Rücken. »Und nun los. Oder sollen wir noch länger untätig herumstehen?«

»Nein.« Kinah drehte sich um und schlüpfte durch das Loch in der Mauer.

Dirk war nicht wohl bei der ganzen Sache. Was auch immer Kinah entdeckt haben mochte – es rechtfertigte seiner Meinung nach nicht, dass sie ihre Zeit damit verschwendeten. Sie sollten besser versuchen, aus diesem unterirdischen Labyrinth hinaus und wieder ans Tageslicht zu kommen. Möglich, dass sie dort oben etwas erwartete, das schlimmer war als alles, was er bisher gesehen hatte. Aber selbst wenn dem so wäre, dann konnten sie ihr Schicksal immer noch selbst in die Hand nehmen und ins Landesinnere flüchten oder irgendwohin, wo der Sturm keine Verwüstungen angerichtet hatte, und sich dort erst einmal ausruhen, bevor sie ihre nächsten Schritte planten.

»Es ist ziemlich dunkel hier drin«, sagte Kinah. »Passt auf, wohin ihr tretet.«

Dirk folgte ihr, während Lubaya sagte: »Das werden wir gleich haben.« Sie kramte in ihrer Tasche, zog eine LED-Taschenlampe hervor und zwängte sich ebenfalls durch die Öffnung. In der nächsten Sekunde wurde der Hohlraum hinter der Mauer, der einmal eine kleine Halle gewesen sein mochte, in helles Licht getaucht.

Eine zentimeterdicke Staubschicht bedeckte den Boden – und

auch die Skelette, die in einigen Metern Entfernung wie achtlos hingeworfen dalagen. Der Strahl der Taschenlampe wanderte über ein Durcheinander aus bleichen, abgenagten Bein- und Armknochen.

Dirk blieb wie erstarrt stehen. Ratten. Er war sich ganz sicher, dass es Ratten gewesen waren, die diese Knochen abgenagt hatten. Vielleicht war sogar noch Fleisch an den Knochen, noch Leben in den Körpern gewesen, als die Ratten über sie hergefallen waren. Die Vorstellung, wie sich Ratten in zuckende Arme und Beine verbissen, in Menschen, die man gefesselt zurückgelassen und damit den widerlichen Nagern zum Fraß vorgeworfen hatte, trieb ihm den kalten Schweiß auf die Stirn.

»Ist es das, was du uns zeigen wolltest?«, fragte Lubaya.

»Ach was, doch nicht ein paar alte Skelette …« Kinah zuckte mit den Schultern. »Wir müssen dort entlang.« Sie deutete mit den Fingern auf die Spur, die ihre eigenen Füße im Staub hinterlassen hatten. »Es ist nicht weit.«

»Wie hast du dich ohne Taschenlampe hier drin orientieren können?«, hörte Dirk Lubaya fragen. Nicht etwa: »Gibt es hier Ratten?« Dabei wäre das die naheliegende Frage gewesen.

Kinah lächelte flüchtig. »Du weißt doch: Ich habe Augen wie eine Katze.«

»Soso.« Lubayas Stimme klang belustigt. »Aber im Dunkeln wirst auch du nicht sehen können.«

»Stimmt«, antwortete Kinah. »Hast du nicht die Kerze bemerkt, die auf dem Schutt neben der Öffnung lag? Ich hatte drei Kerzen aus meinem Materialkoffer mitgenommen, das ist das ganze Geheimnis. Aber vielleicht wäre es besser gewesen, gar nicht erst hinter die Mauer zu blicken. Dann wäre mir einiges erspart geblieben …«

Und mir auch, dachte Dirk.

Er rührte sich nicht vom Fleck, während die beiden Frauen weitergingen. *Sein* Geheimnis war, dass er es nicht fertigbrachte, einen Raum zu durchqueren, in dem Ratten Menschen annagten.

Als Kinah vier oder fünf Schritte von ihm entfernt war, blieb sie plötzlich stehen und drehte sich zu ihm um. »Was ist mit dir?«

»Akuyi ist verschwunden«, flüsterte Dirk. »Vor sechs Wochen schon. Ich habe sie überall gesucht, die Polizei eingeschaltet, einen Privatdetektiv engagiert …«

»Ich weiß«, sagte Kinah leise. »Lubaya hat mich auf dem Laufenden gehalten.«

»Hast du eine Ahnung …?«

Kinah schüttelte den Kopf. Auf einmal wirkte sie schrecklich müde und erschöpft. »Nein, ich habe keine Ahnung, wo sie steckt.« Nach einer kurzen Pause fügte sie hinzu: »Es muss schwer für euch beide gewesen sein, dass ich euch ohne ein Wort verlassen habe. Aber … es ging nicht anders.«

»Vielleicht konnte Akuyi es ja nicht länger ertragen«, sagte Dirk bitter. »Vielleicht wollte sie dich suchen und ist deswegen abgehauen.«

Kinah biss sich auf die Unterlippe. Er hatte vergessen, dass sie das tat, dass er diese Unart von ihr übernommen hatte. »Wenn du mir Vorwürfe machen willst …«

»Ich will dir keine Vorwürfe machen«, fiel ihr Dirk ins Wort. »Ich wollte das überhaupt nicht erwähnen. Vergiss es.«

»Aber wenn du doch meinst …«

»Akuyi ist bestimmt nicht weggelaufen, um dich zu suchen«, sagte Dirk. Fast hätte er noch hinzugefügt: »Sie ist ja nicht wie du. Sie haut nicht einfach ohne ein Wort ab.«

Stattdessen biss er sich ebenfalls auf die Unterlippe.

Aber das nutzte nichts, denn Kinah sah ihm seine bösen Gedanken an. So, wie sie es schon immer getan hatte.

»Du hast dich sehr gut um sie gekümmert«, sagte sie. Sie klang beherrscht, ihre Stimme zitterte jedoch leicht – ein Zeichen dafür, dass sie sich nicht mehr lange in der Gewalt haben würde. »Dafür danke ich dir.«

Etwas Ernüchternderes hätte sie nicht sagen können. Sie dankte ihm, wie man einem Exmann dankt, für den man nichts mehr empfindet oder, schlimmer noch, den man lästig und nervend findet, aber wegen eines gemeinsamen Kindes bei Laune zu halten versucht.

»Du müsstest mir nicht dafür danken, wenn du bei uns geblieben wärst«, schoss er seinen nächsten Pfeil ab.

Kinah runzelte die Stirn und setzte zu einer Antwort an, doch Lubaya war schneller. »Sie hat euch verlassen, um euch zu schützen.«

»Ja, das habe ich schon mal gehört«, brummte Dirk. »Aber warum? Weil sie der al-Qaida beitreten wollte und ihre neuen Freunde nicht wissen durften, dass sie eine spießige Familie in München hat?«

Lubaya winkte ärgerlich ab, und der Strahl der Taschenlampe folgte ihrer Bewegung. »Das ist wohl kaum der richtige Zeitpunkt für schlechte Scherze.«

»Das war kein Scherz.« Dirk bemühte sich, so ruhig wie möglich zu bleiben. »Ihr seid doch Mitglieder in irgendeiner Organisation. Und diese Mitgliedschaft kann nicht ganz harmlos sein, sonst wäre Akuyi noch in München. Oder täusche ich mich da?«

»Ja und nein.« Nun ähnelte Lubaya einem Catcher, der mit wütendem Gesichtsausdruck seinen Gegner angreift. »Wir sind keine Organisation. Wir sind nichts weiter als eine Gruppe von Menschen, die weder das Wissen der Ahnen verleugnen noch das der Männer und Frauen, die ernsthaft nach Wissen streben. Die begreifen, was es mit den Katastrophen auf sich hat, die uns alle bedrohen. Mit den Hurrikanen, die die amerikanische Küste zerfetzen, mit den Seebeben, die mit Tsunamis die Küsten des Pazifiks umpflügen, mit den Tornados, die inzwischen auch Europa heimsuchen und selbst dort Menschenleben fordern, wo man sich noch vor wenigen Jahren vor derartigen Naturkatastrophen in Sicherheit wähnte …«

»Ja, das alles ist schrecklich«, unterbrach sie Dirk. »Aber was hat das mit meiner Tochter zu tun?«

»Mehr, als du ahnst, weißer Mann«, antwortete Lubaya.

»Und was soll das nun wieder heißen?«

»Hört auf! Alle beide!« Kinah wandte sich an Dirk. »Wir werden darüber sprechen. Aber nicht hier und jetzt.«

Sondern bei einem Scheidungsanwalt? Er sprach den Gedanken nicht aus, doch auch diesmal schien sie ihm anzusehen, was in ihm vorging.

Sie drehte sich ruckartig weg. »Wir sollten besser keine Zeit verschwenden.«

»Okay.« Dirk räusperte sich. »Aber vielleicht ist es besser, wenn einer von uns hier Wache hält. Nur für den Fall, dass jemand … kommt.«

Kinah wandte sich erneut zu ihm um. »Was ist los? Bist du meiner schon wieder überdrüssig?« Da war nicht wie früher Ironie in ihrer Stimme, sondern nur Ungeduld.

»Nein, ganz im Gegenteil. Es ist bloß …« – er geriet beinahe ins Stammeln –, »vorhin gab es hier irgendwo eine Schießerei. Wir müssen vorsichtig sein.«

»Vorsichtig wobei?« Kinah legte den Kopf schief. Jetzt hatte sie tatsächlich Ähnlichkeit mit einer Katze, aber mit einer fauchenden Katze, die im nächsten Moment angreifen würde. »Sind wir etwa unvorsichtig, wenn wir zusammenbleiben?«

»Nein«, widersprach Dirk. »Aber auch Olowski hat gesagt …«

»Jan?« Durch Kinah ging sichtlich ein Ruck. »Du hast Jan getroffen? Wo ist er?«

Dirk starrte Kinah schweigend an. War das so? War er bloß der nervende Ex und Jan der neue Mann in ihrem Leben? Und war es zum Teil seine Schuld, dass dieser neue Mann nie wieder auftauchen würde?

»Was ist los?«, fragte Kinah plötzlich scharf. »Wenn du Jan gesehen hast, musst du mir doch sagen können, wo er ist!«

Begraben unter einem Berg von Gestein, weil er mir geholfen hat und ich ihn dann im Stich ließ. Dirks schlechtes Gewissen meldete sich mit aller Gewalt zu Wort. Kinah würde schon bald merken, dass etwas nicht stimmte.

Lubaya trat neben Kinah und legte ihr beruhigend die Hand auf die Schulter. Kinah, die, wenn sie wütend oder aufgebracht war, eigentlich keine Berührung zuließ, duldete das. Mehr noch – sie ergriff ihrerseits Lubayas Schulter. »Was ist mit Jan? Sag es mir!«

Bislang war Lubaya nie um eine Antwort verlegen gewesen, aber nun stockte ihre Stimme. »Auf dem Weg hierher sind wir durch eine einstürzende Grotte gelaufen. Daher stammten auch die Erschütterungen, die du gespürt hast.«

»Die Grotte ist eingestürzt, während ihr noch darin wart?«, wiederholte Kinah.

Lubaya nickte schweigend.

»Und … und Jan …«

»Dirk und ich haben es in letzter Sekunde geschafft«, antwortete Lubaya. »Es war der reinste Weltuntergang. Du kannst dir nicht vorstellen, wie viele Tonnen Gestein dort heruntergekommen sind.«

»Sag, dass das nicht wahr ist!«, schrie Kinah. »Sag, dass ihr Jan nicht dort zurückgelassen habt!«

»Ich musste mich um Dirk kümmern«, verteidigte sich Lubaya. »Er war nicht sehr gut zu Fuß. Erst hat Jan ihn gestützt. Aber dann …« Lubaya wandte sich an Dirk. »Was war eigentlich dann? Wo ist Jan plötzlich abgeblieben?«

Dirk sah von einer der Frauen zur anderen. Er hätte viel darum gegeben, wenn in diesem Augenblick ein Marsmännchen vorbeigeradelt wäre und ihm die Antwort erspart hätte. Aber das Schicksal verweigerte ihm diesen Gefallen.

»Ich weiß es nicht«, sagte er lahm. »Die Decke … die Decke ist zusammengebrochen. Olowski … Jan … war erst neben mir, dann hat er einen Haken geschlagen …«

Dirk verstummte, als er einen hässlichen Verdacht in Kinahs Augen aufblitzen sah.

Dieser Argwohn war schlimmer als alles andere, schlimmer noch als sein schlechtes Gewissen.

»Wie ich gehört habe, seid ihr gestern Abend aneinandergeraten«, flüsterte Kinah. »Du konntest ihn nicht leiden, oder?«

»Nein, das stimmt nicht!«, widersprach Dirk heftig. »Ich hatte überhaupt nichts gegen ihn. Im Gegenteil! Schließlich hat er mich gerettet, als ich in einem Gang vom Sturm überrascht wurde.«

»Er hat dich gerettet, er hat dir geholfen – und du hast dich nicht einmal darum gekümmert, ob er sich selbst in Sicherheit bringen konnte?« Kinahs Gesicht glich auf einmal einer der Masken, die in ihrem gemeinsamen Haus hingen. In ihren Zügen war eine Härte, etwas Fremdartiges und vielleicht auch Uraltes, dessen Bedeutung ihm auf ewig verschlossen bleiben würde. »Du hast einen Gefährten im Stich gelassen? Weißt du, wie man bei uns jemanden nennt, der so handelt?«

Dirk schüttelte hilflos den Kopf.

»Das weißt du nicht? Man nennt ihn einen Taoto. Einen Feigling. Und weißt du, was man über einen solchen Taoto sagt?«

Dirk presste die Lippen aufeinander.

»Ein Feigling läuft weg … Zum Kampf gegen das Schicksal braucht es einen Mann.«

»Ganz so war es nicht«, wandte Lubaya ein. »Als die Decke zusammenbrach, war jeder von uns dreien auf sich alleine gestellt. Du hast keine Ahnung, was in diesem Moment los war! Es war, als würde Baku höchstpersönlich auf das steinerne Dach der Grotte einschlagen.«

»Verschone mich bitte mit diesem Blödsinn!«, fauchte Kinah. »Nicht Baku bestimmt Dirks Schicksal, sondern er selbst.«

»Aber wir mussten uns erst einmal in Sicherheit bringen«, beharrte Lubaya.

Kinah starrte sie an. »Und was hast du getan, nachdem du dich in Sicherheit gebracht hattest?«

Lubaya blinzelte. »Ich verstehe nicht, was du meinst.«

»Ich glaube, du verstehst mich sehr gut.« Kinahs Stimme klang immer noch vorwurfsvoll, aber etwas weicher als zuvor. »Ich kenne dich, Lubaya. Es reicht dir nicht, dich in Sicherheit zu bringen, niemals. Wenn es darum geht, anderen beizustehen, bist du immer die Erste, egal, ob du dich dabei einer Gefahr aussetzen musst oder nicht.«

»Können wir dieses Verhör vielleicht abkürzen?«, mischte sich Dirk ein. »Lubaya hatte schon den Gang erreicht, durch den wir uns später retten konnten. Aber ich hätte es nicht mehr geschafft. Da ist sie zurück in die Grotte gerannt und hat mich mehr oder weniger mitgeschleift.«

»Stimmt das?«, fragte Kinah.

Lubaya nickte. »Natürlich stimmt das.«

»Und Jan?«

»Den habe ich nicht gesehen«, antwortete Lubaya. »Er war wie vom Erdboden verschluckt.«

Kinah wandte sich wieder an Dirk. »Aber du hast ihn gesehen, oder?«

Dirk räusperte sich. »Zu diesem Zeitpunkt nicht mehr. Vorher ja. Ich dachte …«

»Was du gedacht hast, spielt keine Rolle«, unterbrach ihn Kinah. »Nur, dass du ihn feige im Stich gelassen hast.«

»Was hätte ich denn machen sollen?«, begehrte Dirk auf. »Ich konnte mich kaum auf den Beinen halten. Und außerdem habe ich wirklich geglaubt, dass Jan schon in Sicherheit ist.«

Kinah verzog abfällig das Gesicht und traf ihn damit tiefer, als wenn sie ihn angebrüllt hätte. »Na klar.«

»Es tut mir leid, was mit Jan geschehen ist«, erklärte Dirk mit Nachdruck. »Aber wäre es dir lieber gewesen, ich wäre in die einstürzende Grotte zurückkehrt, um ihn zu suchen – und auch umgekommen?«

»Mein Gott, Dirk«, murmelte Kinah. »Das ist billig, und du weißt es. Und außerdem: Woher willst du wissen, dass Jan umgekommen ist? Hast du ihn zerschmettert am Boden liegen sehen?«

»Nein, das habe ich nicht«, erwiderte Dirk trotzig. »Aber ich habe nach ihm Ausschau gehalten. Ich bin nämlich nicht einfach weggelaufen. Im Gang habe ich mich noch einmal umgedreht und versucht, in der Grotte irgendein Lebenszeichen zu entdecken. Aber da waren nur Felsbrocken, jede Menge Splitter und Staub, und Steine, die von oben herabregneten und in tausend Stücke zersprangen.«

»Es war schlimm«, pflichtete ihm Lubaya bei. »Und wir mussten weiter. Der Gang, in dem wir standen, bebte und hätte jeden Moment einstürzen können.«

»Du musst Dirk nicht verteidigen«, sagte Kinah. »Ich kann mir eure Situation sehr gut vorstellen. Aber trotzdem: Wenn es umgekehrt gewesen wäre, hätte Jan keinen Augenblick gezögert, nach Dirk zu suchen.«

Dirk dachte daran, wie sich Olowskis Kopf mit wehenden Haaren zu ihm in den Gang gereckt hatte. Kurz bevor ihn die Böen endgültig von den Beinen gerissen und irgendwo gegen eine Felswand oder einen Vorsprung geschmettert hätten, war Jan ihm trotz der Gefahr zu Hilfe gekommen, hatte ihn gepackt und gemeinsam mit Lubaya in die Sicherheit hinter der metallgestützten Öffnung gezogen. Wenn er nicht gewesen wäre …

»Aber du bist ja schon immer den Weg des geringsten Widerstands gegangen«, fuhr Kinah fort. »Sich bei Schwierigkeiten verkriechen und zur Flasche greifen – das ist deine Strategie.«

»Kinah, bitte …«

Sie schüttelte den Kopf und wandte sich ab. »Wenn du zu feige bist, uns zu begleiten, dann bleib halt hier und warte, bis die großen Mädchen zurückkommen«, murmelte sie und machte einen Schritt in Richtung der Skelette.

»Ich denke ja gar nicht daran!« Dirk folgte ihr entschlossen. Staub wirbelte unter seinen Füßen auf und kitzelte ihn in der Nase. »In welcher Beziehung stehst du überhaupt zu diesem Jan?«

Er sagte es aus reinem Trotz, und kaum, dass ihm der Satz über die Lippen gekommen war, erkannte er, dass er nichts Blöderes hätte von sich geben können.

Kinah wirbelte herum und funkelte ihn an. »Jan ist in den letzten Jahren der wichtigste Mann in meinem Leben gewesen, wenn du das wissen willst. Allerdings auf ganz andere Art, als du vermutest. Und wenn dir das nicht passt, leg den Rückwärtsgang ein und verschwinde. Dann will ich dich nämlich nie wiedersehen!«

Dirk biss sich auf die Unterlippe. So viele Worte wollten aus ihm hervorsprudeln, so viel Unsinn, so vieles, was sich in all den Jahren angestaut hatte, in denen er Kinah vermisst und manchmal sogar beinahe gehasst hatte. Aber er wusste genau, dass er jetzt besser schwieg.

Kinah erwartete offensichtlich auch keine Antwort. Sie schloss mit schnellen Schritten zu Lubaya auf, die schon ein Stück weitergegangen war. Der Strahl der Taschenlampe huschte über tönerne Gefäße, geflochtene Sitzkissen und zwei Kisten, die aussahen, als stammten sie von einem Piratenschiff. Dirk spähte misstrauisch hinüber zu den im Halbdunkel liegenden Skeletten. Huschte da nicht etwas davon? Vielleicht ein widerlicher Nager mit nacktem Schwanz und scharfem Gebiss?

Er zwang sich, den Blick von der Stelle zu lösen, die im flackernden Licht zu gespenstischem Leben zu erwachen schien. Schlimmer konnte es wirklich kaum noch kommen. Kinah war nicht nur wütend auf ihn, sie verachtete ihn, weil sie ihn für einen Feigling hielt – und sein schlechtes Gewissen gab ihr insgeheim recht. Außerdem bestand sie darauf, in ein rattenverseuchtes Loch vorzudringen, in dem vielleicht dutzende, wenn nicht hunderte von Nagern nur darauf warteten, über sie herzufallen.

»Hier ist es.« Kinah nahm Lubaya die Taschenlampe aus der Hand.

Dirk ahnte, was er gleich im Lichtstrahl sehen würde. Ein erbärmlicher Gestank wehte ihn an – derselbe Gestank, der ihm am Abend zuvor im Keller unter Olowskis Bungalow den Atem geraubt hatte.

Der Gestank des Todes.

6

Der fast weiße Lichtstrahl glitt zitternd über eine rissige, schlecht verputzte Wand und blieb an einer Gestalt hängen, die auf dem Boden lag. Es hätte ein Mann sein können, der sich hier in einer vermeintlich abgeschiedenen Ecke zur Ruhe gelegt und eine dünne blaue Decke über sich gezogen hatte, um all das Schreckliche zu vergessen, das zuvor geschehen war. Oder es hätte eine Verletzte sein können, die man auf eine Liege gebettet hatte und für die man nun Hilfe holte.

Aber es war nichts von alledem. Es war eine Leiche.

Sie war von Kopf bis Fuß in blaue Folie gewickelt, was ihr etwas entsetzlich Fremdartiges gab.

Dirk konnte nicht einmal sagen, ob es sich um einen Mann oder eine Frau handelte, obwohl das Gesicht relativ gut zu erkennen war.

Was für ein Gesicht! Der Mund weit aufgerissen, die Wangen hohl – ein stummer Schrei des Entsetzens im Augenblick des Erstickens, der Versuch, doch noch Luft zu bekommen …

»Oh mein Gott«, murmelte Lubaya. »Das ist … das ist …«

Grausig wäre das Wort gewesen, das am besten beschrieben hätte, was man diesem Menschen angetan hatte. Doch Lubaya sprach es nicht aus. Auch Kinah schwieg, aber im Licht der Lampe wirkte ihr Gesicht plötzlich ganz schmal.

Dirk hatte den Atem angehalten und stieß nun die Luft zischend zwischen den Zähnen hervor. Was für ein grauenhafter Tod! Dabei zusehen zu müssen, wie die Peiniger die Folie immer weiterwickelten, um Schultern, Hals, Kopf … Ob sie ihrem Opfer gesagt hatten, was sie mit ihm vorhatten? Ob sie es auch damit gequält hatten?

Der Gedanke war viel zu abscheulich, als dass Dirk ihn hätte weiterverfolgen können. Bisher war es sein absoluter Albtraum gewesen, von Ratten zu Tode genagt zu werden. Nicht, dass das seinen Schrecken verloren hatte, aber der Tote zu seinen Füßen gemahnte ihn daran, dass die Hölle für jeden Menschen anders aussehen konnte.

»Oh Gott …« Lubaya trat einen Schritt näher. »Das ist ja … Die Folie … Sie hat seine Gesichtszüge verzerrt …«

»Ja«, sagte Kinah grimmig. »Das ist Achmed.«

»Achmed … Der nette Junge, der mich immer gefragt hat, ob er noch etwas für mich tun kann …« Lubaya schluckte hörbar. »Mein Gott … Wer macht so etwas?«

»Ich weiß es nicht«, antwortete Kinah mit erstickter Stimme. »Und ich will es auch gar nicht wissen.«

»Und warum tut jemand so etwas?«, fuhr Lubaya fassungslos fort. »Achmed war ein netter, hilfsbereiter junger Mann. Aus welchem Grund sollte jemand ihn umbringen?«

»Aus dem Grund, aus dem dieser Jemand vielleicht auch die anderen getötet hat, die nicht zurückgekehrt sind«, sagte Kinah leise.

»Was?«

»Wir haben doch immer befürchtet, dass ihnen etwas zugestoßen sein könnte«, wisperte Kinah. »Oman, Mike, Parkar … Soll ich die Liste fortsetzen?«

»Nein!« Lubaya schrie es fast. »Glaubst du etwa, dass man sie alle … umgebracht hat?«

»Der Verdacht liegt nahe, oder?«, fuhr Kinah unbarmherzig fort. »Und es waren nicht nur Männer, die nie wiederkamen. Es waren auch Frauen. Zum Beispiel Shaila …«

Lubaya presste sich die Hände auf die Ohren. »Ich will nichts mehr darüber hören!«

Kinah nickte langsam. »Ich auch nicht«, flüsterte sie. »Und ich will auch nicht mehr darüber nachdenken, denn das habe ich getan, seitdem ich Achmed hier entdeckt habe – und in Panik geriet und wegrannte, als wären tausend Furien hinter mir her. Seitdem versuche ich, den Sinn hinter all dem zu finden.«

Lubaya nahm die Hände wieder herunter. »Ein Verräter«, murmelte sie tonlos.

Kinah nickte. »Einer oder mehrere. Menschen, die uns benutzt haben. Uns, das alte Wissen und Jans Forschungen. Alles, womit wir die schrecklichen Folgen der götterlästernden Handlungen der Menschheit verhindern und die vielen gebrochenen Versprechen wiedergutmachen wollten – die betrügerischen Klimakonferenzen, die blinde Jagd nach Geld, die dumpfe Ignoranz. Diese ungeheure, niederträchtige Energie, die sich mit den alten Gottheiten der Zerstörung verbindet und alles hinwegreißen wird, was unsere Ahnen mühsam aus Stein und Lehm erschaffen haben.«

Kinah sprach mit einer Inbrunst, wie Dirk sie nur selten bei ihr erlebt hatte. Sie hatte diese flammende Rede nicht zum ersten Mal gehalten, das war offensichtlich, genauso offensichtlich wie der Umstand, dass sie von ihren Worten zutiefst überzeugt war. Aber wie lange schon? Hatte sie etwa lediglich vorübergehend für einige Jahre bei ihm Zuflucht gesucht, um sich dann ihrer eigentlichen Bestimmung zuzuwenden? Hatte sie deswegen gar nicht anders gekonnt, als ihn und Akuyi zu verlassen?

Kinah starrte hinunter auf den Leichnam. »Wer auch immer uns Achmed genommen hat – er hat genau gewusst, was er tat.« Sie blickte auf und zu Lubaya. »Seit wie vielen Tagen vermissen wir ihn?«

»Ich weiß nicht genau«, antwortete Lubaya. »Ist er nicht mit einem Boot hinausgefahren?« Sie nahm die Taschenlampe wieder an sich, ging neben dem Toten in die Hocke und streckte vorsichtig die Hand aus. »Wenn er es überhaupt noch geschafft hat, den

Fuß in ein Boot zu setzen, dann ist er jedenfalls nicht sehr weit gekommen.«

Ganz langsam strichen ihre Finger über den Arm des Mannes, der durch die Folie eng an seinen Körper gepresst wurde. »Die Folie ist feucht. Und da …« Sie deutete auf Fußspuren im Staub, die irgendwo in der Dunkelheit verschwanden. »Die Spuren sind frisch. Achmed kann noch nicht sehr lange hier liegen.«

»Aber er ist bestimmt schon seit Tagen tot. Die Verwesung hat ja bereits eingesetzt.« Kinahs Stimme klang kalt und gefühllos. Doch Dirk kannte sie und ahnte – nein, *wusste* –, dass sie innerlich völlig durcheinander war.

So wie er.

»Als wir in den Bungalowkeller gegangen sind …«, begann er.

»Nicht jetzt«, unterbrach ihn Kinah.

»Doch, jetzt«, beharrte Dirk. »Auf der Kellertreppe war Blut. Und im Keller selbst sind wir auf eine Leiche gestoßen.«

Kinah musterte ihn stirnrunzelnd. »Eine Leiche? Bist du sicher?«

»Natürlich. Aber es war nicht …« Dirk holte tief Luft, was er sofort bereute, weil er damit den Verwesungsgeruch tief in sich einsog und unmittelbar darauf den Geschmack von Galle auf der Zunge spürte. »Es war nicht … diese. Es war jemand … der schon länger tot war.«

Kinah starrte ihn an, als hätte er behauptet, dass der Papst in einer Peepshow auftrat. »Es ist furchtbar genug, dass man Achmed umgebracht hat und vielleicht auch die anderen. Aber eine Leiche im Bungalowkeller? Blut auf der Treppe? Ausgeschlossen. Ich war schließlich gestern noch im Haus.«

»Auch im Keller?«

Kinah legte den Kopf schief. »Nein, nicht im Keller. Aber das kann einfach nicht sein … Meine Güte … Nein, das glaube ich nicht …«

»Was glaubst du nicht?«, fragte Lubaya und erhob sich. »Dass hier Dinge geschehen, die nicht ganz geheuer sind? Hast du die alten Geschichten über Menschenopfer vergessen? Was ist mit den Skeletten, über die wir gerade gestolpert sind? Vielleicht hat das alles ja gar nichts mit einem Verräter zu tun, sondern mit Mächten, die durch Sturm, Hagel und Blitz zerstören können, was Menschenhand über Generationen aufgebaut hat?«

»Hör auf!«, fuhr Kinah sie an. »Es ist schon schlimm genug.«

»Ja, es ist schlimm genug«, bestätigte Lubaya. »Es ist schlimm, dass man Achmed umgebracht hat. Und wie man ihn umgebracht hat.«

»Was meinst du damit?«, fragte Kinah entsetzt.

»Das weißt du doch längst.« Lubayas Gesicht, das sonst keine Gefühlsregung verbarg, wirkte wie erstarrt. »Als man ihn mit der Folie umwickelte, hat er noch gelebt. Vielleicht war er schon bewusstlos. *Hoffentlich* war er bewusstlos.«

Der Gedanke, der für Dirk und Lubaya so naheliegend war, schien Kinah völlig neu zu sein. Sie schlug die Hand vor den Mund. Dann ließ sie sie langsam wieder sinken. »Wer auch immer Achmed getötet hat … Mein Gott … wir müssen los … Akuyi!«

Dirk hatte gedacht, dass sich sein Entsetzen nicht mehr steigern konnte. Aber er hatte sich geirrt. Er sprang zu Kinah, packte sie an den Armen und schüttelte sie. »Was soll das heißen? Was weißt du über Akuyi?«

Kinah starrte ihn aus großen, runden Augen an und murmelte: »Sie ist in Gefahr.«

Dirk hielt ihre Arme immer noch fest umklammert. »Weißt du, wo sie ist?«

Kinah schüttelte den Kopf. »Nein. Ich dachte, sie wäre in Sicherheit. Aber jetzt …«

»Dann steckst du also hinter dem Verschwinden unserer Tochter!«

Kinah versuchte, sich aus seinem Griff zu winden. »Du tust mir weh.«

»Das ist keine Antwort.« Dirk ließ sie los und trat einen Schritt zurück. »Sag mir jetzt auf der Stelle, was du über Akuyis Verschwinden weißt!«

»Das ist nicht so einfach«, schaltete sich Lubaya ein. »Wir wissen selbst nicht, wo sie im Augenblick ist.«

Dirk sah erst Lubaya, dann Kinah an. Lubayas Miene war immer noch wie versteinert, Kinah hingegen wirkte verzweifelt. »Selbst nicht? Heißt das …«

»Ja.« Kinahs Antwort ging in einem Schluchzen unter. »Eigentlich müssten wir es wissen.«

»Achmed hat einen Bruder«, erklärte Lubaya. »Und diesen Bruder hatte Kinah beauftragt, sich um Akuyi zu kümmern.«

Dirk erstarrte. Er hatte es geahnt. Kinah hatte von Anfang an ein falsches Spiel mit ihm gespielt.

Und jetzt, da sie sich in die Enge getrieben fühlte, blieb ihr nichts anderes übrig, als ihm Schritt für Schritt die Wahrheit zu enthüllen.

»Was heißt: *sich um Akuyi zu kümmern?«* Seine Stimme klang brüchig wie die eines alten Mannes. »Hat er sie entführt oder was?«

Kinah zuckte zusammen.

»Kinah wollte dich und Akuyi schützen, deshalb hat sie euch verlassen«, sagte Lubaya. Gerade, als Dirk ihr mit heftigen Worten klarmachen wollte, dass er diesen Satz inzwischen oft genug gehört hatte, hob sie die Hand mit der Taschenlampe. Der Lichtstrahl irrte über die Leiche, den Boden und die Wand. »Und sie hat für Akuyis Sicherheit gesorgt, indem sie ihr einen heimlichen Beschützer an die Seite stellte – Achmeds Bruder Safrin.«

Dirk verstand gar nichts. Heimlicher Beschützer? Was hatte das zu bedeuten?

»Safrin ist ein guter Junge«, fuhr Lubaya fort. »Und er ist äußerst geschickt. Ich bin sicher, dass weder du noch Akuyi ihn je bemerkt haben.«

»Ein guter Junge …« Dirk wunderte sich, dass er nicht anfing zu schreien. »Willst du etwa damit sagen, dass dieser Typ hinter Akuyi hergeschlichen ist?«

»Nun, so würde ich es nicht ausdrücken.« Lubaya seufzte. »Aber im Prinzip hast du recht.«

»Und wie lange geht das schon?« Dirks Stimme überschlug sich fast. »Kinah verließ uns, und direkt danach kam dieser Safrin? Hat er sich im Nachbarhaus eingenistet und unser Telefon abgehört? Oder wie muss ich mir das vorstellen?«

»Safrin ist erst vor ein paar Monaten nach Deutschland gereist«, murmelte Kinah. »Als die Dinge … eskalierten. Als man wieder anfing, massiv nach mir zu suchen. Aber das ist doch jetzt vollkommen unwichtig.« Sie sah Dirk eindringlich in die Augen. »Safrin sollte Akuyi in meine Heimat bringen, sobald es kritisch wird. Und es wurde kritisch. Verstehst du denn nicht?« Sie deutete auf den Leichnam zu ihren Füßen. »Achmed hätte Safrin helfen sollen, wenn es nötig geworden wäre. Aber wo ist Safrin? Und wo ist Akuyi?«

Dirk näherte sich Kinah, und Lubaya trat einen Schritt vor, als wolle sie notfalls dazwischengehen.

»Was hast du getan, Kinah?«, murmelte Dirk. »Was hast du mit unserer Tochter gemacht?«

»Ich wollte sie in Sicherheit bringen«, stammelte Kinah. »Ich wollte nur das Beste …«

»Ja, das ist ja das Schlimme. Das Beste wollen, und dann kommt etwas Schlechtes dabei heraus.« Dirk war zutiefst erschüttert. »Wo ist Akuyi?«

»Leute, macht euch nicht verrückt!«, warf Lubaya ein. »Wahrscheinlich ist sie schon längst in Kinahs Heimat.«

»Und wenn nicht?« Dirk schüttelte den Kopf. »Du hättest mit mir darüber reden müssen!«

»Hättest du sie denn dann gehen lassen?« Jetzt war es Kinah, die den Kopf schüttelte. »Mach dich nicht lächerlich! Ich hätte dich schon noch informiert.«

»Und was machen wir jetzt? Nach Casablanca fahren und Akuyi hinterherfliegen?«

»Falls es den Flughafen überhaupt noch gibt.« Lubaya winkte ab, bevor Dirk etwas sagen konnte. »Nein, keine Sorge, den gibt es noch. Aber wahrscheinlich sind alle Flüge annulliert. Wir werden uns wohl einen Flughafen weiter im Landesinneren suchen müssen.«

»Das wird alles nicht so schnell gehen, oder?«, fragte Dirk an Lubaya gewandt. »Ich schätze, wir können froh sein, wenn wir irgendwann auf einem Eselskarren hier wegkommen, nicht wahr?«

Lubaya hielt die Taschenlampe ganz still. »Ich würde dir gerne widersprechen«, antwortete sie schließlich. »Aber ich fürchte tatsächlich, dass wir für eine Weile hier festsitzen. Ehrlich gesagt weiß ich nicht, ob wir bald an die Oberfläche zurückkehren können. Wenn dort noch der Sturm tobt …«

»Müssen wir auf unbestimmte Zeit hier ausharren«, ergänzte Dirk wütend. »Verdammt!«

Kinah hob die Hand und sah plötzlich aus wie ein scheues Reh, das Witterung aufgenommen hat. »Hört ihr das?«, flüsterte sie.

Dirk wollte sie anherrschen, sie solle ihm nicht mit einem derart durchsichtigen Ablenkungsmanöver kommen. Doch da hörte er tatsächlich etwas. Ein leises Raunen, gefolgt von Schritten, die direkt auf sie zuzuhalten schienen.

»Da kommt jemand«, sagte Lubaya unnötigerweise. »Und das werden nicht unbedingt gute Freunde von uns sein.«

Kinah nickte hastig. »Schnell, wir müssen uns verstecken!«

Dirk nahm an, dass sie an ihm vorbei und zu der Öffnung in der Mauer laufen würde, aber er hatte sich getäuscht. Sie drehte sich um und huschte in die andere Richtung davon.

Auch Lubaya setzte sich sofort in Bewegung, sodass Dirk nichts anderes übrig blieb, als den Frauen zu folgen. Das gefiel ihm überhaupt nicht. Er wollte wissen, was mit Akuyi geschehen war, doch stattdessen führte ihn Kinah tiefer in dieses Gewölbe, das vielleicht gleich auch die Mörder von Achmed betreten würden, um ihr grausiges Werk zu vollenden.

Und dann knipste Lubaya die Taschenlampe aus. Da ein verräterischer Lichtschein ihr Verderben sein konnte, war es die richtige Entscheidung, doch als die Dunkelheit plötzlich über Dirk zusammenschlug, begann sein Herz zu rasen.

»Hier.« Kinahs Stimme war wenig mehr als ein Hauch. Die Schritte kamen ständig näher, und jetzt war auch arabisch klingendes Gemurmel zu hören und ein gelbliches, flackerndes Licht zu erahnen.

Dirk sah so gut wie nichts. Der massige Schatten vor ihm konnte nur Lubaya sein – jedenfalls glaubte er das, bis er dagegen stieß und sich fast die Nase brach, weil er Kinahs wohlbeleibte Freundin mit der Wand verwechselt hatte.

Der Aufprall war derart heftig und laut, dass Kinah »Vorsicht!« zischte. Dirks Nase fühlte sich an, als hätte sie Bekanntschaft mit der Faust eines Schwergewichtsboxers gemacht, und es dauerte keine Sekunde, bis das Blut zu tropfen begann. Dirk legte den Kopf in den Nacken, um zu verhindern, dass es ihm auf die Kleidung lief.

Nun war er vollkommen orientierungslos. Noch bevor er selbst auf die naheliegendste Idee kam – nämlich in die Hocke zu gehen –, zog ihn jemand am Arm zu Boden. Diesmal war es nicht Lubaya, sondern Kinah, das erkannte er an ihrem Duft und den zierlichen, aber dennoch kräftigen Fingern.

»Hier ist eine kleine Mauer«, zischte sie. »Ich habe sie vorhin entdeckt, als …«

Sie verstummte. Und das genau im richtigen Moment, denn die sich nähernden Männer hielten offenbar inne, und ihr Gemurmel, das nicht deutsch oder französisch, sondern arabisch geklungen hatte, erstarb.

Dirk spürte, wie Kinahs Griff fester wurde, aber auch, wie das Blut aus seiner Nase und auf sein Hemd rann. Kinah zerrte ihn mit sich und bewegte sich selbst in der Hocke schnell und fast lautlos, während er mit den Füßen über den Boden schleifte, als wolle er die Fremden mit aller Gewalt auf sich aufmerksam machen.

»Hier«, wisperte sie. »Hier ist die Mauer. Duck dich dahinter.«

Er folgte ihrer Aufforderung, wenn auch vielleicht nicht ganz so, wie sie sich das vorgestellt hatte. Wieder legte er den Kopf in den Nacken, in der Hoffnung, dass die Blutung aufhören würde.

Er erinnerte sich an einige von Kinahs Skulpturen – kauernde Figuren mit nach oben gestreckten Köpfen. Ob sie auch Nasenbluten hatten?

Die Fremden näherten sich. Einer von ihnen hob eine Lampe hoch, die ein unruhiges Licht in den Raum warf. Ein anderer murmelte etwas für Dirk völlig Unverständliches.

Dirk hatte keine Ahnung, wie viele Männer hereingekommen waren und welche Absichten sie hatten. Aber offensichtlich waren sie nicht entsetzt darüber, eine in Folie gepackte Leiche vorzufinden, denn sonst hätten sie zweifelsohne mit erschreckten Ausrufen und lautem Palaver reagiert. Die logische Erklärung war, dass sie selbst Achmed hier abgelegt hatten.

Wenn das so war, wollte Dirk diesen Mördern wenigstens nicht mit blutigem Riechorgan entgegentreten. Er holte ein Taschentuch aus seiner Hose und presste es gegen seine Nase.

»Was haben die vor?«, hauchte Kinah.

Das war eine gute Frage, denn auf einmal schienen sich die

Araber wieder zu entfernen, zumindest dem zurückweichenden Schein der Lampe nach. Doch dann machte einer von ihnen eine Bemerkung, die einem anderen offenbar nicht passte und mit einer Erwiderung quittiert wurde, die nicht sehr freundlich klang.

Und schon redeten die versammelten Männer aufgeregt und lautstark durcheinander wie auf einem Basar, auf dem sich Käufer und Verkäufer gegenseitig des Betruges bezichtigen. Dirk duckte sich unwillkürlich tiefer in den Schatten der Mauer, hinter der sie sich verkrochen hatten. Er verstand kein Wort, aber er spürte die Erregung, die die Männer erfasst hatte.

»Worüber reden sie?«, flüsterte er Kinah zu.

»Woher soll ich das wissen?«, zischte sie zurück. »Ich spreche doch nicht alle Sprachen dieses Kontinents!«

Einer der Männer donnerte einen Satz, der wie ein Befehl klang, woraufhin die anderen schlagartig verstummten. Dann sagte er noch ein paar scharfe Worte, auf die die übrigen fast unterwürfig antworteten.

»Das gefällt mir gar nicht«, murmelte Lubaya.

Dirk ortete ihre Stimme direkt hinter Kinah, aber als er sich umdrehte, konnte er noch nicht einmal einen Schatten sehen. Kein Wunder – ein dunkles Gesicht vor einem dunklen Hintergrund …

»Mir gefällt auch einiges nicht«, sagte er und tupfte sich das Blut vom Kinn.

»Nicht so laut!«, fauchte Kinah. »Oder willst du, dass die uns bemerken?«

Nein, das wollte er nicht. Er wollte etwas ganz anderes: endlich Klarheit.

»Was ist mit Akuyi?«, flüsterte er. »Welche Maschine hat sie genommen? Ist sie noch rechtzeitig vor dem Sturm weggekommen?«

Kinah stöhnte auf.

Vielleicht zum Zeichen, dass er schweigen sollte, vielleicht aber auch, weil sie seiner Frage ausweichen wollte.

Die fremden Männer diskutierten währenddessen weiter. Irgendetwas schien sie zu beunruhigen, aber nichts deutete darauf hin, dass sie Dirk, Kinah und Lubaya entdeckt hatten.

»Die Typen sind beschäftigt.« Dirk steckte das blutige Taschentuch wieder ein. Es wäre ihm wie ein Sakrileg vorgekommen, es hier auf den Boden zu werfen – und vielleicht brauchte er es ja noch. »Und ich habe das Recht auf ein paar Antworten.«

»Wenn wir hier raus sind …«, flüsterte Kinah.

»Nein, nicht erst, wenn wir hier raus sind.« Dirk musste sich zusammenreißen, um nicht laut zu werden. »Ich will wissen, was mit meiner Tochter ist. Sofort! Ich muss wissen, ob Akuyi lebt, ob es ihr gut geht.«

Kinah holte tief Luft. »Ich gehe davon aus, dass sie lebt. Aber ob es ihr gut geht … ich hoffe es, ich hoffe es aus ganzem Herzen. Safrin ist mit ihr erst einmal nach Ägypten geflogen. Er wollte seine Spuren verwischen.«

»Damit die deutsche Polizei ihn nicht findet.«

»Nein. Nicht die deutsche Polizei und überhaupt keine Polizei. Sondern die Männer, die mich unter Druck setzen wollen.«

»Und die Achmed umgebracht haben.« Dirk biss die Zähne so fest aufeinander, dass es wehtat. »Achmed … was war mit ihm? Wollte er auch nach Ägypten?«

»Eigentlich nicht«, antwortete Kinah. Sie keuchte leise. »Hör mal, Dirk: Ich finde die Situation genauso unerträglich wie du. Vielleicht habe ich einen Fehler gemacht, vielleicht sogar einen großen. Aber eines weiß ich sicher: Safrin wird Akuyi mit seinem Leben verteidigen, wenn es nötig ist.«

»Wie beruhigend«, erwiderte Dirk. »Vor allem in Anbetracht seines toten Bruders.«

»Warum sagst du das? Willst du mich quälen?«

»Nein. Aber ich will alles darüber wissen, was in den letzten sechs Wochen mit Akuyi passiert ist.«

»Darüber kann ich dir weniger erzählen, als du glaubst«, sagte Kinah. »Ich habe ganz am Anfang mit ihr telefoniert, danach hatten wir keinen direkten Kontakt mehr – das wäre zu gefährlich gewesen.«

»Dann erzähl das, was du weißt …« Dirk verstummte, weil er eine Veränderung im Tonfall der Araber zu bemerken glaubte. Außerdem hatten sie die Stimmen gesenkt, und flackernder Lichtschein kündigte an, dass irgendetwas im Gange war. Er befürchtete, dass ihnen nicht viel Zeit blieb.

Er tastete nach Kinah. Seine Finger glitten über ihre Schulter, ihren Oberarm hinab, streiften dabei ihren Busen, fanden schließlich ihre Hand und drückten sie. »Bitte«, flüsterte er und beugte sich näher zu ihr. »Wir sind ihre Eltern. Wir müssen zusammenhalten.«

Er spürte, wie sich Kinahs Puls beschleunigte. Sie war ihm in jeder Beziehung nah, zumindest in diesem Moment. Im Grunde seines Herzens zweifelte er nicht daran, dass sie ihn wirklich geliebt hatte. Und vielleicht liebte sie ihn ja immer noch.

»Ach, Dirk.« Ein leichtes Zittern ging durch ihren Körper. »Wenn die Umstände anders wären … Ich hatte nie vor, euch zu verlassen. Aber damals, als der Sturm wütete und du die Garage kontrolliert hast … erinnerst du dich, dass ich nach dir auch noch einmal runtergegangen bin?«

Dirk nickte. Und ob er sich daran erinnerte! Was hatte Akuyi gesagt? Kinah sei wiedergekommen und habe wie eine zitternde Puppe im Bett gelegen, vollkommen verstört.

»Was ist damals passiert?«, fragte er. »Hat jemand versucht, in die Garage einzudringen? Hat dir jemand Gewalt angetan?«

»Nein«, flüsterte Kinah. Sie rückte näher an ihn heran. »Ich hatte eine Vision«, fuhr sie fort.

»Eine Vision?«, wiederholte Dirk verständnislos. »Was für eine Vision?«

»Eigentlich war es keine Vision, sondern ein wahr gewordener Albtraum.« Kinahs Stimme veränderte sich, klang gepresst und hektisch zugleich. »Ich habe schon vieles erlebt, auch einiges, das mich in Angst und Schrecken versetzt hat, aber das war anders. Es war, als griffe etwas durch Zeit und Raum hindurch nach mir und wollte mich mit sich ziehen. Und dann … dann wurden die Skulpturen in der Garage … plötzlich lebendig.« Kinah schüttelte sich. »Es war schrecklich. Der Sturm rüttelte an der Tür, die nicht mehr richtig schließt und die du irgendwie verklemmt hattest. Es war, als begehrte jemand Einlass … oder besser gesagt: etwas.«

Dirk schwieg. Die fremden Männer lamentierten nach wie vor, doch dann veränderte sich die Geräuschkulisse abermals. Dirk konnte nicht sagen, was die verschiedenen Laute zu bedeuten hatten, die er jetzt vernahm, das Scharren und Klacken, das Kratzen und Knistern. Er hoffte nur, dass die Araber bald verschwinden würden, damit auch er und die beiden Frauen diesen fürchterlichen Ort endlich verlassen konnten.

»Was meinst du mit *etwas?«,* fragte er schließlich.

»Du würdest es nicht verstehen«, murmelte Kinah.

»Das käme auf einen Erklärungsversuch an.«

Kinah seufzte. »Also gut. Es gibt Dinge, die einen von Geburt an begleiten. Geschenke der Ahnen oder auch Flüche böser Geister.«

»Ich würde das genetische Abstammung nennen.« Dirk spürte, wie sich hinter ihm etwas regte. Eine große, fleischige Hand legte sich auf seine Schulter, und heißer Atem blies ihm in den Nacken.

»Rutsch mal rüber, Kleiner«, flüsterte Lubaya. »Ich will sehen, was die Kerle da treiben.«

Dirk hätte beinahe aufgeschrien. Konnte dieser wandelnde Fettkloß einen denn nie in Ruhe lassen?

Nichtsdestotrotz rückte er gehorsam ein Stück zur Seite und damit so nah an Kinah heran, dass es ihr wohl unangenehm wurde. Sie wich zurück – weiter, als nötig war. Dirk hielt die Luft an. Wollte sie ihm auf diese Weise signalisieren, dass sie keine Nähe mehr zu ihm wünschte?

Er hatte den Gedanken kaum zu Ende gedacht, als sie wieder an ihn heranrückte, ja sich fast an ihn schmiegte. Der warme Atem, den er nun im Ohr spürte, war ein Lebenshauch, den er genoss – und ein köstliches Versprechen.

»Ich habe dir doch gesagt, dass du mich nicht verstehst«, wisperte Kinah. »Du weißt gar nicht, was es heißt, bewussten Kontakt zu seinen Ahnen zu haben.«

Während Lubaya ihren massigen Körper direkt neben ihm in Position brachte, kreisten Dirks Gedanken um die Brocken, die Kinah ihm zugeworfen hatte. Bewusster Kontakt mit den Ahnen … Nein, damit konnte er in der Tat nichts anfangen.

»Vielleicht hast du recht«, gab er zu. »Aber trotzdem: Was ist damals vor drei Jahren passiert?«

Kinah atmete tief durch, und er spürte jede Bewegung ihres Körpers – wie in alten Zeiten, wenn sie sich eng aneinandergekuschelt ganz ihren Empfindungen hingegeben hatten. »Es klingt wahrscheinlich verrückt«, begann Kinah, kurz bevor er glaubte, sie würde gar nicht mehr antworten. »Aber die Skulpturen, die ich geschaffen habe und die du in die Garage verbannt hast, sind so etwas wie mein Stamm. Oder vielmehr die Verbindung zu meinem Stamm, meinem Dorf, meinen Ahnen. Und vielleicht ist diese Verbindung gerade deshalb so stark, weil ich mein Dorf schon sehr früh verlassen musste und auf eine lange Reise ging.«

»Aha«, stieß Dirk hervor. Mehr fiel ihm dazu nicht ein.

»Ich bin entwurzelt, fühle mich aber zugleich mit der Tradition verbunden, mit dem alten Wissen«, fuhr Kinah fort. »Es ist nicht nur das Wissen. Es ist … als ob mich jemand leiten würde.« Sie zögerte einen Herzschlag lang. »Manchmal sehe ich in meinen

Träumen und Visionen meinen Vater mir gegenüber an einem Lagerfeuer sitzen. Er ist alt, älter als in Wirklichkeit, denn er ist nicht nur er selbst, sondern verkörpert auch all die anderen Männer seiner Linie, die ihrem Stamm vor ihm als Schamanen gedient haben.«

Dirk zuckte zusammen. Nicht, weil sich Lubaya bewegte und ihm dabei ihren Ellbogen in die Seite rammte, sondern weil ihn Kinahs Worte an seine eigene Erfahrung erinnerten.

Auch er hatte sich mit einem alten Schamanen am Lagerfeuer sitzen sehen, auch er hatte dessen Weisheit und Verbundenheit mit der Vergangenheit gespürt.

»Ich verstehe dich besser, als du ahnst«, sagte er leise.

»Wie meinst du das?«, fragte Kinah überrascht.

Jetzt war es Dirk, der zögerte. »Das erste Mal passierte es auf der Fahrt vom Flughafen hierher. Ich bin kurz eingenickt. Und ich …« Er suchte nach Worten.

»Du hast ihn also auch gesehen«, sagte Kinah.

»Ja … nein … ich weiß nicht«, stammelte Dirk. »Es war verrückt. Und danach hatte ich noch eine zweite … Begegnung dieser Art …«

»Und das war hier in der Grotte.« Es war keine Frage, sondern eine Feststellung. »Dies ist ein magischer Ort. Ein Ort, zu dem ich unser Haus in München nie wirklich machen konnte. Und trotzdem …« Sie schwieg für eine Weile, und als sie fortfuhr, klang ihre Stimme traurig. »Ich hatte immer gehofft, dass unser Haus für mich so etwas wie eine zweite Heimat werden könnte. Erinnerst du dich noch, wie wir es ausgesucht haben?«

»Wir?« Dirk schüttelte den Kopf. »Soweit ich mich entsinne, beschränkte sich mein Mitspracherecht darauf, die Kreditfrage zu klären.«

»Falsch«, berichtigte ihn Kinah. »Du hattest den Großraum München vorgegeben. Wegen deiner Computergeschäfte …«

»Ja«, unterbrach sie Dirk, »weil ich damit unser Haus finanziert habe.«

»Und ich habe den Standort sehr sorgfältig ausgesucht.« Kinahs Stimme wurde eindringlicher. »Aber vielleicht nicht sorgfältig genug.«

Dirk hörte ihr kaum zu.

Er dachte an den alten Mann, an dessen Ankündigung, Kinah und Akuyi könnte etwas geschehen, wenn er, Dirk, nicht gegen das kämpfte, was die Zivilisation bedrohte.

»Als ich in der Nacht in der Garage war und der Sturm am Tor polterte und die Ziegel vom Dach flogen – da war mir, als erwachten die Samuhi, die ich geschaffen hatte, zum Leben.«

»Samuhi … du meinst deine … Skulpturen.«

»Sie schienen näher zu kommen.« Kinah begann wieder zu zittern, ganz leicht nur, aber in einer Art, die zeigte, wie sehr sie die Erinnerung mitnahm. »Sie schienen mich einzukreisen. Ich verstand nicht, was sie von mir wollten. Sie wirkten bedrohlich und gleichzeitig wie … wie alte Freunde, die mir beistehen wollten.« Dirk vergaß, wo er war und dass Lubaya neben ihm hockte und irgendetwas vor sich hin brummelte. Kinahs Schilderung berührte ihn tief in seinem Inneren. »Und plötzlich war da … dieses Licht. Dann sprang die Tür auf, die du angeblich so gut verrammelt hattest.« Kinah räusperte sich. »Sie flog einfach gegen die Wand. Eine Bö traf mich, und wenn die Samuhi mich nicht aufgefangen hätten, wäre ich an der Rückwand der Garage zerschmettert worden.«

Dirk verkrampfte sich. Er ahnte, dass nun nichts Gutes kommen würde.

»Ich hatte mich in den Armen der Samuhi verfangen. Sie stützten mich, aber sie ließen mich auch nicht los. Es war beinahe, als wollten sie mich festhalten, damit ich dem Folgenden nicht entgehen konnte.« Kinahs Stimme war kaum noch zu hören. »Und die ganze Zeit über beutelte mich der Wind. Er schlug auf mich ein wie ein Schlägertrupp. Und dann …«

»Und dann?«

»Dann … es war unvorstellbar.« Kinah klang gehetzt. »Die Tür war halb aus den Angeln gerissen. Plötzlich, von einem Moment auf den anderen, erstarb der Sturm. Er ließ nicht bloß nach, er hörte abrupt auf. Das Licht wurde immer heller. Es schwebte auf mich zu. Und hinter dem Licht war etwas.«

In Dirk stieg eine üble Ahnung hoch. »Was war da?«

»Die Samuhi ließen mich los. Ich taumelte vorwärts. Und dann sah ich diesen Mann auf mich zukommen. Sein Gesicht war blutüberströmt. In seinen Augen flackerte der Wahnsinn. Und in seiner Hand hielt er etwas, das er mir entgegenstreckte …« Ihrer Kehle entrang sich ein Laut, der nichts Menschliches mehr an sich hatte.

Dirk musste sich zusammenreißen, um Kinah nicht an den Schultern zu packen und durchzuschütteln. »Was hielt der Mann in der Hand?«, zischte er. »Und wer war er? Olowski?«

Kinah rückte ein Stück von ihm ab. »Jan? Spinnst du? Nein, der Mann warst du.«

»Ich?« Dirk schüttelte fassungslos den Kopf. »Was soll der Blödsinn? Ich habe im Bett gelegen und darauf gewartet, dass du zurückkommst. Ich war unruhig und wollte dir eigentlich nachgehen, aber dann ließ ich es, weil ich wusste, wie sehr es dich stört, wenn …«

»Wenn du so tust, als würde ich dir gehören …« Kinah seufzte leise. »Aber darum geht es doch gar nicht. Ich weiß, dass du oben im Bett warst. Trotzdem: Der Mann warst du!«

»Und wie soll das möglich sein?«

»Du stellst die falschen Fragen. Wie immer.« Es war keine Bitterkeit in Kinahs Stimme, aber ein derart tief empfundenes Entsetzen, dass es Dirk die Sprache verschlug. »Dein Blick war so …

fürchterlich. Deine Augen waren blutunterlaufen und Speichelfäden liefen dir aus den Mundwinkeln. Aber das Schlimmste war, was du in den Händen hieltst.«

Dirk wartete atemlos darauf, dass Kinah weitersprach. Aber den Gefallen tat sie ihm nicht.

»Und was hielt ich in der Hand?«, fragte er schließlich.

»Einen blutüberströmten, vom Körper abgetrennten … Kopf.« Kinah wand sich.

»Wessen Kopf, verdammt noch mal?«

»Akuyis Kopf.«

7

Durst. Trinken. Sofort.

Das war das Einzige, was Dirk denken konnten. Seine Beine schmerzten von dem Gewaltmarsch durch die sengende Sonne, den er sich erbarmungslos abverlangte, und seine Lungen fühlten sich an, als atmete er flüssiges Feuer. Er merkte es kaum. Viel schlimmer waren seine ausgetrocknete Kehle, das Gefühl, dass seine Zunge wie ein welkes Blatt an seinem Gaumen klebte, und die Gewissheit, dass er sterben würde, wenn er nicht bald aus dieser sich scheinbar ins Endlose erstreckenden Wüste herauskam. Zuerst hatte er versucht, die Richtung anhand des Stands der Sonne zu bestimmen, und immer wieder hatte er mit zusammengekniffenen Augen zum fernen Horizont gestarrt, auf der Suche nach etwas anderem als Sanddünen, Sandverschüttungen, Sandpisten, Sand, Sand, Sand …

Vergeblich. Er hatte von Anfang an nicht wirklich gewusst, welche Richtung Rettung verhieß, aber er hatte sich immerhin bemüht, auf dem einmal eingeschlagenen Kurs zu bleiben, damit er nicht im Kreis lief. Doch mittlerweile hatte er auch das aufgegeben. Die Umgebung verschwamm vor seinen Augen, die Konturen gingen im Goldgelb unter, das überall war, egal wohin er blickte. Seine Füße bewegten sich scheinbar ohne sein Zutun, angetrieben von drei magischen Wörtern.

Durst. Trinken. Sofort.

Es war sinnlos, und tief in seinem Herzen wusste er das. Kinah hatte er irgendwo hinter sich gelassen, in einer Höhle am Wüstenrand oder in einer Grotte am Meer, über die der Sturm hinweggefegt war. Es war gleichgültig. Nun zählte nur noch, dass er ganz alleine in der flammenden Sonne unterwegs war, verlassen von allen Menschen, die ihm je etwas bedeutet hatten.

Das Brennen in seinem Hals trieb ihn in den Wahnsinn. Aber es hielt ihn aufrecht. Falls man noch von »aufrecht« reden konnte … Längst torkelte er mit gebeugtem Oberkörper und gesenktem Kopf voran, den Blick zu Boden gerichtet, Mund, Augen und Ohren voller Sand.

Sand, Sand, Sand … der sich fast unmerklich veränderte, von Goldgelb zu Rotbraun, von gleichmäßiger Körnung zu etwas, das erst zaghaft zu Flecken zusammenwuchs und sich dann immer mehr verdichtete. Dirk registrierte es kaum. Er musste weitertaumeln, unermüdlich und ohne Pause. Er musste sein Ziel erreichen. Er musste Wasser finden, seine Hände darin eintauchen, sie wie Schöpfkellen umdrehen und das köstliche Nass an seine zersprungenen, aufgeplatzten Lippen führen; schlürfen und trinken, bis er seinen Durst gestillt hatte.

Durst. Trinken. Sofort.

Der Boden veränderte sich abermals. Zu den Rotbrauntönen gesellten sich schwarze Flecken – Erde, die einen immerwährenden Kampf mit dem Sand führte, der sie verschlingen, sich über sie ausbreiten wollte. Auch das nahm Dirk nicht bewusst war. Erst der Geruch von Feuer durchbrach seine erschöpfte Trance, ließ ihn aufschrecken.

Er hob den Kopf. Eben noch war er in der Wüste gewesen, dessen war er ganz sicher. Jetzt hatte sich seine Umgebung jedoch vollkommen verändert. Es war eine karge Steppenlandschaft, in die er hineingestolpert war. Direkt vor ihm brannte ein Lagerfeuer, das seine Funken in den rötlichen Abendhimmel schleuderte.

Am Feuer saß jemand, der ihm nur zu gut bekannt war: der Alte. Er stocherte mit einem Stock im Feuer herum, als wollte er es vor Hitze sprühen lassen. Als Dirk auf ihn zuwankte, blickte er nicht einmal auf. Und doch hatte der Alte ihn zweifelsohne bemerkt, denn er umfasste mit der linken Hand eine Feldflasche und hob sie hoch.

»Wasser«, krächzte Dirk.

Er griff nach der Flasche, aber der Alte riss sie mit einer beiläufig wirkenden Bewegung nach unten und legte sie neben sich ab. »Später«, sagte er knapp. »Setz dich.«

Dirk hätte die Flasche am liebsten mit Gewalt an sich genommen, aber irgendetwas in der Stimme des Alten hielt ihn davon ab. Einen Augenblick lang blieb er noch trotzig stehen, dann folgte er der Aufforderung des Schamanen.

Er hätte auch gar nicht anders gekonnt, denn jetzt, da er nicht mehr im sturen Überlebenskampf einen Fuß vor den anderen setzen musste, gaben seine Beine nach, sodass er regelrecht in sich zusammensank.

»Ich hatte schon Sorge, dass du mich nicht finden würdest«, sagte der Alte.

Dirk antwortete nicht. Seine Kehle war wund und derart trocken, dass er nicht einmal mehr schlucken konnte.

»Wer sein Ziel aus den Augen verliert, kommt niemals an.« Der Alte stocherte ungerührt weiter im Feuer. Obwohl die Funken um Dirk herumsprühten, spürte er die Hitze nicht. Er war mittlerweile Schlimmeres gewohnt. »Und wer sein Ziel verleugnet, der darf sich über sein Scheitern nicht wundern.«

»Ich habe mein Ziel nicht verleugnet«, wollte Dirk entgegnen. Doch er brachte nur ein heiseres Krächzen zustande.

Der Alte sah auf, als hätte Dirk etwas Wichtiges von sich gegeben. »Ja, jetzt scheint es mir auch, als hättest du einen Schluck Wasser bitter nötig.«

Er warf Dirk die Feldflasche über das Feuer hinweg zu. Fast wäre sie an ihm vorbeigeflogen. Im letzten Moment packte Dirk sie, schraubte sie hastig auf und setzte sie sofort an die Lippen.

»Das, was du dir am meisten ersehnst, musst du in Maßen genießen«, sagte der Alte.

Er hatte gut reden, der alte Narr. Dirk dachte gar nicht daran, seinem Ratschlag zu folgen, und kippte das kalte Nass mit einem Schwung in seinen Mund.

Eine Sekunde später beugte er sich vor, würgte und spuckte das Wasser wieder aus.

»Du solltest sorgsam mit deinen Schätzen umgehen«, sagte der Alte. »Es ist töricht, sie durch Unbedachtsamkeit zu verschwenden.«

Dirk richtete sich keuchend wieder auf. Vor seinen Augen flimmerten bunte Punkte, die sich mit dem Funkenflug des Feuers zu etwas Neuem, Eigenständigem verbanden. Mit zitternden Händen führte er die Flasche erneut zum Mund, und diesmal war er vorsichtiger. Langsam und bedächtig trank er einen winzigen Schluck.

Es ging gut. Doch sein Durst wurde durch das bisschen Wasser dermaßen gesteigert, dass er beinahe wieder in den alten Fehler verfallen wäre und die Feldflasche gierig in wenigen Zügen geleert hätte. Er musste sich zur Zurückhaltung zwingen, aber es war ein unglaublich beglückendes Gefühl, endlich wieder trinken zu dürfen … und es war viel zu schnell vorbei. Dirk legte den Kopf weit in den Nacken. Die Feldflasche gab nur noch wenige Tropfen her, sosehr er sie auch schüttelte. Es reichte gerade, um seine Lippen ein letztes Mal zu benetzen.

»Mehr.« Er räusperte sich, streckte dem Alten die Feldflasche entgegen und wiederholte mit allem Nachdruck: »Mehr! Bitte!«

Der Weißhaarige schüttelte den Kopf. »Vielleicht später. Nicht jetzt. Dein schlimmster Durst ist gelöscht, und wir müssen miteinander reden.«

»Mein Durst ist noch lange nicht gelöscht …«

»Genauso wenig wie deine Sehnsucht nach Kinah, obwohl du

sie nun gefunden hast.« Das Gesicht des Alten verzog sich zu einem knorrigen Lächeln. »Es ist doch immer dasselbe. Hast du dir nicht gewünscht, sie wenigstens noch einmal zu sehen, ihr noch einmal nah sein zu können?«

Dirk nickte unwillkürlich.

»Und hast du nicht geglaubt, damit wäre deine Sehnsucht gestillt?« Wieder nickte Dirk. »Und dann musstest du feststellen, dass sie erst richtig entfacht wurde. Genau wie jetzt dein Durst, obwohl du schon eine ganze Flasche Wasser getrunken hast.«

»Es stimmt, dass ich Durst habe«, sagte Dirk. »Deswegen bitte ich dich, mir noch mehr Wasser zu geben.«

Der Alte breitete seine Arme aus. Der glühende Stock in seiner rechten Hand zog eine Leuchtspur durch die Dunkelheit, die während des kurzen Gesprächs wie ein Dieb herangeschlichen war und sie nun einhüllte. Nur am Horizont war noch ein schmaler roter Streifen zu erkennen. »Siehst du hier irgendwo Wasser?«

»Nein. Ich sehe bloß die Nacht, die sich über das Land senkt.« Dirk hob die Flasche hoch. »Aber irgendwo musst du die Flasche doch gefüllt haben.«

Der Schamane ließ die Arme wieder sinken. »Nicht ich habe sie gefüllt. Es war deine Sehnsucht nach einer Feldflasche mit Wasser, die es dir ermöglicht hat, sie zu finden. So, wie dich deine Sehnsucht auch zu deiner Liebsten geleitet hat.«

»Also verweigerst du mir Wasser?«

»Aber nein.« Wieder lächelte der Alte seltsam. »Ich verweigere dir gar nichts. Du selbst bist es, der sich Dinge verweigert.«

»Das ist doch Blödsinn!« Dirk befeuchtete mit der Zunge seine Lippen. Er hatte das beängstigende Gefühl, dass sein Körper schon wieder dabei war, auszutrocknen. »Kinah ist wegen irgendeiner lächerlichen Vision von mir fortgegangen. Und leider hat sie vergessen, mir ihre neue Adresse zu hinterlassen.«

Der Schamane lachte leise auf. »Sie hat sich vor dir verbergen können, weil du ihr nie wirklich nah warst. Du hast geflissentlich all die kleinen Anzeichen übersehen, die darauf hindeuteten, dass es sie von dir wegtrieb, hin zu ihrer großen Aufgabe.« Er wurde schlagartig ernst. »Sie hat versucht, dir vieles nahezubringen: das Wissen der Ahnen und das, was sie als ihre Lebensherausforderung angenommen hat.«

»Ich dachte, das sei unser gemeinsames Leben«, protestierte Dirk.

»Das war ein Teil davon.« Der Alte begann wieder mit dem Stock im Feuer zu stochern, als würde es noch nicht hell und heiß genug lodern. »Aber für ihre anderen Anliegen, für das, was sie in der Tiefe ihres Herzens bewegt hat, hattest du kein offenes Ohr.«

Dirk wollte widersprechen, musste sich jedoch eingestehen, dass es stimmte, was der Alte gesagt hatte.

Wieder und wieder hatte er versucht, sich auf das einzulassen, was ihm Kinah von alten Riten und Gebräuchen erzählt hatte, und den Zusammenhang zu begreifen, den sie in allem gesehen hatte. Und viel zu oft war ihm das nicht einmal ansatzweise gelungen. Etwas in ihm hatte sich gegen den *Hokuspokus* gesträubt, wie er ihn insgeheim nannte, eine Art von Sperre hatte es ihm unmöglich gemacht, Kinah zu folgen. Stattdessen hatte er diesen Teil von ihr einfach für einen Spleen gehalten, für eine mehr oder minder liebenswerte Marotte, die man nicht ernst nehmen musste.

»Hat nicht schon euer weiser Theatermann Shakespeare gesagt: Es gibt viel mehr Dinge zwischen Himmel und Erde, als sich eure Schulweisheit erträumen lässt?«, setzte der Alte nach.

»Ja, das hat er«, gab Dirk zu. »Und das mag ja auch stimmen, aber trotzdem … Wie soll man Scharlatanerie von etwas unterscheiden, das … das …«

»Das echt ist?«, half ihm der Schamane aus. »Das ist im Grunde ganz einfach. Scharlatane umgarnen uns mit Worten und gaukeln uns etwas vor, das uns fasziniert. Wir *wollen* ihnen glauben. Das, was echt ist, kommt hingegen aus der Tiefe der Seele. Aus unserer aller Seelen.«

»Quatsch!«, begehrte Dirk auf. »Wenn ich herausfinden will, ob etwas esoterischer Humbug ist oder nicht, genügt es doch wohl kaum, dass ich in mich hineinhorche – ganz abgesehen davon, dass das meiste sowieso Humbug ist.«

Der Alte schüttelte vorwurfsvoll den Kopf. »Warum wehrst du dich so dagegen? Selbst in eurer Kultur hat sich inzwischen herumgesprochen, dass es allgemeingültige Bilder gibt, die jeder Mensch in sich trägt. Und dass diese Bilder, die ihr so umständlich *Archetypen* nennt, von unseren Ahnen stammen. Das zu spüren – dazu ist jeder fähig.« Der Alte lächelte versonnen. »Zumal, wenn es um den geliebten Menschen geht.«

Der Hieb traf. Dirk zuckte zusammen. Ja, er hätte sich intensiver damit befassen sollen, was Kinah umtrieb.

»Aber ich dachte, ich lasse Kinah …«

»… besser alleine damit?«

»Nein.« Dirk wurde langsam wütend. »Ich wollte Kinah nur nicht …«

»… zu nahe kommen?«, unterbrach ihn der Alte erneut.

»Nein!«, polterte Dirk. »Aber Kinah wollte doch auch ihre Ruhe! Und zwar oft. Ich musste ihr doch ihre Freiheit lassen!«

»Da hast du recht«, bestätigte der Weißhaarige. »Frauen sind wie Feuer: Man braucht sie, aber wenn man ihnen zu nahe kommt, kann man sich verbrennen. Und wenn man ihnen nicht nahe genug kommt – dann wärmt ihr Feuer jemand anderen.«

»Ich habe mir gleich gedacht, dass sie was mit diesem Olowski hat«, stellte Dirk finster fest. »Das meinst du doch damit, oder?«

»Nein, das ist nicht das, was ich meine.« Der Schamane stieß den Stock in das Feuer. Funken stoben auf und gingen wie ein feiner goldener Regen auf ihn und Dirk nieder. »Ich meine dich und Kinah. Und das Leben, das sie euch und der Welt geschenkt hat.«

Dirk starrte den Alten sprachlos an.

»Es gibt einen Grund dafür, warum du zu mir gefunden hast«, sagte der Alte. »Es war das Entsetzen, das du empfunden hast, als du erfuhrst, weshalb Kinah euch seinerzeit verlassen hat.«

»Oh mein Gott.« Dirk schlug sich die Hände vors Gesicht.

»Akuyis abgetrennter Kopf. Verstehst du jetzt, was ich meine?«

Und ob er es verstand. Kinahs Schilderung war plastisch genug gewesen. Sie hatte in der Garage gestanden, verheddert in den Skulpturen, die sie selbst erschaffen hatte. Und sie hatte jemanden angestarrt, den sie für ihren Mann hielt. Jemanden, der bestialisch aussah, ein sabberndes Monster, das nicht davor zurückgeschreckt war, seiner eigenen Tochter auf eine Weise Gewalt anzutun, für die es keine Worte gab. Er hatte keine Ahnung, was Kinah in jenem Moment gedacht hatte, ob sie das Grauen von Anfang an für eine Vision oder tatsächlich für die Wirklichkeit gehalten hatte.

Wäre er damals an ihrer Stelle gewesen, hätte er wahrscheinlich den Verstand verloren. Wenn Kinah vor ihm gestanden hätte, mit verzerrtem Gesicht und blutunterlaufenen Augen, in der einen Hand ein Messer und in der anderen den abgeschnittenen Kopf ihrer Tochter … Wenn er Akuyis Augen gesehen hätte, die ihn fixierten, obwohl kein Leben mehr in ihnen sein konnte, sein durfte …

Die Vorstellung war derart grauenhaft, dass sein Verstand blockierte und das Bild verdrängte.

»Und da wusste ich, dass ich nicht länger bei euch bleiben konnte.«

Dirk ließ die Hände sinken. Es war nicht der Alte, der das gesagt hatte. Es gab auch kein Lagerfeuer, das ihn zu versengen drohte, sondern nur den flackernden Schein einer Lampe, der sich an der Wand hinter ihnen spiegelte, ohne sie selbst aus dem Schatten zu reißen.

»Wie hätte ich dir das erklären sollen?«, flüsterte Kinah. »Hätte ich dir am Frühstückstisch sagen sollen: ›Ich habe gestern Nacht gesehen, wie du die Garagentür aufgestoßen hast und auf mich zugewankt bist, mit einem Messer in der einen Hand und Akuyis Kopf in der anderen‹?«

Dirk war vor Entsetzen wie gelähmt. Der Gedanke, jemand könnte seine Tochter auf diese grauenvolle Art töten, war zu viel. Der Gedanke, er selbst könnte es gewesen sein, der sie getötet hatte, sprengte jedwede Vorstellungskraft.

Für eine Zeitspanne, die er nicht im Geringsten bemessen konnte, hockte er einfach nur da und nahm nichts um sich herum wahr. Das Grauen ebbte nicht ab, aber nach einer Weile kam etwas anderes hinzu.

Fragen. Die Frage, was das alles zu bedeuten hatte. Die Frage, warum sich Kinah von diesem Trugbild hatte beeinflussen lassen.

Und die Frage danach, was gerade mit ihm geschehen war. Er hatte die sengende Sonne gespürt, die vom Himmel auf ihn niederbrannte. Der Sand hatte zwischen seinen Zähnen geknirscht und der Wüstenwind ihm das letzte bisschen Feuchtigkeit aus dem Körper geblasen. Er hatte sich zu dem Alten an das Lagerfeuer gesetzt und bis zum Einbruch der Dunkelheit mit ihm gesprochen. Es war alles so plastisch gewesen, so real.

Und doch wohl nichts anderes als die Reaktion seines Unterbewusstseins auf das, was ihm Kinah offenbart hatte.

Oder etwas, das sich Schulweisheit nicht erträumen ließ …

»In Akuyis Augen war noch Leben«, fuhr Kinah unbarmherzig fort. »Sie hat mich vorwurfsvoll angesehen, während du näher kamst. Du hast eine Blutspur hinter dir hergezogen. Und dann geschah das Schrecklichste.«

Dann geschah das Schrecklichste? Was konnte schrecklicher sein als das, was sie ihm bereits erzählt hatte?

»Akuyi starrte mich voller Schmerz und Verzweiflung an. Und

sie öffnete die Lippen. Laute drangen hervor, fürchterliche Laute, wie ich sie noch nie gehört hatte und auch nie wieder hören will.« Kinah erbebte. »Die Laute formten sich zu Silben und die Silben zu Wörtern.

›Ma…ma! Geh! Ret…te mich!‹«

Kinah schluchzte leise. Dirk war wie erstarrt. Er dachte an Akuyis Worte. *In der Nacht lag sie da wie eine große Puppe, Papa. Wie eine Puppe, die zittert!*

Er hätte auch gezittert, wenn er von einer solchen Vision heimgesucht worden wäre. Aber nicht nur das. Er wäre ins Schlafzimmer gestürzt, hätte Kinah gepackt und wäre mit ihr ins Wohnzimmer gegangen, wo Akuyi sie nicht hören konnte. Und dann hätte er Kinah alles erzählt und kein noch so grausiges Detail ausgelassen. Es hätte gar nicht anders gekonnt, es wäre einfach aus ihm herausgesprudelt.

»Warum hast du mir das nicht gesagt?«

»Dir?« Kinah schüttelte heftig den Kopf. »Was wäre denn passiert, wenn ich es dir gesagt hätte? Du wärst doch bloß zur Garage gelaufen, hättest noch einmal die Tür kontrolliert, sie vielleicht mit einem Stück Holz verrammelt, und wärst dir dabei wie ein Held vorgekommen. Und dann hättest du dein kleines verwirrtes Frauchen in die Arme genommen und ihm erklärt, dass es sich das alles nur eingebildet hat.«

»Aber …«, begann Dirk, ließ den Rest des Satzes jedoch ungesagt. Protest war sinnlos.

Kinah kannte ihn gut – vielleicht sogar besser als er sich selbst. Vermutlich hätte er tatsächlich so reagiert. Und wäre danach zur Hausbar gegangen, hätte zwei Gläser Schnaps eingeschenkt … und schließlich beide hinuntergekippt, weil Kinah garantiert dankend abgelehnt hätte.

»Nein, dir konnte ich nichts erzählen«, stieß Kinah hervor. »Und Akuyi erst recht nicht. Ich habe mich wieder ins Bett gelegt, um sie nicht zu beunruhigen. Aber das war ein Fehler. Ich fürchte, sie hat etwas gemerkt.«

»Ja, das glaube ich auch«, sagte Dirk. »Aber ich verstehe immer noch nicht, warum du deine Sachen gepackt hast und einfach auf und davon bist.«

»Weil es nicht anders ging!« Kinah nahm Dirks Hand und drückte sie fest. »Ich bin froh, dass ich endlich mit dir darüber reden kann. Aber damals ging es wirklich nicht. Eine solche Warnung bekommt man nur einmal. Und am Morgen danach schickte mir Jan eine SMS. *Es geht los, du musst sofort kommen!«*

Dirk versteifte sich. »Du hast also wegen Jan Olowski unser Konto leergeräumt?«

»Bitte, Dirk«, zischte Kinah. »Tu jetzt nicht auch noch so, als wäre Jan an allem schuld. Schon gar nicht, nachdem du ihn derart schmählich im Stich gelassen hast!«

Dirk schwieg betroffen. Für Kinah musste es so aussehen, als habe er Jan auf dem Gewissen – und er drehte wegen seiner dämlichen Eifersucht auch noch das Messer in der Wunde um!

»Entschuldige«, murmelte er.

»Ja«, sagte Kinah kühl und ließ seine Hand los. »Jetzt weißt du wenigstens Bescheid. Und sag mir bitte nicht, dass ich dir von all dem hätte erzählen müssen. Du hättest das, was ich in der Garage gesehen habe, als Hirngespinst abgetan, und auf die SMS eines dir unbekannten Mannes hättest du wie ein wild gewordener Stier reagiert. Stell dir vor, wenn ich dir dann auch noch gesagt hätte, dass ich euch für eine Weile verlassen muss – du wärst doch vollkommen ausgerastet.«

Dirk konnte ihr in diesem Punkt nicht widersprechen. Ja, er wäre ausgeflippt, und er hätte auch geglaubt, damit im Recht zu sein – egal, was Kinah zu ihrer Verteidigung angeführt hätte.

»Du hättest uns wenigstens ein Lebenszeichen senden können«, murmelte er. »Oder zumindest Akuyi.«

»Nachdem ich wusste, dass man hinter mir her war und euch beobachtet, um so an mich und Jan heranzukommen?« Kinahs Stimme wurde zu einem kaum verständlichen Murmeln. »Unmöglich. Ich hatte vor allem um Akuyi Angst. Davor, dass man ihr etwas antut.«

»Und deswegen wolltest du sie nach drei Jahren zu dir holen?«

»Ich wollte sie aus der Schusslinie bringen.«

»In die sie erst wegen dir geraten ist«, erinnerte sie Dirk. »Schließlich musst du irgendetwas getan haben, um jemanden richtig böse zu machen.«

»Pssst!«, zischte es von Dirks anderer Seite, wo Lubaya hockte. Dann drückte sich ihr mächtiger Körper gegen ihn. »Ich unterbreche euer Plauderstündchen nur ungern, aber da geht etwas vor sich.«

Dirk brauchte einen Moment, um in die Wirklichkeit zurückzufinden. Er sah immer noch flackernden Lichtschein, doch die fremden Stimmen waren verstummt. »Ich höre nichts mehr. Sind sie weg?«

»Hoffen wir's«, flüsterte Lubaya. »Insgesamt waren es fünf oder sechs Mann, und ich bin nicht sicher, ob alle gegangen sind.«

Dirk lauschte angestrengt. Er vernahm lediglich die Geräusche, die er, Lubaya und Kinah verursachten.

»Ein Mann ist gefährlicher als mehrere«, wisperte Lubaya.

»Warum denn das?«

»Das ist doch klar«, antwortete Kinah an Lubayas Stelle. »Wenn mehrere herumlaufen und sich miteinander unterhalten, gehen die Geräusche, die wir machen, unter. Aber wenn die Kerle nur einen Aufpasser zurückgelassen haben, der irgendwo an der Wand lehnt oder auf dem Boden sitzt, könnte er schnell merken, dass hier etwas nicht stimmt.« Sie wandte sich an Lubaya und fragte: »Was haben die eigentlich die ganze Zeit über getrieben?«

»Das willst du nicht wissen.«

»Doch.«

»Na gut.« Lubayas Stimme war zwar so leise, dass Dirk sie kaum verstand, aber sie klang eindeutig empört. »Sie haben sich an der Leiche zu schaffen gemacht.«

»An Achmed?«, fragte Kinah entsetzt.

»Eine andere Leiche ist ja nicht hier«, sagte Lubaya düster. »Jedenfalls noch nicht.«

»Was haben sie ... denn gemacht?«, fragte Dirk alarmiert.

»Nachgesehen. Sehr genau nachgesehen. Die Folie abgewickelt. Ich garantiere dir, mehr willst du gar nicht wissen.«

Dirk nickte hastig. Sein Bedarf an grausigen Einzelheiten war fürs Erste gedeckt.

»Ich fürchte, dass sie alle gleich zurückkommen«, fuhr Lubaya fort. »Und wahrscheinlich nicht mit leeren Händen.«

»Du meinst ...«

»Ich glaube, die wollen dieses Gemäuer als Mausoleum nutzen. Als ihren kleinen Privatfriedhof. Vermutlich wollen sie hier noch die eine oder andere Leiche entsorgen.«

»Dann sollten wir zusehen, dass wir so schnell wie möglich verschwinden«, flüsterte Kinah.

»Ja, genau das war mein Gedanke, als ich euch Turteltäubchen aus eurem trauten Beieinander gerissen habe.« Lubaya schob sich ein Stück zurück, und zwar völlig lautlos, als hätte sie seit frühester Kindheit geübt, sich durch Buschwerk an Löwenrudel anzuschleichen. »Mir nach!«

Dirk wollte ihrer Aufforderung folgen, aber er hatte sich mit Kinah verhakt. Ihr linker Fuß lag auf seinem Unterschenkel, und außerdem war nicht nur seine Wade, sondern sein ganzes Bein eingeschlafen, was sich nun mit einem unangenehmen Kribbeln bemerkbar machte und in der nächsten Sekunde in einem scharfen Schmerz explodierte, als sich Kinah von ihm löste und er versuchte, aufzustehen.

Er sank sofort wieder zu Boden und bemühte sich, ruhig zu atmen, um das Wimmern zu unterdrücken, das sich seiner Kehle entringen wollte. Es fehlte noch, dass er sie alle in Gefahr brachte.

Dabei war er nicht der Einzige, der sich lauter bewegte, als gut war. Aus Kinahs Richtung drangen schabende und zischelnde Geräusche. Was zum Teufel trieb sie da?

Gerade, als Dirk einen zweiten Versuch unternahm, sich vorsichtig aufrichtete und schwankend ausbalancierte, kam Lubaya zurück. Dirk streckte seine unverletzte Hand aus, bis er die rau verputzte Wand fand und sich abstützen konnte. Es würde noch einen Augenblick dauern, bis er wieder voll einsatzfähig war – vielleicht auch zwei oder drei. Er wollte Lubaya zuraunen, dass er eine kurze Pause brauchte.

Aber er kam nicht dazu.

Die Geräusche aus der Ecke, in die sich Kinah zurückgezogen hatte, wurden lauter und klangen langsam beängstigend. Vielleicht waren Kinahs Beine ebenfalls eingeschlafen und sie nutzte ein altes afrikanisches Ritual, um die Blutzirkulation anzuregen. Wenn dem so war, sollte sie sich besser beeilen. Obwohl die kleine Mauer die Laute, die sie fabrizierte, gewiss dämpfte, konnten sie dennoch verräterisch sein.

Plötzlich legte Lubaya ihre Pranke auf Dirks Schulter.

»Meine …« *Beine sind eingeschlafen,* wollte er flüstern, doch Lubaya schnitt ihm das Wort ab. »Los, wir müssen Kinah helfen«, zischte sie. »Schnell!«

»Kinah helfen …?« Er verstand überhaupt nicht, was sie meinte. Wenn Kinah gerade dabei war, dafür zu sorgen, dass das Blut wieder ungehindert durch ihre zeitweilig abgeklemmten Extremitäten floss, ließ er sie lieber in Ruhe. Sie hatte es nie leiden können, wenn er sich bei solchen Gelegenheiten einmischte.

Lubaya versetzte ihm einen Stoß, der ihn aus dem mühsam erlangten Gleichgewicht brachte. Mit einem erstickten Stöhnen fiel er nach vorn und stützte sich mit der rechten Hand auf dem Boden ab. Ein brennender Schmerz war die Quittung für diese ungeschickte Bewegung. Er hatte während des Gesprächs mit Kinah den Rattenbiss vollkommen vergessen. Lubayas stinkende Salbe hatte ihn zwar gerettet, die Wunde aber natürlich nicht vollkommen heilen können, und daran wurde er jetzt sehr deutlich erinnert.

Er wollte die rechte Hand so schnell wie möglich entlasten, was sich als nicht ganz leicht herausstellte, denn gerade als er glaubte, sich wieder mit der linken Hand an der Wand abstützen zu können, drängte Lubaya beinahe hektisch an ihm vorbei und rempelte ihn an. Vor Schmerz hätte er am liebsten aufgejault wie ein junger Hund, stattdessen biss er die Zähne so fest aufeinander, dass es vernehmlich knirschte.

Dann war Lubaya vorüber, und er schaffte es, sich auszupendeln, die rechte Hand zu heben – und sie tatsächlich auch oben zu behalten.

Doch schon im nächsten Augenblick brach die Hölle los.

Alles geschah gleichzeitig: Rechts neben ihm blitzte ein Licht auf, dann polterte und krachte es und jemand stieß einen unterdrückten Schmerzensschrei aus. Gleichzeitig verrieten ihm Geräusche von der anderen Seite der Mauer, von dort, wo Achmed lag, dass jemand mit schnellen Schritten auf sie zueilte. Mit Sicherheit der Mann, den die anderen als Wache zurückgelassen hatten.

Dirks Gedanken überschlugen sich. Sie mussten in eine Falle geraten sein. Die Araber hatten sie doch bemerkt, einige waren an ihnen vorbeigeschlichen und griffen sie nun von hinten an, während sich andere von vorne auf sie stürzten …

Kinah!

Dirk versuchte, auf die Beine zu springen, aber das missglückte völlig. Er musste einen zweiten Anlauf nehmen und drückte sich mit beiden Händen hoch.

Und sah sich jemandem gegenüber, der in der einen Hand eine altertümliche Lampe hielt und in der anderen einen massiven Knüppel, der etwas kleiner war als ein Baseballschläger, sich aber gewiss ebenso gut zum Schädeleinschlagen eignete. Der Mann war ohne Zweifel ein Araber, und seine Augen funkelten vor Zorn. Nicht, dass diese Erkenntnis Dirk irgendwie weitergeholfen hätte.

In diesem Augenblick konnte ihm überhaupt nichts weiterhelfen. In seiner Jugend hatte es Zeiten gegeben, in denen er aus manch wilder Prügelei als Sieger hervorgegangen war, und zwar schon allein deswegen, weil er im Gegensatz zu den meisten seiner Freunde keine Angst vor Schlägen und Tritten gehabt hatte. Angst, wirkliche Angst, hätte er nur dann gehabt, wenn sich sein Gegner plötzlich in eine menschengroße Ratte verwandelt hätte.

Der Araber war eindeutig keine Ratte, sondern ein junger Mann von höchstens zweiundzwanzig mit harten Gesichtszügen und trainiertem Oberkörper. Seine Lippen waren geschwollen, als hätten sie erst vor kurzem Bekanntschaft mit einer Faust gemacht, und auf seinen nackten Unterarmen prangten Tattoos von Gewaltszenen, die mehr über seinen Charakter verrieten, als Dirk wissen wollte.

Der Mann brüllte irgendetwas, das für Dirk auch Kisuaheli rückwärts hätte sein können. Aber in einer Situation wie dieser fand Völkerverständigung sowieso weniger durch Sprache als vielmehr auf eine Art statt, die nicht nur jeder Mensch, sondern auch jede Kreatur auf der Welt verstand.

Mit Gewalt.

Die Fäuste zu heben und in Boxstellung zu gehen wäre lächerlich gewesen. Eine Attacke anzutäuschen, um dann an dem Kerl vorbeizustürmen und zu versuchen, so schnell wie möglich aus diesem Mausoleum herauszukommen, hätte eine geringe Erfolgschance gehabt. Aber mit Kinah und Lubaya, die wahrscheinlich gerade von einer Hand voll anderer Männer überwältigt wurden (wobei Dirk nicht sicher war, ob eine *Hand voll* Männer wirklich ausreichte, um Lubaya zu bezwingen), blieb ihm eigentlich nur der Angriff.

Dirk wich zurück.

Es war ein aus Verzweiflung geborener Geistesblitz. Und er funktionierte. Der Araber hatte die Lampe hochgerissen und starrte ihn an. Die Hand mit dem Knüppel schwang nach oben. Der Mann stieß ein Triumphgebrüll aus – er musste glauben, in dem gekrümmt dastehenden und offensichtlich lädierten Dirk ein Opfer gefunden zu haben, das er bereits mit dem ersten Schlag erledigen konnte.

Dirk riss die Arme nach oben und stolperte einen weiteren Schritt zurück. Das Triumphgebrüll steigerte sich zu einem siegessicheren Geheul. Der Angreifer holte aus, sprang nach vorne …

… und knallte mit den Beinen gegen den gemauerten Absatz, den er in seiner Siegesgewissheit übersehen hatte. Sein Geschrei verwandelte sich in ein erstiektes Keuchen. Der Knüppel sauste an Dirk vorbei und landete klappernd auf dem Boden. Der Araber ließ sich auf die Unterarme fallen, um seinen Kopf zu schützen, wobei das Lampengehäuse zu Bruch ging und er die Flamme unabsichtlich mit der Hand löschte, was äußerst schmerzhaft sein musste, denn seiner Kehle entrang sich ein tiefes Stöhnen. Der Geruch nach verbranntem Fleisch war unerträglich.

Jetzt wäre die Gelegenheit zur Flucht gewesen. Oder die Gelegenheit, seinen Gegner fertigzumachen. Dirk trat dorthin, wo er in der Dunkelheit den Kopf des Kerls vermutete.

Sein Fuß traf etwas Hartes und zugleich Nachgiebiges. Der Araber reagierte mit einem Röcheln, doch im nächsten Moment umklammerten seine Hände Dirks Fußgelenk. Dirk kämpfte mit wild rudernden Armen um sein Gleichgewicht – und wurde plötzlich von hinten gepackt.

»Dich mach ich fertig!«, schrie jemand in sein Ohr und versuchte, ihm die Arme auf den Rücken zu biegen.

Ein Araber, der Deutsch sprach? Dirk holte aus und versetzte dem Mann hinter sich einen Ellbogenstoß. Er traf mit solcher Wucht, das irgendetwas krachte. Der Angreifer keuchte überrascht, dachte aber offenbar gar nicht daran, seinen Griff zu lockern.

Genauso wenig wie der Araber, der immer noch sein Fußgelenk festhielt und nun wohl oder übel mitgeschleift wurde. Wenn die beiden ihn niederzuringen versuchten, stellten sie es nicht gerade geschickt an; der eine zerrte von vorne unten und der andere von hinten oben an ihm, womit sie sich gegenseitig daran hinderten, ihn zu Fall zu bringen.

»Ich knall dich ab, wenn du nicht aufhörst rumzuzappeln«, zischte der Mann, der ihn hinterrücks gepackt hatte.

Der Araber, den er mit seinem Fußtritt ins Land der Träume hatte befördern wollen, bediente sich keiner Waffe, sondern seiner Zähne, um ihn erneut zu attackieren. Er biss ihm durch die Hose hindurch ins Bein.

Dirk schrie auf. Es fühlte sich an, als wollte ihm ein Kampfhund ein Stück Fleisch aus der Wade reißen. Doch da der zweite Mann ihn festhielt, konnte er ohne umzufallen das andere Bein hochnehmen und noch einmal mit aller Kraft nach seinem Gegner treten.

»Aufhören!«, brüllte Dirk. »Sonst trete ich dir den Schädel ein!«

Der Araber konnte ihn nicht verstehen, das war ihm klar, und selbst wenn, hätte er wohl trotzdem nicht lockergelassen. Dafür geschah etwas, mit dem Dirk keineswegs gerechnet hatte.

Der Mann hinter ihm gab ihn frei und rief: »Gallwynd?!?«

Es war eindeutig Rastalockes Stimme. Nun erkannte Dirk auch den muffigen Geruch, der ihm anhaftete, als hätte er seine komplette Kindheit in einer Kifferhöhle verbracht.

»Ja, verdammt!« Dirk kippte nach hinten und wäre wohl gestürzt, wenn John ihn nicht aufgefangen hätte.

»Was machst du denn hier?«, fragte Rastalocke erstaunt.

»Auf dich fallen und gebissen werden«, quetschte Dirk zwischen zusammengebissenen Zähnen hervor.

»Licht!«, schrie John und umklammerte Dirk so fest, als fürchtete er, dieser könnte sich in Luft auflösen. »Ich brauche Licht!«

Dirk brauchte kein Licht, er brauchte Hilfe. Der verrückte Araber hatte seine Zähne dermaßen tief in ihm vergraben, dass er sich zu fragen begann, ob nicht er es gewesen war, der die Skelette abgenagt hatte.

Dirk hob den rechten Fuß und stampfte mit seinem ganzen Gewicht auf den beißwütigen Angreifer. Etwas knackte laut und ekelhaft, aber der Kerl biss noch heftiger zu.

Dirk konnte nicht anders – er schrie auf, und zwar mehrmals hintereinander und mit aller Inbrunst. Er hätte noch einmal zutreten können, aber dazu war er nicht in der Lage, denn die Impulse seiner Nervenbahnen schienen vor Schmerz Amok zu laufen. Nun fing der durchgeknallte Kerl auch noch an, seinen Kopf wie tollwütig hin und her zu schütteln, sodass Dirks Bein mitgerissen wurde.

Dirk war kurz davor, das Bewusstsein zu verlieren. Da flackerte plötzlich etwas auf, ein erst ganz schwacher, dann stetig stärker werdender Lichtschein. Dirk sah den Mann, der sich in ihm verbissen hatte, sah das Blut auf seiner Stirn, das davon kündete, dass ihn zumindest der letzte Fußtritt hart getroffen hatte, aber er sah auch, dass der Araber sein Bein mit beiden Händen einklemmte wie ein Schraubstock und mit dem Gebiss in seiner Wade hing.

Und er sah, dass Lubaya heraneilte und Kinah mit erschrockenem Gesichtsausdruck die Kerze vorstreckte, die sie in der Hand hielt.

»Halt mal!«, herrschte Rastalocke Lubaya an.

Dirk begriff nicht, was er damit meinte, bis Lubaya ihn an der Schulter packte, während John zur Seite sprang.

Beinahe wäre er nach hinten umgekippt, doch dann hatte ihn Lubaya – einmal mehr – im festen Griff. John dagegen war bereits neben Dirk. Eine böse Verletzung zierte sein angespanntes Gesicht, und seine Rastalocken waren vollkommen durcheinandergeraten.

»Lass Gallwynd los, du Ratte!«, zischte Rastalocke und trat dem Araber in die Seite.

Der Araber warf den Kopf hin und her, und Dirk bekam das Gefühl, dass er gleich endgültig ein großes Stück seiner Wade einbüßen würde. Das Spiel wiederholte sich noch zwei Mal, dann wurde es Rastalocke zu bunt. Er riss eine Pistole aus seinem Gürtel, und Dirk, obwohl halb wahnsinnig vor Schmerz, wollte ihm zuschreien, dass er es nicht tun sollte, dass er den Araber nicht erschießen durfte. Aber das wäre nicht nötig gewesen. Rastalocke hatte gar nicht vor, die Pistole für den Zweck zu benutzen, für den sie konstruiert war. Er drehte sie um, ging in die Hocke und zog dem Araber den Griff über den Schädel.

Es nutzte nichts. Ein hässliches Geräusch ertönte, irgendetwas schien unter den Haaren des Mannes aufzuplatzen, aber er ließ nicht für einen Sekundenbruchteil locker.

»Hör auf, du Idiot!«, brüllte Rastalocke und schlug wieder zu, und wieder und wieder, in einem verrückten Rhythmus und mit aller Kraft. Blut spritzte, und auch anderes, über das Dirk nicht nachdenken wollte. Aber er begriff, was Rastalocke tat, und empfand einen schrecklichen Moment lang Triumph und Genugtuung, bevor er schrie: »Nein!«

Es war zu spät. Rastalocke holte zu einem letzten, wuchtigen Schlag aus, um den Mann endlich dazu zu bringen, von Dirk abzulassen. Zu einem viel zu wuchtigen Schlag. Dirk wusste, was passieren würde, noch bevor der blutverschmierte Pistolengriff den Kopf des Arabers traf.

Ein fürchterlicher Knall hallte von den Wänden wider, dann sah Dirk nur noch Blut, Knochensplitter und Gehirnmasse. Durch den Araber ging ein Zucken und krampfhaftes Beben, dann lag er still.

Aber er hatte immer noch seine Zähne in Dirks Wade.

Rastalocke richtete sich auf und trat seitlich gegen den Kopf des Sterbenden, mitten in seine Kieferpartie. Etwas brach, Splitter sausten durch die Luft, und irgendetwas schrammte über Dirks Wange.

8

Dirks Bein lag auf einem Podest aus Ziegelsteinen, das Hosenbein aufgeschlitzt, die Wunde freigelegt. Lubaya machte sich mit Utensilien, die sie aus den unermesslichen Tiefen ihrer Umhängetasche hervorgekramt hatte, an der Verletzung zu schaffen, während Kinah mit finsterem Gesichtsausdruck neben ihr auf und ab tigerte. Rastalocke hatte sich, nachdem er den Araber ein Stück weit in den Gang gezogen hatte, durch den er in den Raum gelangt war, auf den Boden gehockt und starrte nachdenklich vor sich hin.

»Wir sollten sofort von hier verschwinden.« Kinah blieb stehen und sah wütend auf Rastalocke hinab. »So, wie ich meinen Mann verstanden habe, hat er Sie und diesen Biermann engagiert, um meine Tochter zu finden. Und jetzt haben Sie einen Hinweis, dem sie nachgehen können. Also machen Sie Ihren Job!«

»Meinen Job? Sagen Sie mal, ticken Sie noch ganz sauber?« John fuhr sich mit einer aufgebrachten Geste durch die wirren Haare. »Dieser Horrortrip ist schlimmer, als hätte ich mir einen Cocktail aus LSD, Amphetaminen und Speed reingezogen und mich dann in eine Achterbahn gesetzt! Ich bin hier unten in eine Schießerei mit Venturas Männern geraten, und wenn es mir nicht gelungen wäre, einem meiner Gegner die Waffe abzunehmen, hätte ich jetzt ein hübsches kleines Loch im Kopf. Dann ist alles über uns zusammengebrochen, und Birdie und ich mussten rennen, als wäre der Teufel hinter uns her, sonst hätte es uns erwischt. Ein Monstersturm ist durch dieses Höhlenlabyrinth gewirbelt und hat uns von den Beinen gerissen, und als wäre das noch nicht genug, sind wir schließlich in eine Gruppe Araber hineingelaufen. Dabei habe ich Birdie verloren. Das Letzte, was ich von ihm gesehen habe, war, wie er von einem Araber eine verplättet bekommen hat. Und jetzt dieser Scheiß hier! Ein Toter in Plastikfolie und ein Irrer, der Kampfhund spielt. Und da sagen Sie mir, ich soll meinen Job machen? Sie haben doch nicht mehr alle Tassen im Schrank! Ich will bloß Birdie finden und dann raus hier – zurück nach München!«

»Ich habe nichts dagegen«, zischte Kinah. »Wenn Sie meinem Mann und mir nicht bei der Suche nach unserer Tochter helfen wollen, dann lassen Sie es halt sein. Trotzdem müssen wir alle von hier verschwinden. Oder was meinen Sie, was die mit uns machen, wenn sie entdecken, dass Sie ihren Wachposten umgebracht haben?«

Rastalocke erwiderte Kinahs Blick mit der gleichen zornigen Intensität. »Noch ist er nicht tot.«

»Aber so gut wie, oder? Schließlich kann selbst Lubaya ihm nicht mehr helfen.« Kinah fuhr sich mit der Zunge über die Lippen. »Was sind Sie überhaupt für ein Mensch? Erst prügeln Sie diesen armen Kerl zu Brei und dann legen Sie ihn zum Sterben irgendwo ab!«

»Sie können ja hingehen und sein Händchen halten«, antwortete John übellaunig. »Haben Sie schon vergessen, was er mit Ihrem Mann gemacht hat?«

»Nein, das habe ich nicht.« Kinah drehte sich um und ging zu Dirk. Lubaya war gerade dabei, die Wunde mit einem Verband zu umwickeln. Dirk nahm das mit einer Mischung aus Dankbarkeit und Ungeduld hin. Es kümmerte ihn kaum, dass nun zur Abwechslung nicht seine Hand, sondern seine Wade höllisch schmerzte. Er wollte einfach nur weg von hier und so schnell wie möglich dorthin, wo sich Akuyi aufhielt – und wenn er dafür in einem Flugzeug mitten durch einen Gewittersturm fliegen musste.

Das ging aber nicht, solange Kinah ihn mit irgendwelchen Halbwahrheiten abspeiste.

»Wo ist Akuyi?«, fragte er, kaum dass sie vor ihm stand.

Kinah runzelte die Stirn. »Entweder auf dem Weg in meine Heimat oder schon da. Mehr weiß ich auch nicht.«

Dirk richtete sich ein Stück weit auf. Sein Herz schlug langsam, aber kräftig, und er verspürte eine merkwürdige Mischung aus Erschöpfung und Erregung. »Keine Spielchen, Kinah. Safrin hat sich garantiert von unterwegs gemeldet. Ich kenne dich doch – du überlässt niemandem deine Tochter, ohne dich vorher abzusichern.«

»Ich habe niemandem meine Tochter überlassen«, stellte Kinah richtig. »Ich habe sie Safrin anvertraut. Und keinen Kontakt mit ihm gehalten. Ich musste diesen Weg wählen, denn jede Form von Kommunikation birgt Gefahren. Du hast ja keine Ahnung, wie leicht man Handys abhören und herausfinden kann, woher die Anrufe kommen.«

»Und was ist mit Telefonzellen? Postkarten? Boten?«

»Ich wollte Akuyi keinem Risiko aussetzen«, erklärte Kinah. »Du musst mir einfach vertrauen. Ich will nur das Beste für unsere Tochter.«

»Ich soll dir vertrauen?« Dirk starrte Kinah an. Wieder einmal fiel ihm auf, wie sehr sie sich verändert hatte – das schmale Gesicht, die spitzen Wangenknochen. Und dieser Ausdruck in ihren Augen … Er hätte nicht einmal genau sagen können, was es war. Vielleicht Härte, vielleicht Angst. Auf jeden Fall nichts, was ihn an die alte Kinah erinnerte, der er bedingungslos vertraut hatte. »Wie kann ich dir noch vertrauen? Du hast mich in jeder Beziehung hintergangen, hast mir die ganze Zeit verschwiegen, was dich wirklich umtreibt.«

»Ich wollte dich und Akuyi nur …«

»Schützen?«, fiel Dirk ihr ins Wort. »Das ist Blödsinn! Ich hätte dir geholfen, wenn ich gewusst hätte, worum es ging. Aber ich hätte es wissen müssen! Wie konntest du Akuyi ohne Rücksprache mit mir aus ihrer gewohnten Umgebung reißen und ins Ungewisse schicken – damit hast du alles noch viel, viel schlimmer gemacht!«

Kinah biss sich auf die Unterlippe. Bisher hatte diese Geste auf Dirk immer erotisch gewirkt, doch jetzt kam sie ihm nur wie der hilflose Versuche vor, Zeit zu gewinnen. »Vielleicht hast du recht und ich hätte dir alles erzählen sollen. Aber nun sollten wir erst mal von hier verschwinden. Bist du mit dem Verband fertig, Lubaya?«

Die Angesprochene nickte. »In einer Minute.«

»Dann machen wir, dass wir aus diesen Grotten rauskommen, bevor sie endgültig einstürzen.«

»Nicht ohne Birdie!«, warf John ein. »Ich bin sicher, dass sie sich ihn geschnappt haben. Im Auftrag von diesem verschissenen Ventura.« Er spuckte aus. »Vielleicht wollen sie ihn ja auch in Frischhaltefolie packen.«

»Dann bleiben Sie eben hier und wir gehen«, sagte Kinah knapp.

»Ganz wie Sie wollen, Gnädigste«, fauchte Rastalocke. »Es ist eine richtig gute Idee, dass wir uns trennen. Sie mit Ihrem humpelnden Mann und dem Breite-mal-Länge-Klops …«

»Hey, John Rasul!«, unterbrach ihn Lubaya. »Halt deine Zunge im Zaum!«

»… und ich mit meiner Knarre. Dann sind wir wenigstens nicht so wehrhaft und können von Venturas Männern viel leichter überwältigt werden.«

»Hmmm«, brummte Lubaya. »Du bist zwar ein hirnloser Idiot, Freundchen, aber da ist was dran.«

»Abgesehen von der Tatsache, dass ihr sowieso keinen Shuttlebus findet, wenn ihr jetzt die Grotten verlasst«, fuhr John fort. »Da oben ist garantiert die Hölle los, und der Sturm tobt noch immer. Da können wir genauso gut auf die Araber warten und Birdie befreien. Und wie ich ihn kenne, wird er schon wissen, wie wir am schnellsten aus dem Katastrophengebiet kommen … und Sie zu Ihrer Tochter!«

Kinah zögerte. »Heißt das, Sie sind doch wieder dabei?«

»Oh Mann, genau diese Frage hatte ich befürchtet«, stöhnte Rastalocke. »Wenn es denn sein muss … und für einen guten Zweck … und wenn Sie noch etwas Schmerzensgeld drauflegen …«

»Hunderttausend Euro, wenn wir Akuyi finden und sie mit deiner und Biermanns Hilfe wohlbehalten zurückbringen«, sagte Dirk, ohne nachzudenken.

Kinah starrte ihn an, als sei er geistesgestört, während Rastalocke nur die Stirn runzelte, anstatt vor Begeisterung zu sprühen, wie Dirk gehofft hatte. »Hunderttausend Flappen? Ein bisschen wenig für das Risiko, das wir auf uns nehmen, findest du nicht? Sagen wir doch lieber dreihunderttausend. Dann wird ein Schuh draus.«

»Dreihunderttausend?«, ächzte Dirk. »Bist du verrückt? Selbst hunderttausend sind schon mehr, als ich aufbringen kann, ohne mich bis über beide Ohren zu verschulden.«

»Du hast doch ein hübsches Häuschen«, entgegnete Rastalocke. »Das ist bestimmt mehr als dreihunderttausend wert. Verkauf es einfach, dann hast du das Geld auf einen Schlag.«

»Ich soll unser Haus verkaufen?«, wiederholte Dirk ungläubig und kam sich langsam vor wie ein Schacherer auf einem Basar. War er verrückt? Er würde zwar alles geben, um Akuyi gesund und munter wiederzubekommen, aber das hieß nicht, dass er diesem unverschämten Idioten ein Vermögen dafür zahlen musste.

»Zweihundertfünfzigtausend für uns drei – für mich, Birdie und Janette«, sagte Rastalocke. »Und das auch nur bei Erfolg. Nur dann, wenn wir die Kleine sicher in Deutschland abliefern. Ist das ein Deal?«

Das war mit Sicherheit der schlechteste Deal, der Dirk jemals angeboten worden war. Aber was blieb ihm anderes übrig? In seinem Zustand war er auf Verbündete angewiesen.

»Na schön.« Er stieß einen tiefen Seufzer aus. »Selbst wenn ich mich damit ruiniere: Zweihunderttausend und keinen Cent mehr.«

Rastalocke sah ihn für eine Weile schweigend an. Dann nickte er. »Also gut, großer Meister. Und ihr habt es gehört, Ladys, oder?« Sein Blick wanderte zwischen Kinah und Lubaya hin und her. »Nicht, dass es nachher heißt, wir hätten keine faire Abmachung getroffen. Aber Birdie wird auch bestimmt noch ein kleines Schriftstück aufsetzen, bevor wir durchstarten.«

»Das kann er gerne machen«, sagte Dirk müde. Er fühlte sich total erschlagen. »Warten wir also, bis die Typen wieder hier auftauchen. Und in der Zwischenzeit«, wandte er sich an Kinah, die seine Feilscherei mit schief gelegtem Kopf und fassungslosem Gesichtsausdruck verfolgt hatte, »kannst du mir erzählen, was du von Akuyi weißt und warum du damals wirklich gegangen bist.«

»Einen Teufel werde ich tun!«, schimpfte Kinah. »Erst verschacherst du unser Haus, und dann willst du auch noch Rambo spielen, um diesen Birdie rauszuboxen! Glaubst du, du kannst es mit einer ganzen Schlägertruppe aufnehmen?«

»Ich bin ja auch noch da«, meldete sich John. »Und ich werde kämpfen wie ein Löwe. Ihr Mann muss mir nur den Rücken freihalten.«

Kinah beachtete ihn gar nicht. »Du bist ja noch nicht einmal bewaffnet!«, sagte sie zu Dirk.

»Das können wir ändern«, erklärte Rastalocke und zog etwas aus seinem Hosenbund. Es war eine großkalibrige Pistole, die Dirk sofort wiedererkannte. »Hier! Fang!«

Damit warf er sie Dirk auch schon zu. Aber da dieser in verkrampfter Schräglage auf dem Boden saß und sich mit der linken Hand abstützte, war es ihm vollkommen unmöglich, die Waffe zu fangen. Das erledigte Lubaya an seiner Stelle mit einer lässigen Handbewegung.

»Sieh an«, sagte sie und wog die Pistole in der Hand. »Daher also die Bezeichnung Zimmerflak. Was ist denn das für ein Riesenkaliber? Geht man damit auf Mammutjagd?«

»Das ist eine Signalpistole«, antwortete Dirk. »Und es wäre schön, wenn du mir das Ding geben und endlich den Verband fertig wickeln würdest.«

»Sehr wohl, Massa.« Sie reichte ihm die Pistole und richtete ihre Aufmerksamkeit wieder auf die Mullbinde, die sie ihm angelegt hatte.

»Was soll der Quatsch?« Kinah baute sich mit funkelnden Augen vor ihm auf wie eine Rachegöttin. »Willst du dem nächsten Angreifer ein Loch in den Bauch brennen?«

»Wenn es sein muss«, stieß Dirk hervor. Lubaya gab ihm einen kleinen Klaps auf den Oberschenkel zum Zeichen, dass sie ihr Werk vollendet hatte.

Kinah starrte ihn zweifelnd an und half ihm dann dabei, aufzustehen. »Selbst wenn es dir gelingt, damit einen der Kerle auszuschalten, wird ein anderer dich umbringen.«

»Ich habe nicht vor, das Ding zu benutzen.« Dirk kam wackelig auf die Beine. »Es ist eine reine Vorsichtsmaßnahme.«

Mit diesen Worten steckte er die Pistole in seinen Gürtel und wartete darauf, dass sich ein Gefühl von Sicherheit einstellte. Aber es blieb aus – vielleicht, weil Kinah recht hatte. Mit einer einschüssigen Pistole, die noch dazu mit Leuchtmunition statt mit Kugeln geladen war, würde er nicht weit kommen.

»Das sagen alle«, erwiderte Kinah. »Und dann gibt es doch ein Blutbad.«

»Was?«

»Vergiss es. Du wolltest wissen, warum ich euch vor drei Jahren verlassen habe und was das mit Akuyis Verschwinden zu tun hat.« Kinahs Blick schweifte in die Ferne. »Ich fürchte, ich muss weit ausholen, um dir das zu erklären. Versprich mir, dass du ruhig zuhören und mich nicht unterbrechen wirst – auch, wenn dich das eine oder andere vielleicht schockieren wird.«

9

Dirk lauschte dem, was Kinah zu sagen hatte, und je länger er ihr zuhörte, desto mehr glitt er hinüber in eine andere Zeit, in eine andere Person. Ihm schien, als ginge er selbst die Straßen entlang, die Kinah entlangging, als atmete er die Luft, die sie atmete, und schließlich sah er sie förmlich vor sich, sah, wie Kinah den Brief sinken ließ, der in einem alten, fast vergessenen afrikanischen Dialekt verfasst war, der viele tausend Jahre lang nur mündlich überliefert worden war, bevor man ihn in eine lediglich wenigen Auserwählten bekannte Schriftsprache überführt hatte.

Kinah lehnte sich gegen die Mauer des Hauses, vor dem sie wartete, und atmete tief aus. Ihre Atemluft bildete einen feinen Nebel vor ihrem Gesicht, wurde vom Wind ergriffen und verwirbelt. Der Brief war alt, das Papier brüchig, vergilbt und an mehreren Stellen eingerissen – ein Zeichen dafür, wie oft sie das Schriftstück in den letzten Jahren in Händen gehalten hatte. Der Brief war das Einzige, was ihr Vater ihr für ihren Lebensweg mitgegeben hatte. Kein Amulett, keinen kleinen Talisman, kein sichtbares Symbol für die schützende Hand, die er stets über sie hielt. Nur diesen Brief, den sie als kleines Kind von ihm erhalten hatte. Zuvor hatte er sie gesegnet, und kurz darauf schickte er sie auf eine weite Reise, weil grausame Männer auf dem Weg zum Dorf waren, Rebellen oder Soldaten, die keine Gnade kannten und auch nicht davor zurückschreckten, Kinder zu töten und ganze Familien auszulöschen.

Sie hatte weder ihr Dorf noch ihren Vater noch ihre anderen nahen Verwandten je wiedergesehen. Geblieben war ihr nur die

Erinnerung an einen schon damals alten Mann, der seine kleine, wissbegierige Tochter mit Geschichten und Weisheiten gefüttert hatte. Bis zu jenem Tag, an dem er ihr den Brief in die Hand drückte und sie gehen hieß.

Kinah brauchte ihn nicht zu lesen. Sie kannte jeden einzelnen Satz auswendig. Und einige davon kamen ihr in letzter Zeit immer wieder in den Sinn. *Der Mann deines Lebens sieht nicht aus wie der Mann deines Lebens. Er verhält sich auch nicht so, sondern wie ein jämmerlicher, verfaulter Sack, in den Moder und Schimmel eingedrungen sind. Aber lass dich davon nicht täuschen. Mit ihm zusammen wirst du die beiden Kinder zeugen, die zu schützen eure Aufgabe sein wird.*

Kinah starrte den Brief noch ein paar Sekunden lang an, dann ließ sie ihn in den Schutzumschlag gleiten, in dem sie ihn aufbewahrte, und steckte ihn in die Innentasche ihrer Lederjacke. Sie hatte in diesen Zeilen nach einer versteckten Botschaft gesucht, nach einer anderen Interpretationsmöglichkeit. Aber sie konnte einfach keine entdecken.

Sie wusste nicht, ob sie wirklich den Mann ihres Lebens gefunden hatte. Sie zweifelte, und ihre Zweifel wuchsen, je mehr sie verstand und je länger sie sich mit der anderen Aufgabe befasste, von der in dem Brief die Rede war.

Der Aufgabe, die Katastrophe aufzuhalten, die über die Menschheit hereinbrechen würde, wenn sie weiterhin ohne Sinn und Verstand die alte, natürliche Ordnung störte. *Es ist das, was ihr euch herbeigewünscht habt: ein Wind, der eine schmerzliche Strafe mitführt. Und deine Aufgabe und die der deinen wird es sein, dafür zu sorgen, dass diese Strafe nicht zu schmerzlich ausfällt.*

Von diesen Dingen verstand der Mann an ihrer Seite rein gar nichts, und davon wollte er auch nichts wissen. Ganz im Gegenteil zu dem Mann, auf den sie hier wartete.

Dirk hatte sich mit halb geschlossenen Augen an die Wand gelehnt und Kinah wie versprochen schweigend zugehört. Doch nun konnte er sich nicht mehr beherrschen, starrte in ihr Gesicht, das im flackernden Licht der Kerze wie eine aus schwarzem Marmor gehauene Statue aussah, und öffnete den Mund. »Wenn du mir jetzt beichten willst, dass du schon damals fremdgegangen bist und inzwischen mit einem anderen Mann mehrere Kinder hast, fängst du die Geschichte von der falsche Seite an!«, polterte er. »Ich will wissen, wo *unser* Kind ist! Und was du mit dem Verschwinden unserer Tochter zu tun hast!«

In Kinahs Züge kam Leben. »Das erzähle ich dir doch gerade! Willst du erfahren, was ich zu berichten habe, oder nicht?«

»Natürlich«, lenkte Dirk rasch ein. »Aber was hat der Unsinn mit den beiden Kindern zu bedeuten? Schließlich haben wir nur eine Tochter!«

»Das ist richtig«, pflichtete ihm Kinah bei. »Dennoch sind es zwei Kinder. Du wirst es bald verstehen, glaube mir.«

Graue Wolken zogen auf, und Kinah schlug fröstelnd den Kragen ihrer Jacke hoch und starrte zu dem von Efeu überwachsenen Gebäude hinüber, das mit seinen Erkern und Vorsprüngen wie eine kleine Trutzburg wirkte. Die dunklen Fenster kündeten davon, dass der Hausherr trotz ihrer Verabredung noch nicht da war, daher musste Kinah hier draußen in der Kälte ausharren. Bei anderen Witterungsbedingungen hätte sie das nicht sonderlich gestört, aber die Temperatur war innerhalb der letzten Viertelstunde um mindestens fünf Grad gefallen, und der Abwärtstrend schien damit noch lange nicht zu Ende zu sein. Zudem frischte der Wind auf und fuhr durch ihr Haar, als wollte er es vorsätzlich durcheinanderwirbeln. »Wo bleibt der Typ bloß?«, murmelte sie. »Erst meldet er sich wochenlang nicht, dann schickt er mir eine SMS und sagt, es sei dringend …«

»Und da ist er schon!«, ertönte eine Stimme.

Kinah fuhr herum. Nur wenige Schritte entfernt stand Jan Olowski, ein jungenhaftes Grinsen auf den Lippen, die langen Haare ordentlich zurückgekämmt und zu einem Zopf gebunden, auf der Nase eine altmodische Nickelbrille, die so weit heruntergerutscht war, dass sein spöttischer Blick sie über den Rand hinweg fixierte.

»Ich habe dich gar nicht gehört«, stellte Kinah fest. »Eigenartig – normalerweise kriege ich es mit, wenn an der nächsten Straßenecke eine Ameise hustet.«

Jans Grinsen vertiefte sich. »Ich habe mich bemüht, leise zu sein. Außerdem lässt es der Wind ganz schön scheppern. Womit wir auch schon beim Thema wären ... Aber komm, lass uns erst mal ins Haus gehen.«

»Seid ihr euch da zum ersten Mal nahegekommen?«, fragte Dirk bitter. »Und hast du dann mit ihm das zweite Kind gezeugt?«

»So ein Quatsch!« Kinahs Augen blitzten. »Ich habe dir doch gesagt, dass du mich nicht unterbrechen sollst! Außerdem solltest gerade du dich zurückhalten, was Jan betrifft!«

Dirk machte den Mund auf – und schloss ihn schuldbewusst.

»Könnt ihr eure Wiedersehensfeier vielleicht auf einen anderen Zeitpunkt verschieben?« Rastalocke deutete in den dunklen Gang. »Ich schätze, wir bekommen gleich Besuch.«

Der Keller, in den Jan sie führte, war größer und verwinkelter, als sie erwartet hatte – und nicht nur das. Er bestand aus zwei Teilen: einem herkömmlichen Keller, der an der Außenmauer des Hauses endete, und einem deutlich größeren Raum, der dort erst begann und dessen Zugang hinter einer beweglichen Schrankwand verborgen war. Während die Schrankwand hinter ihnen automatisch wieder an ihren Platz glitt, erzählte Jan Kinah, dass sein Vater den von seinem Urgroßvater unter der Rasenfläche des Grundstücks angelegten Keller hatte erweitern lassen, um hier in Ruhe seine Forschungen betreiben zu können. Sein Vater war es auch gewesen, der Ende der siebziger Jahre in einem klimatisierten Kellerraum eine PDP-11 von Digital Equipment hatte aufbauen lassen, eine damals hochmoderne Großrechneranlage, die ihre Daten auf dicken Magnetbändern aufzeichnete und die Rechenoperationen in klobigen Metallgehäusen vollzog.

Die technischen Einzelheiten interessierten Kinah nicht besonders, ganz im Gegenteil zu dem Kellergewölbe. Es war eine Art unterirdisches Labor, dessen Bau und Ausstattung ein kleines Vermögen gekostet haben mussten. Darüber hinaus faszinierte sie die Tatsache, dass es auch in Jans Familie eine starke Ahnenkette gab, Männer und Frauen, die jeweils mit den neuesten technischen Errungenschaften Wetterbeobachtungen durchgeführt hatten, um ihre eigenen Schlussfolgerungen daraus zu ziehen. Dies vermittelte ihr ein Gefühl von Vertrautheit, das weit über das hinausreichte, was sie ansonsten für einen Mann der Wissenschaft empfunden hätte.

Jan setzte sich hinter einen wuchtigen alten Schreibtisch, der aussah, als wäre der Keller irgendwann um ihn herumgebaut worden. Das, was er auf dem Tisch vor sich hatte, war allerdings nicht im Geringsten altmodisch. Es war eine holographische Projektionseinrichtung, die er von einem kleinen Computer aus steuerte, dessen Rechenleistung um mehrere Zehnerpotenzen höher lag als die der riesigen Großrechneranlage seines Vaters.

»Die nächste Katastrophe kommt bestimmt«, murmelte Jan, während seine Finger über die Tastatur huschten. »Wirbelstürme und kleinere Tornados gehören mittlerweile auch in Deutschland zur Tagesordnung, und dabei werden nicht nur in zunehmendem Maße Dächer abgedeckt, Bäume entwurzelt und Autos zerschmettert, sondern auch komplette Siedlungen und Industrieanlagen zerstört. Von der steigenden Zahl der Todesopfer ganz zu schweigen. Aber ich befürchte, dass es bald eine so verheerende Katastrophe geben wird wie sechzehnhundertdreiundvierzig in Brandenburg, Pommern und Oberdeutschland.«

»Von der habe ich noch nie etwas gehört«, warf Kinah ein. Sie hatte es sich auf der Ledercouch bequem gemacht, die in die Bibliothekswand eingelassen war.

»Es war eine schreckliche Zeit damals. Der Dreißigjährige Krieg tobte und hatte große Teile des Landes entvölkert. In weiten Landstrichen überlebte nicht einmal jeder Fünfte das Grauen, das in Form von Krieg, Plünderung und Seuchen über die Menschen kam. Und als hätte das alles noch nicht gereicht, hob ein Sturm an, der fünf Tage und fünf Nächte währte. Dörfer, die bereits geplündert oder gebrandschatzt worden waren, wurden endgültig dem Boden gleichgemacht. Menschen, die sich in den umgebenden Wäldern vor heranziehenden Truppen in trügerischer Sicherheit gewiegt hatten, wurden von Bäumen erschlagen oder vom Sturm hinweggerissen. Aber sieh selbst.«

Jan tippte mit dem Mittelfinger auf eine Taste, und direkt vor und über ihm, zwischen dem Schreibtisch und der gegenüberliegenden Wand, fauchte plötzlich der Wind, materialisierten sich Menschen wie aus dem Nichts, entstanden schemenhafte, flackernde Umrisse einer gespenstischen Szenerie, die sich nach und nach verfestigten. Es war eine Gruppe ärmlich gekleideter Frauen und Kinder, die über eine Lichtung hetzte, ausgemergelte Gestalten mit dreckigen und vor Angst verzerrten Gesichtern. Einige Kinder weinten und schrien, aber das ging unter im Geräusch dessen, was hinter ihnen mit unbändiger Gewalt heranraste.

Es war keine der Windhosen, wie sie in dieser Gegend schon immer üblich gewesen waren, es war ein ausgewachsener Wirbelsturm. Wie die vernichtende Faust Gottes fegte er über den Wald, in wildem, nicht vorhersehbarem Zickzackkurs riss er Bäume aus der Erde, sog Büsche, Blumen, Farne, Erdreich in sich ein und zerschmetterte, was sich ihm in den Weg stellte.

Ein kleiner Junge, höchstens fünf Jahre alt, stolperte über eine Wurzel und fiel. Seine Mutter, schon ein paar Schritte weiter, blieb stehen, drehte sich zu ihm um und schrie etwas, das im Tosen des Sturms unterging. Der Junge versuchte, sich aufzurappeln, fiel wieder hin, schien durch eine Mischung aus Entkräftung und Entsetzen nicht in der Lage zu sein, von selbst auf die Beine zu kommen. Er war abgemagert, seine Kleider hingen in Fetzen. In seinen Augen funkelte die nackte Angst.

»Mama!«, brüllte er. »Mama!«

Die Gruppe der Frauen und Kinder hatte mittlerweile das Ende der Lichtung erreicht und stürzte ohne Rücksicht auf Verluste durch Rankengewächse und scharfdornige Sträucher, die hier zwischen den Bäumen ein fast undurchdringliches Dickicht bildeten. Als die ersten Ausläufer des Wirbelsturms in die Sträucher und Gräser fuhren, ging ein Zittern und Beben durch das Buschwerk. Mütter, die ihre kleinen Kinder bislang an der Hand mitgeschleift hatten, zerrten sie nun hoch, pressten sie an sich – und stürmten dann mitten hinein in das Gesträuch, das von den Voranlaufenden geknickt worden war. Zweige schnellten zurück, Dornen rissen blutige Kratzer in Gesichter, Hände und Arme.

All das ging mit gespenstischer Geschwindigkeit vonstatten – und mit einer Entschlossenheit, wie sie nur nackte Todesangst erzeugen kann. Die Frau hätte zu ihrem Jungen zurücklaufen, ihn hochreißen und mitnehmen müssen. Doch sie tat nichts dergleichen. Stattdessen stand sie stocksteif da und starrte auf das unglaubliche Schauspiel, das sich ihr bot.

Der Wirbelsturm hatte abgedreht, schien an der Lichtung vorbeiziehen zu wollen. Die tiefschwarze Säule bog und wand sich.

Wäre Kinah an der Stelle der Frau gewesen, hätte sie gewusst, was zu tun war. Sie hätte sich ihren Jungen geschnappt und wäre wie von tausend Dämonen gehetzt losgerannt. Nicht in die Richtung, in der sich gerade die letzten Nachzügler ins umtoste Buschwerk drückten, sondern dem Tornado entgegen, weil dort die größte Chance bestand, seiner vernichtenden Gewalt zu entkommen – sollte er in einer Kurve auf die Lichtung zurasen.

Die Mutter des Jungen schien zu dem gleichen Ergebnis zu kommen. Sie rannte los, flog förmlich über das Gras und streckte die Hände vor. Der verwirrte, ängstliche Ausdruck im Gesicht des Jungen wich unbändiger Freude. In seinen Augen blitzten Vertrauen und die Gewissheit, dass seine Mutter ihn retten würde.

Sie nahm sich nicht die Zeit, liebevoll nach ihm zu greifen, sondern zerrte ihn mit einem fast brutalen Ruck vom Boden hoch. Sie schwankte leicht, und als sich der Junge um ihren Hals klammerte, kam sie für ein paar Schritte aus dem Tritt. Doch dann lief sie in die Richtung los, die auch Kinah gewählt hätte.

Aber es war zu spät. Der Wirbelsturm raste heran. Es toste und donnerte wie bei einem Weltuntergang, und genau das war es auch, zumindest für die Frau und ihren Sohn. Sie hetzte in Panik weiter, und da war der Wirbel heran, entwurzelte, was bislang verschont geblieben war, schleuderte eine dichte Wolke aus Dreck, Gräsern, Pflanzen, Zweigen, Ästen auf – all das, was seiner entfesselten Kraft nicht widerstehen konnte …

Und dann erfasste die Urgewalt die Mutter, riss ihr den Sohn aus den Armen und trug ihn fort …

Die Holographie fiel in sich zusammen, und mit ihr das Donnern und Wummern, das den Raum erfüllt hatte.

Kinah drückte sich tief in das Ledersofa. Ihre Hände waren schweißnass und ihr Herz raste. Jan saß mit ernster, angespannter Miene hinter dem Schreibtisch. Plötzlich drang leise, meditative Musik aus verborgenen Lautsprechern, als könnte sie das Grauen der Szene mindern. Doch Kinah hatte das Gefühl, selbst auf der Lichtung gewesen zu sein, auch wenn die Projektion manchmal geflackert hatte. Sie war selbst Mutter, sie wusste, wie man sich fühlte, wenn man sein Kind aus einer lebensbedrohlichen Situation retten wollte und erkennen musste, dass das, was man tat, nicht genügte, dass man zu spät kam.

Kinah hoffte nur, dass sie es besser machen würde und ihr eigen Fleisch und Blut würde schützen können.

»Du meine Güte«, stieß sie schließlich hervor.

»Ja.« Jan nickte. »Es war eine Katastrophe von geradezu biblischen Ausmaßen.«

»Dann müsste was darüber in den Geschichtsbüchern stehen!«

»Ja«, gab Jan zu. »Doch weit gefehlt.«

»Warum nicht?«, verlangte Kinah zu wissen.

»Darauf gibt es eine kurze und eine etwas längere Antwort. Und bevor du jetzt ungeduldig wirst, erzähle ich dir die kurze Fassung.« Jan lächelte leicht.

»Also los!«

Er beugte sich ein Stück vor. Alles Jungenhafte war aus seinem Gesicht verschwunden. »Die Katastrophe traf ein besonders gebeuteltes Gebiet. Sämtliche Strukturen in diesem Landstrich waren im wahrsten Sinne des Wortes zerschlagen. Ganze Gegenden waren entvölkert. Die Felder wurden nicht bestellt – oder die, die bestellt wurden, konnten nicht mehr abgeerntet werden. Die einheimische Bevölkerung hatte in stabilen Gemeinschaften gelebt, doch diese waren auseinandergerissen worden. Und so kam es, dass anfangs niemand begriff, dass der Sturm mehr als nur ein örtlich begrenztes Ereignis war. Die Menschen, die von ihm getroffen wurden und überlebten, glaubten daran, dass er ihr persönliches Schicksal war, so wie der Keulenhieb eines Plünderers oder eine tödliche Seuche.«

»Aber irgendwann müssen sie doch gemerkt haben, dass mehr dahintersteckte!«

»Natürlich«, bestätigte Jan. »Und darüber gibt es auch Aufzeichnungen. Aber nur einige wenige, die voller Widersprüche sind und sich zum größten Teil in Privatsammlungen befinden. Bislang haben sie noch nicht die Aufmerksamkeit namhafter Historiker erregt – vielleicht deshalb, weil immer alle davon ausgegangen sind, dass derartige Katastrophen Deutschland gar nicht heimsuchen können.«

Kinah runzelte die Stirn. »Wieso gibt es nur wenige Aufzeichnungen?«

»Weil es im Interesse der Mächtigen lag, den Vorfall totzuschweigen.« Jan lachte humorlos auf. »Damals lief der gleiche Mechanismus ab wie heutzutage, in unserem ach so aufgeklärten Zeitalter, in dem die Tourismusbranche und die Politik zu ihrem gemeinsamen Nutzen Hand in Hand arbeiten und dabei leichtfertig das Leben unschuldiger Menschen aufs Spiel setzen.«

»Aber warum?«, hakte Kinah nach. »Was für einen Nutzen haben die Mächtigen damals gehabt?«

»Du meinst, nach dem Tod von König Gustav Adolf und Wallensteins Ermordung? Als ganz Deutschland verwüstet war, die Landwirtschaft brachlag und die Städte um ihr Überleben rangen?« Jan deutete auf die Bücherwand, die Kinah einrahmte. »Dort stehen etliche Bücher, die sich mit den Folgen des Dreißigjährigen Krieges beschäftigen. Kannst du dir vorstellen, dass es hundert Jahre dauerte, bis sich die Wirtschaft vollkommen regeneriert hatte und die Bevölkerungszahl von vor dem Krieg erreicht worden war – und das auch nur, weil die deutschen Fürsten eine intensive Einwanderungspolitik betrieben?« Kinah schüttelte den Kopf. »Um es auf den Punkt zu bringen: Der Dreißigjährige Krieg war für die Menschen in Mitteleuropa viel, viel schlimmer als der Erste und Zweite Weltkrieg zusammen.«

»Das mag ja alles sein«, sagte Kinah. »Aber ich verstehe trotzdem nicht, warum man deshalb eine Sturmkatastrophe verschweigen sollte.«

»Ja, das scheint auf den ersten Blick keinen Sinn zu ergeben«, pflichtete ihr Jan bei. »Im Jahr sechzehnhundertdreiundvierzig neigte sich das, was man einen Krieg nannte, was in Wirklichkeit aber eine Völkervernichtung war, dem Ende zu. Der Kampf zwischen Protestanten und Katholiken hatte sich längst verselbstständigt. Dann brach plötzlich dieser Sturm herein wie ein Strafgericht Gottes. Und was, glaubst du wohl, haben die Menschen daraus gemacht?«

»Das, was sie immer machen«, antwortete Kinah. »Die Bevölkerung hat darunter gelitten, und die Mächtigen haben versucht, daraus Kapital zu schlagen.«

Jan nickte. »Allerdings, genau so war es. Jede Religionsgemeinschaft behauptete, der einzig wahre Gott hätte diesen wütenden Sturm zur Erde geschickt, um die Anhänger der jeweils anderen Konfession zu bestrafen. Jede Seite versuchte, die Urgewalt durch Gebete oder Beschwörungen von Neuem zu entfachen, damit sie die feindlichen Heere und Festungsanlagen zerschmetterte.«

»Was für ein Wahnsinn«, murmelte Kinah.

»Ein Wahnsinn, der Tradition hat«, ergänzte Jan. »Nur, dass selbst die größten Kriegstreiber anfingen, kriegsmüde zu werden – schließlich hätten die Mächtigen bald niemanden mehr gehabt, den sie hätten beherrschen und auspressen können. Also schloss man den Westfälischen Frieden und einigte sich auf eine Neuordnung der Konfessionen und der Staatensouveränität. Und in Geheimverhandlungen kam man überein, dass keine Seite mehr für sich in Anspruch nehmen durfte, Gott habe den Sturm gesandt, um die Andersgläubigen zu bestrafen. Die Beteiligten hielten es für die geeignete Strategie, den großen Sturm selbst aus der Geschichte der Menschheit zu streichen oder, falls das nicht ganz gelänge, ihn allenfalls als lokales Phänomen zu deuten. Also wurden alle Aufzeichnungen über die Katastrophe, deren man habhaft werden konnte, vernichtet, und jene Menschen, die zu laut irgendwelchen

Hirngespinsten über den großen Sturm nachhingen, umgesiedelt oder anderweitig zum Schweigen gebracht.«

»Eine Vorgehensweise, die Menschen wie Stalin später perfektioniert haben«, sagte Kinah bitter.

»Nicht nur Menschen vom Kaliber Stalins.« Jans Hand schwebte über der Computertastatur. »Obwohl Stalin ein gutes Stichwort ist. Russen wie Amerikaner fingen seinerzeit an, ernsthaft über Wetterwaffen nachzudenken und entsprechende Experimente anzustellen, wie zum Beispiel mit einem elektromagnetischen Generator.« Er drückte schnell ein paar Tasten. »Warte, ich zeige dir ...«

»Wie Flugzeuge Regenwolken zum Abregnen bringen? Wie stationäre Apparaturen Blitze umlenken oder Windhosen erzeugen?« Kinah winkte ab. »Darüber hast du mir bereits genug erzählt, als ich vor einem Vierteljahr zum ersten Mal in deinem Institut war.«

Jan ließ die Hand enttäuscht sinken. »Aber ich habe dir nicht gesagt, dass das alles bereits zu Wallensteins Zeit begann. Der große Sturm, der fünf Tage und fünf Nächte über weite Teile Deutschlands fegte, weckte in den Menschen das Verlangen, sich auf fürchterliche Weise ihrer Feinde zu entledigen. Es war schon immer ein Menschheitstraum, mit Hilfe himmlischer Mächte Sturm, Blitz und Donner gegen Feinde zu lenken, um sie vernichtend zu schlagen. Davon berichten Legenden und Mythen aus allen Ländern und Regionen, angefangen von der sumerischen Darstellung dessen, was später in der Bibel als Sintflut bezeichnet wird, bis hin zu den nordischen Sagen, in denen die Götter die Urgewalten Islands nutzen, um ihre Feinde zu zerschmettern.«

»Ja, auch wir kennen solche Geschichten«, sagte Kinah. »Zum Beispiel die des Sturm-und-Regen-Gottes Lezas, der auf dem Rücken aller Menschen sitzt, sodass ihm niemand entkommen kann. Aber was hat das mit dem Dreißigjährigen Krieg zu tun?«

»Es hat damit zu tun, dass eine neue Zeit anbrach.« Jan rückte umständlich seine Brille zurecht. »Jahrtausendelang hatten die Menschen mit dem Schwert gegeneinander gekämpft, und die fürchterlichste Waffe waren riesige Katapulte gewesen, mit denen man Felsbrocken schleudern konnte. Doch nun gab es Schusswaffen, die neue Strategien erforderten, Kanonen, die viel schneller als die schwerfälligen Katapulte in Stellung gebracht werden konnten, Musketen, mit denen man sogar gepanzerte Gegner in vollem Galopp vom Pferd holen konnte, ohne sich selbst in Gefahr zu bringen. Das schuf neue Begehrlichkeiten und eine neue Form des Denkens. Die Ritterzeit war endgültig vorbei, das Zeitalter der Wissenschaft begann. Die Kunde vom Wetter und seiner Beeinflussung wurde plötzlich zu einer Geheimwissenschaft erkoren. Alchemisten, deren wichtigstes Ziel seit dem frühen Mittelalter die Herstellung von Gold gewesen war, befassten sich auf einmal mit der für Heerführer verlockenden Vorstellung, das Wetter zu manipulieren und tödliche Gewitterstürme über den Feinden ihrer Herren zu entfesseln.«

Kinah verzog ungläubig das Gesicht. »Du bist der Meinung, der große Sturm im Dreißigjährigen Krieg war das Werk von Alchemisten?«

Jan schüttelte entschieden den Kopf. »Nein, keinesfalls. Aber während die betroffene Bevölkerung – gelenkt von der Kirche – glaubte, der Sturm sei eine *Strafe* Gottes, hielten die Mächtigen ihn für einen *Fingerzeig,* mit dem Gott sie darauf hinweisen wollte, wie sie ihre Feinde in Zukunft ohne eigene Verluste würden auslöschen können.« Jan lehnte sich in seinem Stuhl zurück. »Du musst das vor dem Hintergrund der damaligen Zeit sehen. Die Wirtschaft des Landes war zusammengebrochen, Seuchen und Krankheiten grassierten, die Menschen litten Hunger. In dieser schrecklichen Zeit begannen sie, neue Antworten auf uralte Fragen zu suchen.«

»Zum Beispiel auf die Frage, wie man seine Feinde vernichten kann.« Kinah erhob sich, trat vor das schwarz gebeizte Bücherregal und griff wahllos einen Band heraus. Das Buch war in schweres, stockfleckiges Leder gebunden. Sie schlug es auf und blätterte darin. Ihr Blick fiel nicht auf gedruckte Lettern, sondern auf Texte und Tabellen in einer sauberen Handschrift, die sich mit Zeichnungen von Wetterkatastrophen aller Art abwechselten: von Hagel, der auf Felder eindrosch, von Blitzen, die ein riedgedecktes Haus in Brand setzten, von einem über die Ufer tretenden Fluss, der einen Damm wegschwemmte – und von einem Wirbelsturm, der in eine Waldlichtung fuhr und eine nur mit wenigen Strichen skizzierte Menschengruppe auseinanderriss.

Kinah drehte sich abrupt zu Jan um. »War das die Grundlage für das, was du mir gezeigt hast?«

Jan zuckte mit den Schultern. »Unter anderem. Ich habe das Glück, dass meine Vorfahren sämtliche Aufzeichnungen über Wetterkatastrophen und Klimaabnormitäten zusammengetragen haben, die sie finden konnten. Und die Szene im Wald wird in einigen Aufzeichnungen erwähnt. Auf ihr fußt sogar eine regionale Sage: Giethorn, der Windjunge. Die Erzählung geht allerdings glücklich aus.«

»Giethorn und seine Mutter kommen in den Himmel«, vermutete Kinah.

»So ähnlich.« Jan winkte ab, bevor Kinah eine weitere Bemerkung zu der holographischen Darstellung machen konnte. »Da hast du dir ein besonders wertvolles Exemplar aus der Sammlung meiner Vorfahren herausgepickt. Die Aufzeichnungen eines Kirchenmannes. Gernot von Tugott. Im Grunde war er nichts weiter als der Schreiber des Alchemisten Alberto Castanada, eines Mannes der ersten Stunde, wenn es um die Wissenschaft geht.«

Kinah blickte überrascht auf. »Die Kirche und die Alchemisten haben gemeinsame Sache gemacht?«

Jan nickte. »Immer schon. Wobei es natürlich auch zu erbitterten Anfeindungen der Kirche gegen die Alchemie kam. Aber das tut nichts zur Sache. In diesem Buch sind sehr sauber Wetterphänomene aller Art aufgelistet worden, und man hat versucht, Wettervorhersagen zu treffen, die weit über die einfachen Bauernregeln hinausgingen. Wenn du so willst, waren Gernot von Tugott und Alberto Castanada die ersten Meteorologen.«

Kinah blätterte vorsichtig Seite für Seite um, bemüht, dem brüchigen Papier keine Beschädigung zuzufügen. Tugott hatte zwischen altertümlichem Deutsch und Latein gewechselt, ein weiteres Anzeichen dafür, dass dieses Werk in einer Zeit des Umbruchs entstanden war. Für Kinah machte das allerdings keinen Unterschied, für sie war beides gleichermaßen unverständlich, und sie war schon stolz darauf, die zwei Sprachen überhaupt identifiziert zu haben.

»Von Wetterbeobachtungen zu Wetterwaffen ist es aber ein weiter Weg«, stellte sie fest.

»Ein sehr weiter Weg«, stimmte Jan zu. »Das erkannten damals auch die optimistischen Gemüter schnell. Allerdings hinderte sie das nicht daran, zu versuchen, das Wetter für ihre finsteren Absichten zu nutzen. Es ist ja auch verführerisch: ein Hagelsturm, der über eine feindliche Stadt fegt, ihre Befestigungsanlagen zerstört und ihre Vorräte unbrauchbar macht … Oder Blitze, die in ein anrückendes Heer schlagen und es in alle Winde zerstreuen.«

Kinah sah auf. Eine scharfe Falte stand plötzlich auf Jans Stirn. »Seitdem gibt es verschiedene Gruppierungen, die an Wetterwaffen arbeiten. Oder versuchen, anderen, die vermeintlich weiter sind als sie, die Konstruktionspläne abzujagen.« Seine Augen funkelten hart. »Die modernen Militärs treibt nichts anderes an als die Feldherren zu Wallensteins Zeiten: Sie wollen siegen. Und das bisschen Rücksicht, das sie dabei gegen Feind und Freund walten lassen, ist für sie lediglich eine Frage der Anpassung an herrschende Vorstellungen. Gestattet man es ihnen, dann jagen sie bedenkenlos Himmelfahrtskommandos hinter feindliche Linien oder hetzen die eigenen Soldaten in einen Atompilz hinein, wie es die Briten taten.«

Kinahs Finger strichen sanft über das Papier, über eine Zeichnung, die zeigte, wie Blitze in ein Heerlager fuhren und Feuer aus dem mit einer Fahne geschmückten Zelt des Kommandanten schlug. Jan hatte recht. In ihrer Heimat war es üblich gewesen, dass Schamanen vor einer kriegerischen Auseinandersetzung die Götter um Beistand anflehten, wobei sie häufig für die eigene Seite um günstiges Wetter baten, für die Gegner jedoch um Blitz und Donner. Immer wieder hatten Stammesführer bedenkenlos die eigenen Krieger geopfert, wenn sie sich daraus einen Vorteil erhofften. Und die Gemeinschaft hatte dies anschließend auch noch mit blumigen Heldengesängen verklärt.

»Warum kann ich mich des Eindrucks nicht erwehren«, sagte Kinah langsam und betonte dabei jedes einzelne Wort, »dass du mit all dem auf etwas ganz Bestimmtes hinauswillst?«

Jan grinste jungenhaft. »Vielleicht, weil es genau so ist.« Dann wurde er schlagartig wieder ernst. »Wir sind in Gefahr, Kinah, darauf will ich hinaus.«

»In Gefahr? Weil du alte Bücher sammelst und mit Hologrammen herumspielst? Weil ich das Wissen unserer Ahnen und neue Erkenntnisse miteinander verbinde?« Kinah winkte ab. »Mach dich nicht lächerlich!«

»Genau darum sind wir in Gefahr«, wiederholte Jan mit Nachdruck. »Nicht nur wegen dem, womit sich jeder von uns beschäftigt, sondern in erster Linie, weil wir uns zusammengetan haben.«

Kinah biss sich auf die Unterlippe. Sie wusste, was ihr Vater ihr aufgetragen hatte. *Es ist das, was ihr euch herbeigewünscht habt: ein Wind, der eine schmerzliche Strafe mitführt. Und deine Aufga-*

be und die der Deinen wird es sein, dafür zu sorgen, dass diese Strafe nicht zu schmerzlich ausfällt. Suche dir dazu Verbündete in der neuen Welt. Vereint euer Wissen, um den Gewalten zu trotzen, die die Welt auseinanderreißen wollen.

»Verdammt noch mal, Jan!« Kinah schrie es fast. »Rede doch nicht um den heißen Brei herum! Was ist los? Weshalb hast du mich so kurzfristig kommen lassen? Ich dachte schon, du wärst über alle Berge, nachdem man dich aus dem Institut geschmissen hat!«

»Ich bin nicht über alle Berge, sondern in meinem Keller«, sagte Jan. »Er hat noch einen zweiten Zugang, von dem außer mir niemand weiß. So konnte ich ihn betreten, ohne gesehen zu werden. Und das war mir sehr wichtig.«

»Warum?«

»Weil ich untertauchen musste«, antwortete Jan. »Ich bin nämlich sicher, dass mein Haus wochenlang beobachtet wurde. Mittlerweile haben sie es wohl aufgegeben. Aber ich war trotzdem vorsichtig, bevor ich mich dir zu erkennen gegeben habe.«

»Deswegen hast du dich also angeschlichen!«

Jan nickte knapp und tat das, worauf er die ganze Zeit über gewartet zu haben schien: Er senkte seine Finger auf die Tastatur und gab eine kurze Befehlsfolge ein.

Wieder flirrte und flackerte es vor ihm in der Luft, und dann war ein Mann zu sehen, der den Kragen seines schweren Mantels hochschlug und mit schnellen Schritten auf eine schwere, sechstürige Limousine zusteuerte. Er hatte herbe, aber nicht hässliche südländische Gesichtszüge. Seine Augen wurden von einer Sonnenbrille verborgen.

»Das ist er«, sagte Jan. »Der Mann, der hinter uns her ist. Der Jäger.«

Jetzt erkannte Kinah, dass sie sich getäuscht hatte. Der Mann war kein Italiener oder Spanier, sondern eindeutig arabischer Herkunft. Ihre Neugier war geweckt. »Warum …«, begann sie.

Sie kam nicht dazu, den Satz zu beenden. Eine der getönten Scheiben der Stretchlimousine senkte sich. Ein graugesichtiger Mittvierziger kam zum Vorschein, der den Jäger stirnrunzelnd und eindeutig verärgert anstarrte. Er rief ihm ein paar Worte zu, die Kinah nicht verstand.

Der Jäger nickte, blieb vor der Limousine stehen und griff in seine Manteltasche.

Plötzlich ging alles ganz schnell. Hinter der Limousine funkelte etwas – ein Gewehrlauf, auf dem sich Sonnenlicht spiegelte, und Kinah erkannte schemenhaft einen Mann, der sich aus der Deckung des Wagens aufrichtete und sein Opfer anvisierte. Der Jäger sprang zur Seite und zog gleichzeitig eine Pistole aus der Manteltasche. Aus der Gewehrmündung blitzte Feuer, noch bevor der Jäger seine Waffe ganz hochgebracht hatte. Doch der Schuss verfehlte ihn und schlug funkensprühend hinter ihm in den Asphalt. Dafür erwischte er den Attentäter mit der Pistole, traf ihn mitten in die Stirn …

Die Holographie blies sich auf, als sei ein Windstoß in sie gefahren, zerstob an den Rändern und fiel in sich zusammen.

»Dieser Mann ist hinter uns her«, sagte Jan hart.

Kinah schwieg für eine Weile. »Was soll das, Jan?«, fragte sie schließlich. »Du zeigst mir irgendeine Holographie von etwas, das so oder auch ganz anders gewesen sein kann – und behauptest dann, dass uns dieser Mann auf den Fersen ist.«

»Das ist er auch«, bekräftigte Jan. »Er arbeitet im Auftrag einer Gruppe, die sich unserer Kenntnisse bedienen will – für etwas, das sie den Thunderformer nennt.«

»Thunderformer klingt gewaltig.« Kinah klappte das Buch behutsam zu. »Aber ich weiß nicht, ob es auch gewaltig ist. In meiner Heimat gibt es ein Sprichwort: Namen begleiten dich ein Leben lang, aber sie sind nur stark, wenn sie zu dir passen. Sonst sind sie so flüchtig wie der Tau, der im Antlitz der Sonne schmilzt.«

»Ich weiß, welche besondere Bedeutung man in deiner Heimat Namen zumisst. Das ist hier genauso, wenn auch auf andere Art und ohne die Tradition so sehr zu achten wie ihr.« Jan verschränkte die Arme vor der Brust und lehnte sich in seinem Stuhl zurück. »Die Sache ist in der Tat gewaltig. Meiner Einschätzung nach ist die Entwicklung vergleichsweise so weit wie neunzehnhundertdreiundvierzig das Atombombenprojekt in Los Alamos. Man kann bereits lokale Wirbelstürme auslösen und die Kontrolle über sie behalten. Und wenn man das auch mit großen Wirbelstürmen schafft, dann hat man eine Waffe in der Hand, die die Vernichtungskraft von Nuklearbomben besitzt, aber noch viel heimtückischer ist, weil der Gegner gar nicht weiß, dass man sie gegen ihn einsetzt.«

»Eine furchtbare Vorstellung.« Kinah legte das Buch auf die Couch und griff wahllos nach einem anderen, ohne ihm auch nur einen Blick zu schenken. »Aber noch viel furchtbarer wäre, wenn sich die Stürme von der Kette losrissen, an die ihre Herren und Meister sie gelegt zu haben glauben. Und wenn sie die Klimaveränderung noch weiter beschleunigen würden!«

Jan richtete sich ruckartig auf. »Genau das wird passieren, Kinah«, sagte er eindringlich. »Die Menschen wissen nicht, was sie tun. Vor unendlich langer Zeit haben sie die Kraft des Feuers gebändigt und für ihre Zwecke nutzbar gemacht. Und zum Schluss haben sie eine Waffe aus Feuer geschaffen, die innerhalb kürzester Zeit alles Leben vernichtet, ganz zu schweigen von der radioaktiven Strahlung. Doch als würde ihnen das Grauen eines drohenden nuklearen Winters nicht genügen, wollen sie nun das Wetter selbst manipulieren und seine zerstörerische Gewalt lenken.«

Kinah stellte das Buch, das sich anfühlte, als könnte es im nächsten Moment in ihrer Hand zerfallen, zurück in das Regal. Jan sah sie angespannt und aufmerksam an. »Menschen, die die Götter herausfordern, die den Sturm beschwören, ihre Feinde zu zerschmettern … die hat es auch bei uns immer wieder gegeben«, sprudelte es aus ihr hervor. »Und sie alle sind gescheitert. Menschen, die sich einbilden, sie seien Götter und hätten die Macht, über Wind, Regen und Sonne zu herrschen, werden an ihrer eigenen Überheblichkeit zugrunde gehen. Aber das Schlimme daran ist, dass sie Millionen, wenn nicht gar Milliarden ihrer Mitmenschen dabei in den Tod reißen werden.«

»Und eine Katastrophe wird die Welt erschüttern, gegen die der Dreißigjährige Krieg und all seine Auswirkungen wie ein lächerliches Vorspiel erscheinen.« Jan sprang auf und betätigte eine Fernbedienung. Irgendwo seitlich von Kinah blitzte es, dann begann mitten im Raum etwas zu rotieren. Feurige Nebel verfestigten sich, ein dreidimensionales Abbild der Erde nahm Gestalt an, ein Globus, auf dem der Urkontinent Pangäa erschien und auseinandergerissen wurde. Die Teile drifteten voneinander fort, bis die Erde so aussah, wie sie sie kannten.

Kinah trat näher an die Holographie heran. Ihr Blick hing an den Wolkenwirbeln, an den blauweißen oder grauschwarzen Luftströmungen, die über den Meeren und Landmassen in fortwährender Bewegung waren. »Was willst du mir zeigen?«, fragte sie.

»Das.« Jan drückte auf eine Taste der Fernbedienung.

Zuerst war die Veränderung kaum zu erkennen. Dann sah Kinah es. Im Gelben Meer formte sich ein Wirbel, der auf die koreanische Küste zuhielt.

»Nehmen wir an, das Regime irgendeines Landes hätte Zugriff auf den Thunderformer. Und es wollte Korea treffen.«

»Nord- oder Südkorea?«, fragte Kinah.

»Wer weiß?« Jans Stimme klang heiser vor Erregung. »Zurzeit könnte der Sturm noch in jede der beiden Richtungen gelenkt werden.«

»Die Amerikaner und die Russen haben Korea vollkommen willkürlich am achtunddreißigsten Breitengrad geteilt, wenn ich mich recht entsinne. Wie kann man einen Wirbelsturm so präzise steuern, dass er nur bis zur Landesgrenze Zerstörungen anrichtet?«

»Das kann man natürlich nicht. Aber man kann den Sturm auf wichtige Städte lenken – wie damals bei Katrina und New Orleans. Und wenn er dabei etwas vom Wege abweicht und auch andere Gebiete trifft, dann sind das eben Kollateralschäden, wie sie in jedem Krieg vorkommen.«

Kinah drehte sich zu Jan um. »Du meinst doch wohl nicht, dass Katrina von irgendwem geschickt worden ist, um New Orleans zu vernichten, oder?«

Jan lächelte flüchtig. »Nein, obwohl es einige diesbezügliche Thesen gibt, zum Beispiel von meinem Kollegen Scott Stevens, der allen Ernstes behauptet, Katrina wäre von einer japanischen Wetterwaffe erzeugt worden – als späte Rache für die Niederlage im Zweiten Weltkrieg. Interessanter ist da schon, dass die EU bereits neunzehnhundertneunundneunzig in ihrem Bericht über Umwelt, Sicherheit und Außenpolitik die HAARP-Anlage der Amerikaner als ein klimabeeinträchtigendes Waffensystem kritisiert hat. Aber diese Anlage ist ein Witz gegen den Thunderformer. Mit ihm könnte es künftig möglich sein, gezielt einzelne Städte oder ganze Gebiete von der Landkarte zu wischen. Und wenn man das beispielsweise mit New York machen würde …«

Ein paar Sekunden lang schwieg Kinah betroffen. Dann nickte sie und flüsterte: »Die Folgen wären unvorstellbar. Nicht nur für die acht Millionen Einwohner von New York, sondern für die ganzen USA – und für die Welt.«

»Abgesehen von all dem menschlichen Leid hätte eine solche Katastrophe auch für die Weltwirtschaft verheerende Konsequenzen«, erklärte Jan. »Sie würde nicht nur einen kleinen Dämpfer erhalten wie nach der Zerstörung der Twin Towers, sondern vollkommen zusammenbrechen. Die Börsen und Finanzmärkte würden im Chaos versinken. Überall auf dem Globus würden Existenzen vernichtet werden und Unruhen ausbrechen. Es würde Jahrzehnte dauern, bis sich die Weltwirtschaft halbwegs von diesem Schlag erholt hätte.«

»Und deiner Meinung nach könnte all das jederzeit geschehen?«, fragte Kinah erschüttert.

»Aber ja.« Jan spielte nervös mit der Fernbedienung. »New York bietet seine Flanke fast ungeschützt dem Meer und damit auch den Wassermassen dar, die einem Wirbelsturm unweigerlich folgen. Ganz gleich, ob jemand den Thunderformer einsetzt oder ob ein natürlicher Tsunami gegen die nordamerikanische Küste donnert – New York würde hinweggerissen. Aber jetzt sind wir erst einmal in einem ganz anderen Teil der Erde.« Jan drückte erneut auf die Fernbedienung.

Der Wirbel im Gelben Meer wurde dichter, drehte sich schneller. Grauweiße Räder nahmen Kurs auf das Festland. »An Land wird jetzt Sturmwarnung ausgegeben«, sagte Jan. »In Südkorea auf europäischem Standard und über alle Medien, in Nordkorea gesteuert durch das verknöcherte Regime, das wie üblich viel zu spät reagiert. Meteorologen auf der ganzen Welt versuchen, die Richtung und Stärke des Sturms vorherzusagen. In Südkorea kommt es zu den ersten Panikreaktionen. Menschen an der Westküste verlassen ihre Häuser und fliehen ins Landesinnere. Einige verschanzen sich in ihren Häusern und weigern sich, ihr Eigentum im Stich zu lassen.«

Die Farbe des Wirbels begann sich zu verändern, wurde zunehmend grau und im Zentrum fast schwarz. Zugleich drehte er sich schneller und schneller … und dann wechselte er die Richtung.

»Jetzt nimmt der Sturm Kurs auf den Süden und steigert dabei ständig seine Geschwindigkeit. Die Meteorologen sind ratlos, die Politik ist völlig überfordert. Als der Sturm die Küste trifft, gibt es die ersten Toten. Und dann kommt die Flut. Wassermassen branden gegen Deiche an, wälzen sich durch ungeschütztes Terrain, überfluten Dörfer und Küstenstädte. Währenddessen rast der Wirbelsturm auf Seoul zu. In der Hauptstadt Südkoreas bricht eine Massenpanik aus …«

Kinah beobachtete den Wirbelsturm wie aus einem hoch fliegenden Satelliten, sah nicht das, was sich am Boden abspielte, sondern nur, wie der Sturm über bewohntes Gebiet fegte und die Hauptstadt erreichte. Wo eben noch keine Wolke die Sicht behindert hatte, waren jetzt tiefschwarze Wirbel. Es brauchte nicht viel Fantasie, sich vorzustellen, wie Häuser, Autos und Menschen durch die Luft geschleudert und am Boden zerschmettert wurden, wie Trümmer und Einrichtungsgegenstände niederprasselten, wie sich die einen im letzten Moment zu retten versuchten und hilflos mit ihren Wagen in verstopften Straßen standen, während die anderen Kellertreppen hinabhetzten in der Hoffnung, dort Schutz zu finden, aber auch voller Angst, unter ihren eigenen Häusern begraben zu werden.

Wieder drückte Jan eine Taste, und wie schon zwei Mal zuvor flackerte die Darstellung noch einmal auf und verlosch.

Eine ganze Weile lang sagte keiner von beiden etwas. Dann atmete Jan tief durch. »Wenn jemand den Thunderformer einsetzt, kann so etwas jederzeit und überall auf der Welt passieren.«

Kinah schluckte. »Eines verstehe ich trotzdem nicht: Das Wetter spielt doch schon so verrückt – wie können halbwegs intelligente Menschen nur glauben, eine derartige Waffe ließe sich wirklich kontrollieren?«

»Es gibt einen Menschenschlag, der die Folgen seiner Handlungen einfach nicht sehen *will*«, antwortete Jan. »Der nur an seinem augenblicklichen Vorteil interessiert ist und alles vom Tisch wischt, was ihn von seinem einmal eingeschlagenen Weg abbringen will. Und ausgerechnet beim Militär, in den Geheimdiensten und in der Politik sind sehr viele Vertreter dieses Schlags zu finden. Wenn ihnen dann noch skrupellose oder berufsblinde Wissenschaftler zuarbeiten, ist die Katastrophe vorprogrammiert.«

»Was schon im Allgemeinen dazu führt, dass die Menschheit immer häufiger gegen die alten Wettergesetze verstößt«, sagte Kinah. »Aber wenn jetzt auch noch irgendwelche Idioten mit einer Waffe wie dem Thunderformer herumspielen …«

»Passiert das …«, sagte Jan und betätigte einmal mehr seine Fernbedienung.

Das dreidimensionale Abbild der Erde wirbelte durch den Raum und stabilisierte sich – zumindest zum großen Teil. Es war Bewegung in der Atmosphäre, viel mehr Bewegung, als hätte da sein dürfen. Aus dem lokalen Wirbelsturm, der Seoul verwüstet hatte, war etwas unglaublich Monströses geworden, das über das japanische Meer zog. Einer der gewaltigen Ausläufer hatte bereits den Vielinselstaat erreicht und raste über Hiroshima und Tottori hinweg ins Landesinnere, während andere Ausläufer über Nordkorea fegten und Kurs auf China nahmen.

»Du kennst ja sicherlich die Chaostheorie«, sagte Jan. »Demnach kann der Flügelschlag eines Schmetterlings in China auf der anderen Seite der Erde eine Katastrophe auslösen. Was kann da wohl ein Wirbelsturm anrichten, der in Korea, China und Japan wütet?«

»Sicherlich viel mehr«, murmelte Kinah.

»Allerdings. So sieht das Ganze sieben Tage später aus.« Jan betätigte die Fernbedienung.

Kinah wusste nicht, was sie erwartet hatte, aber gewiss nicht, dass China nun beinahe vollständig unter einem halben Dutzend Wirbelstürmen verschwunden war, genauso wie die Mongolei, Teile Russlands und der angrenzenden Staaten.

Der Sturm über Japan hatte eine Schneise der Zerstörung hinterlassen, drehte über dem Pazifik ab und hielt direkt auf die Westküste der USA zu.

»Das wäre ja …«

»… die größte Sturmkatastrophe, die die Menschheit je erlebt hat«, fiel ihr Jan ins Wort. In seiner Stimme schwang trotz allen Entsetzens eine gewisse Faszination mit, was Kinah zutiefst erschreckte. Es war stets die Faszination am Grauen, die der Vernichtung voranging. »Auf der einen Seite zieht der entfesselte Sturm über die ehemalige Sowjetunion nach Europa, auf der anderen erreicht er Nord- und Mittelamerika. Und wenn ich jetzt noch eine Woche vorspule …«

»Danke, das reicht mir!«, wehrte Kinah ab. »Meine Güte, Jan – wenn an dieser Sache wirklich etwas dran ist, darfst du das auf keinen Fall für dich behalten!«

Jan wirkte ein bisschen enttäuscht, ließ die holographische Darstellung jedoch gehorsam mit einem Tastendruck in sich zusammenfallen. »Was denkst du eigentlich von mir? Ich habe dieses Szenario doch nicht programmiert, um im Bekanntenkreis damit anzugeben! Nein, das ist das Ergebnis meiner wissenschaftlichen Arbeit. Ich hatte das Ziel, die Fachwelt aufzurütteln und dann die Medien und die Politik.«

Kinah blinzelte. »*Hatte?* Ich verstehe nicht ganz.«

»Da gibt es nicht viel zu verstehen«, erwiderte Jan gereizt. »Ich wollte genau das, was ich dir gerade gezeigt habe, auf einem internationalen Klimakongress präsentieren. Aber man hat mir mittendrin den Saft abgedreht und mich hinauskomplimentiert.« Sein Gesicht bekam einen bitteren Ausdruck. »Und danach hat man mich fertiggemacht. Ich habe meinen Job verloren und wurde als Scharlatan beschimpft, als Wichtigtuer, der unhaltbare Thesen vertritt, nur um auf sich aufmerksam zu machen.«

Seine Stimme war während der letzten Worte immer lauter geworden, und nun drehte er sich abrupt um, ging zum Schreibtisch und traktierte die Tastatur seines Notebooks.

»War das, nachdem ich Kontakt zu dir aufgenommen hatte und

du plötzlich wie vom Erdboden verschluckt warst?«, erkundigte sich Kinah.

»Ja. Damals musste ich für eine Weile aus dem Schussfeld verschwinden«, sagte Jan. »Und das meine ich wortwörtlich.«

»Was soll das denn heißen?«

»Lass mich dir die zweite Folge meines Lieblingsvideos zeigen …« Während Jan die letzten Einstellungen vornahm, presste er die Lippen zu einem schmalen Strich zusammen.

Wieder erwachte eine holographische Darstellung flackernd zum Leben. »Da ist er«, stieß Jan hervor.

Es war der Mann, der eben noch in eine Schießerei verwickelt gewesen war. Der Mann, der den Attentäter mit einem Schuss in die Stirn getötet hatte. Er blickte Jan entgegen – zumindest wirkte es so, denn durch die dunkle Sonnenbrille waren seine Augen nicht zu erkennen.

Kinah verspürte eine wachsende Unruhe und war kaum in der Lage, den Mann anzusehen, der scheinbar direkt vor ihnen stand.

»Ich bin dem Kerl während des Kongresses zum ersten Mal begegnet.« Jans Stimme war hasserfüllt. »Und danach immer wieder. Er hat dafür gesorgt, dass ich nicht an das Institut zurückkehren konnte. Ich musste alle Papiere und Aufzeichnungen dort zurücklassen, und wenn ich nicht einen loyalen Mitarbeiter gehabt hätte, wäre ich noch nicht einmal mehr an meine persönlichen Sachen gekommen.«

Die Holographie veränderte sich. Hatte der Mann, den Jan den Araber nannte, eben noch in voller Größe vor ihnen gestanden, wechselten jetzt Zoomeinstellung und Blickrichtung der unsichtbaren Kamera, sodass zu sehen war, wo er sich befand und in welche Richtung er blickte.

Es war kurz nach der Schießerei. Der Araber stand am Heck der Limousine und richtete seine Pistole auf den Mann im Innenraum. Dieser wagte sich offenbar keinen Millimeter zu rühren. Sein Gesicht war deutlich angespannt, auf seiner Stirn perlte Schweiß. Er hatte Angst, nackte Todesangst.

»Dieser Mann geht über Leichen«, sagte Jan scharf. »Und er schüchtert selbst diejenigen ein, die für gewöhnlich Jäger und nicht Opfer sind.«

»Wer zum Teufel ist er?«

»Er heißt Ventura«, antwortete Jan. »Zumindest nennt er sich so.«

»Und für wen arbeitet er?«

»Das wüsste ich auch gern«, sagte Jan düster. »Ich habe eine Menge Nachforschungen angestellt, was nicht ganz ungefährlich war und mich das ein oder andere Mal in brenzlige Situationen gebracht hat. Aber dabei wurde mir diese Aufnahme zugespielt …«

»Also ist das kein Fake?«, fragte Kinah aufgeregt. »Du hast diese Szene nicht animiert?«

»Was denkst du von mir?« Jan wirkte schockiert. »Natürlich nicht! Wozu auch? Warum sollte ich dir etwas vormachen?«

Kinah zuckte mit den Achseln. »Keine Ahnung. Allerdings frage ich mich langsam, worauf du hinauswillst.«

»Du weißt doch ganz genau, warum ich dir das zeige, oder?«, rief Jan ungehalten. »Schließlich warst du es, die Kontakt zu mir gesucht hat, nicht umgekehrt.«

»Stimmt.« Kinah dachte erneut an das Vermächtnis ihres Vaters, das sie in ihrer Jackentasche verstaut hatte. »Weil ich meine Sicht der Dinge habe«, fuhr sie fort. »Ich weiß, was die Wissenschaft leisten kann und was nicht. Ich weiß aber auch, was sich die Alten am Feuer erzählen, auf welch lange Ahnenkette sie voller Stolz zurückblicken und wie viel Kraft und Wissen sie daraus schöpfen.«

»Ja«, sagte Jan. »Das hast du mir erzählt, als du mich im Institut aufgesucht hast. Ich gebe zu, dass ich damals nicht viel damit anfangen konnte.«

»Das habe ich gemerkt«, bestätigte Kinah. »Du hast nichts von den teilweise dramatischen Klimawechseln wissen wollen, die die Menschheit seit ihrer Entstehung auf meinem Heimatkontinent miterleben musste. Für sie war es immer eine Frage des Überlebens, sich einerseits dem Klima anzupassen und andererseits alles zu vermeiden, was die Götter herausfordern könnte, da diese den Hochmut und die Gedankenlosigkeit der Menschen mit einem großen Sturm bestraft hätten.«

»Ich fürchte, diese Sichtweise ist mir immer noch nicht in Fleisch und Blut übergegangen«, gestand Jan.

»Es würde mich wundern, wenn es anders wäre.« Kinah befeuchtete ihre Lippen mit der Zunge. »Euch Europäern ist schon lange das Gespür dafür abhandengekommen, welche Naturweisheiten und alten Regeln für alle Menschen gültig sind. Ihr sucht euch Weisheiten aus der ganzen Welt zusammen, ohne zu begreifen, was hinter ihnen steckt, und glaubt, mit Hilfe von ein paar chinesischen oder indischen Meditationsübungen den Sinn der Dinge erfassen zu können. Doch das ist Unfug. Die Wahrheit ist viel offensichtlicher. Es reicht ein Blick auf das Verhalten der Menschen, auf ihre Fähigkeit, mit der Natur in Einklang zu leben oder nicht. Und es reicht ein wacher Blick in den Himmel, um zu erkennen, ob die Götter euch zürnen oder euch wohlwollend Wind, Regen und Sonne schicken, auf dass alles in seiner Natürlichkeit erblühe.«

»Das ist nicht gerade wissenschaftlich«, wandte Jan ein.

»Was ist Wissenschaft?«, hakte Kinah nach. »Nichts anderes als die Beobachtung der Natur, aus der dann allgemeine Regeln abgeleitet werden. Und genau das, weißer Mann, haben meine Ahnen schon vor hunderttausenden von Jahren betrieben, zu einer Zeit, in der es noch mehrere Menschenrassen gab, von denen letztlich nur eine – die unsere – überlebte. Und warum wohl?«

»Weil sie sich am besten den Gegebenheiten anpassen konnte«, antwortete Jan prompt.

»Genau. Und weil diese Rasse klug genug war, die Götter nie so sehr zu erzürnen, dass sie ein letztes Strafgericht gegen die Menschheit führen mussten.«

Jan schwieg. Kinah sah ihm an, dass ihm der Gedanke, es könnten Götter sein, von denen die Menschen bestraft wurden, überhaupt nicht behagte. Er konnte wohl mehr mit der Vorstellung anfangen, dass blindwütige Militärs eine Waffe einsetzten, die die Zivilisation mit einer Sturmkatastrophe bedrohte.

Doch worin bestand der Unterschied? Was, wenn sich die Götter ebendieser Militärs bedienten, um der so genannten Zivilisation einen empfindlichen Dämpfer zu verpassen?

Kinah sprach den Gedanken nicht aus, aber sie erkannte, dass Jan durchaus verstand, was in ihr vorging. Er war allerdings klug genug, das Thema nicht weiterzuführen – zu unterschiedlich waren hier ihre Vorstellungen.

Stattdessen sagte er: »Was treibt dich persönlich dazu, den Kampf gegen das drohende Strafgericht deiner Götter aufzunehmen? Warum mischt sich eine Ehefrau und Mutter in eine derart gewaltige Auseinandersetzung ein?«

Kinah biss sich auf die Unterlippe. Sie hätte Jan von dem Brief in ihrer Jackentasche erzählen können, von der Verpflichtung ihrer Ahnen. Aber sie tat es nicht – und zwar keineswegs deshalb, weil sie fürchtete, er könnte es nicht verstehen. Sondern, weil das ihr ganz privater Bereich war, etwas, von dem sie noch keinem Menschen erzählt hatte, noch nicht einmal Dirk.

»Es sind nicht *meine* Götter, Jan«, sagte sie stattdessen. »Es sind unser aller Götter. Du kannst sie als Naturgewalten betrachten, wenn dir das lieber ist, und auch so von ihnen sprechen. Das ändert nichts an ihrer archaischen Kraft und daran, dass sie denjenigen zerstören, der ihre Gesetze immer und immer wieder missachtet.«

»Ich kann deine Götter als Sinnbild durchaus akzeptieren«,

sagte Jan. »Aber ich möchte gern verstehen, was dich dazu drängt, dein Wissen in meine Forschung einzubringen.«

Kinah zögerte. Sie ahnte, dass es ihr diesmal nicht gelingen würde, Jan mit ein paar Halbwahrheiten abzuspeisen. Wenn sie ihrer Verpflichtung wirklich nachkommen wollte, musste sie sich ihm wohl oder übel ein Stück weit anvertrauen. Schließlich hatte er von all den Männern und Frauen, mit denen sie auf ihrer Suche nach Verbündeten gesprochen hatte, von Anfang an am offensten auf ihre Sicht der Dinge reagiert; und dieser Eindruck hatte sich in den letzten Minuten noch verstärkt.

Jan runzelte die Stirn. »Also, was ist?« Als Kinah weiterhin schwieg, sagte er: »Bitte verstehe das jetzt nicht falsch, aber im übertragenen Sinn habe ich gerade die Hosen vor dir heruntergelassen. Was glaubst du, wer von dem Keller weiß, in dem du hier stehst?« Kinah zuckte mit den Achseln. »Du und ich, sonst niemand. Und ich gehe davon aus, dass du mit niemandem darüber redest, auch nicht mit deinem Mann. Das kann ich doch, oder?« Kinah nickte unwillkürlich. »Du kannst ebenfalls sicher sein, dass alles, was du mir erzählst, bei mir gut aufgehoben ist. Ich werde es für mich behalten, solange du es wünschst. Ist das in Ordnung?«

»Das ist wohl die Voraussetzung für vollkommene Offenheit«, sagte Kinah, um Zeit zu gewinnen. Etwas in ihr riet ihr, zu verschweigen, was sie immer verschwiegen und noch nicht einmal ihrer Familie offenbart hatte. Aber ein anderer Teil drängte sie dazu, endlich irgendjemandem von der Last zu erzählen, die sie nun schon viel zu lange alleine trug.

»Mein Vater hat mir diese Aufgabe gestellt«, stieß sie schließlich fast ärgerlich hervor. »Und er hat die Aufgabe von seinem Vater übernommen. Und der von seinem.«

»Wenn das so wäre, müsste mir jetzt ein Mann gegenüberstehen und keine Frau«, wandte Jan ein.

»So wäre es auch gekommen, wenn die Zeiten anders gewesen

wären«, sagte Kinah. »Aber sie waren es nicht. Während meiner Kindheit war die ganze Region in Aufruhr. Tausende von Menschen starben, getötet mit modernen Waffen, die von skrupellosen Waffenhändlern ins Land geschmuggelt worden waren. Ich war noch ein Baby, da fielen bewaffnete Männer in unserem Dorf ein. Ich weiß nicht, warum, und vielleicht wussten sie es noch nicht einmal selbst. Sie richteten ein unvorstellbares Blutbad an. Mein Vater konnte nur mich retten, meine Mutter und meine älteren Geschwister wurden niedergemetzelt. Als es vorbei war, ging das Leben irgendwie weiter – bis es Jahre später hieß, dass wieder einmal bewaffnete Männer zum Dorf unterwegs seien. Mein Vater schickte mich in der Obhut einiger größerer Kinder weg. Aber unsere Gruppe wurde auseinandergerissen, und ich kehrte nie wieder nach Hause zurück. Wahrscheinlich würde ich dort auch nicht mehr viel vorfinden.«

»Oh.« Jan wirkte ehrlich betroffen. »Das tut mir leid. Das wusste ich nicht.«

»Schon gut.« Kinah wischte die schmerzliche Erinnerung mit einer Handbewegung beiseite. »Jetzt bin ich hier, und das muss dir genügen. Ich habe das alte Wissen mitgebracht, das mein Vater viel früher als üblich an mich weitergab – wohl aus der berechtigten Angst heraus, dass er später keine Gelegenheit mehr dazu haben würde. Ich weiß viel über die Götter, denn ich war ein gelehriges Kind und mein Vater ein guter Lehrer. Ich kenne auch die Gesetze des Windes, den die Götter bewegen, wie es ihrem Willen entspricht. Und ich bin bereit, den Wunsch meiner Ahnen zu erfüllen und mein Wissen zum Nutzen der Gemeinschaft einzusetzen, nur, dass diese Gemeinschaft nicht mein Dorf ist, sondern die Welt, in der ich lebe.«

Jan fuhr sich mit einer verlegenen Geste durch die Haare. »In deinem Leben ist so viel Schreckliches passiert …«

»Über das ich jetzt nicht mehr reden will«, unterbrach ihn Kinah. »Meine alte Familie ist tot, aber ich habe eine neue. Und die werde ich beschützen, gegen wen oder was auch immer. Ich habe eine ganz einfache Frage: Können wir, nachdem du deine Stelle als stellvertretender Institutsleiter verloren hast, überhaupt noch etwas gegen die Gefahr unternehmen, die uns durch den großen Sturm droht?«

»Und ob wir das können!«, erwiderte Jan grimmig. »Ich habe auch schon einen Plan. Der erste Schritt besteht darin, mögliche Ausgangspunkte einer globalen Sturmkatastrophe zu bestimmen – die Orte, wo ein Eingriff in das Klima besonders weitreichende Konsequenzen hätte. Dazu brauche ich dich. Du verstehst aus deiner Sicht der Dinge heraus mehr von den Knotenpunkten, an denen das Wetter in die eine oder andere Richtung beeinflusst werden kann.«

»Es ist nicht meine Sicht der Dinge«, korrigierte ihn Kinah. »Es ist eine sehr alte, traditionelle Sicht der Dinge, gültig für alle Epochen und Umstände. Letztlich geht es dabei immer um den Ausgleich – um das, was man der Natur gibt und was man ihr nimmt.«

»In anderen Worten: um das, was die Chinesen Yin und Yang nennen«, ergänzte Jan.

Kinah nickte. »Auch diese Betrachtungsweise ist richtig und allgemeingültig. Bei euch heißt es: Wer Wind sät, wird Sturm ernten. Bei uns gibt es das Sprichwort: Wer den Sturm beschwichtigen will, muss ihm freies Geleit gewähren. Du kannst es natürlich auch in deine Sprache übersetzen …«

»Ich kannte dieses Sprichwort schon, und es hat mich auf eine Idee gebracht«, sagte Jan. »Auf die Idee, wie man die Energie des Thunderformers ins Leere laufen lassen kann, wenn es darauf ankommt. Wenn ich diese Erkenntnisse vor der Fachwelt und den Medien präsentieren könnte, würde ich endlich ernst genommen.«

»Ich hoffe nur, dass das nicht dein einziges Ziel ist«, warf Kinah ein. »Sondern dass du der Welt auch zeigen willst, dass sie den Ausgleich zwischen Ruhe und Sturm schaffen muss, zwischen dem, was ihr im Westen wohl zwei Ausdrucksformen der gleichen Art von Energie nennt.«

»Nicht ganz – aber es kommt in die Nähe«, sagte Jan anerkennend. »Und keine Sorge: Ich will nicht bloß meinen Ruf wiederherstellen und mein Ego befriedigen. In erster Linie will ich, dass der Wahnsinn aufhört, bevor er richtig beginnt. Es darf kein Wettrüsten der Wetterwaffen geben, das aus dem Klimawandel eine Klimakatastrophe macht.«

»… die uns alle treffen würde.« Kinah nickte. »Ja, ich bin vollkommen deiner Meinung und werde dir helfen – mit dem ganzen Wissensschatz meiner Ahnen.«

»Das ist mir sehr wichtig. Aber es gibt leider noch einen Grund, warum ich unbedingt mit dir sprechen wollte.« Jan deutete auf den holographischen Ventura, der wie eingefroren vor ihnen stand. »Diesen Mann. Ich fürchte, dass er nicht länger nur hinter mir her ist, sondern auch hinter dir.«

»Was?«, fragte Kinah erschrocken.

»Ja. Ich war ein Narr, zu glauben, dass das nicht passieren könnte.« Jans Augen verengten sich zu schmalen Schlitzen. »Ventura ist absolut skrupellos. Weißt du, wie er normalerweise vorgeht?« Kinah schüttelte den Kopf. »Wenn sich Menschen gegen seine Interessen stellen, setzt er sie so lange unter Druck, bis sie aufgeben. Das hat er auch bei mir versucht.«

»Auf welche Weise?«

»Ein zerstochener Autoreifen, eine durchtrennte Bremsleitung, ein Türgriff, der unter Strom stand.« Jans Stimme klang hart. »Ich will nicht behaupten, dass er mich damit umbringen wollte. Es waren Warnungen, und ich habe sie verstanden. Also bin ich für eine ganze Weile abgetaucht, und wir beide haben den Kontakt zueinander verloren. Irgendwann habe ich wieder vorsichtig meine Fühler ausgestreckt, immer bemüht, nicht aus der Deckung zu kommen.«

»Und was tut er, wenn seine Warnungen nicht das gewünschte Ergebnis haben?«, fragte Kinah besorgt.

»Dann weitet er seine Einschüchterungsversuche auf die Familie des Betreffenden aus, was ebenso simpel wie erfolgreich ist«, antwortete Jan. »Er schüttet Blut in den Tornister eines Grundschülers. Sabotiert das Fahrrad eines Teenagers. Legt der Ehefrau ein aufgeschlitztes Haustier ins Bett.«

Kinah starrte Jan entgeistert an. »Psychoterror.«

»Genau. Es ist Psychoterror. Und der lässt sich immer weiter steigern. Deswegen musst du ganz vorsichtig sein, Kinah.«

»Ganz vorsichtig wäre ich, wenn ich mich jetzt umdrehen, weggehen und niemals wiederkommen würde«, sagte Kinah.

Jan schüttelte den Kopf. »Ich fürchte, das würde nicht reichen. Ventura hat dich leider schon auf seinem Radar.«

»Weshalb denn das?«, fragte Kinah. »Wir beide haben uns doch nur dreimal getroffen, und das ist schon Monate her.«

»Aber eines dieser Treffen fand im Institut statt. Damals hast du ein Namensschild bekommen und musstest dich in die Besucherliste eintragen. Erinnerst du dich?«

»Natürlich.«

»Ich glaube, dass die Besucherlisten später ausgewertet wurden«, sagte Jan. »Und weil dein Besuch relativ kurz vor meinem Vortrag stattfand und nicht als beruflich oder wissenschaftlich einzuordnen war …«

»… bin ich in die Liste ›Geliebte oder Verdächtige‹ gekommen.« Kinah strich sich eine Haarsträhne aus der Stirn. »Schon kapiert.«

Jan sah sie eindringlich an. »Es kann sein, dass sich Ventura irgendwann näher mit dir und deiner Familie befasst. Unabhängig davon, ob wir in Kontakt bleiben oder nicht. In diesem Fall werde ich versuchen, dir per Telefon oder SMS eine Warnung zukommen zu lassen.«

Kinah spürte, wie ihr ein kalter Schauer über den Rücken lief. Jans Worte erinnerten sie an die düstere Prophezeiung ihres Vaters, der sie stets davor gewarnt hatte, dass die *bösen Männer*, die das Dorf verwüstet und ihre Mutter und ihre Geschwister getötet hatten, eines Tages wiederkommen würden – und dass sie dann Hals über Kopf würde fliehen müssen, wenn sie ihr Leben und das alte Wissen, das ihr Vater ihr als Vermächtnis hinterlassen hatte, retten wollte.

10

Als Kinah geendet hatte, fühlte sich Dirk wie erschlagen. Er hatte Antworten erhalten, aber nicht die, die er sich erhofft hatte. Und er wusste immer noch nicht, wo Akuyi steckte. »Du hattest also seit diesem Gespräch damit gerechnet, dass dir Jan irgendwann eine Warnung zukommen lassen würde, und warst bereit, so schnell wie möglich deine Koffer zu packen und zu verschwinden«, stellte er schließlich fest.

»Nein, natürlich nicht!«, protestierte Kinah. »Ich hatte Jans Warnung schon längst wieder vergessen, schließlich ist eine Ewigkeit lang nichts passiert – bis zu der Sturmnacht und meiner Vision in der Garage, als ich dich mit Akuyis Kopf in der Hand auf mich zuwanken sah. Und dann kam am nächsten Morgen auch noch Jans SMS. Was hätte ich da tun sollen?«

»Mit mir reden«, schlug Dirk vor. Als Kinah nicht antwortete, fügte er hinzu: »Aber das ging natürlich nicht. Schließlich hättest du mir sehr viel erklären müssen. Zum Beispiel, warum du mich jahrelang belogen hast und mir nichts von Jan und dem Erbe deines Vaters erzählt hast.«

Kinah runzelte die Stirn. »Vielleicht wäre es besser gewesen, ich hätte dir auch jetzt nichts erzählt. Du begreifst ja sowieso nichts!«

»Ich begreife eine ganze Menge«, entgegnete Dirk wütend. »Aber wir sollten dieses Thema nicht hier und jetzt ausdiskutieren.«

»Da kann ich dir nur recht geben«, mischte sich Rastalocke ein. »Wir sollten unsere Zeit nicht mit blödem Gequatsche verschwenden.«

Dirk starrte ihn an. Der Bob-Marley-Verschnitt hatte seinen jugendlichen Überschwang eindeutig verloren, und auch die Arroganz war aus seinem Blick verschwunden. Er sah nicht nur aus, als hätte man ihn in den letzten Stunden ebenso heftig durch die Mangel gedreht wie Dirk, sondern schien ein ganz anderer Mann zu sein als der, der so siegessicher in den Roamer gestiegen und vom Hof des Autovermieters gebraust war.

»Wir sollten unsere Zeit überhaupt nicht verschwenden, auch nicht, um hier auf Birdie zu warten«, sagte Lubaya. »Lasst uns endlich an der Oberfläche nachsehen, was der Sturm angerichtet hat.«

Plötzlich legte John den Kopf schief und lauschte. Dirk brauchte nicht erst zu fragen, was seine Aufmerksamkeit erregt hatte.

Ein fernes Grollen und Rauschen ertönte, das ganz anders klang als die Geräusche der zusammenbrechenden Grotte, in der sie Jan verloren hatten. Doch diese Laute wirkten nicht weniger bedrohlich und kamen zudem sehr rasch näher.

»Oh, oh«, sagte Lubaya. »Das klingt aber gar nicht gut!«

»Was ist das?«, fragte Kinah.

»Wasser«, antworteten Dirk und John wie aus einem Mund.

Und damit sprangen beide auf.

»Wasser?«, fragte Kinah verwirrt. »Aber woher?«

»Da lang!«, rief Rastalocke und deutete in den Gang, in dem er den Araber abgelegt hatte. »Dort geht es ein Stück hoch! Da kommen wir raus!«

Dirk lief los. Er war im Begriff, Kinah zu packen und mit sich zu ziehen, doch das stellte sich als vollkommen überflüssig heraus.

Mit der Schnelligkeit einer Raubkatze fuhr sie herum und begann im selben Moment zu laufen, dicht gefolgt von Lubaya, die zuvor ihre Tasche vom Boden aufgeklaubt hatte.

Sie hatten den Gang noch nicht erreicht, als das Wasser auch schon gurgelnd, zischend und übersprudelnd heranschoss. Im Nu umspülte es ihre Knöchel, dann löschte es die Kerze, die Lubaya mit etwas heißem Wachs auf dem Boden befestigt hatte.

Schlagartig wurde es dunkel. Dirk streckte die Hände vor, um nicht gegen irgendein Hindernis zu rennen. Eigentlich konnte er den Gang kaum verfehlen, in dem Kinah und Lubaya bereits verschwunden waren. Und das durfte er auch nicht. Das Wasser rauschte nun mit unbändiger Kraft heran, und obwohl es noch nicht einmal bis zu der Bisswunde an seiner Wade reichte, drohte es ihn durch seine pure Wucht von den Füßen zu reißen. Gerade, als ihn das Gefühl beschlich, den Gang wider Erwarten doch verpasst zu haben, rempelte ihn jemand an.

Es war John.

»Hier entlang«, brüllte er und stieß ihn vorwärts.

Dirk hatte keine Ahnung, woher Rastalocke wusste, dass dies die richtige Richtung war, aber nichtsdestotrotz lief er so schnell durch das Wasser, wie er konnte. Jeder Schritt wurde zum Abenteuer, jedes Mal, wenn er den Fuß aufsetzte, hatte er den Eindruck, durch einen Fluss zu waten, der nur darauf lauerte, dass er sich vertrat, um ihn endgültig zum Straucheln zu bringen und unter Wasser zu ziehen.

»Lauf!«, brüllte John. »Wenn du stürzt, bist du verloren!«

Er versetzte Dirk erneut einen kräftigen Stoß – und das keinen Augenblick zu früh, denn ein kurzer, schmerzhafter Aufprall mit der Schulter zeigte ihm, dass er gerade drauf und dran gewesen war, sich den Kopf an der Mauer einzuschlagen, die den Gang zu beiden Seiten einfasste.

Das Rauschen hinter ihnen wurde immer lauter und bedrohlicher, Zeichen einer Urgewalt, die dem Sturm in ihrer Heftigkeit und in dem dumpfen Grollen, mit dem sich die nächste Stufe ihrer zerstörerischen Kraft ankündigte, nicht unähnlich war. Dirk versuchte, mit den Händen nach Hindernissen zu tasten, ohne sein

Tempo zu verringern. Das konnte nicht gutgehen. Erst schrammten die Finger seiner rechten Hand über Felsen – was seine Hand mit einem Schmerz quittierte, der nicht heftiger hätte sein können, wenn er sie in das heiße Fett einer Fritteuse getaucht hätte –, kurz darauf wurde ihm die linke Hand beinahe von einem Vorsprung abgerissen …

… und dann stolperte er über etwas, das am Boden lag.

Es war groß und massig, und im selben Moment wusste Dirk, was es war: der verrückte Araber, der ihm fast ein Stück Fleisch aus dem Bein gebissen hatte.

Das war also seine späte Rache dafür, dass Rastalocke ihm den Schädel eingeschlagen hatte – er würde Dirk zu Fall bringen. Der Gedanke schoss Dirk durch den Kopf, noch bevor er die Arme nach vorn gebracht hatte, um seinen Sturz abzufangen. Er wusste, dass im nächsten Augenblick das Wasser über ihn hinwegschießen und ihn nach unten drücken würde. Die Wassermassen würden ihn unter sich begraben, bis er elendig ertrank.

Doch er stürzte nicht und ertrank auch nicht. Stattdessen wurde er von einer harten Hand gepackt und nach oben und vorne gerissen. Taumelnd und außer Atem versuchte er, wieder in den Tritt zu kommen. Es gelang ihm mehr schlecht als recht.

Dafür geschah etwas, das ihm zumindest die Orientierung erleichterte: Lubayas Taschenlampe flammte auf. Er blinzelte verblüfft, weil er sich in einer ganz anderen Umgebung wiederfand, als er vermutet hatte.

Sie waren nicht länger in einem Gang, sondern in einer Grotte oder einem gemauerten Gewölbe – Dirk konnte es nicht genau erkennen, weil auch hier überall Trümmerstücke herumlagen, als hätte sich ein Riese im Felsenweitwurf geübt. Das Wasser, das durch diesen Raum strömte, hatte nichts von seiner schäumenden Kraft verloren, aber es umfloss gerade einmal ihre Füße und würde wahrscheinlich erst in einigen Minuten hoch genug sein, um sie ernsthaft in Gefahr zu bringen. Dirk stolperte weiter, Lubaya hinterher, die mit dem Licht ihrer Taschenlampe die Richtung vorgab.

»Hier lang!«, schrie sie. »Hier geht's raus!«

Und auf einmal war da nicht nur das Licht ihrer Taschenlampe, sondern auch Tageslicht, das hell und blendend zu ihnen hereindrang.

Als Dirk unerwartet auf eine Treppenstufe trat, knickte er fast in den Knien ein, und wieder war es Rastalocke, der ihn stützte. Wahrscheinlich nicht aus reiner Kameradschaft – zweihunderttausend Euro waren ein gewichtiges Argument, denjenigen vor Schaden zu bewahren, der das Geld später zahlen sollte.

Lubaya und Kinah vor ihm bewegten sich so schnell und sicher, als würden sie den Weg im Schlaf kennen. Dirk hatte Mühe, über die Trümmer zu steigen, die auf der Treppe lagen, und wenn John ihm nicht geholfen hätte, dann hätten ihn die beiden Frauen wohl endgültig abgehängt. Doch auch so erreichten sie das Ende der Treppe ein ganzes Stück vor ihm.

Dirk hörte einen Schrei der Überraschung, dann rief ihm Kinah irgendetwas zu, das er nicht einmal ansatzweise verstand. Er gab sich Mühe, seine Schritte zu beschleunigen, was nur dazu führte, dass er mit dem Fuß gegen ein scharfkantiges Bruchstück trat und sich die Zehen anschlug. Doch kurz darauf hatte auch er die letzte Stufe erreicht und taumelte Seite an Seite mit Rastalocke hinaus in die Freiheit.

Zuerst sah er – gar nichts. Die Sonne blendete ihn mit ihrer geradezu unbarmherzigen Kraft. Er hob die Hand und beschattete mit ihr seine Augen. Nach einer Weile sah er – immer noch nichts.

Keine Bungalows, keine Straße, keine Bäume, keine Trümmer, keine Schneise der Verwüstung. Die Umgebung wirkte wie leergefegt, und genau das war sie wahrscheinlich auch. Dirk verwarf den kurz in ihm aufblitzenden Gedanken, dass sie in einem ohnehin menschenleeren Gebiet an die Oberfläche gekommen waren. Je mehr sich seine Augen an das helle Licht gewöhnten, desto klarer wurde ihm, dass das nicht sein konnte. Sie waren keineswegs im Nichts gelandet, sondern genau an der Stelle, an der die Bungalows hätten stehen müssen. Er erkannte es an der Felsformation, die sie hochgeklettert waren und die der Sturm nicht hatte mitreißen können. Die Straße, die Bungalows und alles andere jedoch war verschwunden, begraben unter der matschigen Schicht aus Sand und Schlamm, auf der er gerade stand, wie ihm jetzt bewusst wurde.

»Ich glaube es einfach nicht«, murmelte Kinah neben ihm.

»Ja.« Dirk musste sich zusammenreißen, um überhaupt ein Wort herauszubringen. »Der Sturm hat wirklich ganze Arbeit geleistet.«

»Das meine ich nicht«, flüsterte Kinah. »Sieh mal da!« Sie wies ihm die Richtung.

Dirk folgte ihrer Hand mit den Augen. Er schluckte. Das konnte einfach nicht sein!

Ungefähr einen Kilometer entfernt lag der Ortskern von Al Afra. Er hätte vom Sturm zerschmettert sein müssen, dem Erdboden gleichgemacht – oder zumindest eine Trümmerwüste aus zerstörten Häusern und verschütteten Straßen, bedeckt von einer tödlichen, alles erstickenden Schlammschicht. Aber weit gefehlt. Das Fischerdorf sah vollkommen unversehrt aus. Auf den Dächern spiegelte sich das Sonnenlicht, Palmen und andere Bäume spendeten ihren Schatten, und in dem kleinen Hafen dümpelten friedlich einige Boote. Es schien Dirk sogar, als würde der Wind ganz normale Alltagsgeräusche zu ihnen tragen, das Brummen von Automotoren, das Geschnatter von Passanten, das Hämmern und Sägen von Handwerkern.

»Wie kann das sein?«, fragte Lubaya. Sie hielt sich ebenfalls die Hand über die Augen und starrte mit angespanntem Gesichtsausdruck hinüber nach Al Afra. »Dort ist ja gar nichts zerstört!«

»Umso besser«, sagte Rastalocke. »Dann kann ich da gleich einen Kaffee trinken.«

Niemand beachtete ihn. Er löste sich von der Gruppe und begann, auf den Ort zuzugehen.

»Der Sturm hat anscheinend nur über uns getobt«, fuhr Lubaya fort. »Was hat das zu bedeuten?«

»Nichts Gutes«, murmelte Kinah. »Überhaupt nichts Gutes.«

»Was genau meinst du damit?«, fragte Dirk alarmiert.

Kinah zuckte mit den Achseln. »Ich weiß es nicht. Noch nicht.«

Dirk wusste es auch nicht. Aber er erinnerte sich. An die Böen, die das Flugzeug getroffen hatten, und an den Windstoß, der den schweren Geländewagen fast von der Straße gefegt hatte. Zufall? Er glaubte es nicht. Irgendjemand oder irgendetwas war hinter ihm her. Und das auf besonders heimtückische Art. Mit Hilfe fürchterlicher Sturmgewalten.

»Hey, Leute!« Rastalocke war inzwischen ein ganzes Stück von ihnen entfernt. Er hatte sich umgedreht und winkte ihnen aufgeregt zu. »Seht mal, wer da oben an der Straße auf uns wartet!«

Dirk blinzelte. Weit hinter John erkannte er die Umrisse eines Autos. Der Roamer! Und er wartete nicht mehr, er war offensichtlich gerade angelassen worden und kurvte nun vorsichtig zu ihnen herunter.

»Ich werd verrückt!«, schrie Rastalocke, der sich wieder dem Roamer zugewandt hatte. »Janette ist nicht alleine!«

Er hatte recht. Das Seitenfenster des Roamers war offen, und nun steckte ein Mann den Kopf heraus und winkte ihnen zu.

Es war Biermann.

»Hat der Teufelskerl es mal wieder geschafft!« Rastalocke war nicht mehr zu halten und rannte dem Wagen begeistert entgegen.

Dirk konnte seine Euphorie durchaus verstehen. Doch für ihn selbst gab es keinen Grund, Erleichterung zu empfinden. Er hatte beileibe nicht alles verstanden, was passiert war, seitdem er sich in ein Flugzeug nach Afrika gesetzt hatte.

Aber eines wusste er jetzt mit Sicherheit: Der Sturm war hinter ihm her.

Teil 3

Sei achtsam
Die Raubvögel der Savanne jagen den Suchenden
und töten den Schwachen

Sei gewiss
Der Atem der Götter trägt den Aufrechten
und zerschmettert den Verzagten.

Afrikanische Weisheit

1

Sechs Personen hätten in einem so großen Wagen wie dem Roamer eigentlich kein Problem sein dürfen. Doch Lubaya war an Bord, und sie hatte sich zu allem Übel nicht auf dem Beifahrersitz niedergelassen – was für die anderen Fondpassagiere eine wahrhaftige Erleichterung gewesen wäre –, sondern es sich mitten auf der Rückbank bequem gemacht. Dirk hatte sich rechts neben sie gequetscht, Rastalocke und Biermann auf die andere Seite. Dass sie sich nicht rühren konnten, war dabei noch das geringste Problem. Schlimmer war, dass jeder Versuch, tief Luft zu holen, wegen Lubayas Fülligkeit schon im Ansatz scheiterte. Ihnen blieben nur flache Atemzüge und die Hoffnung, dass die Fahrt bald vorbei sein würde.

»Ich kann auch fahren«, stieß der mit seinem wirr verknoteten Haar und zerschlagenen Gesicht äußerst ramponiert wirkende Rastalocke hervor. Es klang ziemlich kläglich, und das nicht nur, weil er es bereits zum dritten Mal vorbrachte, sondern auch, weil er genauso eingequetscht war wie Dirk.

»Nee, geht schon«, antwortete ihm Janette vom Fahrersitz. »Ich habe mich inzwischen richtig an den Schlitten gewöhnt. Du hattest übrigens vollkommen recht – ist wirklich eine klasse Kiste.«

»Da vorne rechts«, unterbrach sie Kinah. Sie hatte auf dem Beifahrersitz Platz genommen, da sie die Einzige an Bord war, die sich in dieser menschenleeren Gegend auskannte. Die staubige Schotterpiste, auf die sie zuhielten, sah nicht gerade vertrauenswürdig aus. Aber immerhin war sie ein Anhaltspunkt in der hügeligen Steppenlandschaft, durch die sie jetzt seit einer Viertelstunde donnerten, ein Zeichen dafür, dass sie sich wieder menschlichen Behausungen näherten.

»Du meinst, auf der Piste«, stellte Janette fest.

»Genau«, pflichtete ihr Kinah bei. »Da biegen wir rechts ab. Und dann an den Hügeln vorbei. Es kann nicht mehr weit sein, wenn die Beschreibung dieses Piloten stimmt, den ich vor einer Stunde am Handy hatte.«

»Das will ich hoffen!«, quengelte Rastalocke. »Immerhin hast du das direkt nach dem Telefonat auch schon gesagt.«

Kinah warf ihm im Rückspiegel einen schiefen Blick zu. Gleich nach Antritt der Fahrt hatte Janette »das lästige Siezen in die Tonne gekloppt«, wie sie sich ausgedrückt hatte, und vorgeschlagen, dass sie sich alle duzen sollten. Es sah aber nicht danach aus, als ob Kinah und John dadurch weniger gereizt miteinander umgehen würden als zuvor.

»Ich glaube auch, dass wir gleich da sind«, sagte Biermann. »Aber erwartet nicht zu viel. Jurij hat ausdrücklich gesagt, dass das kein regulärer Flughafen ist, sondern nur eine Piste im Nirgendwo.«

Dirk spürte, wie sich sein Magen verkrampfte. Fliegen an sich war für ihn schon furchtbar genug, da konnte er zusätzliche Erschwernisse nicht gebrauchen. »Woher kennst du eigentlich diesen …«

»Jurij«, ergänzte Biermann. »Wie der russische Kosmonaut Jurij Alexejewitsch Gagarin, der erste Mensch, der einen Raumflug absolvierte.«

»Und ein paar Jahre später bei einem Flugzeugabsturz ums Leben kam«, ergänzte Rastalocke.

Dirk schluckte.

»Jurij hat auch schon den einen oder anderen Absturz hinter sich«, fuhr Biermann fort. »Aber ihm ist nie viel passiert. Was viel wichtiger ist: Mein Kontaktmann hat mir versichert, er sei ein sehr erfahrener Pilot mit mehr Flugstunden als irgendein anderer in dieser Gegend hier. Außerdem soll er seine Maschine tipptopp in Schuss halten. Das ist mehr, als man von einem normalen russischen Piloten behaupten kann.«

»Da bin ich aber beruhigt«, brachte Dirk mühsam hervor. »Wirklich. Ein erfahrener Pilot, der seine schrottreife Maschine irgendwo in der Pampa in die Luft quält, ist genau das, was ich mir immer erträumt habe.«

Kinah drehte sich zu ihm um und runzelte die Stirn. »Ich weiß, dass du nicht gerne fliegst. Aber fünftausend Kilometer auf dem Landweg und durch Staaten, die politisch nicht gerade stabil sind – ist das vielleicht eine Alternative?«

»Nein, natürlich nicht.« Dirk versuchte, an Akuyi zu denken, daran, dass er sie schon bald in die Arme schließen würde, wenn er sich zu diesem Flug überwand. Doch es gelang ihm nicht. Er sah lediglich ein marodes, klapperndes Flugzeug vor sich, nach dem die ersten Sturmausläufer griffen. »Aber wenn wir unterwegs in einen Sturm kommen …«

»Dann wird gar nichts passieren«, schnitt ihm Biermann das Wort ab. »Das ist ja der Vorteil bei einer alten Propellermaschine. Im Zweifelsfall bringt der Pilot die Kiste ganz schnell runter.«

»Genau das befürchte ich …« Dirk verstummte. Janette erreichte die Schotterpiste und steuerte den Roamer in die Richtung, in der Biermann und Kinah den provisorischen Flugplatz vermuteten. Als der schwere Geländewagen durch einen Graben pflügte und anschließend wie ein Raubtier, das sein Opfer gleich beim ersten Angriff zerreißen will, auf die Piste sprang, wurden sie alle kräftig durchgeschüttelt. Kiesel und Sand spritzten auf, eine dichte Staubwolke hüllte den Wagen ein, und Lubaya wurde gegen Dirk gedrückt. Er hatte das Gefühl, als würde ihm das letzte bisschen Luft aus den Lungen gepresst. Janette vollführte ein paar hektische Lenkmanöver, denen der Roamer gutmütig folgte, bis er endlich in der Spur war und sie wieder Gas geben konnte. Lubaya rückte ein winziges, aber für Dirk überlebenswichtiges Stück von ihm ab.

»Wie wär's mit ein bisschen Gefühl?«, schimpfte John.

»Mach ich doch!«, gab Janette zurück.

»Nee, machst du nicht«, ereiferte sich Rastalocke. »Dann würdest du nämlich rechts ranfahren und mich ans Steuer lassen. Das wäre Gefühl.«

»Hier kann ich nicht rechts ranfahren, du Witzbold«, gab Janette zurück. »Dann würde ich nämlich wieder im Graben landen.«

Lubaya stöhnte auf, was den unangenehmen Nebeneffekt hatte, dass sich ihr Brustkorb ausdehnte. »Könnt ihr vielleicht mal euer kindisches Gequatsche lassen?«

»Kein Problem.« Janette beugte sich vor. »Da vorne ist irgendetwas. Sieht aus wie ein großer Schuppen.«

»Ja«, bestätigte Kinah. »Aber das ist kein Schuppen, sondern ein Flugzeughangar. Wir haben unser Ziel erreicht.«

Biermann hatte von einem älteren russischen Piloten gesprochen, deshalb war Dirk davon ausgegangen, dass der Mann vielleicht Mitte oder Ende fünfzig sein würde. Doch jetzt, da sie Jurij vor der verbeulten, mehr als nur ein bisschen angerosteten Wellblechhalle und einem Schrotthaufen aus Motoren, Blechen und Flügelteilen gegenüberstanden, wurde ihm klar, dass er mit seiner Vermutung komplett danebengelegen hatte. Jurij ging nicht auf die sechzig zu, er hatte sie längst hinter sich gelassen. Und das wahrscheinlich schon vor ein paar Jahrzehnten. Sein Gesicht war dermaßen runzlig, dass sein Abbild auf einen Joghurt gepasst hätte, der mit einem Einhundertfünfzigjährigen aus Sibirien für gesunde Ernährung werben wollte, und auf seinen Händen und seinem Hals prangten mehr Altersflecken, als Dirk je zuvor bei einem Menschen gesehen hatte.

»Schön, dass Sie den langen Weg zu mirr gefunden haben, Misterr Bierrmann.« Jurij fuhr sich durch seine schlohweißen, aber erstaunlich dichten Haare. »Einen wirrklich wunderrschönen Wagen haben Sie da. Aberr Sie alle sehen etwas mitgenommen aus, wenn ich das so sagen darrf.« Seine kleinen, wachen Augen musterten einen nach dem anderen. »Was ist passierrt? Ärrger mit derr Polizei?«

»Ärger mit einem Sturm, der einen Teil der marokkanischen Küste weggeblasen hat.« Biermann fummelte an der hässlichen grünen Krawatte herum, die er aus seiner Anzugtasche hervorgeholt hatte und nun anzulegen versuchte, obwohl sie sich dagegen sträubte, als sei sie eine Schlange und kein Stück Stoff. »Das habe ich Ihnen doch schon am Telefon gesagt.«

»Der Sturrm ... ja, natürrlich.« Jurij nickte knapp. »Ich habe davon gehörrt. Aberr er soll wenigerr heftig ausgefallen sein als errwarrtet.«

»Das kann man so nicht sagen.« Biermann war es endlich gelungen, sich die Krawatte umzubinden. Doch das hinderte sie nicht daran, im Wind zu flattern statt ordentlich zu hängen. »Ein Teil der Küste wurde schwer getroffen. Aber eben nur ein Teil.«

»Ja, auch davon habe ich gehörrt.« Jurijs Blick fiel erst auf den Verband um Dirks rechte Hand und dann auf die zerschnittene Hose, unter der sein Wadenverband hervorlugte. »Sind Sie von einem Hund angefallen worrden?«

»So ähnlich«, murmelte Dirk kurz angebunden. Die Erinnerung an den verrückten Araber war nichts, was er mit einem fremden Menschen teilen wollte.

»Ein Sturrm, der nurr einen Küstenabschnitt betrrifft ...« Jurij schnalzte mit der Zunge. »Das ist äußerrst merrkwürrdig. Sind Sie sicherr, dass alles mit rrechten Dingen zuging?«

»Wie meinst du das?«, fragte Lubaya.

Hier, mitten in der Sonne, deren Licht sich in den winzigen

Schweißtröpfchen auf ihren Armen und ihrem Gesicht brach, sah sie aus wie eine archaische Göttin. Auf einmal wirkte sie nicht mehr fett, sondern nur noch gewaltig, und strahlte eine solche Kraft aus, dass sich Jurijs Augen verengten und er zu überlegen schien, ob nicht in Wahrheit sie die Gruppe anführte und nicht der schmerbäuchige Mann mit der widerspenstigen Krawatte, der bei ihm per Handy einen Flug gebucht hatte.

»Ich will wissen, warrum ihrr zu Jurij kommt.«

»Aus einem ganz einfachen Grund.« Biermann stopfte den Zipfel der Krawatte in seinen Hosenbund, aber er rutschte sofort wieder heraus. »Alle Flüge von und nach Casablanca wurden storniert. Und dasselbe gilt für die anderen regulären Flughäfen.«

Jurij starrte ihn an, als müsste er angestrengt darüber nachdenken. »Ja, das könnte ein Grrund sein«, sagte er schließlich. »Aberr ich glaube eherr, ihrr lauft vorr etwas davon.«

»Wir laufen vor gar nichts davon«, erklärte Lubaya mit Nachdruck. »Wir wollen nichts weiter als einen Flug, und wir zahlen bar. Wo ist also das Problem?«

Wieder schwieg Jurij für eine ganze Weile. Dann grinste er verschmitzt. »Kein Prroblem, wenn ihrr in Dollarr oderr Eurro zahlt. Nur keine einheimische Währrung. Aberr kommt errst einmal in meine bescheidene Behausung, die auch die Behausung fürr mein Mädchen ist.«

»Mädchen?« Rastalocke sah sich suchend um. »Hier gibt es Mädchen?«

»Nurr ein einziges, und das ist mit zwei krräftigen Motorren bestückt und mit nichts anderrem«, antwortete Jurij. »Und jetzt kommt.«

Dirk wollte sich in Bewegung setzen, doch Kinah packte ihn am Arm und hielt ihn zurück. »Wenn es geht, würden wir gern heute noch losfliegen«, sagte sie bestimmt.

Jurij musterte sie mit einem langen Blick. Der Wind, der eben noch kaum mehr als ein laues Lüftchen gewesen war, frischte auf und zerwühlte seine Haare.

»Heute geht nicht, Kindchen.«

»Warum denn nicht?«, fragte Kinah gereizt.

»Weil es zu spät am Tag ist.« Jurij deutete hinauf in den Himmel. »Außerrdem ... ihrr wisst selbst, dass heute Nacht grroßerr Sturrm am Meerr warr. Derrr muss errst ganz verrschwinden.«

»Und wieso?« Rastalocke betastete seine Wange, die inzwischen blau und geschwollen war, sodass er endgültig wie ein Junkie aussah, der sich für einen Schuss auf wilde Schlägereien einließ. »Haut's die Klapperkiste schon beim kleinsten Windhauch aus der Kurve?«

»Errstens, jungerr Mann«, schnarrte Jurij in dem merkwürdigen Akzent, der Dirk ebenso wenig russisch vorkam wie Kinahs Sprechweise bayrisch, »werrden wirr das Atlasgebirrge überrquerren müssen, und das ist kein Pappenstiel. Und zweitens gibt es hierr therrmische Strrömungen, die unberrechenbarr sind. Nicht umsonst sagen die Einheimischen: Der Atem derr Götterr trrägt den Aufrrechten und zerrschmetterrt den Leichtsinnigen.«

»Den Verzagten«, murmelte Kinah.

Jurij warf ihr einen irritierten Blick zu. »Was?«

»Die Zeile lautet eigentlich: Sei gewiss – der Atem der Götter trägt den Aufrechten und zerschmettert den Verzagten«, erklärte sie. »Also bedeutet sie genau das Gegenteil. Feiglinge, die ihr Schicksal nicht selbst in die Hand nehmen, werden von den Göttern zerschmettert. Nur die Mutigen, die ihre Angst überwinden, werden vom Wind getragen.«

»Oh ja«, sagte Jurij. »Mut brraucht man und Umsicht. Und darrum seid ihrr bei mirr genau rrichtig.«

»Das freut mich zu hören«, erwiderte Kinah. »Dann sollten wir auch gleich abfliegen. Wir haben es eilig, und außerdem liegt eine lange Strecke vor uns.«

»Querr überr Berrge, Wüsten und Seen.« Jurij nickte. »Deswegen habt ihrr mit Jurij eine gute Wahl getrroffen. Die anderren können garr nicht so lange fliegen, ohne dauerrnd nachzutanken. Mein altes Mädchen muss unterrwegs nurr einmal an die Leitung. Ich schaffe fast drreitausend Kilometerr nonstop.«

»Lindbergh ist doch in den zwanziger Jahren bei seiner Atlantiküberquerung schon doppelt so weit geflogen«, murmelte Rastalocke finster. »Und das in einem einmotorigen Flugzeug. Womit fliegen wir denn dann? Mit einem Fesselballon?«

Jurij mochte alt sein, aber er war ganz offensichtlich nicht schwerhörig. Er zog die fleckige Lederjacke zurecht, die er über seinem karierten Hemd trug, und wandte sich würdevoll an John. »Derr Herrr versteht etwas von Flugzeugen? Ja? Dann möchte err bestimmt gerrn die Motorren meinerr Lisunov sehen, oderrr?«

»Lisunov?« Rastalocke ließ sich den Namen auf der Zunge zergehen. »Was soll das sein? Eine Wodkasorte?«

Jurij runzelte die Stirn. Er wirkte alles andere als amüsiert. »Werr möchte noch meine Maschine sehen?«

»Wir alle, guter Mann«, sagte Lubaya und stapfte auf den Wellblechschuppen zu. »Wir müssen doch wissen, ob die Kiste überhaupt tragfähig ist.«

Dirk konnte ihre Bedenken verstehen, schließlich war es durchaus möglich, dass eine kleine Sportmaschine mit Lubaya an Bord gar nicht erst hochkam.

»Alle«, wiederholte Jurij und lief hinter Lubaya her. »Das ist gut, sehrr gut. Meine Lisunov ist ein brraves, starrkes Mädchen. Sie wirrd euch sicherr überrall hinbrringen, wo ihrr hinwollt.«

Ein paar Schritte vor Lubaya erreichte er das halb offen stehende Tor und verschwand im Inneren des Schuppens. Lubaya, Rastalocke, Biermann und Janette folgten ihm sofort, während Dirk und Kinah die Nachhut bildeten. »Geh ruhig«, sagte Dirk. »Ich komme gleich.«

Kinah schien ihm widersprechen zu wollen. Doch dann nickte sie nur und eilte den anderen nach.

Als Dirk eine Minute später die Halle betrat, hatten sich bereits alle vor dem Flugzeug versammelt, das offensichtlich Jurijs ganzer Stolz war.

Die zweimotorige Maschine war mit ungefähr zwanzig Metern Länge größer, als Dirk erwartet hatte. Er zählte sechs Seitenfenster. Das war kein Sportflieger, das war eine alte Propeller-Passagiermaschine, die auf sowjetischen Flugplätzen in den vierziger und fünfziger Jahren des letzten Jahrhunderts wahrscheinlich zum üblichen Bild gehört hatte.

»Das ist mein Mädchen«, sagte Jurij stolz. Er lehnte am Flugzeugrumpf und ließ seine Hand liebevoll über grau gestrichenes Metall gleiten. Die Szene wurde von arabischer Musik untermalt, die schrecklich blechern aus einem alten Kofferradio schallte, und hätte ausgezeichnet in einen Dokumentarfilm über exzentrische russische Flieger gepasst. Hätte Dirk einen solchen Film im Fernsehen gesehen, hätte er schnell umgeschaltet, denn die Vorstellung, sich einer derart abenteuerlichen Kombination aus Pilot und Flugzeug auszuliefern, war ihm unerträglich.

»Es gibt nurr noch ganz wenige von ihrrerr Arrt«, fuhr der alte Mann mit dem seltsamen Akzent fort. »Ich bin mirr sicherr, dass ich das letzte Exemplarr auf diesem Kontinent fliege.«

»Genau das habe ich befürchtet.« Rastalocke grinste verächtlich. »Die Kiste ist doch mindestens sechzig Jahre alt.«

Dirk hörte kaum hin. Der Anblick der Maschine hatte etwas Bedrohliches. Vielleicht lag es an der Farbe, an der grauen Unterseite, die ihn an einen Hai erinnerte, und an dem dunklen, fast militärischen Grün, mit dem der übrige Korpus gestrichen war, vielleicht aber auch an dem Wulst, der sich an der Oberseite hinter dem Cockpit befand.

Er brauchte die Frage nicht zu stellen, das erledigte schon

Rastalocke. »Was ist denn das für eine Geschwulst auf dem Flugzeugdach?«, fragte er und zeigte in die entsprechende Richtung.

»Eine Geschützkuppel, mit derr man sich feindliche Jagdfliegerr vom Hals halten konnte. Da warr frrüher ein MG drrin. Jetzt natürrlich nicht mehrr, schließlich führre ich ja keine Luftkrriege.« Jurij lächelte. »Aberr falls ihrr irrgendwelchen Ärrgerr habt: Man kann dorrt prroblemlos wiederr ein MG montierren. Ich habe sogarr zufällig noch eines auf Lagerr.«

»Gott bewahre!«, rief Lubaya, und Kinah fügte hinzu: »So etwas brauchen wir nun wirklich nicht. Wir wollen einfach nur so schnell wie möglich starten. Wenn es am Geld scheitern sollte …« Sie griff sich an den Hals und zog einen schwarzen, ledernen Brustbeutel hervor. »Tausend Euro obendrauf, wenn wir gleich losfliegen.«

Jurijs Augen verengten sich zu schmalen Schlitzen, was ihm das Aussehen einer uralten, listigen Schildkröte verlieh. »Tausend Eurro! Da scheint es jemand ganz besonderrs eilig zu haben.«

»Wir haben es genau für tausend Euro obendrauf eilig«, sagte Kinah und wedelte mit dem Brustbeutel. »Und die können Sie auch gleich haben. Den Rest kriegen Sie, sobald wir sicher gelandet sind.«

»Zweitausend«, sagte Jurij. »Und ihrr zahlt den Sprrit bei derr Zwischenlandung.«

»Eintausendzweihundert. Und das mit dem Sprit geht klar.« Kinah öffnete den Brustbeutel und holte ein Bündel Geldscheine heraus. »Eintausendzweihundert und keinen Cent mehr, verstanden?«

Jurij musterte sie auf eine Art, die alles hätte bedeuten können. Dann straffte er sich und schlug die Hand an die Stirn, als würde er vor Kinah salutieren. »Okay, Madam. Dann brrauche ich nurr noch einen der Herrren als Kopiloten.«

»Was meinen Sie damit?« Rastalocke entblößte grimmig sein lückenhaftes Gebiss, sodass er wirkte wie ein zähnefletschender

Straßenköter. »Können Sie die Maschine etwa nicht alleine in der Luft halten?«

»Natürlich kann ich das«, antwortete Jurij ruhig. »Aberr es gibt gelegentlich ein paarr Handgrriffe, die jemand errledigen kann, derr neben mirr sitzt. Also, welcherr derr Herrren …«

Dirk kam sich vor wie in der Schule, wenn der Blick des Lehrers über die Klasse schweifte, stets auf der Suche nach einem Opfer, das er an die Tafel rufen und fertigmachen konnte. Er dachte ja gar nicht daran, den Flug auch noch auf dem Sitz des Kopiloten zu verbringen. Mit einer Bewegung, die er für unauffällig hielt, trat er ein Stück zurück und wandte sich ab, um wieder auf den Roamer zuzuhumpeln. Wenn sie gleich losflogen, sollte er besser noch ein paar Dinge aus dem Wagen holen – das würde er zumindest Kinah gegenüber als Grund für seinen Rückzug angeben, falls sie ihn fragte.

In Wahrheit hielt er es einfach nicht länger in der Nähe des Flugzeugs aus. Er konnte nicht vergessen, was kurz vor der Landung in Casablanca passiert war. Etwas wie ein heftiger Schlag hatte die Boeing 737 getroffen. Und das war gewiss kein Zufall gewesen. Die Bö, die den Roamer fast von der Straße gefegt hatte, der Tsunami, der nur über einen kleinen Teil der Küste hereingebrochen war, Kinahs verrückte Geschichte über den Thunderformer …

Was, wenn tatsächlich jemand mit einer solchen Waffe herumexperimentierte? Was, wenn er sich gerade sie als Ziel ausgesucht hatte?

Dirk erreichte den Wagen und lehnte sich an die Beifahrertür. Sie war derart heiß, dass er sich fast verbrannte, und genauso heiß stach auch die Sonne vom Himmel. Im Roamer hatten einige Baseballkappen gelegen, von denen er sich eine aufgesetzt hatte. Doch sie war nur ein notdürftiger Schutz vor der Sonne, die hier so viel kräftiger schien als in Deutschland.

Mit einer abrupten Bewegung stieß er sich ab, ging um den Wagen herum, riss die Fahrertür auf und ließ sich auf den Sitz fallen. Der Zündschlüssel steckte, eine Nachlässigkeit, die ihm jetzt gelegen kam. Er drehte den Schlüssel so weit, dass die Elektronik mit Strom versorgt wurde und die Klimaanlage fauchend zum Leben erwachte.

Es war lächerlich. Wenn es diese Wetterwaffe wirklich gab, würde man sie bestimmt nicht einsetzen, nur um ihn und Biermann beim Landeanflug auf Casablanca vom Himmel zu pusten. Und warum sollte man einen Sturm an die marokkanische Küste schicken, wenn man sie erledigen wollte? Dazu hätten doch ein paar bewaffnete Männer genügt, die sie unterwegs auf der Landstraße hätten abfangen können.

Nein, hier passte einiges nicht zusammen. Er hatte während der Autofahrt versucht, von Kinah Antworten auf die Fragen zu bekommen, die ihm auf der Seele brannten – wie etwa die, was es mit ihrer Bemerkung über die beiden Kinder auf sich hatte und was das ganze Gerede über die Götter sollte. Aber Kinah hatte abgeblockt, und von seinem Platz auf dem Rücksitz, neben Biermann, Rastalocke und vor allem Lubaya, hatte er natürlich nicht richtig nachhaken können.

Er drehte den Oberkörper und angelte nach der 1,5-Liter-Wasserflasche, die er auf der Hinfahrt immer wieder unter unmöglichen Verrenkungen an Lubaya vorbei zum Mund geführt und fast leergetrunken hatte. Ein kleiner Rest war noch übrig, und den brauchte er jetzt. Die Flasche war umgefallen und aus seiner Position kaum zu erreichen. Er tauchte fast in den Fond hinein und fischte angestrengt nach ihr. Als er sie endlich in der Hand hielt und sich wieder aufrichtete, fiel sein Blick durch das Rückfenster des Roamers. Am Horizont, ungefähr da, wo sie auf die Schotterpiste eingebogen waren, war eine dichte Staubwolke zu sehen. Offensichtlich fuhr dort jemand mit einem Affenzahn.

Dirk öffnete die Wasserflasche mit zitternden Fingern und goss sich die lauwarme Flüssigkeit in die Kehle. Ein Wassertropfen lief ihm über das Kinn. Er wischte ihn mit dem Handrücken weg, warf die Plastikflasche mit einer achtlosen Bewegung beiseite und startete den Roamer. Der Motor dröhnte, und Dirk begriff, dass er viel zu viel Gas gab. Hastig nahm er den Fuß vom Gaspedal, legte den ersten Gang ein und fuhr los, direkt auf die Wellblechhalle zu.

Rastalocke kam gerade heraus. Als er sah, dass der Geländewagen auf ihn zukam, riss er die Arme hoch und winkte wie verrückt.

Dirk drückte auf die Hupe. Ein Geräusch erklang, als würde eine ganze Elefantenherde auf einmal lostrompeten.

John sprang zur Seite, was völlig unnötig war, denn Dirk trat auf die Bremse und lenkte gleichzeitig nach links. Der Wagen machte die Bewegung mit, ohne die geringste Tendenz zum Ausbrechen zu zeigen. Trotzdem wusste Dirk, dass er zu viel Gas gegeben hatte. Wenn er nicht aufpasste, würde er mit dem Rammgitter an der Wagenschnauze die Ecke der Wellblechhütte mitnehmen und damit vielleicht das ganze wacklige Ding zum Einsturz bringen. Unter anderen Umständen wäre es ihm durchaus verlockend erschienen, auf diese Weise zu vermeiden, dass er in das Flugzeug steigen musste. Aber nicht hier und jetzt. Wer auch immer über die Schotterpiste heranraste, hatte es verdächtig eilig. Und das behagte Dirk ganz und gar nicht.

Er ging vom Gas, trat das Bremspedal durch und schoss mit quietschenden Reifen haarscharf an dem Flugzeughangar vorbei. Ohne zu zögern kurbelte er das Lenkrad nach rechts.

Diesmal brach der gutmütige Wagen aus. Das Heck rutschte herum und zwang die Schnauze zu einer Einhundertachtziggradkehre. Schotter und Staub wirbelten auf und nahmen Dirk für einen Augenblick die Sicht. Doch dann kam der Roamer unversehrt zum Stehen. Dirk stieß die Fahrertür auf, sprang mit einem Satz hinaus, ließ Rastalocke links liegen und lief auf das halb offene Tor des Hangars zu.

»Was sollte das denn?«, rief ihm Kinah entgegen.

Sie und die anderen standen dort, wo er sie zurückgelassen hatte. John stürzte hinter ihm herein und klopfte sich den Staub aus den Kleidern. »Das möchte ich auch gerne wissen!«, brüllte er. »Wolltest du mich über den Haufen fahren, oder was?«

Dirk beachtete ihn nicht. Er wandte sich an Jurij, der ihn völlig ungerührt ansah. Wahrscheinlich hatte er in seinem langen Leben schon ganz andere Dinge erlebt und war nicht mehr aus der Ruhe zu bringen.

»Erwarten Sie Besuch?«, fragte Dirk.

Jurij schüttelte den Kopf. »Nein. Wieso?«

»Weil irgendjemand wie ein Bekloppter auf uns zufährt.«

Jurij nickte langsam, bückte sich hinunter zu dem Kofferradio und schnitt dem aufgeregt palavernden arabischen Moderator mit einer kurzen Handbewegung das Wort ab. »Ich wusste es doch.« Als er sich wieder aufrichtete, lag auf seinem Gesicht ein schmieriges Grinsen. »Ihrr werrdet verrfolgt. Vielleicht sollten wirr doch das MG montierren.«

Kinah wirbelte zu ihm herum. »Unterstehen Sie sich!«, herrschte sie ihn an. »Sagen Sie mir lieber, wann wir starten können!«

»Wenn dieserr Wagen dorrt nicht mehrr im Weg steht … in ein paarr Minuten«, antwortete Jurij. »Ich halte mein Mädchen ständig starrtberreit. Und mein Kopilot ist ja schon auf seinem Platz.«

Damit ging er um das Flugzeug herum, vermutlich, um auf der anderen Seite einzusteigen.

Kopilot? Erst jetzt bemerkte Dirk, dass Biermann nicht mehr da war. Dass die Wahl auf ihn gefallen war, fand er nur vernünftig. Ganz im Gegensatz zu der Vorstellung, gleich in dieser museumsreifen Maschine über Afrika zu fliegen.

»Dann fahre ich jetzt den Wagen weg«, sagte er.

»Vergiss es!« Rastalocke baute sich vor ihm auf. Er sah immer noch stinksauer aus. »Das mache ich! Steckt der Schlüssel?«

»Klar.«

»Ihm nach!«, rief Lubaya, kaum dass John an ihr vorbeigehetzt war. »Wir sollten alles aus dem Auto mitnehmen, was wir schleppen können. Vor allem Vorräte und Werkzeug. Vielleicht brauchen wir das noch!«

Damit stürmte auch sie los. Dirk ging ihr hastig aus dem Weg und wäre um ein Haar in den hellblau gestrichenen Propeller mit den fünf geschwungenen Flügeln gelaufen. Man konnte von Jurij denken, was man wollte – seine Maschine schien tatsächlich prima in Schuss zu sein. Die Farbe auf dem Propeller wirkte wie neu, und weder auf ihm noch auf der Motorverkleidung war auch nur ein Anflug von Rost zu erkennen.

Doch das änderte nichts daran, dass sich Dirk hilflos fühlte, jetzt, da die Entscheidung zum sofortigen Abflug getroffen war. Hilflos … und bereit, jederzeit der Panik vor dem anstehenden Flug nachzugeben, die in ihm hochsteigen wollte.

Unmittelbar über ihm krachte etwas. Er starrte alarmiert hinauf zur Kanzel. Biermann streckte seinen Kopf so weit durch das geöffnete Seitenfenster, wie es ging. Sein Gesicht hatte einen grünlichen Stich, als sei ihm irgendetwas auf den Magen geschlagen. »Komm hoch«, sagte er heiser. »Ich brauche Hilfe.«

»Hilfe?«, krächzte Dirk. »Wobei?«

»Das wirst du schon sehen.« Biermann riss mit einem wütenden Ruck an seiner Krawatte, die sich irgendwo im Fensterscharnier verklemmt hatte. Als Dirk keine Anstalten machte, sich von der Stelle zu rühren, fügte er hinzu: »Die Putzfrau scheint Jurij im Stich gelassen zu haben. Oder anders ausgedrückt: Was meinst du wohl, wo er haust?« Dirk zuckte mit den Schultern. »Hier an Bord«, fuhr Biermann fort und verzog angeekelt das Gesicht.

»Und er ist nicht ganz so ordentlich wie ein deutscher Brummifahrer, der es sich nach der Scheidung mit einem Kasten Bier in seiner Fahrerkabine gemütlich macht. Hier stinkt das ein oder andere gewaltig zum Himmel, und ich habe keine Lust, mit einer fliegenden Müllkippe in die Luft zu steigen.«

»Ja, aber …«

»Nix aber. Hier …« Biermann schob einen versifften Pappkarton durch das Fenster. Dirk bekam ein paar Spritzer einer ekelhaften Flüssigkeit ab und wich zurück.

»Hiergeblieben!«, knurrte Biermann. »Du musst mir das Ding abnehmen. Ich kann es doch nicht einfach auf den Boden werfen!«

»Doch, das kannst du!«, dröhnte eine kräftige Stimme. Lubaya stapfte schwerbeladen an der Spitze einer kleinen Prozession auf das Flugzeug zu. »Wir müssen los. Aufräumen und saubermachen kann Jurij später selbst. Apropos … wo steckt unser Superpilot eigentlich?«

»Hierr!«, ertönte es überraschend fröhlich. Dirk drehte sich um. Am anderen Ende der Halle tauchte Jurijs weißer Schopf aus einem Haufen von Leder- und Kunststoffabdeckungen auf. Hinter ihm blinkte eine metallene Werkbank, die wahrscheinlich mindestens so alt war wie er selbst. Umso erstaunlicher, dass sie weder rostig noch vergammelt, sondern äußerst gepflegt wirkte. »Kommen Sie mal herr, jungerr Mann. Ich kann ein bisschen Hilfe gebrrauchen.«

Dirk blinzelte verständnislos.

»Ja, Sie meine ich«, sagte Jurij mit Ungeduld in der Stimme. »Nun machen Sie schon! Oder wollen Sie Ihrren Verrfolgerrn in die Hände fallen?«

Blöde Frage. Dirk setzte sich sofort in Bewegung. »Was ist?«, fragte er rüde und blieb vor dem Alten stehen.

»Das da ist.« Jurij deutete auf etwas, das in eine alte Plane eingewickelt war. »Wir müssen es zu zweit trragen. Fürr mich alleine ist es zu schwerr.«

Dirk starrte misstrauisch auf die fest zusammengezurrte Plane. Der Gegenstand darin hatte ungefähr die Größe eines Kindes. »Was ist das?«

»Unserre kleine Rrückverrsicherrung«, antwortete Jurij.

»Ich hoffe, Sie meinen damit nicht das, was ich befürchte.«

»Ich befürrchte, ich meine genau das.« Jurij grinste breit. »Nun packen Sie schon an, mein Junge. Ich muss die Maschine noch starrtklarr machen.«

»Wenn das ein MG ist …«

»Dann kann es uns das Leben rretten, wenn es brrenzlig wirrd«, schnarrte Jurij. Er bückte sich und packte das schmalere Ende des Maschinengewehrs – den Lauf. Dirk wollte noch einmal in aller Deutlichkeit protestieren, aber in diesem Moment tauchte Kinah neben ihm auf.

»Schnell, Leute«, sagte sie besorgt. »So, wie es aussieht, halten mindestens zwei Wagen auf uns zu. Ich habe keine Lust, den Kerlen zu begegnen, denen wir in der Höhle gerade noch entwischt sind.«

»Also doch Verrfolgerr.« Jurijs Augen flackerten auf eigentümliche Weise. »Dann pack du auch mit an, Mädchen. Damit wir schnell in die Luft kommen!«

2

Dirk suchte mit zitternden Fingern in dem muffig riechenden Rucksack herum, den ihm Kinah zugeworfen hatte. Ihm war schlecht. Da half es auch nichts, dass seine rechte Hand schon fast wieder einsatzfähig war und selbst der beißende Schmerz in seiner Wade nachgelassen hatte. Das Brummen der niedertourig wummernden Flugzeugmotoren übertrug sich auf den Rumpf der alten Maschine und ließ in Dirks Körper jedes Organ und jede einzelne Zelle beben. Und das war nicht das Einzige, was ihm Unbehagen bereitete. Jurij flog einen abenteuerlichen Kurs.

Dirk hatte keine Ahnung, ob er den Flug überhaupt irgendwo angemeldet hatte, aber er verhielt sich zumindest nicht so. Als ginge es darum, ein feindliches Radar zu unterfliegen, hielt er die Lisunov unglaublich nah am Boden. Wenn eine Anhöhe oder Baumgruppe auftauchte, steuerte er die Maschine entweder links oder rechts daran vorbei, nur bei einer Häufung von Hindernissen zog er sie ein Stück hoch und zwang sie sofort danach derart rasch wieder hinunter, dass sein Manöver Dirk wie ein unkontrollierter Sturzflug vorkam, der irgendwann damit enden musste, dass sich die Flugzeugnase in den harten Steppenboden bohrte und eine schreckliche Explosion sie alle zerriss.

Ganz abgesehen von dem Sturm. Er verfolgte Dirk, seitdem die Linienmaschine Frankfurt–Casablanca zur Landung angesetzt hatte, und würde nicht eher ruhen, bis er ihn erwischt hatte. Dessen war sich Dirk ganz sicher. Allerdings zweifelte er immer stärker daran, dass es tatsächlich der Thunderformer war, den man gegen ihn einsetzte. Nein, es musste etwas anderes sein, etwas viel

Älteres. Eine archaische Kraft, vollkommen unbegreiflich für ihn und auch sicherlich für alle anderen, die ihr ausgeliefert waren. Und doch begann sich etwas in ihm wie in Resonanz auf das einzuschwingen, was ihnen drohte, wenn sie den Sturm weiter herausforderten und Kinahs alte Götter bis zu Weißglut reizten.

Eigenartige Gedanken und Bilder tauchten in ihm auf. Sie hatten mit dem Albtraum zu tun, in dem er Akuyi inmitten eines Unwetters auf einem gegenüberliegenden Hügel hatte stehen sehen, auf einer schwer zugänglichen Anhöhe, wie sie typisch für das Land der Tausend Hügel sein mochte, zu dem sie jetzt unterwegs waren. Der Traum besaß eine große Symbolkraft. Nicht nur ein Unwetter hatte ihn von seiner Tochter getrennt, sondern auch eine trotzige Erhebung aus dem Urschlamm der Schöpfungsgeschichte. Wenn er sich nur hätte überwinden können, wenn ihm im Traum Flügel gewachsen wären und er zu seiner Tochter hinübergeflogen wäre – vielleicht hätte er sie dann im Traum wie in der Realität schon bald in den Armen gehalten.

Diese Vorstellung änderte allerdings nichts daran, dass ihm das Reisen im Flugzeug verhasst war und ihm diese alte Maschine darüber hinaus offenbar beweisen wollte, mit wie viel Unbequemlichkeit die Verwirklichung des uralten Menschheitstraums vom Fliegen verbunden war, wenn sich nicht Dutzende von Ingenieuren beim Ausbau der Innenkabine um jeden erdenklichen Komfort bemühten. Die Art, in der die Lisunov sämtliche Vibrationen ohne Dämpfung an ihre Passagiere weitergab, machte ihm auf fast brutale Weise deutlich, dass Menschen nichts in der Luft verloren hatten. Für jemanden, der das Fliegen mehr hasste als alles andere auf der Welt (Ratten einmal ausgenommen), konnte es kaum eine größere Tortur geben. Dirks Atem ging flach und unregelmäßig, sein Herz raste und seine Hände waren schweißnass. Das Schlimmste aber war, dass er seine Gedanken überhaupt nicht mehr unter Kontrolle hatte. In der Boeing war er wenigstens noch zu klaren und komplexen Überlegungen fähig gewesen. An Bord von Jurijs uralter Maschine schossen ihm jedoch nur noch panische Gedankenfetzen durch den Kopf, unterbrochen von kurzen Flashs, die ihn in das dunkle Land der Ohnmacht zu reißen versuchten.

»Hast du es nun?«, fragte Kinah ungeduldig.

Sie saß ihm im Schneidersitz gegenüber. Der Flugzeugtyp, dessen letztes Exemplar in Afrika Jurij zu fliegen behauptete, mochte vor vielen Jahren zehntausende von Passagieren transportiert haben. Da wäre es nur recht und billig gewesen, wenn es in dieser Maschine auch Passagiersitze gegeben hätte. Aber es gab keinen einzigen. Sie hockten auf dem harten Metallboden, der noch nicht einmal durch einen Teppich verkleidet war.

Direkt neben Kinah und ein Stück weiter vorne befanden sich zwei große, am Boden verschraubte Metallkisten – Stauraum, in den sie die Sachen gepresst hatten, die sie aus dem Roamer mitgenommen hatten.

»Kriege ich endlich mal eine Antwort?«, hakte Kinah nach.

»Was?« Dirk schüttelte den Kopf. »Was sollte ich denn überhaupt suchen?«

Kinah verdrehte die Augen. »Männer. Nun gib schon her.« Sie streckte auffordernd die Hand aus.

Dirk schloss den Rucksack umständlich wieder, was Kinah mit einem entnervten Kopfschütteln quittierte, und schob ihn zu ihr hinüber. Er hatte keine Ahnung mehr, was er in Jurijs Rucksack hatte suchen sollen. Es war ihm auch egal. Er hätte sonst was dafür gegeben, wenn die Schüttelei endlich aufgehört hätte und Jurij gelandet wäre. Wobei er auf die Landung selbst trotzdem gerne verzichtet hätte. Das Risiko in der Maschine …

Der Klang der M62-Motoren veränderte sich, wurde rauer und metallischer, dann kippte die Lisunov über die rechte Tragfläche ab.

Dirk stützte sich mit beiden Händen ab und starrte in Richtung Cockpit. Rastalocke versuchte immer noch, den Patronengurt in das Maschinengewehr einzulegen – ein Wahnsinn, an dem ihn weder Lubaya noch Kinah hatten hindern können. Sein angespanntes Gesicht wirkte durch die geschwollene, blau angelaufene Wange fast diabolisch, und seine wirren, zotteligen Haare verliehen ihm etwas Wildes. Das Schlimmste aber war sein Blick. Er war kalt wie der einer Schlange – oder wie der eines Kriegers, der ohne zu zögern tötete.

Dirk hätte die ganze verrückte Aktion am liebsten abgebrochen. Angenommen, Jurij zerschmetterte die Maschine nicht an einer Anhöhe oder rammte sie in die Steppe – dann würde Rastalocke garantiert bei nächster Gelegenheit das Maschinengewehr ausprobieren wollen, und wenn er sich streunende Hunde oder eine verlassene Schäferhütte zum Ziel nahm.

Jurij ging zur Abwechslung in eine enge Linkskurve. Rastalocke hielt sich an der MG-Aufhängung fest, was die Waffe und ihn selbst in eine Kreisbewegung zwang. Als das Flugzeug nach unten wegsackte, musste er die Aufhängung loslassen, knickte in den Knien ein und krachte gegen die Kabinenwand. In der Kiste mit der Munition, die er in eine dafür vorgesehene Halterung geschoben hatte, rappelte es, und Dirk hätte sich nicht gewundert, wenn eine oder mehrere Patronen durch die Erschütterung von selbst losgegangen wären.

»Es könnte jetzt etwas holperig werden!«, schrie Biermann aus dem Cockpit.

Holperig? Dirk stöhnte dumpf auf und versuchte verzweifelt, sich irgendwo festzuhalten. Er erwischte einen Ledergurt, der wahrscheinlich genau für diesen Zweck an der Bordwand befestigt war.

Auf der Suche nach einem zweiten Gurt drehte er den Kopf.

Und wünschte sich im selben Moment, er hätte es nicht getan.

Denn als sein Blick durch das Seitenfenster fiel, sah er etwas, womit er nicht gerechnet hatte.

Kaum mehr als zwanzig Meter von der linken Flügelspitze der Lisunov entfernt flog ein tiefschwarzer, bedrohlich anmutender Helikopter mit gedrungener Nase, der Dirk verteufelt an einen Apache-Kampfhubschrauber der US-Armee erinnerte. Dirk wollte einen Warnschrei ausstoßen, irgendetwas brüllen, das Jurijs und Biermanns Aufmerksamkeit auf ihren Begleiter lenkte, doch seiner Kehle entrang sich nur ein ersticktes Röcheln.

»Was ist?«, fragte Kinah besorgt. »Du bist ja ganz blass! Ist dir etwa schlecht?«

Ob ihm schlecht war? Das war so ziemlich die überflüssigste Frage, die man ihm zurzeit stellen konnte. Ihm war nicht bloß schlecht, ihm war kotzübel. Trotzdem verrenkte er sich fast den Hals, um einen genaueren Blick auf den Hubschrauber zu werfen. Er wollte seine Insassen sehen. Nicht den Piloten, sondern den Mann, der sie verfolgte, seitdem sie in Marokko waren, und der sicherlich auch hinter dieser Aktion steckte: Ventura.

»Wenn du kotzen musst, dann bitte in die andere Richtung«, rief Janette, die neben Kinah saß. »Oder schnapp dir wieder Jurijs Rucksack, bei dem kommt es sowieso nicht mehr drauf an.«

»Ventura«, stammelte Dirk. »Er … er …«

»Er saß in dem ersten der zwei Wagen.« Janette lachte heiser auf. »Mensch, ich dachte schon, die erwischen uns noch. Als sich einer von den Idioten aus dem Fenster lehnte und auf unsere Reifen schoss, war ich sicher, unser letztes Stündlein hätte geschlagen. Ich dachte: Jetzt zerfetzt es die Reifen und die alte Mühle schrammt über die Schotterpiste, bis sie Feuer fängt und wir flambiert werden. War doch stark, wie Jurij in die Rechtskurve gegangen ist und die Maschine ganz kurz vor den Bäumen hochgezogen hat, oder? Da konnten sie uns nicht mehr hinterher.«

Wirklich nicht? Dirk hatte den leibhaftigen Beweis vor der

Nase, dass sie es sehr wohl konnten, auch wenn er nicht die geringste Ahnung hatte, wie es Ventura und seinen Leuten gelungen war, derart schnell vom Auto in diesen Helikopter umzusteigen.

»Da …«, begann er in einem beinahe kreischenden Tonfall, aber Lubaya, die neben ihm hockte und bislang eher durch ihre ungewöhnliche Schweigsamkeit aufgefallen war, unterbrach ihn mit der donnernden Feststellung: »Ich habe Ventura gar nicht gesehen!«

Dirk griff nach der zweiten Halteschlaufe und drehte sich zu Lubaya. Sie hatte ihren Blick auf die beiden anderen Frauen gerichtet, und falls sie überhaupt bemerkte, dass er sie ansah, beachtete sie ihn nicht. »Ich …«, sagte er.

»Seid ihr sicher, dass er in dem Wagen saß?«, fragte Lubaya ungerührt.

»Sicher bin ich sicher«, antwortete Janette grimmig. »Schließlich ist das doch der Obermotz. Der hat in Al Afra unsere Spur aufgenommen und euch in den Grotten seine Schlägertruppe auf den Hals gehetzt. Was ihr von der Leiche erzählt habt, die in Folie gepackt war – igitt, da wird einem ja schon bei dem bloßen Gedanken übel.«

»Das ist alles richtig«, brummte Lubaya. »Aber trotzdem habe ich Ventura nicht in dem Wagen gesehen, aus dem auf uns geschossen wurde.«

Janette grinste. »Die Kerle haben sich wahrscheinlich gewünscht, ihren Autos würden ganz schnell Flügel wachsen, damit sie hinter uns herfliegen können.«

Dirk öffnete den Mund, um herauszuschreien, dass genau das geschehen war – wenn auch in übertragenem Sinne –, doch da sackte der schwarze Hubschrauber plötzlich ein Stück nach unten. Einen flüchtigen Augenblick lang befand sich das Cockpit des Helikopters genau neben ihnen. Wenn die Scheiben nicht verspiegelt gewesen wären, hätte Dirk vielleicht direkt in Venturas Gesicht gesehen. Im gleichen Moment fiel ihm siedend heiß ein, dass die Insassen der schwarzen Teufelsmaschine *ihn* sehr wohl erkennen konnten.

Mit einer raschen Bewegung duckte er sich zur Seite, musste dazu allerdings den Haltegriff loslassen, was sich als doppelt ungünstig erwies, weil Jurij die Lisunov gerade in dieser Sekunde steil nach oben zog.

Dirk rutschte über den glatten Metallboden, angelte nach dem nächsten Haltegriff – offensichtlich hatte man die Ledergurte in regelmäßigen Abständen angebracht –, und klammerte sich mit der linken Hand fest.

»Festhalten!«, brüllte Biermann unnötigerweise. »Wir haben Gesellschaft! Einen Hubschrauber. Und ich würde mich nicht wundern, wenn er bewaffnet wäre.«

»Ein bewaffneter Hubschrauber?«, kreischte Janette. Sie, Kinah und Lubaya griffen nach den nächsten Haltegurten. »Was kommt als Nächstes? Ein Düsenjäger?«

Biermann schwieg. Ganz im Gegensatz zu Rastalocke, der breitbeinig unter dem Waffenturm stand und sich am Maschinengewehr festhielt. »Birdie!«, schrie er. »Ich brauche Hilfe! Du musst die Munition nachladen, wenn ich mich um unseren Begleiter kümmere!«

»Nichts da!«, rief Lubaya. »Wir führen hier doch keinen Luftkrieg!«

Rastalocke fuhr zu ihr herum. »Ach nein? Sollen wir uns einfach abknallen lassen, oder was?«

Seine Worte gingen im Aufheulen der Motoren unter. Jurij zog die alte Maschine brutal weiter nach oben. Als einer der Haltegriffe riss, an denen sich Lubaya festgeklammert hatte, stieß sie einen Schrei aus und drehte sich halb um ihre eigene Achse. Dirk sah sie schon auf sich zuschießen. Die Vorstellung, unter diesem Fleischberg begraben zu werden, wischte seine Flugangst mit einem Schlag beiseite. Er war drauf und dran, sich von der Wand abzustoßen, um der riesigen Billardkugel zu entgehen, die auf ihn zuzurollen drohte. Doch da erwischte Lubaya einen weiteren Haltegriff und konnte sich nun wieder mit beiden Händen festklammern.

Auf einmal senkte sich die Flugzeugnase und die Lisunov ging in die Horizontale. Doch die Motoren wummerten weiterhin mit voller Last. Jurij sah also keine Veranlassung, das Tempo zu drosseln, und was das bedeutete, konnte sich Dirk denken.

Der Hubschrauber klebte ihnen immer noch am Heck.

Biermann tauchte in der Cockpittür auf. Die Haare hingen ihm wirr ins Gesicht, sein Hemdkragen war offen und die grellgrüne Krawatte verknittert. »Kein Grund zur Panik«, rief er, aber sein gehetzter Tonfall und sein derangiertes Aussehen straften seine Worte Lügen. »Jurij hat gesagt, dass er genau weiß, wie man einen Hubschrauber abhängt. Die sind zwar wendig, aber nicht besonders schnell.«

»Im Gegensatz zu seiner Klapperkiste aus dem Zweiten Weltkrieg, wie?«, polterte John. »Und jetzt komm endlich her, Mann! Ich muss das MG schussbereit machen.«

Rastalocke stieg auf einen metallenen, am Boden verankerten Tritt, den Dirk noch gar nicht bemerkt hatte, und verschwand bis zu den Schultern im Waffenturm. »Der Munitionsgurt müsste eigentlich richtig liegen«, drang seine Stimme dumpf hervor. »Aber guck dir die Sache bitte mal an.«

Biermann zögerte.

»Untersteht euch, diesen Unsinn auf die Spitze zu treiben!«, fauchte Kinah. Ihre Augen blitzten kampflustig. »Ihr könnt doch nicht einfach einen Hubschrauber abknallen!«

»Und ob wir das können! Vor allem das böse Exemplar, das uns direkt an der Schwanzflosse klebt.« Rastalocke ging in die Hocke und starrte Kinah an. »Du kannst gerne herkommen und einen

Blick auf das Teil werfen. Vom Waffenturm hat man nämlich eine prima Aussicht.«

»Nein danke, ich glaube dir auch so«, antwortete Kinah schroff.

»Tatsächlich? Was soll dann das Gezeter?«, setzte Rastalocke nach. »Sollen wir darauf warten, dass uns die Typen vom Himmel schießen? Oder dass sie uns zur Landung zwingen und dann fertigmachen?«

»Nein, aber …«

»Aber was?«, fragte John hart. »Hast du schon vergessen, was man deinem Freund Achmed angetan hat? Und was mit deiner Tochter passieren könnte, wenn wir sie nicht rechtzeitig finden?«

Kinah zögerte. Ihr Gesichtsausdruck hätte auf jemanden, der sie nicht so gut kannte, vollkommen unverändert gewirkt. Doch Dirk wusste es besser. Hinter ihrer Stirn tobte mit Sicherheit kein geringeres Chaos als hinter seiner eigenen. »Wenn Jurij den Hubschrauber abhängen kann, dann braucht überhaupt niemand herumzuballern«, rief sie mit ganz leicht zitternder Stimme.

John nickte. »Ja. Aber wenn nicht, müssen wir uns wehren. Einverstanden?«

Er wartete Kinahs Antwort nicht ab, sondern richtete sich wieder auf und verschwand mit dem Kopf im Waffenturm.

Kinah warf Dirk einen Blick zu. Ihre Augen schimmerten feucht. Akuyi – das war der Grund, warum sie diese Sache durchziehen mussten. Was auch immer es mit dem Sturm auf sich hatte, der sie verfolgte, und mit dem Hubschrauber, der wie aus dem Nichts aufgetaucht war – all das waren nichts weiter als Begleitumstände und Hemmnisse bei der Suche nach ihrer Tochter.

»Wir kriegen sie schon wieder«, murmelte Dirk.

Er bezweifelte, dass Kinah seine Worte im Dröhnen der wuchtigen Kolbenmotoren hören konnte. Vielleicht las sie ihm von den Lippen ab. Vielleicht wusste sie auch einfach, was er ausdrücken wollte.

Sie nickte, und ein flüchtiges Lächeln umspielte ihre Lippen, um gleich darauf zu erlöschen.

»Also gut!«, schrie Biermann. Er wankte zu der Munitionskiste und hockte sich neben sie. »Aber Jurij braucht vorne Hilfe.« Er sah Dirk an. »Kannst du ...?«

Dirk hätte beinahe spontan den Kopf geschüttelt. Er sollte vorne im Cockpit dabei helfen, einen Hubschrauber abzuhängen? Dafür war er wirklich denkbar ungeeignet. Als er nicht gleich antwortete, sprang Janette auf. »Das mach ich schon!«

»Das ist keine gute Idee«, entgegnete Biermann. »Jurij hält nicht viel von Frauen im Cockpit.«

Wenn Janette seine Worte hörte, reagierte sie zumindest nicht darauf. Mit ein paar federnden Schritten war sie an Biermann vorbei und verschwand in der Flugzeugkanzel.

Kaum zehn Sekunden später war sie wieder da, das Gesicht vor Zorn gerötet. »Mensch, Biermann!« Es sah fast so aus, als wollte sie Biermann einen Tritt in den Allerwertesten verpassen. »Das hättest du mir ruhig vorher verraten können, dass der so ein Arsch ist!«

Biermann blickte flüchtig zu ihr auf. »Hab ich doch versucht! Aber du wolltest ja nicht hören.«

»Na schön!« Janette warf ihre Haare zurück. »Dirk! Du bist der Mann der Stunde. Dein Typ wird im Cockpit verlangt.«

Dirk weigerte sich, den Sinn dieser Worte zu verstehen. »Warum soll denn nicht eine Frau ...«, begann er.

»Weil da vorne ein Methusalem hockt, der das Wort Gleichberechtigung noch nie gehört hat!«, unterbrach ihn Janette ungehalten. »Der ist total verkalkt! Außer vom Flugzeugfliegen hat der von nichts eine Ahnung.«

»Hoffen wir, dass er wenigstens das gut kann«, sagte Lubaya. Sie winkte Dirk auffordernd zu. »Du hast es gehört, weißer Mann. Das ist deine Stunde. Ab ins Cockpit!«

»Den Poti links und nicht rechts, habe ich gesagt«, brummte Jurij. »Jungchen, Jungchen – bist du ein Mann oder eine Frau?«

»Was soll die blöde Frage?«, gab Dirk zurück und löste die Hand von dem Potenziometer, mit dem er vergeblich die Lautstärke des Funkgeräts hatte einstellen wollen. »Jeder kann sich mal vertun. Außerdem gibt es kaum etwas, das ich besser im Griff habe als Technik.«

»Na, dann bist du ja doch mein Mann.« Jurij grinste auf seine ganz spezielle Art, bei der man stets den Eindruck hatte, er wolle sein Gegenüber auf den Arm nehmen. »Obwohl … sonst sind es doch nur Frauen, die links und rechts nicht auseinanderhalten können. Genauso, wie sie Wichtiges nicht von Unwichtigem unterscheiden können. Weiber eben. Zu denen du ja gottlob nicht gehörst.«

Dirk öffnete den Mund, um ihm eine passende Antwort zu geben, ließ es dann aber sein. Nachdem er zum Sessel des Kopiloten getaumelt war und sich vorsichtig darauf niedergelassen hatte – ohne allerdings verhindern zu können, dass eine Staubwolke aus dem Ledersitz emporstieg und ihm um die Nase wehte –, hatte eine verblüffende Wandlung seiner Wahrnehmung eingesetzt. Seine Angst war ziemlich rasch abgeklungen und angesichts des freien Blicks auf die großartige Landschaft unter ihnen erstaunter Bewunderung gewichen. Die weite, sich bis zum Horizont erstreckende Bergkette mit ihren sanft ansteigenden Flanken und Erhebungen war ein derart grandioser Anblick, dass ihm ein Gefühl von Angst geradezu lächerlich erschienen wäre. Wenn er dennoch so unruhig war, als hätte sich ein Wespenschwarm in die Flugzeugkanzel verirrt, dann lag das eindeutig an anderen Dingen.

Wie zum Beispiel an dem schwarzen Schatten, der ihnen nach wie vor folgte. Die letzte Meldung von John, die Birdie bei einem kurzen Besuch im Cockpit weitergegeben hatte, hatte nicht gerade beruhigend geklungen. Demnach verfolgte der Helikopter sie nicht nur einfach, sondern flog dabei einen Kurs, der es beinahe unmöglich machte, ihn mit dem Maschinengewehr anzuvisieren. Anders ausgedrückt: Der Pilot des Hubschraubers mit den verspiegelten Scheiben verhielt sich wie ein Kampfflieger.

»Also, was ist?«, sagte Jurij. »Wärst du vielleicht so freundlich, dich um den Funkverkehr zu kümmern?«

Verärgert drehte Dirk den Lautstärkeregler an der linken Seite des Funkgeräts bis zum Anschlag. Sogleich ertönte ein lautes Knistern und Knacken aus den Kopfhörern, die direkt neben ihm von der Decke baumelten. Mit gerunzelter Stirn starrte er auf das Aussteuerelement des altertümlichen Funkgeräts. Es schwankte hin und her wie ein besoffener Seemann. Außer atmosphärischen Störungen war nichts zu hören.

»Wieso hatten Sie das Funkgerät eigentlich nicht die ganze Zeit an?«, fragte er.

»Wieso sollte ich?«, gab Jurij zurück. »Um mir die neuesten Börsennachrichten anzuhören? Und außerdem ist der Kopfhörer auf der Pilotenseite ein Garantiefall.«

Dirk erstarrte. »Ein Garantiefall? Was soll das denn heißen?«

Jurij grinste schief. »Der hat schon nach dreiundfünfzig Jahren den Geist aufgegeben. Leider konnte ich ihn nicht zurück an den Hersteller schicken, weil der noch zu Gorbatschows Zeiten pleiteging. Neuer japanischer oder chinesischer Plastikschrott kommt mir nicht in meine Maschine, und einen passenden Bakelitkopfhörer mit Stahlmembranen habe ich noch nicht gefunden.«

Dirk hatte keine Ahnung, ob die ›Stahlmembranen‹ Jurijs Erfindung waren oder nicht. Aber das war momentan seine geringste Sorge. Die Lisunov begann unruhig zu tänzeln, also griff er hastig nach den Sicherheitsgurten. Sie waren zu eng eingestellt, doch als er sie nachjustieren wollte, stellte er fest, dass sich der Verschluss nicht einen Millimeter bewegen ließ.

»Ich würde die Hände davon lassen«, sagte Jurij.

»Wieso?«

»Weil die Gurte sind wie Frauen«, brummte Jurij. »Wer einmal in ihre Fänge gerät, kommt so schnell nicht mehr von ihnen los.«

Dirk zerrte vergeblich am Gurtverschluss. »Ich verstehe nicht.«

»Ganz einfach: Wenn sie einmal eingerastet sind, kriegt man sie nur mit Hilfe eines Schlüsseldienstes wieder auf. Und der ist hier oben schlecht zu bekommen.«

Dirk schob die beiden Enden des Sicherheitsgurtes verdrießlich beiseite. »Ich habe aber keine Lust, bei der nächsten Turbulenz quer durch das Cockpit zu fliegen.«

»Das wird schon nicht passieren«, wiegelte Jurij ab. »Zur Not kannst du dich ja irgendwo festhalten.«

Dirk deutete auf das Kopiloten-Steuerhorn. »Wo denn? Etwa am Steuer?«

»Nein, an der Verstrebung«, antwortete Jurij knapp. »Und jetzt mach deine Arbeit!«

»Meine Arbeit? Was meinen Sie damit?«

»Du kannst mich ruhig duzen, Jungchen«, sagte Jurij anstelle einer direkten Antwort. »Schließlich sitzen wir in einem Flugzeug. Und das kann noch viel spannender sein, als in einem Boot zu sitzen.«

Das glaubte ihm Dirk aufs Wort. »Also gut, Jurij. Welche Arbeit soll ich denn deiner Meinung nach machen?«

»Wie wäre es, wenn du den Kopfhörer aufsetzt und versuchst, die Frequenz von unseren Freunden im Hubschrauber zu finden?«

Dirk nickte. Er hatte zwar nicht gerade viel Erfahrung mit Funkanlagen, aber sie zu bedienen war wahrscheinlich deutlich einfacher, als Microsoft-Produkte daran zu hindern, einen ordentlich installierten Rechner innerhalb von wenigen Wochen in eine absturzgefährdete, stotternde Kiste zu verwandeln. »Nur noch eine Frage.«

»Ja?«

»Wo ist dein rollendes R geblieben?«

Jurij warf ihm einen Blick zu. Sonnenstrahlen fielen durch das Cockpitfenster und malten flirrende Farbwirbel auf sein weißes Haar. »Tja, Jungchen. Mein Vater Borris Grrogewitsch ist nach Deutschland ausgewandert, und zwar nach Mannheim. Dort wurde ich auch geboren. Wenn man so will, bin ich also ein Sohn Mannheims. Deswegen musste ich mein Image als russischer Pilot etwas aufbessern. Und da die Söhne Mannheims nun einmal nicht das R rollen, hielt ich es für eine gute Idee, mich dadurrch von anderren Immigrranten abzugrrenzen.«

Dirk starrte den alten Mann fassungslos an. Ungeachtet dessen, dass es an ein Wunder grenzte, dass jemand wie Jurij *Die Söhne Mannheims* kannte, und ganz abgesehen davon, dass sein rollendes R von Anfang an eher wie der missglückte Versuch geklungen hatte, einen Bayern zu imitieren als einen Russen, ging ihm dieses ganze Getue fürchterlich auf die Nerven.

Das Augenzwinkern, das Jurij seiner Erklärung folgen ließ, kam bei Dirk keinen Deut besser an.

»Sind Sie … bist du denn überhaupt Russe?«, fragte er scharf.

Jurij runzelte die Stirn. »Willst du mich beleidigen? Natürlich bin ich Russe! Ich trinke jeden Tag Wodka, und das nicht zu knapp. Riech mal!« Er blies Dirk eine Alkoholfahne entgegen. »Reicht das als Legitimation?«

»Du fliegst mit Wodka im Blut?«, empörte sich Dirk.

»Meine Lisunov fliegt mit Kerosin, ich mit Wodka«, antwortete Jurij und lächelte verschmitzt. »Das macht doch jeder Russe – zumindest jeder Russe, der so bescheuert ist, in Afrika eine Fluglinie zu gründen.«

Dirk zog es vor, nicht näher darauf einzugehen. Er drehte den Lautstärkeregler ein Stück zurück, um sich nicht gleich nach Aufsetzen des Kopfhörers einen Hörsturz zuzuziehen, und stülpte sich dann das klobige Teil aus hartem Bakelit über. Zuerst hörte er rein gar nichts, aber als er das Potenziometer wieder hochdrehte, zischte und zirpte es, als wäre eine ganze Grillenschar an Bord.

Wodka. Alkohol. Einen Moment lang krampfte sich alles in ihm zusammen. Er hatte für seine Verhältnisse schon lange nicht mehr an Alkohol gedacht. Aber Jurijs Atem, so unangenehm er auch gerochen hatte, hatte sein Verlangen nach etwas Hochprozentigem entfacht. Vielleicht konnte er den alten Mann ja um einen kleinen Schluck Wodka bitten ... Während ihm dieser widerliche Gedanke durch den Kopf schoss, starrte er aus dem Fenster. Anfangs war ihm bei der freien Sicht durch die großen Scheiben und über die Flugzeugspitze hinaus fast schwindlig geworden. Jetzt sah er noch einmal genauer hin und atmete tief durch, und mit jedem Atemzug nahm sein Verlangen nach Wodka ab.

Vor ihnen erhoben sich grüne Berghänge – die blühende und landwirtschaftlich intensiv genutzte Nordseite des Atlasgebirges, das in geschwungenen Linien anstieg und sie zwang, stetig an Höhe zuzulegen. Die rechts von ihnen stehende Sonne tauchte die Landschaft in ein beinahe überirdisches Licht und zauberte Schattenspiele auf die steileren Formationen. Alles wirkte friedlich und seltsam unberührt, obwohl fast überall Spuren menschlicher Kultivierung zu erkennen waren. Hochweiden, auf denen zottelige, weißbraune Schafe grasten, wechselten sich mit von wenigen Baumgruppen umstandenen Feldern ab, und in der Ferne tauchten Berberdörfer auf, die sich mit den grauen oder braunen Farbtönen ihrer Häuser perfekt an die Umgebung anpassten, je nachdem, ob sie am Fuße einer Felsformation errichtet worden waren oder sich in eine hügelige, von braunroten Tönen dominierte Landschaft schmiegten.

»Ob ich vielleicht auch ...«, begann Dirk. Er riss sich den schwarzen Bakelitkopfhörer von den Ohren und ließ ihn in seinen Schoß fallen.

Jurij musterte ihn mit erhobenen Augenbrauen. »Was ist? Hast du ein Funksignal eingefangen?«

Dirk schüttelte den Kopf. »Nein.« Er hatte geglaubt, den Teufel in seinem Inneren besiegt zu haben, aber das stimmte nicht. Seitdem Jurij angefangen hatte, über Alkohol zu reden, war er zu neuem Leben erwacht und lauerte nur darauf, sich seiner in einem schwachen Moment zu bemächtigen. Das Schlimme war, dass Dirk genau wusste, dass Jurij ihn ohne Weiteres an seinem Wodkavorrat teilhaben lassen würde. Vielleicht würde er ihm jeden einzelnen Schluck in Rechnung stellen, aber das konnte dem Teufel in Dirk ja egal sein. Hauptsache, er hatte ihn wieder zum Trinken verführt.

Er brauchte bloß etwas zu sagen. Einen kurzen Satz. Wahrscheinlich würde allein schon das Wort *Wodka* genügen. Doch damit würde er einen weiteren Schritt in Richtung Selbstvernichtung gehen.

»Ich habe ... Durst.«

Jurij kniff die Augen zusammen. »Durst worauf?«

»Auf Wasser, was sonst«, stieß Dirk schnell hervor.

»Wasser habe ich nicht hier«, sagte Jurij. »Aber etwas Schärferes. Willst du ein Schlückchen?«

Da war sie. Die Frage, die er gefürchtet und doch selbst provoziert hatte. »Nein, nein«, wehrte er ab. »Wir haben Wasserflaschen dabei. Ich hole mir gleich was zu trinken.«

»Vielleicht wärst du aber vorher so freundlich, deinen Job zu machen.« Jurijs faltiges Gesicht verzog sich zu einer Grimasse. »Kriegst du das hin? Oder kennst du dich besser mit Küchenmaschinen als mit Funkgeräten aus?«

»Ich kriege das schon hin.« Wütend setzte sich Dirk erneut den Kopfhörer auf und rückte ihn umständlich zurecht.

»Die Anlage ist auch für Funkpeilung ausgelegt«, drang Jurijs Stimme dumpf durch die Ohrschalen. »Außerdem verfügt sie über

Freund-Feind-Kennung. Was uns aber nicht viel nutzen wird. Die Sowjetunion ist zusammengebrochen und mit ihr die alten Feindbilder. Nur schön, dass wir überall auf der Welt gleich wieder neue Feinde gefunden haben. Würde ja sonst langweilig werden.«

Dirk starrte vor sich auf den schwarzen Kasten. Ein großes Stellrad mit hintergrundbeleuchteter Skala, jede Menge Knöpfe und Schalter, und an der linken Seite zwei Potenziometer, das Aussteuerelement und ein weiteres Anzeigeinstrument, dessen Funktion er nicht kannte. Er hatte nicht die geringste Ahnung, auf welcher Frequenz Flugzeuge funkten, und verstand nichts von den kyrillischen Buchstaben auf der Skala und der Abdeckplatte, die ohnehin abgegriffen und kaum lesbar waren. Als dieser Kasten in das Flugzeug eingebaut worden war, hatte das Wort *Transistor* wahrscheinlich noch gar nicht existiert.

Dieses Röhrengerät gehörte in ein Museum, nicht an Bord einer Maschine, die das Atlasgebirge zu überqueren versuchte.

»Zu unseren Feinden zählten damals auch die Deutschen«, fuhr Jurij munter plappernd fort. »Aber in Wirklichkeit ging es immer gegen die Amerikaner. Und wie es aussieht, hat sich zumindest in diesem Punkt nichts geändert. Nur mit dem Unterschied, dass die Amerikaner heute noch verhasster sind als früher. Irgendetwas müssen sie grundlegend falsch machen.«

»Im Gegensatz zu den Genossen Stalin und Chruschtschow und wie sie alle hießen?«, bemerkte Dirk.

»Ach – jemand, der politisch interessiert ist?« Jurij fuhr sich durch die schlohweißen Haare.

Dirk wandte sich ab, starrte demonstrativ aus dem rechten Fenster und drehte das Lautstärkepotenziometer fast bis zum Anschlag auf. Das Rauschen und Knacken in seinen Ohren wurde unangenehm laut. Aber zumindest übertönte es, was auch immer Jurij erzählen mochte.

Von den Amerikanern oder vom Wodka.

Dirk bewegte langsam das Stellrad. Die Geräusche im Kopfhörer veränderten sich. Zuerst wurden sie dunkler, dann zirpend und pfeifend. Dirk kannte diese Töne. Nicht aus eigener Anschauung, aber aus alten Filmen, in denen Schiffe oder Flugzeuge einen Notruf sendeten und der Mann am Funkgerät versuchte, eine Frequenz zu finden, auf der er kommunizieren konnte. Nur, dass es Dirk nicht um das Absetzen eines Notrufs ging, sondern darum, den Funkverkehr des Hubschraubers zu belauschen.

Der wahrscheinlich auf Arabisch stattfand. Haha.

Dirk drehte sich wieder zu Jurij. »Wie gut ist dein Arabisch? Nur für den Fall, dass ich tatsächlich ein Funkgespräch aufschnappe …«

»Gut genug«, brummte Jurij. »Schließlich treibe ich mich schon eine Weile in Nordafrika herum. Und wie gut fliegst du ein Flugzeug?«

»Ich und fliegen?« Dirk schüttelte entsetzt den Kopf. »Was soll das denn jetzt?«

»Das Kopfhörerkabel ist nicht lang genug«, sagte Jurij. »Das haben mir vor ein paar Tagen die Ratten abgenagt. Und als ich es wieder geflickt hatte, musste ich feststellen, dass mir ein halber Meter fehlt, um den Kopfhörer bis zum Pilotensessel zu ziehen.«

Ratten? Dirk kannte zwar den Spruch, dass Ratten zuerst ein sinkendes Schiff verließen – was nichts anderes hieß, als dass die Teufelsviecher wohl auf jedem normalen Schiff anzutreffen waren –, aber davon, dass sie auch ein Flugzeug mit ihrer Anwesenheit beglückten, hatte er noch nie gehört.

»Heißt das, hier sind Ratten an Bord?«, wollte er wissen und regelte die Lautstärke hektisch wieder herab.

Jurij kniff misstrauisch die Augen zusammen. »Fragst du das etwa, weil du später vom Reisebüro einen Teil des Flugpreises zurückfordern willst?«

Dirk riss sich den Kopfhörer herunter. »Das ist wohl kaum der

Zeitpunkt für schlechte Scherze. Gibt es hier nun Ratten oder nicht?«

Jurij zuckte mit den Schultern. »Woher soll ich das wissen?« Als er Dirks panischen, suchenden Blick bemerkte, fügte er hinzu: »Keine Sorge. Ich hab schon seit einiger Zeit keine mehr gesehen. Und falls doch ...« Er griff unter seinen Sitz und zog schneller, als Dirk ihm mit den Augen zu folgen vermochte, ein Messer hervor. »Habe ich noch das hier.« Er schleuderte das Messer in Dirks Richtung. Es zischte haarscharf an seinem Gesicht vorbei und bohrte sich hinter ihm in eine Holzverkleidung, die wohl schon mehr als einen Treffer abbekommen hatte. Sie war regelrecht zerfasert und wohl aus dem einzigen Grund in der Ecke zwischen Front- und Seitenfenster angebracht worden, um als Zielscheibe für Jurijs Kunststücke herzuhalten.

Dirk hatte endgültig genug. Es besaß durchaus Sinn für Humor, aber dieser skurrile Greis raubte ihm den letzten Nerv. Mit einer entschlossenen Bewegung setzte er sich den Kopfhörer wieder auf. Seine Hand glitt zum Stellrad. Während er vorsichtig den Frequenzbereich nach einem Sprachsignal absuchte, pfiff und piepste es in seinen Ohren um die Wette. Er hörte ein paar atmosphärische Störungen, die erst knackten und knisterten und dann in ein tiefes Grummeln übergingen. Mehr nicht.

Zumindest glaubte er das, bis er sich zurücklehnte und die Augen schloss.

Da vernahm er plötzlich eine Stimme. Zuerst war es nicht mehr als ein Stimm*chen,* das sich kaum von dem atmosphärischen Rauschen abhob. Doch dann wurde es kräftiger.

Dirk kannte weder die Sprache noch verstand er die einzelnen Wörter. Aber irgendetwas an der Stimme kam ihm vertraut vor.

Alarmiert richtete er sich auf. Obwohl ihm die Lautstärke bereits unangenehm war, regelte er sie noch einmal kräftig hoch.

»Papa!«

Dirk wäre um ein Haar aus dem Sitz gesprungen, so sehr elektrisierte ihn dieses eine Wort – und die Stimme, die er jetzt sehr wohl erkannte.

Es war Akuyi.

»Papa!«, wiederholte sie. »Hilf mir! Komm schnell. Hier wird es ein fürchterliches Unglück geben …«

Dirks Hand zuckte vor, um den Lautstärkeregler bis zum Anschlag aufzudrehen. Dabei streifte sie das Stellrad, mit der Folge, dass der Rest von Akuyis Satz in einem fürchterlichen Prasseln und Pfeifen unterging.

»Verdammt!«, schrie Dirk außer sich. Er wollte zum Stellrad greifen, doch dann besann er sich. Wildes Herumkurbeln würde alles nur noch schlimmer machen. Er sollte besser versuchen, mit Fingerspitzengefühl nachzuregeln, bis er Akuyi wiedergefunden hatte.

Aber das war alles andere als einfach, denn seine Hand zitterte so stark, dass er sich kaum traute, das Stellrad überhaupt zu berühren. Jurij rief irgendetwas, das er nicht verstand und auch gar nicht verstehen wollte. Es war ihm vollkommen egal, was der deutschrussische Pilot von ihm wollte, es war ihm egal, wohin er die Lisunov steuerte, es war ihm egal, ob der Hubschrauber hinter ihnen sie unter Beschuss nehmen und Rastalocke mit einer Salve aus dem Maschinengewehr antworten würde – ihm war alles egal bis auf Akuyi, deren Stimme durch seine vermaledeite Ungeschicklichkeit nun verstummt war.

Sein bebender Zeigefinger strich beinahe zärtlich über das Stellrad. Ganz langsam setzte es sich nach rechts in Bewegung. Das Zirpen und Fiepen wurde stärker, das Prasseln und Rauschen, das ihn an das geheimnisvolle Raunen von Bäumen in einem tiefen, dunklen Wald erinnerte, hingegen schwächer – die verkehrte Seite. Er versuchte es auf der anderen, diesmal etwas zu ungestüm …

»… musst mir sofort helfen …«

Die Verbindung brach erneut ab. Dirk spürte, wie sich seine Nackenhaare sträubten. Ein Zittern ging durch seinen Körper. Er brauchte einige scheinbar endlose Sekunden, bis er sich so weit beruhigt hatte, dass er das Stellrad wieder mit winzigen Rucken bewegen konnte.

Der Erfolg ließ nicht lange auf sich warten. Erneut ertönte Akuyis Stimme aus den Lautsprechern des klobigen Kopfhörers.

»… sonst werde ich sterben …«

Dann herrschte Totenstille. Nichts zirpte oder rauschte, kein atmosphärisches Knacken und Knistern war zu hören. Bis plötzlich eine kräftige Männerstimme etwas auf Arabisch sagte.

Es waren nur ein paar Worte. Aber sie klangen wie eine finstere Drohung.

3

Ein Flugzeug zu fliegen war so ungefähr das Letzte, was sich Dirk je hatte vorstellen können. Hätte man ihm prophezeit, dass er eines Tages mit geistesabwesender Ruhe hinter dem Steuer einer Maschine sitzen würde, hätte er wohl laut und ausgiebig gelacht. Zum Lachen war ihm momentan allerdings nicht zumute, ganz im Gegenteil.

Es war höchstens fünf Minuten her, dass er Akuyis Stimme gehört hatte. Fünf Minuten, in denen seine anfängliche Freude erst in Schrecken und dann in Entsetzen umgeschlagen war. Akuyi war in Afrika – zumindest hatte Kinah das behauptet. Vielleicht war sie gerade jetzt ebenfalls in einem Flugzeug unterwegs, vielleicht sogar in dieselbe Richtung wie er, auch wenn sie zusammen mit Safrin über Ägypten hatte reisen sollen. Trotzdem: Wie war es möglich, dass sie Funkkontakt mit ihm aufnahm?

Natürlich war es *möglich,* und sein Verstand suchte fieberhaft nach einer Erklärung, wie sie davon Wind bekommen haben könnte, dass er und Kinah in Jurijs alter Klapperkiste flogen. Doch alle Versuche, sich etwas plausibel zu machen, was beim besten Willen nicht plausibel war, scheiterten letztlich an einem Punkt: Akuyi konnte unmöglich wissen, dass kein regulärer Pilot oder Kopilot am Funkgerät saß, sondern er.

Es sei denn … Ja, es gab eine Möglichkeit. Sie war allerdings dermaßen unwahrscheinlich, dass er sich weigerte, sie überhaupt in Betracht zu ziehen. Und doch …

Dirk warf einen Blick zur Seite. Jurij lümmelte sich im Sitz des Kopiloten und hatte die Beine hochgelegt, sodass er mit seinen schwarzen Hosen einige Instrumente verdeckte, was ihn aber nicht zu stören schien. Das Steuerhorn auf seiner Seite – der Außenring nur zu zwei Dritteln geschlossen, oben offen wie ein Sportlenkrad aus längst vergangenen Zeiten – funktionierte nicht. Jedenfalls hatte der Alte das behauptet, und Dirk sah keine Veranlassung, diese Aussage anzuzweifeln. Also war er Jurijs Aufforderung nachgekommen, die Plätze zu tauschen, damit dieser den arabischen Funkverkehr abhören konnte, den Dirk aufgeschnappt hatte.

Dirks Seite war auf Autopilot geschaltet. So bezeichnete Jurij die zwei Kunststoffspanner, mit denen er das Steuerhorn festgezurrt hatte. Immerhin hatte er die Lisunov damit auf sanften Steigflug und einen zwischen zwei Bergen hindurchführenden Kurs eingestellt, was den unablässig näher rückenden Gipfeln des Atlasgebirges jedoch bald nicht mehr gerecht werden würde, auch wenn es die Maschine im Augenblick weit genug vom Boden und einigermaßen gerade in der Luft hielt.

Jurij schien dies nicht im Geringsten zu kümmern. Er hatte die Augen zu schmalen Schlitzen geschlossen, und so, wie er dasaß, hätte sich Dirk nicht gewundert, wenn Schnarchgeräusche aus seiner Richtung zu hören gewesen wären.

Trotzdem war er sicher, dass Jurij hellwach war und ihm weder der Funkverkehr noch irgendetwas anderes entging, das für die Sicherheit seines Flugzeugs wichtig war.

Dirk musste einfach daran glauben, denn wenn er allein die Lisunov hätte steuern und dabei auch noch ihren lästigen Verfolger hätte abhängen sollen, wären sie alle verloren gewesen.

Doch nicht dieser Gedanke hatte ihn aufgeschreckt, sondern die Frage, wer sich in dem Hubschrauber befand.

Die Frage, ob vielleicht ein sechzehnjähriges Mädchen an Bord war, das in jenem kurzen Moment, als der Helikopter neben den Seitenfenstern der Lisunov auftauchte und sich Dirk dem Blick ihrer Insassen zu verbergen versuchte, den Kopf seines Vaters hatte aufblitzen sehen. Was, wenn der Hubschrauber noch einmal auf der Steuerbordseite vorbeigezogen war und Akuyi wiederum ihren Vater gesehen hatte, nur diesmal am Funkgerät? Konnte sie das nicht zu der verzweifelten Aktion verleitet haben, das Mikrofon des Funkgeräts an sich zu bringen und ihn direkt um Hilfe zu rufen?

»Jurij!«, brüllte Dirk.

Der alte Mann öffnete die Augen, wandte den Kopf aber nicht in seine Richtung. »Was gibt es?«, brummte er.

»Meine Tochter ist in dem Hubschrauber.«

Er hatte das eigentlich gar nicht sagen wollen, schließlich konnte er sich dessen nicht sicher sein. *Du hast dir nur eingebildet, ihre Stimme zu hören,* bohrte etwas in seinem Unterbewusstsein, *genauso, wie du dir eingebildet hast, sie in der Grotte zu sehen.*

Jurij wirkte nicht sonderlich beeindruckt. Seine Augenlider rutschten wieder ein Stück nach unten. »Aha.«

»Ich habe sie gehört! Sie hat mit mir gesprochen!«

»Natürlich«, murmelte Jurij. »Ich habe den Kopfhörer auf, aber *du* hörst Stimmen. Ich kann dir sagen, woher das kommt: Akuter Wodkamangel.«

Wodka war das Letzte, was Dirk jetzt interessierte, und Jurijs Bemerkung fand er nur dämlich.

»Sie hat mit mir gesprochen, als ich den Kopfhörer trug.«

Jurij winkte ab. Er schien aufmerksam den Funkverkehr zu verfolgen, schnappte vielleicht gerade etwas Wichtiges auf.

»Ich weiß nicht genau, was ich da höre und ob das Gespräch von dem Hubschrauber aus mit einer Bodenstation geführt wird oder mit einer weiteren Maschine, die zu uns unterwegs ist«, sagte Jurij schließlich, »aber die Sache gefällt mir ganz und gar nicht.«

»Und mir gefällt es nicht, dass meine Tochter in dem Hubschrauber ist, sich unter Lebensgefahr das Funkgerät geschnappt hat, um mit mir Kontakt aufzunehmen – und wir sie nun hängen lassen.«

Jurij warf ihm aus den Augenwinkeln einen Blick zu. »Warum hast du mir nichts davon erzählt, als wir die Plätze getauscht haben? Das ist doch ein bisschen seltsam, nicht wahr?«

»Da wusste ich es noch nicht!« Als Dirk Jurijs verächtliches Lächeln sah, fügte er heftig hinzu: »Ich musste mir erst einmal darüber klarwerden, was ich gehört hatte!«

»Weißes Rauschen«, sagte Jurij knapp.

»Was?«

»Weißes Rauschen«, wiederholte Jurij. »Ein Gemisch unterschiedlicher Frequenzen, in das man alles Mögliche hineininterpretieren kann. Eine Berufskrankheit von uns Fliegern. Manche Piloten hören Stimmen, wenn Flugzeugmotoren auf Schubumkehr geschaltet werden, andere, wenn Hubschrauberrotoren hochdrehen. Am häufigsten kommt es vor, wenn man einen Kopfhörer aufsetzt und sich zwischen verschiedenen Sendern auf das Rauschen konzentriert. Dabei haben schon gestandene Kapitäne plötzlich ihre tote Mutter sprechen hören, und Funker haben Stein und Bein darauf geschworen, dass sie sich mit ihrer Freundin unterhalten haben, obwohl die auf einem anderen Kontinent mit einem anderen Mann im Bett lag.«

»Ich weiß, was weißes Rauschen ist!«, fauchte Dirk. »Aber das war es nicht. Ich habe ihre Stimme laut und deutlich gehört.«

»Aha. Und was hat sie gesagt?«

»Dass sie in Gefahr ist. Dass sie Hilfe braucht.« Dirk biss sich derart heftig auf die Unterlippe, dass ein dünner Blutfaden darüber rann. »Wir müssen doch etwas tun, verdammt!«

»Natürlich braucht deine Tochter Hilfe.« Jurijs Stimme hatte plötzlich einen scharfen Unterton. »Aber doch nicht hier, sondern in Ruanda. Oder habe ich da irgendetwas missverstanden – oder nicht mitbekommen, weil ihr es mir verschwiegen habt?«

»Was hätten wir denn verschweigen sollen?« Dirk dachte an die Leiche Achmeds, an der sich Venturas Leute zu schaffen gemacht hatten, und an das, was ihm Kinah über Akuyi und Achmeds Bruder Safrin erzählt hatte. An den Sturm und das Raunen in seinem Hinterkopf, das eine Beziehung zwischen all den unerklärlichen Dingen herstellen wollte, die er zu sehen geglaubt hatte, angefangen bei dem alten Schamanen, der mehrere Male derart lebendig vor ihm erschienen war, dass er den Eindruck hatte, ihn über das Feuer hinweg berühren zu können, bis hin zu den seltsam flüchtigen Begegnungen mit seiner Tochter und der entstellten Kinah, die ihn auf einen Weg geschickt hatte, der ihn zu Lubaya und Jan Olowski geführt hatte.

Ob er Jurij etwas verschwiegen hatte? Aber ja. Nämlich die Tatsache, dass er entweder anfing, den Verstand zu verlieren, oder in den Sog mystischer Ereignisse geraten war, die mit dem Wissen uralter Völker zu tun hatten, welche hinter scheinbar willkürlichen Naturgewalten völlig andere Ursachen erkannten als ein Europäer.

Dirk wusste nicht, welche der beiden Möglichkeiten ihm lieber war. Er wusste nur, dass er Akuyi rausholen musste aus der Gefahr, in der sie zweifelsohne schwebte.

Er warf einen Blick aus dem linken Seitenfenster. Auf dem Gelände unter ihnen zeichnete sich der Schatten der Lisunov ab. Aber nicht nur der. Ein anderer Schatten hatte sich dazugesellt, der schwarze, bedrohliche Schatten eines mit Elektronik vollgestopften Flugdrachens, der sie jederzeit mit einem Feuerstoß vom Himmel fegen konnte. Anhand des Schattens ließ sich die Entfernung des Helikopters nicht abschätzen, aber er hielt gewiss keinen allzu großen Sicherheitsabstand. Wenn Rastalocke wirklich wollte und das Maschinengewehr funktionierte, konnte er den Insassen der Verfolgermaschine eine böse Überraschung bereiten.

Doch dazu wollte es Dirk auf keinen Fall kommen lassen. Er

stand mit einem Ruck auf, trat dabei beinahe auf die beiden breiten Fußpedale, die wie Gas und Bremse im Auto angeordnet, aber nicht mit Gummi verkleidet waren, sondern metallisch schimmerten, und stolperte hastig einen Schritt zurück.

Jurijs Gesichtsausdruck hatte schlagartig nichts mehr von einer listigen Schildkröte, sondern wirkte angespannt und hellwach wie der eines Kommandanten, der seine Truppen durch die feindlichen Linien führen wollte und befürchten musste, dass ihm sein eigener Offizier in den Rücken fiel.

»Wo willst du hin?«, belferte er.

»Zu dem Idioten, der glaubt, den Hubschrauber hinter uns abschießen zu können«, gab Dirk gereizt zurück. »Solange ich nicht hundertprozentig weiß, ob meine Tochter dort an Bord ist oder nicht, werde ich ihm eher die Finger brechen, als zuzulassen, dass er auch nur eine einzige Salve abgibt.«

»Was er sowieso nicht darf, wenn ich ihm nicht das Kommando gebe.« Jurij wedelte mit der Hand. »Aber geh nur. Sag ihm, dass möglicherweise eine zweite Maschine hinter uns her ist, die wir bislang nur noch nicht zu Gesicht bekommen haben. Und dass er auf keinen Fall als Erster losballern soll. Denn sonst breche ich ihm was, das deutlich mehr wehtut als nur die Finger.«

Auf einmal sah Jurij allerhöchstens wie sechzig aus. Sein Gesicht hatte sich gestrafft, seine Augen funkelten energisch. Dirk war sicher, dass dieser Mann beileibe nicht der harmlose Greis war, als der er sich anfangs ausgegeben hatte. Jurijs Pilotenerfahrung musste auf einer militärischen Vergangenheit beruhen – ob als Soldat oder Söldner.

Für Dirk spielte das keine Rolle. Jurij wusste offensichtlich, was er tat, das war der entscheidende Punkt. Alles andere war Nebensache.

»Oh, verdammt!«, polterte Jurij, als Dirk das Cockpit verlassen wollte. »Zieh die Kiste hoch!«

Dirk wirbelte herum. Der sanfte Steigflug der Lisunov war in die Waagerechte übergegangen, und das erleichterte es ihm zwar, sich in der Maschine zu bewegen, kam jedoch zur falschen Zeit, denn sie hielten auf eine steile Bergflanke zu. Dirk erkannte mit einem Blick, was geschehen war: Jurijs Autopilot hatte sich in Wohlgefallen aufgelöst. Einer der Kunststoffspanner war gebrochen, der andere verrutscht. Das aus der Spannung befreite Steuerhorn hatte ein Eigenleben entwickelt und sich nach rechts gedreht, was die Maschine als Befehl verstand, das Felsmassiv anzufliegen.

Jurij kämpfte mit dem Kopfhörerkabel, in dem er sich verfangen hatte, und schrie Dirk erneut zu, er solle sofort gegensteuern.

Dirk sprang vor und ließ sich in den Pilotensessel plumpsen, als ginge es darum, in das Lenkrad eines Wagens zu greifen, dessen Fahrer plötzlich einen Herzinfarkt erlitten hatte. Er packte das Steuer, zog es mit einem dermaßen kräftigen Ruck an sich heran, dass ein stechender Schmerz durch seine verletzte Hand zuckte, und drehte es gleichzeitig nach links. Zuerst passierte gar nichts – zumindest kam es ihm so vor –, doch dann zeigte die Nase der Lisunov hinauf in den Himmel, während die Maschine gleichzeitig nach links abkippte und sich in das Wummern der Triebwerke ein helles, protestierendes Kreischen mischte, das ganz und gar nicht gesund klang.

Dirk hatte nicht die geringste Ahnung, was er da tat und warum er es tat. Während Jurij mit dem Kopfhörerkabel rang wie mit einer Würgeschlange, focht Dirk mit dem Steuerhorn der Lisunov einen Kampf aus, den er nicht gewinnen konnte. Er kannte Computer in- und auswendig und hatte alle möglichen Spiele bis zum höchsten Level durchexerziert, doch um Flugsimulatoren hatte er stets einen Riesenbogen gemacht. Jetzt rächte es sich, dass er ständig vor seiner Flugangst gekniffen hatte. Auch wenn ihn das Simulatortraining an einem leistungsstarken Rechner bestimmt nicht auf den Flug mit einer sechzig Jahre alten russischen Maschine vorbereitet hätte, hätte es ihm zumindest Grundbegriffe wie ›künstlicher Horizont‹ vermittelt. Dieser wurde nämlich von einem Instrument in Dirks Sichtfeld angezeigt, ohne dass Dirk wusste, wie er die Informationen in gezielte Handlungen umsetzen sollte.

Jurij fluchte in einer Sprache, die so klang, wie sich Dirk Russisch vorstellte. Die Lisunov kippte unaufhaltsam über die linke Tragfläche ab. Ein Zittern ging durch ihren Rumpf und übertrug sich über sein Steißbein auf seinen Körper. Es wurde von einem Geräusch begleitet, das er nur aus Kriegsfilmen kannte, in denen zweimotorige Maschinen nach einem Treffer abschmierten.

Sie stürzten ab. Dirk war sich da ganz sicher. Und alles, was er tat, trug nur dazu bei, dass sie noch schneller runterkamen als ohne seine Hilfe. Die Bergflanke, auf die sie ursprünglich zugerast waren, stellte nun kein Problem mehr dar, dafür aber die Geröllhalde unter ihnen, auf die er freie Sicht hatte …

… bis sich etwas in sein Blickfeld schob. Ein schwarzer Hubschrauber mit wirbelnden Rotorblättern, der unter ihnen flog, obwohl er doch eigentlich über ihnen hätte sein müssen. Der Helikopter war unglaublich schnell und strafte Jurijs Behauptung Lügen, dass die Lisunov ihn problemlos würde abhängen können. Was zum Teufel hatte der Pilot vor? Wollte er sie ausgerechnet jetzt unter Feuer nehmen, da sie sowieso schon dem Untergang geweiht waren?

Der Hubschrauber flog eine scharfe Linkskurve, und Dirk erkannte, welche Chance sich ihm durch dieses Manöver bot. Wenn er es imitierte, konnte er sie vielleicht doch noch aus der verzweifelten Lage heraussteuern, in die er sie durch sein Unvermögen gebracht hatte. Er behielt den Helikopter im Blick und ließ seine Hände der Bewegung seiner Augen folgen. Die Lisunov löste sich nicht aus der Linkskurve, in die sie viel zu steil gegangen war, sondern schnitt sie anders an und kämpfte verzweifelt gegen den drohenden Absturz.

»Gut so, du Hurensohn!«, keuchte Jurij. »Aber denk an das Zusammenspiel von Höhen- und Seitenruder. Die Lisunov fliegt schließlich durch dreidimensionalen Raum und klebt nicht auf der Straße wie ein Auto.« Er hatte die rechte Faust erhoben, wie Dirk aus den Augenwinkeln bemerkte, aber sie war nicht frei, sondern hatte sich vollends in dem Kabel verheddert.

Nun richtete sich der schwarze Hubschrauber langsam und fast vorsichtig wieder auf, und diese Bewegung übertrug Dirk ebenfalls auf die Lisunov, wenn auch instinktiv langsamer und in einem nicht ganz so steilen Winkel. Es war, als hielte nicht er das Steuer der alten russischen Militärmaschine in den Händen, sondern etwas Unbewusstes tief in ihm. Vielleicht war es seine technische Begabung, vielleicht seine Angst, vielleicht eine Mischung aus beidem, die ihn Fähigkeiten nutzen ließ, von denen er gar nicht geahnt hatte, dass er sie besaß.

Der Bug der Lisunov kam langsam wieder hoch. Aber sie war der Geröllhalde inzwischen so nah, dass Dirk bereits einzelne Steine sehen konnte. Sie würden es nicht schaffen, trotz der Hoffnung, die in den letzten Sekunden in ihm aufgekeimt war.

Jurij hatte sich endlich von dem Kabel befreit. Er griff nach einem der Hebel, die nach Dirks Wissen für die Fahrwerks- und Landeklappensteuerung zuständig waren, in dieser alten Maschine jedoch womöglich eine vollkommen andere Funktion hatten, und verstellte ihn mit einem kräftigen Ruck. Was auch immer er sonst tat, konnte Dirk nicht sehen. Aber hören.

Das Motorengeräusch veränderte sich drastisch. Ein hartes Dröhnen und Wimmern ertönte, als jagten die Kolbenmotoren wie bei einem Start mit aller Gewalt hoch.

»Voller Schub!«, schrie Jurij. »Und wenn es das alte Mädchen zerreißt und ihr die Tragflächen zerfetzt!«

Das alte Mädchen schüttelte sich, als würde es jeden Augenblick auseinanderbrechen, doch dann streckte es seine Nase zitternd und bebend wieder nach oben, statt weiter abzutauchen.

Dirk hielt das Steuerhorn derart fest umklammert, dass seine Knöchel weiß hervortraten und der Schmerz in seiner rechten Hand in einem wilden Rhythmus zu pulsieren begann, der sich mit dem mechanischen Rütteln der Maschine verband, als würden er und das Flugzeug eine technisch-organische Einheit bilden. Mochte bei der Lisunov auch Hydraulikflüssigkeit durch Rohre fließen und nicht Blut durch Adern, so war sie für ihn in diesem Moment doch ein lebendiges Wesen, das richtig oder falsch zu behandeln eher eine Frage des Gefühls als des Verstandes war.

Trotzdem ersehnte er nichts mehr, als dass Jurij wieder das Steuer übernahm. Aber der dachte offensichtlich gar nicht daran. Statt Dirk aus dem Pilotensessel zu vertreiben, setzte er sich wieder den Kopfhörer auf. Dirk musste viel zu sehr darauf achten, was sich vor ihnen abspielte, und konnte ihm nicht ins Gesicht sehen, doch er spürte Jurijs Besorgnis geradezu körperlich.

»Bring uns ganz schnell hier raus, mein Junge!« Jurij warf durch das Seitenfenster einen Blick nach hinten. »Ich muss jetzt wieder den Schub wegnehmen. Nummer zwei beginnt schon zu qualmen. Noch ein, zwei Minuten volles Tempo, und wir verlieren es. Und mit nur einem Motor kommen wir niemals über die Berge.«

»Wie soll ich uns rausbringen?«, fragte Dirk gepresst. Die Lisunov stieg weiterhin, aber das bedrohliche Dröhnen und Schütteln hatte nicht nachgelassen, sodass es sich anfühlte, als läge die Maschine im Fieberkrampf, gepeinigt von spastischen Zuckungen und ständig steigender Temperatur. Wenn die alten Motoren versagten, würde wahrscheinlich selbst Jurij Schwierigkeiten bekommen, eine erfolgreiche Notlandung durchzuführen. Schließlich hatten sie die satten Wiesen und fruchtbaren Äcker längst hinter sich gelassen und flogen nun über zerklüftete Felsen und steile Hänge.

Jurij drückte sich von seinem Sitz hoch wie ein Rodeoreiter, griff nach den Hebeln und betätigte die Seitenruderpedale. Die Lisunov machte einen Satz zur Seite und dann nach oben. Ihre Motoren drehten noch einmal kurz hoch, bevor Jurij erneut die Einstellung veränderte und die Drehzahl deutlich abnahm.

»Das müsste reichen, um über den nächsten Berg zu hüpfen«, sagte er. »Und direkt dahinter lässt du sie runtergehen.«

Der nächste Berg war gewaltig, völlig kahl bis auf ein paar zähe Sträucher und Grasbüschel, die sich in den Fels krallten, und erinnerte mit seiner schroffen, unwirtlichen Struktur an die Alpen. Er wirkte wie eine unüberwindliche Barriere für ein bis an seine Grenzen belastetes Propellerflugzeug mit überhitzten Motoren.

»Wir werden gleich noch mehr Besuch bekommen«, fuhr Jurij fort. »Und wenn ich mich nicht täusche, nicht bloß von einer Maschine.«

Dirk verriss beinahe das Steuer. »Was?«

»Ein zweiter Hubschrauber ist auf dem Weg hierher«, antwortete Jurij hastig. »Genau das ist der Funkverkehr, den ich reinbekommen habe – der zwischen den beiden Hubschraubern.«

»Was wollen die?«, keuchte Dirk.

»Uns zur Landung zwingen – oder Schlimmeres«, antwortete Jurij. Es klang fast fröhlich. »Ich kann natürlich die weiße Fahne hissen – bildlich gesprochen –, direkt hinter den Bergen landen und euch ausliefern. Ich glaube, damit könnte ich sogar einen guten Schnitt machen, ohne mein Mädchen in Gefahr zu bringen.«

Mein Mädchen war eine Formulierung, auf die Dirk ausgesprochen allergisch reagierte. Schließlich ging es hier um *sein* Mädchen, das er nach wie vor an Bord des schwarzen Helikopters vermutete, der ihnen so beharrlich folgte. »Bevor du das tust, knalle ich *dein Mädchen* gegen den nächsten Berg!«

Jurij stieß einen tiefen Seufzer aus. »Na, wenn das so ist ... Dann muss ich wohl klein beigeben. Schließlich kann ich gegen einen Selbstmordattentäter, der sich, seine Frau und seine Freunde umbringen will, rein garr nichts ausrrichten.« Er winkte auffordernd. »Also los! Knall uns gegen den Berg! Oder flieg da vorne links zwischen den beiden Hängen durch. Die Lücke ist groß genug, außerdem müssten wir die Motoren nicht weiter überhitzen. Du kannst es dir aussuchen.«

Das war lächerlich, und zwar in zweifacher Hinsicht. Natürlich hatte Dirk nicht im Entferntesten daran gedacht, seine Drohung wahr zu machen. Aber genauso wenig konnte Jurij doch im Ernst glauben, dass Dirk dazu fähig war, die Lisunov durch besagte Lücke zu steuern, die ihn in jeder Beziehung an die Teufelsklamm in den Alpen erinnerte: steil abfallend, mit trügerischen Vorsprüngen und scharfkantigen Scharten.

»Du zögerst«, bemerkte Jurij. »Vielleicht kann ich dir bei der Entscheidungsfindung helfen ... Ich will nichts weiter als eine kleine Gefahrenzulage – sagen wir zehntausend Euro. Wenn du mir die auf den Tisch blätterst, bringe ich die Maschine auf der anderen Seite dort runter, wohin uns kein Hubschrauber folgen kann.«

»So viel Geld habe ich gar nicht«, presste Dirk hervor. Er hatte das Steuerhorn wieder gepackt und tat so, als sei er tatsächlich ein Pilot, der es gewohnt war, schwierige Bergrouten zu fliegen. Dabei kam er sich eher wie ein Fahrschüler in der ersten Stunde vor, dem aus Anfängerglück ein ungewöhnliches Manöver gelungen war, der sich nun jedoch durch den Feierabendverkehr fädeln sollte, ohne wirklich Gefühl für Auto und Verkehr zu haben. Schon die kleinste Steuerbewegung führte zu unerwarteten oder unerwünschten Ergebnissen. Wenn er nach links steuerte, folgte ihm die Maschine fast zu bereitwillig, während sie bei einer Steuerbewegung in die entgegengesetzte Richtung beinahe gar nicht reagierte.

»Ein Schuldschein reicht mir«, sagte Jurij. »Warte, ich habe hier doch irgendwo einen Block ...« Er beugte sich vor und kramte irgendwo herum. »Ach übrigens, wenn du Wert darauf legst, unbeschadet durch die Felsenlücke zu fliegen, solltest du ein bisschen auf den Wind achten. Sonst könnte das böse ins Auge gehen.«

Scherwinde, Verwirbelungen, Abrisskanten – natürlich. Plötzlich schossen Dirk alle möglichen Fachausdrücke durch den Kopf, begleitet von dem Gedanken, dass er es nicht schaffen würde, irgendetwas davon in die Praxis umzusetzen.

»Lass den Blödsinn mit dem Schuldschein und übernimm endlich wieder das Steuer!«, polterte er.

»Und du hörst dann den arabischen Funk ab? Gerade jetzt, wo es spannend wird?« Jurij richtete sich mit einem Notizblock in der Hand wieder auf. »Die beiden Hubschrauberpiloten sind nämlich kaum weniger besorgt als wir. Weil noch eine dritte Maschine unterwegs ist, die ihnen Kopfschmerzen bereitet.«

»Polizei?«

»Kann ich mir nicht vorstellen.« Jurij begann, mit einem Kugelschreiber das oberste Blatt des Blocks zu traktieren. »Aber ich bin aus dem arabischen Palaver auch nicht wirklich schlau geworden. Das war ein ganz anderer Dialekt als in den Tavernen, in denen ich gelegentlich einkehre. Außerdem gab es andauernd Störungen.«

Dirk lenkte probehalber stärker nach rechts. Es funktionierte, aber anders, als er sich das gedacht hatte. Die Lisunov kippte über die rechte Tragfläche ab und verlor an Höhe.

Jurij reagierte sofort, warf den Block in die Ecke und griff mit Fingerspitzengefühl und Pedaldruck gekonnt in die Flugbahn ein. »Gut«, murmelte er, nachdem Dirk wieder nach links gesteuert hatte. »Und unbedingt die Höhe halten. Auf keinen Fall irgendwelche ruckartigen Manöver.«

Dirk nickte und versuchte, seinen Rat zu beherzigen. Immerhin stellte er sich diesmal deutlich geschickter an und konnte die Lisunov einigermaßen auf Kurs halten.

»Gib mir schon den Zettel her!«, stieß er hervor. »Ich unterschreibe und überlasse dir den Platz auf dem Pilotensessel.«

Jurij starrte angestrengt aus dem Fenster. »Ja, vielleicht ist das besser. Obwohl du mehr Talent hast als jeder andere Frischling, der mir bisher untergekommen ist, Jungchen. Aber da vorne ... da braut sich etwas zusammen. Siehst du die dünnen Wolken?«

Dirk nickte. Es würde nicht mehr lange hell sein. Unter ihnen warfen die Berge bereits lange Schatten auf ihre gegenüberliegenden Flanken. Doch nicht das Spiel von Licht und Schatten verwirrte ihn, sondern das Treiben der Wolkenfetzen, die teils goldgelb, teils rötlich vom Sonnenlicht durchwoben wurden. Die Lisunov war bereits in die Wolken eingetaucht und brachte sie in Aufruhr – in eine Bewegung, die sich spiral- und wellenförmig fortzusetzen und schließlich auch weiter entfernte Wolkenschichten zu ergreifen schien.

»Mit diesen Wolken stimmt irgendetwas nicht ...« Zum ersten Mal, seit Jurij Dirk das Steuer überlassen hatte, klang er wirklich beunruhigt. »Unter anderen Umständen würde ich sagen, wir weichen auf eine Ersatzroute aus. Aber nicht mit unseren arabischen Freunden im Nacken.«

»Was soll ich tun?«

Jurij riss das oberste Blatt vom Notizblock. »Unterschreiben.«

»Nach der Landung.« Ein Schweißtropfen rann in Dirks rechtes Auge und hätte ihm die Sicht genommen, wenn er ihn nicht schnell weggeblinzelt hätte. »Für solchen Firlefanz ist jetzt keine Zeit.«

»Das ist kein Firlefanz!«, widersprach Jurij empört. »Wenn ich schon mein Leben und meine Maschine riskiere, dann will ich wenigstens etwas davon haben. Und denk bloß nicht, dass deine Unterschrift keine Bedeutung hat und du mich linken kannst, wenn das hier vorbei ist. Der Schuldschein gilt auch in Deutschland. Ich habe immer noch Verwandtschaft dort, und zwar richtig böse Verwandtschaft. Ein paar von den Jungs arbeiten als Geldeintreiber. Wenn die dir einen Besuch abstatten, zahlst du mit Freuden das Doppelte, verlass dich drauf.«

»Ich habe nicht vor, irgendjemanden zu betrügen«, erklärte Dirk nervös. »Aber ich habe auch nicht die Absicht, durch diese Schlucht zu fliegen. Kapierst du das nicht?«

»Und ob ich das kapiere …« Jurij verstummte, denn in diesem Augenblick knallte es laut hinter ihnen und der Boden unter ihren Füßen bebte.

Rastalocke … Wenn der jetzt durchdrehte und mit dem MG auf den Hubschrauber feuerte …

Dirk fuhr herum, auf alles gefasst. Nur nicht auf das, was da auf ihn zustürmte.

4

Lubaya, die sich durch die relativ schmale Öffnung zwischen Cockpit und Kabine zu pressen versucht hatte, aber beim ersten Anlauf gescheitert war, wich einen halben Schritt zurück, um jemandem Platz zu machen, der sich mit funkelnden Augen und einer klobigen Fliegerbrille aus schwarzem Kunststoff in der Hand so dicht vor dem Pilotensessel aufbaute, wie es die Mittelkonsole mit ihren Fahrwerks- und Landeklappenhebeln zuließ. Es war Kinah, und sie war äußerst schlecht gelaunt. Sie schwenkte die Brille an ihrem Band hin und her, als wollte sie sie Dirk überziehen. »Was ist denn hier los?«, fauchte sie. »Sag mir nicht, das ist, wonach es aussieht!«

Die Lisunov machte einen kleinen Hüpfer, als sei ihr Kinahs Bemerkung auf den Magen geschlagen. Dirk riss seinen Blick von seiner wütenden Frau los und richtete seine Aufmerksamkeit wieder auf das Steuer. *Jetzt bloß keine hektische Bewegung,* dachte er und versuchte, das Steuerhorn ganz ruhig zu halten. Die Wolken vor ihm waren zu Wirbeln geworden, die von dem Flugzeug ausgingen und in die Teufelsschlucht hineingetragen wurden, wo sie sich an Kanten und Vorsprüngen brachen oder zurückgedrängt wurden. Das Steuer in seinen Händen begann mit kleinen, nervösen Bewegungen darauf zu reagieren, und unter all dem lag eine Vibration, die zuerst kaum spürbar gewesen war, sich nun jedoch schlagartig steigerte.

»Das, meine Teuerste, ist eine Fliegerbrille«, antwortete Jurij gestelzt. »Und genau betrachtet ist es sogar meine.«

Kinah starrte ihn aufgebracht an. »Das meine ich nicht, und das wissen Sie ganz genau. Das ist doch kein britisches Flugzeug, oder?«

»Britisches Flugzeug?«, wiederholte Jurij. »Was soll das denn heißen?«

»Rechtssteuerung.« Kinah machte eine ungeduldige Handbewegung. »Dann wüsste ich, warum der Pilot rechts sitzt. Aber so …«

»Ich verstehe immer noch nicht, was die ganze Aufregung soll«, sagte Jurij in einem Tonfall, der Kinah noch zusätzlich provozieren musste.

»Ich rege mich darüber auf, dass nicht Sie die Maschine fliegen, sondern ausgerechnet Dirk, der sonst um jedes Flugzeug einen Bogen macht!«

Jurij winkte ab. »Du kannst mich ruhig duzen, Kindchen. Schließlich sitzen wir alle in einem Flugzeug. Und das kann spannender sein, als in einem Boot zu sitzen.«

Es war jetzt das zweite Mal innerhalb kürzester Zeit, dass Dirk diesen blöden Spruch hörte. Wahrscheinlich gehörte er genauso zum Grundrepertoire des russischen Piloten wie die finanziellen Nachforderungen, die er stellte, sobald es brenzlig wurde.

»Dann mach deinen Job, verdammt noch mal!«, herrschte Kinah den alten Mann an. Sie hielt ihm die Fliegerbrille hin. »Steck erst mal das blöde Teil weg, das du unbedingt haben wolltest. Das war übrigens nicht in deinem Rucksack, sondern in einem der Metallcontainer – oder sollte ich besser sagen: Mülleimer?«

Jurij riss ihr die Brille aus der Hand. »Danke. Hatte ich schon seit einer Ewigkeit vermisst.«

»Wobei ich mich frage, wozu du die brauchst«, donnerte Lubaya von der Tür her.

»Für alle Fälle«, antwortete Jurij ausweichend. Er legte die Fliegerbrille beiseite und hielt Kinah im Gegenzug den vollgekritzelten Zettel hin. »Und da dein Mann alle Hände voll zu tun hat, kannst du das hier für ihn unterschreiben.«

»Was ist das?«, fragte Kinah mühsam beherrscht.

»Ein Schuldschein über eine Zusatzgebühr, für die ich lästige Verfolger abschüttele. Und euch notfalls auch durch die Hölle fliege. Bitte nicht vergessen, die aktuelle Adresse einzutragen …« Jurij hielt inne, und als er weitersprach, klang seine Stimme wieder unangemessen fröhlich. »Wobei mir einfällt: Mach bitte aus der ersten Zahl eine Zwei. Höllenrundflüge sind bei mir nicht unter zwanzigtausend Euro zu haben.«

»Höllenrundflüge … das passt.« Kinah schnappte sich den Zettel. »Die Wolken da vorne …« Ihre Stimme veränderte sich, wurde leiser und bebte fast unmerklich. »Sie erinnern mich an die alte Geschichte von Wamar, dem Sucher, der über die Berge musste, um seine Sippe zu retten. Wamar war nicht schwindelfrei, nur mit einem Lendentuch bekleidet und dem Wind und der Kälte schutzlos ausgeliefert. Er hatte erbärmliche Angst, und er fror, aber er ließ sich nicht unterkriegen, sondern stieg immer weiter hoch, mit blutigen, von den Felsen aufgerissenen Händen und stechenden Schmerzen in den Lungen, da er mit der immer dünner werdenden Luft nicht zurechtkam. Die Götter wurden unruhig, als er ihrer Behausung zu nahe kam. Sie hauchten ihre Atemluft gen Himmel, und sie verwirbelte zu einem Wind, der alles davonblies, was sich in der Luft befand, die kleinsten Insekten wie die größten Raubvögel. Wamar wäre fast vom Götteratem zerschmettert worden …«

Und uns wird es auch gleich wegblasen.

Sie sprach es nicht aus, aber Dirk brauchte kein Hellseher zu sein, um zu begreifen, was sie meinte. Er spürte die Urgewalt, die Kraft, die von den auf den ersten Blick so harmlosen Wolken ausging. Es war etwas, das die Augen kaum einzufangen vermochten, es waren schattenhafte Bewegungen, Stellen, die sich kurz verdichteten und dann wieder aufbrachen, Wirbel, die wie Hände geformt waren, die nach ihnen greifen wollten und doch davon abließen, aber vielleicht nur, um sie erst noch tiefer zwischen die Felsen zu locken und dann dort zu vernichten. Die Unruhe, die die Maschine erfasst hatte, passte dazu, sie war allgegenwärtig, übertrug sich über den Sitz genauso wie über den Kabinenboden und das Steuerhorn, das er immer noch mit aller Kraft umklammerte, obwohl er gar nicht sicher war, ob er die Lisunov tatsächlich steuerte oder ob sie schon längst in einen Sog geraten war, aus dem es kein Entrinnen gab.

»Eine nette Geschichte«, sagte Jurij. »Trotzdem wäre es mir lieb, wenn du das Cockpit verlassen würdest.«

»Weil Frauen hier nichts verloren haben, das haben wir schon kapiert!«, rief Lubaya von der Tür her. »Aber wir rühren uns nicht vom Fleck, solange wir nicht wissen, was los ist!«

»Ich sagte es doch schon einmal«, antwortete Jurij. »Der Atem der Götter trägt den Aufrechten und zerschmettert den Leichtsinnigen. Und genau das haben wir vor uns.« Er deutete mit einer theatralischen Geste auf die ungewöhnlich ineinander verdrehten, spiralförmig von dem Flugzeug wegstrebenden Wolken. »Den Atem der Götter.«

»Ja«, sagte Kinah leise. »Das könnte man meinen. Es sieht tatsächlich so aus, als sei das göttlicher Atem, der sich ausdehnt und wieder zusammenzieht. Aber du hast schon wieder falsch zitiert.« Sie straffte sich. *»Der Atem der Götter trägt den Aufrechten und zerschmettert den Verzagten* – nicht den *Leichtsinnigen.«*

»Es gibt noch eine zweite Zeile«, mischte sich Lubaya ein. *»Die Raubvögel der Savanne jagen den Suchenden und töten den Schwachen.* Und meiner Meinung nach haben wir einen solchen Raubvogel hinter uns. Oder haben wir ihn inzwischen abgehängt?«

»Moment, ich werfe mal einen Blick auf mein Ortungsgerät.« Jurij erhob sich, stützte sich auf die Rückenlehne von Dirks Sitz und beugte sich so weit wie möglich vor, um an ihm vorbei nach unten zu spähen. »Ich glaube, ich sehe ihn. Zumindest scheint mir der Schatten da unten ein Hinweis darauf zu sein, dass es bislang bei einem einzigen Verfolger geblieben ist. Aber das kann sich schnell ändern.«

»Wenn du schon mal da bist, können wir gleich die Plätze tauschen«, sagte Dirk hastig.

»Gemach, gemach«, murmelte Jurij. »Ich muss wieder an das Funkgerät. Hören, was mir die Buschtrommeln über den Anflug weiterer Raubvögel verraten.«

»Wieso weitere Raubvögel?«, fragte Kinah alarmiert. »Soll das etwa heißen, dass noch mehr Hubschrauber auf dem Weg hierher sind?«

Jurij setzte sich den Kopfhörer auf und starrte mit zusammengekniffenen Augen nach draußen. Offensichtlich war er nicht gewillt, Kinah zu antworten.

»Wenn es stimmt, was Jurij mir erzählt hat«, erklärte Dirk unbehaglich, »bekommt der Hubschrauber gleich Verstärkung durch einen zweiten.«

»Na wunderbar«, sagte Kinah entgeistert. »Als wäre es nicht schon schlimm genug.«

»Ja«, sagte Dirk. Er versuchte, die Bewegungen des Steuerhorns auszugleichen, das in seiner Hand zu tanzen begann. »Aber das ist noch nicht alles. Jurij hat den Funkverkehr zwischen den beiden Hubschraubern abgehört. Demnach ist noch eine dritte Maschine hierhin unterwegs. Aber eine, die nicht zu den anderen gehört.«

»Du spinnst!«, entfuhr es Kinah.

»Nein«, antwortete Dirk gepresst. »Obwohl es mir lieber wäre. Denn ich fürchte, dass unsere Verfolger Akuyi an Bord haben.«

Dirks Erleichterung darüber, dass Jurij wieder auf dem Pilotensessel saß, hielt sich in Grenzen. Er selbst hatte den relativ bequemen Ledersitz gegen den harten Kabinenboden eingetauscht, und alles, was er von hier aus durch die Cockpitfenster sah, war ein Ausschnitt des Himmels und die zerklüfteten Felsen, zwischen denen sie flogen.

Er hatte Angst, erbärmliche Angst. Am Steuer hatte er wenigstens das Gefühl gehabt, die Lisunov kontrollieren zu können, auch wenn das natürlich reine Einbildung gewesen war – er hatte sie lediglich einigermaßen auf Kurs gehalten, und das wäre wahrscheinlich auch einem dressierten Schimpansen gelungen. Jetzt aber kehrte seine Flugangst mit doppelter Wucht zurück. Das Schlimme daran war, dass sie zum ersten Mal in seinem Leben in vollem Umfang berechtigt war.

»Sie wollen uns nicht auf die andere Seite kommen lassen!«, rief Kinah besorgt.

Sie hatte auch allen Grund zur Besorgnis. Gegen Jurijs Willen hatte sie auf dem Sitz des Kopiloten Platz genommen, und als wäre das noch nicht Provokation genug, hatte sie auch seinen ärgerlichen Rat bezüglich der Sicherheitsgurte ignoriert und mit einer kraftvollen Bewegung ihren Verschluss einschnappen lassen. Dass der Gurt um ihre schmale Taille passte, wunderte Dirk nicht, wohl aber, dass sie ihn kurz darauf wieder lösen wollte, um ihn nachzujustieren.

Es ging nicht. Was auch immer man von Jurijs Äußerungen über Stahlmembranen in Kopfhörern und ähnlichem Unsinn halten mochte, in puncto Sicherheitsgurte hatte er nicht übertrieben. Der Verschluss klemmte derart fest, dass Kinah nicht die geringste Chance hatte, ihn zu öffnen. Auch Dirk hatte sich daran versucht, bis Kinah ihn mit einem wütenden Fauchen vertrieben hatte.

»Dann warte halt auf den Schlüsseldienst«, hatte er gesagt und sich schmollend auf den Boden der Kabine zurückgezogen, wo er jetzt mit angewinkelten Knien saß.

Kinah fragte ihn nicht, was er mit dem ›Schlüsseldienst‹ meinte. Stattdessen setzte sie sich den schweren Kopfhörer auf und fummelte so lange an dem verstellbaren Bügel herum, bis er passte. Dirk bezweifelte, dass sie Jurijs Abhörjob erfolgreich übernehmen konnte. Hatte sie in der Grotte nicht behauptet, sie beherrsche kein Arabisch? Wie sollte sie da die Hubschrauberpiloten verstehen?

»Weil sie einen Dialekt sprechen, den ich sehr wohl verstehe«, antwortete sie ihm auf seine diesbezügliche Frage. »Das heißt allerdings nicht, dass ich mich fließend mit ihnen unterhalten könnte.«

Dirk wusste nicht, ob er ihr das glauben sollte, aber was er ihr auf jeden Fall abnahm, war, dass die beiden Hubschrauber sie in Raubvogelmanier jagen würden. Er hatte bloß keine Ahnung, warum.

»Dirk …« Jurijs Stimme klang angespannt. »Sag deinem langhaarigen Freund mit dem nervösen Zeigefinger, er soll sich bereithalten.«

Dirk erstarrte. Wofür sollte sich Rastalocke bereithalten? Dafür, auf einen Hubschrauber zu schießen, an dessen Bord Akuyi war?

Er brauchte nicht zu protestieren, das erledigte schon Kinah. »Wir werden hier keine Ballerei über den Wolken veranstalten!«

»Nicht *über,* sondern *in* den Wolken«, knurrte Jurij. »Und die werden immer dichter und ungemütlicher. Das sind keine normalen Wolken, die haben ja richtig Konsistenz. Das geht schon jetzt auf die Motorenleistung. Wenn wir nicht bald hier rauskommen, bremsen die uns noch aus.«

Dirk hatte keine Ahnung, ob das Fliegerlatein war oder nicht. Gewiss, es gab die verschiedensten Arten von Wolkengebilden, von flüchtigen, lichtdurchfluteten Kumuluswolken bis hin zu dichten, sich ineinanderschiebenden, tiefschwarzen Gewitterwolken, und auch Nebel konnte in verschiedener Form auftreten, leicht schlierig und diesig sein oder wie ein erstickender, nasser Mantel, der einen einhüllte. Das hier jedoch war … *anders* als alles, was Dirk bisher gesehen hatte. Er hätte nicht einmal sagen können, worin genau der Unterschied lag, aber dass es einen gab, stand außer Zweifel. Aus seiner Position am Boden erkannte er dunkle, fast stofflich wirkende Wirbel, die sich vor dem Bugfenster teilten und an der Maschine vorbeiglitten, zurückkamen und die Lisunov überholten, vor ihr in sich zusammenfielen oder dichter wurden und dann absackten. Das sah derart fremd und beklemmend aus, dass Dirk den Anblick nicht ertragen konnte und lieber auf den Boden vor sich starrte, auch wenn das bedeutete, sämtliche Ecken und Ritzen vor Augen zu haben, die Biermanns schnelle Säuberungsaktion nicht von dem gesammelten Unrat der letzten Jahre hatte befreien können. Dirks Blick schweifte über Papierfetzen, Staub, Schimmel, Schrauben und andere Kleinteile – ein übles Sammelsurium, das jede Putzfrau zu einer Desinfektionsorgie herausgefordert hätte.

»Wir müssen da durch.« Kinah trommelte nervös auf das klobige Funkgerät. »Wir müssen zu Akuyi. Diese Wolken, die Hubschrauber …«

»Du meinst den Atem der Götter und die Raubvögel«, unterbrach Lubaya sie grimmig.

»… waren für Wamar eine Prüfung und sind es nun für uns.« Kinah stieß einen Seufzer aus. »Es ist wichtig, den Kontakt mit den Ahnen zu halten, die Weisheiten anzunehmen, die sie uns über die Abgründe der Zeit hinweg übermitteln. Überall, wo ich war, bin ich in alte Geschichten und Mythen eingetaucht, überall habe ich versucht, die Lebensweise und die Gedanken der Generationen zu verstehen, die lange vor uns die Erde bevölkerten.«

»Alles schön und gut, und meinetwegen auch wichtig …« Dirk konnte nicht verhindern, dass sich seine Stimme fast überschlug. Er blickte zu Kinah hoch und betrachtete ihr reizvolles Profil und den kleinen Kratzer auf ihrer Wange. »Aber du vergisst dabei eine Kleinigkeit. Akuyi ist in einem der Hubschrauber, die uns jagen!«

Kinah drehte den Kopf und starrte ihn mit unbewegtem Gesicht an. Dirk bemerkte, wie angespannt und zugleich erschöpft sie aussah. Die dunklen Ringe unter ihren Augen und der bittere Zug um ihren Mund zeigten ihm, dass sie sich nur mit Mühe zusammenriss. »Nein, das ist sie nicht.«

»Wie kommst du darauf?« Dirk deutete mit einer beinahe ärgerlichen Handbewegung auf den schwarzen Kopfhörer, den sich Kinah schräg übergestülpt hatte, sodass nur ihr linkes Ohr bedeckt war und das rechte frei blieb. »Hast du irgendwelche Neuigkeiten über Akuyi aufgeschnappt?«

Kinah schüttelte den Kopf. »Nein. Aber dass du sie gehört hast …«

»War bloß Einbildung?« Dirk lachte hysterisch. »Das kann ich nur hoffen, denn die beiden Idioten hinter uns brennen darauf, das Maschinengewehr auszuprobieren und die Hubschrauber unter Feuer zu nehmen!«

»Es war keine Einbildung«, sagte Kinah sanft, »sondern etwas, das man sonst nur während eines Rituals erlebt, in Trance. Es kann jeden Menschen treffen, der unter äußerster Anspannung steht, vor allem auf diesem Kontinent, wo die Zeit eine völlig andere Bedeutung hat als in Europa und das ganze Land Geschichte atmet.«

»In Trance?« Dirk schüttelte den Kopf. »Ich war nicht im Delirium, wenn du das meinst. Und ich habe auch nichts geraucht oder eingeworfen. ICH HABE AKUYI GEHÖRT!«

»Natürlich hast du das. Sie braucht deine Hilfe. Sie braucht unsere Hilfe.«

»Was, verdammt noch mal, macht dich so sicher, dass sie nicht in einem dieser Hubschrauber sitzt?«

Kinah öffnete den Mund, schüttelte dann jedoch den Kopf und schloss ihn wieder.

»Wamar musste seine Sippe auf der anderen Seite der Berge vor einer großen Katastrophe warnen«, sagte Lubaya.

Dirk fuhr zu ihr herum.

Sie stand immer noch am Cockpiteingang, groß und mächtig, und als sie nun auf ihn herabsah, wirkte sie wie eine Priesterin aus einem von Weißen unberührten Teil Afrikas, deren Wort für ihren Stamm Gesetz war.

»Die Raubvögel waren eine der Prüfungen für Wamar«, sagte Lubaya. »Sie versuchten, ihm die Augen auszuhacken und ihn mit ihren Flügelschlägen aus dem Gleichgewicht zu bringen, damit er abstürzt. Aber sie hatten nichts mit seiner Sippe zu tun.«

Dirk starrte sie ungläubig an. »Ihr spinnt!«, sagte er voller Inbrunst. »Alle beide.«

Lubaya verzog abfällig den Mund. »Ich weiß nicht, wer von uns spinnt. Aber du kannst sicher sein, dass deine – dass *eure* – Tochter nicht in einem dieser Hubschrauber ist.«

»Das könnt ihr doch überhaupt nicht wissen!«, begehrte Dirk auf.

»Natürlich können wir das«, beschied ihm Lubaya. Sie legte die Hand auf ihre gewaltige Brust. »Ich würde es spüren, genauso wie deine Frau. Vertrau uns.«

»Und was bedeutet das? Dass John und Biermann fröhlich drauflosballern können?«

Als das Flugzeug plötzlich schlingerte und dann durchsackte, zuckte Lubaya zusammen. »Jetzt geht es los«, stieß sie hervor. »Die Raubvögel wollen uns die Augen aushacken!«

Dirk kam nicht dazu, zu antworten. Er drehte sich zum Fenster und sah hinaus. Durch die wirbelnden Wolkenfetzen jagte ein schwarzer Schatten heran. Ein Scheinwerferstrahl brach aus seiner Mitte hervor, fraß sich durch den Nebel und schlug mit blendender Helligkeit im Cockpit ein. Jurij griff nach der Fliegerbrille, die mit einer Blende versehen war, und setzte sie sich hastig auf. Kinah versuchte, ihre Augen mit der Hand zu beschirmen, was offensichtlich nicht ausreichte, denn sie rutschte tiefer in den Kopilotensessel und wandte den Kopf ab. Dirk selbst wurde nicht geblendet, da er in der Kuhle zwischen Pilotensitz und Außenwand saß.

»Was zum Teufel …«, begann er.

»Festhalten!«, brüllte Jurij und drückte das Steuerhorn nach vorne und unten. Die Lisunov reagierte wie ein Drache, der weiß, dass er sich einem Kampf auf Leben und Tod stellen muss, neigte sich erst langsam nach vorne und schoss dann wie im Sturzflug nach unten.

Dirk hatte größte Mühe, sich festzuhalten, und das galt nicht nur für ihn. Lubaya kämpfte um ihr Gleichgewicht und knurrte dabei wie ein gereizter Grizzlybär, der bereit ist, mit einem Prankenhieb alles zu zerschlagen, was ihm in den Weg kommt.

Die Lisunov ging in eine scharfe Rechtskurve, beendete aber immerhin ihren Sinkflug. Der Scheinwerferstrahl aus dem Hubschrauber verschwand, die schwarze Maschine donnerte über sie hinweg, und sofort befanden sie sich wieder inmitten der Wolkenwirbel, die sie nun noch wilder umtosten.

»Mann, ist das ungemütlich!«, brüllte Lubaya. »Halt die Kiste mal für ein paar Sekunden ruhig, damit ich mich setzen kann!«

Jurij nickte flüchtig, was Dirk erleichtert zur Kenntnis nahm. Er fand es eine ausgesprochen gute Idee, dass sich Lubaya nicht länger am Rahmen der Cockpittür festklammern wollte. Je weiter sie von ihm entfernt war, desto besser.

»Vorsicht.« Jurijs Stimme klang gepresst. »Ich lasse mein Mädchen gleich nach links abkippen.«

»Ups«, entfuhr es Lubaya. Schabende, polternde Geräusche verrieten Dirk, dass sie sich in aller Eile in Bewegung setzte. Und zwar keinen Augenblick zu früh, denn kaum waren ihre stampfenden Schritte verklungen, führte Jurij das angekündigte Manöver durch.

Die Motoren der Lisunov wühlten sich durch die immer dunkler werdenden, mittlerweile fast schwarzen Wirbel, und ihre Geräusche ließen darauf schließen, dass Jurij vollen Schub gegeben hatte – obwohl sich selbst in Dirks beschränktem Blickfeld schroffe Felsformationen abzeichneten, auf die sie geradewegs zuhielten.

»Mann!«, schrie Kinah. »Zieh die Kiste wieder hoch!«

Jurij dachte nicht daran, im Gegenteil. Er kippte die Lisunov noch weiter nach links. Dirk konnte sich nicht mehr halten und rutschte in dieselbe Richtung. Mit einem dumpfen Geräusch klatschte er gegen die Wand und verlor die Orientierung. Als er begriff, dass er auf der Seite lag, weil Jurij die Maschine um neunzig Grad gedreht hatte und sich nun die linke Tragfläche dort befand, wo eigentlich der Bauch des Flugzeugs sein sollte, stieg Übelkeit in ihm hoch.

»Was tust du da?« Kinahs Stimme klang panisch. »Wir werden an den Felsen zerschellen!«

»Nein, werden wir nicht«, widersprach Jurij heftig. »Und jetzt Ruhe! Ich kann keine hysterischen Weiber in meinem Cockpit gebrauchen!«

Hysterische Weiber? Hatte dieser Kamikazepilot einen Sprung in der Schüssel? Man musste weder hysterisch noch eine Frau sein, um angesichts seines schwachsinnigen Flugmanövers in Panik zu geraten. Dirk hatte schon immer Angst davor gehabt, bei einem Flugzeugabsturz zu sterben, egal, ob er einen entsprechenden Bericht in den Nachrichten gesehen hatte oder in die Nähe eines Flughafens gekommen war. Aber er hätte nie gedacht, dass ihn einmal ein Wodka saufender Pilot, dessen Verfallsdatum genau wie das seiner Maschine längst abgelaufen war, bei der missratenen Parodie eines Kunstflugs ins Verderben stürzen würde.

Der Motor *unter* Dirk begann zu stottern, und die Lisunov kippelte hin und her, als hätte auch sie Wodka getankt.

»Halt durch!«, brüllte Jurij, dann folgte etwas auf Russisch, das ein Fluch sein konnte oder ein Ansporn für sich selbst und seine Maschine.

Dirks Kopf knallte mehrmals gegen die Metallwand, und er versuchte verzweifelt, die Schulter zu drehen und sich mit der rechten Hand festzuhalten. Alles, was er aus seiner Position sehen konnte, war Jurij, der in seinem Ledersitz hing, darüber Kinah, die sich gottlob noch rechtzeitig festgeschnallt hatte, und durch das nächste Seitenfenster bedrohlich schwarze Felsen.

»Das ist zu schmal.« Auch Kinah starrte nach draußen. »Du reißt uns die Tragfläche weg! Da kommst du niemals durch!«

»Dummerweise hat mein Mädchen keinen Rückwärtsgang«, erwiderte Jurij. »Entweder vorwärts oder gar nicht.«

Die Formulierung beruhigte Dirk nicht gerade, genauso wenig wie das ungesunde Stottern unter ihm, das eindeutig schlimmer geworden war. Er richtete sich so weit wie möglich auf und versuchte, am Pilotensitz vorbei durch die Frontscheibe zu blicken.

Es gelang ihm nicht. Er sah nur die Rückenlehne des Sitzes und darüber Jurijs Kopf, der inzwischen in einer ledernen Fliegerhaube von der Art steckte, wie sie auch der Rote Baron getragen haben mochte. Wahrscheinlich hatte er sie aufgesetzt, nachdem er die Maschine zum Abkippen gebracht hatte. Wofür hielt sich der alte Narr? Für einen Doppeldeckerpiloten bei einer Flugschau?

»Jetzt … gleich …« Jurij griff nach einem der Hebel und zog daran.

Das Motorengeräusch unter Dirk veränderte sich abermals, stabilisierte sich, wurde zu einem satten Dröhnen und vereinte sich mit den Klängen des Steuerbordmotors zu einer kraftvollen Sinfonie. Das Schütteln und Wackeln ließ nach, und Dirk wollte schon aufatmen …

… als hinter ihm ein ohrenbetäubendes Hämmern begann.

Das Maschinengewehr! Der fürchterliche Lärm erschütterte Dirk bis ins Mark und zerhackte seine Gedanken in kleine, panikerfüllte Fetzen. Akuyi! Wenn sie an Bord des Hubschraubers war …

Er stemmte sich hoch, krallte sich mit beiden Händen in die Halterung des Pilotensessels, zog sich weiter und bekam etwas anderes zu fassen, das sich nachgiebig anfühlte, aber fest genug war, um ihm genügend Halt zu geben.

Das MG verstummte. Für ein paar Sekunden war nichts zu hören als das tiefe Dröhnen der beiden Kolbenmotoren. Dann spuckte das Gewehr die nächste Salve aus, gefolgt von einer längeren Stille. Dirk stieß einen unterdrückten Fluch aus. Dieser Idiot! Wollte er erst Akuyi und dann sie alle umbringen, weil er es nicht lassen konnte, während ihres waghalsigen Flugmanövers herumzuballern? Das war der helle Wahnsinn. Dirk musste ihn unbedingt von dem Maschinengewehr wegreißen, bevor er weiterschießen konnte.

Mit aller Kraft klammerte er sich an den Türrahmen und zog sich weiter. Was sich nicht nur als vollkommen sinnlos, sondern auch als gefährlich erwies, denn in diesem Moment ließ Jurij die Lisunov wieder zurückkippen, und zwar derart abrupt, als würde ein Riese die Flügel der Maschine packen und sie mit einem Schwung in ihre ursprüngliche Position bringen. Dirk und Kinah schrien gleichzeitig auf, doch während Kinah vom Sicherheitsgurt in ihrem Sitz gehalten und lediglich durchgeschüttelt wurde, sauste Dirk wie ein Geschoss auf die rechte Bordwand zu und knallte wie zuvor auf der anderen Seite hart dagegen.

Für einen Moment wurde ihm schwarz vor Augen.

Ein Krachen und Bersten riss ihn aus seiner Benommenheit, und als er den Kopf nach vorne wandte, blendete ihn ein grelles Licht, sodass er nicht erkennen konnte, was sich vor der Nase der Lisunov abspielte. Einige Herzschläge lang hatte er das Gefühl, als griffe das Licht nach ihm, als zöge es ihn aus der Kabine hinaus und nähme ihn mit auf eine Reise ohne Wiederkehr.

Doch dann geschah genau das Gegenteil.

Wieder krachte es, und Dirk begriff, dass es sich um eine Salve handelte, die in schneller Folge und sicherlich nicht aus einem normalen Maschinengewehr abgegeben wurde, sondern aus einer mehrläufigen, rotierenden Waffe, deren Feuerkraft schon allein durch die Zahl der Projektile viel größer war als die konventioneller Waffen.

Die Lisunov wurde getroffen. Die Scheibe vor dem Pilotensitz zerbarst, und dutzende Geschosse schlugen in die Decke und die Trennwand zur Kabine ein. Glas- und Metallsplitter zischten durch das Cockpit und richteten ein fürchterliches Zerstörungswerk an. Der Lichtstrahl, der Dirk wie ein Todesbote erschienen war, erlosch, der Hubschrauber flog über sie hinweg. Dirk wurde nach hinten geschleudert, versuchte, sich festzuhalten, erwischte den Rahmen der Cockpittür und wurde durch die nächste ruckhafte Bewegung der Maschine doch von den Füßen gerissen. Er ruderte wild mit den Armen, bekam etwas zu fassen, verlor auch diesen Halt wieder und landete äußerst unsanft auf dem Boden.

Die Lisunov bockte wie ein durchgehendes Pferd. Dirk wusste nicht, ob Kinah den Feuerstoß überlebt hatte oder von Treffern zerfetzt in den Gurten hing. Der Gedanke war so schrecklich, dass er ihn mit aller Macht antrieb. Er musste ins Cockpit. Er musste zu Kinah.

Plötzlich war ein Schatten neben ihm, der sich als Frau mit wehenden blonden Haaren und einem vor Entsetzen verzerrten Gesicht entpuppte. Janette. Biermanns Freundin hatte er nicht hier erwartet, eher Lubaya, die immer dort auftauchte, wo es Ärger gab. Wie dem auch sei – er konnte jegliche Hilfe gebrauchen.

»Was ist mit Jurij?«, schrie Janette und versuchte, ihre blonde Mähne zu bändigen, damit sie ihr nicht die Sicht nahm. »Ist er getroffen?«

Das war eine gute Frage. Dirk wollte Kinah helfen, sonst nichts.

Aber wenn währenddessen die Maschine abschmierte, wäre niemandem geholfen.

»Kümmere du dich um Jurij!«, rief er Janette zu. »Ich sehe nach Kinah.«

Mit diesen Worten stieß er sich von der Wand ab und stolperte gegen den kräftigen Luftzug an, der mit wütendem Fauchen durch die zerstörte Cockpitscheibe in das Flugzeug fuhr. Jurij und Kinah saßen immer noch in den Ledersitzen – zumindest sah es so aus. Dirk konnte nicht erkennen, ob sie verletzt waren, aber er befürchtete das Schlimmste. Der Wind trieb ihm die Tränen in die Augen, zudem wirbelten Staub, Dreck und Unrat durch das Cockpit und erschwerten ihm zusätzlich die Orientierung.

Janette war mit einem Satz an ihm vorbei, packte Jurij an den Schultern und schüttelte ihn. Dirk verstand nicht, was sie schrie, doch sie wollte zweifellos erreichen, dass Jurij seine Hände, die schlaff neben ihm hingen, wieder um das Steuer klammerte und die Maschine von der Felswand weglenkte, auf die sie zuflog. Janettes Haare flatterten derart wild durcheinander, dass Dirk zunächst nichts anderes sah als blonde Strähnen. Das ohnehin alles andere als helle Kabinenlicht flackerte und verzerrte seine Wahrnehmung. Er kniff die Augen zu schmalen Schlitzen zusammen, holte tief Luft und war mit zwei schnellen Schritten über knirschende Glassplitter hinweg bei Kinah.

Sie hatte sich tief in den Sitz gedrückt, um der verheerenden Wucht des Windes zu entgehen. Aber sie lebte. Ruckartig drehte sie den Kopf zu Dirk, und als sie ihn sah, huschte ein flüchtiges Lächeln über ihre Züge. Sie tastete nach dem Verschluss des Sicherheitsgurtes, doch der ließ sich anscheinend immer noch nicht öffnen. Dirk beugte sich über sie, um ihr zu helfen.

Da kippte die Maschine nach links, schüttelte sich und trudelte wieder in die andere Richtung. Dirk hielt sich halb am Kopilotensitz und halb an Kinah fest, entschlossen, auf den Beinen zu bleiben. Seine Wange streifte Kinahs Haar, sein Kinn prallte auf ihre Schulter, dann ließ er den Sessel los und klammerte sich an sie wie ein Ertrinkender.

Das Rütteln der Maschine war kein Zeichen dafür, dass sie führerlos war, ganz im Gegenteil. Jurij hatte das Steuer gepackt und kämpfte damit wie ein Reiter mit einem eigenwilligen Gaul, während sich Janette hilflos an ihn klammerte, was es ihm natürlich zusätzlich erschwerte, die Kontrolle über das Flugzeug zurückzugewinnen.

Der Bugscheinwerfer der Lisunov war nicht stark genug, um das Wallen vor ihnen zu durchdringen, aber das war auch nicht nötig. Ein zweiter, weitaus stärkerer Scheinwerfer schnitt durch die grauen Wolkenfinger und richtete dann seinen gleißenden Strahl auf sie.

Der Hubschrauber war wieder da.

Rastalockes Maschinengewehr begann zu hämmern, und die Munition raste in einem farbigen Reigen dem schwarzen Schatten entgegen, der auf sie zuhielt. Jurij ging im gleichen Augenblick ein Stück runter, was genau rechtzeitig kam, denn Rastalocke hatte zu hoch gezielt, sodass die ersten MG-Geschosse über den Angreifer hinweggejagt und gegen die nächsten Felswände geprallt waren, um als Querschläger in alle Richtungen wegzuspritzen. Nun senkte sich die Nase der alten russischen Maschine und riss die MG-Geschosse mit nach unten. Der Pilot des Hubschraubers reagierte blitzschnell.

Er zog den Helikopter hoch und zur Seite. Der Scheinwerferstrahl, der sie eben noch geblendet hatte, wanderte nach oben. Dann tauchte der schwarze Bauch des Hubschraubers in ihrem Blickfeld auf und wurde vom Bugscheinwerfer der Lisunov erfasst.

Es war ein gespenstischer Anblick. Die leuchtende MG-Spur schnitt kleine, farbige Bruchstücke aus der Dunkelheit, und Dirk hielt den Atem an in Erwartung der Treffer, die das Metall der Außenverkleidung mit mörderischer Wucht durchschlagen mussten. Doch er hatte die Rechnung ohne den gegnerischen Piloten gemacht. Der Hubschrauber legte sich fast waagerecht auf die Seite und wich der Maschinengewehrsalve aus. Offenbar wollte der Pilot in entgegengesetzter Richtung an der Lisunov vorbeifliegen, sich hinter sie setzen und sie von dort aus unter Beschuss nehmen.

Das Manöver wäre ihm wohl auch gelungen, wenn ein anderer als Jurij am Steuer der russischen Maschine gesessen hätte. Dirk hatte keine Ahnung, wie der alte Pilot das Kunststück fertigbrachte, aber die Lisunov kippte einen Sekundenbruchteil schneller zur Seite als der Hubschrauber. Vorausgesetzt, Rastalocke führte das Maschinengewehr überhaupt nach, dann war er eindeutig zu langsam. Jurij hingegen nutzte die MG-Salve, als würde sie von einem fest montierten Zwillings-MG durch die Propeller eines Dreideckers abgefeuert, wie es zu Zeiten des Roten Barons üblich gewesen war. Der MG-Strahl verfolgte den fliehenden Hubschrauber. Dirk konnte aus seiner Position heraus nicht genau erkennen, was geschah …

Bis der Hubschrauber von einem Schlag getroffen wurde, der ihn geradezu aus der Flugbahn katapultierte. Im gleichen Moment bellte seine Bordkanone auf und ein Wirbel von Geschossen zischte über die Lisunov hinweg. Jurij ließ sie noch weiter absinken. Nun würde ihnen der Hubschrauber entwischen, denn ihre eigene Salve zielte plötzlich viel zu tief.

Doch da sackte der Helikopter durch, und zugleich gelang es Rastalocke endlich, das schwere Maschinengewehr nachzuführen und direkt auf den Hubschrauber zu richten. Kinah rutschte in ihrem Sitz so weit nach unten, wie es der Sicherheitsgurt gestattete, und Dirk blieb nichts anderes übrig, als die Bewegung mitzumachen, wollte er nicht den Halt verlieren. Einen Augenblick lang vergrub er sein Gesicht in Kinahs Haar, dann zwang er sich, wieder nach vorne zu starren.

Das MG spuckte dem Hubschrauber die Geschosse inzwischen nicht mehr gleichmäßig, sondern ohne jeglichen Rhythmus entgegen, und Dirk schoss durch den Kopf, dass es vielleicht überhitzt war oder das Munitionsband klemmte. Er war alles andere als ein Waffenfreund, aber die Vorstellung, dass das Maschinengewehr seinen Geist aufgeben könnte – gerade jetzt, da es darauf ankam, einen skrupellosen Angreifer vom Himmel zu fegen –, war einfach schrecklich. Bis ihm plötzlich auffiel, dass er in den letzten Sekunden etwas vergessen hatte, das zu vergessen für ihn eigentlich unmöglich sein sollte.

Akuyi befand sich an Bord des Helikopters. Das vermutete er jedenfalls.

Dirk wusste nicht, welcher der beiden Hubschrauber vor ihnen aufgetaucht war: die Maschine, die sie die ganze Zeit über verfolgt hatte, oder die andere, die erst vor kurzem dazugestoßen war. Doch während sich die Geschosse dem Hubschrauber näherten, sah er Akuyis Gesicht vor sich. Er schrie ihren Namen, schrie ihn direkt in Kinahs Ohr, und sie packte seine Schultern, drückte ihn ein Stück von sich und starrte ihn mit weit aufgerissenen Augen an, von dem gleichen Entsetzen erfüllt wie er selbst, obwohl sie noch vor wenigen Minuten behauptet hatte, Akuyi sei nicht an Bord des schwarzen Ungeheuers …

… das gerade jetzt von einer wilden Salve getroffen wurde.

Es waren die letzten Geschosse, die das alte MG hervorratterte. Dann jagte es noch einen Einzelschuss hinterher und verstummte. Nicht alle Projektile trafen den bereits angeschlagenen Hubschrauber, aber doch so viele, dass er durch die pure Wucht der Treffer erneut zur Seite geschleudert wurde. Er bäumte sich auf wie ein Raubtier im Todeskampf. Metallteile flogen durch das schwarze Wallen, und am Heck begann etwas zu qualmen. Die

Rotoren, die sich eben noch derart schnell gedreht hatten, dass sie nur schemenhaft zu erkennen gewesen waren, gerieten aus dem Takt, ratterten und knatterten und blieben schließlich stehen.

Dirk sah all dies mit fast unnatürlicher Deutlichkeit. Die Lisunov flog auf den Helikopter zu, als wollte sie ihn rammen und ihm auf diese Weise den Todesstoß versetzen. Die Hubschrauberkanzel war aufgerissen und gab an gezackten Rändern vorbei den Blick auf ihre Insassen frei. Der Pilot hing blutüberströmt und bewegungslos in seinem Gurt, daneben versuchte der Kopilot hektisch, zu retten, was nicht mehr zu retten war. Hinter dem Piloten erkannte Dirk eine kleinere Gestalt. Sein Herz krampfte sich zusammen. Er erwartete, flatternde schwarze Haare zu sehen, ein kreidebleiches Gesicht, das sich ihm zuwandte. Stattdessen blitzte eine Waffe auf.

Der Mann, den Dirk einen Wimpernschlag lang für Akuyi gehalten hatte, riss eine Maschinenpistole hoch. Dirk erfasste überhaupt nicht, welche Gefahr von ihm ausging, sondern empfand einfach nur unbändige Erleichterung darüber, dass außer diesem Mann kein weiterer Passagier an Bord war, was bedeutete, dass sie mit dem feindlichen Hubschrauber nicht auch Akuyi unter Beschuss genommen hatten.

Bevor er den Gedanken zu Ende gedacht hatte, bellte die Maschinenpistole auf. Jurij zog die Lisunov hoch, aber seine Reaktion kam zu spät. Die Kugeln zischten durch das zerschossene Cockpitfenster herein und schlugen über ihren Köpfen in die Wand.

Dann verschwand der Hubschrauber aufheulend aus ihrem Blickfeld.

Kinah stöhnte laut auf, und Dirk spürte das Zittern, das durch ihren Körper lief. »Keine Angst«, flüsterte er ihr ins Ohr. »Akuyi war nicht in dem Hubschrauber.«

Kinah wandte sich zu ihm. »Ich weiß. Einen Augenblick lang

dachte ich schon …« Dirk nickte. »Aber jetzt ist ja alles vorbei. Oh mein Gott!«

Sie schrie die letzten Worte so laut, dass Dirk glaubte, sein Trommelfell müsste platzen. Er riss den Kopf zurück und folgte Kinahs Blick mit den Augen.

Janette hatte sich aufgerichtet und presste die Hand gegen ihr linkes Ohr. Blut quoll zwischen ihren Fingern hervor, rann ihren Hals hinab, durchtränkte ihre Bluse, lief dort, wo das Gewebe die rote Flüssigkeit nicht mehr aufnehmen konnte, in dicken Tropfen über den Stoff, die dann wie kleine Explosionen auf dem Boden, auf Hebeln und Metallverkleidungen aufschlugen.

»Hilfe!«, krächzte sie. »Helft mir!«

Sie begann zu schwanken, und bevor Dirk reagieren konnte, nahm sie die linke Hand hinunter, um sich abzustützen.

Ihr Wangenknochen war zertrümmert. Was einmal ihr Ohr gewesen war, hatte sich in eine rohe, stark blutende Fleischmasse verwandelt. Dirk stieß einen Laut des Entsetzens aus. Janette musste von dem MP-Schützen getroffen worden sein, bevor der Hubschrauber endgültig abgestürzt war.

Er stemmte sich hoch, rammte dabei sein Knie gegen irgendeinen Hebel und taumelte, unfähig zu begreifen, was mit Janette geschehen war. Biermanns Freundin bot einen grauenvollen Anblick. Mindestens eine Kugel hatte sie erwischt und aus ihrer linken Gesichtshälfte etwas Abstoßendes gemacht, etwas, das ihn an die Vision von Kinah erinnerte, die er in der Grotte gehabt hatte.

Dirk streckte die Hände nach Janette aus. Er ahnte, dass jede Hilfe zu spät kam, dass sie vielleicht nur noch Minuten, Stunden oder höchstens ein paar Tage zu leben hatte. Aber das änderte nichts daran, dass er sie von hier wegbringen musste, nach hinten in die Kabine, wo sie sich hinlegen konnte … und wo Biermann war. Eine unfassbare Vorstellung, ihm seine Freundin in diesem Zustand zurückzubringen. Aber Dirk musste es tun, er musste …

Er war zu langsam, zu zögerlich. Janette knickte in den Knien ein. Ein dumpfer Laut entrang sich ihrer Kehle, dann ein fürchterliches Röcheln.

Sie fiel nach links in Richtung der zerschossenen Frontscheibe mit der dünnen Mittelstrebe, die das Sichtfeld in zwei Hälften teilte. Bei dem Versuch, sich festzuhalten, griff sie in die spitzen, scharfkantigen Überreste des Fensterglases. Blut spritzte auf. Janette stieß einen hellen, durchdringenden Schrei aus und kippte nach vorne. Es sah beinahe so aus, als wolle sie sich aus dem Flugzeug stürzen. Aber sie war wohl einfach nicht mehr in der Lage, ihre Bewegungen zu koordinieren.

Dirk erwischte ihr rechtes Handgelenk, doch es drohte ihm sofort wieder zu entgleiten. Er packte fester zu, ungeachtet des Schmerzes, der durch seine Hand und seinen Arm zuckte. Noch ein kleines Stück, dann hatte er sie …

Aber da geschah etwas vollkommen Unglaubliches. Nach dem Verschwinden des Hubschraubers hatten sich die Wolkenwirbel rings um das Flugzeug immer weiter verdichtet, und nun glitt aus diesen Wirbeln ein dicker Strang auf Janette zu, begleitet von einem fauchenden Wind, der an allem zerrte, was noch nicht davongeflogen war. Es wurde schlagartig kalt, und das Kabinenlicht begann erneut zu flackern.

Dirk umklammerte weiterhin Janettes Handgelenk. Unter normalen Umständen hätte er sie problemlos zu sich heranziehen können. Doch dies waren keine normalen Umstände. Eine fast stoffliche Schwärze hüllte Janette ein, und das Wimmern – Janettes Wimmern –, das aus dieser Schwärze drang, verband sich mit dem Pfeifen und Zischeln des Windes zu einem furchterregenden Geräusch. Dirks Arm zitterte vor Anstrengung, und auf einmal spürte er, dass Kinah ihn umfasste und mit ebenso viel Kraft an ihm zerrte, wie er an Janette.

»Nein!«, schrie Dirk. »Ich lasse dich nicht los!«

Dies fasste die unheimliche Kraft, die sich Janettes zu bemächtigen versuchte, anscheinend als Kampfansage auf, denn nun begann der Wind noch lauter zu fauchen, und eine mächtige Bö traf Dirk und riss ihn aus Kinahs Armen. Bevor er begriff, wie ihm geschah, entglitt ihm Janettes Handgelenk, und er wurde wie von einer riesigen Faust nach hinten in die Kabine gestoßen. Das Letzte, was er sah, war, wie Janette inmitten der geballten Schwärze nach vorne gerissen und aus dem Cockpit geschleudert wurde.

5

Die zerklüfteten Höhenzüge des Atlasgebirges lagen hinter ihnen, aber noch hatten sie nicht die freie Ebene der Sahara erreicht, sondern flogen über hügelige Gebirgsausläufer und nutzten dabei jeden Sichtschutz, der sich ihnen bot. Es war eine ganz andere Welt, in der sie hier unterwegs waren, nicht so fruchtbar und grün sprießend wie auf der Nordseite, sondern geprägt von Hitze und Wind, der aus den Steinspalten jede Erdkrume zu blasen versuchte, in der mit zäher Beharrlichkeit Gräser und Buschwerk wurzelten. Der Bugscheinwerfer der Lisunov beleuchtete immer nur kleine Ausschnitte – runde, ausgewaschene Felsen, Formationen, die wie verwitterte, von der Zeit zernagte Wohnblöcke in die Höhe ragten, oder auch spärlich bewachsene Hänge.

Dirk war klar, dass sie noch einen weiten Weg vor sich hatten, bevor sie darauf hoffen durften, Akuyi wieder in die Arme zu schließen. Und er wusste, dass sie diesen Weg nicht in der Lisunov würden zurücklegen können, deren Cockpit einem Schlachtfeld glich. Der Boden war mit Glas- und Metallsplittern übersät, die Wand hinter ihnen von Einschusslöchern unterschiedlichen Durchmessers zerfetzt, und von der ebenfalls von einigen Kugeln getroffenen Decke hingen ein paar Kabel, die wie herausgerissen aussahen, aber immerhin weder verschmort noch zerschossen waren.

Doch das Problem waren weniger die Treffer, die das Flugzeug hatte einstecken müssen, als vielmehr die Verletzung, die sein Pilot davongetragen hatte. Die Salve, die Janette getötet hatte, hatte auch Jurij erwischt. Der Alte hing in seltsam verkrümmter Haltung in seinem abgewetzten Ledersitz, die Lippen zu einem dünnen Strich zusammengepresst.

Dass er überhaupt noch fliegen konnte, verdankte er wohl zu gleichen Teilen seinem eisernen Willen und dem Heilwissen von Lubaya und Kinah. Dirk hatte den alten Mann versorgt, so gut es ging, und zwar auf die merkwürdigste Art, die er sich vorstellen konnte.

Zuvor jedoch hatte er Biermann mitteilen müssen, was mit Janette geschehen war, und dessen Reaktion hatte ihn zutiefst erschüttert. Biermann war nach vorne gestürmt, hatte vom Flugwind gebeutelt an dem geborstenen Bugfenster gestanden, sich vorgebeugt und in die Tiefe gestarrt, als wollte er sich hinausstürzen. Als er sich wieder umdrehte, war sein Blick erloschen, und von seinen Händen, die sich inmitten der scharfkantigen Glassplitter festgehalten hatten, tropfte Blut. Er schien es noch nicht einmal zu bemerken.

Schließlich packte er mit einer wütenden Bewegung seine Krawatte, zerrte sie sich vom Hals und stopfte sie achtlos in seine Jackentasche – und verschmierte dabei alles mit Blut, was er anfasste. Es war, als wollte er mit dieser Geste die Brücke zur Vergangenheit abbrechen, zu allem, was ihm einmal wichtig gewesen war, was aber nach Janettes Tod keinerlei Bedeutung mehr für ihn hatte.

Als er sich dann an Dirk gewandt hatte, war in seinem Blick plötzlich etwas ganz anderes als Trauer aufgeflackert, eine wahnsinnige Wut, und in jenem Moment hatte er das gesagt, was Dirk wie einen Schlag in die Magengrube empfunden hatte.

»Du hättest es verhindern müssen.«

Nur diesen einen Satz, nicht mehr und nicht weniger. Dirk war auf ein Bombardement von Vorwürfen gefasst gewesen, darauf, dass Biermann ihn packte und verprügelte, auf irgendetwas, das dem grenzenlosen Zorn Ausdruck verlieh, der in Biermanns bebender Stimme mitschwang. Aber nichts dergleichen war geschehen. Biermann hatte ihn für eine Weile wortlos angestarrt, war dann aus dem Cockpit gestürmt und mit donnernden Schritten in der Kabine verschwunden.

Dirk war keine Verschnaufpause vergönnt gewesen. Lubaya hatte es irgendwie geschafft, trotz des unruhigen Flugs nach vorne zu kommen und ihm in aller Eile Salbe und Verbandszeug zu reichen, die sie aus den unergründlichen Tiefen ihrer Ledertasche hervorgezaubert hatte. Alles Weitere hatte sie Dirk und Kinah überlassen, die zunehmend nervös wurde, weil der Sicherheitsgurt des Kopilotensitzes sie immer noch gefangen hielt und sich auch mit Dirks Hilfe nicht öffnen ließ. Da nutzte kein Fluchen und keine Ungeduld: Kinah blieb an ihren Sitz gefesselt, sodass sie Dirk lediglich Anweisungen erteilen konnte und er sich alleine um Jurij kümmern musste. Allerdings war seine anfängliche Hektik schnell verflogen, und er hatte sich beim Anlegen des Verbands erstaunlich geschickt angestellt.

Jurijs linker Oberarm war getroffen. Ein MP-Geschoss hatte einen Teil seines Muskels zerfetzt, aber zumindest den Knochen unberührt gelassen und keine wichtige Ader erwischt. Doch die Wunde, die durch die hastig an dieser Stelle aufgeschnittene Lederjacke hindurchschimmerte, war auch so schon schlimm genug. Nachdem Dirk ihm eine dick mit Heilkräutern eingeschmierte Druckkompresse angelegt hatte, konnte Jurij den Arm nur noch sehr eingeschränkt bewegen, was ihn angesichts der wilden Manöver, die er fliegen musste, an die Grenzen seiner Leistungsfähigkeit brachte. Dirk hatte sich links neben ihm in den Spalt zwischen Sitz und Bordwand gequetscht, um jederzeit eingreifen zu können.

Zum Beispiel dann, wenn Jurij das Bewusstsein verlor. Und er konnte nicht mehr weit davon entfernt sein. Seine fahle Gesichtsfarbe und das nervöse Zucken seiner Augenlider unter der klobigen Fliegerbrille sprachen Bände. Trotzdem hatte sich Jurij bislang geweigert, eine Notlandung durchzuführen.

Und das aus gutem Grund. Einen Hubschrauber hatte Rastalocke erledigen können – aber nur, weil Jurij durch ein gewagtes Flugmanöver seine zweifelhaften Schießkünste unterstützt hatte. Der zweite Hubschrauber hingegen klebte immer noch wie ein Schatten an ihnen. Er blieb zwar auf Distanz, aber das Licht seines Scheinwerfers verschwand nie für lange Zeit und mischte sich manchmal sogar beinahe mit dem der Lisunov, bevor es für eine Weile wieder deutlich zurückblieb.

»Es ist nicht mehr weit«, murmelte Jurij. »Aber vorher brauche ich einen kleinen Schluck, um mich aufzuwärmen. Es ist so verdammt kalt hier.«

Damit hatte er recht. Dirk hatte ihm zwar eine dicke (sowie übel nach Schweiß und Schlimmerem riechende) Wolldecke umgelegt, die Lubaya bei einer zweiten Stippvisite im Cockpit angeschleppt hatte, doch er bezweifelte, dass sie viel nutzte. Die Temperaturen waren merklich gefallen, und der scharfe Wind, der durch das zerstörte Cockpitfenster hereinfegte, ließ sie allesamt um die Wette schnattern.

Als Dirk die Flasche aus dem Versteck holte, das Jurij ihm zuvor verraten hatte, rief Kinah: »Ich halte es für keine gute Idee, jetzt Wodka zu trinken. Du brauchst einen klaren Kopf für die Landung.«

»Falsch«, antwortete Jurij gepresst. »Ich brauche die Hilfe deiner Götter. Sonst schaffe ich es nie, mein Mädchen im Blindflug durch die Schlucht zu steuern.«

»Im Blindflug durch die Schlucht?« Kinahs Haare flatterten wild im Wind, dem sie viel ungeschützter ausgesetzt war als Dirk. »Wovon redest du, alter Mann?«

»Davon, dass ich den Hubschrauber wohl kaum abhängen kann, wenn ich mit Weihnachtsbaumbeleuchtung und schön artig durch die Gegend fliege.« Jurij hustete kurz und trocken. »Es muss alles ganz schnell gehen. Ich tue so, als würden wir abstürzen. Schalte die Beleuchtung aus. Dann drehe ich bei – und ab durch die Mitte. Aber jetzt«, sagte er und beugte sich ein Stück zu Dirk hinüber, »bitte ich dich um einen Schluck, Brüderchen.«

Kinah hatte die Augen zu schmalen Schlitzen zusammengekniffen, um sich bestmöglich gegen den beißenden Wind zu schützen. Sie starrte Dirk an und schüttelte den Kopf. »Es ist auch keine gute Idee, einen Absturz vorzutäuschen«, sagte sie laut. »Daraus kann schnell eine echte Katastrophe werden.«

Jurij ignorierte sie und streckte Dirk auffordernd die Hand entgegen. »Wodka!«

»Ich weiß nicht ...«, begann Dirk unsicher.

»Einen Schluck Wodka, Brüderchen«, beharrte Jurij. »Oder ich streike. Dann kannst du weiterfliegen, wenn du dir das zutraust.«

Kinah zuckte resigniert mit den Schultern. Dirk richtete sich auf und reichte Jurij mit vor Kälte klammen Fingern die Flasche. Instinktiv drehte er den Kopf aus dem heranfauchenden Wind, der ihn hier viel härter traf als in der kauernden Position zwischen Sitz und Außenwand.

Es war nicht bloß ein Schluck, sondern eher ein Wasserglas voll, das sich Jurij in die Kehle schüttete, bevor es Dirk gelang, ihm die Flasche wegzunehmen und aus dem scharfen Luftzug abzutauchen. Jurij verdrehte die Augen, sodass für einen Moment nur das Weiße zu sehen war, schüttelte dann den Kopf und grinste breit. Wahrscheinlich wollte er damit Zuversicht und Kraft demonstrieren, aber dies gelang ihm nicht im Entferntesten. Mit seiner lächerlichen Lederhaube, der klobigen Brille und all seinen Runzeln und Fältchen sah er aus wie ein grotesker, uralter Clown, der nicht begriffen hatte, das seine Zeit längst vorbei war.

»Vielleicht können wir mit den Typen im Hubschrauber Kontakt aufnehmen«, sagte Dirk mit der Flasche in der Hand. Plötzlich wehte ihm der verführerische Geruch nach Wodka um die Nase. Hastig klemmte er die Flasche in die unauffällige Halterung, in der Jurij auch ein gewaltiges Jagdmesser mit Horngriff verwahrte, das aussah, als könnte man damit einen Elefanten aufschlitzen. »Vielleicht können wir ja eine Art Waffenstillstand mit den Arabern aushandeln.«

»Ja, tolle Idee«, brummte Jurij. Er beugte sich vor und starrte hinaus auf die vom Bugscheinwerfer beleuchtete, hügelige Landschaft unter ihnen. »Wir sagen ihnen einfach, dass uns die Munition ausgegangen ist, der Pilot gleich ins Koma fällt und wir uns verirrt haben. Und dann fragen wir sie, ob sie so freundlich wären, uns zum nächsten Flugplatz zu geleiten.«

»Moment mal!«, rief Dirk. »Das sind ja drei Hiobsbotschaften auf einmal. Was ist mit dem Maschinengewehr?«

»Ich weiß nicht, wo du gewesen bist«, brummte Jurij. »Aber vorhin hat jemand, der am liebsten mit schweren Waffen spielt, seine verfilzte Rastamatte zur Tür hereingesteckt …«

»Um nachzusehen, was mit Janette passiert ist.«

»Und nachdem er kapiert hatte, dass sie tatsächlich tot ist und ihre Leiche nicht mehr an Bord, hat der Idiot ganz nebenbei erwähnt, dass er die komplette Munition verballert hat.« Jurij gab einen keuchenden Laut von sich. »Gerade auf diesem Kontinent mit all seinen Partisanenkriegen und Aufständen weiß jeder, dass am Ende nur der überlebt, der seine Waffe noch nicht leer geschossen hat. Da muss man schon ganz besonders blöd sein, wenn man vollkommen sinnlos Dauerfeuer gibt.«

»Das Maschinengewehr können wir also vergessen«, sagte Dirk und empfand nicht Bestürzung, sondern Erleichterung. Immerhin lief Akuyi dann nicht Gefahr, in *friendly fire* zu geraten. »Solange unsere Verfolger das nicht wissen, ist doch alles in bester Ordnung.«

»Ja, bis sie den ersten Schuss auf uns abgeben«, knurrte Jurij.

»Und was ist an der Sache dran, dass wir uns verirrt haben?«

»Nichts.« Jurij keuchte erneut und schob mit sichtbarer Anstrengung den linken Arm ein Stück nach vorne, um das Steuerhorn besser umfassen zu können. »Ich habe mich mein Lebtag noch nicht verflogen. Und schon gar nicht hier in dieser Gegend, wo man wunderbar durch jede Radarüberwachung schlüpfen kann. Dieser Teil des Atlasgebirges ist meine Spielwiese, das werden die Schwachköpfe hinter uns schon noch merken.«

»Bliebe also nur noch die unerhebliche Kleinigkeit, dass du gleich ins Koma fällst«, bemerkte Dirk. »Und das kannst du wohl kaum abstreiten.«

Jurij stieß einen gackernden Laut aus, der nur mit viel Fantasie und gutem Willen als Lachen zu erkennen war. »Russische Piloten fallen erst ins Koma, wenn sie ihren Job erledigt haben. Zumindest war das zu meiner Zeit so. Und irgendwie ist es ja immer noch meine Zeit, schließlich bin ich gesund und munter und habe im Laufe der Jahre sieben Abstürze überlebt …«

»Konzentrier dich lieber aufs Fliegen, statt uns von alten Zeiten zu erzählen.« Kinah strich sich ein paar wirr flatternde Haarsträhnen aus der Stirn. »Und bring uns runter, bevor ich endgültig zum Eisklotz mutiere.«

»Ja, die Kälte, die war damals auch bei offenen Doppeldeckern ein Problem«, plapperte Jurij ungerührt weiter. »Trotzdem sind wir bis über fünftausend Meter hoch geflogen! Da ist mir der Rotz in der Nase eingefroren, so kalt war das!«

»Wie appetitlich.« Als Jurij die Lisunov in eine scharfe Rechtskurve lenkte, krampften sich Kinahs Hände um die Armlehnen ihres Sitzes. »Wie weit ist es denn noch?«

»Falls ich nicht vorher das Bewusstsein verliere … vielleicht noch zehn, fünfzehn Minuten Flugzeit. Ich kann es nicht genau sagen, weil ich nicht den direkten Weg fliege, sondern versuche, unseren hartnäckigen Flügelmann zu verwirren.« Dirk vermutete, dass Jurij mit seinem Redefluss nur davon ablenken wollte, dass er am Ende seiner Kräfte war. Und wenn der alte Mann zusammenbrach, sollte er das Steuer ergreifen und die Maschine fliegen? Das war doch verrückt!

Jurij brachte die Maschine wieder in die Waagerechte. »Ach übrigens«, fuhr er leiser fort. »Macht auf dem Schuldschein aus der Zwei vor den ganzen Nullen bitte eine Fünf. Und schreibt noch dazu, dass ihr auch für alle Schäden an meinem Mädchen aufkommt.«

Der Rest seiner Worte ging in einem unverständlichen, von russischen Ausdrücken durchzogenen Gemurmel unter. Dirk löste die Wodkaflasche aus der Halterung und schob sie ein Stück nach oben. Sie war halb voll, und in der klaren Flüssigkeit spiegelte sich das Kabinenlicht, das den Verwüstungen im Cockpit zum Trotz störungsfrei brannte.

Vielleicht sollte er Jurij noch einen Schluck einflößen. Und sich selbst auch einen gönnen, um seine Nervosität zu bekämpfen, die Panik, die bei dem Gedanken am Rande seines Bewusstseins lauerte, Jurij könnte plötzlich in sich zusammensacken.

»Wenn wir herausfänden, was die Kerle von uns wollen«, sagte er, ohne den Wodka aus den Augen zu lassen, »könnten wir uns womöglich irgendwie mit ihnen einigen.«

Kinah warf ihm einen misstrauischen Blick zu. Sie konnte die Wodkaflasche nicht sehen und somit auch nicht ahnen, welches Verlangen ihn beim Anblick des hochprozentigen Alkohols überkam. Aber sie wirkte trotzdem alles andere als auf seiner Seite.

»Hast du schon vergessen, was diese Kerle Achmed angetan haben?« Sie straffte sich. »Oder was der Typ mit dir gemacht hat, den dein Freund John ausgeschaltet hat?«

»John ist nicht mein Freund.«

»Mag sein. Aber das ändert nichts daran, dass wir es hier nicht mit harmlosen Taschendieben zu tun haben.« Kinah zerrte wütend

– und vergeblich – am Verschluss des Sicherheitsgurtes. »Das sind Killer, verstehst du? Die wollen uns abknallen!«

»Und warum tun sie es dann nicht?« Dirk ließ die Wodkaflasche wieder verschwinden und deutete nach hinten. »Unser Maschinengewehr ist leer geschossen. Wir haben keine Möglichkeit, uns zu wehren. Die können uns jederzeit vom Himmel putzen!«

»Vielleicht, vielleicht aber auch nicht.« Kinah riss sich den Bakelit-Kopfhörer herunter und hängte ihn dermaßen energisch neben sich auf die Halterung, dass Dirk fürchtete, das spröde Material würde brechen. »Wer sagt denn, dass dieser Hubschrauber ebenso bewaffnet ist wie der, der uns angegriffen hat? Vielleicht haben die sich nur eine zweite Maschine zu Hilfe geholt, weil ihre eigene nicht über Bordwaffen verfügt!«

Dirk starrte Kinah entgeistert an. »Das würde bedeuten, dass wir immer noch die Typen im Nacken haben, die uns von Anfang an verfolgt haben.«

»Möglich. Du siehst aus, als würde dich das zu Tode erschrecken. Was ist los?«

Dirk schlug sich mit der flachen Hand gegen die Stirn. »Wie konnte ich nur so blöd sein? Dann ist ja klar, warum sie uns nicht abgeschossen oder zur Landung gezwungen haben!«

»Ich verstehe kein Wort.«

»Das ist doch ganz logisch.« Dirk machte eine ungeduldige Handbewegung. »Wenn das der Hubschrauber ist, der uns von Anfang an auf dem Kieker hatte, dann ist es auch der, in dem Akuyi sitzt. Die Scheißkerle haben sie irgendwie in ihre Gewalt gebracht und wollen jetzt reinen Tisch machen, indem sie uns abknallen. Und was danach mit Akuyi passiert, kannst du dir bestimmt denken.«

»Moment.« Kinah drehte sich so weit in seine Richtung, wie es der Gurt erlaubte. »Du gehst von völlig falschen Voraussetzungen aus. Ich kann dir leider nicht sagen, wo Akuyi steckt, aber eines weiß ich mit Sicherheit: In dem Hubschrauber ist sie nicht. Und auch nicht in der anderen Maschine, die angeblich auf dem Weg hierher war, aber offenbar verschollen ist.«

»Wieso verschollen?«

»Weil sie weder zu sehen noch zu hören ist.« Kinah versuchte erfolglos, mit beiden Händen ihre wild flatternde Mähne zu bändigen. »Auf der Frequenz, die Jurij vorhin eingeschaltet hat, ist kein Sterbenswörtchen mehr zu hören. Nur atmosphärisches Rauschen, das einen ganz verrückt macht.«

»Ja, das kenne ich.« Dirk sah sie für eine Weile schweigend an. Hätten Kinahs Augen nicht ganz leicht geflackert, dann hätte man glauben können, sie habe sich halbwegs beruhigt. Doch Dirk wusste es besser. Sie war nicht weniger aufgewühlt und verwirrt als er selbst.

»Ich verstehe nicht, wie du dir so sicher sein kannst, dass sich Akuyi nicht an Bord des Hubschraubers befindet.« Er winkte ab, als sie widersprechen wollte. »Es mag sein, dass du vieles weißt, von dem ich keine Ahnung habe. Aber darauf kommt es in diesem Fall nicht an. Akuyi ist auch meine Tochter, vergiss das nicht.«

Kinah runzelte die Stirn. »Wie könnte ich das vergessen? Ich habe sie schließlich in deiner Obhut gelassen.«

»Wenn du meinst, dass ich das als besonderen Vertrauensbeweis betrachte, hast du dich geschnitten.« Dirk rutschte ein Stück zurück und atmete ganz bewusst einige Male ein und aus. Die Aufregung und Wut in ihm brannten nur darauf, sich in einem Streit zu entladen. Aber es wäre dumm, ihnen nachzugeben. »Wie auch immer. Du kannst nicht leugnen, dass durchaus eine Möglichkeit besteht, dass sie in dem Hubschrauber ist.«

Kinah nickte. »Selbstverständlich. Es besteht auch die Möglichkeit, dass sie gerade einen Spaziergang auf dem Mond macht.«

»Werde bitte nicht zynisch!«

»Zynisch?« Kinah schüttelte heftig den Kopf, wobei ihre Haare noch mehr durcheinanderwirbelten. »Nichts liegt mir ferner. Während all der Jahre habe ich gespürt, dass es Akuyi gut ging.« Sie legte sich die Hand auf die Brust. »Ich mag zweitausend Kilometer von euch entfernt gewesen sein, ich mag mich nicht ein einziges Mal bei euch gemeldet haben, aber ich habe es *gespürt.«*

»Ich weiß nicht, *was* du gespürt hast«, erwiderte Dirk und konnte nicht verhindern, dass seine Stimme bitter und vorwurfsvoll klang, »denn Akuyi ging es alles andere als gut. Sie hat ihre Mutter vermisst, und sie hat nicht begreifen können, warum du uns ohne ein Wort des Abschieds verlassen hast.«

Kinah starrte ihn finster an. »Ich weiß. Ich bin ja nicht blöd. Aber mittlerweile kennst du die Gründe, warum ich so handeln musste.«

»Warum du *geglaubt hast,* so handeln zu müssen«, korrigierte sie Dirk. »Allerdings verstehe ich das ein oder andere nicht – zum Beispiel, warum du eine Musikkarriere angestrebt hast, wenn es dir doch angeblich darum ging, die Menschheit zu retten.«

»Ausgerechnet jemand, der seine Abende damit verbringt, am Computer haufenweise feindliche Soldaten abzuschlachten, macht mir zum Vorwurf, dass ich mich durch friedliche Musik auslebe?«, fragte Kinah ungläubig.

»Wenn ich am Computer gesessen und programmiert habe, oder mich ab und zu mit einem Ego-Shooter entspannt habe, dann wenigstens in derselben Stadt und meistens sogar im selben Haus wie Akuyi«, sagte Dirk böse. »Das war mit Sicherheit besser für sie, als wenn ich wie du irgendwo in Marokko der musikalischen Selbstverwirklichung gefrönt hätte.«

Kinahs Augen schossen Blitze. »Ich könnte jetzt eine ganze Menge dazu sagen, aber ich will nicht mit dir streiten. Nur so viel: Durch meditative Musik bringt man ein wenig Ausgleich und Ruhe in die Welt. Und auch in sich selbst. Außerdem habe ich durch die Aufnahmen zwei Fliegen mit einer Klappe geschlagen. Schließlich musste ich ja von irgendetwas meine Brötchen bezahlen.«

»Die hätte ich dir bereitwillig weiter bezahlt, genau wie all die Jahre zuvor!«, hätte Dirk am liebsten gerufen.

Stattdessen biss er sich auf die Unterlippe.

Auch Kinah biss sich auf die Lippe, nur dass es bei ihr deutlich anmutiger aussah.

Dirk grinste, und über Kinahs Züge huschte ein flüchtiges Lächeln.

»Anscheinend haben wir in den Jahren unseres Zusammenlebens doch einige Dinge voneinander übernommen«, stellte Dirk fest.

»Ja. Du meine guten Eigenschaften und ich dein rüpelhaftes Verhalten.« Kinah wurde schlagartig wieder ernst. »Mir ist klar, dass ich dich und Akuyi sehr verletzt habe. Wenn das alles vorbei ist, fahren wir irgendwohin, wo wir in Ruhe miteinander reden können. Aber vorher haben wir noch einiges zu erledigen.«

»Wie zum Beispiel, Akuyi zu finden«, sagte Dirk. »Und dich von diesem Sicherheitsgurt zu befreien. Wenn gar nichts hilft, nehme ich Jurijs Messer und schneide das Teil einfach durch!«

Kinah brachte das Kunststück fertig, gleichzeitig zu nicken und den Kopf zu schütteln. »Das kannst du gerne machen, aber bitte erst nach der Landung. Es ist doch gut möglich, dass ich noch ganz froh bin, angeschnallt zu sein.«

Wie zur Antwort ließ Jurij die Lisunov hin und her kippeln und zwang sie danach in eine scharfe Rechtskurve. Dirk wurde gegen den Pilotensitz gepresst. Er saß eingequetscht wie eine Sardine in der Büchse.

»Was macht dich eigentlich so sicher, dass wir Akuyi überhaupt wiederfinden?«, fragte Dirk.

Kinahs Augen weiteten sich, und Dirk sah, dass sie feucht

schimmerten. Es musste der Wind, der scharfe Luftzug sein, der ihr die Tränen in die Augen trieb. »Etwas ganz Profanes: das Gefühl einer Mutter.«

»Ich hätte es schon gerne ein bisschen präziser.«

»Ich auch.« Kinah blinzelte. »Aber ich bin mir trotzdem absolut sicher.«

»Das ist kein Beweis«, entgegnete Dirk.

»Natürlich nicht.« Kinah wischte sich mit dem Handrücken über die Augen – es sah aus wie eine Kampfansage. »Aber mit diesem Einwand kannst du alles totschlagen, was ich sage. Das ändert nichts an meinem Gefühl, und das weißt du ganz genau!«

»Ich weiß gar nichts.« Dirk mühte sich um eine bequemere Position, doch sein Rücken quittierte den Versuch mit einer Folge nadelscharfer Stiche. »Ich weiß nur, dass wir von Venturas Leuten gejagt werden und dass all das mit einer Geheimwaffe zu tun haben soll und mit einem Sturm, der uns zu töten droht.«

»Es geht nicht bloß um einen Sturm«, sagte Kinah düster. »Sondern um den Großvater aller Stürme, um eine unbeschreibliche Katastrophe, gegen die sämtliche Hurrikane und Tornados der letzten Jahre nur laue Abendwinde waren.«

»Und diesen Monstersturm sollen wir aufhalten?« Dirk fand endlich eine Stellung, in der sich die Rückenschmerzen auf ein erträgliches Maß beschränkten. »Mach dich doch nicht lächerlich!«

»Ich mache mich gerne lächerlich, wenn ich dadurch etwas ausrichten kann«, erwiderte Kinah heftig. »Aber jetzt, da Jan tot ist … Dadurch ist es nicht gerade einfacher geworden, weißt du?«

Ja, das wusste Dirk. Aber er dachte nicht daran, sich auf ein Gespräch über Jan einzulassen.

Etwas anderes war durch Kinahs Worte in ihm geweckt worden, die Erinnerung an den aufwühlenden Traum, in dem Akuyi auf einem vom Sturm umtosten Hügel gestanden hatte. Hätte es in diesem Traum einen Hubschrauber gegeben, der plötzlich aus den Gewitterwolken gebrochen wäre, dann hätte er das als Zeichen für eine Begegnung in der Luft werten können und müssen. Aber das war nicht der Fall gewesen. Dirk hielt sich für alles andere als einen esoterischen Spinner, aber er spürte die Kraft des Traums, der ihn in der Nacht vor dem Sturm in München in den Klauen gehabt hatte. Der Traum hatte ihn mehr als deutlich darauf hingewiesen, wo er Akuyi wiederbegegnen würde.

»Das Ozonloch wird immer größer, Stürme und Unwetter umtosen die Welt, die Temperaturen steigen und ganze Landstriche drohen auszutrocknen«, sagte Kinah laut. »Ich bin nicht so vermessen, zu glauben, dass wir in der Lage sind, den Wahnsinn zu stoppen, in den uns der gedankenlose Umgang mit unserer Umwelt treibt. Aber darum geht es auch gar nicht. Sondern darum, eine Katastrophe zu verhindern, die schlimmer sein wird als der Tsunami am zweiten Weihnachtstag zweitausendvier, bei dem über zweihunderttausend Menschen starben.«

Die Lisunov bockte wie ein Esel und fing dann an zu stampfen und zu schlingern wie ein Schiff auf stürmischer See.

»Was ist los?«, fragte Kinah alarmiert.

»Luftturbulenzen«, quetschte Jurij zwischen zusammengebissenen Zähnen hervor. »Hab mich schon gewundert, dass der Flug bislang so ruhig war.«

»Ruhig?«, empörte sich Kinah. »Ist für deinen Geschmack etwa noch nicht genug passiert?«

»Und ob.« Jurij war ein verwundeter, bleicher alter Mann, aber er brachte es nicht nur fertig, die Schlingerbewegungen der Lisunov mit ein paar konzentrierten Lenkmanövern auszugleichen, sondern sich zugleich zu straffen und aufzurichten. »Bei diesem Flug ist bisher schon mehr passiert als bei all meinen Flügen der vergangenen fünf Jahre zusammen. Meine letzte Verwundung war zwar schlimmer als diese, weil ich mir nicht nur die Rippen gebrochen hatte, sondern auch ein Teil meines Oberschenkels zertrümmert war. Aber danach haben mich ein paar Einheimische gleich zu einem Wunderdoktor gefahren, und ich konnte mich ausruhen. Das war einfach nur …«

»Warum ist dir der Flug zu ruhig?«, unterbrach ihn Kinah scharf.

Jurijs Kopf ruckte zu ihr herum. »Ich mache mir Sorgen wegen der Sturmwarnungen, die im Radio durchgegeben wurden, bevor ihr bei mir aufgekreuzt seid. Was meinst du wohl, warum ich nicht gleich starten wollte?«

»Sturmwarnungen?« Kinahs Stimme klang mehr als nur ein bisschen besorgt. »Davon hast du ja gar nichts erzählt!«

»Habe ich schon.« Jurij richtete seine Aufmerksamkeit wieder auf die Steuerung der alten Sowjet-Maschine, und das keinen Augenblick zu früh. Die Lisunov kippte wie ferngesteuert nach rechts und sackte dann durch. Jurij hatte alle Hände voll zu tun, um die Maschine wieder hochzuziehen. »Ich bin nur nicht in die Details gegangen.«

»Welche Details?«

Jurij antwortete nicht. Er kniff den Mund zu einem dünnen Strich zusammen und konzentrierte sich auf sein von den Turbulenzen gebeuteltes Mädchen.

Dirks Magen schien die unruhigen Bewegungen der Lisunov mitzumachen, und seine Hände fingen an zu zittern. Er versuchte, sich zusammenzureißen. Wenn er in Panik geriet und irgendwelchen Scheiß redete wie auf dem Flug nach Casablanca, würde er Jurij nur nervös machen. Keine gute Idee.

»Wir … wir sollten uns überlegen, wie wir … wie wir unsere Reise fortsetzen.« Dirk starrte hinüber zu Kinah und weigerte sich, irgendetwas anderes wahrzunehmen als ihr Gesicht, ihre wirr flatternden Haare und die Träne, die über ihre Wange rann. »Denn ich glaube nicht …«

Da sackte die Lisunov erneut ab, und er verstummte.

»Ich auch nicht.« Kinah wischte sich über die Wange. »Wenn wir es schaffen, halbwegs unbeschadet irgendwo runterzukommen, ist das schon mehr als genug.«

Jurij musste das gehört haben, aber er ignorierte es. »Gleich sind wir aus dem Tal raus«, rief er. »Dann wird es besser. Oder auch nicht …«

Dirk riss nun doch seinen Blick von Kinah los und starrte nach draußen. Eine schwarze Wand tauchte vor ihnen auf, und die Lisunov jagte geradewegs darauf zu. Das konnte nur in einer Katastrophe enden.

»Jurij!«, schrie Kinah. »Was soll das?«

»Alles in Ordnung. Der Atem der Götter trägt den Aufrechten und zerschmettert den Verzagten.«

»Immer dieses blöde Geschwafel von den Göttern!«, polterte Dirk. »Tu was!«

Dirk rechnete damit, dass Jurij die Maschine hochziehen würde. Doch er irrte sich. Die Lisunov wich nicht aus, sondern steuerte weiterhin auf die Wand zu, in der sich das Licht des Bugscheinwerfers verlor. Dirk erstarrte. Es konnte nicht mehr lange dauern, bis sie gegen die Felswand knallten, nur noch ein paar Sekunden, und Jurij tat nichts, aber auch gar nichts, um das zu verhindern …

Dann war die Wand direkt vor ihnen. Dirk erkannte, dass irgendetwas nicht stimmte. Er hätte schon zuvor misstrauisch werden müssen, weil das Scheinwerferlicht nicht reflektiert wurde, sondern in der Wand verschwand.

Und das hatte einen ganz einfachen Grund: Die Wand war keine Wand. Sie bestand nicht aus Fels, sondern war höchst durchlässig.

Es handelte sich um eine tief liegende Wolkenbank.

Ohne jedwedes Ruckeln tauchte die Lisunov in die Wolken ein und durchflog sie mit tiefem Motorengebrumm. Dann zogen die letzten Wolkenfetzen an ihnen vorbei, und Dirk blickte hinaus in die klare Sternennacht.

Jurij stieß zischend die Luft aus. »Das war die Schlucht des Teufels«, sagte er. »Wenn man die hinter sich hat, hat man es geschafft. Jetzt haben wir genug Wind unter den Flügeln, um die Motoren abstellen zu können.«

»Du willst die Motoren abstellen?«, fragte Dirk entgeistert.

»Na ja, wir werden doch vom Atem der Götter getragen, nicht wahr?« Jurij grinste und musste im gleichen Moment husten. »Nein, Jungchen, keine Sorge. Es wäre Leichtsinn, sich vollkommen auf Mächte zu verlassen, deren Wankelmut berüchtigt ist. Außerdem haben wir noch eine Prüfung vor uns – die Landung.«

»Ich verstehe kein Wort«, bekannte Dirk. Er befürchtete, dass der Alte wirr redete und bald endgültig ins Delirium fallen würde.

»Mit etwas Glück haben wir gerade auch den Hubschrauber abgehängt«, fügte Jurij hinzu.

Dirk schluckte. »Ja. Aber …«

Er wusste nicht mehr, was er hatte sagen wollen. Es war unwichtig. Er starrte eine, zwei, drei Minuten lang hinaus in die sternenklare Nacht. Das Hämmern seines Herzens ließ allmählich nach. Es war ja nichts passiert … Das versuchte er sich zumindest einzureden. Sie flogen in einer grundsoliden Maschine, der selbst der Beschuss nicht viel hatte anhaben können. Und wenn Jurij recht hatte, war ihr Landeplatz nicht mehr weit entfernt. Er musste durchhalten, durfte sich auf keinen Fall selbst verrückt machen.

Merkwürdigerweise halfen ihm diese Gedanken. Früher hatten sie ihre Wirkung immer verfehlt. Doch damals hatte er noch keine Ahnung gehabt, wie chaotisch ein Flug wirklich werden konnte, und dank dieser neuen Erfahrung relativierte sich seine Wahrnehmung. Er begann zu begreifen, dass es nichts nutzte, sich aufzuregen, bevor nicht wirklich etwas geschehen war.

»Der Weg.« Dirk sah Kinah eindringlich an. »Wir gehen gleich irgendwo runter. Wie kommen wir weiter?«

»Der Weg wird sich finden.« Der Wind wirbelte durch Kinahs Haar wie bei einer rasanten Fahrt in einem Cabriolet, und die Erregung, die sich in ihren Zügen malte und ihnen etwas Wildes verlieh, ließ sie wie höchstens dreiundzwanzig statt wie Mitte dreißig aussehen. Sie war die attraktive junge Frau, in die sich Dirk vor vielen Jahren Hals über Kopf verliebt hatte.

Der Anblick versetzte ihm einen Stich. Er konnte sich durchaus vorstellen, dass Kinah mit Akuyi und ihm auf einer Hotelterrasse vor einem Eisbecher oder Cappuccino saß und darüber redete, warum alles so hatte kommen müssen, wie es gekommen war. Eine lächerliche Rechtfertigungsvorstellung, die nur darauf abzielen würde, ihm klarzumachen, dass sie vor drei Jahren einen Schnitt vollzogen hatte, der sich nicht rückgängig machen ließ. Kinah dachte doch gar nicht daran, jemals zu ihm zurückzukommen.

Dirk hatte nicht vergessen, was ihr Vater in jenem Brief über den Mann geschrieben hatte, mit dem sie Kinder zeugen würde. Er war der harmlose Depp, den man benutzte und dann wegwarf. Gerade gut genug, seine Gene beizusteuern und den Nachwuchs aufzuziehen, während die Partnerin auf irgendwelchen Selbstverwirklichungs- oder Weltrettungstrips war.

Auch wenn sie Akuyi tatsächlich fanden und nach Deutschland zurückkehrten – es würde alles nur noch schlimmer werden. Er konnte sich nicht vorstellen, dass Kinah ihm ihre gemeinsame Tochter freiwillig überlassen würde, falls es zur endgültigen Trennung zwischen ihnen kam. Sie würde alles daransetzen, ihm Akuyi wegzunehmen, und ihn alleine zurücklassen …

Aber dabei würde er nicht mitspielen, das schwor er sich in diesem verrückten Moment, in dem sie einander im verwüsteten Cockpit einer alten russischen Maschine gegenübersaßen, die ein angeschossener Pilot auf ihrem von der Verzweiflung diktierten Kurs hielt. Vielleicht konnte er die drohende Trennung von seiner Tochter ja verhindern, indem er an Kinahs Gerechtigkeitssinn appellierte und etwas in die Waagschale warf, das er erst vor wenigen Stunden erfahren hatte.

»Das zweite Kind …« Ein Schauer lief ihm über den Rücken, und das lag nicht nur an der Kälte, die sich allmählich durch die Kleidung in seinen Körper fraß. »Du hast in der Grotte von einem zweiten Kind gesprochen.«

Kinahs Hand, die gerade ihre Haarsträhnen zähmte, hielt bewegungslos inne.

Dirk erkannte sofort, dass Kinah in den »Erstarrungsmodus« gefallen war, wie er ihn nannte. Er war die Vorstufe dazu, dass sie sich ihm entzog. Für gewöhnlich verschwand sie dann stunden- oder tagelang in ihrem Atelier, um an den Skulpturen zu arbeiten, die ihm in all den Jahren so fremd geblieben waren.

Die Skulpturen – ihre *Kinder*. Eine Bezeichnung, die er stets äußerst unpassend gefunden hatte. Aber was, wenn sie etwas mit jenem mysteriösen zweiten Kind zu tun hatte?

Der Gedanke war zu schwer zu fassen und entglitt ihm. Egal, was Kinahs Bemerkung über das zweite Kind zu bedeuten hatte, er war sicher, dass sich etwas ganz anderes dahinter verbarg, als er sich vorstellte. Zumindest hoffte er es.

»Ich habe die Masken zurückgelassen, damit sie über dich und Akuyi wachen«, sagte Kinah. Dirk erriet ihre Worte mehr, als dass er sie hörte. Nachdem die Lisunov die Wolkenwand durchstoßen hatte, hatte Jurij die Geschwindigkeit gedrosselt, dennoch dröhnten die Motoren laut genug, um normale Gespräche unmöglich zu machen.

Dirk zog seine Beine eng an den Körper und schlang die Arme um sie, begann jedoch trotzdem vor Kälte und Erschöpfung zu zittern. »Wie können Masken über uns wachen?«

Er hatte diese Frage bereits früher gestellt, aber nie eine für ihn befriedigende Antwort erhalten.

»Keine Maske gleicht der anderen, was ihre Kraft und Bedeutung betrifft.« Kinah rieb ihre Handflächen aneinander, um sie zu wärmen. »Manche beschützen, manche bedrohen. Manche drücken Dinge aus, die in einem entlegenen Winkel unserer Seele lauern, verschlossen hinter dicken Mauern. In manche sind alte Bilder und Sehnsüchte eingeflossen, die uns seit Menschengedenken vorantreiben und dennoch von Generation zu Generation immer weiter unserer bewussten Wahrnehmung entgleiten.«

Dirk erinnerte sich voller Wehmut daran, dass sie früher bei Kerzenschein und in romantischer Stimmung über derartige Themen geredet hatten. »›Du musst sie nur finden, in dir, und dann musst du bereit sein, sie anzunehmen‹«, zitierte er. »Ist es das, was du mir sagen willst?«

Kinah lächelte. Sie wirkte in diesem Moment auf rätselhafte Weise schwach und unendlich stark zugleich. »Wie ich sehe, hast du nicht alles vergessen, was ich dir im Laufe der Jahre erzählt habe.«

»Nein, das habe ich nicht«, antwortete Dirk. »Ich habe sogar etliches verstanden und einiges annehmen können. Trotzdem habe ich das Gefühl, dass ich bei dir vor verschlossenen Türen stehe. Wieder einmal.«

Kinah verschränkte die Arme vor der Brust. »Nicht bei mir – bei dir selbst. Oder besser gesagt: in dir selbst. Dort musst du suchen, und dort wirst du die Antworten finden.«

Dirk dachte ein paar Sekunden lang über Kinahs Worte nach. »Jetzt ist aber der falsche Zeitpunkt dafür, Kinah. Wenn mir in meinem Leben je die Muße zur Meditation und inneren Einkehr gefehlt hat, dann in diesem Moment.«

»Das mag dir so vorkommen.« Kinah seufzte vernehmlich. »Aber ist es nicht gerade der Sturm, der Mauern einreißen kann?

Sind es nicht Schicksalsschläge und Katastrophen, die uns immer wieder auf uns selbst zurückwerfen?«

Das Gespräch nahm eindeutig eine Wendung, die Dirk nicht gefiel. »Ich will keine Katastrophen, ich will Antworten. Ich will auch keinen Sturm, sondern meine Ruhe.«

»Die wirst du nicht bekommen, solange du nicht mit dir selbst im Reinen bist.« Kinah drehte den Kopf zur Seite, sodass er nur noch ihr wunderschönes, dichtes Haar sah. »Da draußen braut sich etwas zusammen. Schon seit Jahren. Vielleicht sollte ich auch sagen: schon seit Jahrzehnten. Oder Jahrhunderten. Die Menschen verleugnen ihre Wurzeln. Sie haben keinen Blick mehr für das Offensichtliche. Und damit zerstören sie sich selbst und die Welt, in der sie leben.« Sie wandte sich wieder Dirk zu. »Der große Sturm wird kommen. Und wenn wir ihn nicht an seinem Ursprung bekämpfen …«

»Du meinst, wir müssen den Thunderformer vernichten.«

»Thunderformer …« Kinah zuckte mit den Schultern. »Was soll das sein? Eine Waffe, die Menschen konstruiert haben, um andere Menschen zu vernichten, die aber letztendlich die gesamte Menschheit in Gefahr bringen wird? Oder der Ausdruck für eine Strafe der Götter, die einzelne Menschen verblendet haben, damit sie eine Selbstvernichtungsapparatur bauen?«

Dirk schüttelte ärgerlich den Kopf. Das alles brachte ihn nicht weiter, zumindest nicht im Augenblick. »Was ist mit dem zweiten Kind? Hast du mit jemand anderem ein Kind, von dem ich nichts weiß? War das vor meiner Zeit oder erst in den letzten drei Jahren?«

»Weder – noch«, antwortete sie. Die Lisunov sackte in ein Luftloch. Kinah wurde in ihrem Gurt ruckartig nach oben gerissen und stieß ein erschrockenes Keuchen aus. »Es ist alles ganz anders, als du denkst«, fuhr sie fast gehetzt fort.

Dirk starrte sie ungläubig an. »Das verstehe ich nicht. Du kannst mir doch nicht eine Schwangerschaft verheimlicht haben, während wir zusammen waren!«

»Wer sagt denn, dass ich sie dir verheimlicht habe?«

Dirk kniff die Augen zu schmalen Schlitzen zusammen. »Was soll das? Willst du mich zum Narren halten?«

»Keineswegs.« Kinah zitterte sichtbar, und Dirk wurde sich bewusst, dass sie dem eiskalten Flugwind viel stärker ausgesetzt war als er selbst. »Ich begreife nicht, wieso du nicht von selbst darauf kommst. Du hast die Schwangerschaft zusammen mit mir erlebt.«

Dirk öffnete den Mund – und schloss ihn wieder. »Nein!«, entfuhr es ihm. »Das glaube ich nicht!«

»Es ist aber so«, sagte Kinah. »Anfangs habe ich es selbst nicht gewusst. Erinnerst du dich, dass wir während der Schwangerschaft nicht erfahren wollten, welches Geschlecht unser Kind hat?«

»Hauptsache gesund«, flüsterte Dirk, was Kinah im Dröhnen der Motoren nicht hören, sondern höchstens von seinen Lippen ablesen konnte. Trotzdem nickte sie.

»Ja. Hauptsache gesund. So habe ich auch gedacht. Aber natürlich wurde eine Ultraschalluntersuchung durchgeführt.«

»Ich entsinne mich.« Als die Lisunov abermals durchsackte, warf Dirk einen irritierten Seitenblick auf Jurij, ohne ihn wirklich wahrzunehmen. Seine Gedanken kreisten einzig und allein um das, was Kinah gerade gesagt hatte. »Damals konnte ich dich nicht begleiten – ein wichtiger Termin bei einem Kunden in Frankfurt. Was war mit der Untersuchung?«

Kinah blinzelte. »Es hat nicht nur eine Ultraschalluntersuchung gegeben, sondern mehrere. Ich habe dir die anderen Termine verschwiegen.«

Dirk hatte auf einmal einen Kloß im Hals. Er ahnte, was nun kommen würde.

»Du hast mir die Aufnahme gezeigt«, sagte er fast trotzig. »Darauf war Akuyi eindeutig zu erkennen.«

»Ein Ultraschallbild ist schwierig zu interpretieren.« Kinah warf den Kopf in den Nacken. »Herrgott noch mal, Dirk! Du weißt doch genau, was ich dir damit sagen will, oder?«

»Und ich habe damals noch gescherzt …« Dirks rechtes Augenlid begann zu zucken. »›So wie du zugelegt hast, sieht das nach mehr als einem Kind aus‹, habe ich gesagt.«

»Und du hattest recht«, bestätigte Kinah. »Ich dachte schon, ich wäre aufgeflogen. Aber dann hast du nur gelacht.«

Und dich in den Arm genommen und geküsst, dachte Dirk.

»Es waren zwei Kinder«, fuhr Kinah unbarmherzig fort. »Deswegen musste ich dir auch die anderen Untersuchungen verheimlichen.«

»Und ich Narr habe das Ultraschallbild jahrelang in der Brieftasche mit mir herumgetragen.« Dirk tippte sich an die Stirn. »Deshalb hat Mario so blöd geguckt, als ich es ihm gezeigt habe, und mich gefragt, was ich mit solch einer großen Familie wollte! Ich dachte, er reißt nur einen blöden Witz. Dann bist du ins Zimmer gekommen …«

Kinah winkte ab. »Mario ist ein Idiot. Der hat immer alles falsch verstanden.«

»Nun, zumindest in diesem Punkt lag er offenbar richtig.«

»Der Idiot hat sich eingebildet, dass ich an ihm interessiert sein könnte, und mich angebaggert«, sagte Kinah hart.

»Was?«

»Ja, du hast dich nicht verhört. Dein bester Freund ist hinter allem her, was nicht bei drei auf den Bäumen ist. Und noch nicht einmal vor mir hat er Halt gemacht.«

Dirk starrte sie fassungslos an. »Damit willst du doch nur davon ablenken, dass du mir eine Zwillingsgeburt verschwiegen hast!«

»Nein, das habe ich gewiss nicht nötig.«

Dirk merkte, wie sich ein giftiger Stachel in sein Fleisch bohrte. Er wusste, wie Mario war. Kinah hatte nicht übertrieben – er war tatsächlich hinter allem her, was nicht bei drei auf den Bäumen war, zumindest, wenn es um eine Frau mit knackigem Hintern, üppigem Busen oder hübschem Gesicht ging. Aber Dirk war immer davon ausgegangen, dass Mario Kinah in Ruhe ließ. Er hatte seinem Freund sogar einmal halb scherzhaft gedroht, dass er ihm das Kreuz brechen würde, sollte er versuchen, seine Frau anzubaggern. Und natürlich hatte Mario Stein und Bein geschworen, dass Kinah für ihn absolut tabu war.

Der Scheißkerl hatte gelogen und sein Vertrauen missbraucht. Das war ungeheuerlich. Doch Dirk stellte sich auch die Frage, warum Kinah Mario geschützt und ihm nichts von der widerlichen Anmache erzählt hatte.

»Du scheinst mir im Laufe unserer Ehe eine ganze Menge verschwiegen zu haben«, sagte er ernüchtert.

»Das ein oder andere.« Kinah zitterte inzwischen am ganzen Körper, als hätte sie Schüttelfrost. »Nichts wirklich Wichtiges – bis auf die Zwillinge, die ich dir geboren habe.«

Die ich dir geboren habe war in diesem Zusammenhang eine aberwitzige Formulierung. »Und bis auf die Tatsache, dass du was mit Mario hattest?«

»Spinnst du?« Kinah schüttelte empört den Kopf. »Ich habe nie auch nur im Traum daran gedacht, mit dem schmierigen Kerl ins Bett zu gehen!«

»Das habe ich ja auch nicht behauptet«, sagte Dirk scharf. »Ich habe lediglich gefragt. Was weiß ich denn schon? Kann ich mir überhaupt sicher sein, dass ich Akuyis Vater bin?«

»Dessen kannst du dir verdammt sicher sein!«, rief Kinah. »Du bist der Vater beider Kinder! Ich habe dich während unserer Ehe nicht ein einziges Mal betrogen!«

»Na, da kann ich mich wohl glücklich schätzen, nicht wahr? Und dann auch noch der Vater von beiden Zwillingen! Als ob biologisch etwas anderes möglich wäre«, höhnte Dirk. Als Kinah ihn unterbrechen wollte, winkte er ab. »Vergiss Mario, Olowski und wer dich sonst noch angebaggert hat, während wir zusammen waren. Ich will endlich wissen, was es mit dem zweiten Kind auf sich hat! Und warum du es mir verheimlicht hast!«

»Das lässt sich nicht so einfach erklären«, antwortete Kinah. »Die Gründe liegen in meiner Vergangenheit, im Erbe meiner Ahnen, das mir mein Vater übergeben hat.«

»Ich verstehe kein Wort.«

»In meiner Heimat – in fast ganz Afrika – spielt der Zwillingskult eine große Rolle.« Die Lisunov wurde erneut von Turbulenzen erfasst, und Kinah duckte sich noch tiefer in ihren Sitz als zuvor. »Wusstest du, dass es zum Beispiel bei den Yoruba vier Mal so viele Zwillingsgeburten gibt wie im europäischen Durchschnitt?«

»Das ist ja spannend«, sagte Dirk gereizt. »Ich kann dir auch ein paar interessante Fakten nennen: Computer stürzen nachweislich viel häufiger ab, wenn sich ihr Besitzer besonders aufregt. Das bedeutet, dass ich mich jetzt besser nicht an einen Computer setze, weil der garantiert explodieren würde.«

»Okay, ich habe verstanden.« Kinah rieb sich mit den Händen über die Oberarme, als wollte sie sich aufwärmen. »Aber du solltest wissen, dass ein Zwillingspaar bei uns als etwas Vollkommenes gilt. Es repräsentiert den zweigeschlechtlichen Zustand der Welt in der Urzeit. Deswegen werden Zwillinge in Afrika sehr verehrt. Besonders, wenn es sich dabei um einen Jungen und ein Mädchen handelt.«

»Meine Güte, Kinah!« Dirk wurde langsam wütend. »Hättest du mir nicht gleich sagen können, dass ich einen Sohn habe?«

Kinah zuckte unglücklich mit den Schultern. »Eigentlich nicht. Weil du erst die Hintergründe kennen musst.«

»Einen Sohn von sechzehn Jahren, den ich noch nie zu Gesicht bekommen habe! Von dem ich bis heute noch nicht einmal wusste!« Dirk durfte sich das gar nicht im Detail vorstellen. »Das ist wirklich ein bisschen viel auf einmal. Wäre ich doch bloß bei der Geburt dabei gewesen!«

»Genau das durftest du nicht«, sagte Kinah betreten. »Deswegen … deswegen musste ich dir auch einen falschen Termin nennen. Denn du wolltest ja unbedingt dabei sein.«

Dirk verschluckte sich fast. »Sag das noch mal!«

»Ich musste dafür sorgen, dass du bei der Geburt nicht dabei warst.« Kinahs Augen funkelten, als hätte *sie* das Recht, wütend zu sein, nicht er. »Das ist mir alles andere als leichtgefallen. Schließlich wollte ich dich nicht verletzen.«

»Wie rücksichtsvoll.«

»Überhaupt niemand durfte erfahren, dass ich Zwillinge zur Welt gebracht hatte!« Kinah redete sich geradezu in Rage. »Hast du auch nur die geringste Ahnung, wie schwer es für mich war, meinen Sohn direkt nach der Geburt meinem Vater zu überlassen?«

»Deinem Vater?« Dirk fühlte sich, als hätte man ihm einen nassen Waschlappen ins Gesicht geschlagen. »Ich dachte, dein Vater wäre tot? Was zum Teufel hat dein Vater mit meinem Sohn zu tun?«

»Er ist sein Großvater?« Kinah hob mit einer hilflos wirkenden Geste die Arme. »Er hat ihn in Sicherheit gebracht und dafür gesorgt, dass er eine angemessene Erziehung erhält. Dass er im Sinne der Ahnen unterrichtet wird.«

»Das kann ich mir vorstellen!«, polterte Dirk. »Es hat ihm nicht gereicht, dass er dir Flausen in den Kopf gesetzt hat, nein, er musste das auch noch mit meinem Sohn tun.«

Kinah schlang fröstelnd die Arme um ihre Schultern. »Er hat ihn zum Schamanen ausgebildet. Zu seinem Erben und damit zum Erben einer langen Reihe von Schamanen. Hätte er das nicht getan, wäre die Ahnenkette unterbrochen worden.«

»Was natürlich fürchterlich gewesen wäre.« Dirk konnte nicht verhindern, dass seine Stimme vor Hohn triefte, und wenn er ehrlich war, wollte er das auch gar nicht. »Spinnst du eigentlich? Hast du mich etwa nur geheiratet, damit dein Vater Nachwuchs für seine bescheuerte Erbfolge bekommt?«

»Selbstverständlich nicht«, antwortete Kinah verärgert. Das Blitzen in ihren Augen verriet, dass sie – genau wie er – kurz davor war, die Beherrschung zu verlieren. »Ich habe doch gar nicht wissen können, dass ich Zwillinge zur Welt bringen würde! Obwohl mir mein Vater …« Sie verstummte.

»Ja?«, fragte Dirk.

»Obwohl mir mein Vater genau das in seinem Brief prophezeit hat.«

»Natürlich«, sagte Dirk bissig. »Dein Vater, der Über-Schamane. Der nicht nur über das alte Wissen verfügt, sondern auch über seine Tochter und seinen Enkelsohn. Der die Macht hat, seinen Schwiegersohn zu hintergehen und ihm das eigene Kind zu stehlen. Der die Regeln und Gesetze des Landes missachtet, in dem *ich* groß geworden bin. Der damit die Kette unterbricht, die mich mit *meinem* Vater und *meinen* Ahnen verbindet – um sich einmal deiner Ausdrucksweise zu bedienen.«

Kinah starrte ihn finster an und rutschte kurz darauf zur Seite, weil die Lisunov nach links kippte. Sie warf Jurij einen beunruhigten Blick zu, und Dirk hätte es ihr bestimmt gleichgetan, wenn er von seiner Erregung und Empörung nicht so abgelenkt gewesen wäre.

»Die plötzlich geplatzte Fruchtblase und überstürzte Hausgeburt waren also nichts weiter als eine Schmierenkomödie, um mir zu verheimlichen, dass ich Vater von Zwillingen bin«, stellte er fest.

»Wenn du es so ausdrücken willst.«

»Wie soll ich es denn sonst ausdrücken?« Dirk ballte die Fäuste. »Herrgott noch mal, Kinah – was hast du dir nur dabei gedacht?

Erst nimmst du mir meinen Sohn weg und jetzt auch noch meine Tochter?«

»Ich habe dir *unsere* Tochter nicht weggenommen.« Kinahs Stimme klang gepresst, ihr Blick flackerte nervös. Immer wieder sah sie zu Jurij. Doch Dirk hatte anderes im Kopf, als sich zu erkundigen, wie es dem russischen Piloten ging oder was er gerade mit seiner alten Mühle anstellte, die sich möglicherweise auf ihrem letzten Flug befand. Er wollte, konnte und durfte sich nicht ablenken lassen.

»Wo ist er?« Als Kinah nicht sofort antwortete, fügte Dirk hinzu: »Mein Sohn. Den dein Vater mir gestohlen hat. Dabei hast du deinen Vater angeblich seit deiner Kindheit nicht mehr gesehen!«

»Habe ich auch nicht«, sagte Kinah. »Eine afrikanische Hebamme, die extra eingeflogen war, betreute die Geburt. Sie war es auch, die unseren Sohn zu seinem wahren Bestimmungsort gebracht hat.«

»Wahrer Bestimmungsort? Das wird ja immer schlimmer!« Dirk hatte das Gefühl, keine Luft mehr zu bekommen, außerdem wurde ihm von dem Geschaukel der Lisunov auch noch schlecht. »Aber lassen wir die Vergangenheit – ich will wissen, wo mein Sohn ist, wie er heißt und wie es ihm geht.«

»Er heißt Noah Kehinde. Und er ist in meinem Heimatdorf. Zumindest hoffe ich das, und ich hoffe auch, dass es ihm gutgeht.«

»Noah Kehinde?« Dirk lachte humorlos auf. »Was ist das denn für ein Name?«

»Jeder Name hat eine Bedeutung«, erwiderte Kinah. »Viele Menschen kennen die wahre Bedeutung ihres Namens nicht, und etliche Namen passen nicht zu ihren Trägern, weil sie leichtfertig und ohne spirituellen Hintergrund vergeben wurden. Doch in Noahs Fall ist das anders.«

»Aha. Weil Noah heißt: der, der die Tiere vor der großen Flut rettet?«

»Deine Ironie ist vollkommen fehl am Platz, wenn es um deinen Sohn geht«, sagte Kinah scharf. »Noah heißt *der Ruhebringer.«*

»Der den Sturm zur Ruhe bringt?« Dirk hatte Mühe, ein Zittern zu unterdrücken. Der beißend kalte Wind, der durch die zerstörte Scheibe in das Cockpit fuhr, war längst nicht mehr nur unangenehm, sondern quälend. »Na ja, wenn es denn passt. Und was bedeutet der zweite Name?«

»Der zweitgeborene Zwilling. Es ist ein alter, ritueller Name. Er weist nicht nur auf den Platz innerhalb eines Zwillingspaars hin, sondern auch auf die große Macht, die ein verschiedengeschlechtliches Zwillingspaar hat. Kennst du eine europäische Sprache, in der es unzählige Bezeichnungen für Zwillinge gibt?«

»Und warum werden in Afrika mehr Zwillinge geboren?«

»Weil viele unserer Gedanken und Sehnsüchte um sie kreisen. Einst war die Welt eine Einheit. Doch sie zerfiel in zwei Teile, und diese Teile werden symbolisiert von einem Jungen und einem Mädchen, die beide zur gleichen Stunde von einer Frau geboren werden.« Kinahs Stimme klang schriller als zuvor, und ihr Gesicht wirkte zunehmend besorgt. Wieder blickte sie zu Jurij hinüber.

Die Lisunov ging in den Sinkflug, und Dirk verkniff sich die Entgegnung, die ihm gerade über die Lippen kommen wollte. Es wäre ohnehin nur ein mehr oder weniger verkappter Angriff daraus geworden.

»Hey, was soll das?« Kinah zerrte hektisch am Verschluss des Sicherheitsgurtes. »Wo fliegen wir hin? Du rammst uns ja mitten in die Felsen!«

Dirk begann sich mühsam aufzurichten. Im Gegensatz zu Kinah konnte er nicht sehen, was sich unter der Nase der Maschine befand. Aber noch bevor er aufrecht stand, entfuhr Jurij ein Röcheln. »Schnell, hilf mir«, keuchte er. »Ich kriege die Maschine nicht hoch!«

Der alte Mann versuchte ebenso verzweifelt wie kraftlos, das

Steuerhorn zu sich zu ziehen. Dirk stemmte sich mit dem Rücken gegen die Außenwand und unterstützte Jurijs Bewegung mit beiden Händen und aller Kraft.

»Genug!«, stieß Jurij hervor. Die Nase der Lisunov hatte sich merklich gehoben. »Wir wollen doch keinen Looping drehen!«

Dirk ließ ein bisschen nach, doch da legte ihm Jurij mit einer erstaunlich kraftvollen Bewegung die Hand auf den Unterarm und schob ihn weg. »Es geht schon wieder. Mir war gerade nur ein bisschen flau.«

Dirk wechselte einen Blick mit Kinah. Ihre Augen waren weit aufgerissen, und auf ihrer Stirn perlte Schweiß. Sie nickte fast unmerklich und sagte: »Es wird Zeit, dass wir landen.«

»Sehe ich auch so«, knurrte Jurij. »Und jetzt festhalten, Leute! Da vorne gehen wir runter!«

6

Krachendes, berstendes Metall, darauf hatte sich Dirk eingestellt, auf einen harten Ruck, der seine Glieder zusammenstauchte und ihm das Bewusstsein raubte. Aber nicht auf Vogelzwitschern, das leise Prasseln von Regen und das Klappern von Küchenutensilien.

»Der Kaffee ist gleich fertig, Liebling«, sagte Kinah.

Dirk fuhr hoch – und schlug mit dem Kopf gegen den Bauch des Flugzeugs, unter dem er hockte. Einen verrückten Moment lang hatte er geglaubt, Kinah wäre an einem verregneten Sonntagmorgen vor ihm aufgestanden, um ihn mit einem perfekt angerichteten Frühstück zu überraschen. Aber das war natürlich völliger Blödsinn. Die aufgehende Sonne hatte die Schatten der Nacht noch nicht ganz vertrieben, und die Flammen des Lagerfeuers, an dem Kinah und die anderen saßen, zeichneten flackernde Figuren vor ihm in den Sand.

»Ich kann nicht behaupten, dass ich mich freue, dich ausgerechnet hier zu sehen«, sagte eine knorrige Stimme.

Dirk blinzelte. Er war eindeutig noch nicht richtig wach. Die Person, die er für Kinah gehalten hatte, war in Wirklichkeit jemand anderes. Sie war nicht einmal eine Frau, sondern ein uralter Mann, dessen lange weiße Haare ein wettergegerbtes, tiefschwarzes Gesicht umrahmten.

»Es ist an der Zeit, dass du deinen Sohn kennenlernst«, fuhr der Schamane fort.

Dirks Magen krampfte sich zusammen. Das Gespräch mit Kinah über ihren gemeinsamen Sohn Noah Kehinde hatte ihn mehr aufgewühlt, als er das während eines derart irrwitzigen Fluges für möglich gehalten hatte. (Mein Gott! Hatte es tatsächlich eine Luftschlacht gegeben? Hatte Rastalocke wirklich einen Hubschrauber abgeschossen? War Janette tatsächlich von einer Maschinenpistole getroffen worden und aus dem Flugzeug gefallen?)

Ungeachtet all des Schrecklichen, das geschehen war: Ja, es war höchste Zeit, dass er seinen Sohn kennenlernte. Aber warum hockte er hier und warum war es jetzt schon Morgen, obwohl die Notlandung mitten in der Nacht stattgefunden hatte?

»Wo bin ich?«, fragte er.

»Wo immer du willst«, antwortete der alte Mann.

Dirk versuchte, den Schamanen genauer zu fokussieren, doch es gelang ihm nicht. Das Gesicht des Alten lag durch den Widerschein des Feuers in unruhigem Flackerlicht. Dirk hätte nicht einmal zu sagen vermocht, ob es einen gütigen oder ärgerlichen Ausdruck hatte. Aber nicht nur der alte Mann, auch die Umgebung schien vor seinen Augen zu flirren wie an einem extrem heißen Tag am Meer. »Das ist eine ziemlich lächerliche Aussage.«

»Lächerlich?« Das Bild wurde plötzlich schärfer, und Dirk erkannte den Ärger, der wie eine Gewitterwolke über das Gesicht des Schamanen zog. »Das hier ist alles andere als lächerlich.«

Dirk atmete tief ein, bereute dies aber schon im gleichen Augenblick. Die Luft roch nach Rauch und etwas anderem, Undefinierbarem. Es war kein Kaffeeduft, sondern erinnerte eher an verschmorten Kunststoff und erhitztes Eisen.

»Ob lächerlich oder nicht – ich will wissen, was hier los ist!«, begehrte er auf.

»Du meinst, du willst wissen, ob du dich in der Realität befindest oder im Zwischenreich der Geister?« Der Alte breitete die Hände aus, als wollte er sich an den Flammen wärmen. Funken umstoben ihn, aber keines der glühenden Teilchen kam ihm zu nahe. Und das war nicht das Einzige, was Dirk beunruhigte. Ein

Stück von dem Schamanen entfernt erkannte er die dunklen Umrisse mehrerer auf dem Boden sitzender Gestalten, ohne jedoch Einzelheiten ausmachen zu können. Es schien, als hielte die Nacht diesen Flecken Erde in ganz besonders festem Griff, als wollte sie diese Personen um jeden Preis vor Dirk verbergen.

War Kinah darunter? Oder sogar ihr gemeinsamer Sohn?

»Ich habe anscheinend mal wieder einen üblen Albtraum«, murmelte Dirk.

»Ein Traum.« Der Schamane zog die Hände zurück, und der Funkenflug folgte ihrer Bewegung, ohne sie zu berühren. »Ja, das ist eine gute Umschreibung. Auch im Traum sind uns die Geister nah, und Wahrheiten enthüllen sich uns, die wir bei wachem Verstand niemals an uns heranlassen würden.«

»Es gibt keine Geister.«

»Das sagst du.« Ein scharfer Windstoß fuhr in das Feuer und wirbelte es auf, als wollte er die Luft selbst entflammen. »Auf unserem Kontinent leben wir mit ihnen. Sie sind unverzichtbarer Bestandteil unseres Lebens.«

»Für mich ist das Internet unverzichtbarer Bestandteil meines Lebens«, entfuhr es Dirk. »Dort finde ich alles, was ich suche.«

»Wie zum Beispiel deine Tochter?« Die Stimme des Schamanen vermischte sich mit dem Prasseln des Feuers zu etwas Neuem, das kaum noch menschlich, aber trotzdem eindeutig anklagend klang. »Und deinen Sohn?«

»Wenn ich die richtigen Fragen stelle und die richtigen Quellen anzapfe, vielleicht schon.«

»Dann hast du das also nicht getan?«, setzte der Schamane nach.

»Ja … Nein … Was weiß ich.« Dirk biss sich auf die Unterlippe. »Nichts ist vollkommen.«

Der weißhaarige Mann nickte. »Das stimmt. Selbst die Geister sind nicht vollkommen. Wären sie es, dann wären sie Götter. Unfehlbare Götter. Und die haben wir Menschen nun wirklich nicht verdient, oder?«

Dirk zuckte mit den Achseln. Er blickte hinüber zu den schemenhaften Gestalten, doch sosehr er sich auch bemühte, er konnte keine Einzelheiten erkennen. Im Gegenteil – die Konturen verschwammen immer mehr, je angestrengter er es versuchte. Schließlich vermochte er nicht einmal mehr zu sagen, ob dort drüben wirklich Menschen saßen. Vielleicht sah er ja auch nur die Silhouetten von Baumstämmen oder merkwürdigen Gesteinsformationen.

»So, wie du das Internet beschwörst, beschwört man in meiner Heimat die Geister.« Der Wind schien auf die Worte des Schamanen zu hören und fuhr immer wieder in das Feuer, während er sprach. »Und so, wie vieles vom Geschick desjenigen abhängt, der sich den Computer zunutze macht, hängt es auch vom Geschick desjenigen ab, der die Geister beschwört, ob sie ihm wohlgesinnt und zu helfen bereit sind oder nicht.«

Der Gedankengang klang durchaus logisch, und Dirk hätte ihm beipflichten können, wenn es um etwas anderes als ausgerechnet *Geisterbeschwörung* gegangen wäre.

So jedoch starrte er den Schamanen einfach nur schweigend an, während dieser ungerührt am Feuer hockte, als hätte er schon seit einer Ewigkeit auf ihn gewartet.

»Du bist mit deinen Möglichkeiten gescheitert, deswegen bist du hier«, fuhr der Alte unbarmherzig fort. »Oder hast du etwa mit Hilfe deines Internets herausgefunden, wo deine Frau steckt und wo du nach deiner Tochter und deinem Sohn suchen musst?«

»Nein.«

»Siehst du. Aber mit Hilfe der Geister kannst du sie finden.« Das Gesicht des Alten verschwand fast hinter den immer dichter werdenden Rauchschwaden. »Du musst nur in dich hineinhören.«

»Das brauche ich nicht, wenn du mich jetzt mit meinem Sohn bekannt machst«, sagte Dirk rasch.

»Was ich nicht kann. Jedenfalls nicht auf die Art, die du dir in deiner Naivität vorstellst«, antwortete der Weißhaarige. »Ich kann dir lediglich den Weg weisen. Gehen musst du ihn alleine.«

Dirk drehte den Kopf zur Seite, um den stinkenden Schwaden zu entgehen. Vergebens. Der Rauch biss in seiner Nase und kratzte in seinem Hals. »Dann sag mir, welchen Weg ich gehen muss.«

»Zuerst musst du ein paar Dinge begreifen. Und zwar nicht nur hier« – der Schamane tippte sich gegen die Stirn –, »sondern auch hier.« Er klopfte gegen seine Brust, dorthin, wo sein Herz saß. Das vermutete Dirk zumindest, denn durch die Rauchschwaden hindurch konnte er kaum mehr vom Oberkörper des Schamanen erkennen als einen Schatten.

Dirk räusperte sich. »Ich kapiere im Allgemeinen recht schnell. Also schieß los!«

»Es wird dir vielleicht nicht gefallen«, warnte ihn der Alte.

»Das lass mal meine Sorge sein.«

»Mit einer solchen Antwort muss man bei einem Europäer wohl rechnen.« Je mehr der Schamane vom Rauch eingehüllt wurde, desto tiefer und rauer wurde seine Stimme. »Genauso wie damit, dass er sich nicht richtig um seine Familie kümmert.«

»Was soll das denn heißen?«, fragte Dirk scharf.

»Du hast nicht gut auf deine Frau aufgepasst«, knurrte der Alte. »Sie hätte sterben können.«

»Meine Frau?« Dirk hustete. »Meine Frau hat es in den letzten Jahren vorgezogen, auf sich selbst aufzupassen. Daher bin ich wohl kaum für ihr Wohlergehen verantwortlich!«

Der Alte runzelte die Stirn. »Du redest Unsinn. Ein Mann ist immer verantwortlich für seine Familie. Nur, weil er schwach ist und seine Frau nicht im Griff hat, entlässt ihn das noch lange nicht aus der Verantwortung!«

Dirk fuhr sich durch die Haare. Ansichten wie diese waren ihm nicht neu. Stammtischgelaber von alten Leuten, häufig verbunden mit der Aufforderung, der Frau zu zeigen, wo der Hammer hing. »Kinah hat mir vieles verheimlicht.« Dirk versuchte sich aufzurichten, aber es gelang ihm nicht. Sein Körper wollte ihm nicht gehorchen. »Zum Beispiel das, was du ihr aufgetragen hast. Das, weswegen du dich in unsere Familie eingeschlichen hast. Kinahs Vater hat mir meinen Sohn genommen!«

»Aber nein.« Der Weißhaarige machte eine rasche Handbewegung, woraufhin der Rauch zurückwich, als flöhe er vor ihm. »Er hat ihn dir nicht genommen. Er hat ihn beschützt und ihn gelehrt, ein Mann zu sein. Er hat dafür gesorgt, dass er sich dem Erbe seiner Vorfahren würdig erweist. Und die Ahnen haben deinen Sohn angenommen. Sie haben ihm ihren Segen erteilt!«

»Na, da bin ich ja froh!«, sagte Dirk bissig. »Trotzdem hätte ich Noahs Erziehung lieber selbst übernommen.«

Der Alte beugte sich vor, klaubte ein paar Reisigstücke vom Boden und warf sie in das Feuer.

»Ein Mann übernimmt nie alleine die Erziehung. Auch seine Freunde tragen dazu bei. Sie haben großen Einfluss auf seinen Sohn, und deshalb ist es wichtig, was für Freunde der Vater hat. Ob sie ehrenhafte Männer sind oder nicht.«

Dirk biss dermaßen fest die Zähne aufeinander, dass es wehtat. Mario. Sein *bester* Freund. Und ganz gewiss kein ehrenhafter Mann, wie er inzwischen wusste.

»Du antwortest nicht. Ich respektiere das«, sagte der Schamane. »Es zeigt mir, dass du sehr genau weißt, wovon ich spreche.«

»Wenn du meinen angeblich *besten* Freund meinst, der hinter meinem Rücken Kinah angebaggert hat«, entfuhr es Dirk, »dann hast du allerdings recht. Es ist gut, dass Noah ihn nicht kennengelernt hat. Aber ich habe ja noch andere Freunde.«

»Männer, mit denen man gelegentlich ein Bier trinkt, wie das bei euch üblich ist, sind keine Freunde«, stellte der Weißhaarige richtig. Er griff nach einem Ast und stocherte mit ihm im Feuer herum. Funken flogen und die Flammen loderten und zischten. Ein dumpfes Grollen antwortete ihnen, als kündigte sich ein herannahendes Gewitter an – oder ein Sturm, der über das Land fegte und alles mit sich riss, was ihm in den Weg kam.

»So gesehen hattest du nur einen Freund, und der hat dich verraten. Er ist kein guter Mann.«

»Das ist doch maßlos übertrieben!« Dirk fragte sich, warum er überhaupt den Drang verspürte, Mario zu verteidigen. »Mario hat mir früher oft geholfen. Ich konnte mich immer auf ihn verlassen.«

»Er hat dir Aufträge vermittelt und dabei kräftig abkassiert.«

»Ach ja? Das gehört doch dazu.« Dirk musste beinahe schreien, um das heranrasende Grollen zu übertönen. »Er hat nichts weiter getan, als seine Provision zu kassieren.«

»Und hin und wieder vergessen, dir die eine oder andere Zahlung anzuweisen.« Ein wahres Funkenmeer stob aus dem Feuer. Es sah aus, als umtanzten unzählige winzige Feuerteufel den Schamanen. »Ganz abgesehen davon, dass er dich auf eine falsche Spur gesetzt hat. Es geht nicht um Mädchenhandel, wie er behauptet hat. Es geht um das, was die Menschen den Göttern näherbringen, aber auch ihren schlimmsten Dämonen ausliefern kann. Um etwas, das nur in die Hände verantwortungsvoller Schamanen gehört.«

»Und was soll das sein?«, fragte Dirk, obwohl er es längst ahnte.

»Berauschende Substanzen.« Auch die Stimme des Alten klang nun wie ein dumpfes Donnergrollen. »Substanzen voller Gefahr und Verlockung. Substanzen, die früher nur bei ganz besonderen Anlässen eingenommen wurden. Und die immer ins Verderben führen, wenn man nicht die Hände von ihnen lassen kann.«

»Rauschgift. Aber was …?«

»Was Mario damit zu tun hat? Und verschiedene andere Menschen, denen du in letzter Zeit begegnet bist?« Der Alte war kaum noch zu verstehen, seine Stimme und die Geräusche des Donners schienen miteinander zu verschmelzen. Aber nicht alleine das alarmierte Dirk. Während der ganzen Zeit hatte die Umgebung geflirrt, doch jetzt beschleunigte sich dieses Abdriften ins Diffuse, nicht Fassbare. Der Alte verschwamm vor seinen Augen, das Feuer brach in sich zusammen, als habe ihm eine rätselhafte Kraft die Grundlage entzogen.

»Das wirst du noch herausfinden. So oder so«, hörte Dirk die Stimme des Schamanen, dann verstummte sie mit einem beängstigend *falsch* klingenden Laut.

»Jetzt!«, schrie Dirk. »Ich will es jetzt wissen!«

Der Wind, der eben noch sein Haar zerwühlt hatte, zog sich zurück und nahm alles mit, was Dirk vor wenigen Sekunden deutlich vor Augen gehabt hatte. Das Feuer erlosch nicht vollständig, aber es veränderte sich. Aus dem prasselnden, funkensprühenden Lagerfeuer wurde etwas bösartig vor sich hin Zischelndes und stark Qualmendes, das ihm die Sicht nahm.

Da begriff Dirk schlagartig, wo er war. Es war alles Illusion gewesen. Er hatte sich nur eingebildet, draußen unter dem Flugzeug zu hocken. In Wahrheit saß er nach wie vor eingeklemmt zwischen der Bordwand und dem Pilotensitz der Lisunov. Das, was er im Dämmerzustand für ein Lagerfeuer aus geschichtetem Holz gehalten hatte, waren in Wirklichkeit die Flammen, die aus den Cockpit-Instrumenten schlugen.

»Wo ist Noah?«, brüllte Dirk. »Wie geht es ihm? Was für ein Junge ist überhaupt aus ihm geworden?«

Natürlich bekam er keine Antwort. Und natürlich hatte es das Geräusch krachenden, berstenden Metalls tatsächlich gegeben. Die Lisunov hatte viel zu hart aufgesetzt, und der Aufprall hatte seine Glieder zusammengestaucht und ihm das Bewusstsein geraubt. Dirk erinnerte sich wieder. Jurij hatte die Lichter seiner alten Maschine gelöscht und war mit hoher Geschwindigkeit in den Sinkflug gegangen. Alles war glattgelaufen, bis er die Landeklappen hatte ausfahren wollen. Ein Schuss aus der Bordkanone des Hubschraubers musste die Hydraulik getroffen haben, denn Jurij hatte weder das Fahrwerk ausfahren noch die Lisunov vernünftig steuern können. Er hatte hastig das Licht wieder angeschaltet. Bevor sich die Nase des Flugzeugs erneut gehoben und ihm die Sicht versperrt hatte, hatte Dirk den schmalen Streifen gesehen, auf den sie zugerast waren.

Was danach passiert war, konnte er beim besten Willen nicht sagen. Er wusste nur, dass er mit dem Kopf irgendwo gegen geknallt war und ihn eine erstickende Dunkelheit eingehüllt hatte.

Die Erkenntnis, dass er nicht am Lagerfeuer mit einem alten Mann gesprochen, sondern die ganze Zeit im Cockpit der Lisunov gehockt hatte, durchdrang Dirk wie ein tödliches Gift. Natürlich existierte der Schamane nicht, das war ihm klar. Der alte Mann war nichts weiter als eine Manifestation seiner Sehnsüchte und Befürchtungen, ein Zeichen dafür, dass sein Verstand den Druck der letzten Wochen und Tage nicht mehr lange aushalten würde. Und trotzdem. Alles hatte so erschreckend real gewirkt. Und es wäre ja auch möglich gewesen. Wenn die anderen ihn nach der Notlandung aus der Maschine gezogen und unter ihren Rumpf gelegt hätten und er dann im Morgengrauen aus seiner Ohnmacht erwacht wäre …

Ein dummer Wunschtraum, nicht mehr.

»Dirk!« Das war Kinahs Stimme. »Ich kann mich nicht aus diesem verdammten Sicherheitsgurt befreien! Ich verbrenne noch bei lebendigem Leib!«

Dirk zuckte zusammen. Sein Verstand funktionierte offensichtlich immer noch nicht richtig, sonst hätte er schon längst begriffen, was hier los war. Seit der Notlandung konnten nur wenige Minuten vergangen sein. Das Metall in seinem Rücken fühlte sich an wie eine Kochplatte, die gerade auf volle Leistung gestellt worden war, und aus den Konsolen stieg beißender Qualm. Die Lisunov brannte, und er wusste nur zu gut, was das bedeutete. Sie konnte jederzeit hochgehen wie eine gewaltige Silvesterrakete.

»Ich … Einen Moment …«, stammelte er.

»Uns bleibt nicht viel Zeit!«, schrie Kinah. »Beeil dich!«

Dirk hob den rechten Arm und stützte ihn auf die Lehne des Pilotensitzes. Erst in diesem Augenblick wurde ihm bewusst, dass der Sitz leer war. »Wo ist Jurij?«

»Der hat sich verdrückt!«, schimpfte Kinah. »Eigentlich wollte er gleich wiederkommen. Aber das hat er wohl vergessen.«

»Und die anderen?«

»Keine Ahnung.«

Dirk hatte es inzwischen geschafft, sich hochzustemmen. Sein Atem ging rasselnd. Die Luft in der Kabine war heiß und verbraucht, dazu kam der dichte Qualm, der sich immer weiter ausbreitete. Es war kein leichter, lichter Rauch, sondern schmieriger, schwerer Dunst, von dem Dirk ahnte, dass er nicht besonders gesund für die Lungen sein konnte.

Ein Grund mehr, sich zu beeilen. Dirk spannte sämtliche Muskeln an und kam mit einem Ruck frei. Nach Luft schnappend torkelte er zu Kinah hinüber.

Sie blickte ihn mit Entsetzen in den Augen an. Der Qualm verdeckte bereits ihre Beine und kroch schnell und zielstrebig höher, als würde er von einer bösartigen Intelligenz gesteuert, die nichts anderes im Sinn hatte, als alles um sich herum zu ersticken. Aber das war nicht die größte Gefahr, die Kinah drohte. Aus dem Funkgerät vor ihr züngelten Flammen, noch klein und zögerlich, aber so nah, dass sie jederzeit auf sie überspringen und sich in ihre Kleidung fressen konnten. Dirk erfasste all dies mit einem Blick und erkannte, dass es nur eine Möglichkeit gab, Kinah zu retten: Er musste sie losschneiden.

Und zwar mit Jurijs Jagdmesser, das in der Halterung neben der Wodkaflasche steckte. Er drehte sich um. Die Rauchschwaden auf der Pilotenseite waren schon beinahe undurchdringlich. Trotzdem glaubte er, das Messer und die Flasche zu sehen. Er stolperte zum Pilotensitz, beugte sich hinunter und griff danach.

Die Schwaden hatten ihn genarrt. Die Halterung war leer. Sowohl die Wodkaflasche als auch das Jagdmesser waren verschwunden.

Jurij, der russische Schweinehund, hatte sich aus dem Staub gemacht und seine Waffe und seinen geliebten Wodka mitgenommen. Das bedeutete, dass er niemals vorgehabt hatte, zurückzukehren. Wozu auch? Er hätte Kinah mit einem schnellen Schnitt befreien können. Stattdessen hatte er sie beide ihrem Schicksal überlassen, wohl wissend, dass eine an ihren Sitz gefesselte Frau und ein bewusstloser Mann in einem brennenden Flugzeugwrack so gut wie keine Überlebenschance hatten.

Dirk empfand ohnmächtige Wut. Kein Messer. Selbst wenn Kinah kein direktes Opfer der Flammen würde, würde sie früher oder später ersticken. Falls das Flugzeug nicht schon vorher explodierte.

Dann fiel ihm plötzlich etwas ein, das er eigentlich die ganze Zeit vor Augen gehabt hatte. Das Wurfmesser! Jurij hatte zu Beginn des Flugs ein Messer hervorgezogen und knapp an seinem Kopf vorbei gegen die Holzverkleidung zwischen Bug- und Steuerbordfenster geschleudert.

Der Qualm hatte bereits Kinahs Taille erreicht und schlängelte sich in dicken, schwarzen Schlieren unaufhaltsam weiter nach oben. Ihre Beine waren nicht mehr zu sehen, sehr wohl aber ihr Gesicht mit den weit aufgerissenen Augen, in denen die nackte Panik stand. »Schnell!«, keuchte sie.

Dirk nickte, unfähig, ein einziges Wort herauszubringen. Dort, wo das Messer in der zerfaserten Holzabdeckung stecken sollte, schimmerte nichts Metallisches mehr. »Das Messer …?«

Kinah folgte seinem Blick. »Ich habe Jurij gebeten, mich damit loszuschneiden. Aber er hat es sich nur geschnappt, ›später‹ gemurmelt, und weg war er.«

»So ein Arschloch!« Dirk war außer sich vor Wut. Wie konnte Jurij sie bloß derart verraten?

Kinah packte seinen Arm und drückte ihn. »Du musst mich losmachen. Irgendwie. Der Qualm …«

Sie brauchte nicht weiterzusprechen. Er sah es auch so. Da er stand, hatte ihn der Qualm erst bis zur Hüfte erfasst, doch Kinah umwaberte er bereits in Brusthöhe. Außerdem sprühten Funken aus ihm hervor, und das machte Dirks heimliche Hoffnung zunichte, die giftigen Schwaden könnten die Flammen, die aus dem Funkgerät und den Konsolen schlugen, ersticken.

Jurij hatte das Wurfmesser irgendwo herausgezogen. Vielleicht aus der Halterung, vielleicht aus einem anderen Versteck. Und möglicherweise befanden sich dort, wo ein Wurfmesser gewesen war, auch noch andere.

»Dirk«, keuchte Kinah und grub ihre Finger in seinen Arm. »Lass es nicht so enden! Unsere Kinder brauchen uns – unsere beiden Kinder!«

Sie hatte recht. Er kannte Noah nicht, hatte weder ein Foto von ihm gesehen noch sich durch Erzählungen ein Bild von ihm machen können. Aber tief in ihm war der Instinkt erwacht, der jeden Vater mit seinem Nachwuchs verbindet, und trieb ihn dazu, alles zu unternehmen, um Noah vor jeglicher Gefahr zu beschützen.

»Ich hole dich hier raus«, murmelte er leise. Kinah drückte seinen Arm noch einmal ganz fest und ließ dann los.

»Dann tu es«, sagte sie.

Ihre Stimme klang erstaunlich ruhig, und etwas von dieser Ruhe färbte auch auf ihn ab. Er versuchte fieberhaft, sich daran zu erinnern, woher Jurij das Messer hatte. Hatte er es tatsächlich aus der gleichen Ecke hervorgezogen, in der sein Jagdmesser und der Wodka gesteckt hatten? War es wirklich sein einziges Wurfmesser gewesen?

Das konnte er sich bei einem Mann wie Jurij gar nicht vorstellen. Sondern eher, dass er neben mehreren Wurfmessern auch noch ein oder zwei Pistolen in Reichweite aufbewahrt hatte, vielleicht sogar Handgranaten oder ähnlichen Wahnsinn. Aber wo? Die Luft war derart beißend, dass er Mühe hatte, einen klaren Gedanken zu fassen. Doch vielleicht kam die Erinnerung zurück, wenn er aus derselben Position heraus in Richtung Pilotensitz blickte, in der er dem geworfenen Messer entgegengesehen hatte.

Er beugte sich zu Kinah hinab. Bevor er wusste, wie ihm geschah, zog sie ihn an sich, umarmte ihn und gab ihm einen Kuss auf die Wange.

»Wenn es hier endet«, flüsterte sie, »sollst du wissen, dass ich nie aufgehört habe, dich zu lieben.«

»Ich dich auch nicht«, wisperte er. »Aber ich will nicht, dass es hier endet. Siehst du den Pilotensitz?«

Kinah nickte leicht.

»Jurij hat das Wurfmesser gezogen, als er dort saß. Aber woher hatte er es?«

Er spürte, dass Kinah trocken schluckte, und sah aus den Augenwinkeln, wie der teuflische Brodem emporkroch, über ihre Brust und auf ihren Hals zu. Es ging so schnell, so verdammt schnell. Bald würden die Schwaden ihr Gesicht erreichen. Ihrer beider Gesichter, da sich Kinah an ihn klammerte wie eine Ertrinkende an ihren vermeintlichen Retter.

»Da ist doch nichts!«, stieß sie gepresst hervor und räusperte sich. »Überhaupt nichts.«

»Bis auf den Sitz.«

Jetzt erinnerte sich Dirk. Jurij hatte das Messer unter dem Sitz hervorgezogen. »Warte!«, rief er und löste sich von ihr.

»Etwas anderes wird mir wohl kaum übrigbleiben«, hörte er Kinahs Stimme hinter sich. Dann ein ersticktes Husten, kaum mehr als ein Röcheln.

Der Sitz war seine einzige Chance. Jurij hatte unter sich gegriffen, dessen war sich Dirk nun ganz sicher. Doch der abgewetzte Ledersitz lag unter etwas verborgen, das wirkte wie der Brodem der Hölle. Öliger, schwarzer Dunst von fast stofflicher Substanz breitete sich über ihm aus. Dirk sah noch einmal zu Kinah. Sie starrte ihn an wie jemand, der weiß, dass er verloren ist, die Stirn schweißnass, der Blick flackernd. Die ersten Schlieren hatten ihr Schlüsselbein erreicht. Dirk hatte keine Ahnung, woraus sich dieser Qualm zusammensetzte, war jedoch davon überzeugt, dass er tödlich war. Ihm lief die Zeit davon.

Er holte tief Luft, kniff die Augen zusammen – und ging in die Hocke.

Es war, als würde er in einen See eintauchen und durch eine dicke Schlammschicht zum Grund hinabstoßen. Der Qualm hüllte ihn ein, drang in seine Nase und seine Ohren und kratzte dermaßen in seinem Hals, dass er den Hustenreiz nur mit Mühe unterdrücken konnte. Seine Hand fuhr unter den Sitz, tastete, suchte – und stieß tatsächlich auf etwas Hartes, Metallisches.

Ein Messer. Doch er konnte sich nicht über die Entdeckung freuen. Der Hustenreiz wurde immer schlimmer. Er würde ihn nicht mehr lange unterdrücken können, und ahnte, was dann geschehen würde. Er würde den Mund aufreißen, die Luft einsaugen und mit ihr diese Wolke aus Gift.

Mit einer schwungvollen Bewegung zog er an dem Messer, und es sprang geradezu in seine Hand. Er richtete sich auf, so schnell er konnte, öffnete die Augen und wirbelte zu Kinah herum.

»Dirk!«, schrie sie. »Der Qualm.«

Seine Augen tränten und ein fürchterlicher Husten schüttelte seinen Körper. Aber der Anblick seiner Frau ließ ihn seine eigene Not vergessen.

Der dunkle, aufgewühlte Brodem stand Kinah im wahrsten Sinne des Wortes bis zum Hals. Die ersten Tentakel griffen bereits nach ihrem Kinn. Dirk packte das Messer fester und stürmte auf sie zu.

»Schneid mich los!«, verlangte Kinah.

Das war leichter gesagt als getan. Die dichte Qualmschicht verbarg ihre Taille und mit ihr auch den Gurt, der sie umschloss. Dirk konnte nicht einfach zustechen und riskieren, dass er sie dabei verletzte. Aber er konnte sich auch nicht langsam herantasten. Es musste schnell gehen, sonst war Kinah verloren.

»Worauf wartest du?« Kinahs Stimme überschlug sich fast. »Mach! Oder ich sterbe.«

Dirks linke Hand suchte Kinahs Schulter, fand sie und glitt an ihr hinab. Er strich über ihren Oberarm, ihren Busen, weiter hinab – und dann schoben sich seine Finger zwischen ihre Bluse und den Gurt.

»Es kann jetzt sein …«

»MACH!«

Er nickte fahrig, setzte den Ballen seiner rechten Hand, in der er das Messer hielt, an seiner linken Schulter an und ließ sie hinabgleiten. Es war die einzige Möglichkeit, um sicherzustellen, dass er Kinah bei dem Befreiungsversuch keine Schnittverletzung zufügte. Dann kam der kritische Moment.

Er beugte sich tiefer und war nun wieder Wange an Wange mit Kinah. Ihr Kopf zitterte leicht, genauso wie ihr ganzer Körper; er spürte das Beben in seiner linken Hand. Kinah sog fast gierig die Luft ein, als fürchtete sie, schon im nächsten Moment nicht mehr atmen zu können. Doch dazu würde er es nicht kommen lassen. Der Handballen seiner rechten Hand lag jetzt auf seinem linken

Handgelenk. Langsam drehte er das Messer um. Er konnte nur hoffen, dass es scharf genug war, denn er hatte keine Zeit, mit einem stumpfen Messer an dem Gurt herumzusäbeln.

Sein rechter Zeigefinger fuhr über die Klinge. Er spürte den Schnitt. Ja, sie war scharf. Er brachte das Wurfmesser in die richtige Position.

»Schnell!«, keuchte Kinah.

Sie brauchte ihn nicht anzutreiben. Die Schlieren hatten nun auch sein Kinn erreicht und waberten zu seinem Mund empor.

Dirk zog das Messer durch.

Es klemmte. Er wusste nicht, wo, und hatte keine Ahnung, was er dagegen tun sollte. Und er begriff, dass er zu wenig Schwung hatte, nicht weit genug ausholen konnte …

Seine Hand handelte wie von selbst. Einmal, zweimal, noch einmal. Der schwarze Qualm erreichte seinen Mund.

Plötzlich schoss die Klinge ein Stück nach oben.

Kinah stieß einen keuchenden Laut aus.

»Du bist frei!«, rief Dirk und sprang zurück.

Sie stemmte sich mit beiden Händen hoch.

»Nichts wie raus hier!«, schrie sie.

Dirk ließ das Messer fallen, packte sie und zog sie an sich. Ihre Lippen fanden sich wie von selbst. Es war Irrsinn, nicht sofort aus dieser brennenden Maschine zu verschwinden, die jede Sekunde in die Luft fliegen konnte, aber es war ein Irrsinn, dem sie sich beide mit Leib und Seele hingaben.

Der Kuss fegte die vergangenen drei Jahre einfach hinweg, löschte alles aus, was zwischen ihrer letzten leidenschaftlichen Vereinigung und diesem Augenblick passiert war. Kinah schwankte, als Dirk endlich von ihr abließ, und auch ihm erging es nicht besser. Er nahm ihre Hand.

»Und jetzt raus hier«, stieß er atemlos hervor. »Bevor uns die Lisunov doch noch in ihr Maschinengrab mitnimmt.«

7

Der sturmgepeitschte Regen hatte nur darauf gewartet, dass sie sich aus dem Flugzeugwrack hervorwagten. Die Urgewalt des umgeschlagenen Wetters sprang sie an, kaum dass sie die schützende Metallhülle verlassen hatten. Dirk geriet zwar nicht aus dem Gleichgewicht, musste sich aber unter der Bö hinwegducken, die ihm den Regen scheinbar aus allen Richtungen gleichzeitig ins Gesicht trieb. Er trat ein Stück zur Seite, dorthin, wo Kinah stehen geblieben war. In ihm tobten die unterschiedlichsten Gefühle. Der Kuss im brennenden Cockpit war wie eine Verheißung gewesen. Er hatte die Tür zu einem Bereich aufgestoßen, den Dirk all die Jahre tief in sich vergraben hatte: den Bereich der Sehnsucht und Liebe, die er in sich trug und die ihn um den Verstand gebracht hätten, wenn er sie nicht verdrängt hätte.

Er ergriff Kinahs Hand und starrte mit zusammengekniffenen Augen zu der Stelle hinüber, von der ihnen das dumpfe Wummern von Hubschrauberrotoren entgegenschallte und gleißendes Licht entgegenschien. Der Scheinwerferkegel, der eben noch den nebelumwallten Boden vor ihnen beleuchtet hatte, wanderte zitternd nach oben und erfasste das Flugzeug hinter ihnen.

Kinah erwiderte fest und ohne zu zögern den Druck seiner Hand. Dirk hätte sie am liebsten erneut in die Arme genommen. Er bebte innerlich – nicht nur wegen der brenzligen Situation, aus der sie sich gerade befreit hatten, oder wegen der Todesgefahr, in der sie immer noch schwebten, sondern auch wegen seines Verlangens, das ihn drängte, Zeit und Raum zu vergessen und seinen Gefühlen für Kinah einfach freien Lauf zu lassen.

Als hätte die Besatzung des Hubschraubers seine Gedanken erraten und beschlossen, ihm einen Strich durch die Rechnung zu machen, richtete sie den Scheinwerferstrahl direkt auf ihn und Kinah. Das Licht war derart grell, dass sich Dirk abwenden musste, und er spürte, dass Kinah angespannt war wie ein sprungbereites Tier, das weiß, dass es gleich alles daransetzen muss, einem tödlichen Angriff zu entgehen.

»Hierher!«, schrie eine Stimme hinter ihnen, die beinahe im Lärm der Rotorblätter unterging. »Raus aus dem Scheinwerfer!«

Dirk gehorchte instinktiv. Er zog Kinah an sich heran und drehte sich zugleich so schwungvoll um, dass sie gezwungen war, die Bewegung mitzumachen. Gemeinsam stolperten sie los.

Während Dirk geduckt auf das Heck der Lisunov zulief, versuchte er, das Gesicht aus dem Regen zu drehen – ein Kunststück, das schier unmöglich war, da der Wind aus allen Richtungen auf ihn einstürmte. Eiskaltes Wasser rann ihm in den Nacken und schwappte in seine Schuhe.

»Was zum Teufel …«, begann Kinah. Doch als der Scheinwerferstrahl sie verfolgte, über sie hinwegglitt und das Heck der alten Sowjetmaschine streifte, verstummte sie.

Dirk pfiff durch die Zähne. Die Lisunov hatte es schlimm erwischt. Wenn ein Schrottkran sie aus fünfzig Metern Höhe auf Betonboden fallen gelassen hätte, wäre das Ausmaß der Zerstörung kaum größer gewesen. Bei der Bauchlandung war ihre Unterseite aufgeschlitzt und die Kabine zusammengestaucht worden, wodurch ihre Proportionen seltsam verzerrt wirkten. Sie lag niedergestreckt am Boden, kaum mehr als ein Haufen Altmetall, dessen Innereien von einem Schmorbrand aufgezehrt wurden. Die Außenhülle war verbeult und zerkratzt, kurz vor dem Heck klaffte ein hässlicher Riss im Rumpf, und die Heckflosse hing so schief, als würde sie nur noch von der Macht der Gewohnheit gehalten. Aus sämtlichen Rissen und Öffnungen quoll dichter Qualm, der das Scheinwerferlicht schluckte und mit den feuchten Nebelschwaden verschmolz, die mit gierigen Fingern vom Boden aufstiegen, um das Flugzeugwrack in Besitz zu nehmen.

»Hierher!«

Dirk erkannte die Stimme. Sie gehörte Jurij. Wenige Minuten zuvor hatte ihn grenzenlose Wut auf den alten Mann erfüllt, nun war er nur noch verwirrt. Er hatte nicht damit gerechnet, dass ein Hubschrauber neben der Lisunov landen und sie mit einem Suchscheinwerfer beleuchten würde. Vielleicht würden die Insassen sie gleich unter Beschuss nehmen. Unter diesen Umständen war es verständlich, dass Jurij nicht in das Cockpit zurückgekehrt war – verständlich, aber in Dirks Augen trotzdem unentschuldbar.

Sie erreichten das abgeknickte, zerstörte Heck, das Dirk auf makabere Weise an Kinahs Skulpturen in der Grotte erinnerte. Aus der regengepeitschten Dunkelheit tauchte vor ihm das Gesicht des russischen Piloten auf, nur schwach erhellt vom Scheinwerferlicht, das von der nassen Hülle der Lisunov reflektiert wurde. Jurij hatte die unförmige Fliegerbrille abgenommen, trug aber immer noch die abgewetzte Lederhaube. Bei seinem Anblick fielen Dirk schlagartig die Erzählungen seines Großvaters über deutsche Kradmelder ein, die zur Zeit der großen Panzerschlachten in Nordafrika mit dem Motorrad geheime Botschaften zwischen den verschiedenen Einheiten transportiert hatten.

Auch die Kradmelder hatten solche Hauben getragen, wie ein vergilbtes Foto bewies, das seinen Opa in Wehrmachtsuniform auf einer 350er NSU zeigte, und auch sie waren in einen Kampf verstrickt gewesen, in dem es nur einen zweifelhaften Sieg oder eine völlige Niederlage hatte geben können.

»In Deckung!«, zischte Jurij.

Kinah riss sich ohne ein Wort von Dirk los und hetzte um das von dichtem Nebel umwaberte Flugzeugheck herum. Dirk blieb nichts anderes übrig, als ihr zu folgen. Die Lisunov war weit und breit ihr einziger Schutz vor feindlichem Beschuss. Es gab hier keine Felsen, und falls überhaupt irgendwo Bäume standen, dann waren sie zu weit entfernt, als dass er sie mit ein paar schnellen Schritten hätte erreichen können.

Kaum hatte Dirk das Heck umrundet, griff eine kräftige Hand nach ihm und packte ihn am Kragen. Sie gehörte Biermann, der vor Wut und Aufregung schnaubte. »Hast du eine Waffe?«, herrschte er Dirk an.

Dirk wollte den Kopf schütteln, doch dann fiel ihm die Signalpistole ein, die in seinem Hosenbund steckte. In den letzten Stunden hatte er nicht einen Gedanken an sie verschwendet.

»Was ist?«, donnerte Biermann. »Bist du bewaffnet oder nicht?«

Er hielt ihn mit eisenhartem Griff fest und klang derart aggressiv, dass Dirk instinktiv den Kopf schüttelte. »Nein. Warum?«

»Weil wir uns die Schweinebande gleich schnappen werden«, zischte Biermann. Er versetzte Dirk einen Stoß, der ihn ein Stück zurücktaumeln ließ. Da der Boden nass und schlüpfrig war, strauchelte er und hielt nur mit Mühe das Gleichgewicht.

Der Scheinwerferstrahl erfasste ihn und Biermann, der ihm nachgesetzt war und nun frontal von dem harten, hellen Licht getroffen wurde.

Dirk bemerkte mit Schrecken, wie verändert der grobschlächtige Mann wirkte. Seine Gesichtszüge waren bisher zwar nicht immer freundlich, aber überwiegend beherrscht gewesen. Das war jetzt nicht mehr der Fall, ganz im Gegenteil. Biermanns Miene gemahnte Dirk an einen Kampfhund, der an seiner Kette riss, bereit, jeden zu zerfetzen, der ihm zu nahe kam. Seine Kiefer waren fest aufeinandergepresst, seine Wangenknochen traten hervor, und sein Gesicht sah inzwischen kaum weniger zerschlagen aus als das von John. Das Schlimmste aber war das unheilvolle Feuer, das in seinen Augen brannte.

»Ich werde die Arschlöcher erwischen.« Biermanns Stimme war nicht mehr als ein heiseres Flüstern, und doch hatte Dirk das Gefühl, als würden seine Worte die Geräusche der Hubschrauberrotoren mühelos übertönen. »Die sind schon tot, die wissen es nur noch nicht.«

Das war einer der dümmsten Sprüche, die Dirk kannte, doch aus Biermanns Mund klang er weder lächerlich noch wie eine billige Drohung, sondern wie ein Versprechen, das er um jeden Preis zu halten gedachte.

»Hören Sie«, begann Dirk, ohne zu begreifen, warum er Biermann wieder siezte, »ich kann mir vorstellen, was in Ihnen vorgeht. Es tut mir schrecklich leid, was mit Janette geschehen ist …«

»Mir auch«, unterbrach ihn Biermann und trat zurück in den Schutz der Lisunov. Dirk beeilte sich, ihm zu folgen, obwohl er am liebsten vor diesem Irren davongelaufen wäre. »Ich hätte deinen beschissenen Auftrag nie annehmen dürfen. Du bist schuld, dass Janette tot ist.«

Das war Blödsinn. Dirk hätte Biermann daran erinnern können, dass nicht er den Kontakt zu ihm gesucht hatte, sondern dass Biermann selbst es gewesen war, der den Stein ins Rollen gebracht hatte. Aber er schwieg, denn er konnte sich lebhaft vorstellen, was Biermann dann mit ihm anstellen würde.

»Bislang haben die Idioten noch keine Anstalten gemacht, auf uns zu schießen«, fuhr Biermann fort. Seine Stimme klang anklagend und zugleich erschütternd stumpf, als seien all seine Gefühle abgestorben – bis auf einen grenzenlosen Hass, den er kaum beherrschen konnte. »Aber das hat nicht viel zu sagen. Wir sitzen hier wie auf dem Präsentierteller. Sobald ich mit einer Waffe in der Hand die Deckung verlasse, knallen sie mich ab.«

Irgendetwas stimmte nicht an diesem Gedankengang, so logisch er sich auch anhörte.

Es war allerdings nicht Dirk, sondern Kinah, die Biermann darauf aufmerksam machte. »Warum haben die denn nicht sofort das Feuer eröffnet? Als Dirk und ich aus dem Flugzeug kamen, hätten sie uns doch gleich erschießen können!«

»Warum sollten sie?«, mischte sich Rastalocke ein. Er stand hinter Biermann und neben einem massigen Schatten, der niemand anderes als Lubaya sein konnte. Also hatten sie alle die Notlandung halbwegs unbeschadet überstanden. Dirks Erleichterung darüber wäre allerdings um einiges größer gewesen, hätten sie sich nicht in den äußerst zweifelhaften Schutz eines brennenden Flugzeugs zurückziehen müssen.

»Die alte Schrottmühle schmort langsam, aber sicher vor sich hin«, sprach John Dirks heimliche Befürchtung laut aus. »Früher oder später fliegt sie in die Luft. Und wir mit ihr.«

»Wenn wir dann noch da sind«, warf Kinah ein. »Wieso gehen die das Risiko ein, dass wir ihnen in letzter Sekunde entfliehen? Sie könnten uns doch gleich erledigen.«

»Natürlich könnten sie das«, sagte Jurij, streckte den Kopf vor und spähte am Heck seiner übel zugerichteten Maschine vorbei zum Hubschrauber hinüber. »Aber dann würde man unsere Körper von Schüssen durchsiebt vorfinden.«

»Und was würde das für einen Unterschied machen?«, wollte Kinah verärgert wissen.

»Es gibt auch hier Polizisten und Forensiker, stell dir vor.« Jurijs Stimme war rau wie ein Reibeisen, und seine Bewegungen wirkten eckig, als bereite ihm die Wunde in seinem Oberarm große Schmerzen. »Wenn man uns neben einem explodierten Flugzeugwrack findet, wird man das Ganze sehr schnell als Unfall abtun. Aber wenn wir mit Blei vollgepumpt sind, wird auch der einfältigste Polizist auf die Idee kommen, dass man uns überfallen hat. Und dann wird man nach Schuldigen suchen. Schon alleine deshalb, weil ihr keine Einheimischen, sondern Touristen seid«, brummte Jurij. »Tote Touristen sind schlecht fürs Geschäft. Wenn die Medien Wind davon bekommen, dass devisenstarke Europäer hier nicht nur Opfer von Flugzeugabstürzen, sondern auch abgeknallt werden wie räudige Hunde, tut das diesem Land wirtschaftlich richtig weh.«

»Und das soll uns schützen?«

»Nur, solange die Typen im Hubschrauber glauben, dass meine Lisunov uns in den Tod reißt«, antwortete Jurij heiser. »Aber das wird sie nicht tun. Sie hat mich noch nie im Stich gelassen.«

»Es gibt für alles ein erstes Mal«, sagte Kinah scharf. »Oder hast du vor uns schon mal Passagiere im Stich gelassen?«

»Wo denkst du hin?« Jurij wich zurück und seufzte. »Tut mir leid, dass ich dich nicht gleich befreit habe, Mädchen. Ich wollte erst nach den anderen sehen.«

»Das hast du ja sehr ausgiebig getan«, fuhr ihn Kinah an. »In der Zwischenzeit hättest du auch ruhig mal nach mir und Dirk sehen können.«

»Stimmt. Aber keine Sorge, ich hätte euch schon rechtzeitig rausgeholt. Wir haben nämlich einen Plan.«

»Einen Plan zum kollektiven Selbstmord, nehme ich an«, schnappte Kinah. »Von einem Angriff auf den Hubschrauber halte ich nämlich gar nichts. Die haben doch alle Trümpfe in der Hand!«

»Nicht unbedingt«, entgegnete Biermann. »Wie sieht es im Cockpit aus?«

»Wieso?«

»Wenn wir uns durch die Frachtluke an Bord schleichen, kriegen die Typen im Hubschrauber nichts davon mit«, antwortete Jurij anstelle von Biermann. »Dann müssen wir nur noch ins Cockpit – und haben den Hubschrauber im direkten Schussfeld.«

»Im Patronengurt des Maschinengewehrs stecken noch ein paar Schuss Munition«, ergänzte Rastalocke. »Die Waffe war gar nicht leer geschossen, wie ich zuerst geglaubt habe, sondern hat nur geklemmt. Die kriege ich schon wieder flott. Dann montieren wir sie ab, tragen sie nach vorne – und schon können wir den Typen eine böse Überraschung bereiten!«

»Toller Plan«, murmelte Dirk. »Vorausgesetzt, ihr habt Asbestanzüge und Sauerstoffmasken. Im Cockpit ist nämlich die Hölle los.«

»Was soll das heißen?«, fragte Biermann so angriffslustig, als hätte Dirk ihn gerade übel beleidigt.

»Das soll heißen, dass wir in letzter Sekunde entkommen sind.«

Kinah rückte von Biermann ab und näher an Dirk heran. Ihre Hand streifte seinen Oberschenkel, fand seine Hand und umklammerte sie. Dirk hatte keine Ahnung, ob sie damit lediglich auf Biermanns Ausbruch reagierte oder wirklich seine Nähe suchte, doch darauf kam es auch nicht an. Sie verhielt sich so, als wären sie noch – oder wieder – ein Paar, und das war alles, was für ihn zählte.

Der fürchterliche Regen, der eiskalt auf sie niederprasselte, diese verfahrene, eigentlich ausweglose Situation – gemeinsam mit Kinah war all das viel leichter zu ertragen.

»Und jetzt muss ich Dirk erst mal verarzten«, fuhr Kinah fort. »Er hat nämlich eine blutende Kopfwunde.«

»Ja, kümmere dich um seine kleine Kopfwunde«, schnaubte Biermann. »So, wie er sich um Janettes Wunde gekümmert hat, als die Kugel sie erwischte, die eigentlich ihm galt. Hat er Janette vielleicht mit einem Schubs hinausbefördert, damit er ihre Schmerzensschreie nicht mehr hören musste?«

Dirk spürte, dass Kinah sich versteifte, und wandte ihr den Kopf zu. Es war nicht vollkommen dunkel auf der Schattenseite der Maschine. Der Suchscheinwerfer des Hubschraubers leuchtete das Heck aus, zauberte dabei durch jeden Spalt hindurch bizarre

Lichtmuster und ließ Regentropfen glitzern. Auch Kinahs Gesicht lag nicht völlig im Dunkeln. Zwei oder drei Lichtfinger tasteten über ihr Profil, sodass es wie zerrissen wirkte – ein Spiegelbild des aufgewühlten Zustands ihrer Seele.

»Es war schrecklich«, sagte sie leise. »Ich … ich habe alles mit angesehen. Dirk hat versucht, ihr zu helfen. Aber er kam zu spät.«

»Natürlich kam er zu spät!« Biermann wich zurück – vielleicht, um seine Emotionen zu verbergen, vielleicht aus Angst, er könnte die Kontrolle verlieren und sich auf Dirk stürzen. »Er hat sich doch gar nicht wirklich bemüht, sie zu retten!«

Kinah öffnete den Mund, um zu protestieren, schüttelte dann jedoch den Kopf. Sie schien zu ahnen, dass Widerspruch das Fass endgültig zum Überlaufen bringen konnte.

»Wir brauchen einen neuen Plan«, schaltete sich Jurij ein. »Selbst wenn das Cockpit verloren ist … Das bedeutet nicht, dass wir nicht mehr an das Maschinengewehr herankommen. Wenn wir es nicht ins Cockpit schleppen, sondern daneben auf der Schattenseite aufbauen, könnten wir den gleichen Effekt erzielen.«

»Ja«, sagte Rastalocke ein bisschen zu schnell und zu laut. Offenbar wollte er verhindern, dass Biermann doch noch explodierte. »Das müsste gehen. Kommst du mit, Birdie? Du kennst dich mit dem Ding genauso gut aus wie ich. Außerdem brauchen wir zwei Mann, um das Maschinengewehr zu schleppen.«

»Ich bin auch dabei.« Jurij räusperte sich. »Obwohl ich fürchte, dass ich keine große Hilfe sein werde.«

»Du solltest besser hierbleiben, alter Mann«, mischte sich Lubaya ein. »Mit deiner Verletzung ist nicht zu spaßen.«

»Mit *mir* ist nicht zu spaßen!«, knurrte Jurij. »Erst recht nicht, nachdem die Kerle uns so lange gejagt haben, dass mein Mädchen jetzt schrottreif ist. Das hätten die besser nicht getan. Die mach ich fertig!«

Kinah beugte sich vor, bis ihr Mund beinahe Dirks Ohr berührte. »Auch das noch«, wisperte sie. »Schon zwei Verrückte, deren Herz voller Rachedurst ist. Das kann nicht gutgehen!«

»Was meinst du damit?«, flüsterte Dirk zurück.

»Sie werden alles Mögliche tun, nur nicht, uns bei der Suche nach unseren Kindern helfen. Wenn das so weitergeht, sorgen sie noch dafür, dass wir alle sterben.«

»Was schlägst du vor?«, fragte Dirk.

»Hauen wir ab.«

»Wir sollen abhauen, obwohl das eigentlich unser Kampf ist?«

Den letzten Satz hatte er wohl etwas zu laut ausgesprochen, denn Biermann fuhr zu ihm herum und starrte ihn drohend an.

»Was gibt es da zu tuscheln?«, donnerte er. »Brütet ihr irgendetwas aus?«

»Nein«, behauptete Dirk, obwohl das natürlich eine glatte Lüge war und er fürchtete, dass man das seiner Stimme auch anhörte.

»Das will ich hoffen«, fauchte Biermann. »Abgesehen davon: Du kommst mit. Je mehr Männer, desto größer unsere Erfolgsaussichten.«

»Aber wieso?«, fragte Kinah. »Ihr seid doch genug, um …«

»Um was?«, unterbrach sie Biermann schroff. »Um uns auf einen Kampf gegen eine bis an die Zähne bewaffnete Hubschrauberbesatzung einzulassen?«

»Warum tut ihr das?« Kinah deutete auf den Regen. »Es ist eine finstere Nacht, und der Nebel steigt immer höher. Warum verschwinden wir nicht einfach? Bis die merken, dass wir weg sind, sind wir schon über alle Berge!«

Biermann trat ein Stück vor. Durch die Lücke zwischen der halb abgerissenen Heckflosse und dem Flugzeugrumpf traf ein Lichtstrahl sein Gesicht und seine vor Zorn blitzenden Augen. »Ich will aber nicht verschwinden. Ich will mir diese Kerle vorknöpfen. Ich will hören, wie sie von einer Maschinengewehrsalve zerfetzt werden. Ich will ihre Schmerzensschreie hören, hören, wie sie sich im Todeskampf winden!«

»Es ist verständlich, dass du Rache willst«, erwiderte Kinah in einem Tonfall, als spräche sie mit einem trotzigen Kleinkind. »Aber vergiss nicht, dass wir in der schwächeren Position sind. Ihr habt doch nicht mal genug Munition für dieses verdammte Maschinengewehr!«

Biermann trat noch einen Schritt auf sie zu. Dirk rechnete damit, dass er Kinah im nächsten Moment packen und schütteln würde, und bereitete sich darauf vor, einzugreifen. »Ja, wir sind in der schwächeren Position. Das war Janette auch, als der Typ mit der Maschinenpistole sie erwischt hat.«

»Ja, und das ist verdammt furchtbar«, sagte Kinah nicht weniger heftig. »Aber gibt uns das wirklich das Recht, andere Menschen zu erschießen?«

Biermann stand so dicht vor Kinah und Dirk, dass durch den kalten Regen hindurch sein heißer Atem zu spüren war. »Du vergisst, dass das Killer sind. Menschen, die andere mit Maschinenpistolen abknallen, haben den Tod verdient.«

»Den haben sie ja auch schon gefunden«, sagte Kinah so leise, dass ihre Worte fast im Geräusch des Regens untergingen.

»Was?«

»Hast du vergessen, dass John den Hubschrauber abgeschossen hat, in dem Janettes Mörder saß?«

Biermann schwieg für eine ganze Weile, und Dirk glaubte schon, er würde sich wortlos abwenden. Doch da schüttelte er den Kopf und sagte: »Nein, das habe ich nicht vergessen. Aber es geht nicht bloß um den Mann, der den Finger am Abzug hatte, sondern auch und vor allem um die Hintermänner. Und das sind genau die, die uns hier in die Enge getrieben haben, davon bin ich überzeugt.«

»Ventura?«, fragte Kinah.

»Ja, Ventura. Der Mann, der Achmed auf dem Gewissen hat. Und in dessen Gewalt sich vielleicht auch schon deine Tochter befindet.«

Auf afrikanischem Schlammboden zu liegen, eingehüllt von Nebelschwaden und durchweicht vom Dauerregen, den kräftige Windböen ihm von allen Seiten entgegenpeitschten, war schlimmer als alles, was ihm der sadistische, wegen seiner Pausbacken auch »Hängebackenschwein« genannte Ausbildungsoffizier Mayer während der Grundausbildung in Delmenhorst abverlangt hatte. Dirk hatte damals mit dem Standard-Bundeswehrgewehr G3 (bei ihm und seinen Kameraden wegen der kompakten Bauform nur »Stummelchen« genannt) auf Pappscheiben geschossen. Nun hielt er eine einschüssige Signalpistole in den Händen und bezweifelte, dass er damit in dem ungleichen Kampf, den Biermann ihnen aufgezwungen hatte, etwas würde ausrichten können.

»Da steht jemand«, sagte Jurij. Er klang so heiser wie Mick Jagger nach einem Konzert mit anschließendem Zechgelage.

»Was?«, fragte Biermann. Er hatte sich auf die Ellbogen gestützt und spähte über die Nebelschwaden hinweg zum Hubschrauber. Jurij dagegen hatte sich gar nicht erst in den Schutz des Bodennebels zurückgezogen, sondern sich seiner Lisunov anvertraut. Er stand an den Bug gepresst, hatte eben noch behauptet, dass ihm die Wärme guttat, die über die Außenverkleidung abgeleitet wurde, dann aber hastig den Kopf aus dem Qualm gezogen, der aus der zerstörten Cockpitscheibe drang, und sich ein Stück nach vorn bewegt, um den Rauchschwaden zu entgehen.

»Ich glaube, der Typ hat ein Nachtsichtgerät«, knarzte Jurij.

»Ein Nachtsichtgerät? Das ergibt doch keinen Sinn!« Aus dem Rascheln neben sich schloss Dirk, dass sich Biermann aufrichtete. »Die haben doch den starken Scheinwerfer!«

»Wahrscheinlich wollen sie uns damit in Sicherheit wiegen«,

gab Jurij zu bedenken. Er lachte heiser auf. »Das ist ganz schön verrückt. Wir streiten darüber, ob wir uns heimlich verdrücken sollen, dabei haben wir in Wirklichkeit nicht die geringste Chance. Sobald die sehen, dass sich einer von uns aus dem Staub macht … hoppla. Bleibt bloß unten!«, stieß er plötzlich atemlos hervor.

»Was ist?«

»Der Typ dreht sich gerade in unsere Richtung. Jetzt keine unbedachte Bewegung! Wenn er uns sieht, ist alles aus.«

»Nicht, wenn ich ihn zuerst erwische«, sagte Biermann grimmig.

»Willst du dafür etwa die letzte Salve aus unserem MG verschwenden?«, fragte Jurij.

»Nein, aber wir haben schließlich noch Johns Pistole. Lass mich nur machen.«

»Bloß nichts überstürzen.« Jurijs Stimme überschlug sich. »Achtung! Da steigt jemand aus dem Hubschrauber!«

Dirk hielt es nicht länger unten am Boden, obwohl er wusste, dass der Typ mit dem Nachtsichtgerät nur zufällig in seine Richtung zu blicken brauchte, um ihn zu entdecken. Wenn schon – diese ganze Aktion war verrückt, und auf welche Art sie endete, eigentlich egal.

Der Plan – im Grunde eher eine Kleinjungenfantasie –, den Hubschrauber samt Insassen durch einen kurzen Feuerstoß zu erledigen, war von vornherein zum Scheitern verurteilt gewesen. Und auf eine Schießerei konnten sie sich nicht einlassen, da sie nur noch die Signalpistole hatten (die zu besitzen Dirk nicht mehr hatte verschweigen können, nachdem sie das schwere Maschinengewehr aus dem verqualmten Flugzeug geborgen und hierhergebracht hatten) und die Pistole ohne Ersatzmagazin, die Rastalocke aus den Grotten mitgenommen hatte.

Als Dirk mit dem Kopf aus dem Nebel tauchte, sah er bis auf

den hellen Strahl des Suchscheinwerfers erst einmal gar nichts, so heftig klatschte ihm der Regen ins Gesicht. Dann erkannte er den massigen, Wärme abstrahlenden Rumpf, den er zuvor in erster Linie *gespürt* hatte. Der vordere Teil des Flugzeugwracks glühte wie eine Sankt-Martins-Laterne aus Pappmaché. Es war ein unheimlicher Anblick.

Dirk verstand nicht viel von Flugzeugbau, doch ein derartiges Schmoren und Qualmen war noch bei keiner Flugzeugkatastrophe erwähnt worden, von der er je gehört hatte. Nach seiner bisherigen Erfahrung waren die Maschinen schlicht und einfach explodiert, ehe sie sich so weit hätten aufheizen können, dass ihre Hülle zu glühen begann wie ein Spaceshuttle beim Wiedereintritt in die Erdatmosphäre.

Was hatte Jurij gesagt? Sein Mädchen ließ ihn nie im Stich. Dirk konnte nur hoffen, dass das auch diesmal zutraf. Denn sonst mussten sie sich um den feindlichen Kugelhagel keine Sorgen mehr machen.

Er verscheuchte den Gedanken und nahm im selben Moment eine Bewegung wahr. Ein Schatten löste sich aus der Dunkelheit neben dem Hubschrauber und kam ein Stück auf sie zu. Der Mann mit dem Nachtsichtgerät, der auf sie aufmerksam geworden war?

Bevor Dirk wieder in Deckung gehen konnte, spürte er, wie sich eine Hand auf seine Schulter legte. Er zuckte zusammen und keuchte leise. Es hätte nicht viel gefehlt, und er wäre herumgefahren und hätte dem Kerl hinter ihm aus nächster Nähe die volle Ladung verpasst. Verdammt! Schon unter normalen Umständen hasste er es, erschreckt zu werden.

»Runter mit dir!«, krächzte Jurij in sein Ohr.

»Auf die Idee wäre ich auch von selbst gekommen«, zischte Dirk. »Aber meinst du nicht, dass sie dich sowieso schon entdeckt haben?« Er drehte sich halb zu Jurij um.

»Sollen sie doch«, sagte Jurij ungehalten. »Ein alter, verzweifelter Pilot, den es zu seiner sterbenden Maschine zieht – der lohnt doch keine Kugel mehr.«

»Insbesondere, weil er und alle anderen Überlebenden gleich in die Luft fliegen.«

»Das werden wir nicht«, widersprach Jurij heftig. »Auf meine Kleine ist Verlass. Selbst im Angesicht des Todes hält sie zu mir.«

Etwas knackte. Laut, metallisch, bedrohlich. Dirk wandte langsam den Kopf in Richtung des Hubschraubers. Der Scheinwerferstrahl begann plötzlich zu tanzen, zuckte nach oben, als suche er etwas am Himmel, glitt wieder hinab, streifte den Bug der Lisunov, wanderte dann weiter nach hinten und erhellte das zerstörte Flugzeugheck mit seinem Lichtkegel wie eine Sehenswürdigkeit.

»Die suchen uns«, flüsterte Jurij. »Und jetzt runter mit dir, Jungchen.«

»Dirk!«, dröhnte eine Stimme aus der Richtung des Hubschraubers. »Sind Sie das? Und war das vorhin Kinah?«

Dirk erstarrte. Die Stimme klang blechern, wie aus einem Megafon. Wahrscheinlich benutzte der Sprecher jedoch ein Mikrophon, das über einen Verstärker den Außenlautsprecher des Hubschraubers zum Scheppern brachte. Aber woher kannte der Kerl seinen Namen?

»Jan!«, schrie Kinah.

Jan? Jan Olowski, der Mann, den er in der einstürzenden Grotte zurückgelassen hatte? Der hätte tot sein müssen, erschlagen von Tonnen scharfkantigen Gesteins?

»Kinah!«, tönte es blechern. »Um Himmels willen! Sag deinen Freunden, sie sollen den Unsinn lassen. Sie sollen sich sofort von dem Maschinengewehr zurückziehen!«

»Also doch«, knurrte Biermann. »Sie haben uns entdeckt. Der Tanz geht los.«

»Handelt bitte nicht voreilig«, fuhr der Mann fort. »Wir haben nicht die Absicht, euch anzugreifen. Wir wollen nur mit euch reden.«

»Natürlich«, murmelte Biermann verbittert. »Die hatten bestimmt auch nie die Absicht, Janette umzubringen.«

»Jetzt werden sie ja sehen, was sie davon haben«, ergänzte Rastalocke.

»Nicht!«, brüllte Kinah. Dirk bezweifelte, dass sie den kurzen Wortwechsel zwischen den beiden Männern mitbekommen hatte, aber gewiss ahnte sie, was in Biermann und John vorging, und fürchtete ihre Reaktion.

Dirk teilte ihre Angst.

»Lasst es sein!«, brach es aus ihm heraus. »Hört auf mit dem Mist!«

»Munitionsgurt?«, fragte John.

»Liegt perfekt«, antwortete Biermann knapp. »Also los. Damit uns die Arschlöcher nicht zuvorkommen!«

»Aufhören!«, brüllten Kinah und Dirk gleichzeitig.

Dirk hörte die raschen Schritte, mit denen Kinah durch den Regen auf den Hubschrauber zulief. Und dann ganz in der Nähe ein metallisches Klicken.

Die Kontrahenten machten sich feuerbereit. Während Kinah mitten in das Schussfeld rannte.

»Kinah!«, schrie er. »Zurück!«

Doch er kannte sie und wusste, dass sie noch nicht einmal langsamer werden, geschweige denn stehen bleiben würde.

»In Deckung!«, zischte Jurij. »Gleich bricht hier die Hölle los …«

»Weg von der Waffe!«, übertönte ihn eine donnernde Stimme. Es war eine andere als zuvor, und sie klang, als sei sie es gewohnt, Befehle zu erteilen.

Dirk war klar, dass er sich auf den Boden werfen musste. Hängebackenschwein hatte ihm dieses Manöver in der Grundausbildung bis zum Erbrechen abverlangt. »Nur, wer im Ernstfall schnell unten ist und jede Deckung nutzt, hat bei gezieltem feindlichen Beschuss eine Überlebenschance«, hatte Mayer ihm und seinen Kameraden eingebläut.

Aber Dirk konnte einfach nicht tun, was die Grundausbildung und sein Selbsterhaltungstrieb ihm vorgaben. Nicht, solange Kinah in Gefahr war.

»Wenn ihr schießt«, fauchte er und riss die Signalpistole hoch, »jage ich die Leuchtkugel mitten in das Maschinengewehr.«

»Und … go!«, rief Biermann.

Das Maschinengewehr begann zu hämmern.

8

Es gibt Situationen im Leben, in denen sich innerhalb weniger Sekunden ein Schicksal entscheidet. Doch selbst wenn man im Brennpunkt des Geschehens steht und die Katastrophe herannahen sieht, ist man nicht Handelnder, sondern nur Betroffener. Der rationale Teil von Dirk wusste, dass genau dies jetzt mit ihm geschah. Er stand stocksteif mitten in der Schusslinie, anstatt sich seinem Bundeswehrtraining gemäß zu Boden zu werfen und unter allen Umständen den Kopf unten zu behalten.

Kinah. Er musste Kinah retten, die sich durch ihren verrückten Impuls in Lebensgefahr brachte.

»Jan!«, schrie er. »Nicht schießen! Kinah ist hier!«

Er wartete nicht auf eine Reaktion. Er spurtete los. Gerade, als ein Schatten vor ihm im Regen auftauchte, begann Rastalockes Maschinengewehr zu belfern. Kinah hetzte Dirk entgegen wie eine Antilope, hinter der ein Rudel Löwen her ist.

Er sprang mit einer verzweifelten Bewegung zur Seite. Matsch spritzte unter seinen Schuhen, und er drohte auszurutschen. Mit wild rudernden Armen kämpfte er um sein Gleichgewicht. Da prallte Kinah mit vollem Tempo gegen ihn und riss ihn fast von den Füßen. In der absurden Parodie eines Tanzschritts vollzog er unfreiwillig eine halbe Drehung mit ihr.

»Dirk, nicht«, keuchte Kinah, kaum dass sie aneinandergeklammert zum Stehen gekommen waren. »Ich muss diesen Wahnsinn stoppen!«

Doch eine zweite Waffe griff bereits in den Kampf ein. Es war nicht Johns Pistole, sondern eine hart ratternde, ihre Munition mit hoher Geschwindigkeit durch mehrere Läufe schießende Revolverkanone. Unterstützt von einem Nachtsichtgerät verfügte sie garantiert über große Treffsicherheit.

Dirk versuchte, Kinah mit seinem Körper zu decken und gleichzeitig zu Boden zu drücken. Sie wehrte sich nach Leibeskräften, wand sich und kratzte ihm mit den Fingernägeln über das Gesicht. Er stieß einen dumpfen Laut aus und verlor für die Dauer eines Atemzugs die Orientierung. Kinah kannte keine Gnade. Sie tat geradezu so, als wäre er ein brutaler Angreifer, und zog ihm noch einmal die Nägel über die Wange. Es schmerzte höllisch. Sie ließ nicht nach, nutzte seine Schwäche und trommelte mit beiden Fäusten gegen seine Brust. Er knickte in den Knien ein und taumelte ein Stück zurück, sodass sie seinen Griff sprengen konnte. Als sie davonrennen wollte, packte er ihre Schulter, rutschte jedoch ab. Er hätte sie mit einem oder zwei Faustschlägen niederstrecken können, und vielleicht wäre in diesem Fall ein derart brutales Vorgehen auch gerechtfertigt gewesen, aber er konnte es einfach nicht. Er konnte Kinah unmöglich schlagen, niemals und unter keinen Umständen.

Außerdem war es ohnehin zu spät. Sie lief bereits auf den Bug zu, würde ihn mit den nächsten Schritten umrunden und den Salven entgegenstürmen, die der Bordschütze des Hubschraubers abgab, um John, Biermann und das verdammte Maschinengewehr auszuschalten.

»Kinah!«, schrie er völlig außer sich.

Jurijs altes MG spuckte eine einsame Kugel aus, knatterte wie im Leerlauf und knallte dann noch einen Schuss hinterher. Vielleicht klemmte wieder der Munitionsgurt, vielleicht war die Waffe aber auch endgültig leer geschossen.

Dirk stürzte Kinah nach. Die Angst um sie verlieh ihm ungeahnte Schnelligkeit.

Sobald das Maschinengewehr verstummte, stellte auch der

Bordschütze des Helikopters das Feuer ein. Nach dem ohrenbetäubenden Hämmern herrschte – bis auf ein unterschwelliges Dröhnen – auf einmal eine unnatürlich anmutende Stille. Der Waffenlärm erzeugte einen dumpfen Nachhall, der jedes andere Geräusch überlagerte. Es dauerte etliche Sekunden, bevor Dirk wieder das Prasseln des Regens, das Heulen des Windes und das aufgeregte Murmeln unmittelbar vor ihnen hörte.

Er blickte hinüber zum Suchscheinwerfer, der den Flugzeugbug anstrahlte und das glühende Metall in etwas unwirklich Glänzendes verwandelte, einem Raumschiff gleich, das durch die Abgründe von Raum und Zeit flog.

Soweit Dirk erkennen konnte, war die Lisunov nicht von weiteren Schüssen durchsiebt worden, ihre Narben stammten von dem Kampf in den Wolken.

Kinahs Rücken tauchte im Lichtkegel auf, ein grauer Schemen, der durch den Regen lief. Sie musste ohne zu zögern an Jurij, Biermann und John vorbeigestürmt sein, um *ihrem* Jan klarzumachen, dass die Waffen zu schweigen hatten.

»Aus dem Weg!«, brüllte Biermann.

Dirk zuckte zusammen. Ein Teil von ihm hatte gehofft, dass der von blindem Rachedurst getriebene Mann getroffen worden war – nicht so schwer, dass er seiner Verletzung erlag, aber schwer genug, um den außer Kontrolle geratenen Angriff abbrechen zu müssen.

Das schien jedoch ganz und gar nicht der Fall zu sein. Biermann wollte weiterschießen, und Kinah war ihm im Weg. Er würde keinerlei Rücksicht auf sie nehmen, das war Dirk klar. Doch Kinah ging nicht in Deckung.

Dirk schrie auf. Er war direkt hinter ihr, hatte sie beinahe eingeholt. Er verschwendete keinen Gedanken daran, in welcher Gefahr er selbst schwebte. Er wollte sich über sie werfen, sie unter sich begraben, um sie so gut wie möglich zu schützen.

Kinah blieb abrupt stehen und schwankte. Dirk schrie erneut. Wenn sie getroffen war, wenn sie jetzt und hier blutüberströmt zusammenbrach, wenn sie in seinen Armen starb, dann war alles aus, alles sinnlos. Dann hatte er durch seine Halsstarrigkeit und Blindheit eine Tragödie ausgelöst.

Er packte Kinah an den Schultern, wirbelte sie herum und brachte sich zwischen sie und den Hubschrauber.

Jemand eilte auf ihn zu und hob eine nur als schwarzer Schemen zu erkennende Waffe. Mündungsblitze blendeten ihn, dann knallte es zwei oder drei Mal so laut, dass er glaubte, sein Trommelfell müsse platzen.

Dirk erwartete den Einschlag der Kugeln in seinem Körper. Aber er spürte keinen Treffer. Offenbar hatte Biermann oder Rastalocke geschossen – mit der mickrigen, lächerlichen Pistole gegen die Maschinenwaffe des Hubschraubers.

Hinter Dirk zuckte ein greller Feuerblitz, und irgendjemand schrie. Die Schüsse hatten ihr Ziel erreicht. Und hoben den Wahnsinn auf die nächste Stufe.

Gleich mehrere Waffen antworteten der Pistole. Dirk hielt Kinah fest umklammert und sprang mit ihr so nahe an den Bug der Lisunov heran, wie es ihm mit einer einzigen, verzweifelten Bewegung gelang. Er hatte seine Grundausbildung und das Soldatspielen niemals ernst genommen, anders als die Schwachköpfe, die sich für längere Zeit verpflichtet hatten und jederzeit damit hatten rechnen müssen, in irgendein Krisengebiet geschickt zu werden, wo ein Menschenleben weniger zählte als die nächste Mahlzeit, und die das Kampftraining deswegen mit sehr viel größerer Motivation absolviert hatten als er selbst. Dennoch handelte er jetzt ganz instinktiv so, als wäre er erfolgreich darauf gedrillt worden, unter feindlichem Beschuss sich und einen verletzten Kameraden zu retten. Er konnte nicht *unter* das Flugzeug kriechen, aber er konnte möglichst nahe an die glühende Metallhülle heranrobben, an den einzigen Schutz, den er vor direkten Treffern und Querschlägern hatte.

Biermann oder Rastalocke knallten wie verrückt weiter um sich, sprangen aber gleichzeitig auch schon zurück. Dirk warf sich mit Kinah zu Boden und versuchte, noch im Fall eine halbe Drehung hinzubekommen, die zumindest seinen rechten Arm unter ihren Körper brachte und seinen Rücken vor sie.

Es gelang ihm einigermaßen. Sie landeten im Matsch wie hingeworfen. Kinah lag nun zwischen ihm und dem Flugzeugrumpf. Der Nebel verschluckte sie und verwehrte Dirk die Sicht auf seine Umgebung.

Er musste mit Kinah entlang der Lisunov zurückrobben, so weit weg wie möglich von den wahnsinnigen Männern, die unbedingt Krieg spielen wollten und nicht eher aufhören würden, bis sie alle von Kugeln durchsiebt in ihrem Blut lagen. Er musste Kinah zu Lubaya bringen, die sicherlich wusste, wie man Schussverletzungen auf die Schnelle verarzten konnte. Sie war die Einzige, die jemandem helfen konnte, den es schwer erwischt hatte.

Dirk kam nicht dazu, sein Vorhaben in die Tat umzusetzen. Der Pistolenschütze stolperte rückwärts auf ihn zu und trat ihm direkt neben der Wirbelsäule in den Rücken. Dirk wäre ihm ausgewichen, wenn er gekonnt hätte, aber sein Arm steckte unter Kinah fest. Kurz darauf traf ihn ein zweiter, weitaus härterer Tritt an der Schulter, denn der Mann kämpfte um sein Gleichgewicht und stampfte dabei mit dem Fuß auf. Dirk hatte das Gefühl, als würde seine Schulter durch seinen Körper hindurch in den feuchten Boden gerammt.

Der Pistolenschütze verlor endgültig den Halt und stürzte mit einem Keuchen auf sie beide nieder. Dirk wurde zusammengestaucht wie eine Maus, auf der ein Elefant landete – zumindest kam es ihm so vor. Ein Ellbogen stieß mit mörderischer Wucht in seine Niere. Dirk konnte nicht mehr atmen, nicht mehr denken.

Schüsse bellten durch die Nacht und zerrissen jeden Gedanken in tausend Fetzen, und der Schmerz, der durch Dirks Körper jagte, schien seine Lungen zu lähmen. Der Mann, der auf ihn und Kinah gefallen war, machte es ihm nicht einfacher. Er rückte keineswegs von ihnen ab, sondern schob sich stattdessen über sie hinweg noch ein Stück auf den glühenden Leib der Lisunov zu.

Dann ebbten die Schüsse ab. Die Waffe, die als Erste auf das Maschinengewehr geantwortet und harte, schnelle Salven abgefeuert hatte, spie noch ein paar kurze Feuerstöße und beendete dann ihre todbringende Tätigkeit, als seien ihr die Ziele ausgegangen. Auch die übrigen Schützen – wie viele es waren, wusste Dirk nicht – stellten einer nach dem anderen das Feuer ein.

Biermanns verrückter Plan war fehlgeschlagen. Dirk hatte nichts anderes erwartet. Und es war ihm egal. Für ihn zählte nur Kinah, die Schwere ihrer Verletzung und die Frage, ob Lubaya sie retten konnte.

Eine scheinbar endlose Zeit lang lag Dirk einfach da, eingeklemmt zwischen Kinah, dem Mann und dem schlammigen Boden, unfähig, sich aus eigener Kraft zu befreien. Dann hörte er Schritte. Sie hielten direkt auf ihn zu. Er wusste, dass er etwas unternehmen musste, aber er konnte nichts tun. Er konnte nicht richtig atmen, er konnte nicht viel sehen. Blut, da war Blut, das nahm er allerdings deutlich wahr. Jede Menge Blut, das sich mit dem Wasser vermischte, welches der Himmel wie eine göttliche Geißel zu ihnen herabschickte. Dirks rechte Hand lag in einer zähen Flüssigkeit – im Blut, das aus Kinah herauspulste, davon war er überzeugt. Dennoch glaubte er, Leben in ihr zu spüren, ein sachtes Zittern unter seiner linken Hand, die eher Halt suchend als Schutz bietend auf Kinahs Schulter ruhte. Aber er fürchtete, dass dies vielleicht nur die Resonanz seines brennenden Wunsches war, sie zu retten.

Die Schritte kamen unbarmherzig näher.

Dann blieben schwere Stiefel direkt neben Dirks Gesicht so abrupt stehen, dass sie es mit Schlamm besprengten. »Kinah?«

Der Stimme nach hätte es Jan Olowski sein können, doch Dirk war sich nicht sicher. Er wusste gar nichts mehr – noch nicht einmal, ob der Mann auf ihm Biermann oder John war und ob er seine Pistole wirklich leer geschossen hatte. Womöglich wartete er ja nur darauf, dass sich sein Gegner zu ihm beugte, um ihn dann niederzuschießen.

»Kinah?«, wiederholte der Mann.

Seine Stimme klang ängstlich. Ja, das war Olowski, erkennbar nicht nur an dem obligatorischen Holzfällerhemd, sondern auch an den langen Haaren, die er zu einem Pferdeschwanz gebunden hatte. Der Mann, der Kinah in den letzten drei Jahren nähergestanden hatte als jeder andere. In seinem Tonfall schwang die gleiche Angst mit, die auch Dirk empfand: die Angst davor, dass Kinah den Kugelhagel nicht überlebt hatte.

Dirk öffnete den Mund, kam jedoch nicht dazu, etwas zu sagen. Olowski ging in die Hocke, schnell und mit einer unsicher wirkenden Bewegung, als hätte er zu viel getrunken.

»Wenn hier noch jemand meint, den Revolverhelden spielen zu müssen, dann nur zu«, ertönte eine zweite Stimme. »Wir sind bis an die Zähne bewaffnet. Auf ein kleines Feuergefecht mehr oder weniger kommt es uns nicht an.«

Dirk verstand die Worte, nicht aber den Sinn der merkwürdigen Formulierung. Waren die Männer aus dem Hubschrauber gekommen, um ihnen den Gnadenschuss zu geben? Oder hatten sie etwas ganz anderes vor?

Ehe er sich den Kopf darüber zerbrechen konnte, tastete ein Lichtfinger durch den Nebel. Dirk beobachtete, wie sich der feuchte Dunst verbissen gegen den Strahl einer Stablampe wehrte, jedoch nicht verhindern konnte, dass diese die Umgebung nach und nach ausleuchtete.

Dann wünschte er sich, es wäre dunkel geblieben. Er sah auf Kinahs Hinterkopf. Da war Blut, jede Menge Blut. Es lief über ihr Haar, verklebte es zu dicken Strähnen, sickerte auf den matschigen Boden. Es war ein Albtraum. Was konnte es Schlimmeres geben, als den geliebten Menschen in seinem Blut liegen zu sehen?

Hätte jemand Dirk in diesem Moment erschossen, er wäre ihm dankbar gewesen. Er hatte Akuyi und Kinah finden wollen und alles verloren. Was jetzt noch geschah, war ihm gleichgültig.

»Oh mein Gott!«, rief Jan. »Ich brauche Hilfe! Schnell!«

»Was ist passiert?«, fragte die andere Stimme.

»Ich glaube, es hat sie alle drei erwischt.« Jans Stimme bebte. »Warum haben diese Idioten bloß angefangen zu schießen?«

»Du hast deine Frage schon selbst beantwortet«, erwiderte der andere hart. »Weil sie Idioten sind.«

Ein zweiter Lichtstrahl näherte sich, weitaus stärker als der erste. Er fuhr mit gewaltiger Kraft durch den Nebel, schien ihn zu teilen und zu durchstoßen wie das Flammenschwert eines zornigen Erzengels.

»Eine Waffe!«, stieß der zweite Mann hervor, nicht in Panik, sondern voller Entschlossenheit.

Tödlicher Entschlossenheit.

Dirks Augen weiteten sich. Etwas Widerliches, Grünes kroch auf ihn zu, schlängelte sich heran, als wollte es ihm in den Hals beißen. Dann erkannte er seinen Irrtum. Es war keine Schlange, wie sein verwirrter Verstand ihm zunächst eingeflüstert hatte.

Es war eine Krawatte. Biermanns Krawatte, die aus der Tasche seines Jacketts glitt.

Dirk hob den Kopf so hoch wie möglich und spähte über Biermanns Schulter. Die Pistole lag auf seinem Bauch. Die Finger seiner rechten Hand krampften sich um Griff und Abzug. Er brauchte bloß zu zielen und abzudrücken …

… Und der Mann, der Olowski begleitete und zweifellos bewaffnet war, würde entsprechend reagieren und dabei nicht nur Biermann treffen, sondern auch Dirk selbst – und Kinah.

»Nicht!«, keuchte Dirk.

Seine Bitte kam zu spät. Der Mann, der sich von Biermanns Pistole provoziert fühlte, handelte schnell. Wenn auch ganz anders, als Dirk erwartet hatte.

Er benutzte seine Stablampe als Waffe und schlug Biermann die Pistole aus der Hand. Sie krachte gegen die Flugzeughülle, prallte von ihr ab und landete mit einem schmatzenden Geräusch irgendwo hinter ihnen im Matsch.

Biermann zuckte krampfartig, wehrte sich jedoch nicht. Dirk verspürte Erleichterung, obwohl er eigentlich keinen Grund dazu hatte. Er wusste nicht, ob Kinah überleben würde, außerdem waren sie alle jetzt den Männern um Olowski ausgeliefert. Was auch immer diese mit ihnen vorhatten.

»Aufstehen!«, befahl der Mann, der die gleißend helle Lampe in der Hand hielt. »Alle!«

»Es …« Dirk schluckte und räusperte sich. »Es geht nicht.«

»Was geht nicht?«

»Ich … ich kann nicht aufstehen.« Dirk unterdrückte mit Mühe ein Stöhnen. »Biermann liegt auf mir.«

Noch während er redete, begriff er, dass er alles falsch machte. Er hätte sagen müssen, dass dieser Kampf nicht sein Kampf war, dass er von Anfang an gegen den Angriff auf den Hubschrauber gewesen war. Wenn es nach ihm und Kinah gegangen wäre, dann hätten sie im Schutze der Nacht zu fliehen versucht. Sie hätten nur geschossen, wenn man sie angegriffen hätte.

Der Mann mit der befehlsgewohnten Stimme sagte: »Räumt ihn weg.«

Olowski, der nach wie vor neben ihm kniete, beugte sich tiefer zu Dirk herab. »Was ist mit Kinah?«, flüsterte er.

»Ich weiß es nicht«, antwortete Dirk. »Sie … sie wollte zu dir.

Sie hat gedacht, sie könnte dich dazu bewegen, den Angriff abzublasen.«

»Ja, das sieht ihr ähnlich«, sagte Jan. »Dabei haben wir uns nur verteidigt. Warum seid ihr nicht einfach rausgekommen, als wir euch dazu aufgefordert haben?«

Dirk hatte keine Ahnung, wovon Olowski redete, und starrte ihn verständnislos an. Der andere Mann schaltete sich ein.

»Wir haben euch schon vor einer halben Ewigkeit mehrmals über die Außenlautsprecher aufgefordert, zu uns zu kommen. Ohne Waffen. Wir haben euch zugesichert, dass euch nichts passieren würde. Warum habt ihr nicht auf uns gehört?«

Dirk war wie vor den Kopf geschlagen. »Ich verstehe nicht … Wann …? … Ich habe nichts gehört.«

Ihm fiel ein, dass er im Cockpit für einige Zeit bewusstlos gewesen war.

Aber wenn es stimmte, was Olowski und der andere behaupteten – warum hatte ihm Kinah nichts davon gesagt? Sollten die Geräusche des Feuers und des sich durch die Hitze dehnenden Metalls in der Lisunov so laut gewesen sein, dass sie nicht verstanden hatte, was man ihnen herübergerufen hatte? Oder hatte sie in der Aufregung nur vergessen, ihm davon zu erzählen?

Olowski packte Biermann an den Armen, einer seiner Begleiter, den Dirk aus seiner Position heraus mehr erahnte als sah, nahm seine Beine. Gemeinsam zogen sie den schweren Mann von ihm herunter.

Nachdem sie Biermann neben ihn gelegt hatten, hätte Dirk befreit aufatmen können. Doch ganz abgesehen davon, dass er nicht wusste, was mit dem Privatdetektiv los war (die Tatsache, dass er sich nicht rührte, gab Anlass zu den schlimmsten Befürchtungen), hatte er immer noch kein Lebenszeichen von Kinah bekommen. Seine Kehle war wie zugeschnürt.

»Kinah?«, krächzte er heiser. Keine Reaktion.

»Was ist mit dir?«, erkundigte sich Olowski. »Bist du verletzt?«

»Nein, nicht wirklich.« Dirk musste sich zusammenreißen, um nicht laut zu schluchzen. »Ich bin nicht von einer Kugel getroffen worden, wenn du das meinst. Aber ich weiß nicht, was mit Kinah ist.«

»Dann steh auf«, sagte Olowski rasch. »Warte, ich helfe dir.«

Er griff nach Dirks linker Hand, fasste ihn an der Schulter und zog ihn ein Stück zur Seite. Dirk gelang es kaum, Kinah loszulassen. Nicht, weil er körperlich nicht dazu in der Lage war, sondern, weil er sie gar nicht loslassen *wollte*. Es hatte etwas schrecklich Endgültiges, die Hand unter ihrem warmen Körper wegzuzerren. Es kam ihm vor wie ein Abschied.

Dann stand er unbeholfen, zitternd und von Jan Olowski gestützt auf. »Wir müssen …«, begann er.

»… nachsehen, wie es ihr geht«, unterbrach ihn eine resolute Frauenstimme. Lubaya. Endlich. Die massige Schwarze, mit der er sich bei ihrer ersten Begegnung so unangenehm gestritten hatte, war die Einzige, der er zutraute, Kinah wirklich zu helfen. Sie kam näher, ein wogender Schatten, vor dem der Nebel zu fliehen schien, sodass ihre beeindruckende Gestalt weitaus besser zu sehen war als Olowski und seine Begleiter. »Keine Sorge, Leute«, rief sie ihnen entgegen. »Ich bin unbewaffnet und habe nicht vor, irgendjemanden anzugreifen. Ich will nur helfen.«

»Wenn Sie helfen wollen«, sagte der Mann mit befehlsgewohnter Stimme und schwenkte seine Lampe zu Lubaya, »dann kümmern Sie sich um den angeschossenen Mann im Hubschrauber!«

»Das werde ich«, antwortete Lubaya. »Aber erst muss ich nach der Frau sehen.«

Sie war Dirk jetzt so nah, dass er sie deutlich erkennen konnte. Ihr schwarzes Gesicht glänzte vor Nässe, und ihre Haare hätte man auswringen und eine Stunde lang föhnen und kämmen müssen, um sie wieder in Form zu bringen. Sie betrachtete ihn ernst und aufmerksam, als erwartete sie irgendetwas von ihm.

»Ich habe versucht …«, begann Dirk kläglich.

»Ich weiß, was du versucht hast, weißer Mann«, unterbrach ihn Lubaya. »Du versuchst, einen Weg zu gehen, an den du selbst nicht wirklich glaubst. Kein Wunder, dass dann alles in einer Katastrophe endet.«

Sie gab weder Dirk noch den anderen Männern Gelegenheit, etwas zu erwidern, sondern ging sofort in die Hocke. Der Mann, der die Lampe in den Händen hielt, leuchtete den Platz vor ihr aus.

Während sich Lubaya ächzend neben Kinahs leblosem Körper niederließ, fuhr ein derart starker und heißer Windstoß über die Ebene, dass Dirk schwankte und einen Ausfallschritt machen musste, damit ihn die Bö nicht umblies. Der Wind war so warm, als wäre er von der Erinnerung der Wüste an ihre heißesten Tage genährt. Er trieb den Regen vor sich her, scheuchte ihn über den matschigen Boden wie ein arabischer Händler eine Gruppe vorlauter Kinder. Der Niederschlag hörte nicht sofort auf, aber heftige Böen rissen die schwarzen Wolken auseinander, die ihre nasse Last bisher beharrlich über dem improvisierten Landeplatz abgeladen hatten. Auch der Nebel stob nicht ganz davon, verlor jedoch dort, wo die Brise heiß und fauchend in ihn fuhr, an Konsistenz und verwandelte sich in vereinzelte Schwaden, die über der Ebene verwirbelt wurden.

In die Männer um Dirk kam Bewegung, nicht zuletzt deshalb, weil sie sich gleich ihm gegen die tobende Urgewalt der Sturmausläufer stemmen mussten, um nicht einfach umgeweht zu werden.

»Es geht los!«, rief der Mann mit der befehlsgewohnten Stimme. »Wir müssen weg hier!«

Dirk drehte sich zu ihm um, was sein von Biermanns Tritt malträtierter Rücken mit einem stechenden Schmerz quittierte. Er war nicht überrascht, einen Araber im Maßanzug zu sehen, eine gepflegte Erscheinung mit einem durchaus ansprechenden, wenn auch etwas hart wirkenden Gesicht. Ventura.

Natürlich war es Ventura. Im Grunde genommen hatte er das schon die ganze Zeit gewusst. Trotzdem versetzte ihm der Anblick einen Stich. Ventura, der Name stand für all das Leid, das über sie gekommen war. Dieser Mann erteilte mit einer Beiläufigkeit Mordbefehle, mit der andere einen Cappuccino bestellten.

Dirk spürte eine Woge brennenden Hasses in sich hochsteigen. Hätte er eine Waffe in den Händen gehalten, er hätte für nichts mehr garantieren können. Ja, er konnte Biermann verstehen. Hass und Rachedurst mochten Gefühle sein, die eines zivilisierten Menschen unwürdig waren. Doch das bedeutete nicht, dass man nicht von ihnen überwältigt werden konnte, wenn man einem Monster in Menschengestalt gegenüberstand.

Der Araber in der Grotte, der Dirk angefallen hatte wie ein tollwütiger Hund, die Männer, die sich an Achmeds Leiche zu schaffen gemacht hatten – sie alle hatten auf Venturas Lohnliste gestanden. Genauso wie die Besatzung des ersten Hubschraubers, die auf sie geschossen und dabei Jurij verletzt und Janette getötet hatte.

Was hatten Venturas Schergen wohl Akuyi und Noah angetan? Und wenn Kinah tot war, gestorben im Kugelhagel, den Ventura zu verantworten hatte …

Ventura musste das Funkeln in seinen Augen richtig gedeutet haben. Dirk bemerkte, dass er die Stirn runzelte und sich sein Gesichtsausdruck verhärtete. »Durchsucht ihn nach Waffen!«, befahl er.

Der Mann, der in angespannter Haltung neben ihm stand, nickte knapp und kam auf Dirk zu.

Die Signalpistole! Dirk hatte sie völlig vergessen. Er wusste nur noch, dass er sie in der Hand gehalten hatte, bevor er nach Kinah gegriffen hatte. Steckte sie nun vielleicht wieder in seinem Hosenbund?

»Bist du bewaffnet?«, fragte Olowski. »Dann wäre es besser, du würdest es gleich sagen und die Waffe rausrücken.«

Dirk starrte ihn an. Olowski stand bebend im warmen Wind, eine seltsam traurig und verloren wirkende Gestalt. Die Selbstsicherheit, die er in der unterirdischen Bibliothek ausgestrahlt hatte, war verschwunden, und auch von der Aggressivität, die er bei ihrer ersten Begegnung an den Tag gelegt hatte, war nichts übrig. Jan Olowski schien jedes Mal, wenn er ihn sah, ein komplett anderer Mensch zu sein.

»Ich bin kein Killer!«, fauchte Dirk. »Ich brauche keine Waffe.«

Olowski zuckte zusammen und blinzelte nervös. Er fuhr mit der rechten Hand in seine Hosentasche, als wollte er etwas herausholen. Dann zog er sie wie ertappt zurück.

»Diese Männer sind auch keine Killer«, sagte er.

Dirk beachtete ihn nicht. Er blickte hinab auf den Boden, wo Biermann lag. Er war über und über mit Blut besudelt. In seiner Brust klafften mindestens zwei, wenn nicht drei schreckliche Wunden. Aber er lebte noch. Auf einmal begannen seine Lider zu flattern, als spürte er, dass er beobachtet wurde. Und dann schlug er die Augen auf und starrte Dirk an.

»Ich …«, krächzte er. »Du …«

Ein Schwall von Blut ergoss sich über seine Lippen, und er verschluckte sich daran. Er hustete, riss den Mund auf und spuckte eine ganze Blutfontäne aus.

Dirk schwankte, und der nächste Windstoß riss ihn beinahe von den Beinen. Bittere Galle sammelte sich unter seiner Zunge. Biermann war vielleicht nicht der sympathischste Mensch, den er je kennengelernt hatte. Aber einen solchen Tod hatte er nicht verdient.

Er hätte sich niederbeugen können, um dem Sterbenden durch seine Nähe Trost zu spenden – das Einzige, was man einem Menschen geben konnte, der nur noch wenige Minuten zu leben hatte. Doch er vermochte es nicht. Er redete sich ein, dass er sich um Kinah kümmern musste, aber ein Teil von ihm wusste, dass das nur eine billige Ausrede war.

Ein anderer Teil von ihm wurde von Grauen erfasst – von einem weitaus größeren Grauen als dem, das Biermanns Anblick in ihm auslöste. Dirk wandte sich zu Lubaya und Kinah. Der warme Wind blies ihm mit voller Wucht ins Gesicht. Er merkte kaum, dass der Mann, dem Ventura befohlen hatte, ihn nach Waffen zu durchsuchen, vor ihn trat und ihn viel härter am Arm packte als nötig.

Kinah. Wenn sie ebenso von Kugeln zerfetzt war wie Biermann …

Er wollte zu ihr stürzen, aber Venturas Mann hielt ihn fest und drehte ihn mit einem brutalen Ruck um. »Hands up!«, rief er.

Dirk sah ihn verständnislos an, bis er begriff, dass der Mann Englisch gesprochen hatte. Er hatte ein flächiges Gesicht mit kräftigen Wangenknochen und einer breit geschlagenen Boxernase und war eindeutig kein Araber, sondern stammte wahrscheinlich aus Osteuropa. Einer jener Handlanger des Todes, die Ventura um sich geschart hatte.

»Hands up!«, wiederholte der Mann drohend.

Dirk hob die Hände. Je schneller er es hinter sich hatte, desto besser.

»Wir müssen hier weg«, sagte Ventura. »Mal davon abgesehen, dass mich dieses qualmende Wrack nervös macht – wir sollten uns verziehen, bevor der Sturm losbricht.«

Der Sturm. Richtig. Dirk hatte fast vergessen, was Kinah bewogen hatte, ihn und Akuyi zu verlassen. Ein gewaltiger Sturm, den sie schon seit Jahren heraufziehen sah und glaubte, bekämpfen zu müssen, eine mörderische Macht, die das, was die Menschheit der

Natur mühsam abgerungen hatte, mit spielerischer Leichtigkeit davonzuwirbeln vermochte. Dirk hatte keineswegs die Lektion an der marokkanischen Küste vergessen, die Gewalt, mit der eine seit zehntausenden von Jahren stabile Grotte in sich zusammengefallen war. Und schon gar nicht die rätselhaften Begegnungen mit dem Schamanen und dessen Warnung vor einem monströsen Sturm, der ihrer aller Leben gefährdete.

Wie es jetzt aussah, würde Dirk allerdings nicht im Sturm den Tod finden, sondern durch die Kugel eines Meuchelmörders.

Der Osteuropäer richtete mit der rechten Hand eine Waffe auf ihn und tastete ihn mit der linken routiniert und nicht gerade zimperlich ab. Dirk wartete darauf, dass er mit einem triumphierenden Grinsen die Signalpistole hervorziehen würde. Aber das geschah nicht. Nach einer Zeitspanne, die Dirk endlos vorkam und zugleich derart schnell verstrich, dass seine panischen Gedanken nicht zur Ruhe kamen, trat der grobschlächtige Kerl zurück.

»Nothing«, verkündete er mit einem schweren Akzent. »He is clean.«

Lediglich zwei Schritte trennten Dirk von Kinah und Lubaya. Die Schwarzafrikanerin kauerte zwischen ihm und Kinah, sodass er nur Kinahs Beine sehen konnte. Olowski stand daneben, zog nervös irgendetwas aus seiner Hosentasche und verbarg es in seiner Hand.

Dirk schubste ihn beiseite. Er hatte Angst vor dem, was ihn erwartete, dermaßen viel Angst, dass er am liebsten weggelaufen wäre, fort in die scheinbar nicht enden wollende afrikanische Nacht.

Der Anblick war noch viel schrecklicher, als er erwartet hatte. Es sah aus, als wären Kinahs Kopf und Oberkörper in Blut gebadet worden. Der rote Lebenssaft verklebte nicht nur ihre Haare, er war ihr auch über Wangen und Hals gelaufen. Dirk entdeckte keine Einschusslöcher in ihrem Brustkorb, aber er war rot durchtränkt, schlimmer noch als bei Biermann, der hinter ihnen röchelnd sein Leben aushauchte.

»Was … was ist … mit ihr?«, stammelte Dirk.

Seine eigene Stimme kam ihm vor wie die eines Fremden. Er fühlte nichts, dachte nichts, spürte nur die eisige Kälte, die von seinen Beinen aus nach oben wanderte.

Lubaya wandte sich zu ihm. Sie wirkte angespannt und erschöpft, und tief in ihren Augen glühte Zorn. Trotzdem stahl sich der Anflug eines Lächelns in ihr Gesicht, was Dirk völlig unangemessen fand.

»Nichts«, antwortete sie.

»Nichts?« Dirk schüttelte den Kopf. Die Kälte erreichte seinen Unterleib und kroch beharrlich weiter empor. »Und all das Blut?«

»Das ist von Birdie«, antwortete Lubaya. »Kinah war wohl für ein paar Minuten ohnmächtig, und sie hat einen harmlosen Streifschuss am Arm. Sonst ist ihr nichts passiert.«

Dirk hörte die Worte, verstand sie jedoch nicht. Er fragte sich, wer Birdie war – bis ihm einfiel, dass Biermann diesen Spitznamen trug. »Du meinst …?«

»Ich meine, dass wir sie möglichst schnell hier wegbringen sollten.« Lubaya erhob sich. »Es wäre gut, wenn Jan und du das erledigen könnten. Und zwar heute noch.«

Dirk starrte fassungslos auf Kinah hinab. Die Eiseskälte hatte mittlerweile seinen Magen erreicht und dachte trotz der erlösenden Nachricht offenbar gar nicht daran, wieder zu verschwinden.

Kinahs Augenlider zuckten, und dann öffnete sie die Augen und sah ihn an. »Dirk«, murmelte sie. »Was ist passiert?«

»Nichts«, antwortete Jan an seiner statt. »Oder so gut wie nichts.«

Nur, dass Biermann gerade neben uns verreckt, dachte Dirk.

»Aber wir haben keine Zeit mehr«, fuhr Jan hastig fort. »Der

Sturm wird stärker. Wir müssen sofort abhauen, sonst kommen wir hier nicht mehr weg!«

Wie zur Bestätigung dieser Worte traf Dirk ein harter Schlag in den Rücken, eine Bö, die die letzten Regentropfen und Nebelschwaden vertrieb. Dirk taumelte und stützte sich mit den Händen gegen die Außenhülle der Lisunov, zog sie aber sofort wieder zurück. Das Metall war heiß wie eine Kochplatte, und der Qualm, der aus sämtlichen Rissen und Spalten im Flugzeugrumpf drang, stank, als würde er dem Vorhof der Hölle entweichen.

»Alle zum Hubschrauber!«, übertönte Venturas Stimme das anschwellende Fauchen des Windes. »Schnell!«

Jan ging in die Hocke und schnappte sich Kinahs Beine. Dirk schob seine Hände unter Kinahs Achselhöhlen.

»Auf drei«, sagte Jan. »Drei!«

Es war kein Scherz. Sie hatten tatsächlich keine Zeit mehr. Die Lisunov bebte und ächzte unter der Gewalt, die sie von innen und außen bedrängte, unter dem Ansturm der Böen, die sich den Metallkörper zum Ziel ihrer Zerstörungskraft erkoren zu haben schienen.

Dirk richtete sich mit einer kraftvollen Bewegung auf. Er würde sich durch nichts davon abhalten lassen, Kinah in Sicherheit zu bringen, weder durch einen Sturm noch durch eine Kugel.

»Lasst los, ihr Blödmänner!«, stammelte Kinah. »Ich kann alleine laufen.«

Ihre Sprache war ebenso unsicher und kraftlos wie ihr Versuch, sich aus Dirks Griff zu lösen.

Er und Jan trugen sie langsam von dem Flugzeugwrack weg, hinüber zum Hubschrauber.

Da sahen sie das alte Maschinengewehr der Lisunov und den Mann mit den Rastalocken, der verkrümmt dahinterlag. John und Biermann hatten die schwere Waffe nicht wie angekündigt direkt neben dem Flugzeugbug aufgebaut, sondern ein Stück entfernt. Viel Glück hatten sie dabei nicht gehabt.

Das MG war von einer gegnerischen Waffe getroffen und zur Seite geschleudert worden. Der Kolben war blutverschmiert. Diese Waffe würde höchstwahrscheinlich nie wieder einen Schuss abgeben. Dirk hätte grimmige Genugtuung empfinden müssen, aber das war keineswegs der Fall. Er hatte John noch viel weniger leiden können als Biermann, betrachtete nun jedoch mit Erschütterung die Blutspur, die sich von dem Maschinengewehr bis zu Johns Händen zog und unter seinem Körper verschwand. Johns vollkommen unnatürliche Haltung ließ nur einen Schluss zu. *Noch ein Mensch, der durch meine Schuld ums Leben gekommen ist*, dachte er. Alle drei – Biermann, John, Janette –, die ihn begleitet hatten, um ihm bei der Suche nach seiner Tochter zu helfen, hatten das mit ihrem Leben bezahlt.

»Warum habt ihr das getan?« Olowski verlangsamte seinen Schritt und starrte den Toten an, als könnte er nicht glauben, was er sah. »Ihr hättet doch nur zu uns kommen müssen! Wir wollten euch doch helfen!«

Dirk registrierte diese Worte erst mit einiger Verspätung, weil er zu sehr von dem abgelenkt war, was er sah. John lag mit dem Gesicht im Matsch, als hätte man ihn achtlos weggeworfen. Er glich einer von Kinahs Skulpturen – grotesk verbogen und verzerrt, wenn auch aus Fleisch und Blut statt aus Draht, Kunststoff, Holz oder Metall. Mit seinem linken Arm schien etwas ganz und gar nicht zu stimmen, der rechte war unter seinem Körper begraben. Man hatte ihn nicht bloß niedergeschossen, sondern ihm danach auch noch ein paar kräftige Fußtritte verpasst. Dirk konnte sich vorstellen, wer das gewesen war: der Osteuropäer mit der Boxernase.

»Ihr wolltet uns helfen?«, fragte er und blieb stehen, um Kinah anders zu fassen, ehe eine Sturmbö sie ihm aus den Händen riss.

»Was soll das?« Kinah blickte zu ihm hoch. »Willst du mich fallen lassen wie eine heiße Kartoffel?«

Es bereitete Kinah sichtlich Mühe, sich diesen kläglichen Scherz abzuringen, und Dirk fragte sich unwillkürlich, ob ihr wirklich nichts geschehen war. Sie klang so schwach. Er würde Lubaya bitten, sie sich noch einmal genau anzusehen.

»Ja, helfen. Stell dir vor.« Olowski hatte ebenfalls innegehalten und schien auch nicht weitergehen zu wollen, obwohl Dirk ihm auffordernd zunickte. »Oder was glaubst du, warum wir euch gefolgt sind?«

Dirk keuchte, überrascht und entrüstet zugleich. »Weil ihr uns abschießen wolltet«, entgegnete er. »Eure Kollegen hätten uns doch schon mitten im Gebirge beinahe vom Himmel geputzt.«

»Das waren nicht Venturas Leute.« Jans Pferdeschwanz flatterte hin und her wie ein Wimpel auf einem schnellen Motorboot. Er verlagerte sein Gewicht und sah Dirk mit schief gelegtem Kopf an. »Das waren die Männer, die schon die ganze Zeit hinter euch her sind. Wir wollten euch nur vor ihnen beschützen.«

»Ja, natürlich.« Dirk deutete mit einer ärgerlichen Kopfbewegung auf den Hubschrauber, aus dem gerade der Pilot stieg – erkennbar an dem Helm mit Funksprecheinrichtung. »Deswegen schießt ihr ja auch ständig auf uns.«

»Das waren wir nicht.« Jan warf einen Blick auf John. »Das hier, ja. Und dieses Blutbad war völlig unnötig. Ihr habt angefangen.«

»Natürlich«, sagte Dirk noch einmal. »Wir haben auch den Luftkampf eröffnet.«

Jan hatte offensichtlich eine Antwort parat, doch gerade, als er sie aussprechen wollte, begann Kinah zu zappeln. »Lasst mich runter, bevor ihr euch gegenseitig die Köpfe einschlagt!«

»Entschuldige«, stieß Dirk zerknirscht hervor. »Ich bin solch ein Idiot.«

»Stimmt«, bestätigte Kinah. Ihre Stimme klang keinen Deut kräftiger als zuvor, aber entschiedener. »Du hast nämlich vergessen, was du mir selbst erzählt hast. Zwei Helikopter haben uns verfolgt. Und in ihrem Funkverkehr war von einer dritten Maschine die Rede, die die Piloten der anderen zwei nervös machte.«

Dirk öffnete den Mund, um darauf zu antworten, klappte ihn dann jedoch wieder zu. Nein. Wenn Kinah recht hatte, dann war das, was hier stattgefunden hatte, dieses fürchterliche Gemetzel, das Biermann und John den Tod gebracht hatte, nicht nur vollkommen unnötig, sondern der reinste Wahnsinn gewesen. Dann hatten sie ihre einzigen Verbündeten angegriffen. »Aber Ventura …«, begann er.

»Ist der Mann, der mich gerettet hat, nachdem du und Lubaya aus der einstürzenden Grotte geflohen wart, ohne euch um mich zu kümmern«, unterbrach ihn Jan. »Ja, Dirk.« In seinen Augen schimmerten Tränen. »Es ist wahr. Ventura gehört nicht zu den Leuten, die euch ans Leder wollen. Ganz im Gegenteil. Er ist einer der Guten. Begreif das doch!«

Dirk stand da, wurde von dem viel zu warmen Wind zerzaust, hielt Kinah fest und starrte Jan sprachlos an. Ja, es passte durchaus zusammen. Drei Maschinen. Zwei, die hinter ihnen her gewesen waren, und die dritte.

Im schlimmsten Fall machten zwei verschiedene Gruppen Jagd auf sie. Im besten Fall hatten sie Unterstützung bekommen, aus welchen Gründen auch immer.

»Wenn das stimmt …«

»Wäre das, was in den letzten Minuten hier geschehen ist, eine Katastrophe«, beendete Jan den Satz. »Und genau so ist es auch.«

Dirk nickte. Er glaubte Jan. Nicht, weil er ihn so sehr ins Herz geschlossen hatte, wie Kinah das getan haben mochte, sondern weil er seine Ernsthaftigkeit spürte.

»Dann müssen wir sehen, dass wir das irgendwie …«

»… ungeschehen machen?« Jan wurde es allmählich zur schlechten Gewohnheit, ihn ständig zu unterbrechen. »Das können wir nicht. Lass uns lieber von hier verschwinden, bevor der Sturm noch heftiger wird.«

Dirk atmete tief ein. Es gab nichts mehr zu sagen. Jan hatte recht. Schon jetzt zerrte der Wind derart an ihnen, dass sie sich nur mit Mühe auf den Beinen halten konnten. Sie mussten zum Hubschrauber, ehe der Sturm einen Start unmöglich machte …

Eine Bewegung am Boden erregte seine Aufmerksamkeit. Etwas Huschendes, Unruhiges, genau dort, wo Rastalocke lag. Für einen Sekundenbruchteil glaubte Dirk, eine Ratte an der Leiche schnuppern zu sehen, ein besonders fettes, widerliches Exemplar.

Es war keine Ratte. Es war die Hand des Mannes, den er für tot gehalten hatte. Johns Finger umklammerten etwas.

Den Griff der Signalpistole.

Dirk stöhnte auf. Er hätte Kinah loslassen müssen, um zu tun, was getan werden musste – um den Wahnsinn zu stoppen, der in die letzte Runde ging. Aber das brachte er nicht fertig.

Rastalocke fuhr bebend hoch. Sein linker Arm war von einem oder mehreren Treffern regelrecht zerfetzt, ein blutüberströmter Stumpf, bei dessen Anblick sich jedem normalen Menschen der Magen umdrehen musste. Dirk blieb keine Zeit für eine derartige Reaktion. John war nicht besonders schnell, aber zielstrebig, und er handelte aus einer verrückten Logik heraus. Seine Bewegungen waren abgehackt, sein Gesicht wirkte leblos und fahl wie das eines Zombies, doch in seinen Augen glomm ein unheilvolles Feuer.

»Nicht!«, schrien Kinah und Jan gleichzeitig.

Dirk schrie nicht, er atmete nicht, er war wie gelähmt.

Rastalocke hatte sich halbwegs aufgerichtet. »Ihr Schweine!«, brüllte er, kaum verständlich, aber getränkt von Hass und Vernichtungswillen.

Der Hubschrauberpilot wirbelte herum, hob seine Waffe und schoss, ohne zu zielen. Die Kugel schlug einen Meter neben Dirk in den Matsch.

Rastalocke hatte nur einen Schuss, und er hatte ihn sich für diese Gelegenheit aufgespart.

Er nahm sich Zeit, sein Ziel anzuvisieren. Das Glück war auf seiner Seite, der Wind hatte den Nebel vertrieben und das Licht des auf die Lisunov gerichteten Scheinwerfers wurde von dem Flugzeugwrack reflektiert, sodass die Strecke bis zum Hubschrauber wie von hellem Mondschein erleuchtet dalag.

Die Signalpatrone fauchte hervor.

Rastalocke mochte tödlich verletzt sein, aber er hatte eine ruhige Hand. Die Patrone zischte an dem Piloten vorbei und durch die offene Cockpittür in die Maschine. Für eine Weile herrschte Stille. Es schien Dirk, als hielte der Sturm inne, als wummerte nur noch sein eigenes Herz, dafür aber viel lauter, als es eigentlich sollte …

Plötzlich barst etwas. Ein heller Feuerschein drang aus dem Hubschrauber, gefolgt von einem ohrenbetäubenden Knall, und dann zerriss eine gewaltige Explosion die Maschine.

9

Die Nacht war sternenklar, als hätte es nie Nebel und Regen gegeben, und von den warmen, mitunter fast heißen Böen war nicht mehr geblieben als ein angenehm mildes Lüftchen, das ihre durchweichten Kleider und klitschnassen Haare wie ein auf niedrige Stufe gestellter Föhn trocknete. Es war, als wollte die Natur all die Unbill wiedergutmachen, die sie ihnen zugemutet hatte. Pfützen reflektierten das Licht der Sterne wie unergründliche, tiefschwarze Spiegel in Märchenschlössern. Wann immer Dirks Blick auf einen dieser Spiegel fiel, sah er sich selbst darin auftauchen wie einen Geist, oder auch Jurij, der an seiner Seite ging; manchmal sogar Kinah, die nur zwei Schritte vor ihm neben Jan dem Pfad folgte. Ihr Abbild im Wasser mochte flüchtig sein, aber es berührte etwas tief in ihm, den Teil, der trotz der Katastrophe und aller bösen Worte unerschütterlich an ihrer Liebe festhielt.

Dirk wurde aus seinen Gedanken gerissen, als Boxernase – der eigentlich Karel hieß, wie Dirk inzwischen erfahren hatte – plötzlich stehen blieb und gen Osten starrte, wo die Nacht zögerlich den ersten zarten Rottönen wich.

»Faster!«, feuerte er sie an. »The sky is getting light. When the sun is up, we must have shelter.«

Lubaya schloss zu Karel auf und murmelte ihm etwas zu. Dirk vermutete, dass es sich um eine Anweisung bezüglich der günstigsten Route handelte. Karel nickte beinahe ergeben und setzte sich wieder in Bewegung.

Es war ein Zug der Geschlagenen und Verwundeten, der sich über einen schmalen Pfad einen Berg hinaufquälte, vorbei an Senken, in denen sich das Regenwasser gesammelt hatte, und über Geröllfelder voller Kies und Sand. Mittlerweile gab der Untergrund nur noch so weit nach, dass er ihre Schritte angenehm abfederte, statt ihre Schuhe zu verschlucken wie auf der aufgeweichten Strecke, die sie bis zur ersten, noch recht flachen Anhöhe hatten bewältigen müssen.

Trotzdem fürchtete Dirk, dass er bald keinen Fuß mehr vor den anderen würde setzen können. Er fühlte sich vollkommen ausgelaugt. Nicht nur die rein körperliche Erschöpfung setzte ihm zu, sondern vor allem die entsetzlichen Bilder und Erinnerungsfetzen, die ihm immer wieder durch den Kopf schossen.

Er wusste mittlerweile, dass zum Zeitpunkt der Explosion noch zwei Männer im Hubschrauber gewesen waren. Dazu kam der Pilot. Alle drei hatten keine Chance gehabt. Es war nicht nur eine, es war eine ganze Serie von Explosionen gewesen, die die Maschine zerfetzt hatte. Die Munition an Bord war wie ein tödliches Feuerwerk hochgegangen und hatte Metall und Kunststoff ausgespien und in einem weiten Umkreis zerstreut. Und nicht nur das. Dirk hatte gesehen, wie eine abgerissene Hand in Johns Gesicht geklatscht war, und ihn selbst hatte etwas getroffen, das garantiert nicht künstlichen Ursprungs gewesen war, sondern menschliches Gewebe und kaum größer als ein Insekt.

Dirk hatte so gestanden, dass er sowohl Rastalocke als auch den explodierenden Hubschrauber im Blickfeld hatte. Es war ein grauenvoller, durch und durch unwirklicher Anblick. Als Erstes flogen die Scheiben und Türen aus dem Helikopter, dann folgte ein Bombardement aus Splittern und Kleinteilen. Die Maschine schüttelte sich wie im Krampf, bis der Heckrotor samt Aufhängung barst und kurz darauf jedes andere noch scheinbar intakte Teil.

Während Dirk all dies wie erstarrt beobachtet hatte, nicht begreifend, dass er von Splittern hätte getroffen und ernsthaft verletzt werden können, war plötzlich Ventura vor ihm aufgetaucht.

Er bewegte sich so schnell, dass Dirk ihm kaum zu folgen vermochte. Wie hingezaubert lag eine Waffe in seiner Hand, eine kleine Maschinenpistole, wahrscheinlich eine Uzi. Und während die Luft noch voller Rauch, Trümmer und Dröhnen gewesen war, hatte er einen gezielten Feuerstoß abgegeben. Die Kugeln hatten Rastalocke regelrecht durchsiebt und nach vorne geschleudert. Er musste tot gewesen sein, noch bevor er auf dem Boden aufgeschlagen war.

»Ich habe ja gesagt, auf mein Mädchen ist Verlass«, murmelte Jurij mitten in Dirks Grübelei hinein.

Dirk atmete tief durch und versuchte, die quälenden Erinnerungen zu verdrängen. All das hätte einfach nicht passieren dürfen. Blitzen gleich durchzuckten ihn Gefühle der Schuld und Verzweiflung angesichts dessen, was geschehen war. Rastalocke, der seinen unversehrten rechten Arm nach oben gestreckt hatte, kaum dass ihn der Feuerstoß aus Venturas Waffe getroffen hatte. Die Signalpistole, die in hohem Bogen davongeflogen war …

»All die Jahre hat sie mich treu überall dorthin getragen, wo ich hinwollte«, plapperte Jurij weiter. »Nie hat sie mich im Stich gelassen. Sogar mit nur einem Motor ist sie noch hunderte von Kilometern geflogen, wenn es sein musste. Wie damals, als ein Weißrückengeier in den linken Propeller geriet und ihn total verbog. Den Geier hat es natürlich in handliche Stücke zerfetzt.«

Dirk warf dem alten Mann einen erschöpften Blick zu. Jurijs Geplapper ging ihm gehörig auf die Nerven. Aber er musste zugeben, dass sich der Russe ansonsten sehr zusammenriss. Bislang war kein Vorwurf über seine Lippen gekommen, kein Wort der Anklage, weil es seine Lisunov bei diesen Flug erwischt hatte oder weil er in eine Sache auf Leben und Tod hineingezogen worden war. Jurij schien über die beneidenswerte Eigenschaft zu verfügen, das Unvermeidliche akzeptieren zu können – was Dirk von sich selbst nicht unbedingt behaupten konnte.

Wahrscheinlich hatte sich der alte Mann in seinem langen Leben schon oft genug mit derartigen Situationen arrangieren müssen und das jeweils Beste daraus gemacht. Diesmal war es nicht anders. Jurij hatte sich aus den Trümmern ein Metallteil herausgesucht, das an einer Stelle eine Kunststoffummantelung hatte und auf das er sich stützen konnte wie auf einen Stock. Der Verband an seinem Oberarm wirkte fast jungfräulich, sah man einmal von dem leicht rötlichen Schimmer in der Mitte ab, der darauf hindeutete, dass die Blutung noch nicht zum Stillstand gekommen war. Tatsächlich war Jurij von ihnen allen noch am besten dran. Seine Lederjacke, sein kariertes Hemd und seine abgewetzte Cordhose hatten nicht einmal einen Schmutzspritzer abbekommen, ganz im Gegensatz zu den zerrissenen, verdreckten Kleidungsstücken, die Kinah und Dirk am Leibe trugen. Auch sein Gesicht war so gut wie unversehrt.

»Nach den Gesetzen der Thermodynamik, Physik oder was zum Teufel auch dafür zuständig ist, hätte meine Lisunov längst den Geist aufgeben müssen«, fuhr der alte Mann fort. »Aber sie weigert sich. Dieser neumodische Hubschrauberschrott ist schon bei der ersten Berührung mit einer Explosivladung in die Luft geflogen, während mein Mädchen immer noch tapfer aushält.«

In seinem Tonfall schwang nicht in erster Linie Stolz, sondern Wehmut. Trauer. Das Wissen, dass die Zeit, die er mit seinem Mädchen verbracht hatte, vorbei war und nie wiederkehren würde. Dass, selbst wenn sie dieses Abenteuer überlebten, für ihn vielleicht alles vorbei war. Die Fliegerei, die Freiheit, sich wie ein junger Mann zu fühlen, obwohl er in seinem Alter eigentlich schon längst seine Lizenz hätte abgeben müssen. In Europa hätte er eine so große Maschine wie die Lisunov sicherlich nicht mehr alleine durch den Luftraum steuern dürfen.

Dirk bemerkte, dass Kinah, die immer noch neben Jan ging, in den Knien einknickte und sich erst nach einigen taumelnden

Schritten wieder fing. Jan streckte die Hand aus, um sie zu stützen, doch Kinah trat schnell zur Seite und schüttelte den Kopf. Natürlich. Sie glaubte ja immer, alles alleine schaffen zu müssen.

Dirk ließ sich ein Stück zurückfallen, bis neben ihm Ventura auftauchte. Er bildete das Schlusslicht der kleinen Kolonne, während Boxernase sie anführte.

Das war natürlich kein Zufall – auf diese Weise hielten die beiden den traurigen Trupp in Schach und sorgten dafür, dass sich niemand davonschlich.

»Könnten wir eine Pause machen?«, fragte Dirk.

Ventura starrte ihn misstrauisch an. Er hatte es bisher fast ausschließlich Karel überlassen, Anweisungen zu erteilen und ihnen in Abstimmung mit Lubaya den Weg zu weisen, und doch hatte es nie einen Zweifel daran gegeben, wer hier das Kommando hatte. Ventura brauchte gar nichts zu sagen, um ihnen allen Respekt einzuflößen. Seine Ausstrahlung genügte. Die geschmeidigen, an eine Raubkatze gemahnenden Bewegungen, die leicht schräge Kopfhaltung und das kaum sichtbare Zusammenziehen der Augenbrauen, wenn er auf die Reaktion seines Gegenübers wartete.

»Kinah ist am Ende ihrer Kräfte«, fuhr Dirk leise fort, in der Hoffnung, die Frau, die er einst *seine* Frau genannt hatte, würde es nicht hören und gleich darauf protestieren. »Und ich auch, um ehrlich zu sein. Vielleicht können wir uns einen Felsüberhang suchen und uns darunter …«

»Nein.«

Ein einziges Wort, das keinen Widerspruch duldete.

»Nach dem, was Karel gesagt hat, müssen wir uns doch sowieso verstecken, wenn die Sonne rauskommt«, begehrte Dirk auf. »Was spricht dagegen, schon jetzt nach einer geeigneten Stelle zu suchen?«

»Das sollten Sie lieber Ihre Frau fragen. Ich kann Ihnen nur eine Antwort geben, die mit Kampf und Tod zu tun hat.«

Dirk blickte nach vorn zu Kinah. Sie schritt mit gesenktem Kopf so zügig voran, wie sie es vermochte. Er erkannte ihre Erschöpfung daran, dass sie das linke Bein nachzog und verkrampft die Arme bewegte, um ihr Gleichgewicht zu halten. Er erinnerte sich nicht, Ventura und Kinah vor dem übereilten Abmarsch miteinander sprechen gesehen zu haben. Doch das hatte nichts zu sagen. In den Minuten nach der Explosion des Hubschraubers war er wie in Trance gewesen und hatte nichts weiter von seiner Umgebung wahrgenommen als aufgeregtes Stimmengewirr und hektische Bewegungen.

»Wieso meine Frau?«

»Fragen Sie sie«, wiederholte Ventura mürrisch.

Das würde Dirk auch, aber nicht sofort. Nicht jetzt, da er es endlich gewagt hatte, den Mann anzusprechen, als dessen Gefangene sie sich betrachten mussten.

»Was soll das Gerede von Kampf und Tod?«, bohrte er nach.

Ventura runzelte die Stirn. »Sie meinen, nachdem ihr meinen Hubschrauber in die Luft gejagt und drei meiner besten Leute umgebracht habt?«

Dirk biss sich auf die Unterlippe. Es stimmte, *sie* hatten ihm den Kampf aufgezwungen, nicht umgekehrt. »Es ist … alles so schrecklich schiefgegangen.«

»Ja, so kann man das auch sehen.«

»Ich meine … es tut mir leid, dass alles so gekommen ist.«

»Da sind wir ja schon zu zweit«, sagte Ventura bissig. »Mir tut es auch leid – dass ich nicht gleich das Feuer auf Ihre Amateurkiller eröffnet habe.«

Dirk sah nach Westen, wo die Nacht noch lange nicht bereit war, der Morgendämmerung zu weichen.

Am dunklen Himmel glitzerten eine Hand voll Sterne wie Nadelstiche in einem schwarzen Tuch. Welch ein eigenartig friedlicher Anblick nach all dem Grauen.

»Mit dem Hubschrauber sind unsere beste Fluchtmöglichkeit und unsere Munitionsvorräte hochgegangen«, fuhr Ventura fort. »Außerdem haben wir den Ausgangspunkt unserer kleinen Wanderung durch zwei qualmende, kaum zu übersehende Wracks markiert. Wie lange werden unsere Gegner wohl brauchen, um unsere Spur aufzunehmen? Was meinen Sie, Gallwynd?«

Dirk war klar, dass die Frage rein rhetorisch war. Er wandte sich nach Osten, dorthin, wo sich der Himmel zunehmend rötete. Karel hatte recht, es würde nicht mehr lange dauern, bis die Sonne aufging.

Er rechnete damit, dass Ventura ihn wieder nach vorne schicken würde, zurück zu Jurij, doch zu seiner Überraschung sagte der Araber stattdessen: »Sie fragen sich sicherlich, wie Sie es geschafft haben, uns in diese Scheiße zu reiten. Das frage ich mich nämlich auch. Anfangs lief es eigentlich ganz gut. Als ich Sie in Al Afra sah, dachte ich, ich käme dem FSB zuvor.«

»FSB?«, stieß Dirk überrascht hervor. »Der russische Geheimdienst?«

»Ja, einer der Geheimdienste, die das haben wollen, zu dem Sie und Ihre Familie der Schlüssel sind.« Ventura hielt kurz inne und ergänzte dann: »Na ja, Sie eigentlich weniger. Sie sind nur ein Anhängsel. Wenn sich Ihre Frau einen anderen Mann ausgesucht hätte – und ich wünschte bei Gott, sie hätte es getan –, dann würde der jetzt neben mir gehen. Oder auch nicht, denn er hätte sich bestimmt intelligenter angestellt als Sie.«

Das hatte Dirk gerade noch gefehlt. Er beschleunigte seine Schritte, um zu Jurij aufzuschließen.

»Aber da Sie nun einmal hier sind, wäre es vielleicht nicht schlecht, Sie würden sich ein bisschen mit den Hintergründen der ganzen Sache beschäftigen«, fuhr Ventura ungerührt fort. »Nur, damit Sie uns nicht wieder mit irgendeiner verrückten Aktion in die Quere kommen.«

Dirk hätte entgegnen können, dass er der Letzte war, der den Angriff auf den Hubschrauber gewollt hatte. Aber was hätte das geändert?

»Ich habe nicht vor, Ihnen in die Quere zu kommen«, sagte er stattdessen. »Ich will überhaupt niemandem in die Quere kommen. Ich will bloß meine Kinder einsammeln und dann nichts wie zurück nach München!«

»Ach, hat sie Ihnen erzählt, dass Sie einen Sohn haben?« Ventura wiegte den Kopf. »Wurde ja auch Zeit. Ein Mann sollte wissen, wer seine Gene weiterträgt. Wobei es für Ihren Sohn vielleicht besser wäre, nicht zu wissen, wen er da zum Vater hat.«

»Hören Sie, wenn Sie mich beleidigen wollen ...«

»Nein«, unterbrach ihn Ventura schroff. »Das will ich keineswegs. Aber stellen Sie sich vor: Selbst für einen Mann wie mich gehört es nicht zum Alltag, mit einem Maschinengewehr beschossen zu werden und einen Hubschrauber mit drei Mann Besatzung zu verlieren, nur weil irgendein Irrer mit einer Signalpistole herumfuchtelt.« Er machte eine kleine Pause, bevor er fragte: »Woher hatte der Kerl eigentlich dieses Riesenkaliber von Pistole?«

Dirk räusperte sich. »Er hat darauf bestanden, einen Geländewagen zu mieten ...«

»Den Roamer, ich weiß, schließlich habe ich euch damit in Al Afra vorfahren sehen. Ein bisschen zu auffällig für meinen Geschmack. Hätte es eine Nummer kleiner nicht auch getan?«

Dirk nickte. »Wie gesagt, das mit dem Wagen war nicht meine Idee. Aber immerhin hatte der eine komplette Campingausrüstung an Bord.«

»Die wir jetzt gut gebrauchen könnten.«

»Ja«, erwiderte Dirk und fügte hastig hinzu: »Und da war wohl auch die Signalpistole mit dabei.«

»Na klar. Damit man sich sein Campingfeuer anschießen kann.« Ventura schüttelte den Kopf. »Diese Leuchtpatrone muss etwas getroffen haben, das eine Kettenreaktion ausgelöst hat. Wenn der Schuss nicht ein dermaßen schreckliches Unglück verursacht hätte, könnte man ihn glatt einen Glückstreffer nennen. Wissen Sie eigentlich, was Sie da getan haben?«

»Ich habe doch gar nichts getan!«, wehrte Dirk ab.

»Sie haben es nicht verhindert«, stellte Ventura richtig. »Eine schwache Leistung für einen Mann, der eine kleine Privatarmee angeheuert hat, um seine Tochter zu finden. Sie hätten Ihre Leute besser im Griff haben müssen!«

Dirk knirschte mit den Zähnen. Seine Leute? Im Griff haben? Wie hätte er Biermann, dessen Freundin auf fürchterliche Weise gestorben war, und Rastalocke, der sich sowieso schon das Gehirn aus dem Kopf gekifft hatte, denn aufhalten sollen? Indem er sie eigenhändig niederschoss?

Das wäre vielleicht besser gewesen, flüsterte eine böse Stimme in seinem Kopf. *Jetzt sind sie doch sowieso tot.*

Und der Hubschrauber war in die Luft geflogen, weil er nicht auf die Signalpistole aufgepasst hatte. Ja, Ventura hatte recht. Er war nicht unschuldig an den Ereignissen. Er hätte die großkalibrige Waffe mit der Leuchtmunition niemals in Johns Hände geraten lassen dürfen.

Der Pfad führte um einen gewaltigen Findling herum. Venturas Blick wanderte aufmerksam über die Felsen zu beiden Seiten des Weges, als rechnete er mit einem Hinterhalt.

»Ich will Antworten«, brach es plötzlich aus Dirk heraus, obwohl er nicht vorgehabt hatte, den Satz auszusprechen. Zu seiner Verblüffung nickte Ventura.

»Die will ich auch. Ich will wissen, warum sich bei der Suche alles auf Olowski und Ihre Frau konzentriert.«

»Meine Frau.« Die beiden Wörter hinterließen einen schalen Nachgeschmack auf Dirks Zunge. »Ist es denn so? Konzentriert sich wirklich alles auf sie?«

»Nein, natürlich nicht«, antwortete Ventura ärgerlich. »Ich bin nur zu meinem Vergnügen hier. Das alles hat überhaupt nichts mit diesem Wetterscharlatan Olowski und Ihrer Frau zu tun. Wirklich nicht.«

Dirk hätte am liebsten mit einer bissigen Bemerkung auf Venturas Sarkasmus reagiert. Aber er verkniff sie sich. »Dann frage ich einmal anders«, begann er vorsichtig. »Wonach suchen Sie eigentlich?«

Ventura warf ihm einen erstaunten Blick zu. »Wollen Sie mich auf den Arm nehmen?«

»Wieso?«, fragte Dirk nervös.

»Weil es ja wohl kaum sein kann, dass Sie nicht wissen, was uns in diesen entlegenen Winkel der Erde geführt hat.«

»Was soll ich denn wissen?«

Ventura wandte sich ab und schüttelte den Kopf. »Rhetorische Spielchen wie zu Zeiten des Kalten Krieges. Sie haben zu viele schlechte Spionagefilme gesehen.«

Mit dieser Äußerung lag Ventura vollkommen falsch. Dirk hasste Spionagefilme. Er war vielmehr ein Fan harter Actionfilme, in denen es ordentlich krachte. Oder war es zumindest gewesen, denn nachdem er aus nächster Nähe miterlebt hatte, wie ein Hubschrauber explodierte und Biermann und Rastalocke elendig verreckten, würde er sich wohl nie wieder guten Gewissens ein Actionspektakel ansehen können.

»Na schön, ich weiß etwas«, gab er zu. »Falls Sie auf das anspielen, was Kinah *Thunderformer* nennt.«

»Sehen Sie«, sagte Ventura zufrieden. »Jetzt sind wir doch schon mal einen Schritt weiter.«

»Ich kenne eigentlich nur den Namen«, sagte Dirk. »Und ich weiß, dass das eine Art gigantischer Windmaschine ist.«

»Windmaschine? Meine Güte, was haben Sie denn für Vorstellungen?« Ventura starrte ihn in gespielter Empörung an. »Das ist keine Windmaschine, sondern die schrecklichste Waffe, die sich Menschen je ausgedacht haben.«

»Schrecklicher als Wasserstoffbomben, die einen nuklearen Winter auslösen? Schrecklicher als biologische Waffen, die ganze Völker dahinraffen? Schrecklicher als chemische Kampfstoffe …«

»Nein, vermutlich nicht«, unterbrach Ventura seinen empörten Redefluss. »Nicht schrecklicher. Perverser. Endgültiger.«

Dirk atmete tief aus. Seine anfängliche Befangenheit verwandelte sich langsam in Wut. »Ist ein nuklearer Winter nicht endgültig genug?«

»Für uns beide vielleicht«, antwortete Ventura ruhig. »Nicht aber für die Menschheit. Sie würde ihn überleben, auch wenn die Weltbevölkerung sehr dezimiert werden würde. Irgendwann würden ein paar Menschen aus den Bunkern und Höhlen hervorkriechen und von vorne anfangen.«

»Ich verstehe«, sagte Dirk. »Aber wenn der Thunderformer zuschlägt, kann danach niemand mehr irgendwo hervorkriechen. Deshalb sind Sie hinter ihm her.«

»So ähnlich«, sagte Ventura.

»Und trotzdem wollen Sie diese Waffe einsetzen?«

»Einsetzen?« Venturas Stimme wurde scharf. »Sind Sie verrückt? Meine Auftraggeber wollen diese Waffe ganz gewiss *nicht* einsetzen. Sie wollen sie vernichten, bevor irgendein wahnsinniger Despot oder Anführer von Selbstmordattentätern sie in die Finger bekommt.«

Während sich Dirk über den schmalen Pfad quälte, der sie an teilweise verschlammten Geröllfeldern vorbei stetig bergan führte, dachte er über Venturas Äußerung nach. In seinen Ohren klang sie nicht gerade überzeugend. Kinah hatte ebenfalls davon gesprochen, wie gefährlich der Thunderformer sei, wenn auch in einem ganz anderen, eher mythologischen Zusammenhang. Sie hatte von alten Mächten gesprochen, die sich ehrgeiziger und verblendeter Menschen bedienten, um ihr Vernichtungswerk zu vollenden. Doch der Thunderformer war sicherlich nicht die einzige *perverse* Waffe mit *endgültiger* Wirkung, wie ihn Ventura beschrieben hatte. In den letzten Jahrzehnten war die Menschheit in diesem Punkt erschreckend kreativ gewesen. Wer sich bewusst machte, welch ungeheure Menge von Massenvernichtungswaffen in Bunkern, Arsenalen und Silos lagerte, konnte nur den Eindruck gewinnen, dass die Menschheit mit fieberhaftem Eifer an ihrer eigenen Ausrottung arbeitete – und keine Götter brauchte, die diesen Prozess beschleunigten.

»Der Thunderformer entfacht einen Sturm«, sagte Dirk. »Das mag furchtbare Auswirkungen haben – aber doch nur in einem begrenzten Rahmen!«

Ventura zog die Augenbrauen zusammen. »Ich bin kein Wissenschaftler, aber ich habe das ein oder andere aufgeschnappt. So, wie es aussieht, droht durch den Thunderformer eine Kettenreaktion im Wetterhaushalt – oder wie immer man das nennt. Jedenfalls fürchten unsere Experten, dass es zu einer Klimakatastrophe unvorstellbaren Ausmaßes kommen könnte, wenn diese Waffe eingesetzt würde.«

»Nicht kommen *könnte,* es *wird* dazu kommen!«, ertönte Olowskis Stimme.

Offensichtlich hatte er ihr Gespräch gehört und sich ein Stück zurückfallen lassen. Dirk starrte ihn an, registrierte dann plötzlich aus den Augenwinkeln eine Bewegung und zog instinktiv den Kopf ein. Neben ihm tauchte ein Schatten auf, der viel größer und massiger war als Kinahs Vertrauter.

Es war ein Dämon mit rotglühenden Augen. Zumindest wirkte er so, düster, gewaltig und bereit, mit mächtigen Armen nach ihm und Ventura zu greifen. Dirk schreckte zurück und erkannte erst dann, um was es sich wirklich handelte: um einen Felsen, in dem

Naturgewalten oder Menschenhand zwei Öffnungen geschaffen hatten, durch die das rote Licht der aufgehenden Sonne schien. Das, was er für Arme gehalten hatte, waren nichts weiter als zwei an Krüppelkiefern erinnernde Bäumchen, die sich mit ihrem dürren Wurzelwerk an den Felsen klammerten.

»Diese Waffe hat das Potenzial, das Klima endgültig aus dem Gleichgewicht zu bringen«, sagte Jan und gesellte sich zu ihnen. Dirk trat einen Schritt zur Seite, um nicht mit ihm zusammenzustoßen. Immerhin verbreiterte sich der Pfad an dieser Stelle zu einer Art Halde aus rutschigem Gestein, sodass es ihnen möglich war, nebeneinander zu gehen – vorausgesetzt, sie passten auf, dass das Geröll nicht unter ihnen wegglitt und sie mit sich ins Tal riss. »Das wäre für die Menschheit genauso verheerend wie der Klimawechsel vor fünfundsechzig Millionen Jahren für die Dinosaurier. Nur würde es der dominierenden Spezies diesmal viel schneller den Garaus machen.«

»Das ist der Grund, warum ich Wissenschaftler liebe«, spottete Ventura. »Sie haben zu allem eine Meinung, Hauptsache, sie ist drastisch. Und dann schickt man Männer wie mich aus, um den Mist zu beseitigen, den Wissenschaftler erfunden haben.«

»Von wem werden Männer wie Sie denn ausgeschickt?«, fragte Jan und passte seine Geschwindigkeit der ihren an.

»Bestimmt nicht vom lieben Gott.« Unter Venturas Schuhen spritzten Steinchen beiseite, von denen eines Dirk direkt über dem Wadenverband traf. Es hätte nicht viel gefehlt, und er wäre ins Stolpern geraten. »Aber mehr werden Sie nicht erfahren.«

»Und was ist mit Ihrer Konkurrenz?«, bohrte Jan nach.

»Konkurrenz?« Ventura schüttelte den Kopf, eine schattengleiche Bewegung, die sich auf die Felsen zu übertragen schien, die den Wegesrand wie lauernde Ungeheuer säumten, jederzeit bereit, über leichtsinnige Wanderer herzufallen und sie mit scharfen Klauen und spitzen Zähnen zu zerreißen. Dirk blinzelte. Die Unruhe um ihn herum verschwand dadurch nicht, sondern steigerte sich eher noch. Es war, als würde die Umgebung in der Morgendämmerung zu gespenstischem Leben erwachen, als huschte etwas über den Boden vor ihm, als zöge sich der Kreis bedrohlicher Schatten um ihn herum immer enger, als scharrte dort etwas und kröche näher.

Es war kein gutes Zeichen, dass ihm seine Wahrnehmung Streiche zu spielen begann. Wenn er so weitermachte, würde er bald kleine grüne Männchen sehen.

»Es gibt keine Konkurrenz«, sagte Ventura. Dirk hatte Jans Frage schon längst vergessen. »Es geht um den alten Kampf von Gut gegen Böse. Von Licht gegen Schatten. Die Macht, die Leben schützt, gegen die, die Leben vernichtet.«

»Und Sie gehören zu den Guten?« Jan hörte sich eher erschöpft als wütend an. »Das klingt mir etwas zu simpel.«

»Ja, natürlich. Ich vergaß, dass Wissenschaftler immer alles verkomplizieren müssen.«

»Alles hinterfragen müssen«, korrigierte ihn Jan. »Und wir betreiben keine Schwarz-Weiß-Malerei.« Als Ventura schwieg, fuhr er nach einer Weile fort: »Es gibt eben nicht nur Tag und Nacht, sondern auch einen Bereich dazwischen. Das sehen wir ja gerade: Im Westen herrscht noch Dunkelheit, im Osten graut bereits der Morgen. Und soll ich Ihnen mal was sagen? Die meisten Menschen sind weder Geschöpfe des Lichts noch des Schattens. Sie leben irgendwo dazwischen, in einer Grauzone, in der das Pendel jederzeit in die eine oder andere Richtung ausschlagen kann.«

»Sie hätten Philosoph werden sollen«, knurrte Ventura. »Wissen Sie, was das Gefährliche an Leuten wie Ihnen ist?«

»Na, da bin ich aber gespannt.«

Ventura beschleunigte seine Schritte. »Sie reden und reden und reden, dabei geht es eigentlich ums Handeln.«

»Das klingt so, als wollten Sie gleich wieder irgendwen erschießen.«

»Wenn es sein muss …«, gab Ventura zurück. »Aber vor allem werde ich diese Sturmwaffe finden und vernichten, die Menschen wie Sie entwickelt haben.«

»Und dabei soll ich Ihnen helfen?«

»Das tun Sie doch schon«, antwortete Ventura gefährlich leise. »Ich musste Ihnen lediglich folgen. Sie und diese kleine Schwarze …«

»Vorsicht!«

»Sie und diese kleine Schwarze«, beharrte Ventura, »suchen diese Waffe schon viel länger als ich. Es gehört zu meiner Arbeit, mich an die Leute zu hängen, die mir ein paar Schritte voraus sind. Dann warte ich auf den richtigen Moment, um sie zu überholen – und bin vor ihnen am Ziel. So einfach ist das.«

Jan gab ein verächtliches Schnauben von sich. »Wenn Sie sich da mal nicht täuschen! Woher wollen Sie denn wissen, dass wir dem Thunderformer auf der Spur sind?«

»Das sagt mir meine Erfahrung«, antwortete Ventura. »Ich habe sehr aufmerksam Ihrer beider Lebensläufe studiert. Sie stammen aus völlig verschiedenen Ecken der Welt. Aber etwas verbindet sie. Sie berufen sich beide auf die Generationen von Männern und Frauen, die sich vor ihnen mit Wetterphänomenen beschäftigt haben. Und damit, wie man das Klima beeinflussen kann.«

Das war im Grunde die Kurzfassung dessen, was Kinah ihm in der Grotte mit vielen Worten erzählt hatte.

Dirk blickte nach vorne zu Jurij, der so dicht an den Felsen entlangschlich, als wartete er auf eine günstige Gelegenheit, sich zu verdrücken. *Die kleine Schwarze* … Am liebsten hätte er Ventura sein vorlautes Maul gestopft. Aber in Wahrheit hatte er nicht einmal mehr die Kraft, zu protestieren.

Schon gar nicht bei einem Mann wie Ventura.

»Es gibt Zeiten, in denen strebt die ganze Welt ihrer Vernichtung entgegen«, sagte Ventura. »Wie zum Beispiel am Ende des Zweiten Weltkriegs, als sich Deutsche und Amerikaner einen erbitterten Wettlauf um den Bau der ersten Atombombe lieferten. Jeder Geheimdienst, der Männer nach Deutschland einschleusen konnte, tat dies auch. Menschenleben spielten keine Rolle. Die Alliierten wollten wissen, wie weit die Deutschen mit ihrem Atombombenprojekt in Thüringen waren. Was meinen Sie, was ein Geheimdienstmann damals getan hätte, um den Prototyp einer deutschen Atombombe in die Finger zu bekommen?«

»Ich weiß ganz genau, worauf Sie anspielen«, warf Dirk ein. »Ich habe Achmeds Leiche gesehen. Einen Menschen in Plastikfolie zu packen, bis er erstickt! Nehmen Sie so etwas bei der Suche nach einer neuen Massenvernichtungswaffe etwa billigend in Kauf?«

»Was ist besser: Eine begrenzte Zahl von Menschen zu opfern oder so lange tatenlos zuzusehen, bis Millionen sterben?«, erwiderte Ventura kalt.

»Die Fragestellung ist falsch«, sagte Jan. »Um eine Katastrophe zu verhindern, muss es andere Mittel geben, als Menschen umzubringen.«

»Wenn es andere Mittel gibt, dann zeigen Sie sie mir!«, verlangte Ventura. »Nur, damit wir uns richtig verstehen: Ich lege keinen Wert darauf, irgendjemanden abzuknallen. Mir geht es einzig und allein um den Thunderformer. Wenn mir jemand in die Quere kommt, der mich mit Waffengewalt daran hindern will, meinen Auftrag auszuführen, werde ich ihn töten. Sonst nicht.«

»Wie beruhigend«, sagte Jan, und Dirk fügte hinzu: »John ist Ihnen offenbar in die Quere gekommen, schließlich haben Sie ihn hinterrücks erschossen.«

»Das ist eine ziemlich eigenwillige Interpretation.« Venturas Stimme gefror regelrecht. »Dieser Mann hat meinen Hubschrauber in die Luft gejagt und drei meiner Männer getötet.«

»Aber er stellte doch keine Gefahr mehr dar!«

»Vielleicht nicht. Vielleicht hatte er aber noch eine weitere Waffe in der Hosentasche.« Ventura winkte energisch ab. »Dieser John hat sich wie ein Terrorist verhalten, und Terroristen muss man stoppen. Und damit ist das Thema für mich erledigt.«

Für Dirk war das Thema keineswegs erledigt. Er musste wissen, was mit Akuyi war und was Ventura über Achmed und seinen Bruder wusste. »Wollen Sie uns nicht sagen, warum Sie Achmed haben umbringen lassen?«, setzte er nach.

»Sie haben wohl nicht richtig zugehört!« Venturas Stimme klang jetzt mehr als nur ein bisschen verärgert. »Das waren nicht meine Leute. Das waren die Bösen. Die, die nicht zögern würden, ein vollbesetztes Flugzeug in die Luft zu sprengen, wenn sich daraus ein strategischer Vorteil für sie ergäbe.«

»Was Sie natürlich niemals tun würden.«

»Selbstverständlich nicht.«

»Und Sie würden sich auch nicht an einem Toten zu schaffen machen, oder?«, sagte Dirk.

»Was soll die Frage?«

»Ganz einfach«, antwortete Dirk. »Ich will wissen, wer Achmed umgebracht hat und hinter meiner Familie her ist. Und ich will wissen, warum diese Männer den Leichnam wieder ausgepackt haben.«

»Aha, daher weht der Wind.« Ventura klang zwar nicht mehr verärgert, aber trotzdem keine Spur freundlicher oder verständnisvoller als zuvor. »Es gibt schon seit vielen Jahren GPS-Chips, die man sich einpflanzen lassen kann. Ein paar Superreiche interessieren sich dafür, weil sie hoffen, dass man sie oder ihre Familienmitglieder im Falle einer Entführung mit Hilfe der Implantate blitzschnell aufspüren kann.«

Dirk war wie vor den Kopf geschlagen. »Wollen Sie damit sagen, dass Achmed einen solchen Chip trug?«

»Allerdings«, bestätigte Ventura. »Und seine Mörder wollten wohl genau das herausfinden, den Chip entfernen und ihn dann ihren Leuten schicken, damit die sich ein genaues Bild von unserer GPS-Methode machen können.«

»Und was ist mit seinem Bruder Safrin? Wenn der auch einen Chip im Körper hat … Oh Gott, dann könnte man ihn ja ganz leicht ausfindig machen!«

»Regen Sie sich nicht auf, Gallwynd«, sagte Ventura. »Ich verstehe, dass Sie sich um Ihre Tochter sorgen. Aber haben Sie schon mal daran gedacht, dass Achmed zu meinen Leuten gehört haben könnte?«

»Könnte?« Dirks Stimme überschlug sich beinahe. »Was soll das heißen?«

»Ich wusste, wo Achmed war … zumindest so lange, wie ein Satellit das Signal aus dem GPS-Sender orten konnte. Dummerweise hat sich Achmed beinahe ständig in den Grotten bei Al Afra aufgehalten. Dort habe ich ihn schließlich auch verloren.«

»Und wo ist Safrin, der Akuyi angeblich nach Ruanda bringen sollte?«

»Keine Ahnung«, sagte Ventura.

»Das nehme ich Ihnen nicht ab. Sie wissen doch sonst auch immer alles!«

»Ich weiß keineswegs alles«, gab Ventura gereizt zurück. »Wenn ich so viel wüsste, wie Sie offensichtlich glauben, hätte ich mir den Thunderformer schon längst geschnappt und wäre mit ihm abgehauen.«

»Mir geht es nicht um den Thunderformer! Mir geht es um meine Tochter!«

Ventura seufzte. »Stellen Sie sich vor, Gallwynd – das ist mir auch schon aufgefallen. Doch das ist Ihre Privatsache. Ich kann Sie allerdings beruhigen: Achmed gehörte zwar zu meinen Leuten, aber er war Ihrer Frau gegenüber äußerst loyal. Er hätte niemals etwas getan, was sie oder ihre Kinder in Gefahr gebracht hätte.«

»Das ist doch alles irre!«, ereiferte sich Dirk. »Ein Mann wie Sie lässt es nicht zu, dass jemand einem anderen gegenüber loyal ist! Ein Mann wie Sie will immer über alles bestimmen!«

»Sie haben ja ein schönes Bild von mir«, bemerkte Ventura. »Sie vergessen nur ein paar Kleinigkeiten. Zum Beispiel, dass ich nicht nur auf die Dienste von Männern wie Karel, sondern auch auf die von Spitzeln angewiesen bin. Und Achmed war ein solcher Spitzel. Er brauchte Geld, er glaubte an die gute Sache, und er hätte alles für Ihre Frau getan. Wahrscheinlich war er ein bisschen in sie verknallt.«

Dirk biss die Zähne zusammen. Wenn es nicht um seine Tochter gegangen wäre, hätte er das Gespräch an dieser Stelle beendet.

»Was wissen Sie über Achmeds Bruder?«, stieß er hervor.

»Dass er jünger ist und Achmed ihn für zuverlässig hielt«, antwortete Ventura prompt. »Dass es keine Polizeiakte über ihn gibt und er auch sonst nicht auffällig ist. Reicht Ihnen das?«

»Nein, das reicht mir nicht, das wissen Sie ganz genau!«

»Haben Sie denn wirklich keine Ahnung, wo sich Achmeds Bruder aufhalten könnte?«, mischte sich Jan ein.

»Nein. Wenn wir auch ihm einen GPS-Chip implantiert hätten, könnte ihn meine Zentrale orten. Aber da dies nicht der Fall ist, bin ich genauso auf Spekulationen angewiesen wie Sie beide. Und in dieser Disziplin sind Sie mir haushoch überlegen!«

Ventura beschleunigte abermals seine Schritte, ein deutlicher Hinweis darauf, dass das Gespräch für ihn beendet war. Dirk hingegen brannten noch tausend Fragen auf der Seele. Doch er ahnte, dass Ventura keine einzige mehr beantworten konnte oder wollte.

Er musste unbedingt sofort mit Kinah sprechen. Seine Augen hatten sich mittlerweile an das Zwielicht gewöhnt, an die Mischung aus Sternenlicht und Morgendämmerung.

Aber so angestrengt er auch nach Kinah Ausschau hielt, er konnte sie nirgendwo entdecken. Es schien, als wäre sie von der Schwärze aufgesogen worden, die sich unter den Felsen festgesetzt hatte, unerreichbar für die zarten Sonnenstrahlen, die bislang nur den oberen Rand der Gesteinsformationen in ein unwirkliches, rot-violettes Licht tauchten.

»Und was würden Sie mit uns machen, wenn wir Sie zu dem Thunderformer führen würden?«, wandte sich Jan auf einmal an Ventura.

Dirk schreckte auf. Was redete Jan für einen Unsinn? Hatte er vor, zusammen mit Ventura nach Ruanda zu fliegen, wusste er vielleicht tatsächlich, wo er nach der fürchterlichen Waffe suchen musste?

»Soll das ein Angebot sein?«, gab Ventura zurück.

»Nein«, antwortete Jan finster. »Nur eine Frage. Mehr nicht.«

»Aha. Sie wollen wissen, ob ich tatsächlich zu den Guten gehöre.« Ventura schwieg für eine Weile, und als er fortfuhr, war seine Stimme derart eiskalt und ohne Gefühl, dass sie im krassen Gegensatz zu seinem Gerede von Gut und Böse stand. »Ich werde jeden töten, der die Waffe vor mir zu verbergen versucht oder sich ihrer bemächtigen will.«

»Ja«, sagte Jan bitter. »Das habe ich mir schon gedacht.«

Dirk stolperte und kam vollkommen aus dem Takt, sodass er sich anstrengen musste, um nicht den Anschluss zu verlieren. Er verstand die Wendung des Gesprächs nicht. Was hatte Jan mit seiner Frage beabsichtigt?

Doch Jan und Ventura vertieften das Thema nicht, sondern wechselten nur noch ein paar belanglose Worte. Nach einer halben Ewigkeit färbte sich der Himmel im Osten vollends rot. Dirk war viel zu erschöpft, um es bewusst zur Kenntnis zu nehmen, aber den beiden Männern vor ihm schien der Anblick zusätzliche Kraft zu geben, denn sie gingen schneller. Dirk hatte nicht mehr genug

Energie, um mit ihnen mitzuhalten. Der Abstand zwischen ihm und ihnen vergrößerte sich zusehends, und kurze Zeit darauf waren Jan und Ventura im Morgengrauen verschwunden.

Gerade, als Dirk trotz seiner Müdigkeit seine Schritte beschleunigen wollte, hörte er in der Ferne ein bedrohliches Brummen, das ihm nur zu bekannt vorkam. Der Hubschrauber. Die Maschine, die sie von Anfang an verfolgt hatte.

Der Kampf auf Leben und Tod ging in die nächste Runde.

10

Das Plätschern des Wassers und die matte Helligkeit aus dem vorderen Höhlenbereich wiesen Dirk zuverlässiger den Weg als seine wirre Erinnerung an die Flucht vor dem Hubschrauber, dem sie nur durch den hastigen Abstieg in die Welt unter dem Berg hatten entgehen können. Immer tiefer und tiefer waren sie in ein Tunnellabyrinth eingedrungen und schließlich auf eine Art natürlichen Innenhof und dahinter auf eine Quelle gestoßen. Noch benommen vom Schlaf, umrundete Dirk mit wackeligen Schritten einen Felsen und stolperte in die nach draußen führende, weitläufige Höhle, in deren Mitte ein unterirdischer Zulauf frisches Wasser in eine steinerne Senke sprudeln ließ.

Als sie in der Morgendämmerung hier angekommen waren, hatte Dirk so viel getrunken, wie er nur konnte, und dazu seinen Anteil der Notration verschlungen, die Ventura und Karel dabeigehabt und beinahe brüderlich mit ihnen geteilt hatten. Danach hatte er sich genau wie die anderen einen Schlafplatz gesucht und war dort erst vor wenigen Minuten aus einem Albtraum hochgeschreckt.

Der sachte Luftzug, den er bisher gespürt hatte, wurde in der Höhle zu einem dermaßen heftigen Wind, dass er Dirk das Haar zerzauste und seine Kleider flattern ließ. Dirks Blick schweifte über das dunkle Gestein, über das Gewirr aus Linien, Schatten und lichtüberfluteten Stellen. Er hatte gehofft, Kinah hier vorzufinden, sah sich jedoch getäuscht. Außer Boxernase und Jurij – die beiden Menschen, auf die er am ehesten verzichten konnte – war niemand zu entdecken.

Karel warf ihm einen flüchtigen Blick zu und nickte knapp, bevor er sich wieder dem Eingang zuwandte. Mit grimmigem Gesicht starrte er auf die durchbrochene Höhlendecke im Eingangsbereich, durch die sich Sonnenstrahlen hereinstahlen und bis zu der Stelle reichten, an der das Wasser hervorsprudelte. Die kurzläufige Maschinenpistole, die er in der Armbeuge hielt, wirkte wie eine in Metall gegossene Drohung.

Jurij hingegen hockte an der Quelle, hatte seine improvisierte Krücke neben sich gelegt und füllte Wasser in eine Feldflasche, die bei genauerer Betrachtung große Ähnlichkeit mit einem in einem Lederfutteral steckenden Flachmann hatte. Wahrscheinlich hatte der alte Mann sie am Körper getragen, als er das qualmende Flugzeug verlassen hatte, und mit Sicherheit war sie zu jenem Zeitpunkt statt mit Wasser mit Wodka gefüllt gewesen.

Er hatte aus dem Cockpit der Lisunov also außer der halb vollen Wodkaflasche auch noch einen Flachmann mitgenommen. Dirk wusste genau, was das bedeutete. Jurij trank nicht nur gerne, er war Alkoholiker. Und das hätte Dirk auch passieren können, wenn er den einmal eingeschlagenen Weg der Selbstzerstörung weiter beschritten hätte.

Er ließ sich neben dem alten Mann auf die Knie sinken, schöpfte zwei Hände voll des eiskalten, glasklaren Wassers und spritzte es sich ins Gesicht, bevor er sich weiter vorbeugte und mit gierigen Schlucken zu trinken begann. Das Wasser schmeckte nach Mineralien und dem Gestein, über das es floss. Dirk trank, bis sein Durst gestillt war und das quälende Brennen in seiner Kehle nachließ. Dann schöpfte er noch mehr Wasser aus dem steinernen Becken und rieb es sich in Gesicht und Nacken. Die Kälte verscheuchte die Müdigkeit aus seinen Gedanken.

Das hatte er auch bitter nötig. Der Schlaf hatte ihn nicht erfrischt, sondern ihm ganz im Gegenteil erst bewusst gemacht, wie zerschlagen und erschöpft er wirklich war. Seine überstrapazierten

Muskeln protestierten gegen jede Bewegung, und sämtliche Kratzer, Schrammen und Blessuren machten sich nun schmerzhaft bemerkbar. Zu allem Überfluss hatte seine rechte Hand, in die sich die Ratte verbissen hatte, wieder zu pochen begonnen, während der Menschenbiss in seiner Wade bereits seit einiger Zeit höllisch brannte. Das Schlimmste aber war der Druck in seinem Kopf, durch den er sich fühlte, als hätte er seit Tagen kein Auge zugemacht. Dabei hatte er der Sonne nach zu urteilen mindestens acht oder sogar zehn Stunden lang geschlafen. Genau konnte er das nicht sagen, denn seine Armbanduhr war weg – dabei konnte er sich nicht einmal daran erinnern, sie abgelegt zu haben.

»Wo sind die anderen?«, fragte er, nachdem er sich ein Stück von Jurij entfernt auf den Boden gesetzt und die Arme um seine Beine geschlungen hatte, um das Zittern in den Griff zu bekommen, das von seiner Körpermitte ausgehend langsam seine Gliedmaßen erfasste.

Jurij sah nicht auf. Er tauchte den Flachmann erneut ins Wasser und bemühte sich, ihn bis zum Rand zu füllen, was ihm aber aufgrund seiner bebenden Hände nicht recht gelingen wollte. Erst jetzt bemerkte Dirk, dass die zweite Flasche – diejenige aus der Halterung im Cockpit – neben ihm auf dem Boden lag. Sie war leer. Natürlich. Jurij hatte sich seinen Alkoholvorrat nicht eingeteilt, sondern schon alles in sich hineingeschüttet.

»Also, was ist?«, bohrte Dirk nach. »Wo sind Kinah und die anderen?«

»Nicht da«, brummte Jurij, ohne den Kopf zu heben.

»Ja, das sehe ich auch«, antwortete Dirk verdrießlich. »Aber wo sind sie?«

Jurij sah nun doch hoch, starrte ihn kopfschüttelnd an und konzentrierte sich dann wieder auf die vollkommen sinnlose Aufgabe, noch ein paar Tropfen Wasser mehr in die kleine Flasche zu füllen.

Dirk lag eine harsche Erwiderung auf der Zunge, doch da drangen Geräusche aus dem offenen Bereich des Innenhofes. Er richtete sich mühsam auf … und blickte Kinah entgegen, die mit langen, elastischen Schritten auf ihn zukam.

Dirk erstarrte, vollkommen überrascht von ihrem Anblick. Es war, als würde Kinah aus einer anderen, besseren Welt zu ihm kommen. Der Wind spielte mit ihrem glänzenden, frisch gekämmten Haar, und sie selbst wirkte so strahlend wie ein Frühlingstag. Abgesehen von dem Kratzer auf der Wange, den sie bereits in den Grotten an der marokkanischen Küste gehabt hatte, einer frisch verschorften Stelle am Kinn und den Rändern unter ihren Augen, die noch viel dunkler waren als ihre übrige Gesichtsfarbe, sah sie aus, als wäre sie an einem beliebigen Tag in Deutschland nur mal schnell Brötchen holen gegangen und kehrte nun gut gelaunt zum gemeinsamen Frühstück zurück. Selbst ihre Kleidung machte einen weniger ramponierten Eindruck als zuvor, obwohl ihre Hose an den Beinen so feucht war, als hätte sie sie nach einer gründlichen Wäsche zu früh von der Leine genommen.

Während Dirk Kinah wortlos anstarrte, begriff er, dass sie genau das getan haben musste. Als er sich auf dem harten Untergrund zusammengerollt hatte, um kurz darauf in einen unruhigen, von Albträumen geplagten Schlaf zu sinken, musste sie ihre Hose ausgewaschen haben. Wahrscheinlich hatte sie sie anschließend in der Sonne auf einem Felsen ausgebreitet. Dirk fand es unfassbar, dass man in einer Situation wie der ihren an so etwas denken konnte.

Aber Frauen waren eben anders als Männer.

»Wie geht es dir?«, fragte Kinah. Ihre Stimme klang besorgt. »Du wirkst ja noch erschöpfter als heute Morgen – hast du nicht gut geschlafen?«

»Ehrlich gesagt: nein«, gestand Dirk. »Du siehst allerdings einfach … umwerfend aus.«

Ein schwaches Lächeln huschte über Kinahs Gesicht. »Ich habe mich ein bisschen frischgemacht, während du geschlafen hast.«

»Ja, das merkt man. Warst du denn nicht müde? Hast du nicht geschlafen?«

»Doch, das war ich und das habe ich.« Ihr Lächeln verschwand, aber nicht schlagartig, sondern fast zögerlich, als hielte etwas in ihr daran fest. »Es trifft sich gut, dass du von selbst aufgewacht bist, wir müssen nämlich gleich los.«

Dirk runzelte die Stirn. »Wohin, wenn ich fragen darf?«

»Dorthin, wohin uns unser langer Weg endlich geführt hat.«

»Du sprichst in Rätseln.«

»Das ist nicht meine Absicht.« Kinah wies mit dem Kopf in Richtung des Höhleneingangs. »Ich wollte euch nur abholen. Wir haben uns ein wenig umgesehen und das Tal entdeckt, in dem Ventura den Thunderformer vermutet.«

»Was?«, fragte Dirk alarmiert. »Ich dachte, Ventura wüsste nicht, wo der Thunderformer ist!«

»Ja, das hat er selbst wohl auch gedacht.« Kinah trat rasch einen Schritt auf ihn zu und nahm ihn an die Hand – nicht wie einen Geliebten, sondern wie ein zauderndes Kind. »Ich weiß, dass du viele Fragen hast, aber jetzt ist nicht der richtige Moment, um sie dir zu beantworten. Vertrau mir einfach.«

Das war leichter gesagt als getan. Während Dirk an Kinahs Hand hinter ihr herstolperte, schossen ihm die verrücktesten Gedanken durch den Kopf. Nicht wenige beschäftigten sich mit den Widersprüchen, in die sich Kinah ständig verwickelte, seitdem sie einander wiedergetroffen hatten. Er konnte seine Zweifel nicht auf den Punkt bringen, aber sie nagten an ihm. Und Kinahs Aufforderung, ihm zu vertrauen und keine Fragen zu stellen, machte es nicht gerade besser.

Der Innenhof, über dem sich der freie Himmel wölbte, lag mittlerweile mehr im Schatten als in der Sonne, hatte sich im Laufe des Tages aber derart aufgeheizt, dass es Dirk beinahe den Atem verschlug, als er ihn betrat. Umso mehr verblüffte ihn der Anblick, der sich ihm bot. In einem Winkel brannte ein kleines Feuer, dem der Wind Funken und Rauch entriss. Darüber brutzelte ein Kaninchen oder Hase, aufgespießt auf einem Stock, der links und rechts des Feuers auf Steinhaufen ruhte. Dirks Magen begann zu knurren wie ein wütender Hund.

Am Feuer saß Lubaya und zerkleinerte mit einem Jagdmesser große, fleischig aussehende Pilze, die sie oder die anderen weiß Gott wo gefunden hatten.

Sie sah kurz auf und rief ihnen entgegen: »Das Essen ist gleich fertig!«

»Ich fürchte, daraus wird nichts«, wandte Kinah ein. »Wir müssen los.«

Lubaya wiegte bedächtig den Kopf. »Nicht so eilig, Kindchen. Marokkanischer Hase ist eine Spezialität, die man sich nicht entgehen lassen sollte. Auch wenn ich weder Zwiebeln noch Schweinekamm noch Gewürze habe und das Tierchen nicht in einem Topf schmoren kann, sondern auf primitive Art grillen muss – schmecken wird es allemal.«

»Wir haben aber etwas zu tun«, beharrte Kinah.

»Ja, ich weiß, wir müssen die Welt retten.« Lubaya wandte sich wieder ihren Pilzen zu. »Es rettet sich besser mit vollem Magen, glaube mir.«

Kinah stieß einen Seufzer aus und ließ Dirks Hand los. »Du bist und bleibst ein Kindskopf.«

Dirk war noch verwirrter als zuvor. In den wenigen Stunden, die er länger geschlafen hatte als Lubaya und Kinah, hatten sich die beiden Frauen hier fast häuslich eingerichtet und die Atmosphäre im Innenhof merklich verändert. Er wirkte wie ein seit Tagen bewohnter Unterschlupf – und damit auf beinahe erschreckende Weise *normal*.

»Wenn wir noch ein wenig Zeit haben, könntest du mir vielleicht ein paar Dinge erklären, Kinah«, sagte er.

Die Angesprochene nickte flüchtig, drehte sich zum Höhleneingang und rief: »Essen ist fertig!«

Bei ihrem Tonfall hätte sich Dirk nicht gewundert, wenn eine Kinderschar herbeigestürmt wäre. Er hatte weiß Gott nichts gegen eine entspannte Atmosphäre und ein paar ruhige Stunden, brauchte sie sogar regelmäßig, um seine Akkus aufzuladen. Aber das hier ging entschieden zu weit. Es wäre ihm fast lieber gewesen, neben einem sturzbesoffenen Jurij zu sitzen, der ihm seine Wodkaflasche reichte und ihn zum Mittrinken drängte.

»Setz dich doch«, forderte ihn Lubaya auf. »Es wäre nett, wenn du schon mal den Hasen tranchieren würdest.«

»Selbstverständlich, Madame«, sagte Dirk säuerlich. »Sonst noch einen Wunsch?«

Lubaya sah kurz zu ihm auf. »Ich hoffe, du hast dir die Hände gewaschen?«

»Ich war so frei.« Dirk ließ sich neben Lubaya nieder. Ihm war etwas schwindelig, und das wohl nicht zuletzt aus Hunger. Die dürftige Notration, die sie am Morgen mit viel Wasser hinuntergewürgt hatten, hatte seinen Hunger nicht nachhaltig stillen können, sodass sein Magen jetzt erneut mit heftigem Knurren auf den Anblick des frischen Grillguts reagierte. »Ist das wirklich ein Hase?« Er griff mit beiden Händen nach dem Stock und drehte ihn ein Stück, aber der Hase wollte nicht auf der Seite liegen bleiben, sondern schwang zurück, sodass seine Läufe wieder über dem Feuer schwebten. Sie wirkten bereits etwas angekokelt. Dirk versuchte es noch einmal und achtete diesmal darauf, dass der Hase eine komplette Einhundertachtzig-Grad-Wende machte, bevor er den Stock vorsichtig wieder über dem prasselnden Feuer ablegte.

»Ja, das ist wirklich ein Hase. Anders als in Deutschland laufen hier nämlich noch eine Menge davon herum. Aber es ist gar nicht einfach, sie zu erwischen.« Lubaya hatte ihre Schnippelarbeit beendet, drehte das Messer um und streckte es Dirk mit dem Griff voran entgegen. »Karel war so freundlich, uns seine Schießkünste an dem armen Vieh zu demonstrieren.«

»Ja, das kann ich mir vorstellen.« Dirk griff nach dem Messer und wog es in der Hand. »Das habe ich doch schon mal gesehen … Im Flugzeug!« Er sah Lubaya scharf an. »Ist das etwa Jurijs Messer?«

»Ja«, bestätigte Lubaya. »Und es ist Karels Kugel, die in dem Hasen steckt. Und Venturas Notration, die wir bis auf den letzten Krümel verputzt haben. Und es sind meine Heilkräuter und mein Verbandzeug, mit denen ich deine und Jurijs Wunde versorgt habe. In der Not hält man nämlich zusammen, weißt du?«

Dirk wies mit dem Kinn auf Kinah. »Und um Kinahs Wunde hast du dich nicht gekümmert? Was ist mit ihrem Streifschuss?«

»Nichts ist damit«, antwortete Kinah fröhlich. »Die Kugel hat bloß ein bisschen Haut und Stoff mitgenommen. Siehst du?« Sie hielt ihm ihren linken Unterarm hin. Die Haut war tatsächlich nur angekratzt.

»Der Thunderformer …« Dirk wandte sich wieder dem Feuer zu, legte das Messer beiseite und hob den Stock samt Hasen von seiner improvisierten Halterung. »Du wolltest mir erklären, woher Ventura weiß, dass er hier ist.«

»Von mir«, sagte Kinah. Sie setzte sich neben Dirk und nahm das Messer in die Hand. »Du hältst den Hasen und ich schneide die Fleischstücke runter, okay?«

Dirk nickte knapp. »Und woher weißt *du* das?«

»Von Jan.«

Dirk gab einen knurrenden Laut von sich. »Und woher weiß *Jan* das?«

»Eigentlich weiß Jan es gar nicht.« Kinah setzte das Messer an und säbelte entschlossen an einer Hasenkeule herum. Nach zwei, drei Schnitten hatte sie das köstlich duftende Stück gelöst und legte es ohne zu zögern auf dem Boden ab. Was hätte sie auch sonst tun sollen? Schließlich gab es weder Besteck noch Geschirr.

»Willst du mich veralbern? Hat überhaupt irgendwer irgendetwas gewusst?« Dirk musste an sich halten, um nicht laut zu werden.

Kinah tranchierte so gekonnt wie ein Profi. Trotzdem griff Dirk um, damit ihm die Messerspitze nicht zu nahe kam.

»Ich wusste genug, um nicht nach Ruanda zu wollen«, sagte sie.

Dirk ließ den gegrillten Hasen um ein Haar fallen. »Was?«

Kinah seufzte. »Die Sache ist nicht ganz einfach.«

»Ja, den Eindruck habe ich auch.«

»Vor allem, weil … weil es um Dinge geht, die man nicht mit dem Begriff *Wissen* umschreiben kann.«

»Die afrikanische Sicht der Dinge«, sprang ihr Lubaya bei. »Wusstest du, dass afrikanische Fußballvereine vor wichtigen Spielen Magier verpflichten, die die eigene Mannschaft stärken und die gegnerische schwächen sollen?«

»Das tun andere Nationen auch«, sagte Dirk. »Nur, dass diese Leute bei ihnen Dopingspezialisten und nicht Magier heißen. Aber davon mal abgesehen, interessieren mich Fußballspiele im Augenblick einen Scheißdreck, und dasselbe gilt für die *afrikanische Sicht der Dinge*. Sagt mir endlich, was ihr wisst! Und was das mit Ruanda zu tun hat!«

»Während des Flugs mit der Lisunov hatte ich … Kontakt mit meinem Vater«, erklärte Kinah.

Dirk drehte den Hasen um, damit sie auch auf der anderen Seite die saftigen Fleischstücke abschneiden konnte. »Was für einen Kontakt? Per Telepathie? Per Funk? Oder mittels irgendwelcher Geister, die in den Bergen herumschweben?«

»Sei nicht albern.« Kinah hielt inne und atmete zweimal tief ein und aus. »Ich habe in den letzten Jahren häufig mit meinem Vater telefoniert. Unser Verhältnis ist ein wenig … angespannt. Vor allem, weil er nicht wollte, dass ich mich um Noah kümmere.«

Unter anderen Umständen hätte dieser Aspekt Dirk brennend interessiert. Aber nicht jetzt.

»Es ist schon komisch.« Kinahs Stimme klang nervös. »Mittlerweile kann man selbst mit Menschen telefonieren, die mitten im Busch stecken. Sie müssen sich nur in der Nähe eines Handymastes befinden …«

»Ja, ich weiß«, unterbrach Dirk sie.

Kinah setzte das Messer wieder an, doch diesmal waren ihre Bewegungen ungelenk, und das kleine Stück, das sie abschnitt, flog in hohem Bogen davon. »Mein Vater wollte nicht, dass ich meinen eigenen Sohn besuche, kannst du dir das vorstellen?«

»Und ob«, erwiderte Dirk grimmig. »Ich kann mir so einiges vorstellen, seitdem ich weiß, dass meine Frau mir sechzehn Jahre lang verschwiegen hat, dass ich einen Sohn habe.«

Kinah starrte auf das Messer und legte es dann langsam neben sich. »Ja, diese Bemerkung habe ich wohl verdient. Aber das ändert nichts daran, dass Noah unser beider Sohn ist. Und ich bin mir ganz sicher, dass er seine Eltern gerade jetzt braucht.« Mit diesen Worten blickte sie wieder auf und Dirk eindringlich in die Augen.

Dirk hätte eine ganze Menge dazu sagen können. Er betrachtete die traurigen Überreste des Hasen, das wenige Fleisch und die zweite Keule, die Kinah noch nicht abgetrennt hatte. Wütend riss er an der Keule, brach sie aus dem Gelenk und warf sie zu den anderen Fleischstücken auf den Boden. »Verdammt noch mal, Kinah! Wieso habe ich dauernd das Gefühl, dass du um den heißen Brei herumredest? Hattest du nun Funkkontakt mit deinem Vater oder nicht?«

»Viel einfacher«, sagte Kinah. »Er hat mich angerufen.«

»Aha.« Dirk atmete tief aus. »So etwas habe ich mir schon gedacht. Er ruft dich an, und du änderst sofort alle Pläne. Natürlich, ohne mit mir darüber zu sprechen!«

»Das stimmt nicht, und außerdem übertreibst du«, sagte Kinah, was an sich schon ein Widerspruch war. »Immerhin habe ich bei diesem Telefonat etwas erfahren, das alles viel einfacher macht.«

»Und?« Dirk konnte nicht verhindern, dass er vor Ungeduld immer lauter wurde. »Das wäre?«

»Wir müssen gar nicht nach Ruanda. Mein Vater hat … Dinge in Erfahrung gebracht.« Kinahs Miene verfinsterte sich. »Daraufhin hat er etwas getan, was er noch nie in seinem Leben getan hat: Er ist in ein Flugzeug gestiegen.«

»Hatte er einen angenehmen Flug?«

»Was?«

»Ich frage mich, wann du endlich zum Punkt kommst«, herrschte Dirk sie an.

»Aber das tue ich doch.« Kinah wechselte einen Blick mit Lubaya. »Ich habe Jurij gebeten, uns dahin zu fliegen, wo wir jetzt sind, weil mit ein bisschen Glück inzwischen auch mein Vater und Noah hier angekommen sind.«

»Dein Vater hat Noah mitgebracht?«

Kinah nickte.

»Und wo ist er?«

»Wie gesagt: mit ein bisschen Glück ganz in der Nähe.«

Dirk sah sich unwillkürlich um, entdeckte jedoch lediglich Jurij, der aus der Höhle geschlendert kam, den Flachmann und die inzwischen mit Quellwasser gefüllte Wodkaflasche in den Händen.

»So nah nun auch wieder nicht«, sagte Kinah, die seinen Blick bemerkt hatte.

Er starrte sie an. »Du hast von Jurij verlangt, den Kurs zu ändern? Warum hast du das mir gegenüber mit keinem Sterbenswörtchen erwähnt?«

»Es hat sich einfach nicht ergeben«, verteidigte sich Kinah.

»Die ganze Geschichte stimmt doch hinten und vorne nicht!« Dirk drehte das Gesicht aus dem Wind, der ihn wie zur Unterstreichung seiner Worte heftig umfauchte. »Wir waren einander im Flugzeug sehr nahe, Kinah – so nahe, dass kein Platz war, uns irgendetwas vorzumachen. Und du weißt ganz genau, wie wichtig meine Kinder für mich sind. Ich will Akuyi wiederhaben, ich will Noah endlich kennenlernen! Wie kannst du mir verschweigen, was du über sie weißt? Wie konntest du mir ein Telefonat mit deinem Vater verheimlichen und hinter meinem Rücken eine Vereinbarung mit Jurij treffen?«

»Was ist mit mir?« Jurij hatte offensichtlich seinen Namen gehört. Er blieb einen Moment lang unschlüssig vor ihnen stehen und ließ sich dann nieder.

Dirk ignorierte ihn. Er hatte sich in Rage geredet. »Ganz zu schweigen davon, dass ich dich überhaupt nicht habe telefonieren sehen. Wann soll denn dieses ominöse Telefonat stattgefunden haben?«

»Während des Luftkampfs«, antwortete Kinah hastig. »Ich habe meinen Vater kaum verstanden. Die Verbindung war schlecht. Außerdem fing das Maschinengewehr an zu rattern. Ich dachte, wir würden jeden Moment abstürzen!«

»Daran hätte auch nicht viel gefehlt«, sagte Jurij düster. »Und vielleicht wäre das sogar besser gewesen. Dann hätte ich den ganzen Mist wenigstens hinter mir.«

Kinah warf ihm einen schiefen Blick zu. »Ich habe Sie doch ordentlich bezahlt, oder?«

»Ordentlich bezahlt dafür, dass ich das Atlasgebirge nicht überquere, sondern an seinem Rand entlang Richtung Ägypten fliege«, brummte Jurij.

Dirk musterte ihn stirnrunzelnd. Ägypten? Das Atlasgebirge nicht überquert? Wovon zum Teufel redete der alte Narr?

Bevor er eine entsprechende Frage stellen konnte, beugte sich Jurij vor und knurrte: »Aber nicht ordentlich bezahlt dafür, dass meine Maschine zerstört und ausgebrannt ist!«

»Ein dermaßen altes Flugzeug kann doch nicht mehr so viel wert sein«, sagte Kinah mit einem nervösen Seitenblick auf Dirk. »Wenn diese Sache vorbei ist, finden wir schon eine Lösung.«

Jurij hielt die Hände vor das Feuer, als würde er trotz der Wärme frieren. Sie zitterten stärker als zuvor an der Quelle. »*Ein dermaßen altes Flugzeug* gibt es gar nicht mehr, zumindest nicht auf dem freien Markt. Es ist unersetzlich.«

»Aber es gibt doch …«

»Schluss damit!«, mischte sich Dirk ein. »Du kannst sicher sein, Jurij, dass wir eine Lösung finden. Aber nicht jetzt. Jetzt geht es erst einmal um ganz andere Dinge. Ich würde zum Beispiel gerne wissen, warum wir Richtung Ägypten geflogen sind!«

Jurij riss seinen Blick von den im Wind tanzenden Flammen los und sah Dirk direkt an. »Die Frage mag berechtigt sein, trotzdem könnte deine Frau mal in ihren Brustbeutel schauen, ob nicht noch ein paar Scheine darin sind. Nur für alle Fälle. Wir könnten ja getrennt werden. Am Ende stößt einem von uns womöglich sogar etwas zu!«

»Das lässt sich leider nicht ausschließen«, ertönte plötzlich Venturas Stimme. Dirk schrak beinahe zusammen, beherrschte sich jedoch im letzten Moment und blieb noch ein paar Sekunden lang in unveränderter Haltung sitzen, bevor er sich betont langsam aufrichtete und zu dem Araber umdrehte.

Ventura stand lässig einige Schritte hinter ihm, die Augen von der Ray-Ban verborgen, auf deren spiegelnder Oberfläche Dirk sich selbst zu erkennen glaubte. Er hatte keine Ahnung, wie lange der Araber ihnen schon zugehört hatte, war sich jedoch ziemlich sicher, woher er gekommen war: von dort, wo sie bei der ersten Suche nach einem Weg von einer Vielzahl vermeintlicher Höhleneingänge genarrt worden waren, die schon nach der nächsten Biegung vor einer Felswand endeten oder gefährlich steil tiefer in das Labyrinth führten.

»Wir brechen sofort auf«, verkündete Ventura. »Jan und ich haben einen Weg gefunden, der uns in das Tal bringt. In das Tal, in dem unsere Gegner mit dem Thunderformer herumspielen – falls unsere Vermutungen stimmen.« Er zog kaum merklich die Augenbrauen hoch. »Vielleicht finden Sie dort auch Ihre Kinder, Gallwynd.«

11

Es wäre maßlos untertrieben gewesen, Dirk als übermotiviert zu bezeichnen. Er war körperlich eindeutig in schlechterer Verfassung als Ventura, Karel und Jan, trotzdem drängte er immer wieder danach, sich an die Spitze der kleinen Gruppe zu setzen, und suchte mit den Augen angestrengt sämtliche Winkel ab, die der Lichtstrahl von Karels Gewehrlampe der Dunkelheit entriss. Eine Vielzahl verschiedenster Geräusche drang aus allen Richtungen auf sie ein: das Heulen des Windes, der durch die Gänge fegte und sich an unsichtbaren Felsgraten und -vorsprüngen brach, das unregelmäßige Tropfen von Wasser, ein helles Klicken und Kollern, als ginge irgendwo in diesem gigantischen Höhlensystem ununterbrochen eine kleine Steinlawine nieder, und darüber hinaus noch andere, unheimliche Laute, die Dirk nicht identifizieren konnte. Mitunter meinte er, Stimmen zu hören, vielleicht sogar Schritte und weit entfernt das Rattern einer Maschine. Doch wann immer er stehen blieb, um zu lauschen, vernahm er außer den Geräuschen, die die anderen verursachten, nichts als den Wind, das Wasser und das Kollern von Geröll.

»Wir sollten mal eine Pause machen«, quengelte Jurij ein ganzes Stück hinter ihm. »Mir geht langsam die Puste aus. Vor allem, weil ich keinen einzigen Schluck Wodka mehr habe, um mich zu stärken!«

»Wie Sie wollen«, hörte Dirk Ventura antworten, der wie üblich die Nachhut bildete. Die Stimme des Arabers klang hohl und hatte ein leises Echo. »Sie können gerne eine Pause einlegen, wenn Sie sich zutrauen, anschließend alleine hier herauszukommen.«

Jurij quengelte weiter, aber so verhalten, dass Dirk kein Wort verstand. Bis der alte Mann, nachdem sie ein paar Minuten lang in dumpfem Trott in der unzureichend ausgeleuchteten Finsternis weitermarschiert waren, laut und deutlich fragte: »Und wieso glaubt ihr, dass wir hier je wieder rauskommen? Wir haben uns doch schon längst hoffnungslos verirrt, das will bloß keiner von euch zugeben.«

Seine Worte trafen Dirk wie vergiftete Pfeile. Inzwischen waren sie seit mindestens einer Stunde unterwegs, ohne dass sich die Umgebung nennenswert verändert hatte. Im unruhigen Licht aus Karels Lampe war lediglich schroffer, nackter Fels zu sehen, Gänge, die bedrohlich eng zuliefen, um sich dann wieder zu verbreitern oder in die nächste Höhle zu münden.

Es konnte durchaus sein, dass sie noch tagelang hier herumirrten, ohne einen Ausgang zu finden.

Gerade, als Dirks Gedanken an diesem Punkt angelangt waren, öffnete sich der beklemmende Gang, durch den sie seit einigen Minuten schritten, zu einer weiten Höhle – und dann sahen sie das Tageslicht, das vor ihnen auf den Boden fiel und sich mit dem Strahl der Stablampe vermischte, die auf Karels Maschinenpistole montiert war.

Karel stieß einen zischenden Laut aus. Mehr nicht, doch er klang ungemein erleichtert. Dirk erkannte, dass auch Boxernase befürchtet hatte, hier herumlaufen zu müssen, bis ihn irgendwann Tonnen von Gestein begruben.

»Und nun?«, fragte Dirk und trat in den Wind, der sie an dieser Schnittstelle zur Außenwelt fauchend erwartete und sofort nach seiner Kleidung und seinen Haaren griff und wie wild daran zerrte. Dirk achtete nicht weiter darauf. Er wollte wissen, was vor ihm lag. Nach der zermürbenden Wanderung, während der sie im Strahl der Gewehrlampe nichts anderes gesehen hatten als zerklüftete Felswände und dunklen, unebenen Boden, schmerzte das

Sonnenlicht so sehr in seinen Augen, dass er sie zu schmalen Schlitzen zusammenkneifen musste und deswegen kaum etwas erkennen konnte.

Jan ging an ihm vorbei. Steine knirschten unter seinen Schuhen, kaum hörbar in den Geräuschen des tobenden Windes. »Ja«, sagte er, dann deutlich lauter: »Das könnte es sein.« Er drehte sich zu Kinah um. »Was meinst du? Sind wir hier richtig?«

Kinah schritt mit flatternden Haaren an Dirk vorüber. Sie bewegte sich geschmeidig wie eine Raubkatze, nicht wie eine erschöpfte und verängstigte Frau. Einmal mehr wurde Dirk bewusst, wie eng Schwäche und Stärke bei Kinah nebeneinanderlagen, wie fließend die Übergänge zwischen ihren Persönlichkeitsfaçetten waren, zwischen der übersensiblen Künstlerin, die ihr Innerstes durch immer neue Projekte ausdrückte, und der Kämpferin, die sich auf zuweilen kaum nachvollziehbare Weise für ihre Familie und die ganze Welt einsetzte und dabei ständig Gefahr lief, sich zu übernehmen.

Und noch eines begriff er: wie sehr er diese Frau liebte.

Er beeilte sich, ihr zu folgen. Seine Augen hatten sich mittlerweile halbwegs an die Helligkeit gewöhnt. Nach einigen Schritten blieb er neben Jan und Kinah stehen und warf einen Blick auf das, was sie vor der Höhle erwartete …

Was sich ihm bot, war nicht die freie Sicht auf ein Tal und sanft abfallende Hänge, nicht der Ausweg aus dem steinernen Labyrinth, den er sich erträumt hatte, sondern eine steile Geröllhalde, die ihnen den Blick auf all das versperrte, was hinter ihr liegen mochte.

»Irgendwie habe ich mir das Tal anders vorgestellt«, sagte Jurij heiser. »Aber was soll's. Hauptsache, wir finden hier eine Kneipe.« Seine Stimme klang nicht scherzhaft, sondern bitter.

Dirk konnte den alten Mann verstehen. Das Sonnenlicht spiegelte sich auf den grauen, schwarzen und manchmal fast weißen Flächen der Halde und brach sich in Steinsplittern, sodass sie funkelten wie Diamanten. Doch wo die Sonne selbst war, konnte er noch nicht einmal mit in den Nacken gelegtem Kopf sehen.

»Das gefällt mir nicht«, sagte Ventura.

Diese Aussage überraschte Dirk. Ventura war kein Mensch, der schnell Unbehagen äußerte.

»Wenn wir hinaufklettern«, fuhr Ventura fort und deutete nach oben, »kann uns jeder, der uns nicht wohlgesinnt ist, in aller Ruhe abknallen. Es gibt überhaupt keine Deckung.«

»Und warum sollte da oben jemand sein?«, fragte Jan.

»Wenn ich hier geheime Experimente durchführen würde, würde ich genau dort Posten aufstellen. Posten, die Gewehre mit Zielfernrohren haben und alles wegputzen können, was sich ihnen nähert.«

»Geheime Experimente.« Dirk nickte. »Das ist es also, was hier stattfindet. Experimente mit dem Thunderformer, nehme ich an.«

»Das habe ich dir doch gesagt«, behauptete Kinah. »Ich habe dir von dem Telefonat mit meinem Vater erzählt, davon, dass er erfahren hat, dass die Experimente von Ruanda hierher verlegt worden sind.«

Dirk trat so nahe an den Abgrund heran, dass sich kleine Steinchen lösten und hinunterfielen – allerdings nicht sehr tief, denn bereits einen Meter unterhalb der Höhlenöffnung begann der Hang wieder sanft anzusteigen. Weiter oben wurde er immer steiler und war fast so gekrümmt wie eine Halfpipe auf einem Skaterplatz.

»So klar hast du dich nicht ausgedrückt«, stellte er richtig, ohne Kinah anzusehen. »Aber das scheint ja sowieso nicht mehr deine Stärke zu sein. In deiner Münchener Zeit warst du jedenfalls weitaus präziser.« Nun suchte er doch ihren Blick. »Vielleicht können wir ja dazu zurückkehren. Zu der alten Klarheit, meine ich.«

Kinah nickte, kam jedoch nicht dazu, zu antworten. »Besprechen Sie Ihre Beziehungsprobleme ein anderes Mal«, sagte Ventura. »Momentan haben wir Wichtigeres zu tun. Karel!«

Boxernase trat einen Schritt vor, sodass Licht auf den Lauf seiner Waffe fiel und zuckende Reflexe darüberhuschen ließ.

»Du gehst diesmal nicht als Erster. Den Vortritt überlassen wir dem Mann, der sich am liebsten mit Frauen streitet. We send Dirk first.«

Karel sah auf seine Waffe hinab, lud sie durch und nickte. »Okay, boss. Whatever you want.«

»Augenblick mal!«, sagte Kinah. »Was soll das denn? Warum soll Dirk als Erster gehen? Er ist ja noch nicht einmal bewaffnet!«

»Eben«, sagte Ventura. »Seine einzige Waffe ist sein großes Mundwerk. Mit dem er uns allen ja immer wieder zeigt, dass er von nichts eine Ahnung hat. Er ist am ehesten entbehrlich.«

»Entbehrlich?«, empörte sich Kinah. »Sind Sie verrückt? Dirk ist doch kein Kanonenfutter!«

»Das habe ich auch nicht behauptet«, erwiderte Ventura kühl. »Ich gehe nur gerne auf Nummer sicher. Was meinen Sie, was passiert, wenn meine Wenigkeit oder Karel als Erster geht und von einem Scharfschützen abgeknallt wird? Glauben Sie, dass Ihr ach so geliebter Dirk dann wüsste, wie er Sie und die anderen aus der Gefahrenzone bringen könnte?«

»Aber Sie wissen das, wie?«

»Ja«, antwortete Ventura knapp. »Und damit Ende der Diskussion. Wir haben einen Job zu erledigen. Wir werden den Thunderformer aufspüren und ihn mitnehmen oder vernichten.«

Dirk wartete nicht länger ab. Er war also entbehrlich. Na schön. Das hörte er nicht zum ersten Mal in seinem Leben. Für gewöhnlich waren es Frauen, die solchen Unsinn von sich gaben, wenn sie eine Beziehung für erledigt hielten. Jetzt hielt offensichtlich Ventura ihn für so gut wie erledigt. Wenn der sich da mal bloß nicht täuschte.

Dirk ging in die Hocke, stützte sich mit der linken Hand ab und sprang aus der Höhlenöffnung. Als er auf dem harten, aber rutschigen Untergrund aufkam, fuhr ein scharfer Stich durch seinen Fuß. Er balancierte sich aus, atmete tief durch, hob den Fuß an und ließ ihn ein paarmal kreisen. Der Schmerz ließ sofort nach. Er hatte sich den Fuß also nicht verstaucht.

Er drehte sich um und sah zu Ventura empor. »Ich mag in Ihren Augen entbehrlich sein. Aber glauben Sie mir: Für meine Kinder bin ich das nicht. Wenn sie irgendwo hier sind, werde ich alles tun, um sie in Sicherheit zu bringen.«

Ventura starrte mit regloser Miene auf ihn herab. »Solange Sie mir dabei nicht in die Quere kommen und meine Anweisungen befolgen, soll mir das recht sein.«

Dirk schüttelte den Kopf. »Nein, Sie verstehen mich nicht. Das reicht mir nicht. Ich möchte, dass Sie mir versprechen – dass Sie mir Ihr Wort geben –, dass Sie alles tun werden, um meine Kinder zu retten, wenn es hart auf hart kommt.«

»Und warum sollte ich das tun?«

»Weil Sie sich dann darauf verlassen können, dass ich als Erster überall dorthin gehe, wo es gefährlich wird.«

Der Wind war höllisch und zerrte mit tausend Händen an ihm, als wollte er ihn packen und fortschleudern. Dirk kroch auf allen vieren vorwärts, um nicht zum Spielball der unberechenbaren Böen zu werden oder auf dem unsicheren Untergrund den Halt zu verlieren. Das Gemisch aus Geröll, Kies und scharfkantigen Splittern unter seinen Händen und Füßen gab immer wieder nach, und einmal war er bereits ein gutes Stück der Strecke zurückgerutscht, die er gerade mühsam hinter sich gebracht hatte. Dabei war eine kleine Lawine auf Kinah, Ventura und die anderen niedergegangen und hatte zu berechtigtem Protest geführt, sodass er eine neue, schräg versetzte Route gewählt hatte.

Während er sich mit zusammengebissenen Zähnen weiter nach oben kämpfte, verspürte er vorsichtige Erleichterung. Immerhin war bislang niemand aufgetaucht und hatte auf ihn geschossen. Da es nicht mehr weit bis zum Gipfel dieser merkwürdigen Halde war, hoffte er, auch noch diese Distanz ohne größere Blessuren als Schrammen und blutige Kratzer an seinen Fingern und Handflächen überwinden zu können. Und dann würde er endlich einen Blick auf das Tal werfen können, zu dem laut Kinah auch ihr Vater und Noah unterwegs waren.

Vielleicht waren sie ja schon dort.

Der Gedanke lenkte ihn ab, sodass er nicht aufpasste und in etwas griff, das sich glatt und rutschig anfühlte, aber kein weißer Stein war, wie er zunächst glaubte. Dirks Hand zuckte instinktiv zurück.

Es war ein Knochen. Lang und gebogen wie das Schienbein eines Riesen. Trotzdem musste das größte Stück noch unter Geröll begraben liegen. In der Nähe erkannte Dirk weitere Knochenfragmente, die aus dem Untergrund ragten – in derart gleichmäßigem Abstand, dass sie wie die Spitzen eines gigantischen Brustkorbs aussahen.

Die verrücktesten Gedanken und Bilder schossen Dirk durch den Kopf. Dunkle Schatten, die Schreie wilder Tiere, dumpfe Trommeln – er befand sich in einem archaischen Land, in dem Geister, Ahnen und Riesen zum Leben der Menschen gehörten. Kinah hatte ihm immer wieder von unglaublichen Dingen erzählt, darunter auch von gewaltigen Wesen, die einst in dem Teil der Welt lebten, in dem später die ersten Menschen den aufrechten Gang und irgendwann die Kunst des Sprechens entwickelten. Die Riesen lagen ständig im Wettstreit mit Göttern und Dämonen und wurden ihnen allein durch ihre Kraft immer wieder gefährlich. Kinah hatte behauptet, dass jene alten Geschichten nicht reine Fantasie waren, sondern wie viele andere Sagen und Mythen einen wahren Kern hatten.

»Was ist?«, rief Ventura. »Schlafen Sie nicht ein da oben!«

Dirk warf einen Blick zurück. Der Abstand zu den anderen hatte sich deutlich verringert. Karel war ihm relativ dicht auf den Fersen, Ventura bildete wie üblich die Nachhut, und dazwischen krabbelten Kinah, Jan, Lubaya und Jurij wie Schildkröten den Hang hinauf, genauso langsam und auf allen vieren wie er selbst.

»Hier ist etwas«, rief Dirk zurück. »Knochen. Große Knochen.«

Ventura hob den Kopf. Ein Lichtreflex huschte über seine Sonnenbrille. »Was für Knochen? Menschenknochen?«

Dirk schüttelte den Kopf. »Nein. Sehr viel größer.«

»Dann werden sie von Elefanten oder Giraffen stammen«, gab Ventura ungeduldig zurück. »Und jetzt weiter!«

Dirk zuckte resigniert mit den Schultern und mühte sich weiter den steilen Hang empor. Vorhin hatte er die ganze Zeit nach oben gestarrt, bereit, jederzeit zurückzuhasten, falls das Metall eines Gewehrlaufs aufblitzte oder ein Gesicht zu sehen war. Nun musterte er stattdessen die Knochen, an denen er vorüberkam. Er konnte sich nicht vorstellen, dass sie von einer noch existierenden afrikanischen Tierart stammten. Sie wirkten nicht nur *fremd*, sondern verteilten sich auch über ein dermaßen weites Gebiet, dass sie jegliche normale Größenordnung sprengten.

Je höher Dirk kraxelte, desto mehr musste er sich anstrengen, um nicht wieder zurückzuschlittern. Seine Hände gruben sich in das Geröll und nutzten jeden Halt, der sich ihnen bot, trotzdem ging es mehr schlecht als recht. Schließlich umfasste er vorsichtig einen der halb verschütteten Knochen. Er war fest genug verankert, dass sich Dirk an ihm hochziehen konnte. Und dabei fiel ihm auf, was mit diesem Knochen nicht stimmte: Er fühlte sich nicht so an, wie sich ein Knochen anfühlen *sollte*. Die Riesenrippe war glatt und kühl wie der Marmor der Fensterbank in seinem Arbeitszimmer.

Dirk wusste sofort, was das bedeutete, schließlich hatte er nicht umsonst mit Kinah ein halbes Dutzend Museen für Frühgeschichte und unzählige Ausgrabungsstätten besucht und dabei auch das eine oder andere Mal verbotenerweise mit den Fingern über ein Exponat gestrichen. Der Knochen war eindeutig *versteinert*. Dirk hätte ihn um ein Haar losgelassen und wäre abgerutscht. Ihm wurde schlagartig klar, dass es sich tatsächlich nicht um das Gerippe eines zu groß geratenen Elefanten oder einer riesigen Giraffe handelte, und selbst ein Mammut schied angesichts der Form des Skeletts wohl aus. Er konnte sich nicht mehr daran erinnern, wie lange Knochen brauchten, bis sie versteinerten, vermutete aber, dass dazu eher Millionen als hunderttausende von Jahren nötig waren.

Also doch Riesen? Oder vielleicht ein Dinosaurier oder eine ihm unbekannte Spezies?

Entschlossen packte Dirk die nächste steinerne Rippe der uralten Bestie, die hier ihre letzte Ruhestätte gefunden hatte. Während er sich auf diese Weise immer weiter nach oben zog, glaubte er, unter sich eine leichte Erschütterung zu spüren und ein merkwürdiges Grummeln zu hören, das tief aus dem Hang zu kommen schien. Er hielt inne und legte den Kopf schief, um zu lauschen. Ja, da war es wieder, ein schweres, mahlendes Ächzen, dem ein Vibrieren folgte. Der Boden unter ihm zitterte wie nach einem fernen Erdbeben und beruhigte sich nur allmählich.

Es wurde Zeit, dass sie hier wegkamen.

»Schon wieder eine Pause, Gallwynd?«, hörte er Venturas Stimme. »Soll ich Ihnen einen Kaffee bringen? Und vielleicht noch ein bisschen Gebäck?«

Dirk knirschte mit den Zähnen. Der Araber ging ihm zunehmend auf die Nerven. Dummerweise hatte er nicht ganz unrecht. Mit jeder Sekunde, die er hier verharrte, brachte er sich und die anderen nur in Gefahr.

Er warf einen prüfenden Blick auf das versteinerte Skelett. Soweit er aus seiner Position erkennen konnte, bestand es aus einer massiven, größtenteils verschütteten Wirbelsäule, zu deren Seiten sich mächtige, teilweise gebrochene Rippen erhoben. Manche von ihnen waren beinahe vollständig von Geröll bedeckt, andere ragten wie bleiche Speere im Halbbogen zwischen den Steinen hervor. Also doch ein Dinosaurier? Dirk schüttelte den Kopf. Im Grunde war es nicht wichtig, was für ein Wesen hier lag, sondern wie seine Überreste angeordnet waren: wie eine überdimensionale Leiter. An deren Sprossen er sich nach oben arbeiten konnte.

Damit Ventura ihm nicht noch einen mit Milch aufgeschäumten Cappuccino anbot, drehte er schnell den Kopf und rief: »Ich ziehe mich an dem Skelett nach oben! Macht es mir einfach nach, dann kommen wir schneller hoch!«

Dann konzentrierte er sich auf das Klettern und bewegte sich schneller als zuvor. Ein tiefes Unbehagen trieb ihn an, die Ahnung, dass hier nicht alles war, wie es auf den ersten Blick schien. Erneut vernahm er das Ächzen und Mahlen, diesmal lauter. Es wurde nicht vom Wind verursacht, der ihn umheulte, sondern von einer ganz anderen Kraft, über die er noch nicht einmal nachzudenken wagte.

Plötzlich begann der ganze Hang zu beben wie ein Schiff, das in einen Gewittersturm geraten war und sich stampfend und schlingernd durch die Wellen kämpfte.

Dirk starrte aus zusammengekniffenen Augen hinter sich, wo er Kinah und die anderen vermutete. Er sah nur aufgewirbelten Sand, der sich stellenweise zu eigenartigen Gebilden verdichtete, die bereits vom nächsten Windstoß hinweggefegt wurden. Die anderen waren in Gefahr, aber er konnte ihnen nicht helfen. Er konnte lediglich sich selbst in Sicherheit bringen.

Er griff hastig nach einer Rippe und zog sich ein Stück näher an die Wirbelsäule heran, die gekrümmt nach oben verlief. Er musste hinauf zum Gipfel des Hangs und den anderen irgendwie helfen, der Falle zu entrinnen, in die sich dieser Geröllhaufen zu verwandeln drohte. Er stemmte sich mit den Füßen gegen den Rippenbogen unter sich, klammerte sich mit den Händen an den Knochenrest über ihm und versuchte, das Rückgrat des urzeitlichen Wesens zu erreichen.

Es war, als hätte der Wind nur darauf gewartet, dass Dirk die Totenruhe der riesigen Kreatur endgültig störte. Das Heulen, das schon die ganze Zeit über an seinen Nerven gezerrt hatte, steigerte sich zu einem infernalischen Lärm. Felsbrocken rollten an ihm vorbei in die Tiefe, und der Untergrund verlor von einer Sekunde auf die nächste seine Struktur, gab an einigen Stellen nach und warf sich an anderen auf, bis immer mehr Steine ins Rutschen kamen und mit ihnen der Sand, der bisher zwischen ihnen festgebacken gewesen war und nun geradezu herausgesprengt wurde.

Verzweifelt wandte Dirk den Kopf und starrte abermals dorthin, wo Kinah und die anderen der tosenden Urgewalt ausgeliefert sein mussten. Er hätte es besser nicht getan. Ein Knochenstück sauste auf ihn zu und traf ihn so hart am Kopf, dass ihm schwarz vor Augen wurde. Zwei oder drei Sekunden lang war Dirk einer Ohnmacht nahe, die wahrscheinlich nahtlos in den Tod übergegangen wäre. Doch bevor die verlockende Dunkelheit über ihm zusammenschlagen konnte, tastete er nach der gewaltigen Wirbelsäule, die den einzigen wirklichen Halt versprach. Tatsächlich bekam er sie zu fassen, wenn auch nur mit einer Hand …

Da sackte der Boden unter ihm mindestens einen halben Meter durch. Er ließ nicht los. Er durfte nicht loslassen. Er war nicht alleine hier, er musste Kinah retten und sich dann auf die Suche nach Noah machen, der vielleicht gar nicht weit entfernt ebenfalls mit dem Sturm und um sein Leben rang.

Mit einer entschlossenen Bewegung warf sich Dirk nach vorne und packte auch mit der anderen Hand das Rückgrat der urzeitlichen Bestie. Der Sturm zerrte mit derart wütender Gewalt an ihm, dass er das Gefühl hatte, seine Finger würden aus den Gelenken gerissen, und vor Schmerz aufschrie. Er spannte sämtliche Muskeln an. Der Sturm hielt dagegen und beutelte ihn, als sei er von einem boshaften Vernichtungswillen besessen. Doch Dirk zog sich unbeirrt weiter und presste sich schließlich mit dem Oberkörper gegen die Wirbelsäule. Die Urgewalten, die den Hang erschütterten, hatten das Rückgrat weitgehend freigelegt und ermöglichten ihm nun, die Knochen vollständig zu umschlingen.

Keinen Augenblick zu früh. Ein gewaltiges Beben durchfuhr die Geröllhalde. Dirk wurde zusammen mit dem versteinerten Skelett erst nach oben geschleudert und dann zur Seite geworfen. Eine kräftige Bö fauchte ihm ins Gesicht und riss ihm die Luft von den Lippen. Der nächste Windstoß traf ihn in den Rücken und drückte ihn mit spielerischer Leichtigkeit gegen das urzeitliche Gerippe. Irgendetwas krachte. Dirk klammerte sich mit aller Kraft fest …

… und sank mitsamt den Knochen und dem Geröll ein Stück in den Boden. Als er begriff, was passierte, reagierte sein Magen mit einer Woge von Übelkeit.

Der Hang brach in sich zusammen. Dirk presste seine Oberschenkel um das Rückgrat wie ein Rodeoreiter und versuchte, sich mit den Fingern an den Wirbeln festzukrallen. Es ging nur ein paar Sekunden lang gut. Als der trügerische Untergrund von immer stärkeren Erschütterungen heimgesucht wurde, schwang Dirk hin und her und verlor beinahe den Halt. Dann begann sich die große, versteinerte Knochensäule zu drehen …

Dirk stieß einen erstickten Schrei aus. Hier stürzte nicht einfach eine Geröllhalde in sich zusammen, hier geschah etwas ganz anderes. Vor Dirks innerem Auge blitzte die Vision eines riesigen Ungeheuers auf, das unter ihm aus einem Jahrtausende währenden Schlaf erwachte und sich zu rekeln begann. Eine gewaltige Kreatur, auf deren geschuppter Haut sich im Laufe einer unvorstellbar langen Zeit Sand und Gesteinssplitter angesammelt und verkrustet hatten, bis sie aussah wie ein Hang, wie ein von Erosion angegriffener Hügel.

Wieder wurde Dirk nach oben geschleudert. Die Wirbelsäule drehte sich langsam, mit einem grausigen, durchdringenden Knirschen, das das Ächzen, Dröhnen und Wummern, das die Auflösung der Geröllhalde begleitete, mühelos übertönte. Der Wind peitschte über ihn hinweg, umheulte und umtoste ihn wie eine außer Rand und Band geratene Dämonenschar, riss an seinen Haaren und ließ seine Kleider flattern. Schon längst hörte Dirk seine eigenen Schreie nicht mehr. Er klammerte sich an den gigantischen Knochen wie ein Ertrinkender in stürmischer See an einen Baumstamm. Die Luft war voller Sand und scharfer Splitter, von denen nicht wenige sein Gesicht trafen. Er merkte es kaum, war vollauf damit beschäftigt, nicht loszulassen und so viel der aufgewühlten, verdreckten Luft einzuatmen, dass seine Lungen genug Sauerstoff bekamen. Als Folge hatte er einen fürchterlichen Geschmack im Mund, ganz zu schweigen davon, dass sich sein Hals rau und wie verklumpt anfühlte. Dirk hatte von Menschen gehört, die in der Wüste von einem Sandsturm regelrecht ausgetrocknet worden waren, die nicht mehr genug Luft in ihre Lungen hatten pumpen können, sondern fast nur noch feinkörnigen Sand eingeatmet hatten. Ihm erging es jetzt ähnlich, nur mit dem Unterschied, dass er auch winzige, messerscharfe Gesteinssplitter einsog, die seine Lungen von innen zu zerfetzen vermochten.

Es wäre eine gute Idee gewesen, sich irgendein Stück Stoff vor den Mund zu halten, aber dazu hätte er seinen Griff lockern müssen, und das war unmöglich. Unter ihm knarzte und krachte es, und ehe er es sich versah, flog das versteinerte Skelett auch schon einen oder zwei Meter in die Höhe. Es war keine Explosion, sondern eine andere, nicht minder gewaltige Kraft, die den Hang anhob und damit auch Dirk und den Knochen, an den er sich verzweifelt klammerte.

Ohrenbetäubender Krach dröhnte in seinen Ohren und eine Wolke aus Gesteinsbrocken, Staub und Sand hüllte ihn ein. Er sackte durch und wurde erneut hochgeschleudert. Er hätte nicht einmal sagen können, ob der Hang als solcher überhaupt noch existierte. Überall um ihn herum war Bewegung, ein Auf und Ab von durcheinanderwirbelnder Materie. Neben ihm schoss ein gigantisches Gebilde in die Luft, überschlug sich und krachte wieder zu Boden.

Dirk wandte den Kopf zur Seite, drückte seine Wange gegen den kalten Knochen und versuchte, so flach wie möglich zu atmen. Jeder Atemzug bedeutete unsägliche Qual. Sand und Steine drangen wie Glassplitter in seine Kehle, sodass er vor Pein am liebsten aufgeschrien hätte.

Und dann geschah, was geschehen musste. Der Untergrund rutschte weg. Donnernd stürzte der Hang unter Dirk ein und riss ihn mit, bis sich die Wirbelsäule irgendwo verfing und ihre Bewegung abrupt stoppte. Ein gewaltiger Ruck ging durch seine Arme, sein Kinn schlug auf den steinharten Knochen. Dirk stieß einen Angstschrei aus, klammerte sich jedoch weiterhin an den Wirbeln fest. Seine Beine baumelten über einem pechschwarzen, unermesslich tiefen Abgrund. Dann begann das Skeletteil, an dem er hing, hin und her zu pendeln. Dirk ignorierte die pochenden Schmerzen in seinen Händen und Armen und hielt sich krampfhaft fest, spürte aber, wie seine Finger Zentimeter für Zentimeter abrutschten. Seine Kräfte ließen rapide nach, und die vom Sand der Jahrtausende glatt geschliffene Oberfläche des versteinerten Knochens wurde noch schlüpfriger durch das Blut, das aus den zahllosen Rissen und Schnitten in seinen Händen quoll.

Dann traf ihn ein zweiter, noch härterer Ruck. Es war, als würden ihm die Arme aus den Schultergelenken gerissen. Dirk brüllte in reiner Agonie, ließ los … und stürzte inmitten von Geröll, Splittern und Sand in die Tiefe.

12

Irgendetwas stimmte nicht. Im ersten Moment hätte Dirk nicht einmal sagen können, was. Doch dann wurde er sich der Unterschiede zu ihren früheren Begegnungen immer deutlicher bewusst. Das Lagerfeuer in der Höhle prasselte eher zaghaft und kümmerlich vor sich hin, statt funkensprühend hochzuzüngeln, und das Gesicht des alten Mannes wirkte weitaus schmaler und verhärmter, als Dirk es in Erinnerung hatte. Die schlohweißen, vormals ordentlich gekämmten Haare hingen nun wirr und verdreckt hinunter, und auf der zerfurchten Stirn perlten Schweißtropfen.

»Jetzt bist du also gekommen«, sagte der Schamane.

Seine Stimme klang wie eine knarrende alte Eiche, rau und ursprünglich. Das war auch vorher so gewesen, doch während Dirk den alten Mann bislang immer problemlos hatte verstehen können, musste er sich nun anstrengen, um überhaupt den Sinn seines Gemurmels zu erschließen.

»Ja, ich …« Dirk verstummte. Seine Stimmbänder wollten ihm nicht gehorchen, und sein Hals fühlte sich so wund an, als hätte er mit Glassplittern gegurgelt. Aber das war nicht einmal das, was ihn am meisten quälte. Es war seine Wahrnehmung. Er sah den Alten nur verschwommen, und im schwachen Feuerschein zerfloss auch die Umgebung wie bei einer schlechten Computergrafik aus den achtziger Jahren des vergangenen Jahrhunderts. Erst nach und nach begriff Dirk, woran das lag: Sand und Gesteinssplitter rieselten unablässig von der Decke, untermalt von einem leisen Rumoren, das alles andere als vertrauenerweckend klang.

»Jetzt bin ich da«, brachte er mühsam hervor.

»Ja. Fast zu spät.« Der Alte zuckte bedauernd mit den Schultern. »Ich hätte dich gerne persönlich kennengelernt. Aber dafür bleibt uns keine Zeit mehr.«

Dirk blinzelte. Seine Gedanken bauten nicht logisch aufeinander auf, sondern waren völlig durcheinander und wurden von Gefühlen begleitet, die es ihm zusätzlich erschwerten, das einzuordnen, was ihm passiert war und was gerade hier geschah. Am allerwenigsten begriff er, was der Schamane von ihm wollte.

»Wie … wie meinst du das?«, fragte er.

Der Weißhaarige winkte ab. »Das wirst du noch früh genug verstehen. So, wie du in den letzten Tagen bereits sehr viel verstanden hast. Zum Beispiel, warum sich Kinah intensiv mit der Vergangenheit verschiedenster Völker auseinandersetzen musste.«

»Um zu verstehen, was die Zukunft bringt«, vermutete Dirk.

Ein schmerzlicher Ausdruck huschte über das Gesicht des Schamanen.

»Kein Mensch kann die Zukunft verstehen. Es fällt uns schon schwer genug, in der Gegenwart zu leben. Und es ist eine Herausforderung, sich ihr zu stellen und in jedem Augenblick die richtige Entscheidung zu treffen. Das aber kann nur gelingen, wenn man seine eigene Vergangenheit annimmt und die seiner Vorfahren. Davon hast du leider keine Ahnung, obwohl sich Kinah alle Mühe gegeben hat, dir die Denkweise alter Kulturen nahezubringen.«

»Ich wüsste nicht …« Dirk schluckte mehrmals, um das raue Gefühl in seinem Hals zu vertreiben. »Ich wüsste nicht, wie mir das Wissen alter Kulturen jetzt weiterhelfen könnte.«

»Überhaupt nicht, wenn du es nicht richtig anstellst«, knurrte der Alte. »Es geht nicht um Kulturen, wie du sie verstehst, nicht um alte Gemäuer und Kunstwerke oder um vordergründiges Wissen. Es geht um das Erbe unserer Ahnen, um ihr tiefes Verständnis für die immerwährenden Abläufe, um den Rhythmus, den sie uns vorgeben und den wir nur dann erfassen können, wenn wir uns auf wirklich große Zeitabläufe einlassen. Es geht darum, wie sie es geschafft haben, Herausforderungen zu meistern und Gegensätze zu vereinen. Oder ist dir noch nicht aufgefallen, dass sich unsere Lebensumstände im steten Wandel befinden und nur diejenigen überleben, die sich diesen Wandel zunutze machen, statt sich ihm entgegenzustemmen?« Der alte Mann schlang die Arme um seinen Oberkörper, als fröre er. »Die Zeit rinnt uns durch die Finger wie der Sand, der aus der trügerischen Höhlendecke über uns rieselt.«

Dirk wollte unwillkürlich nach oben sehen, doch seine Nackenmuskeln gehorchten ihm nicht.

»Es ist eine schlechte Angewohnheit von mir, selbst einem Uneinsichtigen wie dir Einsicht vermitteln zu wollen«, sagte der alte Mann. »Davon sollte ich mich nun endlich befreien. Genau wie von meinen anderen schlechten Angewohnheiten.«

Dirk versuchte, sein Gewicht zu verlagern und sich aufzurichten, aber auch das gelang ihm nicht.

Irgendetwas stimmte nicht mit ihm. Seine Wahrnehmung war … gestört. Er spürte weder seine Beine noch seine Arme. Er konnte nicht einmal sagen, ob er saß oder lag.

Das machte ihm Angst.

War da nicht ein Sturz gewesen? War er nicht aus großer Höhe hinabgestürzt? Lag er womöglich gerade in seinem eigenen Blut? War er gelähmt oder tödlich verletzt?

Diese Gedanken hatten trotz allen Schreckens etwas Unwirkliches. Genau wie der alte Mann, der derart mitgenommen aussah, als könnte er jeden Moment zusammenbrechen.

»Du bist einen langen Weg gegangen.« Der Schamane streckte die Hand aus und zeichnete eine imaginäre Linie in die Luft. »Einen Weg, der dich weit weg geführt hat von deiner eigentlichen Bestimmung.« Seine Hand verharrte mitten über dem Feuer, sodass sie fast im Rauch verschwand. »Einen Weg, der dich zwang, durch Feuer und Sturm zu gehen, bevor du hierher gelangtest. Entscheidend ist, was du jetzt tun wirst.«

Dirk versuchte, den Kopf ein klein wenig anzuheben. Selbst das war unmöglich.

Lag er im Sterben? War diese undeutliche Vision ein letztes Aufflackern seines Unterbewussten, das ihn darauf vorbereiten wollte, dass seine Zeit gekommen war?

»Wo ist Noah?«, fragte er. »Wie geht es ihm?«

Der Schamane nickte. »Gut, dass du dich nach ihm erkundigst. Ich werde dich zu ihm führen. Aber zuerst muss ich dir eine Frage stellen: Erinnerst du dich an das, was ich dir von der Macht berauschender Substanzen erzählt habe?«

Dirk hätte den Kopf geschüttelt, wenn er es gekonnt hätte. »Kaum. Du hast mich vor Drogen gewarnt und gesagt, Mario hätte irgendetwas damit zu tun. Aber was spielt das jetzt für eine Rolle?«

»Mario, der Mann, den du Freund nanntest. Und Jan Olowski, der Mann mit den vielen Gesichtern.« Der Schamane hustete trocken. Es klang qualvoll. »Es ist nicht gut, Gefährten zu haben, die sich an etwas festhalten wollen, an dem man sich nicht festhalten kann.«

Jan und Drogen? Ja, das passte. Dirk hatte sich sowieso schon darüber gewundert, wie unterschiedlich sich der Mann im Holzfällerhemd bei ihren Begegnungen verhalten hatte. Mal plump und aggressiv, mal intellektuell und überlegen, mal fahrig und nervös.

»Du selbst hast versucht, dich am Alkohol festzuhalten«, fuhr der alte Mann fort. »Das ist unmöglich, wie du mittlerweile weißt. Man kann sich nicht an einer Flüssigkeit festhalten. Auch nicht an einem Stoff, der einem das Gehirn vernebelt.«

»Das mag sein.« Dirk schluckte erneut. »Aber warum ist das so wichtig?«

»Weil es wichtig ist, zu wissen, woran man sich wirklich festhalten kann, wenn alles auseinanderfällt«, antwortete der Schamane.

»An seiner Familie«, sagte Dirk prompt. »Und an seinen Freunden.«

»Ja«, bestätigte der Schamane. »Und an seinem Glauben.«

»Glauben … Damit kann ich wenig anfangen.«

»Genauso wenig wie mit Familie und Freunden«, sagte der Weißhaarige. »Dein sogenannter Freund Mario hat versucht, deine Frau ins Bett zu kriegen. Hast du dich schon einmal gefragt, warum er dich derart herausgefordert hat?«

Dirk blinzelte gegen den Sand an, der mittlerweile als dichte Wolke zwischen ihm und dem alten Mann niederging. »Vielleicht, weil ich ihm irgendwann mal auf die Zehen getreten bin?«

»Nein. Das kann ein Mann ertragen, wenn man ihm die Zehen nicht gleich bricht.« Die Stimme des Schamanen wurde dumpfer und rauer. »Der Grund liegt in Mario selbst. In seiner Schwäche. In seiner Sucht, sich mit Nebensächlichkeiten zu beweisen. Seine Selbstbestätigung bei Frauen zu suchen. Und dabei nicht einmal vor dem Versuch zurückzuschrecken, seinem angeblich besten Freund die Frau auszuspannen.«

»Kann sein. Aber …«

»Nichts aber«, unterbrach ihn der Alte. »Diese Schwäche führt dazu, dass er sich nicht ernst nimmt. Weder sich noch seine Ehre noch seine Freunde.«

Dirk dachte einen Herzschlag lang darüber nach. Ja, das mochte sein. Auf den ersten Blick wirkte Mario eloquent und charmant, im Grunde war er jedoch unsicher und haltlos.

»Freunde sind Spiegelbilder der eigenen Seele.«

Dirk wollte etwas erwidern, ließ es dann aber sein. Das unaufhörliche Rieseln vor seinen Augen verschleierte die Umgebung, und auch seine Gefühle lagen wie hinter einem Schleier verborgen. Mario, die bröckelnde Decke über ihnen, sein gelähmter Körper – all das berührte ihn weit weniger, als normal gewesen wäre.

Das Einzige, an das er denken konnte, waren Kinah, Akuyi und Noah. Er musste einen Weg finden, sie zu retten. Und vielleicht führte dieser Weg ja über den Schamanen, seine blumigen Erklärungen und Andeutungen.

»Es geht hier doch nicht um die Seele«, sagte er, »sondern darum, was ich tun kann.«

»Woher sollst du wissen, was du zu tun hast, wenn deine eigene Seele nicht den rechten Weg weiß?« Die Stimme des Alten ging beinahe im Prasseln des Feuers unter. »Du musst akzeptieren, dass Mario ein Spiegelbild deiner Seele ist. Er spiegelt deine innere Leere wider, deine Haltlosigkeit, deine Schwäche. Aber auch deine Fähigkeit, in dem Bereich zu bestehen, in dem es um geschäftlichen Erfolg und Geld geht.«

Er machte eine kleine Pause, während der seine Worte in Dirks Bewusstsein drangen.

»Ich habe einst etwas an einen Menschen geschrieben, der mir sehr wichtig ist.« Der Schamane wiegte seinen Oberkörper hin und her. »Ich schrieb über einen Mann, der sich wie ein jämmerlicher, verfaulter Sack verhält, in den Moder und Schimmel eingedrungen sind.«

»Aber …« Dirks Herzschlag beschleunigte sich. »Das habe ich doch schon einmal gehört!«

»Ja, aus dem Munde eines Menschen, der auch dir sehr wichtig ist.« Als der alte Mann weitersprach, klang seine Stimme noch knorriger als zuvor. »Es gab nicht viel, das ich meiner Tochter mit auf den Weg geben konnte. Sie muss mein Erbe weitertragen, die gesammelte Weisheit der Ahnen, und das als Frau und zudem in der Fremde. Es erfordert große Kraft und große Demut, dieses Schicksal zu tragen. Und es erfordert einen festen Halt. Hast du ihr diesen Halt geben können?«

Dirk starrte den Alten fassungslos an. »Kinah ist deine Tochter?«

Der Weißhaarige rang sich ein schwaches Lächeln ab. »Es spricht nicht gerade für dich, dass du das erst jetzt begreifst. Ja, ich bin Shimeru, der Vater von Kinah und Großvater deiner beiden Kinder. Der Kinder, die das Prinzip des Ausgleichs verkörpern. Der Zwillinge, die die Gegensätze vereinen können.«

Die Eröffnung verschlug Dirk die Sprache. Dabei passte natürlich alles zusammen. Kinah hatte ihm mehr als einmal erzählt, dass ihr Vater ein Schamane war. Außerdem war während all seiner rätselhaften Begegnungen mit dem alten Mann dessen Interesse an Kinah unübersehbar gewesen, genauso wie die leicht abfällige Art, mit der er Dirk behandelt hatte – wie ein Schwiegervater, der mit der Wahl seiner Tochter nicht einverstanden ist.

»Wenn du tatsächlich der Vater von Kinah bist«, sagte Dirk leise, »dann bist du der Mann, der mir meinen Sohn weggenommen hat.«

»Aber nein. Nicht weggenommen. Ich habe ihn nur auf den richtigen Weg gebracht, um ihn Rechtschaffenheit und das Wissen der Ahnen zu lehren.« Der Alte fuhr mit der Hand über den Boden, und als er sie hob, rieselten Rinnsale von Sand zwischen seinen Fingern hindurch. Gebilde mit wenigen Zentimetern Durchmesser, ovaler Form und geriffelter, weißgrauer Oberfläche blieben in seiner Handfläche zurück. Muscheln. »Einst war hier ein Meer. Aber das ist schon eine Ewigkeit her. Vierzig Millionen Jahre – nach deiner Zeitvorstellung, die nur Zahlen kennt, statt Entwicklungen zu verstehen.«

Dirk begriff nicht, was dieser Themenwechsel sollte. »Der Brief, den du Kinah mitgegeben hast …«

»War kein Brief. Sondern ein Vermächtnis, wie man es in meiner Heimat normalerweise nicht in Schriftform weitergibt, sondern von Angesicht zu Angesicht.« Der Schamane betrachtete die

Muscheln in seiner Hand. »Dies ist ein mystischer Ort. Vielleicht sagen dir diese Worte nicht viel. Aber womöglich spürst auch du die Energie, die hier schneller fließt als anderswo, und den Atem der Zeit, der unsere Umgebung in einem ganz eigenen Rhythmus schwingen lässt.«

»Mag sein, dass ich so etwas spüre«, murmelte Dirk. »Aber wenn schon – mystisch ist daran bestimmt nichts!«

Der Schamane schüttelte den Kopf. »Du bist unverbesserlich. Sogar im Angesicht der Wahrheit leugnest du sie noch. Selbst dann, wenn es um deine Frau und deine Kinder geht.« Er atmete tief ein und aus. »Wären unsere Ahnen so ignorant gewesen wie du, dann würde es die Menschheit schon lange nicht mehr geben.«

»Das ist doch Blödsinn!«, begehrte Dirk auf. »Ich tue alles für meine Familie!«

»Familie ...« Der Schamane schwieg für eine Weile, als wollte er das Wort ganz bewusst wirken lassen. »Die lange Kette der Familie wird über Jahrtausende geschmiedet. Deswegen ist es auch so wichtig, zu wissen, was die Ahnen dachten und empfanden. Damit meine ich nicht einzelne unserer Vorfahren, die womöglich schwach, dumm oder starrköpfig waren. Ich meine die Weisheit der Generationen.«

»Und was sagt uns diese Weisheit?«

»In Bezug auf diesen Ort sagt sie uns eine ganze Menge«, knüpfte der Alte seinen Faden weiter. »Unsere Ahnen spürten seine Macht. Sie begriffen, dass sich das Meer und die Wüste an dieser Stelle einen Kampf liefern. Sie wussten, dass sie sich nur mit Vorsicht und voller Ehrerbietung in diesem Gebiet bewegen durften. Aber sie wussten auch, dass sie von hier aus in eine andere, fremde Welt aufbrechen konnten – in die, aus der du stammst.«

»Warum wollten sie ihre Welt denn überhaupt verlassen?«

»Weil sich ihre Lebensbedingungen veränderten.« Der Alte ließ die Muscheln von einer Hand in die andere gleiten. »Sie mussten sich neue Lebensräume erschließen, weil die Versteppung und Verwüstung ihrer Heimat immer weiter voranschritt. Deswegen versammelten sie sich an mystischen Orten, fingen ihre Kraft und Magie in Ritualen ein und machten sich dann auf die große, abenteuerliche Reise in fremde Länder.«

»So etwas Ähnliches habe ich schon einmal gehört.« Dirk schluckte, um den in seiner wunden Kehle aufkommenden Hustenreiz zu unterdrücken. »In den Grotten von Al Afra, kurz vor der Sturmflut. Geht das jetzt auch hier los?«

»Ja und nein.« Ein Schatten von Besorgnis huschte über das Gesicht des alten Mannes. »Wenn wir nichts dagegen unternehmen, wird es zu einer Katastrophe kommen, gegen die der Sturm in Marokko nur ein harmloses Vorspiel war. Das Gleichgewicht der großen Mächte ist durch das, was dort geschehen ist, bereits gestört. Jetzt fehlt nicht mehr viel, um die Welt den Kreaturen des Sturms auszuliefern, die ihre Zähne in uns schlagen und uns mit ihren Klauen zerreißen.«

»Ich bin ein solcher Idiot«, entgegnete Dirk bitter. »Kinah verlässt mich, weil ein Superwirbelsturm droht, und ich tue auch noch alles, damit ich selbst darin umkomme!«

Das Gesicht des Schamanen verfinsterte sich. »Du sprichst wie ein Mann, der das Herz eines Hasen hat. Man muss den Sturm bekämpfen. Und das, was ihn nährt.«

»Und was wäre das?«

»Die Sturmdämonen der Nacht und die Sturmgeister des Tages.« Der Alte warf die Muscheln hoch und fing sie wieder auf. »Schon für sich alleine können sie verheerend wirken, aber vereint sind sie in der Lage, ganze Kontinente zu verwüsten. Normalerweise begegnen sie einander höchstens flüchtig an der Grenze zwischen Tag und Nacht und sind unfähig, von der dunklen zur hellen Seite zu wechseln oder umgekehrt. Aber an Orten wie diesem fällt von Zeit zu Zeit die Schranke, und dann verbünden sich Sturmdämonen und Sturmgeister, toben über Land und Meer und reißen alles in einen Strudel der Vernichtung.«

»Komm mir bloß nicht mit Dämonen und Geistern!«, ereiferte sich Dirk. »Es gibt für alles eine naturwissenschaftliche Erklärung.«

»Ich spreche von den Verursachern, nicht von den hilflosen Erklärungsversuchen durch Wissenschaftler«, entgegnete der alte Mann und wog die Muscheln in den Händen. »Ich spreche von den alten Kräften, die meine Ahnen schon vor vielen zehntausend Jahren mit Namen benennen konnten, während die Wissenschaft eine unbrauchbare Theorie auf die andere türmt, nur um sie dann alle miteinander zu verwerfen.«

»Ich persönlich suche überhaupt nicht nach Erklärungen«, wandte Dirk ein. »Ich suche nach meinen Kindern.«

»Und wenn nun das eine mit dem anderen zusammenhängt?«, fragte der Schamane.

»Wie soll das möglich sein?«

»Ich habe es dir doch schon gesagt«, knarzte der alte Mann. »Orte, es geht um Orte. Um mystische Orte, Orte des Wandels und der Zerstörung. Unsere Ahnen haben sie in ihren Träumen gesehen und mit Tänzen und Ritualen zu besänftigen versucht. Die Wissenschaft spürt ihnen mit Messgeräten nach und findet Energiemuster, die sich in keine ihrer Theorien pressen lassen. Doch statt diese Orte zu meiden oder ihnen mit Respekt und Ehrfurcht zu begegnen, wie es unsere Vorfahren taten, glauben die Wissenschaftler, sich ungestraft ihrer besonderen Eigenschaften bedienen und sie herausfordern zu können. Sie sprechen von Experimenten und meinen Zerstörung. Sie reden davon, natürliche Energien nutzbar machen zu wollen, und rufen damit Geister und Dämonen herbei, die sie niemals bändigen können.«

»Das interessiert mich nicht«, sagte Dirk harsch. »Ich möchte einfach nur wissen, warum du mir meinen Sohn genommen hast. Und wo er jetzt ist.«

»Die Antwort liegt in meiner Hand.« Der Schamane hob die Muscheln höher. »In der Vergangenheit. In der Tatsache, dass hier einst eine Meeresbucht war und sich das Meer dieses Land wieder zurückerobern wird, wenn wir es nicht daran hindern.« Der Schamane drehte seine Hand langsam um, sodass die Muscheln hinausrutschten und in den Sand neben ihm fielen. »Leider haben wir nicht mehr viel Zeit. Sie sind auf dem Weg hierher.«

»Wer?«

»Die Krieger, die das schützen, was sie für ein Heiligtum halten. Seit alters treibt sie blinder Vernichtungswille an. Allerdings kommen sie heutzutage nicht mehr zu Fuß und tragen Speere in den Händen, sondern steigen wie Götter aus der Luft herab und verfügen über Waffen, die sich unsere Ahnen noch nicht einmal im Traum vorstellen konnten.« Der Schamane machte eine beschwichtigende Handbewegung. »Keine Sorge. Ein paar Minuten bleiben uns noch.«

»Ein paar Minuten … wofür?«

»Dafür, dass ich dich auf den Kampf deines Lebens vorbereite.« Der Schamane seufzte leise. »Es ist nicht gut, in einen Kampf zu gehen, wenn man die Hintergründe nicht kennt.«

Kampf? Was für ein Kampf?

»Es ist an der Zeit, dass du so für deine Familie eintrittst, wie Männer das schon seit Hunderttausenden von Jahren tun«, erklärte der Schamane. »So, wie wir Menschen es von den Wesen übernommen haben, die über die gleiche Art von Seele, aber nicht über die gleiche Art von Verstand verfügen. So, wie es über die Ahnenkette von Mensch zu Mensch vererbt wurde.«

Dirk wurde schwindelig. Er wusste nicht, ob das an den Worten des alten Mannes lag oder an dem Feuer, das zunehmend qualmte. »Von welchem Kampf sprichst du, alter Mann?«

Der Schamane nickte. »Richtig. Ich werde nachlässig. Du weißt ja so gut wie nichts. Deinen Sohn konnte ich in den alten Gebräuchen unterrichten, aber dich …«

»Was für ein Kampf?«, unterbrach ihn Dirk ungeduldig.

»Die Zwillinge sind der Schlüssel.« Der Schamane griff nach unten und hob etwas auf. Dirk erkannte sofort, worum es sich handelte: um ein großes Wirbelstück.»Für solche Wirbel werden auf dem Schwarzmarkt hohe Preise bezahlt«, sagte der Weißhaarige. »Häufig werden sie bloß in Vitrinen zur Schau gestellt. Aber man kann auch etwas ganz anderes damit machen.«

»Du wolltest mich auf den Kampf vorbereiten«, erinnerte ihn Dirk.

»Nicht weit von hier befindet sich das Wadi Al-Hitan, ein uralter Friedhof«, fuhr der Schamane unbeirrt fort. »Dort entdeckten unsere Ahnen die Skelette gewaltiger Lebewesen. Sie hielten diese Knochen für die Überreste mächtiger Riesen, und so unrecht hatten sie damit gar nicht.«

»Aber …«

Der alte Mann hob rasch die Hand, und das Feuer flackerte noch einmal auf. »Die Europäer, die viel später auf diesen Friedhof stießen, glaubten, die Skelette einer bis dahin unbekannten Dinosaurierart vor sich zu haben. Doch sie lagen falsch. Die Fossilien stammten tatsächlich von Riesen, allerdings von Meeresriesen. Von den seinerzeit größten Säugetieren, den Vorläufern der heutigen Wale.«

»Wale?« Dirk musste an die Wirbelsäule denken, an die er sich geklammert hatte. »War das etwa ein Walskelett …«

»Das dir auf deinem Höllenritt durch die tobenden Geister und Dämonen das Leben gerettet hat? Aber sicher.«

»Ich habe keine Geister und Dämonen gesehen, sondern nur Dreck und Steine«, protestierte Dirk. »Und es steckte auch keine Magie dahinter, sondern eine perverse Waffe, nämlich der Thunderformer.«

»Thunderformer.« Der alte Mann ließ sich das Wort auf der Zunge zergehen. »Ein hartes, kaltes Wort für etwas, das man früher Heiligtum genannt hätte. Auch wenn es nur eine gefühllose Maschine ist, die nichts weiter bewirkt, als Grenzen zu durchbrechen, die besser für alle Zeiten geschlossen blieben.« Er hielt kurz inne und fuhr dann fort: »Der Wadi Al-Hitan ist heute als Walfriedhof bekannt. Du musst doch von ihm gehört haben!«

Dirk runzelte die Stirn. »Ja, ich glaube, als Kinah und ich damals in Ägypten waren, wollte sie dahin. Aber irgendwie haben wir es nicht geschafft, und ich hatte auch nicht wirklich verstanden, was es damit auf sich hat.«

»Das dachte ich mir.« Das Gesicht des Schamanen schien sich im immer heftiger werdenden Flirren und Prasseln zwischen ihnen aufzulösen. Vielleicht würde die Höhlendecke schon bald auf sie niedergehen. »Dann wirst du auch nicht wissen, dass man dort mehrere hundert Walskelette entdeckt hat. Und du wirst nicht von den Menschen gehört haben, die den weiten Weg von Zentralafrika bis zu diesem einstigen Meer pilgern, nur um einige Walwirbel zu ergattern.«

»Nein, das habe ich tatsächlich nicht«, bestätigte Dirk. »Ich wüsste auch nicht, was …«

»Aus den Wirbeln machen sie dann so etwas«, sagte der Schamane und griff dorthin, wo die Flammen Dirk die Sicht auf den Boden versperrten. Er holte eine kleine, geschnitzte Figur hervor. Sie war schwarz wie Ebenholz, hatte lange, ebenfalls schwarze Haare und trug einen Speer in der Hand. Goldglänzende Ringe und Ketten hingen an ihren Handgelenken und Armen. Dann hob Shimeru eine zweite Figur hoch. Sie glich der ersten – abgesehen von den Haaren, die weitaus kürzer waren, und der hellen, fast weißen Originalfarbe des Walwirbels, aus dem sie gefertigt war.

»Die Yoruba nennen sie *Ibeji«,* murmelte der Schamane. »Sie stellen sie meist auf den Familien-Zwillingsaltar oder bewahren sie in einem besonderen Schrein auf. Ich dagegen nehme sie mit mir, wann immer es möglich ist.«

Dirk hörte zwar die Worte des Alten, war jedoch nicht in der Lage, ihnen wirklich zu folgen. Auch seine Kinder waren Zwillinge – aber was hatten sie mit diesen Figuren zu tun?

»Die Zwillinge haben die Macht, diejenigen zu schützen, die sie ehren. Aber sie können auch diejenigen, die sie missachten, strafen und sogar ihren Tod herbeiführen«, sagte der Schamane. »Das glauben zumindest die Yoruba, die Bangwa und viele andere Völker.«

»Und was soll ich jetzt damit anfangen?«, fragte Dirk. »Meinen Sohn habe ich noch nie zu Gesicht bekommen, und meine Tochter ist verschwunden. Was sollen mir da ein paar lächerliche Figuren sagen?«

Der Schamane schüttelte den Kopf. »Diese Figuren sind nicht lächerlich. Sie sind ein Symbol für die Kraft der Zwillinge. Und mehr noch, sie sind Bestandteil jeder Familie und jeder Gemeinschaft, in der Zwillinge leben.«

»Mag sein«, sagte Dirk. »Aber ich verstehe trotzdem nicht, welchen Sinn sie haben. Und warum du die eine Figur schwarz angemalt hast und die andere nicht.«

»Die meisten Ibeji werden nicht aus Walknochen, sondern aus schwarzem Holz geschnitzt«, erklärte der Schamane. »Die Yoruba reiben allerdings manchmal eine der Zwillingsfiguren mit Kreide ein. Und das hat seinen Grund. Afrika wird zwar der Schwarze Kontinent genannt, doch hier leben von jeher auch Menschen mit sehr heller Haut.«

»Albinos?«

»Nein, keine Albinos. Menschen, die von denjenigen abstammen, die sich in weit entfernte Länder wagten. Dabei blieb es nicht aus, dass die Umarmung zweier Menschen fremde Kulturen einander näher brachte, als es so manchem Stammesfürsten vergangener Tage lieb war. Obwohl die Vermischung mit frischem Blut durchaus Vorteile hatte.« Der Weißhaarige zuckte mit den Achseln. »So erklären es die einen. Die anderen sagen einfach, dass eine Zwillingsfigur weiß und die andere schwarz sein muss, um zu zeigen, dass die Ibeji sowohl alles Gute als auch alles Böse in sich tragen.«

»Und was …« *…hat das alles mit mir zu tun?,* wollte Dirk fragen, aber da streckte der Schamane ihm die beiden Figuren entgegen und sagte: »Nimm sie an dich. Sorge dafür, dass Kinah sie bekommt und ihnen den rituellen Platz einräumt, den sie verdienen.«

Dirk wollte aufstehen und zu dem Schamanen gehen. Aber er konnte sich immer noch nicht bewegen.

»Du musst die Zwillinge schützen, unter allen Umständen.« Der alte Mann sackte sichtlich zusammen, ließ die beiden Zwillingsfiguren jedoch nicht sinken. Er atmete schwer. »Die Gegensätze miteinander aussöhnen, das ist der Schlüssel. Nur mit der daraus gewonnenen Stärke kann man die Sturmgeister und die Sturmdämonen wieder trennen. Das ist es, was du tun musst.«

Dirk öffnete den Mund und wollte etwas fragen, aber der Schamane winkte ab.

»Es ist zu spät für Erklärungen. Sie kommen. Sie werden mich …«

Er kam nicht mehr dazu, den Satz zu beenden.

Wuchtige Schritte dröhnten durch die Höhle.

Dirk hörte gebrüllte Kommandos, metallisches Klicken, er sah, wie sich der Lichtstrahl einer starken Lampe durch das Halbdunkel fraß, bis er den Schamanen erreichte. Der alte Mann schien im grellweißen Licht zu glühen, als träfe ihn der Strahl eines Lasers …

»Shoot him!«

Ein knapper Befehl, dann knallte auch schon ein Schuss.

Der Schamane bäumte sich auf. Die schwarze Zwillingsfigur flog in hohem Bogen davon, krachte ein gutes Stück von ihnen entfernt auf den Boden und überschlug sich einige Male. Die weiße Figur hingegen schien geradezu in seinen Händen festzukleben.

Dirk sah mit grausamer Deutlichkeit, wie sich die Brust des alten Mannes rot färbte und sich sein Gesicht verzerrte. Der Schamane öffnete den Mund, doch über seine Lippen kam nur ein unverständliches Röcheln. In seinen Augen las Dirk weder Angst noch Schmerz, sondern grenzenlose Entschlossenheit und die Aufforderung, auf keinen Fall aufzugeben.

Dann brach der alte Mann zusammen und stürzte kopfüber in das Feuer.

13

Die Geräusche herabfallenden Gerölls, das Rieseln von Sand und das Heulen des Windes, der sich an Felsvorsprüngen brach, waren nicht das Einzige, was Dirk hörte. Da war auch noch ein anderer Laut, der ihn beunruhigte: das entfernte Rattern aus einer oder mehreren Maschinenpistolen, plötzlich losbrechende Feuerstöße, die genauso schnell wieder verstummten. Die Anzahl der sich überlagernden Schüsse ließ ihn befürchten, dass mehr als nur eine Handvoll Männer an der Schießerei beteiligt waren, und in seiner aufgeheizten Fantasie malte er sich eine regelrechte Schlacht um den Thunderformer aus. Womöglich waren mehrere Gruppierungen aufeinandergestoßen, die diese teuflische Waffe in ihren Besitz bringen wollten.

Doch selbst wenn das so war, konnte er nichts daran ändern und hatte zunächst einmal genug mit sich selbst zu tun. Er kauerte in der Nische, in der er mit brummendem Schädel aufgewacht war, und versuchte, seine Gedanken zu ordnen und einen Plan zu entwickeln – oder sich zumindest über seine nächsten Schritte klar zu werden. Das Licht, das durch die Öffnung in der Decke drang, reichte aus, um ihn die Umgebung erkennen zu lassen, und natürlich war da kein Lagerfeuer und erst recht nicht der Leichnam eines alten, weißhaarigen Mannes, der hinterrücks erschossen worden war.

Direkt vor ihm lag der Teil des Walrückgrats, an dem er sich festgeklammert hatte. Es war zersplittert, als habe die urzeitliche Kreatur erst jetzt endgültig ihr Leben ausgehaucht. Einige der Wirbel erinnerten ihn in Form und Farbe an die Ibeji, die ihm der Schamane gezeigt hatte und die angeblich seine Kinder symbolisierten. Von den Zwillingsfiguren selbst fehlte allerdings jede Spur.

Dirk starrte aus zusammengekniffenen Augen nach oben. Dort, wo er endgültig den Halt verloren hatte, verlief eine Art natürliche Rampe, ein gekrümmter Felsen, über den er wohl hinabgeschlittert war und der kurz über dem Boden endete. Ihm hatte er offenbar zu verdanken, dass nichts Schlimmeres passiert war. Das konnte sich allerdings jederzeit ändern, schließlich rieselte ein nicht endender Strom von Sand, Gesteinssplittern und Knochenstücken von dem bröckeligen Rand der Öffnung in die Höhle herab. Selbst hier unten war deutlich zu hören, dass der Sturm mit einem orkanartigen Fauchen über die Oberfläche fegte.

Dirk stemmte sich hoch. Sein Blick wanderte dorthin, wo die Decke noch einigermaßen stabil wirkte. Seine Augen hatten genug Zeit gehabt, um sich auf das Zwielicht einzustellen, trotzdem konnte er nicht viel erkennen. Die grauen Felsen warfen dunkle Schatten, und das Ende der Höhle war nicht zu sehen. Der Kampf schien irgendwo weiter hinten getobt zu haben, aber sicher war sich Dirk nicht. Die Schüsse waren verstummt, doch durch ihr vielfaches Echo hatte es für eine Weile geklungen, als würde rings um ihn herum gekämpft.

Mit zitternden Beinen stolperte er los, nur raus aus diesem Bereich der Höhle, in dem die Decke jederzeit einstürzen konnte. Er hatte keine Ahnung, wo Kinah und die anderen waren. Vielleicht versuchten sie, über ihm der Gewalt des Sturmes zu trotzen, vielleicht waren auch sie irgendwo hier hineingefallen und lagen nun blutüberströmt und mit gebrochenen Gliedmaßen da. Er versuchte, den Gedanken zu verdrängen. Es brachte nicht das Geringste, wenn er sich verrückt machte. Außerdem hatte der Schamane nichts davon gesagt, dass sich Kinah in akuter Lebensgefahr befand, und das hätte er ihm bestimmt mitgeteilt.

Um ein Haar hätte Dirk laut aufgelacht. Verrückt. Er begann, das Gespräch mit dem Schamanen für realer zu halten als das, was ihm gerade hier und jetzt passierte – womöglich, weil es ihm den Sinn hinter all dem offenbart hatte, was er erlebte, oder, weil ihm währenddessen Kinah und seine Kinder so nahe gewesen waren.

Der Schamane hatte von Kriegern gesprochen, die kommen würden, und von dem Kampf, der ihm bevorstand. Ein Kampf, auf den er denkbar schlecht vorbereitet war. Abgesehen davon, dass er noch nie Vergnügen an irgendeiner Art von körperlicher Auseinandersetzung gehabt hatte – es sei denn, sie fand in einem Computerspiel statt –, mangelte es ihm auch an einer Waffe. Selbst das Wurfmesser, mit dem er Kinah vom Sicherheitsgurt des Kopilotensessels befreit hatte, hatte er mittlerweile verloren. Er konnte lediglich ein paar Steine aufheben und damit werfen.

Falls seine Gegner ihn nicht schon vorher ins Visier nahmen und erschossen.

Dirk torkelte weiter. Die Tatsache, dass die Schüsse verstummt waren, konnte alles bedeuten. Wobei die Wahrscheinlichkeit, dass Ventura und Karel in einen Hinterhalt geraten und mit ein paar Salven niedergemäht worden waren, weitaus größer war als die, dass sie sich mit Waffengewalt ihrer Feinde zu erwehren gewusst hätten. Aber vielleicht waren sie ja auch gar nicht an der Schießerei beteiligt gewesen.

Gerade, als seine Schritte sicherer zu werden begannen, glaubte er ein Stück voraus eine Bewegung zu sehen. Sein Herz setzte einen Schlag lang aus, um danach mit doppelter Geschwindigkeit weiterzurasen. Er bückte sich, klaubte zwei Steine auf und drückte sich dann so nah wie möglich an den Felsen neben sich, während seine Augen die Umgebung absuchten.

Da war es wieder. Ein Huschen in Bodennähe. Vielleicht ein Tier. Dirk weigerte sich, das Wort *Ratte* auch nur zu denken. Er packte die Steine fester, bereit, sie als Wurfgeschosse zu verwenden.

Doch es war kein Tier, sondern etwas weitaus Gefährlicheres: ein Mensch. Jemand, der es gewohnt war, jede Deckung auszunutzen. Aber kein Afrikaner mit dunkler Haut, den Dirk wahrscheinlich gar nicht bemerkt hätte, weil er vor den dunklen Felsen kaum sichtbar gewesen wäre. Es war eine hellhäutige Gestalt, die sich nun in die Dunkelheit zurückzog.

Vielleicht glaubte das Bleichgesicht, Dirk hätte es nicht gesehen. Dann war es sicherlich besser, es in diesem Glauben zu lassen. So weit die Theorie. In der Praxis gelang es Dirk nicht im Geringsten, unbeteiligt und gleichgültig zu tun. Seine rechte Hand begann so stark zu zittern, dass er den Stein fester umklammern musste, da er ihm sonst aus der schweißnassen Handfläche geglitten wäre. Sein Blick irrte wild umher, auf der Suche nach dem (*dem?* Wer sagte das? Vielleicht waren es ja mehrere!) Gegner.

Er starrte auf schwarze Schatten und Felsen, hinter denen sich eine ganze Armee hätte verbergen können, und vermeinte, Metall aufblitzen zu sehen und zu hören, wie eine oder mehrere Waffen entsichert wurden. Doch als er genauer hinsah und -hörte, entpuppte sich das Aufblitzen als harmloser Lichtreflex und das Geräusch als der Widerhall herabfallender Steine.

Dirk versuchte, seinen rasselnden Atem unter Kontrolle zu bringen, der sich mit dem Heulen des Windes zu einer Geräuschkulisse verband, die jedem Horrorfilm Ehre gemacht hätte. Es war vollkommen schwachsinnig, hier stehen zu bleiben, und dass er in jeder Hand einen Stein hielt, machte es nicht besser. Es war lächerlich, sich mit Steinen gegen einen oder mehrere bewaffnete Männer verteidigen zu wollen.

Andererseits: Hatte David nicht auch Goliath mit einem Stein erledigt?

Wieder ein Geräusch, ein Rascheln, dann etwas, das wie ein unterdrückter Fluch klang. Dirk erstarrte. Er wusste, dass er hier wie auf dem Präsentierteller stand. Das Licht aus dem Loch in der

Höhlendecke fiel einer fernen Straßenlaterne gleich auf ihn, während sein Gegner so tief in die Schatten gewichen war, dass er fast gänzlich mit ihnen verschmolz.

Als ein Schleifen erklang, das näher kam, begriff Dirk, dass er nicht darauf warten durfte, was die Gegenseite unternahm. Mit dicht an den Felsen gedrücktem Rücken begann er sich zurückzuschieben. Wenn er sich irgendwo verstecken konnte, dann nicht in diesem Gang, sondern in dem Bereich der Höhle, den er bereits kannte. Und auch falls es zum Kampf kam, war er dort besser aufgehoben – denn dann würde er seine Gegner herankommen sehen und nicht umgekehrt.

Das Bleichgesicht schien jedoch nicht bereit zu sein, ihn einfach entwischen zu lassen. Dirk hatte noch keine drei Schritte im Rückwärtsgang zurückgelegt, da beschleunigte sich sein Herzschlag erneut und jagte das Adrenalin durch seinen Körper. Die Schatten wurden für einen flüchtigen Moment heller, und das fahle Konterfei von Bleichgesicht blitzte auf.

Der Mann hatte eindeutig die Verfolgung aufgenommen. Er schlich vorwärts und in Dirks Richtung. Dirk erahnte die Bewegung mehr, als dass er sie sah, denn sein Gegner hatte nicht nur die Schatten auf seiner Seite, sondern verfügte offenbar auch über das instinktive und durch jahrelanges Training verfeinerte Geschick eines Kriegers, der jede noch so kleine Deckung ausnutzte und es dabei verstand, jegliches verräterische Geräusch zu vermeiden.

Was sagten die weisen Männer aus dem fernen Osten? *Ein Kampf, dem man aus dem Wege gehen kann, ist ein gewonnener Kampf.*

Dirk war nur zu gern bereit, der drohenden Auseinandersetzung mit Bleichgesicht aus dem Wege zu gehen. Er beschleunigte seine Schritte, doch da er sich nicht überwinden konnte, seinem Verfolger auch nur für einen Augenblick den Rücken zuzuwenden, stolperte er blind rückwärts und stieß dabei gegen einen Felsvorsprung nach dem anderen. Es war ihm egal, dass er seiner ohnehin schon beachtlichen Sammlung von blauen Flecken und Abschürfungen noch ein paar neue hinzufügte, doch auf diese Weise gelang es ihm natürlich nicht, sich so schnell zurückzuziehen, wie es ihm lieb gewesen wäre.

Aber das ließ sich ändern, wenn er sich nur im richtigen Moment umdrehte und davonrannte, als wäre der Teufel hinter ihm her.

Kaum hatte Dirk den Gedanken zu Ende gedacht, als der Gang in die Höhle mündete, aus der er gekommen war. Jetzt oder nie. Er wirbelte herum, lief los … und knallte mit dem Kopf gegen einen Vorsprung. Bunte Sterne funkelten vor seinen Augen. Er taumelte zurück, ruderte wild mit den Armen, um das Gleichgewicht nicht zu verlieren, und versuchte, nach vorne zu stürmen.

Er kam nicht weit. Bleichgesicht schien bloß auf diese Gelegenheit gewartet zu haben. Ehe Dirk begriff, wie ihm geschah, spürte er einen harten Aufprall. Er schrie, riss die rechte Hand hoch und schlug blindlings mit dem Stein zu. Bleichgesicht sprang zur Seite, sodass Dirk ihn verfehlte, haltlos nach vorne stolperte und schließlich in die Knie ging.

»Hör mit dem Scheiß auf!«, brüllte Bleichgesicht.

Dirk registrierte entgeistert, dass der Mann nicht Englisch oder Französisch, sondern Deutsch sprach. Aber das änderte nichts daran, dass er ihn verfolgt und angegriffen hatte.

Mit einem Schnauben, das einem wütenden Nashorn alle Ehre gemacht hätte, rappelte sich Dirk wieder hoch. Er hatte noch immer den Stein in der Hand und war entschlossen, ihn einzusetzen. Doch auch diesmal wich Bleichgesicht fast spielerisch tänzelnd aus.

Anscheinend hatte er nicht bedacht, dass Dirk in der linken Hand ebenfalls einen Stein trug.

Dirk nahm all seine Kraft zusammen und hämmerte seine Faust

mitsamt Stein in die Magengrube seines Gegners. Der Kerl gab einen dumpfen, stöhnenden Laut von sich, klappte jedoch nicht zusammen, wie Dirk erwartet hatte, sondern schlug ganz im Gegenteil zurück und traf Dirk an der Schulter.

»Schluss jetzt!«, brüllte der Angreifer dabei, als wäre es Dirk allein, der den Kampf zu verantworten hatte.

Dirk machte einen Satz zur Seite, der ihn außer Reichweite seines Gegners bringen sollte, trat dabei auf etwas und geriet erneut aus dem Gleichgewicht. Während er mit einem großen Schritt über das Hindernis hinwegstolperte, fiel sein Blick automatisch nach unten.

Weiße Haare, ein zerfurchtes Gesicht, in dessen Falten das Licht zu versickern schien, und ein blutüberströmter Brustkorb. Der Schamane, tot, niedergestreckt von einer Kugel.

Dirk blieb keine Zeit, auch nur zu erschrecken. Er wurde an den Schultern gepackt und herumgerissen. Unfähig, in diesem Moment die Arme zu heben und anzugreifen, starrte er in das Gesicht seines Gegenübers. Der Mann war weit jünger, als er erwartet hatte, jünger noch als der Araber, der sich in den Grotten von Al Afra in seine Wade verbissen hatte.

Der Mann war kein Mann, sondern ein Junge von höchstens siebzehn Jahren.

»Hör mit dem Scheiß auf, Papa«, sagte er.

Es war eine Familienzusammenführung der besonderen Art. Dirk konnte kaum begreifen, dass er sich mit seinem eigenen Sohn geprügelt hatte – und dass Kinahs Vater tot zu ihren Füßen lag, erschossen wie in seiner Vision.

»Du sprichst Deutsch?«, war die erste dämliche Frage, die er stellte, nachdem ihre Identitäten hinreichend geklärt waren. Die zweite lautete: »Wie kommst du hierher?«

Die dritte sprach er nicht aus. *Wie kann es sein, dass du weiß-*

häutig bist wie ich, obwohl Akuyi so schwarz wie ihre Mutter ist? Er hätte sich diese Frage selbst beantworten können, denn die sensationslüsternen Boulevardmagazine im Fernsehen hatten schon vor Jahren darüber berichtet, dass es Zwillingspaare gab, bei denen das eine Kind eine helle und das andere eine dunkle Hautfarbe hatte. Doch er hatte nie auch nur im Entferntesten damit gerechnet, dass er der Vater eines solchen Zwillingspaares war.

»Shimeru hat mich hierher gebracht.« Noah war ganz in Schwarz gekleidet, sodass sein Gesicht und seine Hände das Einzige waren, was Dirk im Zwielicht erkennen konnte. Dadurch wirkte er seltsam irreal. »Er hat mir gesagt, ich wäre jetzt ein Mann und müsste auf dich, meine Mutter und meine Schwester aufpassen.«

Auf ihn aufpassen? Ein sechzehnjähriger Grünschnabel, der keine Ahnung von ihm und dem Leben hatte, das er in München geführt hatte? Wenn die Umstände anders gewesen wären, hätte Dirk darüber gelacht. Aber nun war ihm nicht im Geringsten nach Lachen zumute. Allein die Tatsache, dass sein Sohn vor ihm stand, von dessen Existenz er all die Jahre nichts gewusst hatte, hätte ausgereicht, um in seinem Inneren einen wahren Gefühlssturm zu entfachen. Hinzu kam der gewaltsame Tod des Mannes, der sie beide zusammengeführt hatte.

Noah kniete nieder, nahm die Hand seines Großvaters und saß schweigend und in sich gekehrt da. Sein Gesicht war wie versteinert, aber seine Halsschlagader pochte deutlich sichtbar.

Der Schamane lag in unnatürlich verkrümmter Haltung auf dem Boden. Seine Brust war regelrecht zerfetzt, als hätte ihn eines jener entsetzlichen Geschosse getroffen, die im Körper ihres Opfers explodieren. Der Anblick war ein derartiger Schock, dass Dirk in gebückter Haltung fast eine Minute lang reglos neben Noah verharrte und in die weit aufgerissenen Augen des alten Mannes starrte. Er las weder Angst noch Schmerz darin, sondern einen fast neugierigen Ausdruck, als hätte Shimeru dem Tod mit einer absurden Art von Hoffnung entgegengesehen. Dirk begriff, dass er nicht sofort gestorben war. Das Schicksal hatte ihm genug Zeit gelassen, Abschied von der Welt zu nehmen und bewusst in den Schoß seiner Ahnen zurückzukehren.

»Er war ein außergewöhnlicher Mann«, sagte Noah leise.

Dirk betrachtete seinen Sohn. Noah hatte weiche Gesichtszüge, und seine Augen waren so tief wie ein Bergsee. Er strahlte etwas aus, das Dirk bei einem Jungen in seinem Alter noch nie gespürt hatte. Es war nicht direkt Weisheit oder Abgeklärtheit, ging jedoch in diese Richtung. Noah schien in sich selbst zu ruhen, und obwohl ihn der Tod des Mannes, der ihn aufgezogen hatte, sichtlich erschütterte, verströmte er dennoch diese ganz besondere Aura, die eher einem weitaus älteren Menschen zugestanden hätte.

»Ja«, pflichtete ihm Dirk bei.

Noahs Blick veränderte sich, wurde zu einer stummen Frage. »Du kanntest ihn doch gar nicht«, stellte er fest.

Dirk schloss die Augen und atmete tief durch. Er fühlte sich unendlich schwach.

»Mag sein, dass ich ihn nicht kannte.« Er schlug die Augen wieder auf. »Aber er kannte mich. Irgendwie hat er es geschafft, mit mir … in Kontakt zu treten.«

Das Misstrauen, mit dem Noah ihn auf einmal ansah, versetzte Dirk einen schmerzhaften Stich. Wäre dieser Junge bei ihm aufgewachsen wie Akuyi, hätte er ihm vielleicht die eine oder andere Schwäche vorgehalten, ihm jedoch gewiss niemals misstraut.

»In Kontakt getreten? Hat er dich angerufen oder dergleichen?«

Dergleichen war eine merkwürdig altmodische Formulierung für einen jungen Mann. Noah sprach zwar Deutsch, aber mit hörbarem Akzent, und seine Wortwahl war auch nicht gerade die eines deutschen Großstadtteenagers.

»Nein, dein … Großvater hat mich nicht angerufen. Er hat sich mit mir getroffen.« Als Noah den Mund öffnete, winkte Dirk ab. »Frag mich nicht, wie er das gemacht hat. Ich habe ihn leibhaftig vor mir gesehen, genau wie jetzt dich. Allerdings brannte ein Lagerfeuer zwischen uns, von dem ich keine Spur mehr entdecken kann.«

Noah starrte ihn fassungslos an. »Das glaube ich nicht!«

»Warum denn nicht?«, fragte Dirk. »Was für einen Grund sollte ich haben, mir so etwas auszudenken?«

»Das meine ich nicht.« Noah strich seine langen blonden Haare zurück. »Warst du vielleicht … Hattest du getrunken, bevor du ihn gesehen hast?«

»Nein.« Dirk konnte nicht verhindern, dass seine Stimme einen verletzten Unterton annahm. »Ich habe keinen Schluck getrunken und auch nichts anderes konsumiert. Was hat dir dein Großvater über mich erzählt?«

»Nichts, was dich beunruhigen müsste«, behauptete Noah. »Aber darum geht es gar nicht. Das Lagerfeuer … ist ein Symbol für ein rituelles Gespräch. Aber so etwas hat zwischen euch ja niemals stattgefunden.«

»Das kann man sehen, wie man will. In meinen Augen hat es durchaus stattgefunden. Und das gleich mehrmals.« Dirk richtete sich auf und lehnte sich gegen die Felswand. »Ich verstehe nichts von der Kultur, in der du aufgewachsen bist, Noah. Aber wenn mir jemand einen Einblick in die Denkweise hat geben können, die dich geprägt hat, dann war das dein Großvater.«

Noah schwieg für eine Weile. Ein fast gequälter Ausdruck trat in seine Züge. »Shimeru war ein ganz besonderer Mensch. Er hat mir erklärt, warum er mich damals zu sich nehmen musste, und ich bin froh, dass er es getan hat. Sonst wäre ich jetzt wohl kaum in der Lage, euch zu helfen.«

»Du bist gekommen, um uns zu helfen?«, fragte Dirk überrascht.

»Ja, natürlich«, erwiderte Noah. »Shimeru hat erst sehr spät erfahren, an welchen Ort wir reisen müssen, um die Sturmgötter zu beschwichtigen. Beinahe zu spät. Wir haben uns in das nächste Flugzeug nach Ägypten gesetzt und sind mit einem Geländewagen hierhergefahren.«

Die Vorstellung, dass der Schamane am Steuer eines Toyotas oder Landrovers gesessen hatte, passte überhaupt nicht zu dem Bild, das sich Dirk von dem alten Mann gemacht hatte. »Was weißt du über die Männer, die hier herumballern?«, fragte er.

»So gut wie nichts«, antwortete Noah. »Shimeru hat mir nur gesagt, dass Krieger kommen werden, um das Heiligtum in Besitz zu nehmen.«

»Du meinst bestimmt den Thunderformer.«

»Thunderformer?« Noah runzelte die Stirn. »Ja, Shimeru hat dieses Wort einmal erwähnt. ›Eine böse Gerätschaft, die vernichtet gehört‹, hat er gesagt.« Er hielt inne und schüttelte den Kopf. »Du glaubst, dieser Thunderformer und das Heiligtum sind ein und dasselbe? Das kann doch nicht sein!«

»So hat es mir Shimeru zumindest erklärt.«

»Falls er dir wirklich etwas erklärt hat und du dir das nicht bloß eingebildet hast«, wandte Noah ein.

Dirk sah ihn finster an. Er hatte sich nicht viele Gedanken darum gemacht, wie sein erstes Treffen mit Noah verlaufen würde. Doch er wäre niemals darauf gekommen, dass ausgerechnet sein bei einem Schamanen im tiefsten Afrika aufgewachsener Sohn eine mystische Begegnung anzweifeln würde.

»Ich habe mir nichts eingebildet«, beharrte er. »Gerade du solltest wissen, was Shimeru über mystische Begegnungen erzählt hat. Und dass er dabei dauernd von Geistern und Dämonen geredet hat, als wären die schuld an dem, was hier geschieht.«

»Sei still«, sagte Noah hastig und blickte ihn derart erschrocken an, als hätte er eine Gotteslästerung begangen. »Du verstehst überhaupt nichts. Wenn Shimeru es tatsächlich geschafft hat, mit dir Verbindung aufzunehmen – was glaubst du, warum er dieses große Risiko eingegangen ist?«

»Was für ein Risiko?«

Noah starrte ihn ungläubig an. »Hältst du es etwa für normal, dass du dich mit einem Schamanen am Lagerfeuer hast sitzen sehen, der in Wirklichkeit viele hundert Kilometer entfernt war?«

Dirk hatte das absurde Gefühl, als hätten er und Noah die Rollen getauscht. Er hatte niemals behauptet, dass das, von dem Noah sprach, überhaupt möglich war. Im Gegenteil, er hatte diese Möglichkeit bisher immer vehement abgestritten.

»Beim ersten Mal ist er mir im Traum erschienen«, sagte er so leise, dass er seine eigene Stimme kaum hörte. »Und dann ... in den Grotten. Aber davor habe ich deine Mutter gesehen.«

»Ja, ich weiß.« Noah atmete geräuschvoll aus. »Shimeru hat mir davon erzählt. Und jetzt müssen wir stark sein. Wir müssen die Kraft nutzen, die er uns noch im Tod hinterlassen hat.«

»Du verstehst nicht ganz«, sagte Dirk. »Ich habe deine Mutter gesehen, *bevor* ich sie getroffen habe.«

»Oh«, stieß Noah hervor.

»Ich bin mir nicht sicher, ob du begreifst, was ich damit meine«, fügte Dirk hinzu.

»Ich glaube doch.« Noah wirkte unglücklich. »Es gibt viele verschiedene Arten von Verbindungen. Manche Menschen spüren über einen halben Kontinent, dass es einem ihrer Angehörigen schlecht geht. Oder sie sehen Dinge, die in ihrer weit entfernten Heimat passieren. Oder sie haben ... Erscheinungen. Vor allem, wenn sie müde, verwirrt oder krank sind, glauben sie, ein Familienmitglied oder einen guten Freund zu sehen.«

»Dann muss das wohl so etwas gewesen sein«, murmelte Dirk.

»Wie ... wie sah Mama aus, als sie dir erschienen ist?«, fragte Noah. »So wie immer? Oder irgendwie verändert?«

Irgendwie verändert. Ja, das konnte man laut sagen. Kinah hatte schrecklich ausgesehen mit jener klaffenden Wunde, in die sich ihre rechte Gesichtshälfte verwandelt hatte. Das Fleisch war wie von Säure zerfressen gewesen, und der furchtbare Anblick hatte sich tief in Dirks Seele gebrannt, obwohl doch nichts davon real gewesen war.

»Wie sah sie aus?« Noah schrie fast.

»Ich weiß nicht«, erwiderte Dirk ausweichend.

Noah fegte seine Worte mit einer Handbewegung beiseite. Ungeduld funkelte in seinen Augen, eine Eigenschaft, die er zweifellos von ihm, Dirk, geerbt hatte.

»Ja, sie war verändert«, gab er zu. »Sie hatte eine Wunde im Gesicht.«

»Was für eine Wunde?«

Dirk starrte den Menschen an, der ihm so fremd und doch so vertraut war. Er konnte ihm einfach nicht erzählen, in welchem Zustand Kinah in seiner Vision gewesen war. »Eine ziemlich tiefe Wunde«, entfuhr es ihm dennoch. »In Wirklichkeit war es dann aber nur ein harmloser Kratzer an genau der Stelle, an der ich in dieser … *Vision* … die Wunde gesehen hatte.«

»Ein harmloser Kratzer?« Noah schnaubte. »Auf ihrem Gesicht vielleicht – aber nicht auf ihrer Seele.«

»Was willst du mir damit sagen?«, wollte Dirk wissen.

»Dass wir uns beeilen sollten.« Mit diesen Worten rutschte Noah näher an seinen toten Großvater heran. »Shimeru spürte immer, wie es einem ging. Und ein bisschen dieser Fähigkeit habe ich wohl von ihm geerbt.«

Dirk hatte lediglich eine ungefähre Vorstellung, wovon Noah sprach. Doch trotz seiner dumpfen Verzweiflung stieg etwas Neues in ihm auf, eine vage Hoffnung.

»Hast du mich so gefunden?«, fragte er. »Hast du gespürt, dass ich in der Nähe war?«

Noah schüttelte den Kopf. »Nein, aber wir waren auf der Suche nach dir und Mama, und ich wusste ja von Fotos, wie ihr ausseht. Bevor wir jedoch eure Spur aufnehmen konnten, wurden wir im Sturm getrennt. Ich fand in einer Höhle hier ganz in der Nähe Unterschlupf und spürte kurze Zeit später, wie eine dunkle Woge der Gewalt über Shimeru zusammenschlug. Ich lief so schnell wie möglich in die Richtung, in der ich ihn zu finden hoffte.« Noah ließ Shimerus Hand zögerlich los und legte sie vorsichtig ab. »Er hat uns immer bei sich gehabt. Akuyi und mich.«

Dirk verschluckte sich fast. »Dich und Akuyi? Wo ist deine Schwester?«

Noah hob etwas hoch, das Dirk sofort erkannte. Es war die schwarze Zwillingsfigur aus seiner Vision. »Hier ist sie«, sagte er.

Dirk starrte ihn verständnislos an. Noah sah eigentlich nicht so aus, als wollte er ihn auf den Arm nehmen.

»Das ist nichts weiter als eine Skulptur«, sagte er langsam.

»Nein«, widersprach Noah. »Das ist keine Skulptur, sondern eine Ibeji, ein magisches Seelendouble. Und sie wird uns zu Akuyi führen.«

Dirk schluckte. »Wie soll das gehen? Wie soll uns eine Skulptur …«

»Eine Ibeji.«

»Wie soll uns eine Ibeji zu deiner Schwester führen?«

»Gute Frage.« Plötzlich wirkte Noah wie ein Schüler, der sich in einer Prüfung mit einer kniffligen Frage beschäftigen muss. »Um ehrlich zu sein: Ich weiß es nicht. Ich weiß nur, dass meine Schwester irgendwo in der Nähe ist. Und dass Shimeru davon überzeugt war, dass die Ibeji uns zu ihr führen würde.«

Das klang verdammt vage, fand Dirk. Aber es war vielleicht alles, was sie hatten.

Noah tastete über den harten Untergrund und fand schließlich auch noch die zweite Ibeji. »Nimm sie«, sagte er und streckte Dirk das aus versteinerten Walknochen gefertigte Artefakt entgegen. »Nimm sie beide. Und sorge dafür, dass sie den Platz bekommen, der ihnen gebührt, falls mir oder Akuyi etwas zustößt.«

Dirk lief ein eiskalter Schauer über den Rücken. »Warum sollte ausgerechnet euch etwas zustoßen?«

»Weil die Krieger die Sturmgeister und Sturmdämonen gerufen haben«, antwortete Noah. »Und die werden nicht wollen, dass wir sie bändigen. Sie werden alles daransetzen, uns zu töten.«

14

Noah war mindestens zehn, wenn nicht gar zwanzig Kilo leichter als Dirk und bemühte sich auch bei weitem nicht so sehr wie sein Vater, dem Sturm durch eine geduckte Körperhaltung möglichst wenig Angriffsfläche zu bieten. Trotzdem gelang es ihm besser, sich im tobenden Wind auf den Beinen zu halten. Nachdem sie die schützende Höhle verlassen hatten, war es fast, als konzentrierte sich das entfesselte Element ganz auf Dirk, während es Noah gestattete, sich zwischen den heulenden Böen hindurchzumogeln. Dirk konnte machen, was er wollte, ungeachtet all seiner Bemühungen vergrößerte sich der Abstand zwischen ihm und seinem Sohn zusehends.

Doch das war noch nicht einmal das Schlimmste. Der Sturm trieb mit unglaublicher Geschwindigkeit dichte, dunkle Wolken über die Senke, die sich zwischen der Höhle und den beiden Hügeln erstreckte, auf die Dirk und Noah zustolperten. Obwohl sie kaum zwei Minuten benötigten, um den ungeschützten Teil der Senke zu durchqueren, veränderte sich das Wetter innerhalb dieser kurzen Zeit dramatisch. Nun stürmten von allen Richtungen schwarze Wolkengebirge heran, und aus dem fernen Wetterleuchten wurde ein unablässiges Lodern und Flackern, das das gesamte Firmament in Brand zu stecken schien. Vereinzelte Donnerschläge verwandelten sich in ein permanentes Grollen, das zwar nicht besonders laut war, aber körperliches Unbehagen hervorrief.

Noah beschleunigte seine Schritte. Er war dennoch nicht schnell genug. Kurz bevor er das freie Terrain zwischen den beiden Hügeln erreichte, spaltete der erste Blitz den Himmel. Der zugehörige Donner folgte beinahe sofort und war derart gewaltig, dass er selbst das Heulen des Sturmes übertönte. Dann zuckten kurz nacheinander ein zweiter, dritter und vierter Blitz durch die Wolken, und Dirk konnte auf seinem Gesicht und seinen Händen spüren, wie sich die Luft mit elektrischer Spannung füllte. Ein ganzes Stück entfernt schlug ein Blitz in dürres Gesträuch und setzte es in Brand. Die Flammen erloschen so schnell, wie sie entstanden waren, doch nur eine Sekunde später fuhr ein weiterer Blitz irgendwo vor ihnen zwischen den Hügeln in den Boden. Gras und Gebüsch loderten kurz und grell auf und zerfielen zu Asche, die vom Sturm weggerissen wurde.

Das Gewitter brachte etwas mit sich, das in diesem Teil der Welt selten, dann aber meist mit unglaublicher Heftigkeit niederging: Regen. Es war, als würden sich die Schleusen des Himmels öffnen und alles auf sie ergießen, was sich in Wochen oder gar Monaten angesammelt hatte. Dirks Kleider wurden nicht nur nass, sondern waren innerhalb kürzester Zeit vollkommen durchweicht. Seine Haare klebten derart kalt an seinem Kopf, dass es fast wehtat. Dirk zog die Schultern hoch, versuchte, sein Gesicht so zu drehen, dass die eiskalten Nadeln aus Wasser ihm wenigstens nicht in die Augen stachen, und lief geduckt hinter Noah her.

Die beiden Hügel, auf die sie zueilten, sahen genauso aus wie die in seinem Albtraum, und auch das Wetter tat ihm den Gefallen, sich an die Vorlage zu halten. Wäre Dirk nicht schutzlos den Naturgewalten ausgeliefert gewesen, er hätte die Hügelkuppen so lange angestarrt, bis er sich absolut sicher gewesen wäre, dass Akuyi nicht auf einer von ihnen stand. Er blinzelte gegen den Regen an und versuchte, mehr als nur schwarze Schatten und Erhebungen zu erkennen.

Dort oben war kein Mensch – zumindest konnte er niemanden entdecken, und auch nichts, was auf die Anwesenheit eines jungen Mädchens hindeutete. Trotzdem: Es konnte kein Zufall sein, dass diese Hügel denjenigen in seinem Traum nicht nur zum Verwechseln ähnlich sahen, sondern auch auf die gleiche Art von einem Unwetter umtobt wurden. Aber wieso befanden sie sich dann nicht in Kinahs Heimat, im Land der Tausend Hügel? Hatte er etwa im Traum Dinge vermischt, die nichts miteinander zu tun hatten? Hatte er die falschen Schlüsse gezogen?

Dirk kam nicht dazu, den Gedanken weiterzudenken. Die in immer kürzeren Abständen niederzuckenden Blitze verwandelten die Regenschleier in silberne Vorhänge, hinter denen die Hügel einfach verschwanden. Auch Noah, der zwanzig Meter Vorsprung hatte, war nur noch als Schemen zu erkennen, und es konnte nicht mehr lange dauern, bis er vollends von dem sturmzerrissenen Regen aufgesogen wurde. Die Angst, ihn zu verlieren, kaum dass er ihn nach all den Jahren endlich kennengelernt hatte, verlieh Dirk neue Kräfte. Obwohl der Sturm ihn mit aller Gewalt zurückzutreiben versuchte und die Böen ihn niederzureißen drohten, obwohl ihm der Regen so heftig ins Gesicht peitschte, dass sich seine Haut wie durchgewalkt anfühlte, beschleunigte er seine Schritte.

Das Wasser schwappte in seinen Schuhen, und immer wieder glitt er um ein Haar auf dem schlüpfrigen, aufgeweichten Untergrund aus. Hätte er nicht ab und zu einen Blick auf Noah erhascht, er hätte völlig die Orientierung verloren und wäre vielleicht nur noch im Kreis gelaufen. Er konnte nur hoffen, dass sein im afrikanischen Busch aufgewachsener Sohn wusste, wo es langging. Aber wahrscheinlich kam Noah mit entfesselten Naturgewalten besser zurecht als mit dem Verkehrschaos einer Großstadt.

Da traf Dirk eine besonders harte Bö und schleuderte ihn zurück. Er versuchte, noch in der Rückwärtsbewegung das Gleichgewicht wiederzufinden, doch es gelang ihm nicht. Wasser spritzte unter seinen Schuhen hoch. Er rutschte endgültig aus und stürzte zu Boden. Seine Hände griffen verzweifelt nach irgendetwas, an das sie sich klammern konnten. Aber sie fanden nichts, schlugen nur in Wasser und Matsch. Der Sturm beutelte ihn und stieß ihn weiter zurück, bevor er sich wieder hochstemmen konnte.

Der Regen fegte über ihn hinweg, ließ dann jedoch vollkommen unerwartet nach, wurde von einer Sintflut zu einem kräftigen Sommerregen und dann zu einem verwirbelten Nieseln.

Der Hügel, auf dem Akuyi in Dirks Traum gestanden hatte, wirkte jetzt wie eine finstere Trutzburg, in der sich Dämonen und Geister verschanzt hatten, um im geeigneten Moment auszufallen und die Welt zu erobern. Vielleicht war der Traum ja tatsächlich ein Hinweis auf das gewesen, was ihn erwartete. Er musste dort hinauf, koste es, was es wolle, er musste zu ihr, er musste sie in die Arme schließen und mit sich nehmen, nur weg aus diesem Sturm, hinab in die Höhle, die wenigstens ein bisschen Schutz vor den Naturgewalten bot …

Er richtete sich auf. Der Sturm schlug wie mit großen, schweren Schmiedehämmern auf ihn ein, von allen Seiten und mit einer Kraft, der er kaum etwas entgegenzusetzen hatte. Er wurde hin und her gestoßen, und mehr als einmal kam es ihm vor, als zerrte keine Bö an ihm, sondern eine fremde, bösartige Kraft, getrieben von purem Vernichtungswillen. Trotzdem gelang es ihm, auf den Beinen zu bleiben und mit gesenktem Kopf weiterzugehen. Der Morast, durch den er watete, schien ihn verschlingen zu wollen, doch er kämpfte sich Schritt für Schritt vorwärts.

Dann hatte er die ersten Felsen erreicht und streckte die Hand nach ihnen aus. Der Sturm umheulte ihn mit den Stimmen von tausend Dämonen, die ihre Wut über die unverschämten Eindringlinge hinausbrüllten, um sie danach wie ein Spielzeug herumzuwirbeln und zu zerschmettern. Als kleiner Auftakt packte ihn eine gewaltige Bö und warf ihn zurück. Dirk gelang es im allerletzten Moment, sich in den Windschatten eines Felsens fallen zu lassen. Durch seine Handgelenke fuhr ein scharfer Schmerz.

Doch wenn er geglaubt hatte, sich vorläufig dem Zugriff des

Sturms entziehen zu können, sah er sich getäuscht. Ein harter Schlag traf ihn und schleuderte ihn zur Seite, und kurz darauf erwischten ihn eine zweite und dritte Bö. Die Geräusche des Sturms klangen wie hämisches Gelächter, und obwohl sich Dirks Verstand dagegen wehrte, die Existenz von Geistern und Dämonen anzuerkennen, wusste er es im Grunde seines Herzens besser. Shimeru hatte recht gehabt. Wer auch immer mit dem Thunderformer herumexperimentierte, um diese Massenvernichtungswaffe zu testen, hatte dadurch tatsächlich dämonische Kräfte geweckt und auf die Welt losgelassen. Wenn ihnen nicht bald Einhalt geboten wurde, würden sie alles zerstören, was die Menschheit in Jahrtausenden aufgebaut hatte.

Dirk kroch auf allen vieren an den Felsen heran, erfüllt von einer Entschlossenheit, die er noch nie zuvor empfunden hatte – noch nicht einmal vor fast zwanzig Jahren, als er Kinah zum ersten Mal gesehen und sich sofort in sie verliebt hatte. Nun fürchtete er, ihren gemeinsamen Sohn zu verlieren, und das durfte nicht geschehen. Er presste sich gegen den Felsen und blinzelte gegen den Sturm an. Sein Blick irrte über die matschige Schneise zwischen den beiden Hügeln, die im Licht der zuckenden Blitze einem Scherenschnitt glich.

Noah musste irgendwo in der Nähe sein. Er hatte sich gewiss ebenfalls einen geschützten Platz gesucht, und davon gab es hier nicht allzu viele.

Da sah er ihn. Er war tatsächlich nicht weit entfernt, lag bäuchlings im Schlamm und umklammerte einen kleinen Felsbrocken, der wie ein abgebrochener Drachenzahn aus dem Morast ragte. Der Sturm zerrte mit solcher Kraft an ihm, dass sein Körper bebte, als würde er von einem epileptischen Anfall geschüttelt. Immer wieder wurde er hochgerissen und zurück auf den Boden geschleudert.

Dirk schrie auf. Es war ihm unerträglich, seinen Sohn dermaßen hilflos zu sehen. Ohne nachzudenken, kroch er aus der Deckung und schob sich auf Noah zu.

Er kam nicht einmal einen halben Meter weit, bevor ihn ein Windstoß traf, emporschleuderte und wieder zu Boden warf. Die Luft wurde Dirk mit solcher Gewalt aus den Lungen gepresst, dass ihm ein Keuchen entfuhr, und für einen kurzen, grässlichen Moment bestand die Welt nur noch aus grellem Schmerz. Es dauerte eine halbe Ewigkeit, bis er sich so weit erholt hatte, dass er weiterrobben konnte.

Ob vorwärts oder zurück in den zweifelhaften Schutz des Felsens, das war für ihn keine Frage. Die nächste Bö traf ihn von der Seite und drückte ihn ein Stück zurück. Sie fühlte sich an wie der gezielte, boshafte Stoß eines Dämons, der verhindern wollte, dass er seinen Sohn erreichte.

Dirk versuchte vergebens, ihr standzuhalten. Dann prügelte ein Windstoß nach dem anderen auf ihn ein und trieb ihn Zentimeter für Zentimeter zum Felsen zurück.

Sollten sie doch. Dirk war wild entschlossen, sich durch nichts und niemanden davon abbringen zu lassen, zu Noah zu gelangen. Und wenn es nicht im Kriechtempo ging, würde er eben während einer Windflaute zu ihm hinüberrennen. Es war alles nur eine Frage des richtigen Zeitpunkts. Die Böen kamen mal geballt, mal ebbten sie wieder ab, als müssten sie sich für den nächsten Angriff sammeln.

Dirk holte tief Luft und sprang auf. Mit langen Sätzen lief er auf Noah zu. Sein Herzschlag hätte in diesem Moment wohl jedes Pulsmessgerät zum Platzen gebracht, aber er schaffte es: Er war bei Noah, ehe die Sturmdämonen begriffen, was er vorhatte.

Ihre Rache war fürchterlich. Sie packten nicht ihn, sondern seinen Sohn, schleuderten ihn durch die Luft und auf eine scharfkantige Gesteinsformation zu. Noah riss die Arme hoch und schlug gegen den Felsen. Dirk glaubte, Knochen splittern zu hören, was eigentlich vollkommen unmöglich war, weil das Fauchen und Toben des Sturmes sämtliche anderen Geräusche übertönte.

Noah rutschte an dem Felsen hinunter und zu Boden.

Dirk wollte nur noch zu seinem Sohn. Er knickte in den Knien ein wie ein erschöpfter Boxer, rappelte sich hoch und torkelte durch den Matsch. Nach wenigen Schritten erfasste ihn erneut eine Bö und warf ihn ebenfalls gegen die Felsformation. Er schlug hart auf und sackte kraftlos neben Noah zusammen. Endlose Sekunden lang kämpfte er gegen die drohende Bewusstlosigkeit an, und schließlich gelang es ihm, den Kampf zu gewinnen. Der rote Nebel vor seinen Augen verschwand nicht ganz, lichtete sich jedoch weit genug, dass er seine Umgebung wieder erkennen konnte.

Noah richtete sich gerade auf. Seine langen blonden Haare umwirbelten sein Gesicht, sodass es kaum zu sehen war. Er schrie etwas, das Dirk nicht einmal ansatzweise verstand, und zeigte nach unten.

Dirk blickte zu Boden – und in einen klaffenden Spalt. Die Erde hatte sich zwischen ihm und Noah aufgetan. Schlamm und Steine verschwanden in dem Riss, und zwar nicht gemächlich, sondern in einem immer reißender werdenden Strom. Zum zweiten Mal an diesem Tag drohte ihn der Boden zu verschlucken, aber diesmal auf andere Weise als zuvor. Es ging nicht nur schneller, es hatte auch etwas Endgültiges.

Dirk kam nicht mehr dazu, zurückzuspringen. Der Grund unter seinen Füßen gab nach und riss ihn mit sich.

Das giftige Heulen des Sturms explodierte in seinen Ohren, und fast schien es, als würden die wütenden Windstöße ihn noch einmal hoch- und von dem Loch wegschleudern, doch da rutschte er genau wie Noah mit einer Lawine aus Matsch und Geröll hinab in den pechschwarzen Schlund.

»Genau hier … wollte ich hin.« Noah führte seine Hand zum Mund, wackelte an einem seiner Schneidezähne und riss ihn mit einer entschlossenen Handbewegung heraus. Er betrachtete den Zahn, zuckte mit den Schultern und steckte ihn ein. »Ich hoffe, du hast die Ibeji noch.«

»Was?« Dirk griff erst in seine rechte, dann in die linke Hosentasche, in die er die Zwillingsfiguren mit aller Kraft und trotz des protestierenden Knirschens des Stoffes hineingedrückt hatte, und stellte fest, dass sie an ihrem Platz waren. »Keine Sorge, die beiden sind wohlauf.«

Dann fuhr er vorsichtig mit der Zunge über seine Schneidezähne. Zu seiner Überraschung waren noch alle vorhanden. Noah hingegen hatte mindestens zwei Zähne eingebüßt, denn außer bei dem, den er sich gerade herausgerissen hatte, klaffte eine weitere Lücke in seinem Gebiss. Darüber hinaus zierten Matschstreifen seine Wangen wie die Kriegsbemalung eines Indianers, und seine Kleider sahen aus, als hätten sie ein paar Wochen im Dreck gelegen. »Genau hier wolltest du hin? Wie meinst du das?«

»So wie ich es gesagt habe.« Noah deutete schräg nach oben, wo nach wie vor der Sturm tobte und auch jetzt noch ein beständiger Strom von Matsch und Geröll nachrutschte, sodass sie als Erstes auf allen vieren ein Stück weit von der Einbruchstelle weggekrochen waren, bevor sie sich um Atem ringend ein paar Augenblicke Ruhe gegönnt hatten. »Sie haben versucht, uns mit aller Macht davon abzuhalten, hierher zu kommen. Aber noch sind sie nicht stark genug.«

»Wer … die Dämonen?«, fragte Dirk. Es sollte spöttisch klingen, doch seine Stimme zitterte leicht, und das sicherlich nicht aus Erschöpfung. Er war noch viel zu vollgepumpt mit Adrenalin, um zu bemerken, wie sehr ihn der heftige Kampf mit dem Sturm geschwächt hatte.

»Du glaubst nicht daran.« Noahs Gesicht sah in dem gelblichen

Gewitterlicht furchtbar blass aus. »Das ist schlecht. Wie willst du sie dann besiegen?«

Dirk, der gerade den Dreck von seinen Händen zu reiben versucht hatte, hielt mitten in der Bewegung inne. »Ich habe nicht vor, irgendjemanden oder irgendetwas zu besiegen. Ich möchte nur noch weg hier. Zusammen mit dir, deiner Mutter und deiner Schwester.«

»Dann lass uns aufbrechen und nach ihnen suchen.« Noah benötigte zwei Anläufe, bis er sich halbwegs aufgerichtet hatte, und auch dann wirkte er noch ein bisschen benommen. »Sie müssen ja irgendwo hier sein.«

»Deine Mutter vielleicht.« Dirk stemmte sich ebenfalls hoch. Er fühlte sich nicht zerschlagen, sondern ganz im Gegenteil voller Tatendrang und von neuer Kraft durchströmt.

Es war nur die Frage, wie lange das vorhalten würde.

»Aber woher weißt du, dass deine Schwester irgendwo in der Nähe ist?«, fragte er, stieß sich von der Felswand ab und folgte Noah, der in die Richtung taumelte, wo der Matsch in harten, felsigen Boden überging und sich die Höhle scheinbar ins Unendliche erstreckte.

»Ich hoffe es«, murmelte Noah.

Dirk beeilte sich, zu ihm aufzuschließen. »Du hoffst es? Spürst du ihre Anwesenheit denn nicht? Schließlich seid ihr Zwillinge!«

Noah stapfte wortlos weiter. Dirk fragte sich, wie die Bewohner des afrikanischen Dorfes, dessen Schamane Noah als seinen Enkelsohn und Erben großgezogen hatte, wohl auf diesen blonden, breitschultrigen Hünen reagiert hatten.

»Spüren bedeutet für uns etwas anderes als für dich«, antwortete Noah schließlich. »Es gibt verschiedene Arten, etwas zu spüren. Shimeru hat sie mir alle beigebracht.«

»Aha.« Mehr fiel Dirk dazu nicht ein. Wozu brauchte man einen Schamanen, der einem erklärte, wie man fühlen sollte?

»Es gibt Dinge, die aus einem selbst hinausdrängen, aus der eigenen Vergangenheit«, fuhr Noah fort. »Auch die spürt man. Aber sie haben nichts mit den Schwingungen zu tun, die von außen auf einen treffen.«

»Ich verstehe nicht, was das mit Akuyi zu tun hat«, wandte Dirk ein.

»Ich habe meine Schwester noch nie gesehen«, sagte Noah. »Das macht es nicht gerade einfach. Vielleicht bilde ich mir ja nur ein, etwas zu spüren, das in Wirklichkeit gar nichts mit ihr zu tun hat.«

»Also spürst du doch, dass sie hier ist?«

»Ich hoffe es«, wiederholte Noah. Er klang ein wenig unsicher. »Shimeru hat immer wieder betont, dass wir alle an diesem Ort zusammenkommen müssen. Die alten Walknochen haben diese Männer hierhergelockt. Sie sind ein Bindeglied zu dem Zeitalter, in dem sich an dieser Stelle ein Meer befand. Shimeru hat gesagt, dass sie die Energie von Jahrmillionen gespeichert haben.«

»Mir hat er erzählt, dies sei ein besonderer Ort, an dem die Grenze zwischen den Sturmdämonen der Nacht und den Sturmgeistern des Tages besonders gefährdet sei.«

Noah nickte. »Ja. Hast du das nicht auch gespürt?«

Gespürt? Das war stark untertrieben. Dirk war sicher gewesen, nicht von einem Sturm gebeutelt, sondern von genau den Dämonen und Geistern herumgestoßen zu werden, vor denen Shimeru ihn gewarnt hatte. Sollte er jemals heil nach Deutschland zurückkehren, würde er das natürlich vehement abstreiten, doch hier, unterwegs mit seinem Sohn, um den Rest seiner Familie einzusammeln, war ihm das nicht möglich.

»Ja, ich habe es gespürt«, räumte er widerwillig ein. »Auch wenn ich es nicht … verstehe.«

»Das ist auch nicht nötig, glaube mir.« Noah wurde langsamer und blickte sich suchend um. Graues Gestein mit schroffen oder glattgeschliffenen Oberflächen umgab sie. In dieser Höhle sah es nicht nur aus wie in den Grotten von Al Afra, es roch auch so: muffig, nach abgestandener Luft. Wahrscheinlich war das alles andere als ein Zufall. Sowohl die Grotten in Marokko als auch diese Höhle mussten entstanden sein, als sich hier urzeitliche Kolosse durch die Fluten eines vorgeschichtlichen Meeres geschoben hatten.

»An diesem Ort haben bereits früher Wetterkatastrophen ihren Ursprung genommen«, fuhr Noah fort. »Und eine der gewaltigsten fand statt, als das Meer, das hier einst war, von einem Sturm förmlich fortgerissen wurde.«

Noah umrundete einen Felsvorsprung, zögerte für einen Moment und bog dann nach rechts ab. Als hätten sie eine seit Ewigkeiten nicht mehr geöffnete Gruft betreten, wurden sie von Zwielicht, Eiseskälte und einem ekelhaften Geruch empfangen. Dirk fühlte sich alles andere als wohl dabei, immer tiefer in ein unübersichtliches Höhlenlabyrinth einzudringen – auch wenn das den Vorteil hatte, dass sie dem über ihnen tobenden Sturm entkamen.

»Shimeru hat es mir erklärt.« Noahs Stimme hallte dumpf von den Felswänden wider. »Energie wird auf verschiedenste Weise gespeichert, zum Beispiel in Form von Kohle oder Öl. Diese Energie kann man später wieder nutzen, wenn man weiß, wie das geht.«

»Mit Kohle kann man heizen«, bestätigte Dirk. »Das weiß auch bei uns jedes Kind.«

»Aber gewiss weiß nicht jedes Kind, dass versteinerte Knochen eine ganz spezielle Art von Energie speichern.« In Noahs Stimme schwang beinahe so etwas wie Stolz mit. »Dabei hängt es von den Knochen ab, welche Energie in ihnen gespeichert ist.«

»Und die Walknochen …«

»… sind etwas ganz Besonderes«, erklärte Noah. »Aber das weißt du vermutlich selbst, schließlich bist du über den Walhang geklettert. Du musst die Energie gespürt haben, die in den Walskeletten steckt.«

»Vielleicht.« Noah warf ihm einen eindringlichen Blick zu, und Dirk verbesserte sich rasch: »Ja, ich habe die … Energie gespürt. Als der Hang zusammenbrach … habe ich mich an das Rückgrat eines Wals geklammert.«

»Und plötzlich war es, als sei er lebendig«, mutmaßte Noah. »Das stimmt doch, oder?«

Dirk dachte kurz nach. Das Licht aus der Bruchöffnung verlor sich in grauen Schlieren, in denen alles gleich aussah – die Felswände, der Boden, die Höhlendecke. Die Atmosphäre war beklemmend. »Ja, Noah«, gab er zu. »Es kam mir tatsächlich so vor, als wäre das Rückgrat nicht bloß ein versteinerter Knochen. Irgendwie war da etwas …«

»Lebendiges?«, half ihm Noah aus.

»Genau. Aber das hilft uns jetzt auch nicht weiter, oder?« Dirk deutete nach vorne. »Ich sehe dort kein Walskelett. Und schon gar keine Spur von Menschen. Wo ist deine Mutter? Oder deine Schwester? Spürst du ihre Anwesenheit, oder laufen wir gerade in die Irre?«

»Was sagen dir denn die Ibeji?«, fragte Noah.

Dirk blieb stehen und legte den Kopf schief. »Was sollen sie mir denn sagen?«

»Nimm sie ruhig mal raus und lass sie die Atmosphäre hier spüren. Wenn wir Glück haben, werden sie uns weiterführen.«

Dirk zögerte. Der Vorschlag kam ihm mehr als nur ein bisschen abgehoben vor. Bevor er eine Entscheidung treffen konnte, tippte ihm Noah gegen den Arm. »Ich glaube, ich weiß, was sie dir sagen würden.«

Mit diesen Worten marschierte er wieder los, schneller diesmal. Dirk beeilte sich, ihm zu folgen. Kurz vor einem Felsgrat zog er den Kopf ein … und hörte in einiger Entfernung Stimmen.

»Da sind sie«, flüsterte Noah.

»Wer?« Dirk war derart aufgeregt, dass er Noahs leise Antwort nicht verstand. »Wer?«, fragte er noch einmal.

Mit einer hastigen Bewegung legte ihm Noah den Zeigefinger auf die Lippen. Keinen Augenblick zu früh. Das Gemurmel verstummte. Stattdessen waren Schritte zu hören, die direkt auf sie zuhielten.

Noah warf seinem Vater einen fragenden Blick zu, und Dirk deutete nach hinten. Besser, sie zogen sich erst einmal zurück, statt sich mit irgendjemandem anzulegen.

Zu seiner Erleichterung schien Noah das genauso zu sehen. Vorsichtig drehten sie sich um – und erstarrten.

Ein großer, bulliger Mann stand vor ihnen und hielt ihnen die Mündung einer Maschinenpistole unter die Nase. Dirk hatte keine Ahnung, wie es dem Kerl gelungen war, sich völlig unbemerkt anzuschleichen, wusste aber immerhin, wer der Mann war.

»Karel!«, sagte er verärgert. »Mach keinen Blödsinn! Don't make any nonsense!«

Der Einzige, der hier Blödsinn verzapfte, war er selbst, indem er englisch radebrechte, als müsste er nicht ständig mit Amerikanern in ihrer Landessprache verhandeln.

Boxernase ließ die Maschinenpistole so weit sinken, dass sie auf Noahs Unterleib zeigte, und warf Dirk einen misstrauischen Blick zu.

»Ah, you. Who is this guy here?«

Sein Englisch war eindeutig noch schlechter als Dirks, was vor allem an seinem Akzent lag, der klang, als würde Arnold Schwarzenegger einen ehemaligen russischen Boxchampion spielen, der zu viele Kopftreffer hatte einstecken müssen.

»He is my son«, erwiderte Dirk und fragte sich im selben Moment, ob es klug gewesen war, gleich mit der Wahrheit rauszurücken.

»Your son. Hmm.« Karel grinste schief. »Not a common son of you and the black beauty, or?«

Offensichtlich war er zu der Schlussfolgerung gekommen, dass nicht Kinah Noahs Mutter war, sondern eine hellhäutige Frau. Sollte er doch glauben, was er wollte.

»Where are the others?«, fragte Dirk.

Boxernase wies mit dem Kinn an ihnen vorbei in das Halbdunkel. Dirks Magen krampfte sich zusammen. Er hätte Karel fragen können, wer genau zu den anderen gehörte, das hätte jedoch nur Zeit gekostet. Also drückte er den Lauf der Maschinenpistole nach unten – was Karel mit einem Knurren quittierte, das jedem Kampfhund Ehre gemacht hätte –, drehte sich um und ging los, dicht gefolgt von Noah.

Sie erreichten eine Höhle, die nicht so dunkel war, wie Dirk erwartet hatte. Irgendjemand hatte eine Taschenlampe so zwischen zwei Steinen eingeklemmt, dass ihr Strahl an die Decke fiel und das Licht von dort vielfach gebrochen in die Höhle zurückgeworfen wurde. Noah trat noch einen Schritt vor, blieb dann stehen und sagte: »Oh, Scheiße.«

Diesen Ausdruck hatte er sicherlich nicht bei Shimeru gelernt, aber er passte. Die gute Nachricht war, dass alle anwesend waren, mit denen Dirk das qualmende Wrack der Lisunov verlassen hatte. Die schlechte, dass Akuyi nicht dabei war, und die allerschlechteste, dass Jan Olowski auf dem Boden lag, den Kopf auf Kinahs Schoß gebettet, und so bleich war wie ein Gespenst.

Er hatte einen Bauchschuss abbekommen. Lubaya hockte neben ihm und versuchte, die Blutung mit einer Kompresse zu stoppen. Entweder hatte sie gerade erst angefangen, oder sie war nicht sehr erfolgreich. Der rote See unter Jan war erschreckend groß und schien sich immer weiter auszubreiten.

Kinah blickte flüchtig auf. Dirk sah, dass sie geweint hatte. Offenbar bemühte sie sich, tapfer zu sein, was dazu führte, dass ihre schönen Gesichtszüge wie in Stein gemeißelt wirkten – bis auf die feuchte Spur, die sich von ihrem rechten Auge die Wange hinunter zum Kinn erstreckte.

Als sie Dirk erkannte, blinzelte sie kurz, ein Zeichen der Erleichterung, das ebenso schnell erlosch, wie es aufgeblitzt war. Dann starrte sie Noah an.

Unbändige Freude huschte über ihr Gesicht, gepaart mit einem ebenso starken Ausdruck des Erschreckens.

»Noah!«, stieß sie hervor.

Obwohl sie sehr leise gesprochen hatte, hallte ihre Stimme wie ein Donnerschlag durch die Höhle. Selbst Jurij, der ein ganzes Stück von ihr entfernt saß und aus trüben Augen in die leere Wodkaflasche vor sich schaute, deren letzte Füllung ohnehin nur Wasser gewesen war, hob den Kopf.

Noah wich einen Schritt zurück. »Mama?« Er starrte sie verwirrt an und öffnete und schloss den Mund wie ein Fisch, der nach Luft schnappt. »Was ist … wo ist meine Schwester?«

Kinah zuckte unglücklich mit den Schultern. »Sie ist …«

»Sie ist nicht hier«, unterbrach sie Ventura grob.

Der Araber trug keine Sonnenbrille mehr, wirkte dadurch jedoch kein bisschen ungefährlicher. Er hockte nur wenige Meter von Kinah entfernt im Schneidersitz auf dem Boden. Seine rechte Hand ruhte entspannt auf der Pistole, die auf seinem Oberschenkel lag.

»Wir hatten eine kleine Meinungsverschiedenheit mit den Männern, die den Thunderformer bewachen«, fuhr er fort. »Karel hat mindestens drei von ihnen erwischt, und auch ich war in dieser Beziehung nicht ganz glücklos. Doch leider waren sie uns zahlenmäßig derart überlegen, dass sie uns erst einmal zurückgeschlagen haben.«

»Und meine Schwester?«

»Du bist Noah, richtig?«, fragte Ventura.

Noah nickte knapp.

»Du bist weiß. Deine Schwester ist schwarz. Wie kommt das?«

»Die Wahrscheinlichkeit beträgt eins zu eine Million«, antwortete Noah prompt.

»Das ist keine Antwort auf meine Frage«, entgegnete Ventura ruhig. »Wenn ich die Abstammungslehre richtig verstanden habe, müsste deine Mutter einen weißen Vorfahren haben, sonst wärst du nicht weiß.«

Noah blinzelte nervös. »Keine Ahnung.«

»Und das ist auch egal«, fuhr Kinah dazwischen. »Ob weiß oder schwarz, wir sitzen alle im selben Boot.« Ihr Blick fiel wieder auf Jan. »Das hätte einfach nicht passieren dürfen.«

Sie musste nicht erklären, was sie damit meinte. Jans Augenlider flatterten, was kein gutes Zeichen war.

»Dieser Safrin war ein tapferer Mann«, sagte Ventura. »Er hat gekämpft wie ein Löwe.«

Safrin? Dirk erstarrte. SAFRIN?

Er wandte sich an Ventura. Seine Zunge wollte ihm nicht gehorchen, und er musste sich umständlich räuspern, bevor er fragen konnte: »Safrin? Achmeds Bruder? Der Mann, der Akuyi begleitet hat?«

Ventura wies mit einem angedeuteten Nicken in eine Ecke. »Da liegt er.«

Dirk fuhr herum und sah eine seltsam verkrümmte, reglose Gestalt. Er konnte weder das Gesicht erkennen noch irgendetwas, das einen Hinweis auf die Identität des Toten gegeben hätte.

»Wo ist Akuyi?« Er wollte sich dem Leichnam nähern, hielt jedoch inne, als Karel in die Höhle stürmte und aufgeregt in einer Sprache auf Ventura einredete, die Dirk nicht verstand.

»Ihr habt Besuch mitgebracht«, erklärte Ventura. »Wir müssen verschwinden.«

»Das geht nicht!«, protestierte Kinah. »Jan …«

»Wir nehmen ihn mit«, schnitt ihr Ventura das Wort ab. »Oder wir lassen ihn liegen.«

Dirk hatte das Gefühl, als begänne sich die Höhle um ihn zu drehen. Er hörte, was die anderen sagten, doch ihm kam es so vor, als fände das Gespräch an einem ganz anderen, weit entfernten Ort statt. Er wollte zu Safrin gehen, dem Mann, der Akuyi mit seinem Leben hatte schützen sollen und nun tot war, ebenso sinnlos gestorben wie sein Bruder in Marokko. Er war in einen Albtraum geraten, einen dunklen Schacht, und er fiel und fiel und würde irgendwann am Boden zerschmettern.

»Dirk, verdammt!« Das war Kinahs Stimme. »Hilf mir! Wir können Jan doch nicht liegen lassen!«

Dirk zuckte zusammen. Die Höhle schien sich erst nach oben zu verschieben und dann abzusacken, ehe sich das Bild vor seinen Augen einigermaßen stabilisierte. Kinah hatte ihre Arme von hinten unter Jans Achseln geschoben und vor seiner Brust miteinander verschränkt.

Lubaya drückte ihre Hand immer noch auf den Verband, den Dirk zuerst für eine Kompresse gehalten hatte, der sich bei genauerem Hinsehen jedoch als ein Haufen provisorisch übereinandergelegter Tücher entpuppte.

Noah war an Kinahs Seite, bevor Dirk einen klaren Gedanken fassen konnte.

»Schnell«, trieb Ventura sie an. »And don't forget the torch, Karel!«

Karel reagierte auf der Stelle, lief zu der Taschenlampe, riss sie aus ihrer behelfsmäßigen Halterung und warf sie Ventura zu. Der Strahl tanzte über die Felswände wie das Stroboskoplicht in einer Disco. Dirk wurde schwindelig, und als er sich endlich in Bewegung setzte, hatte er den Eindruck, über Watte zu gehen.

Kinah und Noah trugen Jan, während sich Lubaya bemühte,

den Druck auf den Bauch des Verletzten einigermaßen konstant zu halten.

Dirk trottete zu Ventura, der mit der Taschenlampe den Weg vor ihnen ausleuchtete. »Wo ist Akuyi?« Er wollte nach Venturas Arm greifen, doch dieser entzog sich ihm mit einer schnellen Bewegung und warf ihm einen eiskalten Blick zu.

»Wir haben sie nur kurz gesehen. Bevor wir diesem Safrin zu Hilfe kommen konnten, hatten die Kerle Akuyi schon geschnappt und mitgenommen.«

»Ihr habt sie *gesehen«,* krächzte Dirk, »und kampflos irgendwelchen Verbrechern überlassen?«

»Wer redet denn hier von *kampflos?«,* gab Ventura zurück. »Außerdem hätten wir sie nur gefährdet, wenn wir hinter den Kerlen hergeballert hätten.«

Dirk brauchte einen Moment, um die Information zu verdauen und sich klarzumachen, dass es nichts brachte, Ventura mit Vorwürfen zu überschütten. »Wohin haben die Männer sie verschleppt?«

»Wahrscheinlich tiefer in die Höhlen«, sagte Ventura. »Schätzungsweise genau dorthin, wo sie mit dem Thunderformer herumspielen.«

»Wir müssen zu ihr!«

»Natürlich.« Jetzt war es Ventura, der Dirk am Arm packte und mit sich zog. »Wir haben zufällig das gleiche Ziel. Wir müssen den Thunderformer finden und vernichten, koste es, was es wolle. Und da sich Ihre Tochter in seiner Nähe aufhält, können wir sie bei der Gelegenheit gleich befreien.«

Dirk hatte noch immer nicht die volle Kontrolle über seine Sinne wiedererlangt. Er sah kaum mehr als düstere Schatten, die im unruhig tanzenden Licht der Taschenlampe vor ihm auftauchten. Aber sein Verstand war klar genug, um den Widerspruch in Venturas Worten zu bemerken.

»Wieso müssen Sie den Thunderformer auf einmal unter allen Umständen vernichten? Ich dachte, Sie wollten ihn an sich bringen?«

»Bei der Übermacht an Gegnern? Sie machen Witze.« Ventura beschleunigte seine Schritte, und Dirk blieb nichts anderes übrig, als sich seinem Tempo anzupassen. »Wenn uns die Typen nicht entdeckt hätten, hätten wir eine Chance gehabt. Aber so können wir das vergessen.«

Dirk stolperte und hatte Mühe, das Gleichgewicht zu halten.

»Sie haben gar nicht vor, Akuyi zu retten, oder?«, fragte er. »Das hier ist ein Selbstmordkommando, nicht wahr?«

»Selbstmordkommando … wie pathetisch!« Ventura schnaubte verächtlich. »Wir sind doch keine Terroristen.«

Dirk verkniff sich jeglichen Kommentar.

»Stimmt, es könnte haarig werden«, fuhr Ventura fort, als hätte er Dirks Gedanken gelesen. »Und ich weiß nicht, ob wir alle heil hier herauskommen. Aber wissen Sie was? Ihre Tochter zu retten sollte auch Ihr Job sein, nicht nur meiner. Einverstanden?«

15

Ihre Tochter zu retten sollte auch Ihr Job sein – dieser Satz schoss Dirk immer wieder durch den Kopf. Es war erst Achmeds, dann Safrins Aufgabe gewesen, Akuyi zu beschützen, und nun waren beide tot. Weiß der Teufel, was die Männer, die Akuyi in ihre Gewalt gebracht hatten, mit ihr machen würden.

Dirk hetzte hinter Noah her. Der Junge hatte in dem beinahe vollständig dunklen Höhlenlabyrinth wie selbstverständlich die Führung übernommen. Auf Venturas Geheiß hin hatte sich die Gruppe getrennt. Ventura, Karel und Jurij wollten versuchen, dem Suchtrupp, den sie hier unten vermuteten, in den Rücken zu fallen und ihn »auszuschalten«, wie Ventura es lapidar genannt hatte. Die anderen hatten sich zusammen mit dem schwer verletzten Jan in einer Höhle versteckt.

Noah und Dirk hingegen waren in die von Ventura angegebene Richtung aufgebrochen. »Wenn alles gut geht, kommen wir hinterher«, hatte ihnen Ventura mit auf den Weg gegeben. »Wenn nicht … wissen Sie hoffentlich, was zu tun ist, Gallwynd. Sie müssen diesen verdammten Thunderformer zerstören. Solange diese Teufelsmaschine existiert, werden Sie nämlich auch Ihre Familie nicht retten können. Sondern irgendwann im Sturm draufgehen.«

Merkwürdigerweise hatte Dirk fast mit Erleichterung auf diese Worte reagiert. Das Wort *Teufelsmaschine* und die damit verbundenen Assoziationen waren ihm weitaus lieber als das Wort *Dämon* und die Bedeutung, die ihm Shimeru und sein Sohn verliehen hatten. Doch davon abgesehen hatte er weder eine Ahnung, wie er den Thunderformer aufspüren, noch, wie er ihn vernichten sollte.

Aber das war nicht sein Problem.

Die Hoffnung, dass sich Akuyi in der Nähe befand, entfesselte seine Ungeduld und ließ ihn sämtliche Strapazen und schrecklichen Ereignisse vergessen. Ob er nun über einen sechsten Sinn verfügte oder nicht: Er glaubte, ihre Gegenwart förmlich zu spüren.

Plötzlich blieb Noah abrupt stehen, sodass Dirk gegen ihn stieß. »Was ist?«, fragte er.

Noah vollführte eine elegante Seitwärtsbewegung und verschmolz mit dem Schatten eines Felsens. Dirk beeilte sich, ihm zu folgen, wobei er sich weitaus weniger geschickt anstellte.

»Wir kriegen gleich Gesellschaft«, flüsterte Noah.

Dirk hatte absolut nichts gehört, vertraute seinem Sohn in dieser Beziehung jedoch vollkommen.

»Hier zweigt ein Gang ab«, fuhr Noah fort. »Wir sollten uns besser dorthin verdrücken.«

Dirk sah lediglich eine Mauer aus Schwärze und davor Noahs helles Gesicht, das sich jetzt von ihm wegbewegte. Er streckte die Hände aus, um nicht gegen ein Hindernis zu laufen, und ging los.

»Kopf einziehen!«, zischte Noah.

Die Warnung kam einen Sekundenbruchteil zu spät. Dirk zog zwar den Kopf ein, streifte aber trotzdem einen Felsen, dessen scharfe Kante über seinen Scheitel schrammte. Noch ein Kratzer mehr. Nicht, dass es darauf ankam. Mittlerweile war sein Körper sowieso von oben bis unten zerschunden.

»Hier ist schon wieder eine Höhle«, murmelte Noah. »Unglaublich, wie weitläufig dieses System ist. Ob es sich vielleicht die ganze Küste entlang von Marokko bis hierher zieht?«

Die Vorstellung hatte etwas Erschreckendes. Was, wenn Safrin und Akuyi gar nicht nach Ägypten, sondern nach Marokko geflogen waren und sich durch ein endloses Labyrinth aus Gängen und Höhlen auf den Weg hierher gemacht hatten?

Dirk verscheuchte diesen absurden Gedanken und schloss vorsichtig zu seinem Sohn auf.

»Und was jetzt?«, fragte er.

»Abwarten«, schlug Noah vor.

»Ich weiß nicht.« Dirk atmete tief durch. Es machte ihn nervös, überhaupt nichts sehen zu können und von Noahs Anweisungen abhängig zu sein. »Wenn ich Ventura richtig verstanden habe, stehen wir unter großem Zeitdruck. Und ich möchte auf keinen Fall, dass dieser bekloppte Araber vor uns bei Akuyi ist.«

»Er ist nicht bekloppt«, wandte Noah ein. Seine Stimme war kaum mehr als ein Wispern, hallte aber dennoch von den Felswänden wider, als greife ein unterirdisches Volk von Zwergen, Kobolden und Elfen seine Worte auf, um sie mit kurzer Verzögerung zu wiederholen. Dirk wurde langsam klar, auf welche Weise sich Noah orientierte. Wahrscheinlich reichte seinen gut trainierten Augen die vorhandene Resthelligkeit, und sein Gehör versetzte ihn in die Lage, die zahlreichen Echos und Geräusche in einen räumlichen Zusammenhang zu bringen.

»Ventura ist ein gefährlicher Mann«, flüsterte Noah. »Aber im Grunde seines Herzens ist er in Ordnung.«

Dirk biss sich auf die Unterlippe, um die böse Bemerkung zu unterdrücken, die ihm entschlüpfen wollte. Es war erstaunlich, wie vertraut ihm Noah in den wenigen Stunden geworden war, die seit ihrem dramatischen Zusammentreffen vergangen waren. Aber vieles an ihm war Dirk auch unendlich fremd. Wahrscheinlich würde es Jahre dauern, bis er den Teil von Noahs Persönlichkeit verstand, der durch sein Leben in Afrika geprägt war. Falls ihm das überhaupt je gelang.

»Ich hoffe, das stimmt«, sagte Dirk schließlich. »Aber das hilft uns im Moment nicht weiter. Wir müssen uns überlegen …«

»Psst!«

Dirk gehorchte ganz automatisch und verstummte.

»Ich glaube, wir haben einen Fehler gemacht«, zischte Noah. »Wir sind ihnen geradewegs in die Arme gelaufen, statt ihnen aus dem Weg zu gehen.«

»Und was sollen wir …«

»Wieder zurück. Komm.« Noahs Hand strich über Dirks Arm, packte sein Handgelenk und zog daran. Dirk folgte seiner Bewegung, damit sie schnell verschwinden konnten.

»Zu spät«, flüsterte Noah in sein Ohr. »Sie kommen. Wir müssen uns verstecken. Runter mit dir!«

Auch diesmal gehorchte Dirk sofort. Noch während er sich duckte und so klein wie möglich machte, hörte er leise Stimmen, die von irgendwo vorne rechts an seine Ohren drangen. Sie klangen dumpf und bedrohlich.

»Kriechen wir ein Stück zurück«, schlug Noah vor, doch es war tatsächlich zu spät. Energische Schritte näherten sich ihnen, dann sah Dirk einen Lichtkreis über den felsigen Boden huschen. »Weg hier!«, zischte er.

Noah sprang blitzschnell auf, war aber dennoch zu langsam. Hinter einem Felsen tauchte plötzlich eine ganz in Schwarz gekleidete, schattenhafte Gestalt auf, die bis auf den hellen Fleck ihres Gesichts und die glänzende Waffe in ihrer Hand fast vollständig mit der Umgebung verschmolz. Sie war nicht diejenige mit der Taschenlampe, also gab es da noch jemanden.

Dirk hörte ein metallisches Geräusch.

Noah stürmte vor. Von einem Moment auf den anderen verwandelte er sich in eine Art Ninja-Kämpfer, einen fliegenden Schatten, der die Gestalt attackierte, noch bevor sie ihre Waffe hochbringen konnte.

»Noah!«, schrie Dirk. Es war ein vollkommen sinnloser Schrei, doch immerhin lenkte er den zweiten Gegner ab. Der Strahl der Taschenlampe jagte über den Boden auf Dirk zu und blendete ihn.

Dirk hielt sich schützend die Hände vors Gesicht und richtete sich auf – nicht wie ein Ninja, sondern eher wie ein schwerfälliger Bär, den man gerade aus dem Winterschlaf gerissen hatte.

Noah taumelte zurück, und der Mann, den er angegriffen hatte, folgte ihm auf dem Fuß. Aber er hielt keine Waffe mehr in der Hand. Offenbar war es Noah gelungen, sie ihm zu entreißen.

Sein Gegner wirkte allerdings wild entschlossen, sie sich zurückzuholen. Der Mann sprang vor, trat noch aus der Flugbewegung zu und kickte die Maschinenpistole mit der Kante seines schweren Stiefels in hohem Bogen davon.

Direkt zu Dirk.

Dirk streckte die Hände aus und fing sie in der Luft, bevor sie ihm den Schädel einschlagen konnte. Einen Herzschlag lang fürchtete er, dass sie ihm wieder entgleiten oder – schlimmer noch – unkontrolliert losrattern würde. Doch dann hatte er sie fest im Griff und drehte sie so, dass die Mündung auf den Boden zeigte.

Noah flog an ihm vorbei und prallte gegen die Felswand. Da war auch schon der Mann mit der Taschenlampe heran. Ein Lichtstrahl zuckte hoch, erfasste Noah …

Dirk hob die Waffe und zog den Abzug durch.

Die Maschinenpistole spuckte eine kurze Salve aus. Der Rückstoß war nicht besonders stark, traf ihn jedoch vollkommen unvorbereitet und ließ ihn beinahe das Gleichgewicht verlieren. Die Waffe ruckte in seinen Händen nach links, und ein knappes Dutzend Geschosse traf den Felsen neben dem Angreifer, dass die Querschläger nur so pfiffen. Dirk riss die MP herum, in die Richtung des Mannes mit der Taschenlampe, der nun ebenfalls eine Waffe zückte.

Einen Sekundenbruchteil später sah Dirk voller Entsetzen, wie der Mann die Waffe fallen ließ, die Hände gegen seinen Bauch presste, zurückstolperte, mit dem Rücken gegen den nächsten Felsen stieß und langsam daran hinunterrutschte. Als die Maschinenpistole in Dirks Händen wie von selbst einen Halbkreis beschrieb, trafen einige Kugeln auch den zweiten Mann und bliesen ihm buchstäblich den Kopf weg. Eine Fontäne aus Blut, Gewebe- und Knochenteilen spritzte durch die Höhle, und Dirk spürte, wie etwas in sein Gesicht klatschte. Er drückte die Maschinenpistole nach unten, sodass der Leib des Mannes mit dem Bauchschuss von der Wucht weiterer Treffer wie im Krampf geschüttelt wurde.

»Aufhören!«, brüllte Noah.

Der Brustkorb des Mannes wurde regelrecht zerfetzt, bevor es Dirk endlich gelang, den Finger vom Abzug zu lösen.

Er taumelte und wäre fast gestürzt. Er merkte kaum, dass Noah neben ihn trat und ihm die Maschinenpistole abnahm. Er stand einfach nur reglos da und starrte die beiden Männer an, die er getötet hatte.

»Oh Gott«, stöhnte Noah. Er ging an Dirk vorbei, hob die Taschenlampe auf und wandte sich dann hastig ab, als ertrüge er den Anblick nicht.

»Wir müssen hier weg«, keuchte er, packte Dirk am Arm und versuchte, ihn mit sich zu ziehen. Aber Dirk spannte sämtliche Muskeln an und blieb wie angewurzelt stehen.

»Die Schüsse waren bestimmt überall zu hören«, stieß Noah hervor. »Wir müssen weg! Bitte! Wir müssen meine Schwester retten!«

Akuyi.

Dirk nickte langsam, den Blick wie versteinert auf die Toten gerichtet.

»WIR MÜSSEN LOS!«, schrie Noah, und in seiner Stimme schwang so viel Panik mit, dass Dirk zusammenzuckte.

»Ja«, murmelte er. »Akuyi.«

Er schwankte und wäre gefallen, wenn Noah ihn nicht gestützt hätte. Doch dann drehte er sich um und stapfte mit hölzernen Schritten los.

Es kam Dirk vor, als stolperten sie stundenlang durch endlose Gänge und Höhlen. Er wusste nicht mehr, wo er war, und es schien ihm, als würden sie mit jedem Schritt tiefer in den Berg eindringen und hätten sich hoffnungslos verirrt. Immer wieder musste er an die Gesichter der beiden Männer denken. Er hatte in Ego-Shooter-Spielen schon so manchen Gegner erledigt und dabei die eine oder andere grafische Darstellung sogar als ein bisschen zu realistisch empfunden, aber die Wirklichkeit war viel, viel schlimmer. Zwei Menschen waren auf barbarische und doch fast beiläufige Weise von ihm getötet worden. Warme, lebendige Körper, die von Kugeln zerfetzt wurden, hatten nicht das Geringste mit irgendwelchen Computer- oder Konsolenspielen zu tun.

»Hier.« Noah blieb stehen. Der Strahl der Taschenlampe huschte über schroffe Felsformationen. »Hier muss es irgendwo sein.«

Dirk wankte ein paar Schritte weiter und hielt dann ebenfalls inne. Sein Blick folgte dem Lichtkegel. Er konnte keinen Gang oder Durchschlupf erkennen und schon gar keine neue Höhle. Für ihn sah es aus, als wären sie in eine Sackgasse geraten.

»Was meinst du?«, krächzte er.

»Ich rede von Akuyi. Sie muss ganz in der Nähe sein.«

Seine Worte drangen mit einiger Verspätung in Dirks Bewusstsein. »Ganz in der Nähe?« Dirk drehte sich schwerfällig um und sah Noah an. Der Junge wirkte erschöpft. Doch es war wohl nicht die körperliche Erschöpfung, die dunkle Ringe unter seine Augen gemalt hatte, sondern vor allem der Tod seines Großvaters, der Sturm und die beiden erschossenen Männer. »Wie kommst du darauf?«

Noah strich sich die Haare aus der Stirn. »Wäre doch bloß Shimeru hier!«

»Das ist er leider nicht.« Dirk räusperte sich. Sein Mund war staubtrocken, und seine Kehle fühlte sich rau und wund an. Es war lange her, dass er etwas gegessen und getrunken hatte.

»Ja, leider … Shimeru hätte gewusst, was zu tun ist.« Noah deutete nach vorne. »Ich sehe noch nicht einmal einen schmalen Spalt, durch den wir uns quetschen könnten. Aber irgendetwas muss doch hier sein!«

»Warum?« Dirk riss sich zusammen, um nicht zu schreien. »Warum muss da vorne irgendetwas sein?«

Noah fuhr sich immer noch durch die Haare, obwohl er seine zerzausten und verklebten Strähnen bereits so gut geordnet hatte, wie es ohne Kamm und Bürste überhaupt möglich war.

»Akuyi ist hier«, flüsterte er.

Das Bild der Toten vor Dirks innerem Auge verblasste. Stattdessen sah er seine Tochter vor sich, wie sie ihm am Frühstückstisch lachend, schmollend oder gelangweilt gegenübersaß – alltägliche Szenen aus einer vergangenen Epoche, die vielleicht nie wieder aufleben würde. »Woher willst du das wissen?«

»Ich weiß nicht.« Noahs Stimme stockte. »Shimeru hat mich gelehrt, auf mein Gefühl zu hören. Er hat gesagt, ich müsste es von all den Eindrücken trennen, die ständig auf uns Menschen einstürmen. Was übrig bliebe, wäre das ehrliche, nackte Gefühl. Und durch das Erbe unserer Ahnen könnten wir weitaus mehr spüren als normale Menschen.«

»Gut«, knurrte Dirk ungeduldig. »Und was heißt das?«

»Ich bin weit davon entfernt, ein Schamane zu sein«, antwortete Noah. »Aber trotzdem spüre ich einfach, dass Akuyi in der Nähe ist!«

Dirk atmete tief durch. »Okay. Wenn du das spürst, sind wir einen Riesenschritt weiter.« *Hoffentlich,* ergänzte eine böse Stimme in seinem Kopf, *denn sonst ist alles verloren.* »Also sollten wir uns umsehen, ob wir hier nicht doch irgendwo weiterkommen.«

Noah nickte. »Ja, du hast recht.«

Er setzte sich sofort in Bewegung und ließ den Strahl der Taschenlampe über den steinigen Boden und die zerklüfteten Wände wandern. »Vielleicht ist sie näher, als ich dachte. Vielleicht liegt sie hier irgendwo.«

Dirk starrte ihm fassungslos nach. *Liegt hier irgendwo?* Was zum Teufel meinte er damit? »Wie geht es ihr?«, fragte er.

»Was?« Noah zwängte sich an einem gewaltigen Felsbrocken vorbei, der den Weg versperrte.

»Lebt sie? Ist sie verletzt? Geht es ihr gut?« Dirk folgte seinem Sohn. »Du musst doch irgendetwas spüren!«

»Natürlich lebt sie.« Noah duckte sich unter einem Überhang und richtete sich dahinter wieder auf, sodass Dirk nur noch seine Beine sah. »Sie ist in der Gewalt von … starken Emotionen.«

Starken Emotionen? »Mein Gott«, murmelte Dirk, zog den Kopf ein und tauchte ebenfalls unter dem Überhang durch. »Hat sie Angst?«

»Möglich. Und das wäre sogar gut. Menschen, die Angst haben, sind viel leichter aufzuspüren als andere.«

Noah sagte das vollkommen kühl und sachlich.

»Und wie viele Menschen hast du schon auf diese Weise aufgespürt?«, fragte Dirk mühsam beherrscht.

»Äh …« Noah bückte sich erneut und verschwand dann hinter einem Felsvorsprung, der wie eine riesige Nase in den Weg ragte. »Es ist nicht so, wie du denkst.«

Mit dieser Bemerkung konnte Dirk rein gar nichts anfangen. Er beeilte sich, zu seinem Sohn aufzuschließen.

»Das lässt sich nicht einfach lernen«, fuhr Noah fort. »Manche Menschen besitzen diese Fähigkeit, und wenn sie sie schulen, können sie damit auch tatsächlich jemanden aufspüren. Shimeru zum Beispiel …«

»Wie viele Menschen hast du schon auf diese Weise aufgespürt?«, wiederholte Dirk und konnte nicht verhindern, dass seine Stimme einen scharfen Unterton annahm.

»Ich? Nun …« Noah blieb stehen und schwenkte den Strahl der

Taschenlampe langsam von links nach rechts und wieder zurück. »Wenn du es genau wissen willst: Ich habe noch niemanden auf diese Weise aufgespürt. Aber das heißt nichts. Akuyi ist meine Zwillingsschwester, und ich fühle ganz deutlich, dass sie in der Nähe ist.« Seine Stimme klang eindeutig verzweifelt. »Sie muss hier irgendwo sein! Aber in dieser Felswand gibt es keinen Durchgang, sondern bloß ein paar Löcher!«

Dirk schob Noah an den Schultern beiseite und trat einen Schritt vor.

Noah hatte recht. Da war tatsächlich nichts weiter als zerklüfteter Felsen. Nur am entgegengesetzten Ende, vielleicht fünf oder sechs Meter von ihnen entfernt, befanden sich einige Löcher, als hätten sich übergroße Maulwürfe durch das Gestein gewühlt.

»Das gefällt mir nicht«, sagte er.

Noah nickte. »Mir auch nicht.« Erneut ließ er den Strahl der Taschenlampe langsam vor- und zurückwandern. »Hier ist Akuyi jedenfalls nicht«, fügte er hinzu.

»Aber wo dann?«

Der Lichtstrahl beschrieb einen zittrigen Kreis und heftete sich auf eines der Löcher. »Irgendwo dahinter, fürchte ich …«

»Irgendwo *dahinter?«* Dirk schluckte und zeigte auf die Wand. »Willst du etwa damit sagen, dass wir da durchmüssen?«

»Ich fürchte ja«, antwortete Noah. Er richtete die Taschenlampe auf ein zweites Loch, das keine zwei Meter von dem anderen entfernt war. Es hatte fast dieselbe Größe wie das erste, während alle anderen Öffnungen viel kleiner waren. »Irgendwo dahinter«, murmelte er. »Ich bin ganz sicher. Ich spüre Akuyi. Sie hat tatsächlich Angst. Große Angst.«

Dirks Magen krampfte sich zusammen. »Das heißt also, wir müssen uns durch eine enge Röhre quetschen?«

Noah nickte.

»Und durch welche?«

»Wenn ich das nur wüsste! Wir werden beide ausprobieren müssen.«

»Und hintereinander durch die Dunkelheit kriechen?«

Noah drehte sich mit erschrockenem Gesichtsausdruck zu Dirk um. »Wir haben nicht mehr viel Zeit. Akuyi muss furchtbare Angst haben, ich spüre richtige Panikwellen … Wir müssen uns beeilen!«

»Und das heißt …«

»Du die linke, ich die rechte Röhre«, erklärte Noah entschlossen. »Wir können nichts anderes tun. Wir müssen so schnell wie möglich zu Akuyi!«

16

Dirk hatte Noah gezwungen, sowohl die Taschenlampe als auch die Maschinenpistole zu behalten. »Ich passe damit sowieso nicht durch dieses Loch«, hatte er behauptet.

Während er nun in der dunklen Röhre vorwärtsrobbte, erfuhr er, was völlige Finsternis wirklich bedeutete.

Hier unten existierte noch nicht einmal mehr die Ahnung von Licht. Dazu kamen die beklemmende Enge und die gewaltigen Steinmassen, die ihn umgaben.

Das Schlimmste war die stickige Luft. Dirk hatte das Gefühl, kaum noch Sauerstoff einzuatmen, und fühlte sich wie lebendig begraben. An einigen Stellen weitete sich die Röhre zwar, sodass er zügig vorankam, an anderen Stellen war sie jedoch dermaßen eng, dass er sich mit an den Körper gepressten Armen wie ein Wurm vorwärtswinden musste und ständig befürchtete, stecken zu bleiben.

Innerlich explodierte er fast vor Ungeduld. Er musste raus aus dieser Röhre, er musste zu Akuyi, er musste diesem ganzen Wahnsinn endlich ein Ende bereiten. Er hielt es nicht mehr aus, durch die erdrückende Dunkelheit zu kriechen, die sein Zeitgefühl lahmlegte. Seine Hände, mit denen er sich an jedem verfügbaren Vorsprung weiterzog, zitterten wie Espenlaub.

Er hatte das Gefühl, dass es nicht mehr schlimmer kommen konnte. Doch als er vor sich ein leises Rascheln hörte, begriff er, dass er sich in diesem Punkt getäuscht hatte.

Seine Panik war schneller als sein Verstand und ließ das Wort RATTEN in Leuchtschrift vor seinem inneren Auge aufflammen, noch bevor er sich einreden konnte, dass es sich gewiss nicht um einen widerlichen Nager handelte, der darauf aus war, seine spitzen Zähne in sein Fleisch zu schlagen. Es konnte alles Mögliche sein (sagte sein Verstand), zum Beispiel Maulwürfe, Erdhasen oder anderes Kleingetier, dessen Namen er wahrscheinlich noch nie gehört hatte, weil er sich in der Tierwelt Nordafrikas überhaupt nicht auskannte. Schlimmstenfalls eine Schlange, die auf der Suche nach Beute durch die Röhren kroch. *Aller*schlimmstenfalls eine Schlange, die ihn für eine leckere Hauptmahlzeit hielt, nach der sie sich für ein paar Monate auf die faule Haut legen konnte.

Da raschelte es wieder, gefolgt von einem fast lautlosen Huschen, und Dirk erstarrte. Keine Schlange. Ganz sicher nicht. Und wohl auch kaum ein Hase oder ein ähnlich scheues Tier, das angesichts der Masse Mensch, die sich ihm näherte, schleunigst die Flucht ergriffen hätte.

Nein, das, was auf ihn zuhielt, war ein Raubtier. Keines von der Sorte, die einen Mann mit einem Sprung von den Beinen zu reißen vermochte, aber eines, das ihm sehr wohl gefährlich werden konnte.

Langsam, ganz langsam schob er sich zurück. Seine Bewegungen wurden von einem Instinkt gesteuert, von etwas tief in ihm, auf das er keinen bewussten Zugriff hatte. Er war keines logischen Gedankens mehr fähig. Vor ihm trippelten Ratten durch die Dunkelheit, das war das Einzige, was zählte. Er hatte geglaubt, sein Kindheitserlebnis durch die Geschehnisse in den Grotten von Al Afra endgültig überwunden zu haben. Aber er hatte sich geirrt. Die Angst vor den ekelhaften Viechern war so fest in ihm verankert, dass er ihr hilflos ausgeliefert war.

Wie hatte er die Maschinenpistole nur Noah überlassen können?

Wenn er die automatische Waffe zur Verfügung gehabt hätte,

hätte er sie zweifellos auch benutzt. Dabei wäre es Selbstmord, in dieser engen Röhre herumzuballern. Die Wahrscheinlichkeit, von Querschlägern getroffen zu werden, war viel zu groß.

Er kroch weiter zurück. Das Rascheln kam näher. Schon vermeinte er, tückische schwarze Augen funkeln zu sehen, die ihn voller Angriffswillen musterten, aber das war natürlich Blödsinn. Es gab nicht die geringste Spur von Helligkeit, die sich irgendwo hätte spiegeln können.

Dirk schrammte hastig an hartem Gestein entlang und handelte sich dabei einige Abschürfungen ein. Seine Bewegungen waren derart hektisch, dass er immer wieder Gefahr lief, irgendwo hängen zu bleiben.

Dann ging es plötzlich leichter. Er hatte den Abschnitt erreicht, in dem sich die Röhre zu einer kleinen Höhle verbreiterte. Auch auf dem Hinweg hatten seine Hände plötzlich ins Leere gegriffen, und genauso wie jetzt hatte er gierig die scheinbar etwas sauerstoffreichere Luft in sich eingesogen.

Vielleicht konnte er sich hier umdrehen und den Rest des Weges vorwärtsrobben …

Und damit Akuyi im Stich lassen?

Es war wie ein stummer Aufschrei. Wenn er seine Tochter jemals wiedersehen wollte, würde er das bestimmt nicht erreichen, indem er jetzt kniff.

Der Gedanke brachte ihn zur Besinnung. Er war weit davon entfernt, ruhig und rational denken zu können, aber eine Instanz, von deren Existenz er bisher nicht die geringste Ahnung gehabt hatte, übernahm die Kontrolle. *Stell dich dem Kampf!,* forderte sie eindringlich.

Kämpfen? Wie denn? Er hätte beinahe gelacht. Er war wehrlos und unbewaffnet. Er wusste nicht, wie viele der widerwärtigen Viecher nur darauf warteten, über ihn herzufallen. Und er würde sie nicht einmal kommen sehen!

Vorsichtig stemmte er sich auf Hände und Knie hoch. Er stieß nirgendwo an. Er streckte die Hand nach oben und fühlte ebenfalls keinerlei Widerstand. Vielleicht war diese Höhle ja groß genug, dass er darin stehen konnte.

Das Trippeln und Rascheln war jetzt so nah, dass er sich entscheiden musste: Entweder, er drehte sich um und machte, dass er hier wegkam, oder er stellte sich tatsächlich dem Kampf, den er als kleiner Junge schon einmal aufgenommen und auf so schreckliche, traumatische Weise verloren hatte.

Mit einer entschlossenen Bewegung richtete sich Dirk auf – und prallte mit dem Kopf gegen Felsen. Bunte Lichter tanzten vor seinen Augen. Irgendetwas polterte, dann fielen kleine Steine erst auf seine Schultern und schließlich zu Boden.

Einige Sekunden später sah er immer noch Lichtreflexe, doch diesmal waren es nicht bloß die Folgen des Stoßes, sondern tatsächlich Lichtstrahlen, die sich durch winzige Öffnungen in der Höhlendecke einen Weg zu ihm bahnten. Der Strom nachrutschender Steinchen ließ ihn hastig einen Schritt zurücktreten.

Nun erst erkannte er, was da herabrieselte: Es waren Muscheln und kleine Fossilien, zusammengepresstes, versteinertes Erdreich mit einer Vielzahl von Einschlüssen und Hohlräumen, eine alles andere als feste Schicht, die vielleicht schon seit Jahrhunderten nur darauf wartete, nachzugeben und einzustürzen. Doch eigentlich interessierte es Dirk nicht sonderlich, was über ihm war, Hauptsache, er konnte wieder sehen.

Und was er sah, waren tatsächlich Ratten. Fünf oder sechs dürre, aber erstaunlich große Viecher mit feuchtem braunen Fell, was darauf schließen ließ, dass irgendwo in der Nähe Wasser sein musste. Ihre Augen blitzten genauso tückisch und angriffslustig, wie er befürchtet hatte.

Dirk starrte auf sie hinab, sie starrten zu ihm herauf, überrascht, dass plötzlich Helligkeit eingezogen war, wo seit Ewigkeiten

Dunkelheit geherrscht hatte. Dirk spürte, wie sich seine Nackenhaare aufrichteten, und beobachtete voller Entsetzen, dass dies auch bei den Ratten der Fall war.

Beide Seiten betrachteten einander als Todfeinde.

Die erste Ratte, ein besonders mageres, hässliches Exemplar, trippelte ein paar Schritte auf ihn zu. Sie stellte sich auf die Hinterbeine und schnüffelte. Sie wollte wissen, mit wem sie es zu tun hatte – ob es ein Opfer war, das Angst vor ihr hatte, oder ein Raubtier wie sie selbst.

Dirk wünschte sich, er würde nicht vor Angst zittern und schwitzen. Aber daran ließ sich nichts ändern. Wenn er sich jetzt bückte, um eine der Fossilien aufzuheben, würden die Ratten sofort über ihn herfallen. Sie waren ja nicht dämlich. Dämlich war nur er, der ohne Waffe und ohne einen Funken Verstand in ihr Refugium eingedrungen war.

Zu der ersten, immer noch schnüffelnden Ratte gesellten sich zwei weitere. Die anderen warteten ein Stück entfernt ab – wohl nicht aus Angst, sondern eher aus Berechnung.

Eine versteinerte Muschel traf Dirks Schulter, und direkt vor ihm krachte ein Teil der Decke herunter. Eine der Ratten sprang quiekend beiseite. Es hätte nicht viel gefehlt, und die drei vorwitzigen Tiere wären erschlagen worden, woraufhin die übrigen Ratten wahrscheinlich das Weite gesucht hätten. Doch so leicht wollte das Schicksal Dirk offensichtlich nicht davonkommen lassen.

Dafür brachte ihn der Gesteinsregen auf eine Idee. Er griff mit beiden Händen in die Decke über sich. Seine Finger ertasteten Öffnungen, die sich mit ein wenig Mühe gewiss erweitern lassen würden. Mit aller Kraft stieß er zu, drückte und zerrte …

Und die Ratten griffen an.

Wahrscheinlich ahnten sie, was dieses große, aufrecht vor ihnen stehende Wesen vorhatte. Und sie waren nicht gewillt, es ihm durchgehen zu lassen.

Dirk füllte seine Hände mit Fossilien und sprang zurück – keinen Augenblick zu früh, denn die Ratten gingen zum Angriff über. So dürr sie auch waren, sie verfügten über kräftige Hinterbeine. Die erste Ratte schoss wie eine Springmaus auf ihn zu, nur ungleich gefährlicher. Dirk riss die rechte Hand hoch und erwischte das Biest an der Seite. Er fügte ihm nicht wirklich Schaden zu, schlug es aber immerhin in die Flucht.

Der zweiten Ratte schleuderte er entgegen, was er in der linken Hand hielt. In dem Wurf lagen all sein Entsetzen und die hilflose Wut, die er damals als Kind empfunden hatte, als die Ratte seinen tapferen Spielzeugsoldaten versenkt und ihn angegriffen hatte. Die geballte Ladung traf das Tier wie die Kugeln einer Schrotflinte und schleuderte es gegen die gegenüberliegende Wand. Dirk sah aus den Augenwinkeln, wie es an dem Felsen hinunterrutschte und reglos liegen blieb.

Das war nicht das Einzige, was in diesem Moment geschah. Ein weiterer Teil der Decke brach ein, und dort, wo Dirk in dem porösen Material herumgewühlt hatte, stürzte all das herab, was vielleicht schon seit Jahrhunderten nur auf diese Gelegenheit gewartet hatte, krachte direkt vor Dirk auf den Boden und zerschmetterte die Ratten, die sich dem Angriff nicht angeschlossen hatten. Steine und Fossiliensplitter flogen durch die Luft. Ein Riss jagte wie ein gezackter Blitz über den Grund, auf dem er stand. Dirk spürte einen Ruck unter seinen Füßen und sah, dass sich der Spalt rasend schnell erweiterte.

Die magere Ratte, die ihn als Erste angesprungen hatte, rappelte sich auf und fixierte ihn mit ihren tückischen schwarzen Augen, und er hatte für eine Sekunde das schreckliche Gefühl, sich in ihrem hypnotischen Blick zu verlieren. Die Uhr wurde zurückgedreht. Er war kein erwachsener Mann mehr, der die Verantwortung für seine Kinder trug, er war selbst wieder ein Kind, das sich gelähmt vor Angst einer Gefahr gegenübersah und nicht wusste, was es tun sollte. Gleichgültig, ob er mit einem Papierschiffchen und seinem Lieblingssoldaten an einem Bach spielte oder in einer Höhle stand, in die er auf der Suche nach seiner Tochter eingedrungen war. Die Grenzen von Raum und Zeit wurden durchlässig.

Die Ratte starrte ihn an. Gleich würde sie ihn attackieren. Sie würde ihm an die Kehle springen und zubeißen. Ihre scharfen Krallen in sein Fleisch schlagen. Er würde bluten, einen schrecklichen Schmerz fühlen und versuchen, den Nager mit beiden Händen zu packen.

Der Moment der inneren Lähmung verging.

»Nein!«, brüllte Dirk.

Als hätte er damit den Befehl zum Angriff gegeben, stieß sich die Ratte vom Boden ab. Sie war schnell, aber nicht schnell genug. Dirk wich zur Seite aus und hob abwehrend den Arm. Er hatte zwar kein Wurfmaterial mehr, aber jede Menge Wut, die sich seit dem ersten Rattenerlebnis in ihm aufgestaut hatte und nun entlud. Er holte mit einer kurzen, kraftvollen Bewegung aus, und seine Faust traf die Ratte mitten im Flug. Dirk taumelte rückwärts, und das gerade noch rechtzeitig, denn just in diesem Augenblick stürzte ein massiver Teil der Höhlendecke ein. Die Wucht, mit der das Gestein auf den Boden knallte, ließ ihn nicht nur erzittern, sondern riss an einigen Stellen tiefe Krater. Dirk stolperte weiter rückwärts, bis er gegen die Wand prallte. Um ihn herum dröhnte und krachte es derart ohrenbetäubend, als wollte der Berg ihn unter sich begraben. Das schmale Stück Felsgrund, auf das er sich zurückgezogen hatte, begann sich zu bewegen und gab schließlich nach.

Dirk glitt mehr hinab, als dass er fiel. Vergebens versuchte er, irgendwo Halt zu finden. Er verlor das Gleichgewicht, drehte sich einmal um die eigene Achse und schlug mit dem Kopf gegen eine große, versteinerte Muschel. Dann sackte er ein gutes Stück nach unten, schrammte über einen Vorsprung – und landete mitten in einer Geröllhalde. Fossilien und Steinchen prasselten auf ihn nieder. Er spuckte etwas aus, das gallebitter schmeckte, und rappelte sich hoch. Er musste weg hier, bevor ihm noch ein großer Stein oder gleich der ganze Rest der Decke auf den Kopf knallte. Irgendwoher drang genug Licht, dass er seine Umgebung hätte erkennen können, wenn ihn nicht eine Wolke aus Dreck und Staub eingehüllt hätte.

Es gelang Dirk, sich aufzurichten und ein paar Schritte zu gehen, doch plötzlich hörte er etwas, das ihm das Blut in den Adern gefrieren ließ: einen Schrei.

Einen Schrei voller Qual und Entsetzen. Eigentlich war es so gut wie unmöglich, einen Menschen anhand eines Schreis zu identifizieren, aber Dirk wusste genau, wer da geschrien hatte.

Akuyi.

Sie war hier irgendwo, und sie war in Gefahr. Panikwellen brandeten gegen Dirks Verstand. Er schwankte vorwärts, knickte in den Knien ein, hielt sich irgendwo fest, zog sich wieder hoch und stürmte los.

Akuyis Schrei verstummte abrupt. Dirk dachte nicht mehr nach, er rannte einfach nur so schnell wie möglich und mit geradezu traumwandlerischer Sicherheit durch ein Bombardement von Gestein, ohne getroffen zu werden.

Er lief durch Lichtkegel, in denen Staubpartikel schwebten, vorbei an Formationen, von denen er nicht wusste, ob sie aus solidem Fels oder aus dem gleichen porösen Material wie die Decke bestanden. Es dauerte eine Weile, bis er merkte, dass die Luft frischer wurde und das Licht, das zuvor von oben herangeflirrt war, nun eher von vorne kam.

Er war erleichtert, gleichzeitig jedoch zutiefst beunruhigt, weil er immer noch keine Spur von Akuyi entdecken konnte. Mit hämmerndem Herzen hielt er inne, doch so angestrengt er auch lauschte, er hörte nichts, das auf die Anwesenheit Akuyis oder eines anderen Menschen hindeutete.

Es lief weiter, hinein in eine Höhle, die deutliche Anzeichen menschlicher Bearbeitung aufwies. Der Eingangsbereich war zwar rau und zerklüftet, aber dahinter dominierten glatte, an einigen Stellen sogar wie poliert wirkende Flächen, nur hier und da unterbrochen von Formationen, die man wohl aus Stabilitätsgründen stehen gelassen hatte. Je tiefer er in die Höhle eindrang, desto kleiner wurde der naturbelassene Teil und machte einem Gewirr unterschiedlich großer Hallen Platz, die offenbar in den Felsen gesprengt und gehauen worden waren – und das wohl in verschiedenen Epochen, denn Dirks Blick schweifte sowohl über geborstene Holzstempel und verrostete Eisenträger als auch über blanke Stahlverstrebungen.

Dann blieb er an etwas hängen, das sich als riesiges Rolltor herausstellte. Die beiden Torflügel standen anscheinend schon seit langer Zeit offen, denn in den in den Boden eingelassenen Schienen, über die ihre Rollen einst geglitten waren, hatte sich jede Menge Dreck angesammelt.

Dirk stieß keuchend die Luft aus. Er begriff, dass er genau den Teil des unterirdischen Labyrinths gefunden hatte, den Ventura suchte. Wenn der *Thunderformer* irgendwo war, dann hier. Er trat durch das Tor.

Vor ihm erstreckte sich ein freies, ebenes Areal, das aussah wie die mit Unrat übersäte Tanzfläche einer Fabrikdisco. Aber dahinter schälte sich etwas aus dem Zwielicht, das ihn diese Vorstellung sofort vergessen ließ. In der Sicherheit und Abgeschiedenheit des ausgedehnten Höhlensystems hatte man einen unterirdischen Forschungskomplex angelegt. Wenige Schritte von Dirk entfernt begannen Gleise, die in der Tiefe der Anlage verschwanden und offensichtlich für den Transport schwerer Lasten gedacht waren. In den Felswänden links und rechts von ihnen befanden sich riesige

Räume aus Stahl, Beton und Glas, groß genug, um als Labore, Büros oder Unterkünfte zu dienen.

Die Lichtquellen an der Decke schienen nicht grell und weiß, sondern in einem warmen, gelblichen Ton, der beinahe etwas Anheimelndes hatte.

Dirk fiel auf, dass diese Lampen die weitläufige Halle nicht so gleichmäßig ausleuchteten, wie man es bei einer Forschungsstation erwartete. Und das war nicht das einzig Merkwürdige. Hinzu kamen der Rost auf den Schienen, die abgeblätterte Farbe an den Stahlelementen, die blinden, zum Teil gesprungenen oder geborstenen Scheiben und das Gewirr von Fußspuren in der dicken Staubschicht, die den Boden bedeckte.

Dirk ging ein paar Meter und hielt dann wieder inne. Diese Anlage war wohl kaum in den letzten Jahren errichtet worden, sondern bereits vor Jahrzehnten. Die einander wild kreuzenden Sohlenabdrücke zeugten allerdings davon, dass hier vor gar nicht langer Zeit hektische Betriebsamkeit geherrscht hatte. Parallel zu den Gleisen verliefen mehrere breite Spuren, als habe man irgendetwas oder -jemanden dort entlanggeschleift. Auf halber Höhe der Halle gab es eine Abzweigung, zu der besonders viele Spuren führten. Dirk beschlich ein ungutes Gefühl.

Er setzte sich erneut in Bewegung und hielt auf die Stelle zu, an der sich die meisten Fußspuren kreuzten. Das Rumpeln und Krachen hinter ihm, das davon zeugte, dass das Erdreich noch nicht zur Ruhe gekommen war, schwoll an und veränderte sich. Erst kam ein Quietschen hinzu, dann ein hohes, singendes Geräusch, das kaum natürlichen Ursprungs sein konnte.

Dirk fuhr herum. Die beiden Torflügel rollten zitternd aufeinander zu. Steinchen und Splitter, die in den Schienen lagen, wurden mit knirschenden Lauten zermahlen. Ein faustgroßer Felsbrocken erwies sich jedoch als stabileres Hindernis. Der rechte Torflügel bebte, und die Stahlrolle, die gegen den Brocken stieß, drehte ein paar Sekunden lang durch, bevor sie sich ganz leicht in Dirks Richtung neigte. Während der linke Flügel unerschütterlich weiterrumpelte, schien der rechte protestierend zu kreischen.

Plötzlich flog der Felsbrocken wie von einer Kanone abgeschossen davon. Der rechte Flügel rollte sofort weiter, viel schneller als der andere und in sich schwankend, als würde er jeden Moment aus der Schiene springen.

Dirk sah tatenlos zu. Er begriff sehr wohl, dass ihm der Rückweg abgeschnitten war, sobald sich das Tor schloss, und dass auch Noah dann nicht mehr zu ihm gelangen konnte – falls sein Sohn noch auf der anderen Seite war, was er nicht glaubte. Vielleicht hatte die Begegnung mit Noah einen in ihm schlummernden Instinkt geweckt, der ihm nun Dinge offenbarte, die bisher für ihn nicht fassbar gewesen waren.

Noah befand sich ganz in der Nähe, davon war Dirk überzeugt.

Er drehte sich wieder um und marschierte los, in die einzige Richtung, die für ihn in Frage kam: zu der Abzweigung. Er spürte, dass sich dort sein Schicksal entscheiden würde. So oder so.

Die nackte, kalte Panik, die ihn angesichts der Ratten beinahe überwältigt hatte, kehrte zurück. Er fühlte die Gegenwart des Todes, der ihn in sein schwarzes Reich ziehen wollte. Schon zuvor hatte er mit dem Schlimmsten gerechnet, doch jetzt kam eine neue Dimension hinzu: die fast körperlich spürbare Gewissheit, dass sie alle die nächsten Stunden nicht überleben würden … wenn nicht ein Wunder geschah.

Dirk durchquerte einen Bereich, der aufgrund einer Lücke in der Deckenbeleuchtung kaum erhellt wurde. Seine Schritte hallten unangenehm laut von den Wänden wider. Dunkle Schatten umgaben ihn und verwehrten ihm die Sicht auf das, was bestimmt mehr als nur einen Blick wert gewesen wäre.

Die schwarzen Fensteröffnungen der Bauten zu seiner Rechten saugten das bisschen Licht, das auf sie fiel, regelrecht auf. Dennoch konnte Dirk erkennen, wie alt die gesamte Anlage sein musste. Fingerbreite Risse zogen sich quer durch die Betonwände, und schwarze Flecken mochten von Schimmelpilzbefall herrühren. Nur wenige Fenster waren unversehrt.

Die Reihe der in den Fels eingelassenen Bauten war zweigeschossig, doch ein Stück voraus und zu seiner Linken sah Dirk auch deutlich höhere Bauwerke, deren glatte Fassaden sich irgendwo im Grau über ihm verloren. Hier hatte man eine richtige kleine Stadt errichtet. Möglicherweise war es ja schon damals um Massenvernichtungswaffen gegangen. An der Entwicklung von chemischen und biologischen Kampfstoffen oder auch Atomwaffen arbeitete man eben nicht gern vor den Augen der Weltöffentlichkeit. Daher war es durchaus sinnvoll, eine derartige Forschungsanlage unter die Erde zu verlegen.

Das Rumpeln und Quietschen der Torflügel verstummte mit einem Knall. Das Tor war geschlossen. Nun hörte Dirk auch wieder andere Geräusche: das Stampfen seiner eigenen Schritte, ein unregelmäßiges Tropfen und irgendwo hinter ihm ein Knacken und Knirschen. Doch vor allem ein seltsames Knistern erregte seine Aufmerksamkeit. Es schien von jenseits der Abzweigung zu kommen und klang im Grunde harmlos. Dirk konnte sich nicht vorstellen, dass es irgendetwas mit dem Sturm zu tun hatte, und trotzdem empfand er es als *unheimlich*. Ihm gingen die Dämonen und Geister nicht aus dem Kopf, von denen Shimeru und Noah gesprochen hatten, und die damit verbundenen Gedanken und Gefühle trugen dazu bei, seine Angst noch zu schüren. Seine Schritte wurden immer unsicherer, seine Hände öffneten und schlossen sich wie im Krampf.

Geister und Dämonen … Unter anderen Umständen hätte er laut gelacht. Nun hingegen jagte ihm jedes nicht sofort identifizierbare Geräusch einen Schauer über den Rücken, weil er es als Vorboten des Sturms betrachtete, der ihn erneut packen und endgültig vernichten wollte. Vielleicht gab es ja wirklich uralte, archaische Kräfte, die nur auf eine Gelegenheit lauerten, ihn und jeden anderen Menschen, dessen sie habhaft werden konnten, zu zerschmettern.

Unmittelbar vor der Abzweigung wurde es noch dunkler. Zu dem Knistern gesellten sich weitere Laute, ein Summen und ein leise heulendes Geräusch, das fast wie das Stöhnen des Windes in einem Burgverlies klang. Dirk hielt unwillkürlich inne. Er wusste, dass er weitergehen musste, um zu erfahren, was ihn hinter der Abzweigung erwartete. Er wusste, dass er nichts unversucht lassen durfte, um Akuyi zu finden. Trotzdem blieb er unschlüssig stehen.

Die Geräusche veränderten sich. Plötzlich ertönte ein lautstarkes Brummen und Quietschen, dann begann der Boden unter ihm zu vibrieren. Dirk zögerte nicht länger, wandte sich nach rechts und hastete zu dem nächstgelegenen zweistöckigen Bau. Er erreichte ein Fenster. Glasscherben knirschten unter seinen Füßen. Fieberhaft tastete er über den leeren Rahmen. Keine feststeckenden Scherben. Er stieß sich mit den Füßen vom Boden ab und zog sich gleichzeitig hoch. Erst beim zweiten Anlauf gelang es ihm, das rechte Bein über den Rahmen zu schwingen.

Dirk ahnte, was das anschwellende Quietschen und Dröhnen zu bedeuten hatte, weigerte sich jedoch, darüber nachzudenken. Das konnte einfach nicht sein, nicht hier in dieser verlassenen, unterirdischen Forschungsstation. Dennoch ging er wohl besser in Deckung, nur für alle Fälle.

Er wollte vorsichtig auf der anderen Seite des Fensters hinabgleiten, rutschte jedoch viel zu schnell nach unten. Sein rechter Fuß traf auf etwas, das krachend umfiel, sein linker auf etwas, das unter seinem Gewicht nachgab und splitterte. Er verlor das Gleichgewicht und fing sich erst im letzten Augenblick wieder.

Das Rumpeln und Quietschen kam näher. Dirk duckte sich unter das Fenster. Er hatte nicht vor, sich leichtsinnig einer Gefahr auszusetzen. Der Boden unter seinen Schuhsohlen vibrierte immer stärker. Dann hörte das Zittern schlagartig auf. Auch das Quietschen verstummte. Kurz darauf ertönte ein kreischender Laut.

Dirk hielt es keine Sekunde länger aus. Er hob vorsichtig den Kopf, um einen Blick nach draußen zu werfen.

Und starrte auf ein Ungetüm von Panzer, das direkt vor seinem Fenster stand. Das dicke Geschützrohr schwenkte langsam in seine Richtung. Wer auch immer ihn entdeckt hatte, bot im wahrsten Sinne des Wortes schweres Geschütz auf.

Noch bevor die Mündung auf ihn zielte, tauchte Dirk wieder ab. Seine Gedanken liefen Amok. Man hatte ihm einen Kampfpanzer auf den Hals geschickt – das war doch verrückt! Verrückt und wirkungsvoll. Es war vollkommen sinnlos, sich hier irgendwo zu verstecken. Der Panzer konnte den ganzen Bau zusammenschießen oder einfach dagegenfahren, beides käme auf dasselbe hinaus.

Doch weder das eine noch das andere geschah. Stattdessen war ein Rasseln zu hören, und dann gab der Panzerfahrer Gas, aber nur so viel, dass sich das Geschützrohr durch das Fenster in den Raum schob. Mit jedem Zentimeter rutschte Dirk ein Stück tiefer. Ein scharfer Geruch stieg ihm in die Nase – der Inhalt des Kunststoffbehälters, der unter seinem Fuß zersplittert war, hatte sich auf dem Boden verteilt.

Die Mauer vor ihm bebte, als das Kettenfahrzeug dagegenstieß. Dirks Nerven waren zum Zerreißen gespannt. Sein Kopf hing fast in der stinkenden Brühe, die womöglich Rückstände eines chemischen Kampfmittels enthielt und deren Dämpfe ihn schwindeln machten. Wenn der Panzer weiter gegen die Mauer drückte, würde sie bald nachgeben. Er musste hier raus, weg von der Mauer und dem rasselnden Ungetüm …

»Come out!«, donnerte eine Stimme.

Die Wand knirschte. Putz rieselte herunter, und ein fingerbreiter Riss bildete sich direkt vor Dirks Augen.

Er wich ganz vorsichtig ein Stück zurück.

Und erstarrte.

Ein Geräusch drang an sein Ohr. Ein Tapsen, dann ein leises Keuchen. Einer oder mehrere der Männer, die der Panzer mitgebracht hatte, mussten sich von hinten an ihn angeschlichen haben. Wieso betrieben sie so viel Aufwand, um ihn zu erwischen – einen Mann, der nicht nur keinen Sinn fürs Kämpfen hatte, sondern auch völlig erschöpft und darüber hinaus unbewaffnet war?

»Schnell«, flüsterte eine Stimme. »Es gibt eine Verbindungstür zum nächsten Haus.«

Dirk fuhr überrascht herum. »Noah?!?«

»Ja, natürlich«, gab Noah zurück. »Wen hast denn erwartet? Die Kavallerie?«

»Wo kommst du auf einmal her?«

»Ich habe dich hier rumschleichen sehen«, zischte Noah. »Aber ich war nicht schnell genug, um dich abzufangen, bevor dieses Ungetüm von Panzer auf dich zugerollt ist.«

»Come out!«, rief die Stimme von draußen erneut. »Immediately!«

Dirk rückte langsam noch ein Stück vom Fenster weg. Noah hockte kaum drei Schritte von ihm entfernt, winkte ihm mit der Maschinenpistole zu und deutete dann seitlich hinter sich.

Dirk nickte. Er begriff zwar, was Noah vorhatte, glaubte deswegen jedoch noch lange nicht, dass sie dem Panzer auf diese Weise entkommen würden.

»Last chance!«, polterte eine andere, deutlich rauere Stimme als die erste. »Come out! But a little bit hurry!«

Wenn nicht sein Sohn aufgetaucht wäre, hätte Dirk wohl kapituliert. Nun dachte er nicht mehr im Traum daran.

Der Panzer ruckte weiter gegen die Mauer, in der sich prompt ein zweiter, breiterer Riss bildete. Noah sprang auf. Dirk wollte es ihm gleichtun, verharrte dann aber mitten in der Bewegung.

Denn Noah lief nicht dahin, wohin er gedeutet hatte, sondern in die entgegengesetzte Richtung, direkt zum Fenster. Dabei patschte sein linker Fuß durch die ätzend riechende Flüssigkeit, sodass sie hochspritzte und ein paar Tropfen Dirks Gesicht trafen. Dann hatte Noah das Geschützrohr erreicht, zwängte sich daran vorbei und stützte sich auf das Fenstersims.

»Hey!«, brüllte er. »Hört mit dem Unsinn auf!«

Dirk vergaß zu atmen. Er wartete auf den Schuss, der kommen musste, um den Verrückten wegzublasen, der mit einer Maschinenpistole gegen einen Kampfpanzer antrat.

»What are you guy doing here?«, antwortete die raue Stimme.

Da fiel es Dirk wie Schuppen von den Augen. Er richtete sich auf. Wenn jemand dermaßen schlecht Englisch sprach, konnte es sich eigentlich nur um Karel handeln.

»Wir sind immer noch auf der Suche nach Akuyi«, rief Noah und zupfte Dirk am Ärmel. »Kannst du mit dem Kerl reden? Ich kann Englisch verstehen, aber nicht sprechen.«

Dirk hatte keine Ahnung, was er darauf erwidern sollte. Warum sprach jemand, der im afrikanischen Busch aufgewachsen war, perfekt Deutsch, aber kein Englisch? Sein Sohn steckte wirklich voller Überraschungen und Geheimnisse.

»Hey, Moment!«, sagte eine andere Stimme, die Dirk sofort erkannte. Ein Schatten schob sich über das Fenster, und eine Wolke von Alkoholdunst wehte Dirk entgegen. »Woher hast du denn die MP, Jungchen? Hast du sie einem bösen Buben abgeluchst?«

»So ungefähr«, antwortete Noah.

Jurij beugte sich in den Raum. »Ach, sieh mal an! Wo der Sohn ist, kann der Vater nicht weit sein. Hast du auch eine Knarre, oder wolltest du unseren Panzer mit bloßen Händen umschubsen?«

»Er ist unbewaffnet«, antwortete Noah anstelle von Dirk, was auch ganz gut war, denn Dirk hatte genug damit zu tun, Jurijs Fahne zu verkraften. Der Alte stank, als hätte er den gesamten Inhalt einer gut ausgestatteten Bar in sich hineingekippt.

»Na, wie auch immer«, fuhr Jurij fort. »Eine MP mehr ist doch schon mal was. Also aufgesessen, Jungs – sehen wir zu, dass wir uns den Thunderformer schnappen!«

Dirk und Noah hockten vorne auf dem rumpelnden Panzer wie zwei ungarische Revolutionäre während des Aufstands gegen die Sowjetunion im Jahr neunzehnhundertsechsundfünfzig. Aus dieser Zeit stammte das ratternde Ungetüm wohl auch. Ventura und Karel hatten es irgendwo in einer dunklen Ecke gefunden und wieder in Dienst gestellt.

»Uns geht langsam der Sprit aus«, sagte Jurij fröhlich. Er hatte es sich mit einer eingestaubten Cognacflasche auf der anderen Seite des Stahlkolosses bequem gemacht. »Ich schätze, dieser quietschende Schrotthaufen und ich werden gleichzeitig trockenlaufen. Und bis dahin sollten wir die Operation Thunderformer abgeschlossen haben.«

Mit diesen Worten hob er die halbleere Flasche an seine Lippen und trank einen kräftigen Schluck.

Dirk wandte sich ab und starrte in das Dämmerlicht, in dem sich dieser Teil der Halle verlor. Am liebsten hätte er sich die Ohren zugehalten. Jurijs dummes Geschwafel ging ihm nicht bloß auf die Nerven, es war einfach unerträglich.

»Eigentlich wollte ich Molotowcocktails basteln«, verkündete Jurij. »Schließlich war es ein Wink des Schicksals, dass ich in einem der Häuser auf eine ordentlich bestückte Bar gestoßen bin. Stellt euch vor – sie war in einem Arzneischrank versteckt!«

Von wegen Wink des Schicksals, dachte Dirk. Der alte Säufer hatte garantiert ganz gezielt nach allem gesucht, was auch nur im Entferntesten nach Alkohol gerochen hatte.

»Ich verstehe nämlich was von Molotowcocktails«, fuhr Jurij penetrant fort. »Als ich während der Unruhen in Nigeria in einen Hinterhalt so genannter Regierungstruppen geriet – die meiner Meinung nach nichts anderes als Verbrecher der übelsten Sorte waren –, habe ich mich damit buchstäblich rausgebombt. Und danach schwor ich mir, dass ich Alkohol nie wieder auf so schreckliche Weise zweckentfremden würde. Man darf das kostbare Zeug doch nicht einfach verpuffen lassen!«

Jurij nahm erneut einen Schluck und geriet dabei mit dem Oberkörper in das Blickfeld Karels, der im offenen Führerstand des Panzers saß und ihn über die Kettensteuerung lenkte, als hätte er sein Lebtag nichts anderes getan. Karel gab dem alten Mann mit einem ärgerlichen Wink zu verstehen, dass er sich verziehen sollte. Aber Jurij dachte gar nicht daran, sondern machte sich sogar noch extra breit.

Boxernase nahm das gar nicht gut auf. »Go out of my way, you old stinking idiot!«, schimpfte er. »Or I shoot a big hole in your head!«

Jurij reagierte auf ganz eigene Weise: Er drehte sich um, streckte Boxernase die Zunge raus und stieß dann ein gackerndes Altmännerlachen aus.

Noah, der schräg hinter Dirk saß, stöhnte leise. »Meine Güte! Können wir den Kerl nicht einfach runterschubsen?«

Als hätte Karel seine Worte gehört, ließ er den Panzer über die rechte Kette drehen, bremste ihn dann abrupt und startete einen Augenblick später mit aufheulendem Motor durch. Dieses Manöver ging sicherlich an Jurijs Adresse, doch auch Dirk und Noah hatten alle Mühe, sich auf dem von Flugrost überzogenen Metall zu halten. Jurij hingegen rutschte zwar ein Stück zur Seite, schien das Ganze aber trotzdem immer noch für eine Vergnügungsfahrt zu halten. »Na los, Jungs!«, rief er. »Jetzt holen wir uns den Thunderformer!«

Dirk spürte, wie eine heiße Welle von Wut in ihm aufstieg. Er hatte Jurij von Anfang an für verschroben gehalten, aber jetzt fand er ihn geradezu widerlich. Die Sauferei machte einen sabbernden Idioten aus ihm, der sie alle in Gefahr bringen würde, wenn sie nicht aufpassten.

Er riss seinen Blick fast gewaltsam von dem alten Säufer los, der sich schon wieder die Cognacflasche an den Mund setzte, und wandte sich an Karel.

»What about Kinah?«, fragte er.

Boxernase funkelte ihn wütend an und richtete seine Aufmerksamkeit dann wieder auf das Halbdunkel vor ihnen.

»We soon reach your wife«, sagte er und knurrte danach noch etwas in seiner Heimatsprache, das nicht besonders höflich klang.

»Das gefällt mir nicht«, sagte Noah unvermittelt. »Wir rumpeln mit diesem Uraltpanzer durch die Gegend und tun so, als wären wir ganz alleine auf der Welt. Dabei müssen wir kilometerweit zu hören sein.«

Dirk zuckte mit den Schultern. »Ventura ist anderer Meinung. Ich habe ihm vorhin genau das Gleiche gesagt, Noah.«

»Und er hat behauptet, dass der Sturm Erd- und Geröllawinen ausgelöst hat, die ein Riesengetöse machen, in dem niemand einen Panzer hören wird.«

Noah rutschte ein Stück zurück und tastete suchend über die raue, verwitterte Oberfläche des Kettenfahrzeugs. Dirk ahnte, wonach er greifen wollte. Aber die Maschinenpistole hatte Ventura an sich genommen, bevor er im Inneren des Panzers verschwunden war.

Dirk hätte am liebsten laut geschrien. Er fand die Situation unerträglich. Er hätte sich nie träumen lassen, dass er einmal mit seinem Sohn, den er gerade erst kennengelernt hatte, auf einem Panzer aus der Zeit des Kalten Krieges in einer unterirdischen

Forschungsstation herumfahren würde, um irgendwelchen Schurken eine Massenvernichtungswaffe abzujagen und dabei auch gleich noch seine Tochter zu retten. Sein Verlangen, Kinah und Akuyi in die Arme zu schließen und gemeinsam mit ihnen und Noah so schnell wie möglich von diesen Ort zu verschwinden, wurde übermächtig.

»Here we are«, sagte Karel.

Er beschrieb mit dem Panzer eine Kurve, dann rumpelten sie in ein Areal, das noch schlechter ausgeleuchtet war als die letzten vier- oder fünfhundert Meter. Auf einmal bremste Karel derart heftig, dass Dirk mit Schwung nach vorne glitt, abspringen musste und einige Meter vorwärtstaumelte, bevor er das Gleichgewicht wiedererlangte.

Schließlich blieb er in gekrümmter Haltung und mit wild pochendem Herzen stehen. Er vergaß Noah und die anderen, vergaß das Grollen und Poltern, das den im Leerlauf tuckernden Panzermotor übertönte und darauf hinwies, dass sich das Erdreich um sie herum tatsächlich bewegte. Er starrte wie hypnotisiert geradeaus.

Ihr Panzer war nicht der einzige. Geschützrohre und schwere Maschinengewehre streckten sich ihnen im Halbdunkel entgegen wie ein makaberes Begrüßungskomitee. Die Umrisse der Kettenfahrzeuge, auf die sie montiert waren, verschmolzen mit dem schwarzen Hintergrund.

Offensichtlich hatten sie einen alten Fuhrpark entdeckt, der vielleicht schon vor Jahrzehnten seinem Schicksal überlassen worden war.

Und vor einem Pritschenwagen, dessen Ladeplane in sich zusammengesackt war, saßen und lagen mehrere Personen. Dirk wusste sofort, um wen es sich handelte. Mit hastigen Schritten lief er zu ihnen.

Lubayas schwarze, massige Gestalt war kaum zu erkennen, sehr wohl aber Jans leichenblasses Gesicht, das auf ihren Schoß gebettet war. Kinah hockte daneben, hatte die Knie an den Oberkörper gezogen und die Arme darum geschlungen, als fröre sie. Sie blickte nur flüchtig auf und starrte dann wieder zu Boden.

Dirk setzte sich zu ihr und betrachtete Olowski. Seine Augen waren geschlossen, und er atmete schwer. Das bisschen Licht, das bis hierher drang, spiegelte sich in den Schweißtropfen auf seiner Stirn.

»Es ist gut, dass du da bist«, sagte Kinah mit belegter Stimme und ohne ihn anzusehen. »Ich dachte schon, du kommst nicht mehr.«

»Doch, natürlich«, versicherte Dirk hastig. »Mir sind nur ein paar Ratten dazwischengekommen …« Er verstummte, denn im Grunde war es nebensächlich, was ihn aufgehalten hatte. Nur für ihn selbst war die Begegnung mit den Ratten wichtig, weil er seine Angst vor den Tieren endlich bezwungen und damit sein Kindheitstrauma überwunden hatte.

»Jan geht es sehr schlecht«, stieß Kinah hervor. »Wir müssen ihn schleunigst hier wegbringen.«

Ihr Tonfall verriet, dass sie nicht daran glaubte, jemals aus diesem unterirdischen Labyrinth herauszukommen.

Während Dirk noch nach einer Antwort suchte, die sich weder zu optimistisch noch zu pessimistisch anhörte, trat Noah zu ihnen.

»Noah!« Nun blickte Kinah doch auf, und ihre Stimme nahm einen weichen Klang an. »Ich wünschte, wir hätten uns unter anderen Umständen kennengelernt.«

»Ich auch«, entgegnete Noah ernst.

Er blieb vor ihr stehen und sah auf sie hinab, kein Kind mehr, sondern ein Mann, gereift durch die Ereignisse der letzten Stunden und durch das Wissen, das ihm sein Großvater mitgegeben hatte. »Shimeru lässt dir etwas ausrichten.«

Kinah erstarrte. Dirk spürte es mehr, als dass er es sah, auch wenn sich seine Augen mittlerweile an die Dunkelheit gewöhnt hatten.

»Was lässt mir mein Vater ausrichten?«, flüsterte sie.

»Dass du immer in seinem Herzen sein wirst, auch wenn er selbst nicht mehr auf der Welt ist.« Noah hielt kurz inne, und als er weiterredete, sprach aus seiner Stimme die Verzweiflung eines Jugendlichen über den Tod des Menschen, der ihm am nächsten gestanden hatte. »Und dass du seinen Segen hast …«

Er verstummte. Möglicherweise hatte er noch viel mehr sagen wollen, aber Dirk wusste, dass er das jetzt nicht konnte, und ahnte auch, dass es nicht nötig war. Kinah würde gewiss verstehen, was Noah meinte.

Sie straffte den Rücken. »Also gut.« Ihre Stimme bebte. »Was machen wir jetzt?«

»Was wohl?«, antwortete Ventura.

Dirk hatte nicht bemerkt, dass er sich zu ihnen gesellt hatte. Ventura hockte sich neben Jan, ohne die Maschinenpistole aus den Händen zu legen, die er Noah abgenommen hatte.

»Olowski!«, sagte er. »Hören Sie mich? Ich brauche noch ein paar Informationen von Ihnen!«

»Sind Sie verrückt?«, fauchte Lubaya. »Lassen Sie Jan in Ruhe! Er kann Ihnen sowieso nicht weiterhelfen.«

»*Uns* weiterhelfen«, erwiderte Ventura kühl. »Und das wäre auch in seinem Interesse. Wenn wir nicht schnellstens hier rauskommen, dürfte er wohl kaum eine Überlebenschance haben. Und nebenbei gesagt: Wir ebenfalls nicht.«

»Trotzdem …«, brummte Lubaya. Da begannen Olowskis Lider zu flattern und er öffnete die Augen.

»Ventura«, stöhnte er leise. »Ich hätte es mir denken können.« Er war kaum zu verstehen, und sein Satz endete mit einem Röcheln. Dirk erschrak. Sicher – seitdem er von Olowskis enger Beziehung zu Kinah erfahren hatte, wurde er von Eifersucht geplagt.

Aber Jan dort auf dem Boden mit dem Tode ringen zu sehen und zu wissen, dass er den Kampf eigentlich schon verloren hatte, war nicht nur furchtbar, es brachte ihm diesen Mann auch näher, beinahe so, als wäre er nicht nur Kinahs langjähriger Freund, sondern auch seiner.

»Reißen Sie sich zusammen, Mann!«, donnerte Ventura. »Ich muss wissen, woran ich den Thunderformer erkenne! Und wie ich ihn ausschalten kann!«

»Ich … ich weiß nicht.« Jan hustete, und ein dünner Blutfaden lief aus seinem Mundwinkel. »Er ist nicht … groß. Modern … nicht so alt, wie dieser … ganze Krempel hier.«

»Ist das alles?«

»Nein. Das Wichtigste …« Jan hustete erneut. Lubaya warf Ventura einen zornigen Blick zu, doch dann hob sie Jans Kopf leicht an, als wollte sie ihm das Sprechen erleichtern. »Um ihn herum müsste es vollkommen … ruhig sein. Kein Sturm, keine Verwüstung. Es liegt an … an dem Abstrahlfeld … Und dann … dann sind da noch Farbwirbel … alles voller … Farbwirbel …«

Er verstummte keuchend, und Lubaya senkte seinen Kopf behutsam wieder in ihren Schoß. »Es reicht!«, sagte sie schroff. »Ich lasse nicht zu, dass Sie Jan weiter quälen!«

»Das wird auch nicht nötig sein.« Ventura erhob sich. »Ich habe genug gehört, um zu wissen, wo wir suchen müssen.«

»Im Auge des Sturms«, sagte Noah wie in Trance. »Dort, wo sich die Schatten der Nacht mit den Strahlen des Tages vermischen. An dem Ort, von dem die Dämonen und Sturmgeister zu ihrem Vernichtungsfeldzug aufgebrochen sind.«

17

Auch Dirk war jetzt bewaffnet. Karel hatte ihm eine alte Pistole in die Hand gedrückt, die er zuvor grob vom Rost befreit, durchgesehen und für okay befunden hatte, was Dirk allerdings überhaupt nicht beruhigte. Wahrscheinlich würde ihm das Ding schon beim ersten Schuss um die Ohren fliegen.

Inzwischen saß nicht mehr Noah schräg hinter ihm, sondern Kinah. Noah hockte auf der anderen Seite, zusammen mit dem Suffkopf Jurij, der mit seiner rechten Hand die fast leere Cognacflasche umklammerte und mit der linken einen alten Karabiner festhielt, den er neben sich abgelegt hatte. Der Alkohol wirkte bei ihm scheinbar inzwischen eher dämpfend als aufputschend, denn er schwieg, statt weiterhin dumme Bemerkungen zu machen. Dirk empfand allerdings nur wenig Erleichterung darüber. Während der Kampfpanzer rumpelnd vorwärtsrollte und das Grollen sich bewegender Geröllmassen erst anschwoll und dann allmählich nachließ, fragte er sich zum wiederholten Mal nach dem Sinn dieses Feldzuges.

»Was …« Noah räusperte sich. »Was sind das eigentlich für Männer, mit denen wir es zu tun haben?«

»Keine Ahnung«, murmelte Dirk.

»Aber ich habe eine Ahnung«, behauptete Jurij mit heiserer, schwer verständlicher Stimme. »Und sogar mehr als das.«

»Dann schieß los!«, forderte Noah ihn auf.

Jurij starrte auf den Karabiner, den Karel zusammen mit Dirks Pistole und einigen anderen Waffen in einem alten Armeelaster gefunden hatte. »Hinter dem Thunderformer sind mächtig viele

Leute her. Geheimdienste, vielleicht sogar Terroristen. Keine Ahnung.«

Noah musterte Jurij. »Ich dachte, du hättest Ahnung!«

Jurij blickte wieder auf, vermied es aber, Noah oder Dirk anzusehen. »Dieser Ventura, der gerade unter uns im Innenraum hockt und Ladeschütze spielt, um das Geschütz klarzumachen – der ist einer von der ganz gefährlichen Sorte. Ich bezweifle, dass wir ihm wirklich trauen können. Der lässt uns doch fallen wie eine heiße Kartoffel, wenn er den beschissenen Thunderformer erst einmal aufgestöbert hat!«

»Du erzählst mir nichts Neues, alter Mann«, antwortete Noah. »Schon Shimeru hat mich davor gewarnt, dass fanatische Krieger ihre Ziele ohne Skrupel verfolgen. Abgesehen davon wäre ich nie auf die Idee gekommen, einem Mann zu vertrauen, der einen derart harten Blick hat.«

»Gut, Jungchen«, brummte Jurij. »Das solltest du im entscheidenden Moment nicht vergessen. Sonst könnte es für uns alle übel ausgehen.«

»Ja, genauso übel, wie sich auf einen Säufer zu verlassen.«

Jurij starrte wütend auf die Flasche in seiner Hand, als wollte er sie Noah in der nächsten Sekunde über den Kopf ziehen. Doch stattdessen holte der Alte aus und warf sie in hohem Bogen davon. Sie knallte vor dem Panzer auf den Boden und zersprang in tausend Stücke, und was von ihr noch übrig war, wurde von der Kette zermalmt.

»Ich werde deinen Rat befolgen und Ventura nicht aus den Augen lassen«, sagte Noah ruhig. »Damit ist meine Frage allerdings noch nicht beantwortet.«

»Und ob.« Jurij hob den Karabiner hoch. »Ventura ist der Einzige aus dieser ganzen Geheimdienstbande, der klug genug war, so zu tun, als sei er unser Freund und Verbündeter. Damit ist er seiner Konkurrenz meilenweit voraus. Die hüpfen wahrscheinlich gerade draußen herum und versuchen, sich vor dem Sturm in Sicherheit zu bringen. Falls sie nicht schon im wahrsten Sinne des Wortes vom Winde verweht sind.«

Er lachte kurz auf, aber es klang bitter.

»Geheimdienste und Terroristen interessieren mich nicht«, schaltete sich Kinah ein. »Jan braucht dringend einen Arzt. Und dadurch, dass er da unten im Panzer liegt und durchgeschüttelt wird, verbessert sich sein Zustand nicht gerade.«

»Lubaya ist ja bei ihm«, sagte Noah. »Sie wird sich schon um ihn kümmern.«

Kinah rutschte näher an Dirk heran und legte ihre Hand auf seinen Oberschenkel, als würde sie Halt suchen. »Lubaya tut, was sie kann, und das ist eine ganze Menge. Aber wir müssen nicht nur Jan so schnell wie möglich hier rausbringen, sondern vorher auch noch Akuyi finden!«

»Das werden wir«, versprach Jurij mit einem grimmigen Unterton, in dem eher Verzweiflung als Hoffnung mitschwang. »Ich habe nämlich schon einen Plan.«

»Und der wäre?«, fragte Kinah.

»Wir halten nach den Farbwirbeln Ausschau, die diesen Thunderformer verraten, zerstören das Scheißding, sammeln eure Tochter auf und hauen ab.«

»Toller Plan«, kommentierte Dirk, und Noah sagte: »Ich möchte jetzt endlich wissen, gegen wen wir diese blöden Waffen einsetzen sollen!« Er schwenkte den großkalibrigen Revolver, den Karel ihm in die Hand gedrückt hatte. »Euch ist doch wohl klar, dass man damit weder den Sturm erschießen kann noch die Dämonen und Geister, die hier wüten!«

»Die vielleicht nicht«, gab Jurij zu. »Aber dafür die Sicherheitsmannschaft, die den Thunderformer bewacht.«

»Klar.« Noah wog den Revolver in der Hand. »Abgesehen davon, dass ich erstens gar nicht weiß, ob dieses Ding überhaupt funktioniert, und zweitens nicht die geringste Lust habe, Menschen zu erschießen, habe ich ja noch nicht einmal Ersatzmunition. Ein paar Schuss, dann ist das Teil nutzlos.«

»Noah, hör auf!«, rief Kinah scharf. »Es wäre besser, du würdest den Revolver wegwerfen, bevor noch ein Unglück geschieht.«

»Keine Sorge.« Noah warf Kinah einen traurigen Blick zu. »Shimeru hat mich vieles gelehrt, und was ich nicht von ihm lernen konnte, hat er mir von seinen Vertrauten beibringen lassen. Ein deutscher Pater hat mir zum Beispiel eure Kultur und Sprache vermittelt.« Er zögerte kurz, bevor er weitersprach. »Und ich habe auch schießen gelernt.«

»Von einem deutschen Pater?«, fragte Jurij irritiert.

»Nein, natürlich nicht«, antwortete Noah. »Von einem alten Mann, der früher bei den Rebellen gekämpft hat. Du siehst ihm sogar ein bisschen ähnlich.«

Dirk verzichtete darauf, nachzufragen, welche Rebellen Noah meinte oder was sein Sohn sonst noch alles gelernt hatte. Vorausgesetzt, sie kamen heil aus dieser ganzen Sache heraus, würde er dazu noch ausreichend Gelegenheit haben.

Waren sie eben noch durch halbdunkle Hallen gefahren, so wurde es nun merklich heller. In einiger Entfernung strahlte beinahe weißes Licht von der Decke und fiel auf einen blitzsauberen Boden, auf dem weder Staub noch Dreck zu sehen waren. Sie rumpelten auf einen breiten Gang zu, wie geschaffen für den Transport von schweren Lasten. Und das war nicht das Einzige, was Dirk sofort auffiel. Der Betonboden wies keinerlei Risse oder Unebenheiten auf, was bedeutete, dass man den Gang entweder erst in jüngster Zeit angelegt hatte oder dass er vor kurzem sorgfältig renoviert worden war.

»Da sind wir«, krächzte Jurij.

Karel schien das genauso zu sehen. Er ließ den Panzer ausrollen und brachte ihn dann fast sanft zum Stehen.

Jurij und Noah reagierten wie ein eingespieltes Team. Sie sprangen Seite an Seite ab, hielten auf die Wand des Ganges zu und hoben gleichzeitig ihre Waffen, als hätten sie dieses Manöver schon viele Male geübt. Kinah glitt geschmeidig an dem Panzer hinab und lief sofort auf die andere Wand zu. Dirk versuchte, es ihr nachzutun, doch kaum hatten seine Füße den Boden berührt, da geriet er bereits ins Stolpern. Er hetzte taumelnd hinter Kinah her und lehnte sich schwer atmend neben ihr gegen die Wand. Dann erst folgte er dem Beispiel der anderen und brachte seine Waffe in Anschlag, allerdings auf eine Art und Weise, die selbst in seinen eigenen Augen mehr zittrig als bedrohlich wirkte.

Er hasste es, den Soldaten spielen zu müssen.

»Würde mich nicht wundern, wenn hier alles videoüberwacht wäre«, stieß Jurij hervor.

Dirk knirschte mit den Zähnen. Der alte Mann hatte natürlich recht. Diese Aktion war der absolute Wahnsinn.

Plötzlich rollte der Panzer wieder an. Als sich das schwere Gefährt mit kraftvoll brummendem Motor in Bewegung setzte, begann der Boden zu vibrieren. Dann gab Karel Vollgas.

»Los!«, rief Noah.

Kinah, Dirk, Jurij und Noah rannten mit langen Sätzen rechts und links neben dem Panzer her. Karel schien alles aus dem alten Motor herausholen zu wollen. Der Stahlkoloss wurde schneller und schneller und gewann immer mehr Vorsprung.

Dirk wusste, dass es höchst unwahrscheinlich war, dass man sie noch nicht entdeckt hatte. Also blieb ihnen nur die Wahl zwischen Angriff und Flucht.

Und Ventura hatte sich offensichtlich für den Angriff entschieden.

Der Gang wurde noch breiter, und in einiger Entfernung sah Dirk eine weitere Halle. Er konnte keine Einzelheiten erkennen, da ihm der Panzer die Sicht versperrte, hatte jedoch den Eindruck, dass sie in ähnlich gutem Zustand war wie der Gang. Die Hand, in der er die Pistole hielt, zitterte. Aber wenn es nicht anders ging, würde er die Waffe einsetzen und notfalls auch das ganze Magazin leerschießen.

Ein kalter Hauch fuhr durch die warme, abgestandene Luft und strich beinahe liebkosend über Dirks Wangen. Er blinzelte nervös. Es tat zwar gut, frische Luft zu atmen, aber mittlerweile reagierte er allergisch auf Wind und alles, was damit zusammenhing. Vor allem hasste er das Gefühl, ständig damit rechnen zu müssen, von einer Bö erfasst und umhergeschleudert zu werden. Nicht auszudenken, was geschehen würde, wenn durch diesen Gang ein Sturm brauste wie durch die Höhlen von Al Afra!

Dirk sah, dass Kinahs Haare aufgewirbelt wurden. Gleichzeitig spürte er den kalten Luftzug, der ihn umschlich wie ein hungriges Raubtier, das den richtigen Augenblick zum Angriff abpassen wollte. Bevor Dirk den anderen eine Warnung zurufen konnte, wurde Noah von einer unsichtbaren Faust getroffen, schwankte und fand erst nach einigen Schritten das Gleichgewicht wieder.

»Die Sturmdämonen!«, schrie er. »Lauft!«

Schon vorher waren sie dem Panzer im Trab gefolgt, doch nun gab es kein Halten mehr. Noah stürzte los, als wollte er einen Hundertmetersprint gewinnen, und auch Jurij verfiel in einen erstaunlich schnellen Laufschritt. Am schnellsten aber war Kinah. Sie beschleunigte wie eine Tigerin, die ihre Beute fest im Visier hat.

Dirk bemühte sich, nicht den Anschluss zu verlieren. Doch sein geschundener Körper, der ihm bislang treu gedient hatte, weigerte sich, erneut Höchstleistungen zu vollbringen. Heftige Seitenstiche, Krämpfe in den Beinen und ein dumpfer Schmerz in der Brust waren einfach zu viel. Dirk torkelte eher, als dass er lief, und knickte darüber hinaus bei jedem zweiten Schritt in den Knien ein.

Plötzlich erfüllte ein Schwirren den Gang, ein Säuseln und Zischen wie von tausend Stimmen. Dirk steckte die Pistole in seinen

Gürtel, um beide Hände frei zu haben, taumelte dicht an der Wand entlang und stieß sich immer wieder von ihr ab, um seine Bewegungen zu stabilisieren und ihnen Ziel und Richtung zu geben. Das Gezischel schwoll zu einem Heulen an und schien von überallher zu kommen, von den Wänden, dem Boden und aus der Richtung, in die er rannte. Der kalte Luftzug trieb ihm Tränen in die Augen, sodass er seine Umgebung nur noch verschwommen sah.

Der Panzer hatte so viel Fahrt aufgenommen, dass er schon fast die Halle erreicht hatte. Kinah und Noah spurteten Seite an Seite hinter ihm her und schlossen dabei immer näher auf. Jurij hingegen hatte deutlich an Tempo verloren und stützte sich mittlerweile ebenfalls an der Wand ab. Der Karabiner, den er zuvor schräg vor der Brust gehalten hatte wie ein vorstürmender Elitesoldat, baumelte nun in seiner rechten Hand, und seine Bewegungen wirkten nicht mehr viel sicherer als die Dirks.

Der Panzer bremste und quietschte dabei derart laut, dass er das Heulen mühelos übertönte. Das Geschützrohr wippte leicht. Karel brachte das Kettenfahrzeug direkt am Halleneingang zum Stehen, und Dirk konnte sich denken, warum.

Wenn Jans Beschreibung korrekt gewesen war, dann hatten sie den Thunderformer gefunden. Bunte Farbwirbel zuckten wie in einer Lasershow durch die Halle, griffen nach dem Stahlkoloss, betasteten ihn, sodass er in ihrem Licht schimmerte, flirrten zurück, formten sich zu einem Kranz und schossen erneut vor. Der Geschützturm drehte sich nach rechts, in die Richtung, aus der das Farbspektakel kam. Dirk hatte nicht die geringste Ahnung, was da vorne geschah, anders als Kinah und Noah, die gewiss mehr sahen als er – vielleicht den Thunderformer, vielleicht aber auch die Männer, die ihn bewachten. Auf einmal blieben beide abrupt stehen, im gleichen Moment schrie Kinah etwas, dann warfen sie sich auf den Boden.

Dirk taumelte weiter. Er wartete darauf, dass der Kampfpanzer eines seiner 125-Millimeter-Geschosse auf den Thunderformer abfeuerte, dass ihnen die Männer der Wachmannschaft entgegenstürmten, dass irgendetwas geschah. Doch noch blieb es ruhig. Kinah schob ihr Gewehr Noah zu, der es statt seines alten Revolvers in Schussposition brachte, den linken Ellbogen auf den Boden gestützt, das perfekte Abbild eines Soldaten. Der alte Rebell hatte Noah offensichtlich gut ausgebildet. Trotzdem würden sie mit ein paar altertümlichen Waffen nicht viel gegen die Männer ausrichten können, die sich für ihre geheimen Experimente in diese unterirdische Station zurückgezogen hatten. Wenn überhaupt, dann war es der Panzer, der ihnen einen Vorteil verschaffte.

Als hätte Karel Dirks Gedanken gelesen, fuhr er wieder los. Langsam schob sich das schwere Kettenfahrzeug in die von wilden Farben erleuchtete Halle. Dirk erkannte alle möglichen Schattierungen, von Rötlich über Grün bis hin zu Blau. Je weiter der Stahlkoloss auf seinen quietschenden Ketten vordrang, desto tiefer schien er in die Farbwirbel einzutauchen. Es war, als würde er von ihnen aufgesogen. Seine Umrisse verschwammen in den Farben, seine Struktur schien sich aufzulösen.

Dirk stockte der Atem. Keuchend blieb er stehen. Jurij dagegen lief weiter, offenbar mitten in eine Bö hinein, denn im nächsten Moment wurde er gleichzeitig nach oben und hinten geworfen. Der Karabiner rutschte aus seiner Hand und fiel klappernd zu Boden, während er selbst mit mörderischer Wucht gegen die Wand geschleudert wurde.

Dirk ließ sich auf den Boden gleiten – keinen Augenblick zu früh, denn nun fauchte auch auf ihn eine Bö zu. Er machte sich so klein wie möglich, doch die Bö packte ihn, riss ihn hoch und knallte ihn ebenfalls gegen die Wand. Er sackte in sich zusammen. Bunte Lichtreflexe tanzten vor seinen Augen, aber er verlor nicht das Bewusstsein.

Irgendwo vor ihm begann erst eine und dann eine zweite Waffe loszuhämmern. Schreie und donnernde Schüsse hallten durch den Gang. Dirk versuchte, sich hochzustemmen. Die Sturmdämonen hatten von ihm abgelassen, aber er ahnte, dass sie sich sofort wieder auf ihn stürzen würden, wenn er versuchte, der Halle näher zu kommen.

Doch davon durfte er sich nicht abhalten lassen.

Er zog die Pistole aus dem Gürtel und robbte auf Noah und Kinah zu, die unter Beschuss geraten waren. Er musste ihnen helfen, musste sie rausholen.

Die Sturmdämonen ließen ihn gewähren. Sie umtosten ihn, sie zerrten an seinen Armen und Beinen, aber sie prügelten nicht mit Böen auf ihn ein. Dirk kroch so schnell wie möglich weiter. Trotzdem hatte er das Gefühl, kaum von der Stelle zu kommen. Kinah hatte sich auf den Boden gepresst, während Noah gerade das Gewehr beiseitewarf und den Revolver hervorriss. Dirk beobachtete voller Grauen, wie sein Sohn von heftigen Windböen durchgeschüttelt wurde und verzweifelt Widerstand leistete. Noah kämpfte wie ein Löwe und versuchte, mit dem Revolver auf jemanden oder etwas zu zielen, das sich außerhalb von Dirks Sichtfeld befand. Immer wieder wurde ihm der Arm weggeschlagen, und mehr als einmal sah es so aus, als würde er die Waffe verlieren. Doch das ließ er nicht zu. Stattdessen umklammerte er mit der linken Hand sein rechtes Handgelenk und verstärkte damit seinen Waffenarm.

Dirk erreichte Jurij. Der alte Mann zitterte am ganzen Körper. Er hatte sich zusammengerollt und die Arme schützend über seinen Kopf gelegt, ein hilfloses Opfer des Sturms, der wie beiläufig auf ihn einschlug. Dirk kroch an ihm vorbei. Er hatte nur Augen für Noah.

Wieder war das Rattern einer automatischen Waffe zu hören, und irgendwo vor Kinah und Noah jagten Querschläger davon. Noah hatte es geschafft, sich zurück in Schussposition zu bringen.

Nun zog er mehrmals hintereinander den Abzug des Revolvers durch. Dirk konnte nicht sehen, ob er getroffen hatte, doch er glaubte, einen Schrei zu hören.

Noah richtete sich ein Stück weit auf, zielte kurz und drückte dann erneut ab. Die Waffe entlud sich mit einem lauten Knall. Aber als er den Abzug nochmals betätigte, passierte nichts.

Der Revolver war leer geschossen. Dirk fiel ein, dass sich Noah noch vor kurzem über die fehlende Ersatzmunition beschwert hatte. Die einzige Waffe, die ihm jetzt weiterhelfen konnte, war die, die Dirk umklammert hielt. Ihm selbst nutzte sie ohnehin nicht viel, da er kein Ziel vor Augen hatte.

Dirk verdoppelte seine Anstrengungen. Tatsächlich schaffte er es, sich halbwegs aufzurappeln. Er rechnete damit, dass Böen ihn zurückschleudern würden, aber das Gegenteil war der Fall. Es war, als flöhe der Sturm vor ihm, als habe er eingesehen, dass er gegen seine Entschlossenheit nichts ausrichten konnte.

Der Panzer war mittlerweile ein gutes Stück in die Halle vorgestoßen und drehte nun mitten in dem ihn umtobenden Farbgewitter nach rechts ab. Er hatte bislang keinen einzigen Schuss abgegeben – bekam Ventura die alte 125-Millimeter-Kanone etwa nicht flott? Schwer bewaffnete Gestalten in schwarzen Kampfanzügen hetzten an dem Kettenfahrzeug vorbei und auf den Gang zu, und direkt am Halleneingang entdeckte Dirk mehrere Männer, die sich zu Boden geworfen hatten. Die Mündungen ihrer Waffen zielten in seine Richtung.

Der Panzer hätte lediglich zurücksetzen müssen, um sie zu vertreiben, außerdem waren auch Ventura und Karel schwer bewaffnet und damit durchaus in der Lage, in den Kampf einzugreifen. Doch es sah so aus, als wollten sich die beiden ausschließlich auf den Thunderformer konzentrieren und Kinah, Noah, Jurij und ihn ihrem Schicksal überlassen.

Das durfte er nicht zulassen. Dirk stieß sich endgültig ab, wollte voranstürmen und mit langen Sätzen auf seinen Sohn zueilen. Doch er kam nicht weit. Ein scharfer Schmerz fuhr durch seinen Oberschenkel, eine so heftige Feuerlohe, dass ihm augenblicklich schwarz vor Augen wurde und er in den Knien einknickte. Es war, als würden sich Dutzende scharfer Rattenzähne in sein Fleisch verbeißen. Aufstöhnend sank er nieder. Seine Hand tastete dorthin, wo der Schmerz am heftigsten war, fuhr über seine rechte Hosentasche, in die er die schwarze Zwillingsfigur hineingepresst hatte. Irgendetwas geschah. Vielleicht war die Ibeji durch den Aufprall an der Wand zerbrochen und irgendetwas Ätzendes lief aus ihrem Inneren, vielleicht war sie auch zersplittert, sodass sich scharfkantige Stücke in seinen Oberschenkel bohrten.

Er konnte sich nicht darum kümmern, er musste weiter. Doch es wollte ihm nicht gelingen, das rechte Bein nur einen Zentimeter zu bewegen. In seinen Ohren rauschte das Blut, und der ganze Gang schien sich um ihn zu drehen. Das war allerdings weder das Einzige noch das Schlimmste, was hier schieflief.

Plötzlich entstand in der rechten Wand auf halbem Weg zwischen Dirk und Noah eine Öffnung – eine Tür, die auf den Gang führte. Ein Mann erschien im Türrahmen, hob seine Waffe und zielte auf Noah.

»Nein!«, schrie Dirk und brachte seine Pistole hoch.

Der Mann ignorierte ihn. Für einen Sekundenbruchteil sah Dirk alles mit fast übernatürlicher Klarheit: die schwarze Kampfmontur, den dazugehörigen Helm, die kurzläufige Präzisionswaffe …

Die Tür war für jemanden, der Noah und Kinah in den Rücken fallen und sie mit zwei Schüssen erledigen wollte, genau an der richtigen Stelle.

Der Mann war schnell, aber nicht so schnell wie Dirk. Ein Schuss knallte, ohne dass sich Dirk überhaupt bewusst war, den Abzug durchgezogen zu haben. Die Kugel traf den Mann und ließ ihn zurücktaumeln. Aber er schoss ebenfalls.

Die Kugel schlug knapp neben Kinah in den Boden.

Noah fuhr herum, riss vollkommen sinnlos den leeren Revolver hoch und warf sich zur Seite, zwischen den Schützen und seine Mutter.

Da betätigte der Mann in der Kampfmontur zum zweiten Mal den Abzug.

Diesmal traf er. Aber nicht Kinah, sondern Noah.

Dirk sah, wie sich sein Sohn aufbäumte, wie seine nutzlose Waffe in hohem Bogen davonflog, wie ihn eine weitere Kugel traf, wie er in sich zusammensackte und schließlich in schrecklich verkrümmter Haltung liegen blieb.

Dirk brüllte aus voller Kehle, vergaß den Schmerz, sprang auf und lief taumelnd auf den Mann zu. Der Angreifer drehte sich um. Er schien unverletzt zu sein, offenbar hatte seine Schutzweste Dirks Kugel abgefangen.

Dirk zielte nicht, sondern zog einfach nur den Abzug durch. Die ersten beiden Kugeln warfen den Mann ein Stück zurück, sodass sein eigener Schuss danebenging.

Dirk war jetzt bis auf zwei Meter an ihn heran. Da packte ihn eine Bö und schleuderte ihn dem Angreifer entgegen. Er schwankte und wäre gestürzt, wenn ihn nicht eine Woge aus Hass und Verzweiflung auf den Beinen gehalten hätte. Dirk hob die Pistole. Die Augen des Mannes weiteten sich, doch Dirk entdeckte keine Angst in ihnen, sondern eher Erstaunen.

Der Lauf der alten Pistole war nur einen halben Meter vom Gesicht von Noahs Mörder entfernt. Dirk drückte ab.

Die Kugel zerfetzte das Gesicht seines Gegners. Beinahe im selben Moment erfasste Dirk die nächste Bö. Der Wind prügelte derart hart auf ihn ein, dass ihm fast die Sinne schwanden. Er versuchte, zu Noah zu gelangen, kam jedoch nicht einmal ansatzweise dazu, einen Schritt in seine Richtung zu machen. Eine weitere Bö erwischte ihn und drückte ihn durch die Türöffnung aus dem

Gang hinaus. Er sackte beinahe zusammen, bekam irgendetwas zu fassen und zog sich daran hoch.

Blankes Entsetzen erfüllte ihn. Er sah nicht, woran er sich festhielt, und bemerkte nur vage, dass er sich in einer Halle befand, die anders war als alles, was er bisher hier unten gesehen hatte. Zwanzig oder dreißig Meter von ihm entfernt standen zwei Hubschrauber nebeneinander, dahinter war ein geschlossenes Hangartor. Dirk atmete keuchend und hörte das Blut in seinen Ohren rauschen.

Noah. Er musste zu ihm …

»Hands up!«

Zwei Männer in schwarzen Kampfanzügen kamen auf ihn zu. Obwohl die Halle gut ausgeleuchtet war, nahm er sie lediglich als dunkle Schemen wahr. Ihre Waffen waren drohend auf ihn gerichtet, und er zweifelte nicht daran, dass sie ihn erschießen würden, wenn seine Hand mit dem Revolver auch nur zuckte. Es war ihm egal. Dennoch hob er die Hände über den Kopf.

Ein ohrenbetäubender Knall ertönte, und durch den Boden unter seinen Füßen lief eine Erschütterungswelle. Die beiden Männer blieben abrupt stehen und wechselten einen Blick.

»The tank …«, sagte der eine, doch der Rest seines Satzes zerfloss zu einem sinnlosen Wortbrei – zumindest für Dirk.

Erst nach endlosen, quälenden Sekunden dämmerte es ihm. The tank … *Der Panzer*. Natürlich. Ventura hatte es doch noch geschafft, das Geschütz klarzumachen.

Auch das war ihm gleichgültig. Alles war egal. Er musste hinaus, zurück in den Gang, zu Noah.

Er hatte gesehen, dass sein Sohn zwei Mal getroffen worden war, aber das musste nicht bedeuten, dass er tot war. Wenn es ihm irgendwie gelang, Noah zu Lubaya zu bringen, hatte er vielleicht eine Überlebenschance.

Die beiden Männer traten zu ihm. Der eine, ein großer, grobschlächtiger Kerl, nahm ihm die Waffe ab. Dirk ließ es widerstandslos geschehen. Der andere bog ihm die Hände auf den Rücken und legte ihm Handschellen an. Dirk wusste, dass er sich hätte wehren müssen, dass er alles hätte tun müssen, um Noah zu retten. Aber er war wie gelähmt.

Erst, als die beiden ihn vorwärtsschoben, regte sich Widerstand in ihm. »My son«, murmelte er. »I have to go to him.«

Die Männer reagierten, indem sie ihn in den Rücken stießen. Nun wollte sich Dirk doch wehren, aber mit gefesselten Händen war er vollkommen hilflos. Sein Versuch, sich umzudrehen, wurde mit weiteren, harten Stößen quittiert.

In einer Ecke unweit der beiden Hubschrauber, halb hinter einem rot markierten Pfeiler verborgen, der wahrscheinlich den Piloten als Orientierung dienen sollte, hockte eine Gestalt auf dem Boden. Auch sie schien gefesselt zu sein und verschmolz fast mit den Schatten.

Dirk achtete nicht weiter auf sie. Seine Gedanken kreisten um Noah. Wenn sich Kinah sofort um ihn gekümmert und seine Blutung gestoppt hatte … Er wusste, dass dies eine zweifelhafte Hoffnung war, denn schließlich hatten Kinah und Noah unter heftigem Beschuss gelegen. Möglicherweise war Kinah bereits tot, durchsiebt von den Kugeln der Männer, die aus der Halle heraus auf sie zugestürmt waren.

Einer seiner beiden Bewacher trat ihm in die Kniekehlen, und Dirk knickte ein und wäre gegen die Wand geknallt, wenn der andere Mann ihn nicht an der Schulter gepackt und gleichzeitig nach unten gedrückt hätte. Dabei murmelte er irgendetwas Unverständliches, bei dem es sich eigentlich nur um einen knappen Befehl in englischer Sprache handeln konnte.

Schließlich hockte Dirk am Boden. Den feurigen Schmerz in seinem Oberschenkel nahm er kaum wahr. Sein Atem ging flach. Dunkle Wolken drohten sich über sein Bewusstsein zu schieben.

Nur ganz am Rande bekam er mit, dass die beiden Männer kurz und hektisch miteinander redeten und dann im Laufschritt in die Richtung verschwanden, aus der sie gekommen waren.

»Papa?«

Dirk schloss die Lider und keuchte. Seine Gedanken begannen sich immer mehr zu verwirren. Plötzlich sah er Akuyi vor seinem inneren Auge. Sie blickte ihn ernst an und versuchte, seine Aufmerksamkeit auf sich zu ziehen.

»PAPA!!!«

Dirk schlug die Augen auf. Das war keine Wahnvorstellung … Die Stimme war direkt neben ihm!

Langsam drehte er den Kopf. Lange schwarze Haare, ein schmales, hübsches Mädchengesicht, angstrunde Augen …

Dirk erbebte. Die dunklen Wolken verzogen sich schlagartig.

»Akuyi!«, krächzte er.

»Papa!« Akuyis Stimme klang verzweifelt. »Was ist passiert? Wo kommst du her?«

Dirk schwieg. Ein Wasserfall von Worten wollte über seine Lippen drängen, doch er brachte keinen einzigen Ton heraus. Akuyi. Wie sehr hatte er sich gewünscht, sie zu finden. Das Schicksal war wirklich grausam. Noah von zwei Kugeln getroffen, Kinah gefangen, verletzt oder erschossen, er selbst gefesselt und zerschlagen, am Ende seiner Kraft und seiner Möglichkeiten.

»Was ist passiert?«, fragte Akuyi noch einmal. Ein leicht hysterischer Unterton schwang in ihrer Stimme mit.

»Es ist …« *Alles in Ordnung?* War es wirklich das, was er ihr sagen wollte?

»Wo ist Mama?«

»Sie ist … ganz in der Nähe.« Dirk richtete sich so weit auf, wie es ihm möglich war. »Wir haben dich gesucht.«

»Und jetzt haben sie dich auch geschnappt«, flüsterte Akuyi. »Das tut mir leid.«

Ja, Dirk tat es auch leid. Er hatte alles vermasselt. Anstatt seine Tochter zu retten, hatte er sogar noch zugelassen, dass sein Sohn zusammengeschossen wurde – und saß nun als Gefangener hier.

»Wie … wie geht es dir?«, fragte Akuyi.

Wie es ihm ging?

Dirk holte tief Luft. Es wäre keine gute Idee, seiner Tochter zu erzählen, wie es ihm wirklich ging.

»Mir geht es gut«, sagte er rau. *Aber deinem Bruder nicht.* »Hast du eine Ahnung, was die von uns wollen?«

»Ich weiß nicht«, murmelte Akuyi. »Ich hatte immer den Eindruck, die wollen mich nur als Geisel.«

Dirk nickte. Ja, das passte. Im Gegensatz zu Ventura würde er sich zu allem Möglichen zwingen lassen, wenn jemand Akuyi als Druckmittel benutzte.

Dirk hätte gerne so etwas wie Freude darüber empfunden, dass er seine Tochter wiederhatte. Aber das gelang ihm nicht, denn nun sorgte er sich nicht nur um Noah und Kinah, sondern auch um Akuyi.

Was würden diese Männer mit ihr machen, wenn sie sie nicht länger als Geisel benötigten?

»Und was tun wir jetzt?«, fragte Akuyi.

Eine gute und berechtigte Frage. Auf die Dirk leider keine Antwort wusste.

»Sucht jemand nach uns?«, fügte sie hinzu.

Dirk starrte zu den beiden Hubschraubern hinüber. Zuerst hatte er geglaubt, sie gehörten zum selben Typ wie diejenigen, die die Lisunov verfolgt hatten. Doch jetzt sah er, dass er sich geirrt hatte. Sie waren größer, irgendwie kantiger und außerdem nicht schwarz, sondern eher dunkelblau.

»Sucht uns jemand, Papa?«, setzte Akuyi nach. »Vielleicht die Polizei? Oder hast du jemanden gefunden, der dir hilft?«

Oh ja, das hatte er. Biermann. Rastalocke. Janette. Drei Menschen, die auf grauenhafte Weise gestorben waren, weil sie ihn nach Marokko begleitet hatten …

Dirk merkte gerade noch rechtzeitig, dass er sich in unsinnige, düstere Gedanken zu verstricken drohte. Wochenlang hatte er sich nichts sehnlicher gewünscht, als Akuyi zu finden. Und jetzt, da er es trotz aller widrigen Umstände geschafft hatte, gab er einfach auf? Das durfte nicht sein. »Es wäre gut, wenn wir uns selbst befreien könnten«, sagte er heiser. »Kannst du dich einigermaßen bewegen?«

»Ich fürchte nein«, antwortete Akuyi. »Die haben mich mit Kabelbinder gefesselt. Die Dinger schneiden ein. Ich kann mich kaum rühren.«

»Sehr gut«, murmelte Dirk.

»Was?«, fragte Akuyi entsetzt. »Dass ich mich nicht rühren kann?«

»Nein.« Dirk rutschte näher an sie heran. »Dass sie keine Handschellen benutzt haben. Kabelbinder sind aus Kunststoff. Die kriege ich auf. Bei Handschellen hätte ich keine Chance.«

»Hast du denn ein Taschenmesser oder so etwas?«

Dirk stutzte. Akuyi hatte ihn auf etwas aufmerksam gemacht. Er hatte die beiden Messer, die kurzfristig in seinem Besitz gewesen waren, schon längst nicht mehr. Aber wenn er sie vor seiner Gefangennahme noch gehabt hätte, dann würde er sie auch jetzt noch bei sich tragen, denn die beiden Männer hatten ihn nicht nach Waffen durchsucht. Warum nicht?

Er schüttelte den Kopf.

»Hast du denn nichts dabei, mit dem du diese blöden Kabelbinder aufschneiden kannst?« Akuyis Stimme klang schrill. »Bitte! Irgendetwas musst du doch haben, das uns weiterhilft!«

Dirk schüttelte erneut den Kopf. »Nichts. Nur diese … Ibeji. Eine von ihnen ist zerbrochen. Vielleicht kann ich eine der Schnittkanten benutzen, um damit den Kabelbinder zu zerschneiden.«

»Ibeji?«, fragte Akuyi verzweifelt. »Was soll das denn sein?«

»Figuren … Sinnbilder … Magische Seelendoubles«, murmelte Dirk.

»Skulpschturen, die Mama geschaffen hat?«, flüsterte Akuyi. »Die hast du bei dir?«

Kinahs Skulpturen … Akuyi hatte recht. Dirk war noch gar nicht auf den Gedanken gekommen. Ja, irgendwie standen die beiden Zwillingsfiguren mit all den Kunstwerken in Zusammenhang, die Kinah in München und später in Marokko geschaffen hatte. Und wenn vielleicht auch nur, weil sie aus dem gleichen Geist heraus gefertigt worden waren wie die Ibeji – aus einem Geist, der Gedanken und Sehnsüchte auf totes Material übertrug.

»Nein, natürlich habe ich keine von Mamas Skulpturen bei mir. Sondern eine Art Abbild von dir und Noah.«

Dirk versuchte verzweifelt, seine sich überschlagenden Gedanken in eine konstruktive Richtung zu zwingen. Shimeru war davon überzeugt gewesen, dass die Ibeji ihn zu Akuyi führen würden. Das zumindest hatte Noah behauptet. Und irgendwie hatten die kleinen, aus versteinerten Walfischknochen gefertigten Figuren dies auch getan. Wäre nicht das Gefühl gewesen, als krallte sich das eine – Akuyis – Seelendouble mit verheerender Kraft in seinen Oberschenkel, dann hätte er nicht im Gang verharrt und Noahs Angreifer sofort gesehen. Er wäre nicht an der Stelle gelandet, an der ihn die Bö erfasst und durch die Tür gedrückt hatte. Und die Männer hätten ihn vielleicht nicht geschnappt und zu Akuyi gebracht.

»Es sind Zwillingsfiguren, die eine schwarz, die andere weiß. Dein Großvater Shimeru trug sie immer bei sich. Als Sinnbilder für dich und deinen Bruder.«

Akuyi schnappte hörbar nach Luft. »Meinen … *was?*«

»Deinen Bruder.« Dirk hätte abgewinkt, wenn er es gekonnt hätte. »Das spielt doch jetzt gar keine Rolle.«

»Was soll keine Rolle spielen?«, kreischte Akuyi. Sie hüpfte ein Stück aus ihrer sitzenden Position hoch und plumpste dann wieder auf den Boden. »Was erzählst du denn da?«

Die Frage war mehr als berechtigt. War er verrückt? Musste er Akuyi jetzt auch noch auftischen, dass sie vor sechzehn Jahren nicht alleine auf die Welt gekommen war?

»Papa, du wirst mir jetzt sofort alles sagen, was du weißt!« Tränen schimmerten in ihren Augen. »Egal, was die mit uns machen: Ich muss wissen, wie du das mit meinem Bruder gemeint hast!«

Dirk hätte einen Rückzieher gemacht, wenn er gekonnt hätte. So aber sackte er nur noch weiter in sich zusammen. »Es ist die Wahrheit«, sagte er hilflos. »Du hast einen Bruder. Und ich … ich habe alles getan, um euch zusammenzubringen. Aber ich … ich habe … versagt.«

Akuyi starrte ihn fast hasserfüllt an. »Einen Bruder! Ich kann es nicht fassen! Wie alt ist er? Wie sieht er aus?«

»Er ist so alt wie du.«

Akuyi blinzelte. »Auch Sechzehn? Aber wie kann er …«

»Er ist dein Zwillingsbruder«, unterbrach sie Dirk.

»Was? Mein Zwillingsbruder?« Akuyi schüttelte hektisch den Kopf. »Das kann doch nicht sein! Ich bin ein Einzelkind. Es gibt keinen Zwillingsbruder!«

»Doch, den gibt es«, sagte Dirk leise.

Und er liegt nur durch eine Wand von uns getrennt im Sterben. Wenn er nicht schon tot ist.

Akuyi schwieg lange, viel zu lange. Sie wirkte verwirrt. Dirk hätte etwas tun müssen, sich aufrappeln, einen Plan fassen. Aber er konnte nicht. Er war wie gelähmt.

»Ein Zwillingsbruder …« Akuyi stieß einen zittrigen Seufzer aus. »Warum habt ihr mir nichts von ihm erzählt?«

»Ich habe selbst nichts von ihm gewusst«, sagte Dirk, und noch bevor Akuyi ihn anfahren und ihm unterstellen konnte, dass das eine billige Lüge sei, fügte er hinzu: »Es ist alles fürchterlich kompliziert.«

Und dann sprudelten die Worte und Halbsätze nur so aus ihm heraus, die ganze verrückte Geschichte von Akuyis und Noahs Geburt und von Shimeru, der ihm den Sohn und Akuyi den Bruder genommen hatte – einen Bruder, dessen Hautfarbe überhaupt nicht zu der Akuyis passte.

»Und deswegen gibt es eine weiße und eine schwarze Figur«, endete er.

»Ich verstehe das alles nicht«, murmelte Akuyi hilflos. »Wenn das wirklich wahr ist, und mein … mein Bruder und ich als Zwillinge eine besondere Macht haben … warum hat man uns dann direkt nach der Geburt getrennt?«

Wie als Antwort zerriss eine Maschinenpistolensalve die Stille, die in den letzten Minuten in der Halle geherrscht hatte. Dirk zuckte zusammen und verharrte mitten in der Bewegung.

Die Schüsse waren irgendwo draußen im Gang oder in der anderen Halle abgegeben worden. Und eine Reaktion blieb nicht aus, selbst wenn sie anders ausfiel, als er erwartet hätte.

Dirk hörte das Kettenrasseln des Kampfpanzers, und zwar erstaunlich nah und deutlich. Kurz darauf erschütterte ein gewaltiger Schlag die Wand auf der gegenüberliegenden Seite des Hangars, dann ein weiterer. Der Boden vibrierte nicht nur, er bebte geradezu. In die MP-Salven mischten sich Einzelschüsse und regelrechte Explosionen.

Plötzlich übertönte ein ohrenbetäubendes Donnern das Knattern der automatischen Waffen, gefolgt von einem zweiten und dritten. Vom Klang her handelte es sich um mindestens zwei verschiedene Geschütze, vielleicht auch drei. Der Geräuschkulisse nach zu urteilen war eine erbitterte Schlacht entbrannt.

Und es war nur eine Frage der Zeit, wann sie sich in den Hangar verlagern würde.

Dirk stieß einen leisen Fluch aus und rutschte schnell noch näher an Akuyi heran. Noah hatte sich über Kinah geworfen, um sie mit seinem Körper zu schützen. Nun war es an Dirk, ein Leben zu schützen. Das von Akuyi.

»Leg dich flach auf den Boden!«, rief er. »Mach dich so klein wie möglich!«

Auf der anderen Seite der Wand, im Gang und in der Halle, musste das reinste Chaos ausgebrochen sein. Die Schüsse und Salven waren kaum noch voneinander zu unterscheiden, und das Rumpeln des Stahlkolosses schien von überall und nirgends her zu kommen. Dirk hatte keine Ahnung, was das zu bedeuten hatte und ob Ventura auch nur in die Nähe des Thunderformers gelangt war. Aber er wusste, was er tun musste.

Akuyi befolgte seinen Befehl, ließ sich auf die Seite fallen und zog die Beine an. Dirk blickte sich verzweifelt um. Es gab keine Möglichkeit, rasch irgendwo in Deckung zu robben. Das einzige Versteck, das sich ihnen bot, waren die Hubschrauber, doch die waren mindestens zehn Meter entfernt. Falls sich die Schlacht unvermittelt in den Hangar verlagerte, würde der Versuch, sie zu erreichen, vermutlich tödlich enden.

Bevor sich Dirk zu einer Entscheidung durchringen konnte, verstummten die Maschinenpistolensalven und auch das Rumpeln und Grollen, das darauf hingedeutet hatte, dass der Kampfpanzer im Brennpunkt des Geschehens stand. Abgesehen von dem Nachhall der Schüsse war es auf einmal merkwürdig still. Dirk hielt unwillkürlich den Atem an. Er lauschte angestrengt, vernahm jedoch nur das ferne Trampeln schwerer Stiefel über Betonboden. Er konnte sich lebhaft vorstellen, was geschehen war. Die Wachmannschaft musste die Schlacht aufgrund ihrer zahlenmäßigen Überlegenheit für sich entschieden haben. Der Panzer hatte sich festgefahren oder so viele Treffer abbekommen, dass er nicht mehr fahren konnte. Karel war in seinem Führerstand erschossen worden, und Ventura war entweder auch tot oder in Gefangenschaft geraten. Jedenfalls konnte Dirk von den beiden Männern, die alles auf eine Karte gesetzt hatten, um des Thunderformers habhaft zu werden, keine Hilfe mehr erwarten.

Und das bedeutete, dass die Männer in den Kampfanzügen bald wieder im Hangar auftauchen würden. Damit änderte sich alles. Dirk bezweifelte, dass er und Akuyi als Geiseln noch irgendeinen Wert besaßen, nachdem Ventura und Karel vernichtend geschlagen waren.

»Wir müssen rüber zu den Hubschraubern«, sagte er. »Schnell! Bevor sie zurückkommen!«

»Willst du mit einem von den Dingern wegfliegen?«, fragte Akuyi ängstlich.

Dirk schüttelte den Kopf. »Würde ich gerne. Aber selbst wenn sie mir keine Handschellen angelegt hätten, würde ich so eine Kiste nicht in die Luft kriegen. Und jetzt los! Kannst du aufstehen?«

»Ich weiß nicht. Meine Füße sind doch auch gefesselt …«

»Vielleicht kann ich dich mit einem Splitter der Zwillingsfigur tatsächlich losschneiden. Aber dazu muss ich erst einmal selbst aufstehen.« Dirk lehnte sich mit dem Rücken gegen die Wand und drückte sich mühselig hoch. »Wenn du es irgendwie schaffst, dich an mir festzuhalten …«

»Aber wozu, Papa? Selbst wenn wir es bis zu den Hubschraubern schaffen – auch da finden sie uns! Wir gewinnen höchstens ein paar Minuten.«

Dirk stand schwankend da. Sein Herz raste, und ihm brach der kalte Schweiß aus.

Akuyi hatte recht. Das war die furchtbare Wahrheit. Erneut sah er Noah zusammenbrechen, getroffen von zwei Kugeln. Wenn jetzt auch noch Akuyi … Es durfte nicht so enden.

»Sei still!«, herrschte er sie an. »Steh auf! Wir müssen hier weg!«

Akuyi schien etwas sagen zu wollen, blieb dann aber stumm und versuchte, auf die Beine zu kommen. Oh Gott, was tat er da? Er trieb seine Tochter an, als hätte sie nicht bereits genug Schlimmes erlebt. Er verlangte von ihr, sich zusammenzureißen und so zu tun, als hätten sie noch eine Chance, obwohl schon längst alles verloren war.

Auch Akuyi stemmte sich an der Wand hoch, was ihr sichtlich schwerfiel. Dirk hätte ihr so gerne geholfen, aber mit seinen auf dem Rücken gefesselten Händen konnte er sie nicht halten und hochziehen.

Schließlich stand Akuyi zitternd vor ihm, ein Häufchen Elend. Dirk wurde von einem Gefühl überwältigt, das sich nicht in Worte fassen ließ. Es war Liebe und Sorge, aber auch Entsetzen und die Gewissheit, dass es nichts mehr gab, was sie retten konnte.

»Auf geht's«, flüsterte er und stolperte los. Akuyi nickte und tat es ihm gleich. Seite an Seite hielten sie auf den nächsten Hubschrauber zu. Akuyi bewegte sich mit kleinen, abgehackten Hüpfern, nicht besonders schnell, aber mit bewundernswerter Beharrlichkeit. Dirk passte sich ihrem Tempo an und hielt sich links von ihr, damit er sie mit seinem Körper schützen konnte, falls jemand in den Hangar stürzte und das Feuer eröffnete.

Als der Hubschrauber schon in greifbarer Nähe war, passierte genau das, was Dirk die ganze Zeit über befürchtet hatte. Das Geräusch eiliger Schritte erklang. Stiefelsohlen auf Beton.

»Schneller!«, zischte Dirk. »Sie sind gleich hier!«

Akuyi gab ihr Bestes, um die noch fehlenden zwei Meter mit ein paar kräftigen Hüpfern zu überwinden. Ihr Gesicht war vor Anstrengung verzerrt, und ihre Hände, die ihm Gegensatz zu Dirks vor ihrem Körper gefesselt waren, schwangen auf und ab.

Zwecklos, dachte Dirk. *Sie erwischen uns sowieso.*

Gerade deswegen tat er alles, um Akuyi abzuschirmen. Er warf einen Blick nach links.

Niemand zu sehen. Die Schritte waren im Gang verklungen, aber schon hasteten die nächsten heran. Da draußen herrschte hektische Betriebsamkeit. Offenbar geschah irgendetwas.

Als sie den Hubschrauber erreichten, stieß Akuyi einen verzweifelten Seufzer aus und lehnte sich schwer atmend gegen die Maschine. »Ich kann nicht mehr«, keuchte sie. »Meine Beine sind eingeschlafen.«

Dirk drückte sich an ihr vorbei, drehte sich um und beugte den Oberkörper zurück, bis seine Hände den Türmechanismus fanden. Zu seiner eigenen Überraschung bereitete es ihm keine Mühe, ihn zu betätigen. Die Tür auf der Pilotenseite öffnete sich, und Akuyi hüpfte ein kleines Stück zur Seite.

»Wow!«, sagte sie. »Du bist ja echt klasse.«

Davon war Dirk nicht gerade überzeugt.

»Rein mit dir«, befahl er. »Und dann suchen wir etwas, mit dem wir deine Fesseln lösen können.«

»Und danach befreie ich dich von deinen Handschellen«, spann Akuyi den dünnen Hoffnungsfaden weiter.

Dirk nickte nur. Ihm war klar, dass es nicht dazu kommen würde. Außerdem: Auch ohne Handschellen würde er nicht in der Lage sein, den Hangar zu öffnen und mit dem Hubschrauber abzuheben, geschweige denn, ihn durch den Sturm zu steuern.

Das hinderte ihn aber nicht daran, hinter Akuyi in die Pilotenkanzel zu steigen. Sofort ertönte ein Summen, an der Armaturentafel blinkten ein paar Lämpchen auf, und ein schwaches, gelbliches Licht erhellte die verwirrende Vielfalt der Instrumente. Akuyi ließ sich mit einem derartigen Plumps in den Sessel des Kopiloten fallen, dass ein Ruck durch die Maschine ging.

Dirk hingegen blieb in leicht gekrümmter Haltung stehen und sah sich kurz um – der Hubschrauber war erstaunlich groß –, bevor er seine Aufmerksamkeit auf die Türöffnung richtete, durch die ihn die Bö in den Hangar geschleudert hatte.

»Oh Scheiße«, murmelte Akuyi.

Die beiden Männer, die Dirk gefangen genommen hatten, stürmten durch die Tür, und sie waren nicht alleine. Hinter ihnen drängten sich weitere Männer in Kampfanzügen herein.

Akuyi stieß ein entsetztes Keuchen aus. »Jetzt haben sie uns.«

Dirk tauchte ab, warf sich auf den Pilotensessel – was seine Arme mit einem scharfen Schmerz quittierten – und drückte sich so tief wie möglich in den Sitz.

Die beiden ersten Männer warfen einen Blick auf die Stelle, an der sie ihn und Akuyi zurückgelassen hatten, dann drehte sich einer von ihnen zum Helikopter und sah zu ihnen hinüber. Dirk bezweifelte, dass er sie durch die getönten Scheiben hindurch erkennen konnte, und selbst die offen stehende Tür auf der Pilotenseite war von seinem Blickwinkel aus kaum zu bemerken. Aber er zeigte eindeutig in ihre Richtung und sagte etwas. Der andere hob seine Waffe und lief auf sie zu. Dirk spannte sämtliche Muskeln an und erwartete den Angriff. Aber er hatte sich getäuscht.

Ein Mann, der keine schwarze Uniform trug, sondern einen weißen Kittel über Hemd und Hose, trat mit federnden Schritten in den Hangar und rief etwas, das Dirk inmitten des ganzen Trubels nicht verstand. Im Gegensatz zu den Schwarzuniformierten. Der Kerl, der gerade auf sie zustürmen wollte, blieb stehen, warf noch einen misstrauischen Blick in ihre Richtung und drehte sich dann zu dem Weißkittel um, der gerade hastig zur Seite trat, um etwas Platz zu machen, das von mehreren Neuankömmlingen in den Raum gezogen wurde.

Anfangs hatte Dirk keine Ahnung, worum es sich handelte. Dann fiel ihm die korrekte Bezeichnung für das Metallgestell auf Rädern ein, das in den Raum gezogen wurde.

Es war ein auf eine Lafette montiertes Geschütz. Einen Augenblick lang glaubte Dirk, sie würden es drehen, bis die Mündung auf den Hubschrauber zielte, und sie dann zusammenschießen.

Doch stattdessen zogen zwei Männer die Lafette so weit, bis das Geschütz auf die Wand zu ihrer Rechten zeigte.

Der Kampf, den Dirk für beendet gehalten hatte, ging in Wirklichkeit nur in die nächste Runde. Das Geschütz war kaum ausgerichtet, als etwas fürchterlich krachte, lauter als ein Donnerschlag. Gleichzeitig waren Kettenrasseln und das wütende Dröhnen des Panzermotors zu hören, der plötzlich wieder zum Leben erwachte. Dirk beobachtete fassungslos, wie die Wand, auf die die Geschützmündung zielte, Risse bekam und sich dann nach innen zu wölben begann. Der Kampfpanzer drückte mit Titanenwucht dagegen, nahm wieder Anlauf und krachte erneut mit voller Wucht gegen die Wand. Betonbrocken wurden weggesprengt, fielen auf den Boden und zerbarsten. Ein dunkelgrünes Ungetüm schälte sich aus den aufgewirbelten Staubmassen.

Die ganze Wand wankte, als der Panzer sie erneut rammte, und jetzt waren es nicht nur einzelne Betonbrocken, die hinabstürzten, sondern großflächige Wandstücke.

Dirk beobachtete die Szene mit einer Mischung aus fassungslosem Entsetzen und Faszination. Der Koloss schob sich weiter rückwärts, von Staub und Dreck überzogen wie von einer Puderschicht und übersät mit Trümmerstücken verschiedenster Form und Größe, ganz zu schweigen von dem Loch unterhalb des Führerstandes, das aussah, als sei er dort von einer Granate getroffen worden. Die Männer, die das Geschütz in Stellung gebracht hatten, richteten es in aller Hast auf das Kettenfahrzeug aus.

Falls Karel die Gefahr überhaupt wahrnahm, dann ignorierte er sie. Er ließ den Panzer nicht herumschwenken, er bremste ihn im Gegenteil sogar ab, als habe er vor, seinen Feinden ein besonders gutes Ziel zu bieten. Dirk verstand nicht, was das sollte. Wenn Karel den Kampfpanzer nicht rechtzeitig wendete und Ventura mit der Bordkanone das Geschütz ausschaltete, konnte das übel ausgehen.

Dirk fuhr im Pilotensessel hoch und schrie: »Karel! Vorsicht!«

Es war ein vollkommen sinnloser Schrei, allenfalls dazu angetan, seine Feinde auf sich aufmerksam zu machen. Doch kein einziger Blick richtete sich auf ihn. Die Männer, die nicht mit der Bedienung des Geschützes zu tun hatten, hatten sich zu Boden geworfen und richteten ihre Maschinenpistolen nun auf das stählerne Ungetüm, dessen fürchterlichste Waffe vielleicht noch nicht einmal die 125-Millimeter-Kanone war, sondern die Ketten, mit denen es Mensch und Material zermalmen konnte.

Einzig der Mann in dem weißen Kittel sprang zurück, auf die Tür zu. Er wollte offensichtlich fliehen, bevor der Feuerzauber so richtig losging. Er schaffte es nicht mehr.

Panzer und Geschütz schossen fast zeitgleich, und nahezu in die gleiche Richtung. Zweimal künstlich erzeugter Blitz und Donner, beides fast gleich laut und doch von gänzlich anderer akustischer Beschaffenheit, das eine wuchtig wie ein Schiffsgeschütz, das andere hell wie eine Flugabwehrkanone, beides wie geschaffen, Trommelfelle zum Zerreißen zu bringen, und gefolgt von einem Nachhall, der für sich schon taub machen konnte. Dirk erkannte aus seiner Position heraus nicht, worauf Ventura geschossen und ob er getroffen hatte, dafür sah er umso deutlicher, dass die gegnerische Geschützmannschaft erfolgreich war. Der Panzer machte einen kleinen Hüpfer nach vorne, nicht aus eigener Kraft, sondern von der Wucht eines Treffers mitgerissen, der knapp unterhalb des Geschützturms eingeschlagen war. Die Schwarzuniformierten hatten gut gezielt und eine der empfindlichsten Stellen des Stahlkolosses getroffen. Der Geschützturm kippte leicht nach vorne und wackelte wie ein losgeschlagener Zahn.

Die Schwarzuniformierten beeilten sich, zu einem zweiten Schuss zu kommen. Karel war schneller. Der Panzer ruckte mit einer Urgewalt an, die ihm Dirk nicht zugetraut hätte. Er drehte über die rechte Kette ab und schob sich gleichzeitig nach hinten, in Richtung zweier Männer, die hastig aufsprangen und um ihr Leben rannten.

Die Geschützmannschaft wich nicht, sie versuchte, die Lafette schnell genug nachzuführen. Fast hätte sie es geschafft. Doch bevor die Mündung des Geschützes wieder in Richtung des jetzt für sie bedrohlich nahen Panzers zeigte, ertönte ein Knall, beinahe lauter als der des Geschützdonners und gefolgt von einem Gewitter kleinerer Explosionen, das klang, als würde eine Feuerwerksfabrik in die Luft fliegen.

Dann barst die Wand, durch die der Panzer gebrochen war, als wäre nicht nur einer, sondern eine ganze Panzerstaffel mit voller Geschwindigkeit gegen sie gefahren. Das, was bislang noch stehen geblieben war, schoss explosionsartig davon, einzelne Brocken mit solcher Wucht, dass sie die gegenüberliegende Wand trafen und auch dort Beton zum Abplatzen brachten. Andere Wandstücke droschen auf den Panzer ein.

Am schlimmsten aber wüteten diejenigen, die auf dem Boden einschlugen. Gleich zwei von ihnen erwischten die Lafette, auf der das Geschütz montiert war. Das Geschütz kippte nach oben und wurde dann zur Seite geschleudert, genau auf einen Mann, der sich in seinem Schutz verschanzt hatte. Andere Männer wurden zu direkten Opfern von Trümmern, die die zusammenbrechende Wand auf sie hinabschleuderte. Ein feindlicher Granatwerferangriff hätte kaum schlimmer sein können. Beton traf Leiber und Köpfe und zerfetzte sie, Blut spritzte auf und abgerissene Gliedmaßen flogen umher.

Auch der Hubschrauber wurde getroffen. Es war ein nur faustgroßer Brocken, der ihn erwischte und durch die berstende Scheibe sauste, um irgendwo hinter ihnen im Laderaum sein Verwüstungswerk zu vollenden. Glassplitter stoben auf wie ein Schwarm angreifender Insekten, und Dirk spürte, wie seine Wange und seine Stirn getroffen und aufgerissen wurden. Akuyi stieß einen Schrei aus, und Dirk sah panisch in ihre Richtung, auf das Schlimmste gefasst.

Sie hatte den Kopf zur Seite gedreht, aber nicht mehr rechtzeitig ausweichen können. Der Klinge eines abgebrochenen Messers gleich steckte ein Glassplitter in ihrer linken Wange.

Dirk stöhnte. Er ließ sich ein Stück nach vorne fallen, tauchte mit dem Kopf durch die zerstörte Scheibe, riss Schulter und Oberkörper in Akuyis Richtung. Obwohl er alle Kraft in die Bewegung gelegt hatte, brauchte er noch zwei weitere Anläufe, bevor seine auf dem Rücken gefesselten Hände endlich auf Höhe ihres Gesichts waren. Er kniete halb in den Armaturen des Helikopters. Irgendetwas reagierte sehr empfindlich darauf. Ein Flackern lief über die Anzeigeinstrumente, die Innenbeleuchtung flammte taghell auf – und dann begannen die Rotorblätter anzulaufen.

Dirk achtete nicht darauf. »Nicht bewegen!«, brüllte er Akuyi zu, die sich so klein wie möglich zu machen versuchte. »Ich ziehe den Splitter raus!«

Aus den Augenwinkeln heraus sah er, wie Akuyi mit der Hand ihre Wange betastete. Er bemerkte mit fast übernatürlicher Deutlichkeit den schmalen Blutfaden, der an ihren Fingern herablief, während er nach wie vor nur am Rande mitbekam, dass sich die Rotorblätter über ihren Köpfen immer schneller drehten.

»Besser … besser nicht«, stammelte Akuyi. »Man soll doch … nichts aus einer Wunde ziehen.«

Dirk zögerte. Natürlich hatte Akuyi recht, zumindest, wenn es um Messer, Scheren oder Ähnliches ging, die einem jemand in den Leib gerammt hatte. Der Glassplitter in der Wange seiner Tochter erschien ihm jedoch als etwas gänzlich anderes. Er musste entfernt werden, bevor sie damit hängen blieb und sich die Wange vollends aufriss.

Akuyi nahm die Hand herunter und starrte auf ihre blutüberströmten Finger. »Der Hubschrauber.«

Dirk nickte abgehackt. Ja. Auch darum würde er sich kümmern müssen. Es fehlte ihm noch, dass sich der Helikopter von selbst in Bewegung setzte.

Doch zuerst musste er Akuyi verarzten, so gut es ging. »Ich werde den Splitter herausziehen«, kündigte er an. »Und dann musst du etwas auf die Wunde pressen. Hast du ein sauberes Taschentuch dabei?«

In Akuyis Augen schimmerten Tränen. »Bitte nicht. Ich habe Angst, dass mir das nicht hilft, sondern noch mehr Schaden anrichtet.«

Die hatte Dirk auch. Und trotzdem … er war überzeugt, dass er das Richtige tat. Verdammt, es musste doch irgendetwas geben, womit er seiner Tochter helfen konnte!

»Was ist nun mit dem Taschentuch?«, setzte er nach. »Hast du eines oder nicht?«

»Ja«, sagte Akuyi. »Aber das spare ich mir besser auf. Wer weiß, was noch alles passiert.«

Was noch alles passiert?

Dirk hätte beinahe laut aufgestöhnt. Akuyi hatte ja recht. Es war schon so viel Schlimmes passiert, aber es sah nicht danach aus, als ob es bald enden würde.

Doch was konnte ihr ein Taschentuch gegen eine verirrte oder gar gezielt abgefeuerte Kugel helfen oder gegen eine Sturmbö, die sie packte und mit sich riss?

»Halt dich jetzt ganz ruhig«, sagte er. »Ich muss mich jetzt ein Stück zu dir beugen. Und dann packe ich das Ding und ziehe es heraus.«

»Nein!«, schrie Akuyi. »Vorsicht! Da … da ist jemand …«

Dirk spürte, wie ein harter Ruck durch den Helikopter ging. Und dann hörte er auch schon eine Stimme, die von der offen stehenden Hubschraubertür her sagte: »Das würde ich nicht tun!«

Dirk fuhr herum. Er stieß mit dem Ellbogen gegen eine Schalterreihe. Irgendetwas klickte über ihm, dann schwoll das Geräusch der Rotoren an, und durch den Helikopter ging eine Vibration, der Vorbote für einen Start, den er unwissentlich eingeleitet hatte.

»Lass es lieber sein«, fuhr die Stimme fort.

Dirk starrte fassungslos auf Lubaya, die sich mit so schweren Bewegungen in den Hubschrauber wuchtete, dass sich die Maschine ein Stück zur Seite neigte. »Wenn du daran herumfummelst, machst du es nur noch schlimmer.«

Akuyi fuhr zu der Frau herum, deren gewaltiger Oberkörper nun schräg über dem Pilotensessel hing. »Das habe ich auch schon gesagt«, murmelte sie kraftlos.

»Dann wollen wir mal sehen.« Lubaya schob Dirk mühelos zur Seite und rutschte noch ein Stück näher an Akuyi heran. »Ein Kratzer, mehr nicht«, murmelte sie. »Ich verspreche dir: Das gibt noch nicht einmal eine Narbe, wenn das vernünftig behandelt wird. So, und jetzt muss ich mich wieder um Noah kümmern.«

Sie begann sich augenblicklich wieder zurückzuschieben.

Dirk hockte in so verkrümmter Haltung schräg über den Instrumenten, dass er aus dem zerstörten Cockpitfenster herauszufallen drohte. Er merkte es kaum. »Noah?«, krächzte er.

Lubaya nickte kummervoll. Eine scharfe Falte bildete sich auf ihrer Nasenwurzel. »Jan mussten wir leider im Panzer zurücklassen. Er hat es nicht geschafft. Aber Noah bringe ich durch, wenn wir ihn gleich in eine Klinik schaffen können. Das garantiere ich dir!«

Dirk öffnete den Mund und schüttelte dann den Kopf. Noah lebte. Aber er war schwer verletzt. Aber wie konnte Lubaya nur glauben, ihn hier schnell genug ausfliegen zu können?

»Ja, ich komme ja schon«, sagte Lubaya zu jemandem hinter ihr, und dann quetschte sie sich auch schon wieder rückwärts durch die Tür und machte jemand anderem Platz, einem alten Mann mit weißen Haaren und einem irren Funkeln in den Augen, das fast vergessen ließ, wie bleich und angestrengt sein Gesicht wirkte.

»Na, das hätte ich mir ja denken können!«, stieß Jurij mit heiserer, kaum verständlicher Stimme hervor. »Wer außer meinem fleißigen Flugschüler sollte auch die Kiste vorgewärmt haben, die uns hier rausbringen wird?«

Dirk schnappte noch immer nach Luft. Er schwenkte den Arm so weit wie möglich zur Seite, um sich irgendwo festzuhalten.

»Achtung!«, warnte ihn Jurij. »Pass auf, dass du nicht noch mehr Unsinn anstellst und die Kiste einen kleinen Hüpfer gegen den Panzer machen lässt. Das könnte übel ausgehen.«

Dirk sah nach oben und stützte sich an einem nackten Kunststoffstück ab, das fernab jeglicher Schalter und Hebel war. Hätte er das nicht getan, wäre er aus der Maschine gekippt, da war er sicher.

Er starrte nach draußen. Der Panzer stand nicht weit vom Hubschrauber entfernt. Aus seiner Mitte stieg Rauch empor, und seine 125-Millimeter-Kanone ließ traurig den Kopf hängen. Neben ihm standen zwei Männer mit Maschinenpistolen, jeder auf einer Seite des gefällten Stahlkolosses. Es waren Karel und Ventura.

Um sie herum, inmitten der Betontrümmer, lagen mehrere Tote, zum Teil übel zugerichtet und in schrecklich verdrehter Position. Dirk nahm dieses Bild des Grauens kaum wahr, genauso wenig wie Jurij, der sich auf dem Pilotensessel niedergelassen hatte und gerade murmelte: »Meine Güte! Wie viele Knöpfchen und Schalter so ein moderner Helikopter hat!«

Dirks Blick fiel nach rechts, dorthin, wo der zweite Hubschrauber stand. Er sah aus, als sei er durch einen Meteoritenhagel geflogen. Unzählige Einschläge hatten nicht nur sein Cockpit verwüstet, sondern auch das Rotorblatt halb abgerissen. Offensichtlich hatte die neben ihnen stehende Maschine als Schutzschild fungiert, sodass sie selbst nur von einem einzigen Trümmerstück getroffen worden waren.

Aber wo war Noah? Und wo Kinah?

»Vorsicht«, sagte irgendjemand hinter ihm. »Wir dürfen ihn nicht zu heftig bewegen.«

Da waren Noah und Kinah. Direkt hinter ihm. Ohne dass er es bemerkt hatte, hatten die beiden Frauen den schwer verletzten Noah bereits in den Ladebereich des Hubschraubers getragen.

»Hock dich neben den Kopilotensessel und halt dich gut fest«, sagte Jurij, als Dirk herumfuhr, um nach hinten zu starren. »Mit so etwas hast du ja mittlerweile schon genug Erfahrung, nicht wahr?«

Dirk sah gerade noch, wie Kinah aus der Hocke nach oben kam und in seine Richtung sah. Dann verlor er endgültig den Halt …

»Papa!«, schrie Akuyi.

… und kippte rücklings aus dem Hubschrauber hinaus.

Epilog

Dirk rührte langsam und fast bedächtig den Kaffee um, und das, obwohl er weder Zucker noch Milch genommen hatte. Während er früher immer eine halbe Zuckerpackung in seinem Kaffee versenkt hatte, begnügte er sich mittlerweile damit, den Kaffee schwarz und bitter zu trinken. Das vertrug sich besser mit den Antibiotika, die er nun schon seit zehn Tagen nahm, um die Entzündung in seiner von der Ratte übel zugerichteten Hand zu bekämpfen.

Noah, der ihm gegenübersaß und soeben noch einer dunkelhäutigen Schönheit hinterhergestarrt hatte, die mit einem Tablett mehr an ihnen vorbeigeschwebt als -gegangen war, wandte sich wieder seinem Vater zu.

»Du schaust in deine Tasse, als wolltest du mir aus dem Kaffeesatz die Zukunft lesen.«

»Was?« Dirk hob ruckartig den Kopf. Ein scharfer Schmerz jagte durch seinen überstrapazierten Nacken.

»Warst du mal wieder in Gedanken?«, fragte Noah.

Dirk stieß einen tiefen Seufzer aus. »Ja.«

Er hatte sich auf der Ladepritsche des Hubschraubers liegen sehen, den Blick auf seinen Sohn gerichtet, der neben ihm lag, und auf Lubaya, die in ihrer ruhigen, geschickten Art die Erstversorgung übernommen hatte.

Es waren die vielleicht schwersten Augenblicke seines Lebens gewesen. Er hatte nicht gewusst, ob er diesen idiotischen Sturz aus dem Hubschrauber überleben würde – und schon gar nicht, welche Überlebenschance Noah hatte.

Aber um sich selbst hatte er in jenem Moment überhaupt keine Angst gehabt, nur um Noah.

Seinem Sohn hier und jetzt in der Cafeteria eines modernen Klinikums in Alexandria gegenübersitzen zu können und zu sehen, wie gut er sich in den letzten Tagen erholt hatte, war das größte Glück, das Dirk je erfahren hatte. Zumal er wusste, dass gleich Kinah und Akuyi kommen würden, um sie abzuholen. Denn auch in dieser Beziehung hatten sie Glück: Noah und er durften heute beide die Klinik verlassen. Endlich.

»Und du bist immer noch in Gedanken«, setzte Noah nach.

»Vielleicht.« Dirk ließ den Kaffeelöffel los. »Ich habe nachgedacht. Über die Sturmwarnung, die ich vorhin im Radio gehört habe.«

Noah winkte ab. »Ein kleiner Wirbelsturm, der über Nordafrika nach Europa ziehen wird. Nur eine Nachwehe dessen, was passiert ist – und was ist das schon im Vergleich mit dem, was hätte passieren können, wenn wir nicht dazwischengefunkt hätten!«

»Möglich. Aber wenn ich mir überlege, was du mir in den letzten Tagen erzählt hast …«

Noah, dessen Lippen eben noch ein leichtes Lächeln umspielt hatte, wurde schlagartig ernst. »Über die Sturmgeister und Sturmdämonen?«

Dirk nickte. »Auch darüber. Und was das alles mit dem Thunderformer zu tun hat, den Ventura mit seiner Panzerkanone zerschossen hat.«

»Thunderformer«, sagte Noah. »Ein schrecklich technisches Wort, nicht wahr?«

»Mag sein.« Dirk umschloss die Kaffeetasse mit beiden Händen. Er genoss die Wärme, die durch das Porzellan drang – auch wenn sie bei weitem nicht in der Lage war, die Kälte zu vertreiben, die jedes Mal von ihm Besitz ergriff, wenn er daran dachte, was hinter ihnen lag.

»Es war uralte Energie, deren sich die Männer bedient haben«, bemerkte Noah. »Energie aus versteinerten Walknochen. Sie haben geglaubt, mit ihrer Hilfe die Kraft des Sturms ganz nach Belieben entfesseln oder bändigen zu können. Was für ein schrecklicher Irrtum!«

Dirk brauchte nicht zu fragen, wie Noah seine Worte meinte. Er beobachtete, wie er ein Stück Kuchen auf seine Gabel spießte, und war in Gedanken doch ganz woanders.

»Ich habe immer noch nicht wirklich begriffen, was geschehen ist«, sagte er schließlich.

Noah sah auf. Spott blitzte in seinen Augen. »Hast du denn überhaupt schon jemals etwas begriffen?«

»Ich meine es ernst.« Dirk warf einen Blick zu dem Tisch hinüber, an dem die dunkelhäutige Schönheit Platz genommen hatte. Die junge Frau verteilte Getränke an ihre Familie, ein Elternpaar mittleren Alters, zwei jüngere Geschwister und den Großvater. Der alte, weißbärtige Mann sah auf, erwiderte Dirks Blick und lächelte ihm zu.

Auf eine seltsame, weniger körperliche als vielmehr seelische Weise erinnerte ihn der Alte an Shimeru. Vielleicht, weil in seinen Augen die gleiche Art von Weisheit lag.

Dirk schaute hastig weg. »Ventura hat den Thunderformer in der Halle entdeckt, in die er mit dem Panzer gefahren ist. Und dann hat er nur noch versucht, ihn zu zerstören.«

»Was ihm zuerst nicht gelungen ist, weil das Ding hinter einer Abschirmung aus Stahl und Beton stand«, sagte Noah. »So hat es dir Ventura doch erzählt, nicht wahr?«

»Allerdings.« Dirk nippte vorsichtig an dem heißen Kaffee. Er schmeckte noch bitterer, als er gedacht hatte. »Es war ein merkwürdiges Gespräch. Kaum mehr als ein kurzer Informationsaustausch, direkt nachdem wir in Marsa Matruh gelandet waren. Ich versuchte, mich auf dem Notsitz aufzurappeln, und du lagst mit flatternden Augenlidern und ganz bleich da, und ich dachte schon …« Dirk verstummte.

»Was dachtest du?«, fragte Noah.

»Ach, nichts«, antwortete Dirk ausweichend. »Es war jedenfalls ein ganz kurzes Gespräch. Und noch bevor die Sanitäter kamen und uns auf die Tragen schnallten, waren Ventura und Karel plötzlich verschwunden.«

»Was genau hat er dir denn über den Thunderformer erzählt?«

»Dass er nicht viel darüber erzählen kann.« Dirk stellte die Tasse ab. »Es waren die Farbwirbel, die den Thunderformer verraten haben. Er hat ihn sofort unter Beschuss genommen. Aber zuerst hat die Abschirmung gehalten. Dann wurde er selbst angegriffen – und erst einmal zurückgeschlagen, weil diese Kerle mit panzerbrechenden Waffen auf ihn schossen und eine der Granaten direkt unterhalb des Führerstands einschlug.«

»Dieser Treffer war für Mama und mich ein richtiger Glücksfall«, bemerkte Noah. »Denn sonst wäre er wohl kaum noch einmal in den Gang zurückgerollt und hätte uns eingesammelt.«

»Ja, und dann hat er wieder angegriffen. Diesmal mit Vollgas vorwärts und Vollgas rückwärts, um durch die Wand zum Hangar zu brechen. Und während er rückwärts rollte, gab er den letzten, entscheidenden Schuss mit der Panzerkanone ab.«

»Und der hat gesessen.«

»Allerdings. Der hat den Thunderformer zerrissen. Er ist mit so viel Wucht explodiert, dass es die Trennwand zum Hangar zerfetzt hat. Wenn ihr in dem Moment nicht im Panzer gewesen wärt …«

»Und ihr im Hubschrauber …«

»Dann würden wir jetzt nicht hier sitzen«, beendete Dirk Noahs Satz. Er griff wieder nach dem Kaffee, aber diesmal derart hastig, dass ein paar Tropfen der pechschwarzen Flüssigkeit über den Rand spritzten. »Mich würde allerdings interessieren, ob du mehr weißt als ich. Hast du irgendwelches Hintergrundwissen, das die Ereignisse erklären kann?«

Noah lächelte leicht. »Das hast du mich in den letzten Tagen doch immer wieder gefragt. Ich kann nur mit einer Gegenfrage antworten: Möchtest du die Fassung mit oder ohne Dämonen?«

»Zur Abwechslung mal ohne«, antwortete Dirk ernst.

»Und du möchtest diese Antwort ausgerechnet von mir, obwohl ich nach dem Start bewusstlos geworden bin?«, vergewisserte sich Noah.

»Ja, ich möchte sie von dir.« Dirk zögerte, bevor er weitersprach. »Ventura und Karel kann ich ja nicht mehr fragen. Die sind seit der Landung verschollen.«

»Man könnte beinahe sagen: Sie haben sich in Luft aufgelöst«, bestätigte Noah. »Aber dafür ist uns ja Jurij erhalten geblieben. Was wollte er eigentlich gestern, als er dich hier besucht hat?«

»Geld«, antwortete Dirk. »Er hat mir ein Foto von seiner ausgebrannten Maschine gezeigt, das er von einem Hubschrauber aus geschossen hat. Sie ist zwar nicht explodiert, aber mehr als ein Stahlskelett ist nicht von ihr übrig. Und das möchte er mit meinem Geld wieder zu einem Flugzeug aufbauen.«

»So ein Spinner.«

»Ein Spinner mit einer Wodkafahne, die ihm drei Meter vorausweht«, bestätigte Dirk. »Aber trotzdem – er hat sein Leben riskiert, um uns zu helfen. Wir sind ihm etwas schuldig.«

»Du willst ihm also tatsächlich ein neues Flugzeug bezahlen?«, hakte Noah nach.

Dirk schüttelte den Kopf. »Kein neues, obwohl das wahrscheinlich sogar billiger wäre, als die Lisunov wieder aufzubauen. Nein, ich komme wohl nicht umhin, ihm die Restaurierung der Maschine zu bezahlen. Auch wenn wir unser Haus verkaufen müssen, um das nötige Kleingeld aufzutreiben.«

»Auch gut«, sagte Noah leichthin. »Ich kann euch ja Unterschlupf in unserem Dorf anbieten. Allerdings müsst ihr euch die Hütte selbst bauen, in der ihr leben wollt.«

»Ich dachte, du wolltest mit nach München kommen?«

Noah ließ die Gabel sinken. »Fürs Erste vielleicht schon. Aber ich kann noch nicht sagen, ob ich später nicht nach Afrika zurückkehre, um Shimerus Erbe anzunehmen.« Er sah Dirk eindringlich an.

Dirk nickte. »Wir werden uns ein Haus mieten. Gleich, nachdem wir unseres verkauft haben, um Jurij auszuzahlen. Du wirst sehen: So schlecht ist es in Deutschland gar nicht. Selbst Lubaya will ja nach München zurückkehren!«

Noah zuckte mit den Achseln. »Mal sehen, was wird. Aber hattest du nicht eine ganz andere Frage?«

»Ja. Und zwar, wie du die Geschehnisse deutest.« Dirk hielt inne und blickte erneut zur Tür – wie schon unzählige Male zuvor. Er konnte es kaum erwarten, Akuyi und Kinah zu sehen. »Jurij hat es geschafft, als Kopilot an Bord eines Pressehubschraubers zu kommen, der eine volle Stunde über der Gegend gekurvt ist. Er hat gesagt, es wäre ein gespenstischer Anblick gewesen. Direkt hinter unserer Landestelle und der ausgebrannten Lisunov ist der Berg vollkommen in sich zusammengestürzt. Was auch immer da unten in den Höhlen war: Es muss jetzt zerquetscht und unter Tonnen von Gestein begraben sein.«

»Dämonen und Geister kann man nicht zerquetschen oder begraben.« Jeglicher Spott war aus Noahs Stimme gewichen. »Man kann sie höchstens vertreiben.«

Dirk hätte beinahe widersprochen, ließ es dann jedoch sein. Was auch immer er gespürt zu haben glaubte: Im hellen Tageslicht konnte er einfach nicht an Geister und Dämonen glauben.

Zumindest nicht offiziell.

»Tobt denn dort immer noch ein Sturm?«, fragte Noah.

Dirk schüttelte den Kopf. »Nein. Als Ventura den Thunderformer vernichtete, muss er sofort aufgehört haben. Sonst hätten wir es ja auch nicht geschafft, mit dem Hubschrauber zu entkommen.«

»Und die anderen?«, fragte Noah. »Die Männer, die diesen Thunderformer bewacht und bedient haben?«

»Die sind genauso verschollen wie diejenigen, die uns in ihrem Hubschrauber verfolgten«, sagte Dirk.

»Verschollen ist gut«, sagte Noah finster. »Die Dämonen haben sie geholt.«

Dirk rechnete damit, dass sich Noahs Mund sofort wieder zu einem spöttischen Lächeln verziehen würde. Doch sein Sohn wirkte todernst und beinahe abweisend.

»Unsere Gegner …«, begann Dirk umständlich. »Ich meine die Männer, die den Thunderformer konstruiert haben …«

»Das sind nicht unsere Gegner«, unterbrach ihn Noah. »Genauso wenig wie die Wachmannschaft, die ihn schützen sollte. Krieger kommen und gehen, genau wie Magier und Scharlatane, die glauben, Kräfte kontrollieren zu können, denen sie in Wahrheit überhaupt nicht gewachsen sind.« Er lächelte. »Shimeru hat immer gesagt: Unser wahrer Gegner ist die Gier in uns selbst. Und ich glaube, er hatte recht.«

»Du meinst, es ist unwichtig, wer den Thunderformer hat bauen lassen?«

»Ja, es ist vollkommen unwichtig, wer der Versuchung der Sturmdämonen erlegen ist«, bestätigte Noah. »Wer auch immer es war: Er ist gescheitert. Aber irgendwann wird wieder jemand kommen und der Verlockung der Macht nicht widerstehen können. Es ist ein immerwährendes Auf und Ab.«

»Nur mit dem Unterschied, dass sich die Magier heute Wissenschaftler nennen …«

»Und dass sie viel größeren Schaden anrichten können als die Schamanen und Magier vergangener Tage.« Noah spießte mit seiner Gabel das nächste Kuchenstück auf. »Genau das hat Shimeru immer gesagt.«

»Und nicht nur er«, warf Dirk ein. »Etwas Ähnliches hat auch ein anderer alter Mann gesagt – Jurij.«

»Ach ja?« Noah zog die linke Augenbraue hoch. »Was genau hat der alte Schwätzer denn von sich gegeben?«

»Dass er in Afrika schon Dinge erlebt hätte, die kein Eierkopf je begreifen würde.«

»Eierkopf?«

»Ein nicht gerade freundliches Wort für Wissenschaftler«, erklärte Dirk. »Jurij ist der Ansicht, dass es nur in einer Katastrophe enden kann, wenn die Eierköpfe uralte afrikanische Geheimnisse lösen wollen. Weil die sich nämlich nicht alleine mit dem Verstand lösen lassen.«

»Da ist was dran.«

»Aber das war nicht das Hauptthema unseres Gesprächs.«

»Was denn dann?«

»Wir haben uns darüber ausgetauscht, was wir über Akuyis Entführer wissen«, antwortete Dirk mit einem flüchtigen Blick auf eine kleine Gruppe, die gerade die Cafeteria betrat. »Über die Männer, die mich in den Grotten von Al Afra überfallen und Achmed getötet haben. Und die versucht haben, Akuyi in ihre Hände zu bekommen.«

»Was ihnen nicht gelungen ist«, stellte Noah fest.

»Erstaunlicherweise nicht. Kinah … deine Mutter hatte Vorkehrungen getroffen.« Dirks Blick schweifte wieder zu dem alten Mann, der ein paar Tische entfernt in ein Gespräch mit seiner Enkelin vertieft war. Seine Art, den Kopf leicht schräg zu halten, sein Lächeln – all das erinnerte Dirk schmerzhaft an Shimeru. Er bedauerte, dass er den alten Schamanen nie wirklich kennengelernt hatte.

»Du meinst, sie hatte dafür gesorgt, dass Safrin mit Shimeru

Kontakt aufnahm«, half ihm Noah aus. »Und Shimeru hat Safrin befohlen, den geplanten Flug nach Ruanda abzublasen und hierherzukommen.«

»Was?« Dirk fuhr zusammen und starrte Noah an. Der Junge war immer noch blass, und die dunklen Ringe unter seinen Augen kündeten davon, dass er alles andere als fit war. Aber er hatte ja auch zwei furchtbare Schussverletzungen erlitten, die ihm um ein Haar zum Verhängnis geworden waren.

»Shimeru hat Akuyi hierhin geleitet«, antwortete Noah fast sanft. »Er hat seine Hand über sie gehalten.«

»Und doch ist sie gefangen genommen worden«, gab Dirk zu bedenken.

»Ja, aber nicht von Achmeds Mördern«, stellte Noah richtig. »Nicht von den Männern, die eigentlich hinter ihr her waren.«

»Was ist der Unterschied? Sie ist doch gefangen genommen worden.«

»Ja.« Noahs Stimme klang erregt. »Aber nicht von den Verbrechern in den schwarzen Hubschraubern, die dich gejagt und versucht haben, Jurijs alte Mühle abzuschießen.«

»Waren es denn keine Verbrecher, denen sie in die Hände gefallen ist?«

Noah beugte sich ein Stück vor und schob seinen leeren Kuchenteller beiseite. »Verbrecher oder Verblendete – das ist vielleicht kein großer Unterschied, aber es ist einer. Die Männer, die Akuyi letztendlich in ihre Gewalt bekamen, hätten sie auch als Druckmittel gegen dich und Mama eingesetzt und waren bestimmt nicht zimperlich. Aber sie waren nicht zu vergleichen mit den Irren, die Achmed aufgeschnitten haben, nur um einen GPS-Sender zu finden, oder mit dem Kerl, der dich ins Bein gebissen hat wie ein tollwütiger Hund.«

Dirk nickte. Natürlich hatte er Noah in den letzten Tagen von allen Geschehnissen in Marokko erzählt.

»Es waren letztlich Krieger, die Akuyi gefangen nahmen«, fuhr Noah fort, »nicht irgendeine Räuberbande.«

»Diese … Räuberbande, wie du sie nennst, gehörte wahrscheinlich zu einem Geheimdienst.«

»Ändert das irgendetwas?«, entgegnete Noah.

»Nein.« Dirk umfasste erneut die Kaffeetasse. »Und es dürfte auch egal sein, ob sie wirklich Geheimdienstler waren … oder Terroristen.«

»So ist es«, sagte Noah heftig. »Hauptsache, diese Schmeißfliegen, die sich an deine und Akuyis Spur geheftet haben, haben keinen Grund mehr, euch – uns – zu verfolgen.«

Dirks Hände krampften sich um die mittlerweile nicht mehr allzu warme Tasse. »Haben sie denn keinen Grund mehr?«

»Nein. Nicht, nachdem der Thunderformer zerstört und der Berg über ihm eingestürzt ist.«

»Ich verstehe es dennoch nicht.« Dirk ließ die Tasse los und rutschte auf seinem Stuhl zurück. »Diese … Schmeißfliegen, wie du sie nennst – warum haben sie uns verfolgt?«

»Weil sie dasselbe herausgefunden hatten wie Ventura.« Auch Noah lehnte sich zurück. »Jan Olowski. Ein Mann von internationalem Ruf. Mama hat mir viel von ihm erzählt.«

Dirk verspürte einen doppelten Stich. Zum einen, weil er immer noch ein wenig eifersüchtig war, zum anderen, weil er ein diffuses Schuldgefühl gegenüber Kinahs bestem Freund verspürte. In gewisser Weise fühlte er sich verantwortlich für Olowskis Tod.

»Ich weiß, wie wichtig Jan für Mama war«, sagte Dirk leise.

»Für Mama?« Noah runzelte die Stirn. »Jan Olowski war unter Klimaforschern sehr bekannt – es hieß, er würde die Geheimnisse des Thunderformers kennen. Leider hatten diese … Schmeißfliegen irgendwie herausbekommen, in welch enger Beziehung er zu Mama stand und dass sie für seinen Kampf gegen den Thunderformer immens wichtig war.«

»Ja, ich glaube, ich verstehe, worauf du hinauswillst«, sagte Dirk. »Sie sind einfach ihrem Schmeißfliegen-Instinkt gefolgt und haben eine Spur aufgenommen. Und dann haben sie versucht, jene Menschen in ihre Gewalt zu bekommen, die sie dazu benutzen konnten, ihr Ziel zu erreichen.«

»Ganz ähnlich wie Ventura«, bestätigte Noah. »Nur, dass er andere Ziele hatte. Er ist ein Krieger, kein Räuber.«

Dirk beschloss, Noahs Einteilung ihrer Gegner in Krieger und Räuber nicht weiter zu hinterfragen. Etwas anderes brannte ihm auf der Seele. »Was ich immer noch nicht verstehe, ist, welche Bedeutung ihr in der ganzen Sache habt. Du und Akuyi.«

»Die Macht der Zwillinge.« Noah nickte. »Du weißt, dass mein voller Name Noah Kehinde ist?«

»Ja«, bestätigte Dirk. »Und auch, dass Kehinde *der zweitgeborene Zwilling* heißt.«

Noah zögerte. »Weißt du auch, was ich hier in der Reisetasche zu meinen Füßen habe?«

Dirk verspürte ein unangenehmes Kribbeln in der Magengrube. Nein, er wusste es nicht. Aber er ahnte es. »Die beiden Zwillingsfiguren?«

»Ja.«

Dirk hob die Kaffeetasse hoch, als wollte er sie an den Mund setzen, und stellte sie dann doch wieder ab. Seine Hand zitterte. »Ich habe keine Ahnung, was mit den Ibeji geschehen ist«, bekannte er. »Ich hatte sie in den Hosentaschen. Aber als wir in Marsa Matruh landeten, muss ich wohl kurz ohnmächtig geworden sein …« Dirk starrte in die schwarze Flüssigkeit in der Tasse. »Danach waren sie weg.« Er sah wieder hoch. »Woher hast du sie?«

»Sie wollten zu mir.« Noah bückte sich und kramte in der Tasche.

Dirk wurde nervös. »Du musst sie nicht herausholen«, sagte er hastig. »Die eine ist doch sowieso kaputt.«

»Shimeru hat es mir all die Jahre über immer wieder eingetrichtert«, drang Noahs Stimme dumpf unter dem Tisch hervor. Im Geklapper und Geplapper in der Cafeteria ging sie beinahe unter. »Er sagte, dass es ein ganz besonderer Ort sein würde, an dem sich meine Schwester und ich uns zum ersten Mal begegnen würden. Ein Ort der Entscheidung.«

Sein Kopf ruckte wieder hoch, dann stellte er erst die eine und dann die andere Zwillingsfigur vor sich auf den Tisch. Beide waren unversehrt.

Dirk starrte sie sprachlos an. Er zweifelte an seinem Verstand. Die schwarze Ibeji, die Akuyi symbolisierte, war genau wie die weiße nur eine Handspanne groß. Aufs Feinste bearbeiteter Walfischknochen, sorgfältig geschwärzt und poliert. Die Hände, die Finger, jede noch so filigrane Struktur war unversehrt erhalten.

»Du hast zu Ende gebracht, was Shimeru begonnen hat«, sagte Noah ernst. »Du hast uns zusammengebracht. Hättest du nicht so beharrlich nach Akuyi gesucht, wärt ihr niemals in das Dämonental gelangt. Und dann wäre alles anders ausgegangen. Der Sturm hätte ungehindert getobt, Millionen von Menschen wären gestorben. Und wir mit ihnen.«

»Aber …« Dirk räusperte sich. Er streckte die Hand nach der schwarzen Figur aus, ließ sie dann jedoch sinken. »Wie kann das sein? Die schwarze Figur … Akuyis Abbild … sie ist doch zerbrochen!«

»Wohl kaum.« Noah warf einen Blick in die Runde. Die Gespräche und das Gelächter um sie herum waren keineswegs verstummt, und doch schien es, als breitete sich plötzlich auf eigenartige Weise Ruhe aus.

Ohne Hast griff Noah nach den beiden Figuren und verstaute sie wieder in der Reisetasche. »Akuyi war in Not. Und das hat sich auf die Ibeji übertragen. Mehr hast du nicht gespürt.«

Mehr hast du nicht gespürt?

Dirk hätte beinahe laut gelacht. Das war eine maßlose Untertreibung. Es war ein scharfer, feuriger Schmerz gewesen, der sich von Akuyis Seelendouble auf ihn übertragen hatte, ein Schmerz, der ihn an Ort und Stelle festgenagelt hatte, sodass er nach der fürchterlichen Schießerei in den Hangar und zu seiner Tochter gelangt war.

»Ich verstehe das alles nicht.«

»Ja.« Noah verschränkte die Hände hinter dem Nacken und lehnte sich so weit wie möglich zurück. In seinem mit einem Pharaonenkopf bedruckten T-Shirt und mit den frisch gewaschenen und sorgfältig gekämmten Haaren sah er wie ein x-beliebiger deutscher Sechzehnjähriger aus, der in Ägypten Badeurlaub machen wollte. »Ich fürchte, ich werde auch so einiges nicht verstehen, wenn ich euch nach Deutschland begleite. Zum Beispiel die sonderbaren Riten eurer Bürokraten.«

»Von welchen Riten sprichst du?«, fragte Dirk irritiert.

Noah grinste breit. »Du hast mir doch selbst von dem ganzen Schriftkram erzählt, der zu erledigen ist, bevor die deutschen Behörden mich als deinen Sohn anerkennen.«

Dirk verzog das Gesicht. »Allerdings. Das ist tatsächlich etwas, auf das ich mich nicht gerade freue. Aber wir werden das schon durchstehen.«

»Schließlich haben wir ja schon ganz andere Dinge geschafft, nicht wahr?«

»Und ob. Das haben wir. Und wir werden uns von nichts und niemandem aufhalten lassen – weder von deutschen Bürokraten noch von afrikanischen Dämonen.«

Mit entschlossenem Gesichtsausdruck führte Dirk die Kaffeetasse an die Lippen.

Der Kaffee war wirklich bitter. Zu bitter. Dirk ließ die Tasse sinken, wollte nach dem Zuckerstreuer greifen – und erstarrte mitten in der Bewegung.

Die Tür der Cafeteria schwang auf, und Kinah und Akuyi betraten den verwinkelten Raum. Ihre Blicke schweiften über die Tische.

Dirk stellte die Tasse hastig ab und beugte sich zu Noah. »Nur ganz schnell«, flüsterte er, »bevor die Frauen kommen. Glaubst du wirklich, dass Shimeru mit all dem recht hatte, was er über die Entstehung des Sturms gesagt hat?«

»Aber natürlich«, gab Noah genauso leise zurück. »Shimeru war ein weiser Mann. Und ich kann nur hoffen, dass ich von seiner Weisheit gelernt habe.«

Dirk ließ Kinah nicht aus den Augen. Er dachte an die vielen Gespräche, die er in den letzten Tagen mit Noah geführt hatte, und die sich sehr häufig um Shimeru gedreht hatten. Das Rätsel, wie er ihm in Visionen hatte erscheinen können, hatten sie jedoch nicht lösen können.

Da fiel Kinahs Blick auf Dirk. Ihre Augen strahlten, und sie stieß Akuyi mit einer übermütigen Bewegung in die Seite, als sei sie die Sechzehnjährige. Auch Akuyi sah jetzt zu ihnen herüber und winkte ihnen zu.

Dirk überlief ein freudiger Schauer. Es war ein Anblick, wie er ihn sich drei Jahre lang erträumt hatte.

Und wenn alles gut ging, würde er ihn in Zukunft noch häufiger genießen können.

Trotzdem oder gerade deswegen musste er unbedingt noch etwas wissen, bevor er zusammen mit seiner Familie das Krankenhaus verließ.

»Ist das deine Erklärung?«, flüsterte er Noah zu, während sich die beiden Frauen durch die Schlange an der Kasse kämpften, um zu ihnen zu gelangen. »Kannst du mir nichts anderes präsentieren als die Legende von den Sturmdämonen der Nacht und den Sturmgeistern des Tages, die zusammenkamen, weil der Thunderformer die Grenze zwischen ihnen zerstörte?«